임진왜란과 시골선비의 슬픔

영주선비
물암 김륭의
삶과 문학

김용진 역

임진왜란이 발발한 1592년 가을,
경상도 내에 보낸 격문

아! 슬프도다! 차마 말로 표현할 수 없을 만큼 애통하고 분하다. 더러운 기운이 대궐을 더럽히고 임금은 피난을 가셨다. 사직이 덩굴풀에 뒤덮이고 종묘는 잿더미가 되었으니, 이 애통함을 차마 말로 표현할 수 없구나.

아! 이러한 때에 이 나라에 살고 있는 사람이라면 누구인들 목숨을 내어놓고 신명을 바칠 뜻이 없겠는가? 어린아이와 부녀자들까지도 골수에 사무친 고통과 쓸개를 가르는 아픔을 품지 않은 사람이 없는데, 하물며 대장부로 태어나 평소 충의를 지키던 자라면 어떻게 처신해야 하는지 모르겠는가?

(중략)

아! 용기를 내서 복수하겠다는 분한 마음을 펼쳐서 강을 건너고 서울을 회복할 계책을 세워야 하니, 지금이 바로 그때이다. 곤궁한 우리 고장을 돌아보니 사람들이 평소 유학을 익혔을 뿐 한 번도 싸워본 적 없었는데도, 전란을 만난 뒤로는 모두들 창을 둘러멨고 선비들마저도 몽둥이를 들었다. 심지어 상중에 있는 사람까지도 모두 상복을 벗고 갑옷을 입으며 함께 분노하여 부르짖으며 기틀을 다시 회복하기를 다짐하였다.

(중략)

얼마 전 남쪽 고을에서 의병 부대가 자주 봉기하여 왜군과 싸웠다는 소식이 가끔 도착하는 것을 보니, 지금이야말로 우리의 세력을 규합하고 함께 공격해서 흉악한 도적을 모조리 척살할 때이다. 아! '500명의 군대가 하(夏)를 흥하게 했고 초나라 세 집 때문에 진(秦)나라가 망했다'고 하는 것처럼, 성공과 실패는 병력의 많고 적음과 군대의 강하고 약함에 달려있는 것이 아니다. 의리가 바로 서면 계획이 스스로 확고해지는 것이다.

　　(중략)

　　활을 당기는 소리에 응답하여 창을 든 사람들이 구름처럼 몰려든다면 어찌 다만 하나의 군대, 세 집이 이룬 성과보다 못하겠는가. 동서남북에서 한마음으로 힘을 합쳐 더러운 진흙을 모두 쓸어버리고, 임금이 궁궐 옥좌로 돌아가서 다시 종묘사직에 향불을 피울 수 있게 될 때, 우리의 부끄러움을 씻어내고 복수의 대의를 이룬 것이리라. 돌아보면 오늘 신하된 자의 책무가 바로 여기에 있지 않겠는가. 가슴 깊이 쌓인 울분으로 창자가 굳어지고 피눈물이 두 눈에 가득하여 붓을 잡아도 아득하기만 하고 무엇을 써야 할지 알 수가 없구나.

임진왜란과 시골 선비의 슬픔
ⓒ 김용진, 2021

엮은이_ 김용진
감　수_ 정대구

발행인_ 이도훈
교　정_ 김미애
펴낸곳_ 도서출판 도훈
초판발행_ 2021년 10월 19일

사무실_ 서울시 서초구 법원로3길 19 2층, w109호
　　　　 (서초동, 양지원빌딩)
전　화_ 010-6722-4621, 0507-1453-4621
팩　스_ 0504-227-4621
이메일_ flyhun9@naver.com
홈페이지_ http://dohun.kr

ISBN_ 979-11-89537-87-6 03810
정 가_ 20,000원

仰天不愧(앙천불괴)! 비록 현실에 얽매여 비루하게 살더라도 '하늘을 우러러 한 점 부끄럼이 없기'를 바라는 것이 우리의 마음이다. 그래서 우리는 온갖 어려움 속에서도 고결한 삶을 살았던 분들을 사랑하고 존경하게 된다. 이제는 처세의 나침반, 치세의 길잡이로서의 권위를 잃어버리고 사람들의 큰 관심을 끌지 못하고 있지만, 조선의 성리학은 우리의 본심이 하늘처럼 선하다는 믿음을 근간으로 하여 사람들에게 바른 삶을 살도록 요구하였다. 비록 현실적 한계 속에서 갈등하며 살았지만 조선의 선비들은 언제나 배움의 실천과 도덕의 완성을 꿈꾸었다. 조선의 사림 사회는 배움을 실천하는 삶을 살았던 선비들을 존경했고 사후에도 각별하게 대우하였다.

물암 김륭 선생은 1549년(명종 4년)에 경북 영주 신천리 산골에서 태어나 1594년(선조 27년) 46세의 젊은 나이에 생을 마감하였다. 이때는 당쟁이 격화되어 사림사회가 어지러웠던 와중에 임진왜란이 일어나 국가의 혼란이 극에 달하였던 시대였다. 선생은 14세부터 영주지역의 고현(高賢) 소고 박승임 선생, 18세부터는 안동에서 퇴계 이황 선생으로부터 가르침을 받았다. 배움에 대한 남다른 열정과 실천의지를 눈여겨 본 두 스승의 제자 사랑은 각별하였고 두 분 모두 선생에게 학문과 수양을 권장하는 애정 어린 시와 글을 남겼다. 선생이 22세 되던 해에 퇴계 선생이 돌아가신 이후 벼슬길에 나가지 않고 평생 학문과 수신을 본인의 임무로 삼고 살았다.

선생께서는 변변한 벼슬을 한 것도 유명한 문학작품을 남긴 것도 아니다. 하지만 생전에도, 사후에도 영남 유림들의 각별한 사랑을 받았고 지금도 지역에서 존경받는 선비로 남아있다. 선생께서 살았던 길을 더듬어 보고 남아있는 시와 문장을 살펴보니 조금씩 그 이유를 알 수 있었다. 선생의 삶은 유교의 큰 가르침인 효제충신(孝悌忠信)의 실천 그 자체였다. 평생 배움의 열망을 내려놓지 않았고 늘 자신을 돌아보며 아는 것을 실천하였다. 물질을 탐하지 않고, 벼슬을 탐하지 않고, 명예를 탐하지 않았다. 부모를 사랑하고, 형제를 사랑하고, 친구를 사랑하고, 나라를 사랑했다.

문집 첫머리에 있는 시 '자경(自警)'에서는 하늘에 부끄럽지 않은 삶에 대한 자부심과 함께 스스로를 경계하는 준엄한 삶의 자세가 그대로 드러난다. 성현의 말씀을 모아서 평생 몸에 지니고 다녔던 주인록(做人錄)을 살펴보면 한시도 마음을 풀지 않고 자신을 닦던 꼿꼿한 선비의 삶이 엿보인다. 임진왜란이 일어나자 분연히 일어나 경상도 내에 격문을 돌려 의병을 일으키고 시국의 어려움을 타계할 계책을 조정에 간언하여 충의를 실천하였다. 선생의 삶은 앎과 실천이 서로 어긋나지 않았던 조선 선비의 모습이었다.

하지만 조선 초기 이상사회 건설을 꿈꾸며 하늘을 찔렀던 성리학자들의 자신감이 사그라들고, 갑작스런 전란으로 온 나라가 절망하던 시대를 살았던 시골 선비가 느꼈을 아픔은 또 얼마나 컸을까? 선생의 시와 글에는 '눈물'과 '슬픔', 시대의 '아픔'이 깊이 배어 있다. 어둡고 참담한 시절에 눈물을 글썽이며 스승과 친구들, 나라를 걱정한 시골 선비의 문학은 담백하면서도 애절하여 읽는 이들의 마음에 적지 않은 울림을 가져온다.

　우리에게 학문은 무엇이고, 배움은 무엇인가? 실천이 따르지 않는 지식이 무슨 소용이란 말인가. 지금 사회가 우리에게 바라는 것은 지식이 아니라 실천하는 자세일 것이다. 우리를 현혹하는 화려한 글들이 넘쳐나고 말 잘하는 사람들이 세상을 풍미하고 있는 이때, 평생 자신의 믿음을 지키며 배움을 실천했던 시골 선비의 진솔한 삶이 우리에게 주는 가르침이 결코 적지 않다.

　40대 후반, 뒤늦게 한문 공부에 재미를 붙여 대학, 논어 등 경전과 한시를 탐독하던 때가 있었다. '고문진보'에 실린 한시 주석에서『물암선생문집』을 인용한 내용들을 많이 접하게 되었다. 문집을 찾아 읽어보다 이때까지 완전하게 국역이 되지 않은 것을 알게 되었고, 망설임 끝에 사전 한 권 들고 막연하게 번역을 시작했다. 내가 해낼 수 있을까 하는 걱정이 앞섰지만 '조금 부족해도 내가 지금 해 두면 뒷사람들이 이를 밟고 한 단계 더 올라서지 않겠는가' 하는 생각으로 스스로를 독려하였다. 몇 년간 매일 밤 한두 시간, 그리고 휴일에는 여러 시간 내 능력이 되는대로 조금씩 문장을 해석하여 노트에 옮겼다. 그리고 틈나는 대로 관련 자료를 찾아 뜻을 바루고 문장을 펴면서 지금에 이르렀다. 오역에 대한 두려움이 나를 짓눌렀지만, 400여 년 전 올곧은 삶을 살았던 시골 선비의 이야기를 세상에 알리고 싶은 마음만 가득했다.

　수백 년 전의 한문 문장을 옮기면서 여러 가지 고민이 있었다. 직역에 가깝게 하여 예스러운 멋을 살리고 원뜻에 가깝게 하는 방법과, 요즘 사람들이 이해하기 쉽도록 의역을 하는 방법 중 선택하는 것이 난제였다. 결과적으로 절충하여, 가급적 원문의 맛을 살려 직역에 가깝게 옮기되, 뜻을 전달하기 어려운 곳은 의역하고 관행적 문구나 의미의 흐름을 해치는 부분은 일부 생략하였다. 원문의 음을 괄호에 넣고, 주석도 문단 바로 아래에 붙여서 쉽게 이해할 수 있도록 해 보았다. 문집의 체제도 바꾸었다. 원래 문집은 서문-시-산문-강록-연보(행장)-기타 순으로 되어 있던 것을, 독자들이 쉽게 접근할 수 있도록 서문-연보(행장)-산문-시-강록-기타 순으로 재배치하였다. 먼저 선생의 생애를 살펴보고 산문을 본 후 운문을 읽는 것이 쉬운 접근방법이라 생각했다. 그리고 퇴계 선생과의 강의 문답과 추가적인 연구를 담은 삼서강록은 문집 발간 당시에는 선비들에게 매우 중요한 내용이었지만, 지금은 시의성이 떨어진다고 생각하여 맨 뒤에 배치하였다.

역자의 한문 실력이 부족하여 번역과 문장 구성에 미진한 곳이 많았지만 다행히도 영산대 교수를 역임하신 한학자 정대구 선생님의 정성 어린 감수와 도서출판 〈도훈〉 대표 이도훈 시인의 남다른 열정 덕분에 부족함을 메우고 이 책을 출판할 수 있게 된 점 이 자리를 빌어 진심으로 감사의 말씀을 전한다. 앞으로 이 책에서 잘못 해석, 인용된 곳은 언제라도 지적해 주시기 바라며, 누구라도 이 책의 내용을 자유롭게 사용하셔도 된다는 점도 알려 드린다.

번역을 마치고 선생께서 공부하시던 봉화군 적덕리 두릉서당을 찾아보았다. 이제 지키는 이 없이 비어있는 서당과 스러져가는 사당을 둘러보면서 가슴이 먹먹하고 눈시울이 뜨거워졌다. 하지만 부족하나마 선생의 삶이 고스란히 담긴 문집을 세상으로 다시 내보내는 것을 작은 위안으로 삼아 보았다. 돌아올 때 본문의 시에 등장하는 '땔나무 짊어진 늙은 소'가 홀로 걸었던 영주 신천리 강변길에서 선생의 물음에 화답해 보았다.

落日人何處(낙일인하처) 載柴牛獨還(재시우독환)
平生老此地(평생노차지) 路熟不須牽(노숙불수견)

해 저무는 들판에 사람은 보이지 않고
저 멀리 땔나무 짊어진 소가 홀로 돌아오네.
평생을 이 땅에서 늙어 왔으니
길이 익어 사람이 이끌지 않아도 되는구나. (물암 선생)

仰天欲不愧(앙천욕불괴) 半百有何成(반백유하성)
老牛自知途(노우자지도) 對岐躊躇興(대기주저흥)

하늘에 부끄럽지 않기를 바랐지만
오십이 넘도록 무엇을 이루었나?
늙은 소도 스스로 제 길을 아는데
나는 갈림길에서 주저하고 있구나. (역자)

2021년 7월 영주 신천리에서
김용진 쓰다.

* 봉화읍 적덕리 두릉서당은 영주 이산면 신천리 물암 선생 본가와 2km 거리에 있다.

『물암선생문집』 번역에 부쳐

　조선시대 웬만한 문한가(文翰家) 가문에는 선대조의 시문을 모아 엮은 문집이 가보처럼 대대로 전해 내려오고 있다. 하지만 한문을 상용하지 않게 된 요즘에 이르러서는 한글로 번역되지 않는 문집을 그 후손조차 읽지 못하는 경우가 많고, 어렵게 번역된 책조차도 배경지식이 부족한 지금의 독자들이 이해하기 어려운 용어 때문에 외면 받는 경우가 많다.

　지난 7월 도서출판 〈도훈〉의 이도훈(시인) 대표가 내게 『물암선생문집』 번역본의 감수를 의뢰했을 때만 해도 그간 번역된 수많은 문집들 중 하나일 것이라는 생각으로 편하게 수락하였다. 역자는 독학으로 한문을 공부한 해양경찰청 김용진 국장(물암 선생의 10대 손)이라고 했다. 인쇄된 번역본을 받아 읽어보니 쉽고 유려한 문장으로 번역된 시와 문장들은 담백하지만 끌리는 맛이 있었고 심학(心學)을 오래 수련한 선비의 가르침이 녹아 있다는 것을 한눈에 알 수 있었다. 단숨에 일독을 마치고 숨은 보석을 찾는 기분으로 한 자 한 자 원문의 뜻을 음미하며 역자가 미처 보지 못한 숨은 뜻을 보완하는 데 힘을 쏟았다.

　물암 김륭은 조선 명종과 선조대의 호학궁행(好學躬行)했던 시골 선비다. 어려서 영주 지역의 대현(大賢) 소고 박승임 선생께 배웠고 18세에 퇴계 이황 선생의 제자가 되어 퇴계 선생께서 돌아가실 때까지 4년간 주돈이의 태극도설과 통서, 장재의 서명, 주자가례 등 성리학 주요서

적에 대한 강의를 직접 듣고 기록해서 이를 모아 강록(講錄)을 만들었다. 퇴계 선생이 돌아가시자 3년간 심상을 치르고 이후 평생을 퇴계학문의 계승, 발전에 힘쓰며 수양하는 도학자로서의 삶을 살았다. 선생 44세 임진년에 왜란이 일어나자 격문을 돌려 의병을 일으켜 충의를 실천하였고 조정의 부름을 받았지만 그 뜻을 펴기도 전에 애석하게도 46세의 나이에 생을 마감하였다. 문집은 선생 사후 160년이 지난 1774년에 목판본으로 간행되어 영남 선비들에게 널리 읽혀왔다.

번역이 완료된 시점에서 독자들에게 이 책의 몇 가지 특징을 알려드려서 좀더 쉽고 재미있게 읽을 수 있는 방법을 말씀드리고자 한다.

먼저 역사적 가치로서 이 책의 시대적 배경을 생각하면서 읽으면 얻을 수 있는 것이 많을 것이다. 선생이 사셨던 16세기 후반은 퇴계 이황이 우리나라 성리학의 발전을 이끌며 많은 제자들을 육성하던 영남학파의 전성기였다. 이 책에 등장하며 물암 선생과 각별한 유대를 가졌던 류성룡, 박승임, 김륵, 김수, 김해, 이덕홍, 구봉령 등 다수의 인물은 당대 고위관료이자 영남학파의 주요 인물들이다. 문집의 글을 통해 당시 경향의 학자들이 느끼던 시대상을 읽어보는 것도 의미가 있을 것이다. 또한 안동, 영주, 봉화의 선비들이 함께 수학하며 교류했던 이야기를 찾아 향토사를 더듬어 보는 것도 적지 않은 재미를 더하는 방법이다.

다음, 교육적 가치로서 퇴계 선생께 수학한 물암 선생은 성리학 주요서적의 핵심적 내용들을 뽑아서 글로 정리해 둔 것으로 유명하다. 본문의 주인록, 훈몽잠, 강록의 내용들과 일부 시들 속에 들어있는 심학적 내용들은 유학자들이 가장 중요하게 생각하던 내용들로서 성리학의 기본적 가르침을 이해하는 데 많은 도움이 될 것이다. 그리고 한문 문장을 쉽게 접근할 수 있도록 원문 한자음을 괄호에 넣어 읽을 수 있도록 하고 필요한 곳에 주석을 달아 한문 문장을 공부하는 교재로서도 손색이 없다고 생각된다.

그리고 문학적 가치로서 물암 선생의 시와 문장은 대단히 완성도가 높고 의미가 치밀한 것이 특징이다. 안록산의 난으로 피난길의 나선 두보가 그 슬픔을 담은 최고의 한시를 남긴 것처럼 어려서 스승을 여의고 당쟁과 사화, 전쟁의 아픔이 고스란히 담긴 물암의 시와 문장은 절절하면서도 내면의 성숙함이 묻어나고 있다. 영남 사림에서 물암의 시들을 오랫동안 읊어 온 것은 그 문학적 완성도가 뛰어났음을 반증한다. 시인으로서의 물암 김륭을 만나보는 것도 새로운 감흥을 줄 것으로 생각된다. 그리고 학술적으로도 퇴계 성리학의 깊은 내용을 이해하는 단초로서 '삼서강록'은 한학을 전공하는 학자들에게도 큰 의미를 가지는 내용으로 평가된다.

마지막으로 도서출판 〈도훈〉의 깔끔하고 체계 있는 편집과 독자의 시감을 높일 수 있도록 2도 인쇄를 하여 시인성을 높인 점도 눈에 띤다. 400년의 역사를 넘어 조선의 선비와 현대의 독자들 간의 간극을 좁혀서 쉽게 이해하고 공감할 수 있도록 체제를 고민하고 세심하게 배려한 역자와 출판사의 노고에 경의를 표하며 하늘이 내린 천성의 의미를 잊고 살아가는 현대인들에게 삼가 일독을 권한다.

정 대 구 (시인, 문학박사) 근서

차례

[4] 시(詩)

1] 길, 배움과 가르침

[1]

勿巖集序 (李象靖)

물암집 서문 (이상정)

[1] 勿巖集序 (李象靖) 물암집 서문 (이상정)

退陶夫子嘗論朱門諸子曰(퇴도부자상론주문제자왈) 登門請益(등문
청익) 捧書質疑(봉서질의) 以發師傳之旨(이발사전지지) 至敎之發(지
교지발) 由斯人而得(유사인이득) 則同歸於有裨斯道(즉동귀어유비사도)
是亦考亭之徒也(시역고정지도야)

일찍이 퇴계 이황 선생께서 주자(朱子) 문하의 제자들에 대해 논하시
며 말씀하시길 "학당에서 학업을 청하기도 하고 글을 올려 의문 나는
것을 질문함으로써 스승이 전한 학문의 의미를 계발하였다. 지극한 가
르침의 발전이 이 사람들 덕분에 얻어진 것이라고 보면, 이들이 함께
우리 유학의 도(儒道)가 성장하는 데 도움을 준 것이니, 이 또한 주자(考
亭)의 문도들이다."라고 하셨다.

嗟夫(차부) 我東方道學之傳(아동방도학지전) 莫盛於退陶(막성어퇴
도) 實承朱門之正適(실승주문지정적) 而摳衣請業之士(이구의청업지
사) 皆極一時之選(개극일시지선) 相與質疑辨難(상여질의변난) 以發其
師旨者殆數十家(이발기사지자태수십가) 而勿巖先生金公居其一焉
(이물암선생김공거기일언)

아, 우리 동방에 도학이 전승된 이후 퇴계보다 빼어난 이가 없으니 진
실로 주문(朱門, 주자학문)의 적통을 계승하였다고 할 만하다. 또한 제자

의 예를 올리고 퇴계를 스승으로 모시며 배운 선비들은 모두 그 당시 특출난 분들이었다. 서로 함께 의문스러운 것을 묻고 어려운 것을 분석하여 스승의 가르침을 발전시킨 사람들이 거의 수십 명에 이르는데, 물암 선생 김공도 그중 한 분이시다.

蓋自童稚之歲(개자동치지세) 受小學家禮太極圖易通諸書而錄其答問之辭(수소학가례태극도역통제서이록기답문지사) 雖句讀訓詁之末(수구독훈고지말) 亦皆謹記而詳載(역개근기이상재) 條例縝密(조례진밀) 旨義簡明(지의간명) 而其文理密察之功(이기문리밀찰지공) 誨人不倦之誠(회인불권지성) 呈露於文字言語之外(정로어문자언어지외) 今讀而玩之(금독이완지) 怳若身操几杖(황약신조궤장) 周旋於函丈之次(주선어함장지차) 而親聆其音旨(이친령기음지) 是則師門傳授之實(시즉사문전수지실) 亦可因是而有得焉(역가인시이유득언) 若先生者(약선생자) 豈非退陶之徒也歟(기비퇴도지도야여)

(선생께서는) 어려서부터 퇴계 선생께 소학(小學), 가례(家禮), 태극도(太極圖), 역통(易通) 등의 온갖 서적을 수업하며 스승과 문답했던 말들을 기록하였는데, 작은 구절이나 글자를 풀이하는 세밀한 내용들까지 모두 빠짐없이 세밀하게 기록하셨다. 그 체제가 치밀하고 내용의 의미가 분명하게 드러나며, 그 문리를 세밀하게 살펴서 기록한 것이었다. 이를 보면 (스승께서) 싫증 내지 않고 부지런히 가르치는 진심 어린 정성이 글에서 드러난다. 지금 읽고 음미해 보아도 마치 나 자신이 스승님을 모시고 직접 가르치는 음성을 듣는 것 같은 기분이 든다. 이 기록이 곧 스승의 문하에서 전수받은 것들의 실체이며, 또한 이 덕분에 (우리가) 그 가르침을 얻는 것이 있을 것이다. 물암 선생 같은 분이야말로 어찌 진정한 퇴계의 제자가 아니라고 할 수 있겠는가?

及退而處於家(급퇴이처어가) 則承顔盡歡之外(즉승안진환지외) 杜門淨掃(두문정소) 硏窮體驗(연궁체험) 做人有錄而進修著於日用(주인유록이진수착어일용) 訓蒙有箴而行誼篤於彝常(훈몽유잠이행의독어이상) 以所聞於師門者而推廣會通(이소문어사문자이추광회통) 得之心而見諸行事(득지심이견제행사) 至其論天將之弊而明復讐之大義(지기론천장지폐이명복수지대의) 拒賑濟之任而嚴持喪之正禮(거진제지임이엄지상지정례) 皆所明天理淑人心而有補於名敎(개소명천리숙인심이유보어명교) 不特載之空言而已也(불특재지공언이이야)

(선생께서) 도산서원에서 돌아와 집에 계실 때는, 부모님을 봉양할 때 말고는 항상 문을 닫고 깨끗이 청소한 후 학문을 연구하고 체험하는 데 온 힘을 다하셨다. 주인록(做人錄)을 지어 일상생활 속에서 덕과 학업을 쌓고, 훈몽잠(訓蒙箴)을 지어 떳떳한 본성을 밝히고 올바른 행위를 독려하였다. 스승에게서 배운 것을 더욱 넓히고 잘 해석했으며, 마음속에 터득한 것을 실제 행동으로 옮기셨다. (임진왜란 때 원병으로 온) 명나라 장수들의 폐단을 논박하고 복수의 대의(大義)를 밝힌 것에서부터 (흉년이 들자 성주가 요청한) 재난구제의 소임을 거절하고 부모상을 치르며 바른 예법을 엄격히 지키신 것에 이르기까지, 모두가 하늘의 이치를 세상에 밝히고 사람들의 마음을 맑게 교화하여 유교(名敎)의 발전에 도움이 되게 한 것들이니, 선생의 모든 말씀은 (모두 실천궁행한 것이지) 한갓 빈말을 기록한 것이 아니다.

惜其不大顯庸於世(석기부대현용어세) 以展布其所學(이전포기소학) 而僅添一命(이근첨일명) 旋卽不幸(선즉불행) 不得以其所得於心者而沈酣飽飫(부득이기소득어심자이침감포어) 以極其中晩之工(이극기중만지공) 豈非百載不盡之憾哉(기비백재부진지감재)

아! 애석하도다! 세상에 (조정에 발탁되고) 크게 드러나 익힌 학문을 제대로 펴 보지도 못한 채 겨우 한 번 왕명을 받아 벼슬을 제수 받았지만, 불행히도 곧이어 세상을 떠나시고 말았다. 조금 더 오래 사셨다면 마음속에 터득한 학문이 중년 이후 더욱 깊이 무르익어 극치에 이르렀었을 텐데 (일찍 돌아가셔서) 단절되어 버렸으니, 이 어찌 백년이 지나도 아쉽기만 한 유감스런 일이 아니겠는가.

有詩文雜著若干卷(유시문잡저약간권) 僅存於煨燼之餘(근존어외신지여) 榮之人士謀所以鋟諸梓(영지인사모소이침제재) 使先生六世孫世椀甫(사선생육세손세완보) 辱命於象靖(욕명어상정) 俾有以勘校而弁其首(비유이감교이변기수) 自知不敏(자지불민) 何足以與聞斯事(하족이여문사사) 竊念先生六世祖三路先生(절염선생육세조삼로선생) 與吾先祖牧隱相友善(여오선조목은상우선) 有贈行諸詩(유증행제시) 卽古所謂有通家之義焉者(즉고소위유통가지의언자) 不敢終辭(불감종사) 遂書其所感於心者如此(수서기소감어심자여차) 歲甲午春正月下澣(세갑오춘정월하한) 韓山李象靖(한산이상정) 序(서)

남아있던 선생의 문장들이 (서당에 발생한) 화재로 거의 다 불타 버리고 시와 문장들이 겨우 몇 권만이 남아 있었는데, 영주(영천榮川)의 선비들이 목판으로 문집을 간행할 것을 의논하고, 선생의 6세손 김세완이 찾아와 나에게 서문을 쓰도록 부탁하였다. 나 자신이 부족한 것을 잘 아는데 어찌 이 일을 감당할 수 있겠는가? 하지만 가만히 생각해 보면 선생의 6대조 삼로(三路, 김이음) 선생은 나의 선조 목은(牧隱, 이색)과 친하게 지냈고, 헤어지며 서로에게 써주었던 시들이 남아 있다. 이를 보면 옛날에 말하던 이른바 집안 간에 소통하는 통가(通家)의 의리가 있는 집안이 아니던가. 그리하여 내가 끝내 사양하지 못하고 마침내 마음에 느낀 바를 적으니 위와 같다. 갑오년(1774년) 정월 하순 한산이씨 이상정이 서문을 쓰다.

* 이상정(李象靖, 1711~1781). 본관 한산(韓山). 자 경문(景文). 호 대산(大山). 1735년(영조 11) 증광문과에 병과로 급제, 정언(正言)을 거쳐 예조참의·형조참의에 이르렀다. 경상도 안동(安東)에서 학술을 강론하여 많은 제자를 길렀는데, 그의 학문은 이황(李滉)의 학통을 계승하여 성리학 연구에 깊었다. 저서에 《대산문집》, 《약중편제(約中編制)》《사칠설(四七說)》, 그리고 후세들이 편집·간행한 《대산실기(大山實記)》 등이 있다. -(두산백과)

* 이하 물암집 전체에서 독자들이 쉽게 알아볼 수 있도록 문집 원문은 파란색, 번역문과 참고자료는 검은색으로 표시하였고 제목 등 오해의 소지가 없는 일부 내용도 파란색으로 표시하였다.

[2]

물암 선생의 생애

1. 勿巖先生年譜 물암선생연보(일대기)

○ **1549년(명종 4년) 선생 1세**

皇明世宗皇帝嘉靖二十八年明宗大王四年(황명세종황제가정28년 명종대왕4년) 己酉十二月二十九日(기유십이월이십구일) 先生生于榮川郡東新川里第(선생생우영천군동신천리제) 先生七世祖靖勇公(선생 칠세조정용공) 始卜居新川(시복거신천)

명나라 세종황제 가정(연호) 28년, 명종대왕 4년 기유년(1549년) 12월 29일 선생께서 영천군(현 영주시) 동쪽 신천리 집에서 태어났다. 선생의 7세 조부 정용공께서 처음으로 신천에 자리를 잡으셨다.

○ **1556년(명종 11년) 선생 8세**

三十五年丙辰(35년병진) 先生八歲 병진(1556년) 선생 8세
先生自在髫齔(선생자재초츤) 已知事親之道(이지사친지도) 鄰有八 歲兒(인유팔세아) 叱辱其母(질욕기모) 先生怒責曰(선생노책왈) 汝知喫 飯而侮其母如此(여지끽반이모기모여차) 卽與禽獸何異(즉여금수하이) 遂痛毆之(수통구지) 自是村中兒童(자시촌중아동) 咸知敬其父母(함지 경기부모)

선생께서는 아직 코흘리개 어린아이였지만 이미 부모를 섬기는 도리

를 알았다. 이웃에 8살 난 아이가 그 어미를 나무라며 욕하는 것을 보자 선생께서 성내며 꾸짖어 말하기를 "너는 밥을 먹을 줄은 알면서 이와 같이 어미를 업신여기니 곧 금수(禽獸)와 무엇이 다르겠는가" 하면서 회초리를 들었다. 이때부터 마을 아이들이 모두 그 부모를 공경할 줄 알게 되었다.

* 髫齓(초츤) : 다박머리에 앞니를 갈 무렵의 어린아이란 뜻으로, '일곱이나 여덟 살의 어린 때'를 이르는 말.

○ 1562년(명종17년) 선생 14세

四十一年壬戌(41년임술) 先生十四歲 임술(1562년) 선생 14세
從學嘯皐朴先生承任之門(종학소고박선생승임지문) 時朴先生奬進鄕秀(시박선생장진향수) 先生就學焉(선생취학언) 言語行止(언어행지) 沈靜端雅(침정단아) 於書必溯流窮源(어서필류궁원) 極其歸趣(극기귀취) 見者已以宿儒目之(견자이이숙유목지)
嘗與羣童讀書(상여군동독서) 有一婦人過焉(유일부인과언) 羣童皆踞席自如(군동개거석자여) 先生獨俯伏(선생독부복) 待其行稍遠乃起(대기행초원내기) 朴先生見而異之(박선생견이이지) 謂羣童曰(위군동왈) 此兒當爲大人(차아당위대인) 汝等須以此兒爲法(여등수이차아위법)

선생께서는 14세에 소고 박승임 선생의 문하에서 배움을 시작하였다. 이때 박 선생께서는 고장의 수재들에게 학문을 권장하고 있었고 선생도 그분께 취학하였다. 선생은 말, 글, 행동거지가 깨끗하고 단아하였으며 책을 보면 반드시 그 근원까지 거슬러 올라가 근본에 이르고, 문장 속뜻의 지극한 곳까지 다다랐으니 보는 사람들이 이미 학식 높은 선비처럼 보인다고 하였다.

일찍이 여러 아이들과 더불어 책을 읽고 있는데 한 부인이 지나가자 여러 아이들이 모두 자리에 걸터앉아 태연히 있었지만 선생만은 유독 고개를 숙이고 엎드린 채 부인이 멀어질 때를 기다린 후에 일어났다. 박 선생께서 그것을 보고 기특하게 여겨 말씀하시기를 "이 아이는 마땅히 큰 사람이 될 것이다. 너희들은 모름지기 이 아이를 본받아라"고 하셨다.

* 박승임(朴承任, 1517~1586). 본관 반남, 자 중포(重圃), 호 소고(嘯皐), 이황(李滉)의 문인이다. 1540년(중종 35년) 식년문과(式年文科)에 병과로 급제, 이조좌랑 등을 거쳐 정언(正言)을 지내고, 소윤(小尹)의 횡포가 날로 심해지자 벼슬을 버리고 고향에 돌아갔다. 1547년(명종 2년) 예조정랑에 임명되고, 그 뒤 현풍현감이 되어 굶주린 백성을 구휼하는 데 힘썼다. 1557년 윤원형(尹元衡)의 세도가 더욱 심하자 벼슬을 사직하고 학문에 힘썼다. 이후 풍기군수·판교(判校) 등을 거쳐 진주목사(晉州牧使)에 이르렀다. 1569년(선조 2년) 동지부사(冬至副使)로 명나라에 다녀온 뒤, 황해도관찰사·도승지(都承旨)·춘천부사(春川府使) 등을 지냈다. 1583년 대사간이 되었으나, 선조의 미움을 사 창원부사로 좌천되었다. 얼마 뒤 중앙에 소환되었다가 병사하였다. 심학(心學)·성리학을 깊이 연구하였으며, 영주(榮州) 구산정사(龜山精舍)에 제향되었다. 저서에 《성리유선(性理類選)》 《공문심법유취(孔門心法類聚)》 《강목심법(綱目心法)》과 문집 《소고집》이 있다. −(두산백과)

○1564년(명종 19년) 선생 16세

四十三年甲子(43년갑자) 先生十六歲 갑자년(1564년) 선생 16세 隨嘯皐先生遊京師(수소고선생유경사) 時嘯皐先生在京邸(시소고선생재경저) 以先生學業日進(이선생학업일진) 不可使之作輟(불가사지작철) 挈往敎授(설왕교수) 與李良弼(여이양필) 任仲圭(임중규) 任信圭諸人同學(임신규제인동학)

소고선생을 따라 서울에 유학했다. 이때 소고선생이 서울 집에 계실 때였으나, (영주가 집인) 선생의 학업이 나날이 발전하여 그칠 줄을 모르니 학업을 중단할 수 없다고 여겨 제자를 서울로 데려가 가르치신 것이다. 이때 이양필, 임중규, 임신규 등 여러 사람과 함께 공부하였다.

○ 1565년(명종 20년) 선생 17세

四十四年乙丑(44년을축) 先生十七歲 을축년(1565년) 선생 17세
自京南還(자경남환) 서울에서 영주로 돌아왔다.

○ 1566년(명종 21년) 선생 18세

四十五年丙寅(45년병인) 先生十八歲 가정45년 병인년(1566년)
선생 18세
始受業于退溪李先生之門(시수업우퇴계이선생지문) 時退溪先生講
道陶山(시퇴계선생강도도산) 朴先生使先生就而受學(박선생사선생취
이수학) 以詩送之曰(이시송지왈) 十五男兒志(십오남아지) 三千弟子行
(삼천제자행) 指南玆路直(지남자로직) 鞭策莫棲遑(편책막서황) 先生自
是益知內外輕重之分(선생자시익지내외경중지분) 慨然有求道之志(개
연유구도지지)

  18세에 비로소 퇴계 선생 문하에서 학문을 배우기 시작하였다. 이때
퇴계 선생은 도산에서 도학을 강의하고 계셨는데, 박승임 선생께서 선
생에게 퇴계 선생께 나아가 배우도록 하신 것이다. 이때 박 선생께서
시를 지어 송별하셨는데 "15세 남아의 뜻은 (공자) 3천 제자의 길이라,
남쪽을 가리키는 이 길이 곧으니 스스로 채찍질하며 머뭇거리지 마시
게"라고 하셨다. 선생께서 이때부터 더욱 안과 밖, 가벼움과 무거움의
구분을 더욱 알게 되었고 거침없이 도를 구하는 뜻을 펼쳤다.

○ 1567년(명종 22년) 선생 19세

穆宗皇帝隆慶元年丁卯(목종황제륭경원년정묘) 先生十九歲
목종황제 능경원년 정묘년(1567년) 선생 19세
講小學家禮于陶山(강소학가례우도산) 有講錄(유강록) 讀書(독서) 每
坐巖棲軒平牀北偏(매좌암서헌평상북편) 未嘗易處(미상역처) 先生儀
表魁偉(선생의표괴위) 資性方嚴(자성방엄) 同學諸生方喧譁(동학제생
방훤화) 見先生輒肅然(견선생첩숙연)

도산서원에서 소학과 가례를 수강하였다. 그 강록이 남아 있다. 책을
읽을 때는 항상 도산서원 내 암서헌 마루 북쪽에 앉아서 보았으며, 한
번도 자리를 옮기지 않았다. 선생의 몸가짐과 태도가 씩씩하였고, 성품
과 자질이 바르고 엄격하였다. 함께 공부하는 다른 생도들이 시끄럽게
떠들다가도 선생을 보면 짐짓 엄숙해졌다고 한다.

○ 1568년(선조 원년) 선생 20세

二年宣祖大王元年(2년선조대왕원년) 戊辰(무진) 先生二十歲
능경2년 선조대왕원년 무진년(1568년) 선생 20세
講太極圖說(강태극도설) 通書于陶山(통서우도산) 有講錄(유강록) 先
生勵志爲學(선생여지위학) 深思力索(심사역색) 凡有問辨(범유문변) 必
直窮到底(필직궁도저) 退溪先生大加期獎(퇴계선생대가기장) 益以向
上事業勉之(익이향상사업면지)

도산서원에서 퇴계 선생으로부터 태극도설과 통서를 수강하였다. 그
강록이 남아 있다. 선생께서 스스로 분발하여 공부하면서 깊이 생각하
고 힘써 탐색하였으며, 무릇 의문이 있으면 반드시 바로 연구하여 그

근본에 도달하였다. 이에 퇴계 선생께서 더욱 크게 기대하며 공부를 장려하셨다. 선생께서는 학문이 향상될수록 더욱 힘써 공부하였다.

○ 1569년(선조 2년) 선생 21세

三年己巳(3년기사) 先生二十一歲 기사년(1569년) 선생 21세

杜稜書堂成(두릉서당성) 杜陵洞(두릉동) 在新川北五里(재신천북오리) 先生愛其有幽靜之趣(선생애기유유정지취) 臨澗築室(임간축실) 以爲講讀之所(이위강독지소) 退溪先生手書扁額以與之(퇴계선생수서편액이여지) 陵字去阜從禾(능자거부종화) 蓋因地名以寓戒也(개인지명이우계야) 先生每歸自陶山(선생매귀자도산) 輒處書堂(첩처서당) 左右圖書(좌우도서) 研窮體驗(연궁제험) 樂而忘食(낙이망식)

두릉서당을 지었다. 두릉동은 (영주) 신천리 북쪽으로 5리 떨어진 곳에 있다. 선생께서 그곳의 그윽하고 조용한 풍취를 사랑하여 산골 계곡 옆에 집을 짓고 독서와 사색의 장소로 삼은 것이다. 이때 퇴계 선생께서 손수 서당의 편액(현판)을 써 주셨는데 두릉(杜陵)의 릉(陵, 언덕 릉) 자에서 부(阝)자를 떼어내고 화(禾, 벼 화)를 넣어 릉(稜, 모날 릉)으로 바꾸셨으니, 대략 지명을 이용하여 오만함을 경계하는 뜻을 담은 것이다. 선생께서 도산서원에서 돌아오면 언제나 서당에 머물면서 많은 도서를 연구하고 체험하였고, 공부하는 즐거움에 밥을 먹는 것도 잊었다.

* 두릉동은 현재 행정구역으로는 경북 봉화군 봉화읍 적덕리에 있으며, 선생의 본가인 영주시 이산면 신천리에서 2km 떨어진 곳이다.

○ 1570년(선조 3년) 선생 22세

四年庚午(4년경오) 先生二十二歲 경오년(1570년) 선생 22세
講西銘于陶山(강서명우도산) 賦詩一絶(부시일체) 上退溪先生(상퇴
계선생) 詩曰(시왈) 顔氏曾云鑽彌堅(안씨증운찬미견) 公孫亦曰若登天
(공손역왈약등천) 當年此語方知得(당년차어방지득) 却步圖前理豈然
(각보도전이기연)

　도산서원에서 퇴계 선생으로부터 서명(西銘)을 수강하였다. 시(絶絶句)
한 편을 지어 퇴계 선생께 올렸다. 그 시에 "안회는 뚫을수록 더욱 단단
해진다고 하셨고, 공손추 역시 하늘을 오르는 것 같다고 하였는데, 올해
에 이르러 그 말의 뜻을 비로소 알게 되었고 성학십도 앞에 서 보니 이
치가 어찌 그러한지 깨닫습니다."고 하였다.

* 서명(西銘) : 중국 송(宋)나라의 성리학자 장재(張載:1020~1077)가 지은 서재(書齋)의 서쪽
  창에 걸어놓은 명(銘). 유교의 기본 윤리인 인(仁)의 도리를 설명한 글로 중국 철학사상 중요
  한 논문의 하나임. 주희(朱熹)가 특별히 주석을 붙이자 후대 학자들이 이에 주목하게 되어 동
  명과 서명에 대한 많은 주해서(注解書)가 나오게 되었음. 특히 서명은 군도(君道)에 가장 절실
  한 교훈이 되기 때문에 조선 선조(宣祖) 때에 이황(李滉)이 일찍이 그림으로 그려 바친 바 있
  음.
* 1568년 겨울, 퇴계 선생이 68세 때 그동안 자신이 익힌 성리학의 기본개념을 열장의 그림에
  담아 성군이 되기를 바라며 17세 어린 왕 선조에게 올렸다. '성학십도'라는 명칭은 본래 '진성
  학십도차병도(進聖學十圖箚幷圖)'라고 수록되어 있으나 일반적으로 진·차·병·도 글자를 생략
  해 '성학십도'로 명명되고 있다. 진(進)은 성학십도의 글을 왕(王:宣祖)에게 올린다는 의미이
  고, 차(箚)는 내용이 비교적 짧은 글을 왕에게 올린다는 뜻이다. 그리고 병도는 도표(圖表)를
  글과 함께 그려 넣는다는 뜻이다. 십도(十圖)는 태극도·**서명도**·소학도·대학도·백록동규도·심
  통성정도·인설도·심학도·경재잠도·숙흥야매잠도 등 10가지이다.

- (한국학중앙연구원)

三書講錄成(삼서강록성) 先生於太極圖說(선생어태극도설) 通書(통서) 家禮等書(가례등서) 尤極研窮(우극연궁) 拈出疑義(염출의의) 往復辨難(왕복변란) 隨手箚記(수수차기) 名以講錄(명이강록) 金鶴沙應祖識其後(김학사응조지기후) 略曰(약왈) 家禮(가례) 該物則(해물칙) 太極圖說(태극도설) 通書(통서) 明道體(명도체) 學者所當講而明(학자소당강이명) 勿巖金先生以弱冠之年(물암김선생이약관지년) 慨然以道學自任(개연이도학자임) 今觀三書講錄(금관삼서강록) 皆先生所自手錄(개선생소자수록) 要以明天理之節文(요이명천리지절문) 闡道體之精微(천도체지정미) 不啻敎人一箇塗轍(불시교인일개도철) 誠宜鋟梓(성의침재) 以廣其傳云云(이광기전운운)

삼서(三書)의 강록을 완성하였다. 선생께서 '태극도설', '통서', '가례' 등의 책을 지극히 연구하고 궁리하였고, 의문이 생기는 것을 뽑아내어 (스승과) 논의를 주고받으며 손수 기록하여 이를 강록(講錄)이라고 이름 지었다. 학사 김응조가 그 뒤에 이에 대하여 (발문을) 쓰기를 "가례(家禮)가 물건을 갖추는 것이라면 태극도설(太極圖說)과 통서(通書)는 도체를 밝히는 것이니, 학자라면 마땅히 공부하여 익혀야 하는 것이다. 물암 선생은 약관의 나이에 거침없이 도학을 스스로의 임무로 삼으셨다. 이제 삼서 강록을 보니 모두 선생께서 직접 손으로 기록한 것인데, 그 내용이 모두 천리의 핵심 내용과 도체(道體, 도의 본체)의 은밀한 부분을 설명한 중요한 것들이다. 한 사람씩 따로 가르치는 데 그쳐서는 아니 될 것이므로 마땅히 책으로 발간하여 그 내용을 널리 알려야 할 것이다."고 하였다.

經書釋義成(경서석의성) 後失火不傳(후실화부전)

'경서석의'를 완성하였으나, 나중에 화재가 난 이후로는 전해지지 않는다.

十月(10월) 讀書于杜稜書堂(독서우두릉서당) 先生歸自陶山(선생귀자도산) 退溪先生以詩送之曰(퇴계선생이시송지왈) 君身政似鱗將變(군신정사린장변) 我學還如載未嘗(아학환여자미상) 歲晏送君歸勉業(세안송군귀면업) 寒齋塊處意偏長(한재괴처의편장) 後又貽書以勉之(후우이서이면지) 略曰(약왈) 君看文字細密(군간문자세밀) 儕輩間鮮有其比(제배간선유기비) 某曾所誤看處(모증소오간처) 因君開發多矣(인군개발다의) 然若狃於所長(연약유어소장) 一向如此(일향여차) 則害亦不少(즉해역불소) 幸須留意(행수유의) 算法恨不及君在時究得之(산법한불급군재시구득지) 然會當仍便請敎也云云(연회당잉편청교야운운) 先生自是益自奮勵(선생자시익자분려) 以講學明理爲己任(이강학명리위기임) 須臾不懈(수유불해) 日處書堂(일처서당) 儼然端坐(엄연단좌) 講讀不輟(강독불철)

10월에 두릉서당에서 책을 읽었다. 선생께서 도산에서 돌아올 때 퇴계 선생께서 시를 지어 송별하며 "그대의 몸은 정말로 물고기가 용으로 변하는 듯한데, 내 학문은 아직 맛을 보지 못한 고기산적 같다네. 연말에 그대 보내며 학문을 권장하니, 서재에 홀로 있어도 공부하는 뜻 유달리 좋으리라." 하였고 그 뒤에 또 편지를 보내서 학문을 권장하였으니 대략 다음과 같다. "그대는 문자를 세밀하게 보니, 동료 무리들 사이에서 비교할 만한 사람이 적다. 일찍이 내가 잘못 본 것을 그대 덕분에 제대로 알게 된 것이 많다. 그러나 만일 잘하는 것에만 익숙하여 지금처럼만 한다면 곧 그 해가 적지 않을 것이니 모름지기 유의하기 바란다. 산법(算法)은 그대가 있을 때 연구하여 얻지 못하여 아쉬운 것이 있으니, 따로 인편으로 가르침을 청할 것이다" 등이다. 선생께서 이때부터 더욱 스스로 분발하고 노력하였고, 강학(講學)으로 이치를 밝히는 깃을 자신의 소임으로 삼았다. 모름지기 잠시도 쉬지 않고 날마다 서당에서 진지하고 단정하게 앉아서 강독을 멈추지 않았다.

十二月(12월) 退溪先生易簀(퇴계선생역책) 心喪三年(심상3년) 著麤布直領(착추포직령) 不飮酒食肉(불음주식육) 每月朔望(매월삭망) 持奠需往參(지전수왕참) 村人以先生來往(촌인이선생래왕) 知月之大小云(지월지대소운)

12월에 퇴계 선생께서 돌아가시자 3년간 심상(상복을 입지 않고 장례를 치름)을 치렀다. 거친 베옷과 두루마기를 입고 지냈으며, 술과 고기를 금하고 매월 초하루와 보름에 제수용품을 가지고 가서 제사에 참석했다. 마을 사람들이 선생이 오가는 것을 보고 그 달의 길고 짧음을 알았다고 한다.

* 영주 신천리와 안동 도산서원은 직선거리로 15km, 산길로 20km가 넘는다.

* 易簀(역책) : 증자(曾子)가 죽을 때를 당하여 삿자리를 바꾸었다는 옛일에서, 학식(學識)과 덕망(德望)이 높은 사람의 죽음이나 임종(臨終)을 이르는 말.
* 심상(心喪) : 상복을 입지는 아니하나 상중과 같이 처신하는 행위. 죽은 자와의 혈연관계는 없으나 애모의 정이 친 자손에 못지않은 경우로, 제자가 스승을 위하여 심상을 입을 수 있으며 그 거상 기간은 3년이다.
*직령(直領) : 두루마기 깃과 같은 곧은 옷깃. 깃이 곧은 데에서 나온 명칭인데, 직령으로 된 도포(袍포)를 그대로 직령이라 하기도 한다.

○ 1571년(선조 4년) 선생 23세

四年辛未(4년신미) 先生二十三歲 신미년(1571년) 선생 23세
三月(3월) 會葬退溪先生(회장퇴계선생) 有祭文(유제문)

3월에 퇴계 선생 장례에 참여하였다. 제문이 있다.

五年壬申(6년임신) 先生二十四歲 능경6년 임신년(1573년) 선생 24세
四月(4월) 與同門諸人(여동문제인) 會陶山(회도산) 議建尙德祠(의건상덕사)

4월에 동문 여러 사람들과 도산에 모여 상덕사 건립을 의논하였다.

* 상덕사(尙德祠) : 퇴계 이황 선생과 월천 조목 선생의 위패를 봉안하고 향사를 지내는 사당으로 선조 7년(1547)에 건립되었다. 도산서원의 제일 뒤쪽에 위치하고 있다. 주위를 담장으로

둘러싸고 있으며 앞쪽에 삼문을 두어 일곽을 이루고 있다. 정면 3칸 측면 2칸의 홑처마 단층 와가에 팔작지붕 굴도리집이다. 건물 전면에는 반 칸 후퇴하여 평주 4개를 설치하였으며 네모 기둥에 공포를 두지 않은 검소하게 지은 건물이다. -(사진으로 보는 한국전통건축)

○ 1573년(선조 6년) 선생 25세

神宗皇帝萬曆元年癸酉(신종황제만력원년계유) 先生二十五歲
계유년(1573) 선생 25세

做人錄成(주인록성) 先生嘗手寫庸學正文(선생상수사용학정문) 沈潛玩繹(침잠완역) 融會貫通(융회관통) 其於言顧行行顧言(기어언고행행고언) 博學審問愼思明辨篤行(박학심문신사명변독행) 毋自欺愼其獨等處(무자기신기독등처) 未嘗不三復致意(미상불삼복치의) 又拈出尊德性道問學(우념출존덕성도문학) 齊明盛服(재명성복) 非禮不動等章作圖(비례부동등장작도) 又取古聖賢格言要訓及玉藻九容(우취고성현격언요훈급옥조구용), 慕齋家訓中語(모재가훈중어) 書諸帖子(서제첩자) 以備觀省(이비관성) 合而名之曰做人錄(합이명지왈주인록)

주인록(做人錄)을 완성하였다. 선생께서 일찍이 중용과 대학의 본문을 손으로 필사하고 깊이 생각하며 뜻을 탐구하여 이해하고 꿰뚫어서 언고행행고언(言顧行行顧言, 말은 행실을 돌아보고 행실이 말을 돌아본다) 박학(博學, 넓게 공부하다) 심문(審問, 찾아 묻는다) 신사(愼思, 삼가 생각하다) 명변(明辨, 밝게 판단하다) 독행(篤行, 독실하게 행하다) 무자기신기독(毋自欺愼其獨, 혼자 있어도 자신을 속이지 않는다) 등은 일찍이 세 번 반복하여 뜻을 통하게 하지 않은 적이 없었다. 또한 존덕성도문학(尊德性道問學, 덕성을 보존하고 학문으로 덕성을 배양함), 재명성복(齊明盛服, 재계하고 복장을 갖춤) 비례부동(非禮不動, 예가 아니면 움직이지 아니함) 등을 뽑아내어 그림(圖)으로 그렸다. 또한 옛 성현의 격언과 중요한 가르침과 예기 옥조(玉藻)편의 구용(九容), 모재가훈(慕齋家訓) 속에서 좋은 말씀을 뽑아 첩자에 써두고 보면서 성찰하였는데 이를 합하여 엮어 이름 붙인 것이 주인록(做人錄)이다.

* 존덕성 도문학(尊德性 道問學) : 유교(儒敎)에서 제시하는 대표적 수양 방법.《중용(中庸)》제27장에 보인다. 존덕성은 인간이 선천적으로 부여받은 선한 덕성을 존숭하고 보존할 것을 강조하고, 도문학은 학문을 통하여 선한 덕성을 배양할 것을 주장한다.

七月(7월) 讀書于伊山書院(독서우이산서원) 與張山甫汝㮨(여장산보여직) 黃光遠曙諸人共棲(황광원서제인공서)

7월에 이산서원에서 책을 읽었다. 산보 장여직, 광원 황서 등 여러 사람과 함께 기거하였다.

十一月(11월) 赴會伊山書院(부회이산서원) 奉安退溪先生位版(봉안퇴계선생위판) 翌日(익일) 與李蒙齋安道(여이몽재안도) 李艮齋德弘(이간재덕홍) 同宿烽寺(동숙봉사) 有感懷詩(유감회시)

11월에 이산서원에 모여서 퇴계 선생의 위패를 봉안하였다. 다음 날 몽재 이안도, 간재 이덕홍과 함께 봉사(烽寺)에서 잤다. 감회를 담은 시가 있다.

경북 영주 이산면 이산서원 경지당 -(한국학중앙연구원)

○ 1574년(선조 7년) 선생 26세

二年甲戌(2년갑술) 先生二十六歲 갑술년(1574) 선생 26세
春(춘) 謁退溪先生墓(알퇴계선생묘) 有拜墓詩及溪上舊宅巖棲軒
述懷詩(유배묘시급계상구택암서헌술회시)

봄에 퇴계 선생의 묘를 알현하다. 묘를 방문한 감회와 퇴계 선생 옛집
과 도산서원 암서헌에서의 감회를 담은 시가 있다.

送嘯皐先生赴任慶州(송소고선생부임경주) 有餞行詩(유전행시)

경주부윤으로 부임하는 소고선생을 전송하였다. 송별의 시가 있다.

○ 1575년(선조 8년) 선생 27세

三年乙亥(3년을해) 先生二十七歲 을해년(1575) 선생 27세
聘夫人文氏(빙부인문씨) 參奉經濟女(참봉경제녀) 秋(추) 行釋菜禮
于伊山書院(행석채례우이산서원) 時先生爲山長(시선생위산장) 有一儒
生不謹禮貌(유일유생불근례모) 先生嚴加警責(선생엄가경책) 儒綱遂振
(유강수진)

부인 문 씨에게 장가들었다. 참봉 문경제의 딸이다. 가을에 이산서원
에서 석채례를 지냈다. 이때 선생께서 (서원)원장이 되었는데 한 유생이
오만하여 예절을 지키지 아니하자 선생께서 엄히 경계하고 책망하니
드디어 선비의 기강이 세워졌다.

* 석채례(釋菜禮) : 희생을 제물로 쓰지 않고 채소와 곡식 등을 올려 간소하게 스승을 제사하는
  의식. 이때 시문과 경문을 짓고 해석한다.

○ 1576년(선조 9년) 선생 28세

四年丙子(4년병자) 先生二十八歲 병자년(1576) 선생 28세

春(춘) 赴會陶山書院(부회도산서원) 奉安位版(봉안위판) 有同門唱酬詩(유동문창수시)

봄에 도산서원에 모여 퇴계 선생의 위패를 봉안하였다. 이때 동문들과 주고받은 시가 있다.

秋(추) 赴試漢城(부시한성) 先生本不屑擧業(선생본불설거업) 以親命僶勉赴試(이친명민면부시) 旣入城(기입성) 與許荷谷篈(여허하곡봉), 李五峯好閔(이오봉호민), 金夢村睟(김몽촌수), 禹副正世臣(우부정세신), 李平叔咸亨(이평숙함형), 李棐彥國弼(이비언국필), 韓益之浚謙(한익지준겸), 韓子受百謙(한자수백겸) 日相從遊(일상종유) 討論經史(토론경사) 有唱酬諸作(유창수제작)

가을에 서울(한성)에 시험을 보러 갔다. 선생께서는 처음부터 과거에 응시하는 것을 달갑게 여기지 않았으나, 부모님의 명에 따라 마지못해 과거에 응시하였다. 이윽고 한양에 들어가서는 하곡 허봉, 오봉 이호민, 몽촌 김수, 부정 우세신, 평숙 이함형, 비언 이국필, 익지 한준겸, 자수 한백겸 등과 더불어 날마다 어울려 경전과 역사를 토론하였다. 이때 주고받은 여러 편의 시가 있다.

月(월) 子起秋生(자기추생) 모월(某月)에 아들 기추가 태어났다.

○ 1577년(선조 10년) 선생 29세

五年丁丑(5년정축) 先生二十九歲 정축년(1577) 선생 29세

元日(원일) 作自警詩(작자경시) 詩在集中(시재집중) 二月(이월) 參伊
山書院釋菜禮(참이산서원석채례) 歸路(귀로) 訪朴醉睡漉(방박취수록),
金柏巖玏(김백암륵), 金晩翠蓋國(김만취개국), 李遠庵�喬(이원암교) 訪
李艮齋德弘于迂川書堂(방이간재덕홍우우천서당) 金柏巖(김백암), 朴
居中櫚(박거중려), 金希聖大賢(김희성대현) 來訪于杜稜書堂(내방우두
릉서당) 送李蒙齋安道赴松都(송이몽재안도부송도) 時蒙齋除穆淸殿
直郞(시몽재제목청전직랑) 有送行詩(유송행시) 哭後凋堂金公富弼(곡
후조당김공부필) 有哀悼詩(유애도시)

새해 첫날 스스로 삶의 자세를 경계하는 자경(自警) 시를 지었다. 시는
문집 속에 있다. 2월에 이산서원 석채례에 참여하였다. 돌아오는 길에
취수 박록, 백암 김륵, 만취당 김개국, 원암 이교를 방문하였다. 우천서
당에 있는 간재 이덕홍을 방문하였다. 김백암, 거중 박려, 희성 김대현
이 두릉서당을 찾아왔다. 몽재 이안도가 목청전직랑에 임명되어 송도
에 부임하는 것을 전송하였다. 송별시가 있다. 후조당 김부필공의 죽음
을 슬퍼하며 애도시를 지었다.

* 목청전(穆淸殿) : 이성계의 개성 옛집에 세워진 진전(眞殿)

十一月(11월) 讀心經于杜稜書堂(독심경우두릉서당) 有詩云(유시운)
掩卷雖茫然(엄권수망연) 開卷卽惕然(개권즉척연) 但能常惕惕(단능상
척척) 庶可學聖賢(서가학성현) 訪權松巖好文于靑城書堂(방권송암호
문우청성서당) 謁退溪先生墓(알퇴계선생묘) 有天淵臺巖棲軒感懷詩
(유천연대암서헌감회시) 十二月(12월) 柏巖(백암) 晩翠(만취) 遠庵來訪

于杜稜書堂(원암내방우두릉서당)

11월에 두릉서당에서 심경(心經)을 읽었다. 시를 지어 "책을 덮으면 캄캄하고 막막하지만/ 책을 펴면 곧 근심과 두려움이 찾아드네./ 이처럼 항상 경계하고 두려워한다면/ 여기서 가히 성현을 배울 수 있게 되겠지."라고 하였다. 청성서당에 있는 송암 권호문을 방문하였다. 퇴계 선생 묘를 알현하였다. 천연대 암서헌에서 감회를 적은 시가 있다. 12월에 백암, 만취, 원암이 두릉서원을 내방하였다.

* 심경 : 중국 송나라 진덕수의 저서. 성현의 마음을 논한 격언을 모으고, 여러 학자의 논설로써 주(註)를 달았다.

○ 1578년(선조 11년) 선생 30세

六年戊寅(6년무인) 先生三十歲 무인년(1578) 선생 30세
春(춘) 遊鶴駕山(유학가산) 山在安東府距郡南四十里(산재안동부거군남사십리) 有遊山諸作(유유산제작) 秋(추) 送李艮齋上京(송이간재상경) 時艮齋以集慶殿參奉赴謝(시간재이집경전참봉부사) 先生賦詩以贈(선생부시이증)

봄에 학가산을 유람하였다. 산은 안동부에 있고 (영주)군 남쪽으로 40리 떨어져 있다. 이때 산을 유람하며 지은 시가 여러 편 있다. 가을에 집경전 참봉으로 임명받아 서울로 부임하는 간재 이덕홍을 송별하였다. 송별시가 있다.

○ 1578년(선조 13년) 선생 32세

八年庚辰(8년경진) 先生三十二歲 경진년(1578) 선생 32세
夏(하) 與同門諸人會陶山(여동문제인회도산) 月餘罷歸(월여파귀)。
哭南賁趾致利(곡남비지치리) 有祭文(유제문)

여름에 동문 여러 사람들과 도산서원에 모였다. 한 달이 넘어서 모임
을 마치고 돌아왔다. 비지 남치리가 죽자 이를 애도하였다. 제문이 있다.

十一月(11월) 陪嘯皐先生遊凝石寺(배소고선생유응석사) 寺在郡西
蓮花峯下(사재군서연화봉하) 時嘯皐先生自驪興解綬歸(시소고선생자
여흥해불귀) 先生與金柏巖(선생여김백암), 金晚翠諸賢(김만취제현) 陪
遊于凝石寺(배유우응석사) 有唱酬錄(유창수록) 金鶴沙應祖跋(김학사
응조발) 略曰(약왈) 想其賢師在上(상기현사재상) 賢弟子在下(현제자재
하) 講論之際(강론지제) 授受之旨(수수지지) 直與南嶽故事(직여남악고
사) 隔百世而同一揆焉(격백세이동일규언)

11월에 소고선생을 모시고 응석사를 유람하였다. 절은 군(郡)의 서편
연화봉 아래에 있다. 이때 소고선생은 여주에서 관직을 사직하고 돌아
오셨는데, 선생과 김백암 김만취 등 여러 어진 사람들이 함께 소고선생
을 모시고 응석사에서 유람하였다. 이때 서로 주고받은 시들의 목록이
있다. 학사 김응조가 발문을 썼는데 간략하게 말하자면 "어진 스승이
위에 계시고 어진 제자들이 그 아래에 있어 뜻을 주고받으며 강론하는
것이 주자와 그 제자들의 남악고사(南嶽故事)와 같으니, 백세(百世)의 세
월이 흘렀지만 그 깨달은 바가 같다"고 하였다.

* 남악고사(南嶽故事) : 주희가 38세이던 1167년 8월에 장사(長沙)로 남헌(南軒) 장식(張栻)

을 방문하고는 11월에 함께 남악(南嶽), 곧 형산(衡山)을 유람하면서 140여 수의 시를 지었다. 이렇게 수창한 시를 모아놓은 것이 남악창수집(南嶽唱酬集)이며, 또 남악유산후기(南嶽遊山後記)도 남아 있다.

○ 1581년(선조 14년) 선생 33세

九年辛巳(9년신사) 先生三十三歲 신사년(1581) 선생 33세
三月(3월) 陪嘯皐先生遊至天臺(배소고선생유지천대) 臺在郡南五里許(대재군남오리허) 訪權松巖(방권송암)

3월에 소고선생을 모시고 지천대를 유람하였다. 지천대는 (영주)군에서 남쪽으로 5리가량 떨어져 있다. 권송암을 방문하였다.

築對松亭(축대송정) 在宅南斷崖(재택남단애) 有長松數株(유장송수주) 遂剗崖築臺(수잔애축대) 名以對松(명이대송) 取藍田記對樹二松(취남전기대수이송) 日哦其間之語(일아기간지어)

대송정을 지었다. 자택의 남쪽 언덕에 큰 소나무가 여러 그루 있었는데 드디어 언덕을 깎아 정자를 세우고 대송(對松, 소나무를 마주보다)정이라 이름 붙였다. 한유의 남전기(藍田記)에 '두 그루 소나무를 마주 보면서 날마다 그 사이에서 시를 읊는다'는 문장을 취한 것이다.

* 남전기(藍田縣丞廳壁記남전현승청벽기) : 중국 당(唐) 나라의 문신·문인인 한유(韓愈)가 지은 글. 한유의 박학다재한 벗 최사립(崔斯立)이 남전현(藍田縣)의 승(丞)이 되어 지위만 높고 할 일은 없자 한탄하면서 유유자적하였다는 내용을 담음. (...斯立痛掃漑 對樹二松 日哦其間 최사립이 깨끗이 청소해 물이 흐르게 하고는 심어놓은 두 그루 소나무를 마주 보면서 날마다 그 사이에서 詩를 읊으며..)

대송정 (경북 영주시 이산면)

○ 1582년(선조 15년) 선생 34세

十年壬午(10년임오) 先生三十四歲 임오년(1582) 선생 34세

七月(7월) 會葬挹淸亭金公富儀(회장읍청정김공부의) 與權松巢宇留宿烏川(여권송소우류숙오천) 松巢以三律一絶見贈(송소이삼율일절견증) 先生次之(선생차지) 八月(8월) 讀論語擊磬章(독논어격경장) 感而有詩(감이유시) 自註曰(자주왈) 自此始有潛伏之志(자차시유잠복지지) 十一月(11월) 謁退溪先生墓(알퇴계선생묘) 宿隴雲精舍(숙농운정사) 有感懷詩(유감회시)

7월에 읍청정 김부의의 장례에 참석하였다. 송소 권우와 함께 오천(烏川)에서 잤다. 송소 선생이 율시 3편과 절구 1편을 지어 증정하자 선생께서 그 시에서 차운하였다. 8월에 논어 격경장(擊磬章)을 읽으시고 감탄하여 지은 시가 있다. 스스로 주를 달아 말하길 '지금부터 숨어 살려는 뜻이 있다'고 하였다. 11월에 퇴계 선생 묘를 알현하고 농운정사에서 잤다. 이때의 감회를 적은 시가 남아있다.

* 김부의(金富儀) : 본관은 광산(光山). 자는 신중(愼仲) 호는 읍청정(挹淸亭. 안동. 일찍부터 형 김부필과 함께 퇴계(退溪) 이황(李滉)의 문하에서 수학하였고 이황의 신뢰를 입어 역동서원(易東書院) 초대 원장으로 추대되었다. 1555년(명종 10년) 생원시에 합격하였으며. 1575년 사섬시낭관(司贍寺郎官)에 1577년에 다시 집경전참봉(集慶殿參奉)에 제수되었다. 김부의는 수신(修身)과 조행(操行)에 있어 모두 힘을 기울이는 모습을 보였다. -(한국향토문화전자대전)

○ 1583년(선조 16년) 선생 35세

十一年癸未(11년계미) 先生三十五歲 계미년(1583년) 선생 35세

閏二月(윤이월) 金柏巖李艮齋金晩翠來訪(김백암이간재김만취내방) 同遊對松亭(동류대송정) 五月(5월) 送李艮齋赴顯陵直所(송이간재부현릉직소) 有送行詩(유송행시) 九月(9월) 與趙月川穆金柏巖會話(여조월천목김백암회화) 有憂時作(유우시작) 往尙州(왕상주) 餞別嘯皐先生(전별소고선생) 仍送許荷谷篈謫行(잉송허하곡봉적행) 先是(선시) 荷谷坐劾(하곡좌핵) 外補昌原(외보창원) 未幾(미기) 移謫甲山(이적갑산) 朴先生又以諫長(박선생우이간장) 左遷昌原(좌천창원) 相遇於尙州(상우어상주) 先生亟往扳別(선생극왕반별) 其送荷谷詩(기송하곡시) 有十年帷幄無奇策(유십년유악무기책) 盡出書生戍塞城之句(진출서생수새성지구) 士林傳誦(사림전송)

윤2월에 김백암(김륵), 이간재(이덕홍), 김만취(김개국)가 찾아와서 대송정에서 함께 놀았다. 5월에 이간재(덕홍)가 현릉직소로 부임하였다. 송별시가 있다. 9월에 월천 조목, 김백암과 만나서 이야기하였다. 시국을 근심하는 시를 지었다. 상주에 가서 소고선생을 송별(餞別전별)하였다. 이어서 하곡 허봉이 귀양 가는 것을 송별하였다. 이에 앞서 하곡이 탄핵에 연좌되어 창원으로 외직 보임되었으나 임기를 채우기도 전에 다시 갑산으로 귀양을 가게 되었다. 박 선생이 대사간으로 계시다가 창

소고선생 사당과 묘지 (경북 영주시 이산면)

원으로 좌천되어 상주에서 서로 만나게 되니 선생께서 급히 달려가 함께 송별하였다. 그때 하곡(허봉)을 송별하는 시에 "십 년이 되도록 참모 막사에서 기특한 대책 하나 못 내더니 이제 다만 서생을 몰아내어 변방에 군졸살이 보내는구나" 하는 구절이 있다. 재야의 선비들이 널리 전하여 읊고 있다.

* 박승임(소고)은 1583년 공조참의를 거쳐 대사간이 되었으나 언사(言事)에 연루되어 왕의 뜻에 거슬려 창원부사로 좌천되었으며, 얼마 뒤 중앙에 소환되었다가 병사하였다.

○ 1585년(선조 18년) 선생 37세

十三年乙酉(13년을유) 先生三十七歲 을유년(1585년) 선생 37세
作訓蒙箴(작훈몽잠) 授子起秋(수자기추)

훈몽잠을 지어서 아들 기추에게 주셨다.

○ 1586년(선조 19년) 선생 38세

十四年丙戌(14년병술) 先生三十八歲 병술년(1586년) 선생 38세
正月(정월) 哭嘯皐先生(곡소고선생) 五月(5월) 會葬嘯皐先生(회장소고선생) 有輓詞祭文(유만사제문)

1월에 소고선생께서 돌아가셨다. 5월에 소고선생 장례에서 모였다. 만사(輓詞, 애도문)와 제문이 있다.

○ 1587년(선조 20년) 선생 39세

十五年丁亥(15년정해) 先生三十九歲 정해년(1587년) 선생 39세
七月(7월) 哭權松巖(곡권송암) 有祭文(유제문) 哭具柏潭鳳齡(곡구백담봉령) 有祭文(유제문)

7월에 송암 권호문이 돌아가셔서 문상하였다. 제문이 있다. 백담 구봉령이 돌아가셨다. 제문이 있다.

○ 1588년(선조 21년) 선생 40세

十六年戊子(21년무자) 先生四十歲 무자년(1588년) 선생 40세
十一月(11월) 與書趙月川(여서조월천) 論退溪先生文集剛定事(논퇴계선생문집강정사) 書略曰(서략왈) 文集(문집) 屛山一校(병산일교) 裁削强半(재삭강반) 常恐後生不得見其大全也(상공후생부득견기대전야) 道德之大(도덕지대) 文章之盛(문장지성) 固不待多述而後著(고부대다술이후저) 然其一言半句(연기일언반구) 無非所以載道(무비소이재도) 則爲後學者固當多而不厭(즉위후학자고당다이불염) 豈可以一二人所見(기가이일이인소견) 而客易略之乎云云(이객이략지호운운)

11월에 월천 조목과 편지로 퇴계 선생문집의 삭제하고 축약한 일을 논하였다. 글을 간략하게 말하면 "문집을 병산서원에서 교정하면서 자르고 삭제하여 절반 이상 줄이니 훗날 후학들이 퇴계 학문의 그 큰 전체를 보지 못하게 될까 두렵습니다. 도덕의 위대함과 문장의 성대함이

진실로 많은 말에 달려있지는 않으나 퇴계의 말씀은 그 일언반구조차도 도를 담지 않은 것이 없으며, 후학들을 위하여 진실로 마땅한 것이 많고 싫어할 것이 없는데 어찌 한두 사람의 소견으로 문집을 생략할 수 있겠습니까?" 등등이다.

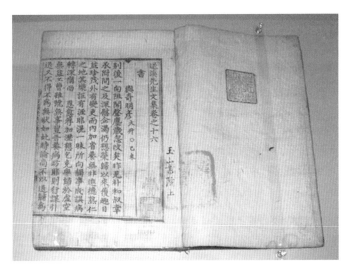

* 퇴계 선생문집 : 조목(趙穆) 등 퇴계의 후학들이 1600년에 도산서원에서 처음 목판에 문집을 새긴 이후에도 여러 차례 글자의 교정 및 내용 보충이 이루어졌다. 46권 24책, 별권 1권 1책.

○ 1591년(선조 24년) 선생 43세

十九年辛卯(19년신묘) 先生四十三歲 신묘년(1591년) 선생 43세
正月(정월) 丁母夫人郭氏憂(정모부인곽씨우) 三月(3월) 葬母夫人于杜稜洞庚向之原(장모부인우두릉동경향지원) 先生至性純行(선생지성순행) 素著鄕邦(소저향방) 及遭艱哀毁(급조간애훼) 幾至滅性(기지멸성) 廬于墓傍(여우묘방) 不脫絰帶(불탈질대) 不食菜醬(불식채장) 定省尊府外(정성존부외) 足跡未嘗出山(족적미상출산) 僕隸化之(복예화지) 皆三年服素(개삼년복소)

1월에 어머니 곽 씨의 상을 당하였다. 3월에 두릉동 남서쪽(庚向) 언덕에 어머니를 장사지냈다. 선생의 지극한 성품과 순수한 행실은 평소 향리(고장)에서 소문이 나 있었는데, 부모상을 당하자 너무나 슬퍼서 거의 생명을 잃을 지경에 이르렀다. 묘지 옆 오두막에서 머리띠와 허리띠를 풀지 않고 지냈고 채장(즙장)조차 먹지 않았다. 아버지를 보살피러 잠시 내려올 때 이외에는 일찍이 선생의 발자취가 산을 벗어난 적이 없었다. 시중드는 사람들이 이에 감화되어 모두 3년간 소복을 입었다.

* 정성(定省) : 저녁에 잠자리를 보아 드리고, 아침에 문안을 드리는 일. 혼정신성(昏定晨省)
* 존부(尊府) : 상대방의 아버지를 높여 부르는 말.

○ 1592년(선조 25년) 선생 44세 (4월에 임진왜란 발발)

二十年壬辰(20년임진) 先生四十四歲 임진년(1592년) 선생 44세
秋(추) 移書道內(이서도내) 時倭寇猝至(시왜구졸지) 列城瓦解(열성와해) 大駕播越(대가파월) 先生方在心喪(선생방재심상) 雖未遑從事金

革(수미황종사금혁) 而忠憤所激(이충분소격) 不能自己(불능자기) 與鄕
中同志之人(여향중동지지인) 合謀雪涕(모합설체) 推金晩翠蓋國爲義
將(추김만취개국위의장) 使之糾率儒兵(사지두솔유병) 以助官軍聲勢(이
조관군성세) 又移書列邑章甫(우이서열읍장보) 激以忠憤(격이충분) 喩
以義理(유이의리) 痛切慷慨(통절강개) 見者莫不感動泣下(견자막불감
동읍하)

　가을에 도내에 (의병을 일으키도록) 격문을 돌렸다. 이때는 왜적이 갑자
기 쳐들어와 여러 성들이 무너지고 임금이 도성을 떠나 피난하던 시기
였다. 선생께서 이때 상중에 있어서 비록 군무(金革금혁)에 종사할 수는
없었지만 충의로 분한 마음이 격해지는 것은 어쩔 수 없었다. 고향에
서 뜻을 같이하는 사람들과 함께 실욕을 도모하며 만취당 김개국을 의
병장으로 추대하여 선비와 병사들을 모으고 통솔하여 관군을 돕게 하
였다. 또 여러 읍성 유생들에게 격문을 보내서 충의를 격려하고 의리로
설득했는데 절절한 아픔과 감정을 불러일으켜서 이를 보고 감동하여
눈물을 흘리지 않는 이가 없었다.

* 장보(章甫) : 유생(儒生선비)

　上方伯(상방백) 金睟(김수) 書(서) 時柏巖金公爲安集使(시백암김공
위안집사) 得士民心(득사민심) 俄移安東府使(아이안동부사) 先生上書
方伯(선생상서방백) 略曰(약왈) 安集使至誠撫諭(안집사지성무유) 大得
民心(대득민심) 人皆倚以無恐(인개의이무공) 一聞知府之命(일문지부
지명) 衆皆憮然失色(중개무연실색) 若戰敗者然(약전패자연) 今若馳奏
行朝(금약치주행조) 得或兼或仍(득혹겸혹잉) 則庶萃渙撑潰(즉서췌환탱
궤) 諸郡得以全安(제군득이전안) 不然(불연) 江以左(강이좌) 自此無保
障云云(자차무보장운운)

방백(관찰사) 김수에게 글을 올렸다. 이때 백암 김공(김륵)이 안집사가 되어 선비들과 백성들의 마음을 얻었는데 갑자기 안동부사로 발령이 나자 선생이 관찰사에게 글을 올렸다. 대략 "안집사가 지성으로 위무하고 타일러서 크게 민심을 얻고 사람들이 모두 그를 의지하여 두려움이 없습니다. 그러나 관아의 명령을 들어서 알게 되자 사람들이 모두 아연실색하고 마치 전쟁에 패한 자들과 같습니다. 이제 만약 행궁에 가서 아뢰어서 혹 겸직하거나 혹 지금대로 이 자리에 그대로 둘 수 있다면 곧 지역이 무너지는 것을 버틸 수 있게 되어 여러 군(郡)이 안전할 수 있습니다. 그러하지 않는다면 (낙동)강의 왼편(영주·봉화지역)은 안전을 보장할 수 없습니다." 등등이다.

○ 1593년(선조 26년) 선생 45세

二十一年癸巳(21년계사) 先生四十五歲 계사년(1593년) 선생 45세
春(춘) 大饑(대기) 地主屬先生監賑(지주촉선생감진) 先生以喪制未畢(선생이상제미필) 固辭不出(고사불출) 上地主書(상지주서) 略曰(약왈) 復讐事急(복수사급) 苟堪執殳(구감집수) 則雖釋衰麻(즉수석최마) 可矣(가의) 惟此賑濟一事(유차진제일사) 事雖重大(사수중대) 而決不可與此同看(이결불가여차동간) 揆諸禮法(규제예법) 進退何所據乎云云(진퇴하소거호운운)

봄에 대기근이 들자 성주(地主지주)가 선생께 진휼 감독을 부탁했으나 선생께서 장례절차를 마치지 못해서 고사하고 나아가지 아니하였다. 성주께 올리는 글을 요약해보면 "왜적에게 복수하는 일이 급하니 진실로 창을 잡는 것도 참아야 하고 곧 상복을 벗는 것도 가능합니다. 진휼과 백성구제의 일도 비록 중대하지만 결코 그와 같다고 할 수 없으며 여러 예법을 살펴보아도 나아가고 물러남에 근거할 곳이 없습니다." 등

등이다.

上體察使 柳西厓成龍(상체찰사 류서애성룡) 書(서) 論時務(논시무)
書略曰(서약왈) 國中子遺之民(국중혈유지민) 謳吟思漢(구음사한) 寧爲
白骨(영위백골) 誓不與賊俱生(서불여적구생) 則其感之之速(즉기감지
지속) 豈與天兵同年而語哉(기여천병동년이어재) 苟誠心愛養(구성심애
양) 使不至飢餓流亡(사부지기아류망) 則超乘之勇(즉초승지용) 斬馘之
壯(참괵지장) 不勞遠求(불노원구) 而揭竿斬木(이게간참목) 皆可以敵狂
寇矣(개가이적광구의) 亦何苦而區區乞哀於唐兵乎(역하고이구구걸애
어당병호) 不能自勉而欲仗皇威(불능자면이욕장황위) 以徼幸於萬一(이
요행어만일) 則設有斯須之快(즉설유사수지쾌) 而寧無憾於復讐之大
義哉(이영무감어복수지대의재) 竊見唐兵之徵索無藝(절견당병지징색무
예) 郡縣之支應難繼(군현지지응난계) 賦役之煩(부역지번) 百倍平時(백
배평시) 民不堪命(민불감명) 死徙居半(사사거반) 誠宜開陳主帥(성의개
진주사) 使之節制(사지절제) 俾無橫濫之患(비무횡람지환) 此最今日之
急務云云(차최금일지급무운운)

체찰사 서애 류성룡에게 글을 올려 당시의 시급한 일을 논하였다. 글
은 대략 "나라에 홀로 남겨진 백성들이 나라를 생각하며 읊조리기를
'차라리 백골이 될지언정 도적과 함께 살 수는 없다'고 하니 곧 그 느끼
는 바가 어찌 명나라 군대와 같을 수 있겠습니까. 진실로 이들을 성심
으로 사랑하고 살펴서 굶주리고 떠돌지 않게 한다면 곧 수레에 뛰어오
르는 용기와 적의 머리를 베는 씩씩함이 생길 것입니다. 그리하면 멀리
서 구할 것 없이 깃발을 들고 나무를 베어 창을 만들어 미친 도적을 대
적할 수 있는데 어찌 구차하고 고통스럽게 당병에게 구걸하고 애원하
겠습니까. 스스로 힘쓰지 아니하고 황제의 위세에 의지한다면 만일의
요행으로 잠깐의 쾌감이 허락될 수 있을지 몰라도 복수의 대의에 비추

어 보면 어찌 부끄럽지 않겠습니까. 가만히 보니 당병의 요구가 한정이 없고 군현의 지출과 응대가 계속되지 못하고 (백성들의) 부역의 번거로움이 평시의 백배에 이릅니다. 백성들은 명령을 견디지 못하고 죽거나 고향을 떠난 자들이 거지반입니다. 참으로 우두머리 장수에게 이야기하여 절제하도록 하여 전횡하고 남용하는 우환이 없도록 하는 것이 마땅합니다. 이것이 오늘의 가장 시급한 일입니다." 등등이다.

閏十一月(윤11월) 除集慶殿參奉(제집경전참봉) 謝恩而還(사은이환)

윤11월 집경전참봉으로 제수 받았으나 사은(謝恩)하고 돌아왔다.

○ 1594년(선조 27년) 선생 46세

二十二年甲午(22년갑오) 先生四十六歲 갑오년(1594년) 선생 46세 正月(정월) 哭弟陟(곡제척) 先生於兄弟(선생어형제) 友愛篤至(우애독지) 財産則必推與(재산즉필추여) 勞費則必自當經理(노비즉필자당경리) 居常怡怡(거상이이) 人無間言(인무간언) 及遭弟喪(급조제상) 悲悼殊甚(비도수심)

1월에 동생 김척(陟)이 죽었다. 선생은 형제들과 우애가 돈독하고 지극하였다. 재산이 있으면 곧 반드시 헤아려서 나눠주었고 일꾼들의 품삯은 반드시 본인이 맡아서 처리했다. 함께 있을 때 가족 간에 항상 화기애애했으니 아무도 가족을 비난하는 말을 하지 못했다. 동생의 상을 당하여 비애와 슬픔이 유달리 심했다.

二月(2월) 感疾(감질) 二十七日卒(27일졸) 先是(선시) 筵臣陳啓(연신진계) 有超授六品之命(유초수6품지명) 未幾(미기) 先生卒(선생졸) 十一

月(11월) 葬杜稜上洞庚向之原(장. 상동경향지원) 三十六年癸卯月(36년계묘월) 改葬于杜稜下洞酉向之原(개장우두릉하동유향지원) 金鶴沙應祖撰誌文(김학사응조찬지문)

2월에 병이 들어 2월 27일에 돌아가셨다. 이에 앞서 경연의 신하들(筵臣연신)이 임금에게 아뢰자 선생을 발탁하여 6품 벼슬을 제수하는 어명이 있었으나 얼마 되지 아니하여 선생께서 돌아가셨다. 11월 두릉 윗골 경방(남서쪽) 언덕에 장사지냈다. 선조 36년(1603년) 계묘월 두릉 아랫골 서쪽 언덕으로 묘를 옮겼다. 학사 김응조가 지문(비석문구)을 지었다.

* 연신(筵臣) : 임금과 신하가 모여서 국사를 자문하고 주고받는 자리에 참석한 신하.
* 진계(陳啓) : 신하가 임금에게 서면(書面)으로, 또는 구두(口頭)로 사리(事理)를 가려가며 상주(上奏)하는 것.
* 지문(誌文) : 죽은 사람의 성명, 나고 죽은 날, 행적, 무덤의 소재, 좌향(坐向) 등을 적은 글. 옥이나 돌에 새김.

孝宗大王二年辛卯(효종대왕2년신묘) 贈通政大夫(증통정대부), 承政院左承旨兼經筵參贊官(승정원좌승지겸경연참찬관) 仁廟二十七年己丑(인묘27년기축) 士林以孝行陳疏請褒贈(사림이효행진소청포증) 孝宗元年庚寅(효종원년경인) 贈司贍寺奉事(증사섬사봉사) 至是年(지시년) 奉禮權寏等二十四人(봉례권환등24인) 又疏請加贈(우소청가증) 有是命(유시명) 五年甲午春(5년갑오춘) 奉安位版于三峯精舍(봉안위판우삼봉정사) 在新川南斗巖山三峯之下(재신천남두암산삼봉지하) 竝享先生六代祖三路先生暨溫溪李先生瀣(병향선생6대조삼로선생기온계이선생해), 晚翠金先生蓋國(만취김선생개국) 肅宗大王二十六年庚辰(숙종대왕26년경진) 陞精舍爲書院(승정사위서원)

1620년(효종 2년, 신묘)에 통정대부 승정원좌승지 겸 경연참찬관으로 추증되었다. 1649년(인종 27년, 기유)에 사림들이 선생의 효행을 상소하여 추증하도록 청하였고 같은 해(효종 원년)에 사섬시 봉사로 추증되었다. 이 해에 이르러 봉례 권환 등 24인이 다시 상소하여 추가로 추증하길 청하자 이러한 명이 있었다. 1654년(효종 5년, 갑오)에 삼봉서원에 선생의 위패가 봉안되었다. 삼봉서원은 영주 신천리 남쪽 두암산 삼봉 아래에 있다. (선생의 위패 봉안과) 병행하여 선생의 6대조 삼로 김기(김이음) 선생, 온계 이해 선생, 만취당 김개국 선생도 함께 봉안되었다. 1710년(숙종 26년, 경진)에 정사(두릉서당)가 서원(두릉서원)으로 승격되었다.

* 통정대부(通政大夫) : 조선시대 문신 정3품 상계의 품계명. 정3품 상계부터 당상관이라 하였고, 하계 이하를 당하관이라고 하였다.
* 좌승지(左承旨) : 조선시대 승정원의 정3품 당상관직.
* 참찬관(參贊官) : 고려와 조선시대 국왕의 경서강론과 경연에 참여하였던 정3품 당상관직.
* 포증(褒贈) : 공로를 인정하여 관위(官位)를 사후에 추증하는 일.
* 사섬시(司贍寺) : 조선시대 저화의 발행과 노비가 공납하는 면포를 관장한 관청.
* 봉례(奉禮) : 조선시대 통례원의 정4품 관직. 통례원은 조회(朝會)·의례(儀禮)를 관장하던 관청이었으므로 예관(禮官)에 들어 있었다.

2. 勿巖先生行狀 물암선생행장(살아온 길)

贈通政大夫, 承政院左承旨兼經筵參贊官, 行集慶殿參奉勿巖 金先生行狀

통정대부 승정원좌승지 겸 경연참찬관(이상 추증된 벼슬) 집경전참봉 (생전에 제수받은 벼슬) 물암선행 행장

* 행장(行狀) : 한문체의 하나로서 사관들의 역사 편찬이나 고인의 명문·전기 등에 필요한 자료를 제공하기 위하여 고인의 세계·성명·자호·관향·관작·생졸연월·자손록 및 평생의 언행 등을 서술하는 글.

先生諱隆(선생휘륭) 字道盛(자도성) 姓金氏(성김씨) 自號勿巖(자호 물암) 其先咸昌人也(기선함창인야)

선생의 이름은 륭이고 자는 도성이며 성은 김씨이고 (스스로 지은) 자 호는 물암이다. 그 선조는 함창 사람이다.

咸昌之金(함창지김) 始於古寧伽倻王(시어고령가야왕) 後世有諱鈞 (후세유휘균) 爲監察御史(위감찰어사) 御史生祿(어사생록) 文司宰主簿 同正(문사제주부동정) 同正生仁(동정생인) 衛尉承(위위승) 衛尉承生鏡 高(위위승생경고) 小府寺承文林郎禮賓同正(소부사승문임랑예빈동정) 同正生鏋(동정생만) 國學祭酒(국학제주) 寶文署學士(보문서학사) 學士

生中正(학사생중정) 成均祭酒(성균제주) 祭酒生龜(제주생구) 匡正大夫(광정대부) 門下評理兼判禮儀寺事(문하평리겸판례의사사) 評理生重瑞(평리생중서) 重瑞爲靖勇郞將(중서위정용낭장) 郞將始徙榮川郡東新川里而家焉(낭장시사영주군동신천리이가언) 是生戶曹參判爾音(시생호조참판이음) 以文學行誼顯(이문학행의현) 有至性(유지성) 親喪廬墓下(친상노묘하) 日三省(일삼성) 墓左右杖跡成路時稱三路先生(묘좌우장적성로시칭삼로선생) 太宗朝旌于閭(태종조정우려) 卽先生六代祖(즉선생육대조)

함창김씨는 고령가야왕에서 시작되었는데, 후세에 김균이 있어 감찰어사를 지냈다. 김균의 아들 김록은 문사제주부동정(산직)을 지냈다. 김록의 아들 김인은 위위승(종6품)을 지냈다. 김인의 아들 김경고는 소부시승문임랑예빈동정(산직)을 지냈다. 김경고의 아들 김만은 국학제주, 보문서학사를 지냈고 그 아들 김중정은 성균제주를 지냈다. 김중정의 아들 김구는 광정대부, 문하평리 겸 판례의사사를 지냈다. 김구의 아들 김중서는 정용낭장을 지냈다.

이때에 처음으로 영주군 신천리로 옮겨 집안을 이루었다. 여기에서 호조참판 김이음이 태어났다. 김이음은 문학으로 품행과 도리를 드러냈으며 극진한 성품이 있었다. 부모상을 당하자 묘지 아래에 여막을 짓고 하루 세 번 오가며 살피니 묘를 오가는 길 좌우에 지팡이 흔적이 남아 세 가닥의 길이 만들어지니, 이때부터 그를 칭하여 삼로 선생이라 하였고 태종임금께서 (이를 기려) 마을에 정려를 세웠다. 이분이 선생의 6대조이시다.

* 산직(散職) : 고려·조선 시대에 일정한 직임(職任)이 없는 관직을 일컫는 말. 실직(實職)의 숫자는 제한되어 있는데 관직 진출을 희망하는 사람이 많아 이를 해결하기 위해 설치한 것으로 생각된다. 고려는 문반 5품 무반 4품 이상의 상급 관직에게 주던 검교직(檢校職)과 문반 6품 무반 5품 이하의 하급 관직에게 주던 동정직(同正職)이 있었다. – (두산백과)

* 김이음(金爾音). 본관 함창(咸昌). 자 백옥(伯玉). 호 삼로(三路). 용(勇)의 아들. 1374년(공민
왕 23년) 문과에 병과로 급제, 1376년(우왕 2년) 예문관검열이 되었다. 1389년(공양왕 1년)
지평(持平)에 임명되고, 1391년 종4품 문하사인(門下舍人)에 올랐다. 조선 건국 뒤 우사간
(右司諫)을 거쳐, 1405년(태종 5년) 강원도관찰사로 나갔으며 그 뒤 호조참판을 지냈다. 효행
이 지극하여 정문이 세워졌으며, 영주의 삼봉서원(三峯書院)에 배향되었다. -(두산백과)

是生副正續(시생부정속) 副正生漢珍(부정생한진) 仕爲東萊縣令(사
위동래현령) 連世載德(연세재덕) 蔚爲名族(울위명족) 曾祖諱諟敬(증조
휘시경) 典牲署主簿(전생서주부) 祖諱龜息(조휘구식) 全州敎授(전주교
수) 考諱應麟(고휘응린) 司宰監參奉(사재감참봉) 妣玄風郭氏(비현풍곽
씨) 參奉子保之女(참봉자보지녀)

　　김이음의 아들 김속은 부사(정3품)를 지냈다. 김속의 아들 김한진은
동래현령을 지냈으니, 대를 이어 덕을 쌓아 더욱 이름난 가문이 되었다.
선생의 증조부 김시경은 전생서주부, 조부 김구식은 전주 교수를 지냈
다. 아버지 김응린은 사재감 참봉이었고 어머니 현풍곽씨는 참봉 곽자
보의 딸이었다.

以嘉靖己酉十二月二十九日生(이가정기유12월29일생) 幼穎悟莊重
(유영오장중) 屹若成童(흘약성동) 稍長(초장) 已知事親之道(이지사친지
도) 出入必告(출입필고) 承順無違(승순무위) 志好讀書通大義(지호독서
통대의)

　　선생께서는 1549년(가정 28년, 기유) 12월 29일에 태어났다. 어려서부터
영특하고 의젓하여 어른스러웠다. 조금 자라서는 이미 부모님을 모시
는 도리를 알아서 출입에 반드시 고하였고 어른의 말씀을 어기지 않았
다. 독서에 뜻을 두고 큰 뜻에 통달하였다.

年十四(연십사) 從鄕先生嘯皐朴公學(종향선생소고박공학) 終日讀
書(종일독서) 無惰容(무타용) 言語行止(언어행지) 沈靜端雅(침정단아)
見者已以宿儒目之(견자이이숙유목지) 於書必溯流窮源(어서필소류궁
원) 極其歸趣(극기귀취) 嘯皐甚器重之(소고심기중지) 嘗語人曰(상어인
왈) 此兒終成大人(차아종성대인)

14세에 고을의 이름 높은 선비 소고 박승임 선생에게 학문을 배우기
시작하였고, 종일 글을 읽으며 나태함을 허용하지 않았다. 말과 글 행동
거지가 차분하고 단아하여 보는 사람들이 이미 학식 있는 선비라 하였
다. 책을 보면 반드시 거슬러 올라가 근본을 연구하고 그 귀착되는 취
지에 이르렀다. 소고선생께서 선생을 심히 존중하고 중하게 여겼다. 일
찍이 다른 사람에게 말하기를 "이 아이는 종내 큰 사람이 될 것이다"고
하였다.

時退陶先生倡道東南(시퇴도선생창도동남) 羣彦風從(군언풍종) 先生
遂負笈往從之(선생수부급왕종지) 時年十八(시년십팔) 嘯皐以詩送之曰
(소고이시송지왈) 十五男兒志(십오남아지) 三千弟子行(삼천제자행) 指南
玆路直(지남자로직) 鞭策莫棲遑(편책막서황) 其期望深矣(기기망심의)

이때에 퇴계 선생께서 동남쪽(안동 도산)에서 도를 일으키니 많은 선
비들이 모여들었다. 선생께서도 드디어 책 상자를 짊어지고 찾아가 스
승으로 모시게 되었다. 이때 선생의 나이 18세였다. 선생을 퇴계 선생께
보내며 소고선생께서 시를 지어 "15세 남아의 뜻은 (공자의) 3천 제자의
길이라, 남쪽을 가리키는 이 길이 곧으니 스스로 채찍질하며 머뭇거리
지 마시게" 하고 송별하니 그 기대와 바람이 깊었다.

先生旣親有道(선생기친유도) 益聞內外賓主之辨(익문내외빈주지변) 慨然有求道之(개연유구도지) 嘗賦淨友堂詩三絶以見志(상부정우당시삼절이현지)

선생께서는 어려서 이미 스스로 도를 갖추고 있었으나, 이후 더욱 안팎으로 여러 변론을 듣고 거침없이 도를 구하는 데 뜻을 두었다. 일찍이 '정우당' 시 3편을 지어서 뜻을 내보인 적이 있다.

凡有問難(범유문난) 輒直窮到底(첩직궁도저) 隨手箚記(수수차기) 名以講錄(명이강록) 傍通筭法(방통산법) 窮天地度數(궁천지도수) 先生深加歎賞(선생심가탄상) 益以向上事業提誘之(익이향상사업제유지)

무릇 풀기 어려운 문제가 있으면 언제나 바로 연구하여 근본에 이르렀고, 밝힌 내용을 손수 적어두고 정리하여 '강록'이라 이름 지었다. 산법을 익혀 이치에 능했고 천지도수를 깊이 연구하니, 퇴계 선생께서 탄복하고 칭찬하며 더욱 학업이 향상되도록 이끌어 주었다.

* 제유(提誘) : 이끌어주다.

其歸(기귀) 贈詩云(증시운) 君身政似鱗將變(군신정사인장변) 我學還如戠未嘗(아학환여자미상) 歲晏送君歸勉業(세안송군귀면업) 寒齋塊處意偏長(한재귀처의편장) 其獎勉如此(기장면여차) 又貽書曰(우이서왈) 君看文字細密(군간문자세밀) 儕輩中鮮有其比(제배중선유기비) 曾所誤看處(증소오간처) 因君開發多矣(인군개발다의) 又曰(우왈) 算法甚似簡徑(산법심사간경) 在此諸人(재차제인) 皆不能知(개불능지) 恨不及君在時(한불급군재시) 得此法而究明之(득차법이구명지) 然會當因便請敎也(연회당인편청교야)

도산서원에서 공부를 마치고 돌아올 때 퇴계 선생께서 시를 지어 주시면서 "그대의 몸은 정말로 물고기가 용으로 변하는 듯한데, 내 학문은 아직 맛을 보지 못한 고기산적 같다네. 연말에 그대 보내며 학문을 권장하니, 서재에 홀로 있어서도 공부하는 뜻 유달리 좋으리라."고 하였으니 그 장려하고 권장하는 것이 이와 같았다. 또 편지를 보내어 말씀하시길 "그대는 문자를 세밀하게 해독하니 동료들 중 비교할 만한 이가 드물다. 일찍이 내가 잘못 본 것을 그대로 인하여 알게 된 것이 많다." 또 말하시길 "산법은 간결해 보여도 분명하지 않아서 여기 있는 여러 사람이 모두 잘 알지 못하니, 그대가 있었을 때에 알아내고 밝히지 못한 것이 한스럽다. 그러니 따로 인편으로라도 알려주기 바란다."고 하였다.

* 究明(구명) : 사리(事理)를 궁리(窮理)하여 밝힘.

自是先生益自奮勵(자시선생익자분려) 以講學明理爲己任(이강학
명리위기임) 須臾不懈(수유불해) 於所居山中置小築(어소거산중치소축)
顔曰杜稜精舍(안왈두릉정사) 陵字去阜從禾(능자거부종화) 蓋因地名
以寓戒也(개인지명이우계야) 先生日處其間(선생일처기간) 儼然端坐
(엄연단좌) 左右圖書(좌우도서) 研窮體驗(연궁체험) 樂而忘食(낙이망식)

이때부터 선생께서 더욱 분발하여 힘써서 공부하고 이치를 밝히는 일을 자신의 소임으로 삼았고, 잠시도 나태하지 않았다. 산중에 작은 집을 짓고 현판을 두릉(杜稜)정사라고 하였다. 언덕 릉(陵)자에서 언덕부 (阜)자를 빼고 화(禾)를 따르니(稜, 모날 릉) 대략 (퇴계 선생께서) 지명을 이용하여 오만함을 경계한 것이다. 선생께서 날마다 그 집에 거처하면서 엄숙하고 단아하게 앉아 좌우의 도서를 연구하고 궁리하고 체험하면서, 즐거움에 밥을 먹는 것도 잊었다.

尤喜庸學二書(우희용학이서) 於小冊子(어소책자) 手寫大文(수사대문) 沈潛玩繹(침잠완역) 融會貫通(융회관통) 至其中言顧行行顧言(지기중언고행행고언) 博學審問愼思明辨篤行(박학심문신사명변독행) 毋自欺愼其獨等處(무자기신기독등처) 未嘗不三復致意(미상불삼복치의)

중용과 대학 두 책을 아주 사랑하였다. 작은 책자에 손으로 본문을 필사하여 가지고 다니면서 깊이 완상하고 해석하여 핵심을 꿰뚫으니 '그 말이 행실을 돌아보고 행실이 말을 돌아보는데 들어맞는 경지'에 이르렀다. 넓게 공부하고 의문을 찾아 묻고 신중하게 생각하며 명백하게 구분하고 독실하게 행하였다. 혼자 있어도 스스로를 속임이 없었고, 일찍이 세 번 이상 반복하여 그 뜻을 다하지 않은 적이 없었다.

又拈出尊德性道問學(우념출존덕성도문학) 齊明盛服(재명성복) 非禮不動(비례부동) 正心修身等章(정심수신등장) 作圖以顧諟焉(작도이고시언) 又取古聖賢爲學切己近裏格言要訓及慕齋家訓(우취고성현위학절기근리격언요훈급모재가훈), 玉藻九容等語(옥조구용등어) 書諸帖以備觀省焉(서제첩이비관성언)

또한 서첩에 존덕성, 도문학, 재명성복, 비례부동, 정심수신 등의 대학과 중용의 문장을 그림으로 그려두고 항상 이를 돌아보았다. 또한 옛 성현들의 위학(공부하기), 절기(자신에게 절실하게 하기), 근리(자기 몸에 붙게 하기), 격언, 요훈(요체의 가르침) 등 모재가훈, 옥조구용 등의 말씀을 서첩에 적어두고 보면서 성찰하였다.

嘗曰(상왈) 堯舜之道(요순지도) 孝悌而已(효제이이) 然非有以覺之(연비유이각지) 無以盡其道(무이진기도) 成己而後成物(성기이후성물) 行孚于家庭(행부우가정) 然後達于邦國(연후달우방국) 其序不可亂也(기

서불가난야) **爲著訓蒙序**(위제훈몽서) **以授子弟使習焉**(이수자제사습언)

일찍이 말씀하시길 '요순(堯舜)의 도는 효도와 우애뿐이나, 그것을 깨닫지 못하면 그 도를 다하지 못한다. 나를 이룬 이후에 만물을 이루는 것이니 가정에서의 행실이 독실해야 하고, 이후에 나라에 통하니 그 순서가 뒤바뀌면 안 된다.'고 하시며 '훈몽'의 글을 지어 주며 자제들에게 익히도록 하였다.

庚午(경오) **退陶先生歿**(퇴계선생몰) **爲之心喪三年**(위지심상삼년) **每月朔**(매월삭) **持奠需往參**(지전수왕참) **村人以先生往返**(촌인이선생왕반) **卜月之大小云**(복월지대소운)

1570년(경오년)에 퇴계 선생께서 돌아가시자 3년의 심상(心喪)을 치렀는데 매달 초일에 제사 음식을 가지고 (안동까지) 가서 참여하니, 마을 사람들이 선생께서 다녀오는 것을 보고 그 달의 길고 짧음을 헤아렸다고 한다.

辛卯(신묘) **丁內艱**(정내간) **哀毁幾至滅性**(애훼기지멸성) **喪制一依禮文**(상제일의예문) **終日不脫絰帶**(종일불탈질대) **三年不出廬外**(삼년불출려외) **僕隸化之**(복예화지) **皆服素**(개복소) **其至行類此**(기지생류차)

1591년(신묘년)에 어머니 상을 당하자 슬픔에 겨워 몸이 상하고 거의 목숨을 잃을 지경에 이르렀으나, 상중 복제는 가례 예절에 따라 한결같이 하였으며 종일 머리띠와 허리띠를 풀지 않았다. 3년간 오두막에서 밖으로 나오지 않으니, 시중드는 사람들이 그에 감화되어 모두 소복을 입었다. 그 지극한 행실이 이러하였다.

壬辰倭寇(임진왜구) 悉其兵猝至(실기병졸지) 其進如風雨(기진여풍우) 列城瓦解(열성와해) 大駕播越(대가파월) 先生方有心制(선생방유심제) 雪涕奮起(설체분기) 爲文移列邑(위문이열읍) 激以忠憤(격이충분) 諭以義理(유이의리) 痛切慷慨(통절강개) 見者莫不感動泣下(견자막불감동읍하)

1592년 임진년에 왜구들이 갑자기 들이닥치니, 그 쳐들어오는 모습이 바람과 비 같았다. 여러 성들이 무너지고 임금이 피난을 갔다. 선생께서는 그때 상중에 있었으나 눈물을 씻고 떨쳐 일어나 격문을 지어 여러 고을에 보냈다. 그 내용이 충의와 울분을 일어나게 하고 의리를 일깨워서 북받치고 탄식하게 하니, 보는 사람마다 감동하여 눈물을 흘리지 않는 이가 없었다.

又上書體察使(우상서체찰사) 惓惓反覆乎復讐之義(권권반복호복수지의) 恤民之政(휼민지정) 而其歸在誠之一字(이기귀재성지일자) 略曰(약왈) 不能自勉(불능자면) 而區區欲仗皇威(이구구욕장황위) 以僥倖於萬一(이요행어만일) 則雖有一時之快(즉수유일시지쾌) 而寧無憾於復讐之大義乎(이녕무감어복수지대의호) 又曰(우왈) 國中孑遺之氓(국중혈유지맹) 謳吟思漢(구음사한) 猶願不與賊俱生(유원불여적구생) 則其感恩爲國之心(즉기감은위국지심) 豈與天兵同年而語哉(기여천병동년이어재) 苟誠心愛養(구성심애양) 使不至饑餓流亡(사부지기아유망) 則超乘之勇(즉초승지용) 斬馘之壯(참괵지장) 不勞遠求(불노원구) 而揭竿斬木(이게간참목) 皆可以敵狂寇矣(개가이적광구의) 凡累數百言(범루수백언) 率鑿鑿中窾(솔착착중관)

또한 체찰사(류성룡)에게 글을 올려서 간절한 복수의 뜻과 구휼의 정책을 건의하였는데, 그 주장하는 바가 오로지 성(誠, 정성) 한 글자에 있었다. 요약하면 "스스로 힘쓰지 못하면서 구차하게 명나라 황제의 위세에 의지한다면 만의 하나 요행으로 일시의 쾌감이 있을지 모르지만, 어찌 (우리 힘으로 원수를 갚겠다는) 복수의 대의에 부끄럽지 않겠습니까?" 하였다. 또 말씀하시길 "나라 안에 홀로 남겨진 백성들이 입을 모아 말하기를 '결코 원수와 함께 살 수 없다' 하며 임금의 은혜에 감사하니, 나라를 위하는 마음이 어찌 명나라 군대와 비교할 수 있겠습니까. 만약 진실한 마음으로 (백성들을) 사랑하고 보살펴서 굶어죽거나 유랑하지 않게 한다면, 곧 (수레를) 뛰어오르는 용기와 적의 목을 베는 씩씩함을 멀리서 구하지 않더라도, 이들이 대나무로 깃발을 세우고 나무를 깎아 창을 만들어 가히 미친 적을 상대할 수 있을 것입니다." 하니 무릇 수백 마디의 말이 모두 법칙에 맞고 사람들의 심금을 울렸다.

* 中窾(중관) : 법칙에 들어맞음.

時柏巖金公爲安集使(시백암김공위안집사) 多以便宜制置(다이편의제치) 蔽遮江左(폐차강좌) 民心稍安(민심초안) 亡何(망하) 自行朝移公知安東府(자행조이공지안동부) 先生又上書方伯(선생우상서방백) 以爲安集使至誠撫諭(이위안집사지성무유) 大得士民心(대득사민심) 人皆倚以無恐(인개의이무공) 一聞知府之命(일문지부지명) 衆皆憮然失色(중개무연실색) 若戰敗者然(약전패자연) 今若馳奏行朝(금약치주행조) 得或兼或仍(득혹겸혹잉) 則庶萃渙撐潰(즉서췌환탱궤) 諸郡得以全安(제군득이전안) 不然(불연) 江以左(강이좌) 自此無保障矣(자차무보장의) 會未及奏請(회미급주청) 而旋命仍前任(이선명잉전임)

이때에 백암 김륵(공)이 안집사가 되어 (백성들을 위해) 편의 도모하고 좋은 제도를 시행하여 (낙동)강의 왼편을 (적으로부터) 차단하고 민심을 안정시키고 있었다. 그런데 갑자기 행조(피난 조정)에서 김공을 안동부로 전보하라 하니 선생께서 (경상)도 관찰사에게 글을 올려서 "안집사가 지성으로 백성들을 위무하고 타이르니 선비들과 백성들의 마음을 크게 얻었고 사람들이 모두 그를 의지하게 되어 두려움이 없어졌습니다. (그런데 다른 곳으로 전출하라는) 관부의 명령을 들어서 알게 되니 사람들 모두 놀라서 실색하고 전쟁에 패한 자들과 같이 되었습니다. 지금 만약 달려가 행조에 아뢰어서 그가 겸직을 하도록 하거나 (현직에) 그대로 있게 한다면 (이 지역은) 곧 거의 크게 무너지지는 않을 것이며 여러 군(郡)이 안전해질 수 있습니다. 그렇게 하지 않으면 낙동강의 좌측 지역(영주, 봉화)은 이제부터 보장할 수 없을 것입니다."고 하니 (관찰사가) 이를 조정에 건의하기 전에 (먼저) 명을 되돌려 (임시로) 안집사가 이전의 보직을 수행하게 하였다.

* 亡何(망하) : 얼마 되지 않아, * 知 : 맡다.

先生以一介布衣(선생이일개포의) 鼓奮忠義(고분충의) 籌謨規畫(주모규화) 動中機宜(동중기의) 雖衰麻在身(수최마재신) 未從行伍(미종행오) 而卒之倡大義糾儒兵(이졸지창대의규유병) 以助我聲勢者(이조아성세자) 公之力亦多焉(공지력역다언)

선생께서 (관직도 없는) 일개 선비로서 충의를 고취하고 적을 상대할 계책을 세우니 모두가 움직임이 맞고 시기와 형편에 알맞았다. 비록 상복을 입은 몸이어서 직접 군대를 따르지는 못했지만, 마침내 (사람들을) 대의로 이끌어서 의병을 일으키도록 하였으니 (전쟁 중에) 우리의 명성과 위세를 북돋우는 데 공의 힘이 컸다고 할 것이다.

時兵燹之餘(시병선지여) 歲又大飢(세우대기) 餓莩載路(아표재로) 地主擧先生任賑濟(지주거선생임진제) 先生辭以喪制未終(선생사이상제

미종) 守擧義理敦迫(수거의리돈박) 先生終不出(선생종불출) 服闋(복관)
用薦者(용천자) 除集慶殿參奉(제집경전참봉) 謝恩而歸(사은이귀)

이때 전쟁 말고도 (1593년) 그해에 큰 기근이 들어 굶어죽은 사람의 시
체가 길에 가득하니 성주(地主지주)께서 선생을 천거하여 진휼과 구제를
맡도록 하였으나, 선생께서는 (어머니) 장례가 끝나지 않았으므로 이를
사양하였다. 성주께서 의리를 언급하여 강하게 권했지만 선생께서는 끝
내 나가지 않았다. 상제의 복을 마친 후 천거에 의하여 집경전 참봉으로
제수 받았으나 사은(謝恩, 감사 인사)한 후 취임하지 않고 돌아왔다.

* 용천(用薦) : 제사를 지내다.

甲午(갑오) 遭弟喪(조제상) 爲取板往峽中(위취판왕협중) 輿病而還
(여병이환) 以二月二十七日卒(이이월이십칠일졸) 得年僅四十六(득년
근사십육) 葬于杜稜書堂後崗酉向原(장우두릉서당후강유향원) 時又用
筵臣薦(시우용연신천) 有擢用之命(유탁용지명) 而先生已歿矣(이선생
이몰의) 嗟乎惜哉(차호석재)

1594년(갑오년)에 동생이 죽자 장례에 쓸 관판(관에 쓸 나무)을 구하러.
산속을 다니다가 병이 들어서 2월 27일 돌아가셨다. 이때 선생의 나이
가 겨우 46세였다. 두릉서당 뒤 언덕 남서(酉) 방향에 선생을 장례 지
냈다. 이때 다시 연신(筵臣 임금에게 경전을 강의하는 신하)으로 추천되어
선생을 발탁하여 임용하라는 어명이 있었으나, 그때는 이미 돌아가셨
으니 아, 애석하도다.

仁廟朝(인묘조) 諸士以先生篤行陳聞(제사이선생독행진문) 贈司瞻
奉事(증사섬봉사) 孝宗朝(효종조) 奉禮權寏等又陳請(봉예권환등우진

청) 加贈通政大夫(가증통정대부), 承政院左承旨兼經筵參贊官(승정원좌승지경연참찬관) 士林又立廟以祀之(사림우입묘이사지)

인종(인묘) 때에 여러 선비들이 선생의 독실한 행적을 상소하여 사섬서봉사로 추증되었고 효종 때에는 봉례(정4품) 권한 등이 또다시 상소하여 통정대부, 승정원좌승지 겸 경연참찬관으로 추증되었고, 사림들이 사당을 세워 제사를 지냈다.

* 추증(追贈) : 나라에 공로 있는 벼슬아치가 죽은 뒤 그 관직을 높여 줌.

先生天資嚴而溫(선생천자엄이온) 寬而毅(관이의) 敬以操心(경이조심) 禮以律己(예이율기) 內行純備(내행순비) 其事親也(기사친야) 晨夕具冠帶(신석구관대) 拜謁平居(배알평거) 惟以慰悅爲務(유이위열위무) 雖花卉菜果(수화훼채과) 必袖而進之(필수이진지) 家甚淸寒(가심청한) 而甘滑瀡滫之供備至(이감활수수지공비지) 人或有饋遺(인혹유궤유) 不於私室乎受之(불어사실호수지) 直進親庭(직진친정) 躬自奉獻(궁자봉헌) 使母夫人任用(사모부인임용) 然義然後受(연의연후수) 苟非其義(구비기의) 雖一芥不取焉(수일개불취언)

선생은 타고난 자질이 엄격하면서도 따뜻했고, 너그러우면서 굳세었으며, 공경스러우면서도 조심스러웠다. 예(禮)로써 자신을 다스렸고 집안에서의 행실은 순수하였다. 부모를 모실 때는 새벽과 저녁에 갓과 허리띠로 의관을 갖추고 문안하였으며, 오직 부모님을 기쁘게 하는 것을 자신의 일로 삼았다. 비록 꽃과 풀, 채소와 과일이라 하더라도 반드시 소매에 품고 가져와서 부모님께 먼저 드렸다. 집안이 가난하였으나 달고 맛있는 것이 생기거나, 혹 남들이 귀한 것을 보내오면 자기 집에 그것을 받지 않고 곧 친가로 가서 몸소 올려 드려 어머니가 쓰도록 하였고 (어머니가 나누어 주시면) 이후에 그것을 받았다. 진실로 도리에 맞지 않으면 아무리 하찮은 것이라도 받지 않았다.

其處兄弟也(기처형제야) 衎衎以相友(간간이상우) 財産則必推與(재산즉필추여) 勞費則必自當經理(노비즉필자당경리) 有妹夫妻俱瘟病死(유매부처구온병사) 先生躬自含斂(선생궁자함렴) 一家之內(일가지내) 怡怡愉愉(이이유유) 人無間言(인무간언) 其待朋友也(기대붕우야) 聞有善則喜(문유선즉희) 必勸之以學(필권지이학) 其有不善者(기유불선자) 輒峻責之(첩준책지) 然改則喜曰(연개즉희왈) 當如是也(당여시야)

형제들을 보살피는 데는 늘 기뻐하였으며 서로 우애가 깊었다. 재물이 있으면 반드시 (사정을) 헤아려서 나누어 주었고 (집안일에 드는) 품삯은 모두 자신이 부담하였다. 여동생 부부가 역병으로 함께 죽자 선생께서 자기 손으로 염을 하였다. 일가 집안이 온화하고 화기애애하여 서로 헐뜯는 말이 없었다. 친구를 대할 때는 들어서 훌륭한 것이 있으면 기뻐하며 반드시 배움을 권하였다. 훌륭하지 못한 것이 있으면 언제나 준엄하게 책망하고 그가 이를 고치면 곧 기뻐하며 "마땅히 이와 같아야 한다."고 말하였다.

年二十七(연이십칠) 爲伊山長(위이산장) 有一小生(유일소생) 傲錢穀有司(오전곡유사) 先生據理嚴責(선생거리엄책) 其人愧服(기인괴복) 遂執弟子禮(수집제자례)

27세에 이산서원 원장이 되었는데 젊은 금전출납인이 오만하게 구니 선생께서 조리를 들어 엄하게 책망하자 그가 부끄러워하며 복종하더니 드디어 제자의 예로 처신하였다.

有鄰邑令於先生(유인읍령어선생) 有師弟義(유사제의) 數徠見(삭래견) 亟饋酒食(기궤주식) 令嘗以淸簡自持(영상이청간자지) 顧於奉親之道儉焉(고어봉친지도검언) 先生謂日(선생위왈) 公簡於居官則得矣(공간어거관즉득의) 儉於奉親(검어봉친) 其可乎哉(기가호재) 令愧謝而退(영괴사이퇴) 卒爲孝子云(졸위효자운)

인근 읍의 수령이 선생의 제자가 되고 싶어서 여러 차례 찾아와 뵙고 술과 음식을 자주 보내었다. 그 수령은 일찍이 청빈하고 검약하게 생활하였으나 부모를 모시는 방법을 살펴보니 검소(인색)하였다. 선생께서 말씀하시길 "그대가 벼슬살이를 하는데 검소한 것은 옳은 일이지만, 부모를 모시는 데까지 검소해서야 되겠습니까?" 하니 수령이 부끄러워하며 사과하고 돌아가더니 마침내 효자가 되었다고 한다.

先生於居家處鄉(선생어거가처향) 奉先睦族(봉선목족) 待人接物(대인접물) 各極其道(각극기도) 爲人可法式者不可一二計云(위인가법식자불가일이계운) 噫多矣哉(희다의재) 古稱篤行君子者(고칭독행군자자) 蓋謂先生耶(개위선생야)

선생께서는 집에 있거나 고장에 있을 때에 언제나 선조의 덕업을 받들고 친족과 화목하였고, 사람과 사물을 대할 때 각각 그 도를 극진히 하셨다. 사람들에게 법식(모범)이 될 만한 것을 하신 것이 한두 가지가 아니니 옛날에 독행군자(독실하게 실천하는 군자)라 칭하던 사람이 대략 선생과 같은 사람을 말하는 것이리라.

先生配甘泉文氏(선생배감천문씨) 參奉經濟之女(참봉경제지녀) 生一男(생일남) 日起秋(왈기추) 有文行(유문행) 不幸早卒(불행조졸) 娶贈吏曹參判豐山金大賢之女(취증이조참판풍산김대현지녀) 生一女二男(생

일녀이남)

선생께서 감천문씨 참봉 문경제의 딸과 결혼하여 아들 김기추 한 분을 낳으셨으나 불행히도 일찍 죽었다. 이조참판에 추증(사후에 임명)된 풍산김씨 김대현의 따님을 맞아 딸 하나와 아들 둘을 낳았다.

女適通德郞柳宗之(여적통덕랑유종지) 生三男三女(생삼남삼녀) 男曰世楨(남왈세정), 世相(세상), 世霖(세림) 女長適李在寬(여장적이재관) 次權掄(차권륜) 次金必行(차김필행) 男長曰堯弼(남장왈요필) 通仕郞(통정랑) 娶郡守金友益之女(취군수김우익지녀) 生一女(생일녀) 適朴心華(적박심화) 繼室咸陽朴氏(계실함양박씨) 都事守約之女(도사수약지녀) 無嗣(무사) 取弟之子鼎輝爲後(취제지자정휘위후)

선생의 딸은 통덕랑(정5품) 유종지에게 시집가서 3남 3녀를 낳았다. 그 아들은 유세정, 유세상, 유세림이었다. 첫째 딸은 이재관에게, 둘째 딸은 권륜에게, 셋째 딸은 김필행에게 시집갔다. (선생의) 장남은 김요필로 통사랑(9품)이 되었고 군수 김우익의 딸과 결혼하여 딸 하나를 낳아 박심화에게 갔고, 계실로 함양박씨 도사 수약의 딸을 들였지만 후사가 없어 동생의 아들 김정휘로 후사를 이었다.

次曰堯翊(차왈요익) 從仕郞(종사랑) 聚永嘉權棐之女(취영가권비지녀) 無嗣(무사) 繼室(계실) 眞城李瘳之女(진성이참지녀) 卽大司憲瀣之玄孫也(즉대사헌해지현손야) 生四男四女(생사남사녀) 男曰兌輝(자왈태휘) 曰鼎輝(왈정휘) 出繼(출계) 曰晉輝(왈진휘) 曰履輝(왈이휘) 女長適校理柳世鳴(여장적교리유세명) 次曹夏全(차조하전) 金枏(김이), 金弼世(김필세)

(선생의) 차남은 김요익으로 종사랑(문음관 정9품)이며 영가(안동)권씨 권비의 딸과 혼인하였으나 자식이 없었다. 후실 진성이씨 대사헌 이해의 후손인 이찬의 딸에게 장가들어 4남 4녀를 낳았다. 아들은 김태휘, 김정휘(양자로 보냄), 김진휘, 김이휘였다. 첫째 딸은 교리 유세명, 둘째 딸은 조하전, 셋째 딸은 김이, 넷째 딸은 김필세에게 시집갔다.

兌輝娶金必亨之女(태휘취김필형지녀) 生三女一男(생삼녀일남) 蔡后甲(채후갑) 吳壽溟(오수명) 其壻也(기서야) 一幼(일유) 男始鍇(남시개) 鼎輝娶司藝李尚彦之女(정휘취사예이상언지녀) 生三男四女(생삼남사녀) 男曰始鏵(남왈시화), 始鎔(시용), 始鑌(시빈) 女吳後昌(여오후창), 鄭碩濟(정석제), 李仁實(이인실), 李仁滂(이인방) 其壻也(기서야) 晉輝娶申尚騫之女(진휘취신상건지녀) 生一女三男(생일녀삼남) 具世望(구세망) 其壻也(기서야) 男曰始鋼(남왈시강) 餘幼(여유)

김태휘는 김필형의 딸에게 장가가서 3녀 1남을 낳았다. 채후갑, 오수명이 그의 사위이다. 아들 김시개는 아직 어리다. 김정휘는 사예(정4품) 이상언의 딸과 결혼하여 3남 4녀를 낳았다. 아들은 김시화, 김시용, 김시빈이며 딸은 오후창, 정석제, 이인실, 이인방에게 시집갔다. 김진휘는 신상건의 딸에게 장가들어 1녀 3남을 낳았다. 구세망이 사위이고 아들은 김시강이며 나머지는 모두 어리다.

履輝娶具時英之女(이휘취구시영지녀) 生三男一女(생삼남일녀) 皆幼(개유) 柳世鳴生三男一女(유세명생삼남일녀) 曹夏全(조하전) 生二女一男(생이녀일남) 金梠(김이) 生二男(생이남) 金弼世(김필세) 生三男五女(생삼남오녀) 內外曾玄孫男女百餘人(내외증현손남녀백여인)

김이휘는 구시영의 딸에게 장가가서 3남 1녀를 낳았다. 모두 어리다.

유세명(김요익의 맏사위)은 3남 1녀를 낳았고, 조하전(김요익의 둘째 사위)은 2녀1남을 낳았고, 김이(김요익의 셋째 사위)는 2남을 낳았고, 김필세(김요익의 넷째 사위)는 3남 5녀를 낳았다. 내외 증손주들이 백 명이 넘는다.

始鏵(시화) 始鑌(시빈) 同中壬午司馬(동중임오사마) 始鑌其年繼擢兌科(시빈기년계탁외과) 年十九(연십구) 聲譽方藹蔚(성예방애울) 前途其可量哉(전도기가량재) 意者金氏之福(의자김씨지복) 其將發於斯乎(기장발어사호)

김시화와 김시빈은 함께 임오년 사마시에 급제했고, 시빈은 그해에 연이어 대과에 급제하였는데 그때 나이가 19세인데도 이미 명성과 영예가 자자하니, 그 앞날을 쉽게 예측할 수 있겠다. 아마도 함창김씨의 복이 장차 여기에서 피어날 것이다.

* 意者(의자) : 아마도.

先生所著詩文雜著十餘卷及經書(선생소저시문잡저십여권급경서), 小學(소학), 前集釋義(전집석의), 三書講錄等書(삼서강록등서) 藏于書堂失火(장우서당실화) 今所存(금소존) 僅三書講錄(근삼서강록) 前集(전집), 小學釋義(소학석의), 雜著若干卷(잡저약간권)

선생께서 지은 시문과 잡저 10여 권과 경서, 소학, (고문진보)전집석의, 삼서강록 등의 글이 서당에 보관되어 있었으나, 불이 나서 타버리고 겨우 삼서강록, 전집석의, 소학석의, 잡서 약간만이 남았다.

竊惟先生以穎敏敦厚之資(절유선생이영민돈후지자) 早得大賢(조득대현) 爲之依歸(위지의귀) 其薰炙旣久(기훈자기구) 門路旣正(문로기정)

使先生而年(사선생이년) 造詣益深(조예익심) 踐履益篤(천이익독) 則可
以接道脈傳正學(즉가이접도맥전정학) 爲一世師宗無疑也(위일세사종
무의야)

가만히 생각해 보니 선생께서는 본디 자질이 영민하고 돈후했으며,
일찍이 큰 현인(퇴계)을 만나 배움을 얻고 그를 본받고 따른 것이 오래
되었고, 학문의 길이 반듯하여 해가 갈수록 그 뜻이 더욱 깊어지고 실
천과 이행이 더욱 돈독하였다. 이는 곧 큰 도맥을 접하고 정학(공자의 바
른 학문)을 전승하여 한 세대의 큰 스승이 되신 것을 의심할 바가 없는
것이다.

出而展所蘊(출이전소온) 究厥施措(구궐시조) 則必將利澤及于物(즉
필장리택급우물) 功烈昭于時(공열소우시) 豈與夫一時小小立功名者
論哉(기여부일시소소입공명자론재) 惜脩塗未半(석수도미반) 大運俄窮
(대운아궁) 畢竟齎志以歿(필경재지이몰)

(선생께서 오래 살아서) 세상에 나아가 오랜 연구로 쌓은 학문을 펴고
베풀었다면 반드시 만물에 혜택이 미치고 큰 공적이 시대에 밝게 비쳤
을 것이니, 어찌 한때 소소한 공명을 세운 가벼운 자들과 비교하겠는
가? (그러나) 애석하게도 인생의 절반도 못 채운 때에 갑자기 대운이 다
해버리니, 마침내 큰 뜻을 가슴에 품은 채 돌아가셨다.

世之知先生者不少(세지지선생자불소) 而年代寢遠(이연대침원) 又於
先生德行之實(우어선생덕행지실) 昧昧焉(매매언) 豈不重可惜哉(기부
중가석재) 雖然(수연) 李先生平日獎許(이선생평일장허) 具載文集中(구
재문집중) 垂之百世而不刊(수지백세이불간) 諸賢推重讚美(제현추중찬
미) 亦可於誄公之文槪焉(역가어뇌공지문개언) 此足以不朽公矣(차족

이불후공의) 抑又何恨哉(억우하한재)

(아직) 세상에 선생을 아는 사람이 적지 않으나, 세월과 세대가 멀어지면서 선생의 덕행의 자취가 점차 흐릿해지고 있으니 어찌 애석하지 않겠는가? 비록 그렇다 하더라도 퇴계 선생께서 평소에 가르친 것이 이 문집 속에 실려 있어서 백세가 지나도 없어지지 않을 테고, 여러 현자들이 거듭 천거하고 찬양한 말들과 공을 애도하는 만사와 제문에 남아 있으므로, 가히 공의 명성은 영원할 것이니 어찌 한탄만 할 것인가?

日(일) 鼎輝氏手其行錄一通(정휘씨수기행록) 屬不佞爲狀(속불녕위장) 不佞謝不能(불녕사불능) 而其請益懇(이기청익간) 辭不獲(사불획) 遂論次其大者如右(수논차기대자여우) 以備世之立言者採擇筆削云爾(이비세지입언자채택필삭운이) 上之二十九年七月日(상지이십구년칠월일) 後學永嘉權斗寅(후학영가권두인) 謹狀(근장)

어느 날 (선생의 후손) 김정휘 씨가 선생의 행록 일체를 손수 가지고 와서 나에게 행장을 지어줄 것을 부탁하였다. 내가 능력이 부족하므로 이를 사양하였으나 그가 더욱 간절하게 청하니 끝내 사양하지 못하였다. 그리하여 선생의 행적 중 큰 줄거리만을 위와 같이 서술하였으나 (부족할 것이니), 세상의 뛰어난 입언자(立言者, 작가)들이 앞으로 더 좋은 것을 채택하거나 필삭하기를 바란다. 숙종 29년(1693년) 후학 영가(안동) 권두인 삼가 쓰다.

* 立言(입언) : 훌륭한 글을 후세에 남기는 것.
* 권두인(權斗寅, 1643~1719) : 본관 안동. 자 춘경(春卿). 호 하당(荷塘)·설창(雪窓). 35세에 비로소 진사시(進士試)에 합격했으나 벼슬에 뜻을 두지 않고 학문에 전심했으며, 학행(學行)으로 효릉참봉(孝陵參奉)이 되었다. 그 뒤 장원서별제(掌苑署別提)·사어(司禦)를 거쳐 공조좌랑이 되고 사직하였다. 안동의 동백서원(東柏書院)에 배향되었다. –두산백과

[3]

산문 (書)

1. 移道內書(이도내서)
(임진왜란 때) 경상도 내에 보내는 격문

嗚呼尙忍言哉(오호상인언재) 腥氛穢闕(성분예궐) 至尊蒙塵(지존몽진) 社稷蔓草(사직만초) 寢園塡灰(침원전회) 嗚呼尙忍言哉(오호상인언재)

아, 슬프도다! 차마 말로 표현할 수 없을 만큼 애통하고 분하다. 더러운 기운이 대궐을 더럽혔고 임금께서는 피난을 가셨다. 사직이 덩굴풀에 뒤덮이고 종묘가 잿더미가 되었으니, 아아! 이 애통함을 차마 말로 표현할 수 없구나.

> * 침원(寢園)은 침묘(寢廟)와 원릉(園陵)으로 종묘(宗廟)를 뜻한다.

嗚呼(오호) 此時而含生靑丘者(차시이함생청구자) 孰不有授命忘身之志乎(숙불유수명망신지지호) 童兒婦女(동아부녀) 亦莫不痛髓而裂膽(역막불통수이열담) 則大丈夫素服忠義者(즉대장부소복충의자) 其自處當何如哉(기자처당하여재)

아! 이러한 때에 이 나라에 살고 있는 사람이라면 누구인들 목숨을 내어놓고 신명을 바칠 뜻이 없겠는가? 어린아이와 부녀자들까지도 골수에 사무친 아픔과 쓸개를 가르는 고통을 품지 않은 사람이 없는데, 하물며 대장부로 태어나 평소 충의를 지키던 자라면 스스로 어떻게 처신하는 것이 마땅한지 왜 모르겠는가?

嗚呼(오호) 王綱未墜(왕강미추) 賊其能久(적기능구) 皇天申眷佑之
仁(황천신권우지인) 商風助肅殺之威(상풍조숙살지위) 天兵未至賊窟而
兇魁鯨戮(천병미지적굴이흉괴경륙) 義師未編城中而醜族魄褫(의사미
편성중이추족백치)

아아! (그러나 아직은) 왕조의 근본이 훼손되지 않았으니 어찌 적이 오
래 버틸 수 있겠는가. 하늘이 (우리를) 보살펴 도와주며 어진 마음을 펼
치시니, 가을바람이 차갑게 불어와 우리를 돕고 있다. 명나라 군대가 적
의 소굴에 이르지 않았는데도 흉악한 괴수들이 기세에 눌려 도륙당하
고, 의병이 편성되지 못하였는데도 추한 무리들이 놀라서 넋을 잃고 있
다.

嗚呼(오호) 唾手而洩嘗膽之憤(타수이설상담지분) 過河而就回鑾之
計(과하이취회란지계) 此其時也(차기시야) 顧我弊鄉(고아폐향) 素習俎
豆(소습조두) 未嘗從事於軍旅(미상종사어군려) 自遭罔極(자조망극) 人
盡荷戈(인진하과) 士皆執殳(사개집수) 以至居憂者(이지거우자) 亦皆釋
衰而袵革(역개석최이임혁) 大叫同憤(대규동분) 庶基恢復(서기회복)

아아! 용기를 내서 복수하겠다는 분함을 펼쳐서 강을 건너고 서울을
회복할 계책을 세워야 하니, 지금이 바로 그때이다. 곤궁한 우리 고장을
돌아보니 평소 유학(俎豆, 제사 법도)을 익혔을 뿐 한 번도 싸워본 적 없
었는데도, 전란을 만난 뒤로는 사람마다 모두 창을 둘러멨고 선비들마
저도 몽둥이를 들었다. 심지어 상중에 있던 사람들마저도 모두 상복을
벗고 갑옷을 입으며 함께 분노하여 부르짖으며 기틀을 다시 회복하기
를 다짐하였다.

而鴟張之禍(이치장지화) 猶逼四境(유핍사경) 雖欲博募(수욕박모) 其路無由(기로무유) 區區堅壁(구구견벽) 祇保關防(기보관방) 使賊路不逾於嶺陬(사적로불이어령추) 穢跡罔干於邑彊而已(예적망간어읍강이이) 如是而經夏涉秋(여시이경하섭추) 謂之自守則可矣(위지자수즉가의) 而顧初心則有愧矣(이고초심즉유괴의) 吐虹張膽(토홍장담) 常用鬱懣(상용울만)

그러나 교만하게 다시 기세가 오른 적들이 사방에서 압박해 오니 여러 곳의 군대를 불러 모으려 해도 방도를 찾을 수가 없었다. 성벽을 굳게 하고 관문을 지켜서 적군의 진로가 고개 쪽으로 오는 것을 막아내어 그 더러운 발굽이 읍의 경계를 넘지 못하게 했을 뿐이다. 이와 같이 하여 여름과 가을이 지나니 우리 스스로 지키는 것이 가능할 것이나, 적을 몰아내려던 초심을 돌아보면 부끄럽기 그지없었다. 피를 토하고 쓸개를 씹어보아도 항상 우울하고 답답하기만 하였다.

近日南州(근일남주) 義旅往往而起(의려왕왕이기) 羽書鼎鼎而至(우서정정이지) 此正合勢交攻(차정합세교공) 鏖盡兇孼之秋也(오진흉얼지추야)

그런데 얼마 전 남쪽 고을에서 의병부대가 자주 봉기하여 왜군과 싸웠다는 소식이 가끔 도착하는 것을 보니, 지금이야 말로 우리의 세력을 규합하고 함께 공격해서 흉악한 도적을 모조리 척살할 때가 아닌가 싶다.

* 羽書(우서) : 옛날 중국(中國)에서 급(急)한 소식(消息)을 전(傳)하는 때에 깃털을 꽂아서 보냈던 데서, 군사상(軍事上) 급(急)하게 전(傳)하는 격문(檄文).

嗚呼(오호) 一旅興夏(일려흥하) 三戶亡秦(삼호망진) 成敗之分(성패지분) 固不關於衆寡强弱(고불관어중과강약) 而義勝則謀自立矣(이의승즉모자립의)

아아! '500명의 군대가 하(夏)를 흥하게 했고 (초나라) 세 집 때문에 진(秦)나라가 망했다'고 하는 것처럼, 성공과 실패는 병력의 많고 적음과 군대의 강하고 약함에 달려있는 것이 아니다. 의리가 바로 서면 계획이 스스로 확고해지는 것이다.

* 一旅(일려) : 《상서주소(尙書注疏)》 권6에 "하(夏)나라의 명맥이 중간에 40년간 단절되었다. 그런데 소강(少康)이 일성(一成)과 일려(一旅)로 과(過)·과(戈)를 쳐서 없애어 우(禹) 임금의 업적을 회복하고 하나라를 하늘과 짝 지어 제사를 지냄으로써 구물(舊物)을 상실하지 않았다."라고 하였다. 사방 10리의 땅이 일성이고 500명이 일려이다.
* 三戶(삼호) : 《사기》 권7 〈항우본기(項羽本紀)〉에 "회왕(懷王)이 진(秦)나라로 들어가 돌아오지 않은 뒤로 초(楚)나라 사람이 지금까지 가련하게 여기기 때문에 초 남공(楚南公)이 말하기를 '초나라가 비록 삼호라도 반드시 진나라를 멸망시킬 것이다.'라고 하였는데, 그 주에 "초나라 사람이 진나라를 원망하기 때문에 비록 삼호라도 족히 진나라를 멸망시킬 수 있다는 것이다."라고 하였다.

況今聖綸遐及(황금성륜하급) 人皆扻淚曰(인개문루왈) 大哉(대재) 吾王之言(오왕지언) 鶴駕近止(학가근지) 人皆額手曰(인개액수왈) 賢哉(현재) 吾王之子(오왕지자) 張眷響應(장환향응) 制挺雲合(제정운합) 則奚但爲一旅三戶而止哉(즉해단위일려삼호이지재)

게다가 지금 임금의 교지(聖綸성륜)가 멀리 이곳까지 이르렀고, 이를 본 사람들이 모두 눈물을 닦으며 말하기를 "위대하다! 우리 왕의 말씀이여" 하고 있다. 그리고 왕세자의 수레가 근처에 머무르고 있다 하니, 사람마다 이마에 손을 짚고 기다리며 말하기를 "어질구나! 우리 왕자여." 하고 있다. 활을 당기는 소리에 응답하여 창을 든 사람들이 구름처럼 몰려든다면 어찌 다만 500명의 군대, 세 집안이 이룬 성과보다 못하겠는가.

自西自東(자서자동) 自南自北(자남자북) 一乃心力(일내심력) 掃盡腥塵(소진성진) 還玉座於舊宮(환옥좌어구궁) 復香火於宗社(부향화어종사) 則庶無愧於雪恥復讎之義矣(즉서무괴어설치복수지의의) 今日臣子之責(금일신자지책) 顧不在玆乎(고부재자호) 幽憤撐腸(유분탱장) 血淚盈眶(혈루영광) 握管茫然(악관망연) 不知所裁(부지소재)

동서남북에서 한마음으로 힘을 합쳐 더러운 진흙을 모두 쓸어버리고, 임금이 궁궐 옥좌로 돌아가서 다시 종묘사직에 향불을 피울 수 있게 될 때, 비로소 우리의 부끄러움을 씻어내고 복수의 대의를 이룬 것이리라. 돌아보면 오늘 신하된 자의 책무가 바로 여기에 있지 않겠는가. 가슴 깊이 쌓인 울분으로 창자가 굳어지고 피눈물이 두 눈에 가득하여 붓을 잡아도 아득하기만 하고 무엇을 써야 할지 알 수가 없구나.

* 1592년(선조 25년, 선생 44세) 임진왜란이 발발하자 선생께서는 그해 가을에 격문을 만들어 경상 도내에 돌려 의병을 일으키도록 하였고, 고향에서 뜻을 같이하는 사람들과 함께 만취당 김개국을 의병장으로 추대하여 선비와 병사들을 모으고 통솔하여 관군을 돕게 하였다.

2. 上體察使柳西厓成龍書(상체찰사류서애성룡 서)
체찰사 서애 류성룡에게 올리는 글

竊以在我之誠意未孚(절이재아지성의미부) 不能使天將終始戮力
(불능사천장종시육력) 箕城以後(기성이후) 泄泄閱月(설설열월) 慢侮之
言不絶(만모지언부절) 侵暴之患不止(침폭지환부지) 卒無淸塵之期(졸
무청진지기) 翻成媚盜之計(번성미도지계) 則復讐之義(즉복수지의) 至
是而無復可言矣(지시이무부가언의)

삼가 생각하건데, 저에게 있는 정성과 뜻이 미덥지 못해서 명나라 장
수로 하여금 계속하여 온 힘을 다하게 할 수는 없습니다. 평양성(箕城기
성) 전투 이후 한 달이 넘도록 세월만 지체하니, (왜군이) 우리를 만만하
게 보고 업신여긴다는 말이 끊이지 않고 있습니다. 적이 침범하는 우환
이 그치지 않고 평온을 되찾을 기약도 없는데, 도리어 도적에게 아첨하
는 계획(유화정책)이 세워지고 있습니다. 이러한데도 우리에게 복수할
뜻이 있다고 말할 수 있겠습니까?

事雖在彼(사수재피) 而機實自我(이기실자아) 可勝歎哉(가승탄재) 幣
帛之厚(폐백지후) 不足以動其心(부족이동기심) 酒食之美(주식지미) 不
足以感其情(부족이감기정) 惟至誠可以感動之矣(유지성가이감동지의)
千里之外(천리지외) 亦將應之(역장응지) 況已在一域之內者乎(황이제
일역지내자호)

일은 비록 저쪽(군대를 움직이는 일이 명나라 장수의 결정)에 달려 있지만 만 기회는 실로 우리 스스로에게 있는 것인데 어찌 탄식을 금할 수 있겠습니까. 후한 예물도 명군의 마음을 움직이기에는 부족하고, 좋은 술과 음식도 그들의 마음을 감동시키기에는 부족합니다. 오직 지극한 정성만이 그들을 감동시킬 수 있을 것입니다. 천리 밖이라도 장차 응대해야 하거늘, 하물며 이미 한 구역 안(우리 나라)에 있는데 어찌 그렇게 하지 않을 수 있겠습니까.

竊復思之(절부사지) 國中孑遺之民(국중혈유지민) 猶思自奮(유사자분) 日夜所願(일야소원) 寧爲白骨(영위백골) 誓不與賊俱生(서불여적구생) 則其感之之速(즉기감지지속) 豈與天兵同年而語哉(기여천병동년이어재)

그러나 가만히 다시 생각해보니, 나라 안에 외로이 남겨진 백성들이 오히려 스스로 떨쳐 일어날 생각으로 밤낮 소원하기를 '차라리 백골이 될지언정 도적과 함께 살 수는 없다'고 합니다. 그러니 백성들이 느끼는 바를 어찌 명나라 군대와 동일한 선상에서 논할 수 있겠습니까(백성들의 울분이 더욱 큽니다).

苟誠心愛養(구성심애양) 使不至飢餓流亡(사부지기아류망) 則超乘之勇(즉초승지용) 斬馘之壯(참괵지장) 不勞遠求(불노원구) 而揭竿斬木(이게간참목) 皆其人矣(개기인의) 亦何苦而區區乞哀於唐兵乎(역하고이구구걸애어당병호) 不能自勉(불능자면) 而欲仗皇威(이욕장황위) 以徼幸於萬一(이요행어만일) 則設有斯須之快(즉설유사수지쾌) 而寧無憾於復讐之大義哉(이녕무감어복수지대의재)

진실로 정성스런 마음으로 (백성들을) 사랑하고 부양해서 굶어죽고 유랑하는 상황에 이르지 않도록 해야 합니다. 그리하면 곧 (수레에) 뛰어 오르는 용기와 적의 목을 베는 씩씩함을 수고롭게 멀리서 구하지 않더 라도 (스스로) 대나무로 깃발을 세우고 나무를 깎아 창을 만들어 싸움에 나설 백성들입니다. 또한 당병(명군)에게 구차하게 애걸하니 고통이 얼 마나 큽니까? 스스로 힘쓰지 못하고 (중국)황제의 위세에 의지한다면, 만의 하나 우연히 잘되어 잠깐 쾌감을 맛볼 수 있겠지만 어찌 복수하겠 다는 (우리의) 대의에 부끄럽지 않겠습니까.

舍諸近而求諸遠(사저근이구저원) 忽之易而謀之難(홀지이이모지난) 剝極疲殘之膏血(박극피잔지고혈) 傾盡蕩竭之府庫(경진탕갈지부고) 一 年奔走(일년분주) 供奉唐兵(공봉당병) 而國簿之兵(이국박지병) 則菜色 滿面而不恤焉(즉채색만면이불휼언) 節制者(절제자) 顧以立威爲主轅 門之下(고이입위위주원문지하) 餓殍日積而刑杖日嚴(아표일적이형장일 엄) 遂使飢卒(수사기졸) 逋散相踵(포산상종) 而未至鄕閭(이미지향려) 已爲道殣者何限(이위도근자하한)

(그동안 우리는) 가까운 데 있는 것을 버리고 먼 데 있는 것을 구했고, 쉬운 것을 홀대하고 어려운 것을 도모하였습니다. 피폐하고 쇠잔한 백 성들의 고혈을 죽도록 짜내고 고갈된 나라 곳간을 모두 털어 일 년 내 내 분주하게 당병에게 물자를 제공했습니다. 그러다 보니 굶주린 우리 군대가 얼굴이 누렇게 떠 있는데도 구휼하지 못하고 있습니다. 그런데 도 통제관들이 그저 엄격한 법으로 위엄을 세우는 것만 치중하다 보니 군영에는 날마다 굶어죽은 시체가 쌓이는데도 형벌만 나날이 더 엄격 해지고 있습니다. 마침내 굶주린 병사들이 달아나고 흩어지는 일이 줄 을 잇고 있지만, (이들마저도) 고향 마을에 이르지 못한 채 얼마 못 가 길 에서 굶어죽는 자가 부지기수입니다.

如是而曰天兵已至(여시이와천병이지) 恢復不遠(회복불원) 上下懽
然相慶(상하환연상경) 其亦迂矣(기역우의) 大槪今日之勢(대개금일지
세) 如人大病(여인대병) 絶而復蘇(절이부소) 元氣如線(원기여선) 喘促
而數(천촉이수) 不爲之安養(불위지안양) 而反加勞擾(이반가노요) 則如
線者豈不溘然於頃刻乎(즉여선자기부합연어경각호)

(형세가) 이와 같은데도 '명나라 군대가 이미 도착했으니 나라를 회복
하는 날이 멀지 않았다' 하여 위아래가 함께 기뻐하고 경사스러워 하였
으니 그 또한 잘못입니다. 대개 오늘의 형세는 사람에게 큰 병이 난 것
과 같습니다. 숨이 끊어지다가 되살아난 상태이니, 원기는 실낱같고 숨
을 헐떡이며 명을 재촉하고 있습니다. 그런데도 편안하게 요양시키지
않고 도리어 노역으로 힘들게 하니 곧 실낱같은 명줄이 어찌 경각을 다
투지 않을 수가 있겠습니까.

民惟邦本(민유방본) 而兩年兵火(이양년병화) 餘氓幾何(여맹기하) 比
因唐兵支待(비인당병지대) 賦役之煩(부역지번) 百倍平時(백배평시) 閭
巷愚民(여항우민) 至以倭奴之禍(지이왜노지화) 未至若此爲言(미지약
차위언) 終不堪命(종불감명) 死徙居半(사사거반) 田卒荒穢(전졸황예)
望斷有秋(망단유추) 若過數月(약과수월) 溝壑之轉(구학지전) 在在皆
然(재재개연) 愚恐如線之氣(우공여선지기) 溘然而盡(합연이진) 一邦之
本(일방지본) 終不能救其自顧也(종불능구기자전야)

오직 백성이 나라의 근본입니다. 그러나 지난 2년간의 전쟁에서 살
아남은 백성이 얼마나 되겠습니까. 명군에게 물자를 대고 (음식을) 대접
하느라 세금과 부역의 번거로움이 평소의 백배에 이르니, 마을의 어리
석은 백성들도 '왜놈들의 재앙이 이르렀을 때도 이렇지는 않았다'고 하
소연합니다. 끝내 명령을 견디지 못하고 죽거나 달아난 자들이 절반에

이릅니다. 논밭은 모두 황폐하고 거칠어져서 가을에 추수할 희망도 사라졌습니다. 이대로 여러 달을 보낸다면 여기저기 백성들의 시신이 도랑을 구르고 있을 테니, 실낱같은 기운마저 소진되어 한 나라의 근본을 끝내 구해내지 못하고 스스로 엎어질까 두렵습니다.

竊見唐兵之徵索無藝(절견당병지징색무예) 郡縣之支應難繼(군현지지응난계) 弊端輾轉(폐단전전) 終及於半鬼之民者(종급어반귀지민자) 亦勢所不得已也(역세소부득이야) 觀今事勢不可以時月爲限(관금사세불가이시월위한) 則不容姑息苟且(즉불용고식구차) 以待其自已也(이대기자이야)

가만히 살펴보니 명군들의 재물 요구가 끝이 없고 군현들이 이를 계속 조달하는 데 어려움을 겪고 있습니다. 이러한 폐단이 그치지 않으니 백성들이 종내 반쯤 귀신같은 모양에 이르렀는데도 이 또한 어쩔 수 없는 형세입니다. 이제 보니 일의 형세는 기다려서 될 일이 아닌데도, (모두들) 잠시 눈앞의 안일을 추구하며 구차하게 (명군이) 스스로 그만두기를 기다릴 뿐입니다.

其不可開陳主帥(기불가개진주수) 使之節制(사지절제) 俾無橫濫之患乎(비무횡람지환호) 或者以爲天將尊嚴(혹자이위천장존엄) 且係國事(차계국사) 不可干冒(불가간모) 何其不思之甚耶(하기불사지심야)

우두머리 장수에게 타일러 말해서 (그들이) 절제하도록 하고 방자하게 함부로 행동치 않도록 하여야 하지 않겠습니까. 어떤 이들은 '명나라 장수들의 위엄에 나라 일이 매여 있어 간섭할 수 없다'고 하니 어찌 생각하는 것이 이와 같을 수 있습니까.

蓋區域雖分內外(개구역수분내외) 而情義已孚於一(이정의이부어일)
雖尋常是非之辨(수심상시비지변) 固可以溫言諭之(고가이온언유지) 婉
辭解之(완사해지) 陳義理以感悟之(진의리이감오지) 況今綿力之難支
(황금면력지난지) 至於此極(지어차극) 而猶且畏觸威嚴(이유차외촉위엄)
藏頸縮舌(장경축설) 終至顚覆而不敢發(종지전복이불감발) 則非固則
愚也(즉비고즉우야)

　구역이 비록 안팎으로 나누어져 있으나, 정성과 의리는 이미 한결같
이 믿음을 받고 있으니, 비록 대수롭잖은 시비의 분별이라 하더라도 진
실로 따뜻한 말로 달래고 부드러운 말로 해결해주어 (그들 스스로) 의리
를 느끼고 깨닫게 해 주어야 합니다. 그런데 지금 우리의 어려움이 이
렇게 극단에 이르렀는데도 오히려 더 위엄에 접촉(명나라 장수에게 말)
하기를 두려워하고 있습니다. (모두들) 목을 움츠리고 혀를 말아 넣어,
마침내 백성들이 엎어지는 처참한 상황이 되어서도 가만히 있으니 곧
비겁하고 어리석기 그지없습니다.

奉天討臨小邦(봉천토임소방) 涉霜雪沐霧露(섭상설목무로) 艱苦萬
狀(간고만상) 則爲小邦之人(즉위소방지인) 孰不欲糜躬以報之哉(숙불
욕미궁이보지재) 第萬死餘命(제만사여명) 血枯髓盡(혈고수진) 無復可
繼(무부가계)

　(명군이) 황제의 명을 받고 작은 나라의 적을 토벌하러 와서 서리와 눈
을 뚫고 안개와 이슬로 목욕하면서 온갖 어려움을 겪은 것은 곧 우리나
라를 위하여 한 것입니다. 그러니 누구인들 몸이 부서지도록 보답하고
싶지 않겠습니까? 다만 (지금은) 많은 사람이 죽었고 살아남은 사람도 피
가 마르고 골수가 다 없어져서 다시 계속할 수가 없는 형편입니다.

則雖但支樵蘇(즉수단지초소) 亦患不及(역환불급) 況分外之索(황분외지색) 何能一一應之(하능일일응지) 勢將自僨而後已(세장자분이후이) 安得不號哀而訴憫乎(안득불호애이소민호)

땔나무와 말 먹일 풀을 대는 일도 완수하지 못할까 걱정하는데 하물며 능력을 넘어선 것을 어찌 일일이 응할 수가 있겠습니까? 일의 형세가 장차 스스로 엎어진 뒤에야 끝날 것인데 어찌 애달프게 부르짖고 호소하지 않을 수 있겠습니까?

夫我國之喜天將(부아국지희천장) 喜其扶衰也(희기부쇠야) 天將之恤我國(천장지휼아국) 恤其垂亡也(휼기수망야) 恤其亡扶其衰(휼기망부기쇠) 其本心也(기본심야) 則今雖不能必其振起衰亡(즉금수불능필기진기쇠망) 而益其衰亡之勢(이익기쇠망지세) 則必非所忍也(즉필비소인야) 蓋將愓然哀之(개장척연애지) 而發大號矣(이발대호의)

무릇 우리나라가 잘되는 것이 명나라 장수에게 기쁜 일일 것입니다. 쇠한 우리나라의 기운을 북돋아 주고, 망해가는 나라를 구하고자 하는 것이 명나라 장수의 본심일 것입니다. 지금 쇠망하는 이 나라가 떨쳐 일어나지 못하고 있을 뿐만 아니라 그 처지가 더욱 나빠지고 있습니다. 그러니 이렇게 참고 있을 때가 아닙니다. 아마도 장차 지금 말 못 한 것을 후회하고 크게 울부짖게 될 것입니다.

設或不能加察而起怒焉(설혹불능가찰이기노언) 一日之威(일일지위) 自當旋霽而垂恕(자당선제이수서) 豈竝於覆邦本之禍乎(기병어복방본지화호) 況委曲以感之(황위곡이감지) 則豈至觸忤之爲患哉(즉기지촉오지위환재) 此最今日之急務(차최금일지급무) 故反覆之(고반복지) 幸無以迂遠而忽之也(행무이우원이홀지야)

설령 잘 살피지 못하여 저들의 노여움을 사더라도 하루의 노여움은 절로 이내 풀려 용서를 하게 될 것이니, 어찌 나라의 근본을 뒤엎는 재앙과 나란히 말할 수 있겠습니까. 하물며 세심하고 간절하게 감동시킨다면 어찌 비위를 거스르는 지경에 이르겠습니까? 이것이 오늘날 가장 시급한 일이어서 다시 거듭 말씀드리니, 부디 이를 멀리하여 (폐단의 시정을) 소홀히 하는 일이 없다면 다행이겠습니다.

* 1592년 4월 13일 일본이 대거 침입하자, 류성룡이 병조판서를 겸하고 도체찰사로 군무(軍務)를 총괄하였다. 이어 영의정이 되어 왕을 호종(扈從), 평양에 이르러 나라를 그르쳤다는 반대파의 탄핵을 받고 면직되었다. 의주에 이르러 평안도 도체찰사가 되고, 이듬해 명나라의 장수 이여송(李如松)과 함께 평양성을 수복, 그 뒤 충청·경상·전라 3도의 도체찰사가 되어 파주까지 진격하였다. 이 해 다시 영의정에 올라 4도의 도체찰사를 겸해 군사를 총지휘하였다.
* 1593년(선조 26년, 선생 45세) 봄에 대기근이 들자 선생께서 체찰사 류성룡에게 명군 물자 조달과 관련한 현안에 대하여 글을 올린 것이다.

3. 上方伯 金夢村 睟 書(상방백 김몽촌 수 서)
관찰사 몽촌 김수에게 올리는 글

伏以變起倉卒(복이변기창졸) 望風奔潰(망풍분궤) 一路無主(일로무주) 列城皆空(열성개공) 子遺黎庶(자유여서) 罔知所歸(망지소귀) 扶攜老幼(부휴노유) 投竄林谷(투찬임곡) 重足脅喘(중족협천) 朝夕莫保(조석막보)

갑자기 전란이 일어나니 (사람들이 놀라서) 풍문만 듣고도 흩어져 달아나거나 스스로 무너져서 경상도 일대에 주인은 없고 여러 성들이 모두 비었습니다. 남겨진 백성들은 몸을 기댈 곳을 몰라 노인과 아이들을 이끌고 숲과 산골짜기에 숨었지만 발은 무겁고 숨이 가쁜 것이 아침 저녁 하루도 보존할 수 없는 처지였습니다.

于時安集使奉聖旨踰嶺(우시안집사봉성지유령) 深山窮谷(심산궁곡) 親造躬探(친조궁탐) 諄諄然諭以天意(순순연유이천의) 懇惻切至(간측절지) 當是時(당시시) 人心皆以一死自決(인심개이일사자결) 而西望天日(이서망천일) 日夜號哭而已(일야호곡이이) 遽見王人(거견왕인) 遞承王言(체승왕언) 莫不稽顙泣下(막불계상읍하) 如咸造王庭(여함조왕정) 面承聖敎(면승성교)

이러한 때에 어명을 받은 안집사(김륵)께서 고개를 넘어와서, 깊은 산 속 궁벽한 골짜기까지 몸소 찾아다니며 하늘의 뜻으로 사람들을 이끌며 간절하고 정성스럽게 깨우치고 지극하게 대하였습니다. 당시에는 사람들 마음이 이제 모두 죽을 것이라 생각하며 임금이 계신 서쪽 하늘을 바라보며 밤낮으로 통곡하고 있었습니다. 그런데 임금이 보낸 사자가 나타나 임금의 말씀을 전하니 머리를 조아리고 눈물을 흘리지 않는 이가 없었으며, 그 기분은 마치 조정에서 임금님을 직접 뵙고 면전에서 교지를 받는 듯하였습니다.

* 안집사 : 주민을 위무하고자 수시로 지방에 파견된 관리.

仗義奮忠(장의분충) 揭竿斬木(게간참목) 張眷響應(장환향응) 唾手雲合(타수운합) 軍容日盛(군용일성) 衆情以定(중정이정) 徂夏經秋(조하경추) 關防益固(관방익고) 馳突之騎不敢近(치돌지기불감근) 焚蕩之禍不能及(분탕지화불능급) 嶺下數邑(영하수읍) 至今爲完城者(지금위완성자) 皆其力也(개기력야)

(안집사의 교화에 감복하여) 사람들이 대의에 기대어 충성으로 떨쳐 일어나 (군대의) 깃발을 세웠고 나무를 베어 창을 만들었습니다. 큰 활을 당기니 사방에서 크게 호응하고, 기운을 되찾은 사람들이 구름처럼 모여들었습니다. 군대의 형세는 날로 왕성해지고 사람들의 형편도 안정되었습니다. 여름에 시작하여 가을을 지나면서 변방의 방어는 더욱 견고해져서 세찬 적의 기병도 감히 가까이 오지 못하였고 전쟁의 재앙도 미치지 않았습니다. 영남의 여러 읍들이 지금까지 안전할 수 있는 것은 모두 그 덕분입니다.

自是收復之勢(자시수복지세) 漸及下路(점급하로) 列邑之已經陷沒者(열읍지이경함몰자) 亦莫不收拾餘燼(역막불수습여신) 移關報牒(이관보첩) 間道相屬(간도상속) 以至近日(이지근일) 無愚智(무우지) 皆以討

賊爲事(개이토적위사)

 이때부터 점차 아래쪽 고을들까지 조금씩 회복되어 나갔으며, 전쟁의 화를 겪었던 곳에서도 죽은 자들을 수습하고 남은 유민을 거둘 수 있었습니다. 이후 관문 간에 서로 서찰을 보내어 간간이 서로 소식을 전할 수 있게 되었고, 최근에 이르러서는 어리석은 자나 지혜로운 자나 모두 적을 토벌하는 것을 자신의 일로 생각하게 되었습니다.

 究其本則誰其尸之(구기본즉수기시지) 安集使爲王討賊(안집사위왕토적) 士民爲安集使討賊(사민위안집사토적) 至誠相感(지성상감) 戮力效死(육력효사)

 이러한 변화의 원인을 누가 만들었겠습니까? '안집사는 왕을 위하여 적을 토벌하지만 백성들은 안집사를 위하여 적을 토벌한다'고 하니, 백성들은 안집사의 지극한 정성에 감복하여 힘을 모으고 목숨을 바친 것입니다.

 後來諸使相(후래제사상) 相繼宣命(상계선명) 而民心日以漸固(이민심일이점고) 兵威日以向盛(병위일이향성) 雖曰諸使相之共力(수왈제사상지공력) 而安集使實爲之拓基耳(이안집사실위지척기이)

 그리고 뒤이어 온 여러 신하들도 어명을 잘 이행하자 민심이 점차 확고해지고 병사들의 사기가 나날이 높아졌습니다. 어떤 사람들은 여러 신하들이 힘을 합친 덕분이라고 말하지만, 실로 안집사가 그 기반을 닦은 덕분일 것입니다.

 一路之人(일로지인) 方以掃淸腥塵(방이소청성진) 迎還鑾駕(영환란

가) 指日爲望者苦矣(지일위망자고의) 不意今者安東之命遽下(불의금자안동지명거하) 衆皆駭徨(중개해황) 如手足焉(여수족언) 喪其頭目(상기두목) 如子弟焉(여자제언) 失其父兄(실기부형) 卷旗曳甲(권기예갑) 三軍失色(삼군실색) 沮喪氣像(저상기상) 有若戰敗者然(유고전패자연)

한 지역의 사람들이 이제 막 더러운 먼지를 깨끗이 쓸어내고 돌아오는 임금님의 수레를 맞이하기를 바라며 애쓰고 있습니다. 그런데 뜻하지 않게 지금 안동으로 조정의 (안집사를 다른 곳으로 발령 내는) 급한 명이 내려오니, 이를 들은 사람들이 모두 놀라고 당황하여 마치 손과 발이 머리와 눈을 잃은 것 같고, 아이들이 그 아버지와 형을 잃은 것과 같은 모양입니다. 깃발을 떨구고 갑옷을 풀며 모든 군대가 크게 놀라 기운을 잃는 것이 마치 전쟁에서 패한 자들의 모양과 같습니다.

童兒婦女(동아부녀) 亦皆憮然咨嗟曰(역개무연자차왈) 失我安集使(실아안집사) 安集我居(안집아거) 誰其任之(수기임지) 安集我邑(안집아읍) 誰其任之(수기입지) 安集我道(안집아도) 誰其任之(수기임지) 南過之賊(남과지적) 何以防之(하이방지) 北窺之賊(북규지적) 何以禦之(하이어지) 西奔之賊(서분지적) 何以截之(하이절지) 焚劫之禍(분겁지화) 我何逃焉(아하도언) 虜掠之慘(노략지참) 我何免焉(아하면언)

아이들과 부녀자들까지 모두 놀라서 탄식하며 말하길 "안집사가 없으면 누가 우리 집, 우리 읍, 우리 도(道)를 편안히 하겠는가? 남쪽을 지나는 왜적을 어떻게 막고, 북쪽을 엿보는 적을 어떻게 막으며, 서쪽을 내닫는 적을 어떻게 벨 것이며, 불 지르고 겁탈하는 재앙을 어떻게 피하고, 노략질의 참상을 우리가 어떻게 면할 수 있겠는가"라고 합니다.

荷擔驚顧(하담경고) 罔措手足(망조수족) 土崩瓦解(토붕와해) 不朝則

夕(불조즉석) 賊若窺此(적약규차) 則乘機攔入(즉승기난입) 安保其必無
乎(안보기필무호) 數邑在嶺底(수읍재영저) 爲一路初頭(위일로초두) 數
邑不完(수읍불완) 則關防失守(즉관방실수) 鳥之賊路(조지적로) 復移於
竹矣(부이어죽의) 衝突之禍(충돌지화) 殆無所不及(태무소불급) 而一路
無一邑不爲賊藪矣(이일로무일읍불위적수의) 夫然後雖有諸使相(부연
후수유제사상) 相望於道內(상망어도내) 將何所著手乎(장하소착수호)

　지금 사람들이 피난 짐을 이고 진 채 이리저리 둘러보고 허둥대며 손
발을 어디에 둘지 몰라 하고 있습니다. 흙이 무너지고 기와가 깨지는
날이 임박한 것인지 알 수 없다며 불안해합니다. 만약 적이 이 기회를
틈타 침입한다면 어떻게 지킬 수 있겠습니까. 고개 아래에 여러 읍이
있지만 그 지역 가장자리의 읍들이 불완전해지면 곧 변방의 요새도 지
킬 수 없게 됩니다. 그렇게 되면 조령에 있는 왜적들이 길을 열어 죽령
으로 옮겨오게 될 것이니, 전쟁의 재앙이 미치지 않는 곳이 없게 되고
결국 한 지역 한 고을도 도적의 소굴이 되지 않는 곳이 없을 것입니다.
그러한 일이 일어나 버린다면 비록 도내에 여러 수령들이 있어본들 장
차 어떻게 수습할 수 있겠습니까?

　今者(금자) 方伯閫帥(방백곤수) 接踵宣略(접종선약) 雖無安集之命
(수무안집지명) 豈無安集之實乎(기무안집지실호) 顧以閭巷之間(고이여
항지간) 駭歎日深(해탄일심) 難以言語解之者(난이언어해지자) 誠以經
理有先後(성이경리유선후) 孚感有淺深(부감유천심) 而此又本道人也
(이차우본도인야) 其赤心憂國(기적심우국) 衆所推服故也(중소추복고야)

　지금 관찰사(方伯방백)와 장수(閫帥곤수)가 연이어 전략을 펼치고 있으
니, 비록 안집(安集, 백성을 평안하고 화목하게 함)의 명령이 없다한들 어찌
안집(安集)의 실제야 없겠습니까. 하지만 마을을 돌아보니 사람들의 탄

식이 날로 깊어져서 한두 마디 말로 그것을 풀어주는 것이 어려운 형편입니다. 진실로 일을 처리하는 데도 선후가 있고 믿음에도 깊이가 있습니다. 이들 또한 우리 도의 사람들이며 그들 역시 마음으로 나라를 걱정하는 것은 공경하고 복종하는 백성들입니다.

嗚呼(오호) 專而不咸(전이불함) 昔人已歎(석인이탄) 而今日事勢緩急輕重(이금일사세완급경중) 不可不辨(불가불변) 夫安東一府(부안동일부) 在上道最爲巨鎭(재상도최위거진) 陷沒燕廢之餘(함몰무폐지여) 苟非其人(구비기인) 固無以還集修繕(고무이환집수선) 則擇授之方(즉택수지방) 果亦莫重莫急(과역막중막급) 而必改安集使(이필개안집사) 使一路安集之機一朝而自潰(사일로안집지기일조이자궤) 則其轉移之道(즉기전이지도)

아아! 옛사람들도 한쪽에 치우쳐서 두루 살피지 못하는 것을 탄식하였습니다. 그러니 오늘 일의 형세에 대하여 완급과 경중을 따지지 않을 수 없습니다. 무릇 안동부는 상도(上道, 안동을 중심으로 한 경북 북부 지방)에서 큰 진영이지만, 이미 함몰되고 황폐해진 뒤라 만일 적임자가 아니라면 (사람들을) 다시 모아서 수습할 수 없을 것이니, (적임자를) 선택하여 맡기는 방안이 과연 가장 중대하고 시급한 일입니다. 하지만 지금 안집사를 바꾸는 것은 곧 한 지역이 편안해질 기회를 하루아침에 스스로 무너지게 하는 것이며 그리하면 그 폐단이 곧 도내 다른 곳으로 전파될 것입니다.

孰緩孰急(숙완숙급) 孰輕孰重(숙경숙중) 使一路安集(사일로안집) 則其中一邑(즉기중일읍) 獨不爲安集乎(독불위안집호) 愚氓之所以駭問莫曉者(우맹지소이해문막효자) 誠以此也(성이차야)

무엇이 여유롭고 무엇이 급합니까. 무엇이 가볍고 무엇이 중합니까. 한 지역을 편안하게 하여야 그 안에 있는 고을들이 편안하지 않겠습니까. 어리석은 백성들이 놀라서 문곤 하지만 미처 깨닫지 못하는 것은 진실로 이 때문입니다.

竊念此時(절염차시) 不汲汲周旋(불급급주선) 另加慰諭(영가위유) 則他日追悔(즉타일추회) 恐無及於旣潰之後也(공무급어기궤지후야)

혼자서 가만히 생각해보니 지금 급히 (명령을) 시정하고 힘써 백성들을 위무하지 아니하면 곧 나중에 후회하여도 한번 (형세가) 무너진 뒤에는 다시 수습할 수 없게 될까 두렵습니다.

伏惟閤下將此馳奏(복유합하장차치주) 得或因或兼(득혹인혹겸) 則庶不至大潰也(즉서부지대궤) 第念潰散之勢(제염궤산지세) 已迫朝暮(이박조모) 而西極往復(이서극왕복) 動經時月(동경시월) 未間閤下(미간합하) 權宜處置(권의처치) 姑合安集使(고합안집사) 仍行舊職(잉행구직) 以慰安民情(이위안민정) 幸甚(행심)

삼가 바라오니 합하(방백)께서 우선 임금에게 이를 급히 아뢰어, 혹 안집사를 그대로 유임하거나 혹 다른 관직과 겸직하도록 한다면, 곧 형세가 크게 무너지는 데 이르지는 않을 것입니다. 생각해보니 형세가 절박하고 아침저녁 하루가 급박하며, 서쪽 변방을 왕복하려면 시간이 오래 걸릴 수 있으니 합하께서 임시조치로 안집사를 그전 보직으로 돌아가 백성들을 위무하고 민심을 안정시키도록 한다면 참으로 다행일 것입니다.

* 합하 '정1품(正一品) 벼슬아치'를 높이어 이르는 말.
* 權宜(권의) : 임시적(臨時的)인 편의(便宜), 임시방편.

或者以爲未有朝命(혹자이위미유조명) 方伯何能擅施乎(방백하능천시호) 此則不然(차즉불연) 一河南失火(일하남실화) 尙有矯制(상유교제) 況此罔極之禍(황차망극지화) 苟有可救之道(구유가구지도) 豈可以膠守常經乎(기가이교수상경호)

혹자는 조정의 명이 없는데 관찰사가 어찌 이를 시행할 수 있겠는가 할 수 있습니다. 하지만 이는 그러하지 않습니다. 하남(河南)에 불이 났을 때 (한나라 황제의 사신 급암이) 오히려 황제의 조칙(명령)을 고쳐서 굶주린 백성을 구제하였는데, 하물며 이러한 망극한 재앙에서 진실로 백성을 구할 길이 있는데도 어찌 고지식하게 평소의 도리만을 지키겠습니까.

* 급암(汲黯)은 한나라 무제 때의 사람이다. 하내(河內)에서 실화(失火)로 인해 1천여 집이 연달아 불타자 무제는 급암에게 사신으로 가서 살펴보도록 하였는데, 돌아와서 보고하기를, "민가에 불이 나서 근접한[比] 집이 탄 것은 근심할 것이 못됩니다. 신이 하남(河南)을 지나는데 가난한 사람들이 홍수·가뭄으로 1만여 집이나 재해를 입어 혹은 아버지와 아들이 서로 잡아먹기도 하였습니다. 황공하오나 신이 제 마음대로 부절을 가지고 창고의 곡식을 풀어서 가난한 백성을 구휼하였으니, 이제 부절을 반납하고 황제 명령을 가탁[矯]한 죄를 받겠습니다."라고 하였다. 무제는 이를 현명하게 여기고 그를 풀어주었다. 【교(矯)는 가탁(假托)함이다. 한나라 법률에 황제 명령을 가탁한 자는 기시(棄市 죽여서 그 시체를 길가에 버리는 형벌)로 논죄한다.】

雖權設有司(수권설유사) 尙無所不可(상무소불가) 況此庭授之官(황차정수지관) 且使仍行(차사잉행) 以待朝命(이대조명) 則粗涉通權(즉조섭통권) 而不全歸於矯命乎(이부전귀어교명호) 大槪別遣重臣(대개별견중신) 按撫兵備(안무병비) 未陰雨尙然(미음우상연) 況此何等時也(황차하등시야) 而別遣之臣(이별견지신) 無故遽罷(무고거파) 有若喪亂旣平(유약상란기평) 置之相忘之域(치지상망지역) 益使人心無所依賴(익사인심무소의뢰) 而終不可收拾(이종불가수습) 其在國計(기재국계) 不亦

左乎(불역좌호)

이렇게 임시로 만든 관직으로도 하지 못할 것이 없었는데, 하물며 이렇게 조정에서 제수하는 관직을 어찌 실정에 맞게 고쳐서 시행하지 못하겠습니까. 우선 안집사 전보 명령을 수정하여 시행하고 나서 조정의 명을 기다린다면, 이는 (급한 대로) 대략 법을 처리하는 것이지 왕명을 (어겨서) 고치는 것이 아닙니다. (다른 곳에) 관리들을 보내어 군과 군사들을 위무하도록 하는 것도 필요하지만, 아직 여기만큼 시급하지는 않습니다.

그리고 임금이 별도로 파견한 신하를 이유 없이 갑자기 파직하여 마치 환란이 이미 평정된 뒤에 내버려두는 듯이 하니, (이렇게 하면) 인심이 의지하고 믿을 곳이 없게 되어 결국 수습할 수 없는 지경에 이를 것이니, 이는 나라를 위한 계책이 아닙니다.

* 음우(陰雨) : 비상시, 위험한 일, 환란, 난리.

嗚呼(오호) 巨禍滔天(거화도천) 機務日萬(기무일만) 一二使相(일이사상) 豈可以周知徧應乎(기가이주지편응호) 必別有使臣錯綜其間(필별유사신조종기간) 協心戮力(협심육력) 一以糾察守令(일이규찰수령) 一以撫循軍民(일이무순군민) 然後庶幾垂成之勢不潰(연후서기수성지세불궤) 而恢復之基可立矣(이회복지기가립의) 時危勢急(시위세급) 亟欲號訴於行殿(극욕호소어행전) 而千里關阻(이천리관조) 未易走及(미이주급) 今姑請命於閤下(금고청명어합하) 以冀轉聞(이기전문) 情溢辭蹙(정일사축) 不知所裁(부지소재) 不勝惶恐之至(불승황공지지)

아아! 큰 재앙이 세상을 덮었고 큰 사건이 날마다 넘쳐나는데 한두 명의 사상(使相, 관찰사)이 어찌 전체 일을 두루 살피고 대응할 수 있겠습니까. 반드시 따로 사신(使臣)을 두어 그 사이에서 여러 가지 일을 주선하여 마음과 힘을 다하여 한편으로는 수령들을 규찰하고 한편으로는 군대와 백성들을 어루만지게 한 뒤에야 성공을 거둘 수 있는 형세를 회복할 수 있는 기반을 세울 수 있을 것입니다. 시국이 위태롭고 형세가 급하니 하루속히 행전(피난 시기 임시궁전)에 호소하고 싶지만 천리의 관문이 막혀있어 달려가는 것도 쉽지 않습니다. 지금 우선 관찰사께 명을 청하니 이를 임금께 전해 올리기 바랍니다. 생각은 많지만 글재주가 부족하여 헤아릴 바를 알지 못하겠고, 지극히 황공하여 어찌할 바를 모르겠습니다.

* 착종(錯綜) : 종합, 뒤섞이다, 엉클어진.
* 김륵(金玏, 1540-1616) 본관 예안. 자 희옥(希玉). 호 백암(柏巖). 시호 민절(敏節). 영천 출생. 처음에 박승임(朴承任)·황준량(黃俊良), 뒤에 이황(李滉)에게 배웠다. 1576년(선조 9) 식년문과에 병과로 급제하여 승문원·예문관·사간원 등 여러 청환직(淸宦職)을 지내고, 1584년 영월군수, 1592년 형조참의(參議)가 되었다. 임진왜란이 일어나자 안집사(安集使)로 영남지방의 민심을 수습하고, 1593년 경상우도관찰사, 이어 대사헌이 되어 '시무 16조'를 상소하였다. 뒤에 충청도관찰사·안동부사 등을 지내고, 1612년(광해군 4) 대사헌으로서 김직재(金直哉)의 무옥(誣獄)에 연루되어 강릉으로 유배되게 되었으나, 여러 대신들의 변호로 무사하였다. 이조판서가 추증되고, 영천(榮川:영주)의 구강서원(龜江書院)에 배향되었다. 저서에《백암문집》이 있다. -(두산백과)
* 김수(金睟, 1547~1615) 본관 안동. 자 자앙(子昂). 호 몽촌(夢村). 시호 소의(昭懿). 이황(李滉)의 문인. 1573년(선조 6) 알성문과에 병과로 급제하였으며, 예문관검열을 지냈다. 홍문관교리(校理)로 있을 때, 왕명으로《십구사략(十九史略)》을 주해(注解)하였다. 직제학, 승지를 거쳐 평안도관찰사, 경상도관찰사를 역임하였다. 경상도관찰사로 있을 때 임진왜란이 일어나 관군이 패하자 한때 관직을 물러났으나 뒤에 판한성, 지중추를 거쳐 형조판서, 호조판서, 영중추에 이르렀다 1613년 그의 손자 김비가 무고로 옥사하자 김수도 대간의 탄핵을 받고 파직되었으며 병으로 사망하였다. 일찍이 호조판서로 임진왜란 때 치적을 올려 수십 년 동안의 호조판서 중 1인자로 꼽혔으며 이항복이 그의 죽음을 듣고 나라의 충신을 잃었다고 한탄했다. 문집에《몽촌집》이 있다. -(국조인물고)
* 이 글을 받은 관찰사 김수는 조정에 건의하기 전에 (먼저) 명을 되돌려 (임시로) 안집사 김륵이 이전의 보직을 수행하게 하였다. -(물암선생 행장)

4. 上城主書(상성주서) 성주에게 올리는 글

伏以民之短淺迂拙(복이민지단천우졸) 不堪辦事(불감판사) 已無足道(이무족도) 而民氣虛質弱(이민기허질약) 外邪易乘(외사이승) 自失慈母(자실자모) 形存神喪(형존신상) 遭亂奔遑(조란분황) 尤極殘悴(우극잔췌) 以此鄕陣亦許納米(이차향진역허납미) 獲免赴敵(획면부적) 而晏然退坐(이안연퇴좌)

삼가 생각해보면 제가 식견이 얕고 어리석어 작금의 형세를 판별하지 못하는 것은 이미 말할 필요조차 없습니다. 저는 원래 기운이 허약하고 체질이 약하여 병에 잘 걸렸습니다. 그런데 어머니를 여의고 나서부터는 몸은 있으되 정신을 잃어버렸고, 전란이 일어나 경황이 없게 된 이후에는 더욱 쇠잔하고 초췌해졌습니다. 이런 연유로 지방의 병영에서도 쌀을 바치고 군역을 면하여 편안히 물러나 앉아 있는 것을 허락하였습니다.

心所不安(심소불안) 故强疾來往(고강질래왕) 多冒風雪(다모풍설) 數月間(수월간) 復有採薪之憂(부유채신지우) 僅脫鬼關(근탈귀관) 而官使忽投賑濟之命(이관사홀투진제지명) 拜受惶懼(배수황구) 罔知攸措(망지유조) 因自傷頑喘之未絶者(인자상완천지미절자) 長冒春寒(장모춘한) 看檢賑事(간검진사) 則舊疾新痾(즉구질신아) 一齊交作(일제교작) 理所不免(이소불면) 是猶自活之不暇(시유자활지불가) 暇及於活人之責乎(가급어활인지책호) 夫賑濟(부진제) 所以活民也(소이활민야) 活民不得

(활민부득) **而徒以傷民之身**(이도이상민지신) **則莫有累於仁民之術乎**
(즉막유루어인민지술호)

  그러나 (전쟁으로) 마음이 편안하지 못한 까닭에 (의병을 일으키고자) 병든 몸으로 억지로 내왕하며 바람과 눈을 무릅쓰고 다닌 지 수개월이 되었습니다. 땔나무를 할 수 없을 정도로 몸이 쇠잔해졌고 겨우 저승문을 벗어난 듯한데, 갑자기 관아에서 저에게 백성 구제의 명을 내리니 삼가 공손히 명을 받기는 했지만 어찌할 바를 모르겠습니다. 이미 제 몸이 많이 상하여 심한 기침이 끊이지 않고 있습니다. 그런데도 오랫동안 봄추위를 무릅쓰고 진휼의 일을 살핀다면 곧 오래된 병이 더 깊어지고 (여러 가지 병이) 한꺼번에 찾아오는 것을 면할 길이 없을 것입니다. 이렇듯제 한목숨 부지하기도 힘든 마당에 백성을 구제하는 무거운 책무를 어찌 감당할 수 있겠습니까. 무릇 진휼은 백성을 살리는 일입니다. 백성을 살리지 못하고 헛되이 백성을 상하게 하는 사람이 된다면 이는 곧 진휼사업에 누를 끼치는 것입니다.

* 채신지우(採薪之憂) 땔나무를 하기 어려울 정도로 몸이 불편하다는 뜻으로, 자신의 병환을 완곡하게 비유하는 표현인데, 《맹자》〈공손추하(公孫丑下)〉에서 나온 말이다.

且復讐事急(차복수사급) **苟堪執殳**(구감집구) **則雖釋衰麻**(즉수석최마) **可矣**(가의) **惟此賑濟一事**(유차진제일사) **事雖重大**(사수중대) **而決不可與此擧同看**(이결불가여차거동간) **則喪未畢而掌其任**(즉상미필이장기임) **揆諸禮法**(규제예법) **進退何所據乎**(진퇴하소거호)

  (지금은 전시이니) 또한 왜적에게 복수하는 일은 매우 시급하므로 창을 잡는 일이라면 비록 상복을 벗는다고 해도 옳을 것입니다. 그러나 백성을 구휼하는 일이 비록 크고 중요한 일이기는 하지만, 결코 왜적과 싸

우는 것과 비교할 바는 아닙니다. 그리고 부모의 장례를 마치지 않고 진휼의 소임을 맡는다는 것은 여러 예법을 살펴보아도 그 근거를 찾을 수 없습니다.

民自兵起以後(민자병기이후) 不遑省墓(불황성묘) 一出一反(일출일반) 每極悲號(매극비호) 今奉此命愈(금봉차명유) 不知所以爲心也(부지소이위심야) 伏惟推恕曲察(복유추서곡찰) 使民得以保命終制(사민득이보명종제) 則其於仁孝之治(즉기어인효지치) 庶無憾矣(서무감의) 極欲奔走(극욕분주) 號訴於鈴下(호소어령하) 而感冒方劇(이감모방극) 率易代呈(솔이대정) 不任兢惶之至(불임긍황지지)

병란이 일어난 이후 저는 부모의 묘를 살필 겨를도 없어서 고향을 드나들 때마다 슬프게 울곤 하였습니다. 이제 이러한 명을 받고 생각해보니 더욱 마음 둘 곳을 모르겠습니다. 엎드려 바라옵건대 (성주께서) 미루어 헤아려 보고 사정을 잘 살펴서 제가 목숨을 보존하여 부모상을 마칠 수 있게 해주신다면, 곧 바르게 인(仁)과 효(孝)를 실천하는 일에 거의 유감이 없을 것입니다. (제가) 바로 달려가서 성주님을 직접 뵙고 면전에서 호소하고 싶지만, 지금은 감기가 심하여 식솔을 시켜 글을 보내드리오니 죄송하기 그지없습니다.

* 1593년(선조 26년, 선생 45세) 봄에 대기근이 들자 성주(地主지주)가 선생께 진휼 감독을 부탁했으나 선생께서 상제(喪制, 장례절차)를 마치지 못해서 고사하고 나아가지 아니하였다.

5. 與趙月川穆(여조월천목) 월천 조목에게 보내는 글

文集(문집) 屛山一校(병산일교) 裁削强半(재삭강반) 常恐後生不得
見其大全也(상공후생부득견기대전야) 近李聖輿來言綱目刊畢(근이성
여래언강목간필) 繼刊此集(계간차집) 已有上敎(이유상교) 而漢中諸公
(이한중제공) 皆以裁削者爲正云(개이재삭자위정운)

병산서원에서 퇴계 선생문집을 교정하면서 절반이나 잘라서 삭제하
였으니, 장차 후배들이 선생님 학문의 전체 큰 모습(大全)을 보지 못하
게 될까 두렵습니다. 근래에 이성여가 와서 말하기를 "강목을 발간하는
것을 마쳤고, 이어서 이 문집을 발간하는데 임금의 명령이 있은 후 한
양의 여러 뜻있는 분들이 모두 자르고 삭제한 것을 바르게 하라고 말한
다"고 하였습니다.

道德之大(도덕지대) 文章之盛(문장지성) 固不待多述而後著矣(고부
다술이후저 의) 然其一言半句(연기일언반구) 無非所以載道(무소위이재
도) 則爲後學者固當多而不厭(즉위후학자고당다이불염) 豈可以一二
人所見而容易略之乎(기가이일이인소견이용이략지호)

도덕의 위대함이나 문장의 성대함이 반드시 많은 저술이 있어야만 나
타나는 것은 아닙니다. 하지만 퇴계 선생님의 말 한마디, 반 구절의 문장
어디에도 도(道)가 실려 있지 않은 것이 없으니 곧 후학들을 위하여 (문집
에는) 가급적 선생께서 쓰신 대로 많이 싣는 것이 마땅합니다. 그런데 어

찌 한두 사람의 소견에 따라 쉽게 그것을 축약할 수 있겠습니까?

朱先生語類(주선생어류) 大全(대전) 無慮百餘冊(무려백여책) 則當時諸賢(즉당시제현) 豈無所見而然乎(기무소경이연호) 妄談至此(망담지차) 固知得罪於主論諸丈(고지득죄어주론제장) 而愛慕之極(이애모지극) 有不暇他顧(유불가타고) 欲作狀訴衷(욕작장소충) 而無便未能(이무편미능) 偶有院便付呈(우유원편부정) 但不知尊兄之意亦何如耳(단부지존형지의역하여이)

주희 선생님의 '주자어류'와 '주자대전'은 무려 100여 권이 될 만큼 양이 많은데 당시의 많은 학자들이 생각이 없어 그렇게 하였겠습니까? (저의) 망령된 이야기가 여기에 이르니 문집 축약을 논의하신 여러 어르신들에게 죄를 짓는다는 것은 알겠으나 (어르신들께는 죄송하지만 퇴계의 도를) 사랑하고 흠모하는 마음이 지극하여 다른 것을 돌아볼 겨를이 없었습니다. 편지를 써서 간곡한 마음을 호소하고 싶었지만 그간 인편이 없어 보내지 못하고 있다가, 마침 서원에 가는 인편이 생겨 부칩니다만, 존경하는 형님의 뜻이 어떠한지 모를 따름입니다.

* 1588년(선조 21년, 선생 40세) 11월에 월천 조목과 편지로 병산서원에서 퇴계 선생문집을 삭제하고 축약한 일을 논하였다.
* 김륵은 지금의 영주·안동 지역을 중심으로 이황에 대한 각종 현양 사업에 앞장섰다.(향토문화 전자대전)
* 주자어류 : 송(宋)나라의 함순(咸淳) 6년에 여정덕(黎靖德)이 주자(朱子)와 그 문인(門人)들과의 문답(問答)을 집성한 책(冊). 140권.
* 조목[趙穆] 1524년(중종 19년)~1606년(선조 39년) 경상북도 예안 출신. 본관은 횡성(橫城). 자는 사경(士敬), 호는 월천(月川). 이황(李滉)의 문인이다. 1566년 공릉참봉에 임명되었으나 학덕이 부족하다는 이유로 사양하고, 이황을 가까이에서 모시며 경전 연구에 주력하였다. 1576년(선조 9년) 봉화현감에 제수되자 사직소를 냈으나 허락되지 않아 봉직하면서 향교를 중수하였다. 1594년 군자감주부로 잠시 있으면서 일본과의 강화를 강력하게 반대하였다. 조목은 일찍이 이황의 문하생이 된 후 평생 가까이에서 이황을 모신 팔고제(八高弟)의 한 사

람이다. 조목의 문집에는 이황에 관계된 글이 대부분을 이루고 있으며, 주된 업적은 이황에 대한 연구와 소개이다. 이황 사후에 문집의 편간, 사원(祠院) 건립, 봉안 등에 힘썼으며, 마침내 도산서원 상덕사의 유일한 배향자가 되었다. 평생을 청빈하게 지내면서 온후하고 겸양하며 독실한 실천을 지향하였다. 저서 『월천집(月川集)』, 『곤지잡록(困知雜錄)』이 있다. -(한국학중앙연구원)

6. 恨賦(한부) 한탄하는 글

江文通有恨賦(강문통유한부) 李太白擬之(이태백의지) 其所恨(기소한) 皆非丈夫所可恨(개비장부소가한) 故特擧數聖賢之事而恨之(고특거수성현지사이한지)

　강문통(강엄)의 한부가 있고 이태백이 이를 모방하였으나 그 한(恨)하는 바는 모두 장부가 한할 바가 아니다. 그러므로 특히 여러 성현의 이야기를 들어 그것을 한해 본다.

* 강엄(江淹, 문통文通) : 양나라의 시인이자 관리. 허난성[河南省] 고성(考城)에서 출생. 송(宋)·남제(南齊)·양(梁)의 3왕조를 섬기고, 금자광록대부(金紫光祿大夫)가 되었다. 일찍부터 문명을 얻었으나 만년에는 재사(才思) 쇠퇴했다고 한다. 부(賦)의 작가로서 《한부(恨賦)》·《별부(別賦)》의 2편은 문사(文辭)의 화려함 등으로 유명하다. 그의 〈한부(恨賦)〉에, 세상의 모든 사람은 권세를 지닌 사람이건 몰락한 사람이건 나름대로 원통한 한을 품고 죽게 마련이라는 뜻을 말하여 자위(自慰)하였다.

撫一架之經史(무일가지경사) 扣胸中之新恨(구흉중지신한) 異文通之所賦(이문통지소부) 豈太白之所怨(기태백지소원) 惟前脩之不遇(유전수지불우) 寔後人之深悲(식후인지심비) 當周道之欲墜(당주도지욕추) 有天縱之聖師(유천종지성사) 轍海內而棲遑(철해내이서황) 期拯濟乎一時(기증제호일시) 苟大爲於施設(구대위어시설) 俗可變於雍熙(속가변어옹희) 嘅庸暗之滔滔(개용암지도도) 虛歲月於問津(허세월어문진)

　서가의 책을 어루만지며 가슴 속의 새로운 한을 일깨워 본다. 강문통이 지은 한부와 다르고 이태백의 원한과도 다르다. 오직 옛날 선현들이 불운함이 참으로 이 뒷사람의 깊은 슬픔이다. 주나라 왕도(王道)가 땅에 떨어지려 할 때에 하늘이 낸 어진 스승(공자님)이 있었다. 나라 안을 두루 다니면서 한 시대를 구원하려 하셨다. 만약 (공자께서) 크게 행하여 베풀었다면 풍속은 변하여 천하가 태평하게 다스려졌을 것이다. 그러나 물처럼 흘러가는 세상에서 어리석음을 한탄하였고, 이상적인 길을 찾다 세월만 허비하였다.

* 도도(滔滔) 초(楚)나라 은자 걸닉(桀溺)이 자로(子路)에게 "큰물에 휩쓸려 흘러가는 꼴이 천하가 모두 한 모양이니, 누구와 함께 이 세상을 바꿀 수 있겠는가.[滔滔者天下皆是也 而誰以易之]"라고 말한 내용이 《논어》〈미자(微子)〉에 나온다.
* 문진(問津) : 원래 공자가 장저(長沮)와 걸익(桀溺)에게 나루터를 물었다는 말인데, 즉 이상적인 길을 찾는다는 뜻으로, 사람이 살아가는 올바른 도를 말함.
* 전수(前脩) : 선철(先哲, 앞선 현인)

迨搶攘之戰國(태창양지전국) 挺亞聖之哲人(정아성현지철인) 朝齊梁而暮滕(조제양이모등) 勤反復於王霸(근반복어왕패) 遮楊墨之大闢(차양묵지대벽) 興仁義之美化(흥인의지미화) 痛久陷於功利(통구함어공리) 竟無補於苦口(경무보어고구)

혼란한 전국시대에 이르러 거의 성인에 이른 철인(맹자)이 나왔다. 제나라와 양나라, 등나라를 떠돌며 왕도와 패권 회복에 힘써서 양주와 묵적의 사도(邪道, 노장사상)을 제거하고 인의(仁義)의 아름다움을 흥하게 하려고 했다. 오래도록 공명과 이익에 빠진 것을 통탄하였으나 마침내 (맹자의) 충고는 도움이 되지 못했다.

猗兩程之勃興(의양정지발흥) 道一揆於前後(도일규어전후) 極諄復於講筵(극순부어강연) 擬堯舜其君民(의요순기군민) 胡喜事之醜夫(호희사지추부) 亂舊章以變新(난구장이변신) 一居州其何救(일거주기하구)

空受侮於打敬(공수모어타경)

　양정(정호, 정이)의 발흥에 기대어 우리의 도는 전후로 변치 않는 한 가
지 법도가 되었다. 강연을 거듭 열어 지극한 정성으로 가르치니 요순시
대의 임금과 백성에 비길만한 만하였으니 어찌 추부(醜夫)를 섬기는 일
을 즐겼겠는가? 어지러운 옛 제도를 새롭게 변화시켰으나 어찌 설거주
혼자서 세상을 구원할 수 있겠는가. 공연히 존경을 잃고 모욕을 받았다.

> * 양정(兩程) : 정호(程顥)와 정이(程頤). 정호(1032~1085)는 자는 백순(伯淳), 호는 명도 선
>   생(明道先生)이다. 그의 아우 정이(程頤, 1033~1107)는 자가 정숙(正叔)이고, 낙양(洛陽) 이
>   천(伊川) 사람이기 때문에 흔히 이천 선생(伊川先生)으로 불렸다. 이 두 사람을 '이정(二程)'이
>   라 한다. 이들은 이른바 '낙학(洛學)'이라고 불리는 새로운 학파(學派)를 창시하여 훗날 주희
>   (朱熹)가 성리학(性理學)을 집대성하는 데 중요한 토대를 제공했다. 이들은 "하늘의 이치를 존
>   중하고 인간의 욕망을 없애야[存天理, 滅人慾]" 한다는 말로 집약되며, 이는 유가(儒家) 윤리
>   를 바탕으로 한 가족관계의 정립을 강조하였다.
> * 설거주(薛居州) : 설거주는 전국 시대 송(宋)나라의 어진 선비이다. 송나라의 대불승(戴不勝)
>   이 왕을 착하게 만들고자 설거주를 항상 왕의 곁에 있게 하였다. 이에 맹자가 "설거주 한 명이
>   홀로 송왕을 어찌하겠는가.[一薛居州, 獨如宋王何?]" 하였다. 이는 소인이 많고 군자가 혼자
>   이면 임금을 바로잡는 효과를 이룰 수 없다는 말이다.《孟子 滕文公下》
> * 一揆(일규) : 늘 변(變)하지 않는 한결같은 법칙(法則)

　偉晦翁之繼作(위회옹지계작) 任一代之扶正(임일대지부정) 致忠懇
於章奏(치충간어장주) 冀轉否而爲泰(기전비이위태) 遭售嫉之罔極(조
수질지망극) 終聽我之邁邁(종청아지매매) 四十日之朝廷(사십일지조정)
事大乖於筮遯(사대괴어서둔)

　이어서 위대한 주자께서 일어나 한 시대의 정도(正道)를 붙드는 일을
맡으셨다. 임금께 글을 올려 간절하게 충언을 하며, 운수가 꽉 막힌 세
상을 태평하게 돌려놓으려 하였다. 그러나 남들에게 극도로 미움을 받
아 결국 업신여김을 당했고, 조정에 있던 기간은 40일뿐이었으니, 돈괘

(遯卦)에서 일이 크게 어그러졌다.

噫聖賢之在世(희성현지재세) 固出治之所本(고출치지소본) 由一用
而一舍(유일용이일사) 判興亡於邦國(판흥망어방국) 而播棄而仇視(이
파기이구시) 胡人謀之不淑(호인모지불숙)

슬프구나. 세상에 성현이 있어 나아가 나라를 다스리는 것이 근본이
며, 성현이 쓰이거나 버려지는 것에 따라 나라의 흥망이 판가름 나는
것이다. 그런데도 (성현을) 내팽개치고 원수처럼 보다니 어찌 사람의 지
혜가 이토록 맑지 못하단(어리석단) 말인가.

然有數而有命(연유수이유명) 亦無奈於時運(역무내어시운) 已矣天
實爲之(이의천실위지) 又何用夫扼腕(우하용부액완) 矧當時之一屈(신
당시지일굴) 乃大伸於千古(내대신어천고) 紛相繼而相發(분상계이상발)
昭治平之大道(소치평지대도) 開太平於萬世(개태평어만세) 垂至澤於
無窮(수지택어무궁) 佇宇宙而商略(저우주이상략) 恨少洩於心胸(한소
설어심흉)

그러나 운수(數)가 있고 운명(命)이 있는데 시운을 어찌하겠는가. 이제
그만두자! 실로 하늘이 하는 일에 주먹을 쥐고 분노해 본들 무슨 소용
이겠는가. 하물며 당시에 한번 굽히는 일은 오랜 세월 동안 크게 펴는

것이었다. 분주하게 서로 계승하고 베풀어서 치국평천하의 큰 도를 밝히고 만세에 태평성대를 열고 영원히 지극한 혜택을 주도록 해야 할 것이다. 우두커니 우주를 바라보며 깊이 생각해보니 가슴속 한이 조금씩 새어 나온다.

* 扼腕 : 성이 나거나 분해서 주먹을 불끈 쥐는 것을 말한다.

7. 題禪上人詩軸後(제선상인시축후) 선승의 시화축에 대하여

* 시화축(詩畫軸) : 화면 상단 여백에 화제에 관련되는 한시를 써넣은 족자 형식의 회화.

禪上人(선상인) 翁上人之師也(옹상인지사야) 翁上人一日示余以禪
上人之詩軸(옹상인일일시여이선상인지시축) 軸中有退溪 錦溪二先生
之詩(축중유퇴계, 금계이선생지시)

선승(禪僧)은 늙은 스님의 스승이었다. 늙은 스님이 하루는 내게 선승
의 시화축(화첩)을 보여 주었는데 그림 속에 퇴계 선생과 금계 선생 두
분의 시가 있었다.

詞盡兩奇(사진양기) 惜其置諸軸之末(석기치제축지말) 傷其混於釋
之語(상기혼어석지어) 于以請予於上人(우이청여어상인) 則曰吾師之死
也(즉왈오사지사야) 不以予羣弟而傳諸我者(불이여군제이전제아자) 惟
有望於傳之久也(유유망어전지구야) 則我不敢孤師之望而絶其傳也
(즉아불감고사지망이절기전야)

두 문장이 참으로 기이하였지만 애석하게도 화첩의 끄트머리에 적
혀 있고 불경 글자들과 섞여 있는 것에 마음이 상했다. 그래서 내가 스
님에게 달라고 청하였더니 노승이 말하기를 "제 스승은 돌아가실 때 다
른 제자들이 아니라 나에게 전한 것은 오직 오래도록 그것을 전하고자
하는 바람이 있어서일 것입니다. 곧 내가 감히 스승의 바람을 저버리고

보전하는 것을 그만둘 수는 없습니다.”라고 하였다.

余應之曰(여응지왈) 二先生之道德文章(이선생지도덕문장) 爲世所
宗仰(위세소종앙) 則其文之不可雜於摩曇之文(즉기분지불가잡어마담
지문) 明矣(명의) 其書之不可混於玄空之說(기서지불가혼어현공지설)
亦明矣(역명의) 矧汝之必不能久其傳者乎(신여지필불능구기전자호)

내가 거기에 응해서 말했다. “두 선생님의 도덕과 문장은 세상이 존
경하고 우러르는 바입니다. 곧 그 문장이 불가(摩曇마담)의 글과 섞여 있
는 것은 분명히 옳지 않고, 그 글이 불경의 이야기에 혼재되어서도 안
되는 것도 명확합니다. 더군다나 그대는 그것(화축)을 오랫동안 전할 수
있는 사람도 아닙니다.”

曰(왈) 何爲也(하위야) 曰(왈) 親與師孰重(친여사숙중) 曰(왈) 親重(친
중) 曰(왈) 汝之身(여지신) 何自而出乎(하자이출호) 曰(왈) 受之父母(수
지부모) 曰(왈) 汝之所當謹守者(여지소당근수자) 汝之身(여지신) 而汝
旣陷於異敎(이여기함어이교) 而失汝之身(이실여지신) 則是失其親之
傳也(즉시실기친지전야) 失其親之傳者(실기친지전자) 忘其親者也(망기
친자야) 忘其親之重(망기친지중) 則其能不忘其師乎(즉기능불망기사호)
是汝之必不能久其傳者也(시여지필불능구기전자야) 況孰能傳於汝之
死耶(황숙능전어여지사야)

스님이 “어째서 그런 겁니까?” 하니 내가 “부모와 스승 중 누가 더 중
합니까?” 하고 물었다. 스님은 “부모가 중합니다.”라고 했다. 내가 “그대
의 몸은 어디에서 나왔습니까?” 하고 묻자 스님은 “부모에게서 받았습
니다.”고 하였다. 나는 “그대가 마땅히 삼가하며 지켜야 할 것은 그대의
몸인데 그대는 이미 이교(異敎)에 빠져서 그대의 몸을 잃어버렸으니 곧

그 부모가 전해준 것을 잃은 것입니다. 그 부모가 전한 것도 잃어버린 자는 그 부모를 잃어버린 것이요 그 소중한 부모를 잊어버렸으니 어찌 그 스승을 잊어버리지 않겠습니까? 이것이 그대가 반드시 그것을 오랫동안 전하지 못하는 이유입니다. 하물며 그대가 죽는다면 누가 있어 능히 전할 수 있겠습니까?"고 하였다.

日(왈) 吾弟子有之(오제자유지) 日(왈) 汝之徒旣忘其親(여지도기망기친) 則忘其師亦易(즉망기사역이) 忘其師尙易(망기사상이) 而能不忘其師之師乎(이능불망기사지사호) 汝之傳猶不可信(여지전유불가신) 則其可信於汝之弟子耶(즉기가신어여지제자야) 欲其傳之久(욕기전지구) 則在吾之徒(즉재오지도) 而不在爾之徒者矣(이부재이지도자의)

그러자 스님이 말하기를 "내 제자가 있습니다."고 하였다. 나는 "그대의 무리는 이미 그 부모를 잊었으니 곧 그 스승을 잊는 것도 쉬울 것입니다. 스승을 잊는 것도 오히려 쉬운데 스승의 스승을 잊는 것이야 말할 것이 있겠습니까? 그대가 전한다는 것도 믿을 수 없는데 하물며 그대의 제자를 믿을 수 있겠습니까? 그 화축을 오랫동안 전하고자 한다면 곧 우리 무리 안에 있어야지 그대의 무리 안에 있어서는 안 됩니다"고 하였다.

日(왈) 何謂也(하위야) 日(왈) 汝之敬賢敬佛(여지경현경불) 孰重(숙중) 日(왈) 敬佛重於敬賢(경불중어경현) 日(왈) 何爲其重也(하위기중야) 日(왈) 信之深也(신지심야) 日(왈) 然則汝豈知賢人之語之爲可愛耶(연즉여기지현인지어지위가애야) 愛之不能(애지불능) 則能其傳之久乎(즉능기전지구호)

그러자 스님이 "무엇을 말하는 것입니까?"고 하였고, 나는 "그대는 현자를 공경하는 것과 부처님을 공경하는 것 중 어느 것이 더 중합니까?"라고 물었다. 스님은 "부처님을 공경하는 것이 현자를 공경하는 것보다 중합니다."라고 말하였고 나는 "왜 더 중요합니까?" 하고 물었다. 스님은 "믿음이 깊기 때문입니다"고 대답하였고, 나는 "그러면 그대가 어찌 현인의 말씀을 사랑할 수 있겠습니까? 사랑할 수 없으면서 곧 그것을 전할 수 있겠습니까?" 하고 물었다.

曰(왈) 子之能恒其傳者(자지능긍기전자) 何謂也(하위야) 曰(왈) 其信之也深(기신지야심) 故其愛之也篤(고기애지야독) 其愛之也篤(기애지야독) 故其傳之也久(고기전지야구) 上人曰(상인왈) 子不能傳二先生之心學(자불능전이선생지심학) 而徒知愛其文玩其書(이도지애기문완기서) 可乎(가호) 余笑而答之曰(여소이답지왈) 汝非我(여비아) 焉知我之心乎(언지아지심호)

스님은 "그대가 능히 그것을 영원히 전할 수 있다고 하는데 그게 어떻게 가능한 것입니까?" 하고 물었고, 나는 "그것에 대한 믿음이 깊어서 사랑하는 것이 독실합니다. 사랑하는 것이 독실하므로 그 전하는 것이 오래갈 것입니다"고 하였다. 스님은 "그대가 두 분 선생의 심학(성리학)을 전하지 못하면서 한갓 그 글만을 사랑하고 완상하는 것이 옳은 것입니까?" 하니 내가 웃으며 답해 말하기를 "그대는 내가 아닌데 어찌 내 마음을 알겠습니까?" 하였다.

曰(왈) 然則吾其予之(연즉오기여지) 夫傳之久者(부전지구자) 吾師之志(오사지지) 則與其不傳於吾徒(즉여기부전어오도) 寧其久於子之傳也(영기구어자지전야) 子其寫一本以與我(자기사일본이여아) 歸以藏之(귀이장지) 寶以傳之(보이전지) 可乎(가호) 余於是聞而喜之(여어시문이희지) 旣從上人之請(기종상인지청) 而記其顚末如右云(이기기전말여우

운) 己巳遯之朏後四日(기사둔지불후사일) 杜稜小隱書(두릉소은서)

　스님이 "그렇다면 내가 그것을 그대에게 드리겠습니다. 무릇 그것을 오래 전하는 것이 내 스승의 뜻이니 곧 만일 우리 무리가 그것을 전할 수 없다면 차라리 그대에게 주어 오래 보전되는 것이 낫지 않겠습니까? 그대는 1개를 베껴서 (사본은) 나에게 주고 돌아가서 그것을 보관하시고 보물로서 전하는 것이 좋겠습니다. 어떻습니까?" 하고 말하였다. 내가 이 말을 듣고 기뻐하며 이윽고 스님의 청에 따라서 위와 같이 그 앞뒤 이야기를 적었다. 1569년(물암 21세) 6월 7일 두릉서당에서 쓰다.

---

* 황준량(黃俊良, 1517~1563) : 본관 평해(平海), 자 중거(仲擧), 호 금계(錦溪). 현 영주시 풍기읍 서부리 금계에서 태어났다. 1537년(중종 32년) 생원시, 1540년 식년 문과에 급제하였다. 1545년 상주교수, 1547년(명종 2년) 홍문관박사, 1550년 병조좌랑, 1551년 경상도감군어사, 신녕현감에 부임하여 진휼에 힘썼고 부채문권(負債文券)은 태워버림으로써 백성의 부담을 덜어 주고 학문 진흥을 위해 백학서당(白鶴書堂)을 창건하였다. 1560년에는 성주목사로 부임하여 학교의 부흥에 전력을 다하였다. 황준량은 이황의 제자이자 퇴계학파의 대표적인 문인이다. 이황은 황준량에 대하여 "이현보 선생의 문하에서 처음 공을 알게되어 교유함이 깊고 가까워져서 어리석고 듣지 못한 것을 공으로 인해 깨우친 바가 많다"라고 하여 자신도 황준량에게서 적지 않은 영향을 받았다고 평가하였다. 황준량은 『심경(心經)』, 『근사록(近思錄)』 등 여러 가지 성리학 관련 서적들을 읽고 마지막에 주자서(朱子書)를 읽음으로써 깨달음이 더욱 깊어졌다고 한다. 문집으로는 14권 5책의 『금계집(錦溪集)』이 전한다. 황준량은 노년이 되면 고향에 은거하기 위해 죽령 아래 금계에다가 금양정사(錦陽精舍)를 지었다. 그러나 노년에 고향에 은거하고자 한 뜻을 이루기 전인 47세의 나이로 세상을 떠났고 묘소는 영주시 풍기읍 산법리에 있다. -(한국향토문화전자대전)

8. 題王安石明妃曲後(제왕안석명비곡후)
   왕안석의 명비곡에 대하여

* 명비곡 2편(문집에는 명비곡이 실려 있지 않지만 독자들이 참고하도록 여기에 실었다)

1. 明妃初出漢宮時(명비초출한궁시)
   명비가 처음 한나라 대궐 문 나설 때,
   淚濕春風鬢脚垂(루습춘풍빈각수)
   눈물 젖은 봄바람에 귀밑털이 드리웠네.
   低徊顧影無顔色(저회고영무안색)
   걸음 지척지척 얼굴 빛 어두웠지만,
   尙得君王不自持(상득군왕부자지)
   나라님도 어찌할 바 몰랐던 것이네.
   歸來却怪丹靑手(귀래각괴단청수)
   돌아와 부질없이 단청장이를 탓하니,
   入眼平生未曾有(입안평생미증유)
   눈에 아른거리는 모습은 평생 처음이라.
   意態由來畫不成(의태유래화불성)
   고운 자태는 본래 그려낼 수 없는 것,
   當時王殺毛延壽(당시왕살모연수)
   당시에 애매하게 모연수만 죽였노라.
   一去心知更不歸(일거심지갱불귀)
   한 번 가면 다시 못 오는 것 속으로 알았기에,

可憐着盡漢宮衣(가련착진한궁의)
가엾게도 한나라 옷 해어지도록 입었네.

寄聲欲問塞南事(기성욕문새남사)
인편 찾아 남쪽 나라 소식 묻고자 하나,

祇有年年鴻雁飛(지유년년홍안비)
오직 해마다 기러기만 날아갈 뿐이라네.

家人萬里傳消息(가인만리전소식)
집안 식구 만 리 밖에 전하고 싶은 말씀은,

好在氈城莫相憶(호재전성막상억)
전성에서 잘 있으니 염려 마시라네.

君不見咫尺長門閉阿嬌(군불견지척장문폐아교)
그대 보지 못하는가, 지척 사이 장문궁에 갇힌 아교를!

人生失意無南北(인생실의무남북)
삶에 뜻을 잃은 자는 남북 가릴 것 없다네.

2. **明妃初嫁與胡兒**(명비초가여호아)
  명비가 처음 오랑캐에게 시집갈 때,

  氈車百兩皆胡姬(전거백량개호희)
  담요 수레 백 량에 모두 오랑캐 계집.

  含情欲說獨無處(함정욕설독무처)
  정답게 말하고 싶지만 말할 곳 없어,

  傳與琵琶心自知(전여비파심자지)
  비파에게 호소하니 내 마음 알아줄까.

  黃金捍撥春風手(황금한발춘풍수)
  황금 발목(撥木) 잡은 손에 봄바람 이는데,

  彈看飛鴻勸胡酒(탄간비홍권호주)
  기러기 보며 타며 오랑캐 술을 권한다.

漢宮侍女暗垂淚(한궁시녀암수루)

한나라 궁전 시녀는 남몰래 눈물짓고,

沙上行人却回首(사상행인각회수)

사막 걷는 사람은 도리어 고개 돌린다.

漢恩自淺胡自深(한은자천호자심)

한나라 은혜 얕고 오랑캐 은혜 깊지만,

人生樂在相知心(인생락재상지심)

삶의 즐거움은 알아주는 마음에 있는 것.

可憐靑冢已蕪沒(가련청총이무몰)

가련타, '푸른 무덤' 이미 무너졌지만,

尙有哀絃留至今(상유애현류지금)

오히려 슬픈 노래는 오늘에 남아 있네.

王安石明妃曲二篇(왕안석명비곡이편) **昔人以爲辭格超逸**(석인이위사격초일) **誠不下永叔**(성불하영숙)

왕안석의 명비곡 2편에 대하여 옛사람들은 이 글의 격식이 월등하게 뛰어나므로 진실로 영숙(구양수)보다 못하지 않은 것으로 여겼다.

嗚呼(오호) **此豈論詩之正乎**(차기논시지정호) **夫詩**(부시) **言志者也**(언지자야) **中之所存**(중지존재) **有正有邪**(유정유사) **而發於歌詠者美惡著焉**(이발어가영자미오저언)

아아! 이것이 어찌 올바르게 시를 논한 것(論詩)이라고 하겠는가. 무릇 시는 뜻(志)을 말하는 것이다. 사람의 마음속에는 바른 것도 있고 삿된 것도 있는데 시로 읊어서 나타날 때 아름다움과 추함으로 나타나는 것이다.

其曰(기왈) 佳人萬里傳消息(가인만리전소식) 好在氈城莫相憶(호재전성막상억) 咫尺長門閉阿嬌(지척장문폐아교) 人生失意無南北(인생실의무남북) 又曰(우왈) 漢恩日淺胡自深(한은일천호자심) 人生樂在相知心(인생락재상여심) 此數句(차수구) 祇以自彰其邪耳(기이자창기사이) 非所以詠昭君也(비소이영소군야)

그 시에서 말하길 "아름다운 사람이 만리에서 소식을 전해오니 '전성(氈城)'에서 잘 지내고 있으니 서로 생각하지 마시게나. (장안성 내) 지척에 있는 장문에 갇힌 아교를 보면 인생에서 실의하면 남북이 따로 없다"고 하였다. 또 말하기를 "중국의 은혜는 얼마 되지 않고 오랑캐의 은혜는 날로 깊어가니 인생의 즐거움은 서로 마음을 알아주는 데 있다"고 하였다. 이 몇 구절은 다만 스스로 그 간사함을 드러낼 뿐이며 진짜 왕소군의 이야기가 아니다.

* 왕소군(王昭君, 기원전 1세기)은 흉노의 호한야 선우(呼韓邪單于), 복주류약제 선우(復株絫若鞮單于)의 연지(처)로, 본래 한나라 원제의 궁녀였다. 이름은 장(嬙, 출전은 한서)이다. 성을 왕, 자를 소군이라고 하여 보통 왕소군이라고 불리며 후일 사마소(司馬昭)의 휘(諱)를 피하여 명비(明妃), 왕명군(王明君) 등으로도 일컬어졌다. 형주 남군(현재의 호북성 사시) 출신으로 서시, 양귀비, 우희와 함께 고대 중국 4대 미녀들 중 1명으로 손꼽히는 인물이다.
* 한(漢)나라 무제(武帝)가 어렸을 적에 진오(陳午)의 딸인 아교(阿嬌)를 얻어 금옥에 두고 길렀다가, 즉위한 후에는 그를 황후(陳皇后)로 삼아 대단히 총애하였다. 그러나 자식을 낳지 못하여 만년에는 장문궁(長門宮)에 갇혀 살게 되었다. 곧 북방의 흉노족에게 간 왕소군이나 남쪽 한나라 궁궐에 유폐된 진 황후나 그 처지는 다를 바 없다는 뜻이다.

竊嘗觀昭君之終始(절상관소군지종시) 莫難者昭君之事(막난자소군지사) 莫哀者昭君之心(막애자소군지심) 夫君命旣嚴(부군명기엄) 抱恨越河(포한월하) 含怨度日(함원도일) 悠悠憫憫(유유민민) 寫之琵琶(사지비파) 至於服毒而死(지어복독이사) 墓草獨靑(묘초독청) 耿耿一念(경경일념) 死且縣漢(사차현한) 何嘗有莫相憶無南北之意(하상유막상억무남북지의

남북지의) **亦何嘗深胡之恩**(역하상심호지은) **知胡之心而樂之哉**(지호지
심이낙지재)

　조용히 살펴보면 처음부터 끝까지 왕소군의 사정만큼 어려운 것도
없고 왕소군의 마음만큼 슬픈 것도 없다. 무릇 임금의 명은 원래 엄하
여 어쩔 수 없이 한을 품고 황하(河)를 건넜으며, 원망을 품고 세월을 보
냈다. 근심이 가득한 마음을 비파로 달래다가 독약을 먹고 죽음에 이르
렀다. 묘지의 풀이 홀로 푸를 정도로 한결같이 고향을 잊지 못하였고
중국에 대한 일념이 죽어서도 남아 있었다. 그런데도 어찌 이제 서로
생각하지 말라고 하거나, 중국과 흉노의 차이가 없다거나, 오랑캐의 은
혜가 깊으니 오랑캐 마음을 알고 그것을 즐겼다고 할 수 있겠는가?

* 何嘗(하상) : '근본(根本)부터 따지고 보면', '처음부터 캐어 본다면'의 뜻으로 물음이나 부정
(否定)을 나타내는 말 위에 쓰이는 말.

使昭君枯死長門(사소군고사장문) **亦所甘心**(역소감심) **況以得幸犬
豕**(황이득행견시) **較輕重於南北乎**(교경중어남북호)

　설사 왕소군이 한나라 장안의 장문궁에서 말라죽더라도 오히려 그
괴로움을 달게 받았을 텐데, 개돼지처럼 사랑을 받는 것을 다행으로 여
겨 중국과 흉노의 경중(輕重)을 비교하였겠는가?

* 장문(長門) : 장문궁(長門宮)을 가리킨다. 진 황후(陳皇后) 아교(阿嬌)가 처음에는 한 무제(漢
武帝)의 총애를 듬뿍 받다가 나중에는 폐후(廢后)되어 장문궁에 유폐된 고사가 있다.

夫如是故(부여시고) **古今人賦昭君多矣**(고금인부소군다의) **率止於
哀之而已**(솔지어애지이이) **未嘗有及此者**(미상유급차자) **安石乃獨云**

爾(이)(안석내독운이) 自此昭君之怨(자차소군지원) 不在嫁胡(부재가호) 而 其在此乎(이기재차호)

　대체로 이와 같은 연유로 예로부터 지금까지 사람들이 왕소군에 대한 글을 많이 쓴 것이다. 대개 그녀를 슬퍼함에 그칠 뿐이었고 일찍이 이렇게까지 이른 적이 없었으나, 왕안석만이 홀로 이렇게 말하였다. 여기서부터 왕소군의 원망이 오랑캐에게 시집간 데 있지 않고, (흉노의 은혜를 입었다는) 이러한 주장이 있게 된 것이다.

* 未嘗(미상) : 일찍이 …한 적이 없다. 지금까지 [아직] …못하다. (=未曾), …이라고 말할 수 없다. 결코 …(이)지 않다.

　噫(희) 安石所見旣如是(안석소견기여시) 使其失職(사기실직) 如在靖 康之際(여재정강지제) 則必奔走降金(즉필분주강금) 感恩於金而許心 於金無疑矣(감은어금이허심어금무의의)

　아! 왕안석의 소견(所見)이 이미 이와 같았으니, 당시 그가 실직한 상태였고 때는 (북송의 마지막 황제로서 오랑캐의 눈치를 보던) 송나라 흠종 시절이었으니, 곧 분주하게 금나라(金)에 달려가, 금의 은혜에 감사하고 마음을 허락했던 것이 틀림없다.

* 정강(靖康) : 중국 송나라의 제9대 황제인 흠종(조환) 때의 연호(1126~1127년).
* 조환(趙桓) : 1100년~1156년 송(宋)나라 흠종(欽宗)의 이름으로 북송(北宋)의 마지막 황제이다. 선화(宣和) 7년(1125)에 금(金)나라 사람들이 대거 침입할 때에 송휘종(宋徽宗, 조길趙佶)에게서 제위를 선양(禪讓) 받았고, 제위 기간은 1년 2개월이다. 나약하고 무능한 군주로 간신들의 참언(讒言)을 믿고, 이강(李綱)을 파면했다. 금(金)나라 병사들이 변경(汴京)을 포위 공격하여 포로로 끌려가 1156년에 연경(燕京)에서 병사했다.

嗚呼(오호) 不探其本(불탐기본) 而徒尙乎辭格(이도상호사격) 則將無所懲創感發(즉장무소징창감발) 而詩之道廢矣(이시지도폐의) 茲不得不辨(자부득불변) 萬曆庚寅春正月丁卯(만력경인춘정월정묘) 書于杜稜之梅軒(사우두릉지매헌)

아! 그 근본을 찾지 않고 헛되이 글의 격식만 숭상한다면 장차 선한 마음을 드러나게 하거나 악한 마음을 징계할 수가 없을 것이며, 시의 (올바른) 도(道)가 사라질 것이다. 이에 부득이 이(왕안석 시의 삿됨)를 따지지 않을 수 없었다. 1590년(선조 23년, 물암 42세) 봄 정월 정묘일에 두릉 골 매헌에서 쓰다.

* 만력(萬曆) : 중국 명나라의 제13대 황제인 만력제 때의 연호(1573~1620년)

9. 祭退溪先生文(제퇴계선생문) 퇴계 선생 제문

恭惟先生(공유선생) 氣稟其淸(기품기청) 百夫之特(백부지특) 溫其如玉(온기여옥) 眞純其質(진순기질) 孝悌出天(효제출천) 忠信由己(충신유기) 學字髫年(학자초년) 已覺性理(이각성리) 從事本領(종사본령) 靡他其適(미타기적) 興起斯文(흥기사문) 早許已職(조허이직)

삼가 선생님을 생각해보니 그 맑은 기품은 많은 선비들 중에 특별하였고, 온화함은 옥과 같았으며, 자질은 참으로 순수하고 질박하였습니다. 선생님의 효성과 우애는 하늘이 내신 것이었고, 충성과 신의는 그 몸에서 말미암은 것이었습니다. 유년 시절에 글자를 배워 이미 하늘과 사람의 본질(性理)을 깨달으셨습니다. 사물의 근본과 본질에 따를 뿐 다른 곳에 마음을 두지 않았고, 일찍이 우리 유교를 일으키는 것을 자신의 직분으로 삼으셨습니다.

* 靡他其適(미타기적) 다른 곳으로 마음이 가지 않도록 하다.

先民是程(선민시정) 大猷是經(대유시경) 以天行健(이천행건) 强不息誠(강불식성) 人爵從之(인작종지) 辭受必別(사수필별) 謹難進禮(근난진례) 礪易退節(여역퇴절) 卷歸舊隱(권귀구은) 甘老巖壑(감로암학) 芻豢義理(추환의리) 膏肓泉石(고황천석)

옛 현인들을 본받아 큰 계책을 원칙으로 삼았습니다. 강건한 하늘의 운행을 본받아 스스로 강직하고 경건하였으며 억지로 정성을 내지 않으셨습니다. 벼슬을 따를 때는 반드시 물러남과(辭)과 나아감(受)을 분별하였으니, 어려움을 삼가서 예로 나아갔고(직을 맡았고) 행실을 닦아서 물러나(사임하)셨습니다. 고향에 돌아와 은거하며 바위 골짜기에서 늙는 것을 만족스러워 하셨습니다. 의리를 연구하는 것을 좋아하셨고 자연을 사랑하셨습니다.

居敬窮理(거경궁리) 不偏功力(불편공력) 知行兩進(지행양진) 終詣其極(종예기극) 多士影從(다사영종) 戶屨盈止(호구영지) 提耳警覺(제이경각) 主立基址(주립기지) 隨其村質(수기촌질) 雨露恩澤(우로은택) 俾尊德性(비존덕성) 且道問學(차도문학)

마음을 성찰하고 사물을 연구하셨으며 힘쓰는 것이 치우침이 없었습니다. 앎과 행실을 함께 힘써서 마침내 그 지극함에 이르렀습니다. 많은 선비들이 선생님을 그림자처럼 따라서 집에는 항상 신발이 그득하였습니다. 이끌어 깨우쳐 주시고 그 근본을 세우는 일에 주력하셨으며, 제자들의 기질에 따라 은혜를 골고루 베푸셔서 (제자들이) 덕성을 높이고 학문을 논하도록 하셨습니다.

* 居敬窮理(거경궁리) : 주자학(朱子學)의 수양(修養)의 두 가지 방법(方法)인 거경(居敬)과 궁리(窮理). 거경(居敬)이란 내적(內的) 수양법(修養法)으로서 항상(恒常) 몸과 마음을 삼가서 바르게 가지는 일이며, 궁리(窮理)란 외적(外的) 수양법(修養法)으로 널리 사물(事物)의 이치(理致)를 궁구(窮究)하여 정확(正確)한 지식(知識)을 얻는 일.

常戒口耳(상계구이) 每慮空寂(매려공적) 俾我後人(비아후인) 如夜復日(여야부일) 我東羣賢(아동군현) 雖曰繼出(수왈계출) 集厥大成(집궐대성) 先生其獨(선생기독) 東方孔孟(동방공맹) 今日朱程(금일주정) 何幸叔季(하행숙계) 庶開聾盲(서개농맹)

(제자들에게) 항상 입과 귀를 경계하고 언제나 마음을 비우고 생각하
도록 하셨으니, 우리 뒷사람들을 깨우쳐서 밤을 낮처럼 만드신 분입니
다. 비록 우리 동방에 여러 현자들이 계속하여 나셨다고 하지만, (선대
학문을) 모아서 크게 이룬 분은 선생님이 유일하시니 (선생님은) 동방의
공자 맹자요, 오늘날의 주자 정자입니다. 말세에 (세상의) 어리석음을 거
의 깨우쳐 주셨으니 얼마나 다행한 일이었습니까?

* 숙계(叔季) : 말세(末世)를 이르는 말.

無何一夕(무하일석) 泰山忽傾(태산홀경) 少三孔壽(소삼공수) 强半舜
年(강반순년) 仁而未壽(인이말수) 彼蒼者天(피창자천) 吁嗟聖學(우차성
학) 其不復明(기불부명) 興於先生(흥어선생) 絶於先生(절어선생)

그런데 어떻게 하루 저녁에 갑자기 태산이 무너질 수가 있습니까? 공
자님(73세에 졸)보다 세 살이 적고 순임금의 나이의 절반 밖에 되지 않으
셨습니다. 어진 사람은 천명을 다 누리지 못하는가 봅니다. 저 푸른 것
이 하늘입니까. 아아 성현의 학문이 이제 다시는 밝아지지 못할 것 같
습니다. (학문이) 선생님이 계셔서 흥했는데 (이제) 선생님이 떠나시니
다시 끊어지게 되었습니다.

不肖無狀(불초무상) 幸生一世(행생일세) 相去不遠(상거불원) 朝發夕
戾(조발석려) 摳衣有志(구의유지) 未遂幾歲(미수기세) 十年浪走(십년
낭주) 貪戀名利(탐연명리) 幸而回頭(행이회두) 擇吉具刺(택길구자) 瞻
拜皐比(첨배고비) 欣襲春風(흔습춘풍) 從遊累年(종유누년) 幾煩發蒙
(기번발몽) 下愚不移(하우불이) 反復徒勤(반복도근) 自擬晩年(자의만년)
變化陶薰(변화도훈)

저처럼 어리석고 보잘 것 없는 사람이 다행히 (선생님과) 같은 시대에 태어났습니다. 서로 멀지않은 곳이어서 아침에 나섰다가 저녁에 돌아올 수 있는 곳에 살았습니다. 스승으로 모시려던 뜻이 있었으나 몇 해 동안 이루지 못하였습니다. 십 년 동안 부질없이 분주하게 명리(名利)를 탐하다가 다행히 뉘우치고 돌아와 좋은 날을 잡고 제자의 예를 갖추고 우러러 스승님께 절을 올리고 즐겁게 봄바람을 쐬게(가르침을 받게) 되었습니다. 몇 년간 (스승님을) 따라서 공부할 때 (저의) 어리석음을 깨우쳐 주시느라 얼마나 번거로우셨습니까? 어리석고 못난 사람이 (바로) 변하지 못하자 다만 반복하여 (공부를) 권하셨으니 스스로 만년(晚年)이 되면 변화될 것이라 여기신 것입니다.

那意昊天(나의호천) 未相斯文(미상사문) 子子無依(혈혈무의) 哀我小子(애아소자) 思有所塞(사유소색) 孰能開示(숙능개시) 去歲來斯(거세래사) 丁寧承誨(정녕승회) 今歲來斯(금세래사) 未聞馨欬(미문경해) 言念當日(언념당일) 潛然有淚(잠연유루) 從前示諭(종전시유) 雖未遽至(수미거지) 至于今日(지우금일) 其敢諼兮(기감훤혜) 終恐辜負(종공고부) 敢不勉言(감불면언) 蕪詞薄奠(무사박전) 寓哀瀝血(우애역혈) 上爲公慟(상위공통) 下爲私哭(하위사곡) 嗚呼哀哉(오호애재)

그런데 하늘은 무슨 뜻이 있어 우리 유학을 돕지 않는 것입니까. 외로이 의지할 곳 없이 남아 있는 제자들(小子)의 생각에 막힘이 있으면 (이제) 누가 있어 능히 열어 주겠습니까. 작년에 여기에 와서 간절한 가르침을 받았는데, 올해는 여기에서 스승님의 기침 소리조차 들을 수 없습니다. 지난날을 생각하니 말없이 눈물만 솟아오릅니다. 지난날 저희를 열어 깨우쳐 주셨으니 (저희가) 비록 지극한 데에 이르지는 못했으나 오늘날에 이르러 감히 잊을 수 있겠습니까? 생각대로 되지 않을까 두렵지만 감히 힘쓰지 않을 수 있겠습니까? 거친 문장과 변변치 못한 음식에 슬픔을 담아 올리지만 피눈물만 흘러내립니다. 위로는 온 나라가 통곡하고, 아래로는 제가 울고 있습니다. 아아! 슬픕니다.

* 퇴계 선생은 1570년(선조 3년) 12월에 돌아가셨고 이듬해 3월에 장례가 치러졌다. 선생께서는 장례에 참석하여 제문을 지었고, 이후 3년간 심상을 치렀다.

10. 祭南義仲致利文(제남의중치리문) 의중 남치리 제문

* 남치리(南致利, 1543~1580) : 본관 영양(英陽). 자 의중(義中). 호 비지(賁趾). 안동(安東) 출생. 김언기(金彦璣) 문하에서 수학하다가 이황(李滉)의 문하에 들어가 독학역행(篤學力行)하여 문과(文科)에 응시, 두 번이나 실패하고는 수양을 위한 학문에만 열중하였다. 문장이 뛰어났으므로, 이황 문하의 안자(顔子)라고 불렸다. 이황이 돌아가시자 동문의 추대로 상례(相禮)를 맡아보았으며, 1578년(선조 11년) 정구(鄭逑)와 함께 유일(遺逸)에 천거되었다. 안동의 노림서원(魯林書院)에 배향되었다. 문집에 《비지문집》이 있다. –(두산백과)

嗚呼慟哉(오호통재) 時運之否矣(시운지부의) 吾道之墜矣(오도지추의) 泰山之頹矣(태산지퇴의) 樑木之壞矣(양목지괴의) 十餘年綿禍莫悔(십여년면화막회) 紛哲人之繼萎(분철인지계위) 誰料吾友之不幸(수료오우지불행) 而又遭此罔極(이우조차망극)

아아! 슬픕니다. 시운이 없는가 봅니다! 우리의 도가 (이제) 땅에 떨어지는 것입니까? 태산이 무너지고 대들보가 무너졌습니다! 10년 넘게 이어지는 재앙도 원망하지 않았지만 이렇게 뛰어난 학자들이 연이어 돌아가시니 원통하기 그지없습니다. 누가 우리 친구의 불행과 이런 망극함을 당한 것을 헤아리겠습니까?

壽夭有命存焉(수요유명존언) 固非君子之所屑屑也(고비군자지소설설야) 而所重惜者(이소중석자) 將就之業末究(장취지업미구) 曠遠之志莫遂(광원지지막수) 矧夫孝友之篤(신부효우지독) 信義之高(신의지고) 曷得以復見於此世哉(갈득이부견어차세재)

오래 살거나 일찍 죽는 것은 천명에 달려 있는 것이어서 진실로 군자가 연연하는 바가 아닙니다. 하지만 장차 학업을 성취하려던 것을 못하게 되었고, 크고 원대한 뜻이 이루어지지 못하게 된 것이 몹시 애석합니다. 이제 이 땅에서 그 지극한 효성과 돈독한 우애, 높고 고상한 신의를 어찌 다시 볼 수 있겠습니까.

慟矣慟矣(통의통의) 何至於斯(하지어사) 剛介(강개) 公之氣也(공지기야) 精明(정명) 公之質也(공지질야) 豎志爲基(수지위기) 持敬爲本(지경위본) 主之以誠正(주지이성정) 資之以格致者(자지이격치자) 公之學也(공지학야) 而其他天文算數之類(이기타천문산수지류) 皆公之餘業也(개공지여업야)

서럽고도 서럽습니다. 어찌하여 여기에 이르렀습니까. 공(公, 남치리)의 기백은 굳세고 강직하였고, 그 자질은 깨끗하고 밝았습니다. 공의 굳은 뜻은 몸의 기반이 되고 공경하는 태도는 삶의 근본이 되었습니다. 공은 성의(誠意)와 정심(正心)을 중심으로 삼고 격물(格物)·치지(致知)를 바탕으로 삼았고 천문과 산법 등도 틈틈이 공부하였습니다.

* 격치성정(格致誠正):《대학(大學)》의 팔조목(八條目) 중 격물(格物)·치지(致知)·성의(誠意)·정심(正心)이다.

如愚不肖(여우불초) 久荷提警(구하제경) 庶幾薰變舊習(서기훈변구습) 慟哉至此(통재지차) 實吾無福(실오무복) 道里脩敻(도리수형) 疾病纏繞(질병전요) 歿不飯含(몰불반함) 葬未執紼(장미집불) 宿草而哭(숙초이곡) 益愧情義(익괴정의)

어리석고 못난 저를 오랫동안 일깨워서 잘못된 구습을 거의 변화시켜 주셨습니다. 서럽습니다! 여기에 이르니 실로 나는 복이 없는 것입니다. 길이 멀고 질병에 얽혀서 임종 때 반함(염습할 때에 죽은 사람의 입에 구슬과 씻은 쌀을 물리는 일)도 못했고 장사지낼 때 상여 줄도 잡지 못했습니다. 해를 넘겨(뒤늦게 와서) 묘지에 수북이 자란 풀을 보니 울음이 터지고 (그간의) 정과 의리에 더욱 부끄럽습니다.

* 提警(제경) : 일깨워주다.

此來經由(차래경유) 蹔過溪山(잠과계산) 秋樹天淵(추수천연) 古梅巖棲(고매암서) 灑涕感慕之懷(쇄체감모지회) 欲與君道(욕여군도) 君胡不答(군호부답) 斟酒奠前(짐주전전) 君胡不把(군호불파) 來拊遺孤(내부유고) 益愴于中(익창우중) 遲回而未忍去(지회이미인거) 淚瀉如泉(누사여천) 嗚呼慟哉(오호통재)

여기에 오면서 잠시 계산(溪山)을 지나며 천연대(天淵臺)에 서 있는 가을 나무와 높은 하늘, 바위틈에 오래된 매화나무를 보면서 공을 사모하는 마음에 눈물을 뿌렸습니다. 공과 함께 얘기하고 싶은데 어찌 아무 대답이 없습니까? 제물 앞에서 술을 따라 보지만 어찌하여 잔을 잡지 않는 것입니까. 남겨진 공의 자식을 어루만지니 가슴속에 슬픔이 더욱 일어납니다. 오래도록 차마 떠나지 못하는데 눈물은 샘물처럼 쏟아집니다. 아아! 슬픕니다.

* 천연대(天淵臺) : 도산서원(陶山書院) 동쪽의 탁영담(濯纓潭) 가의 높은 바위 위에 대(臺)를 쌓고 붙인 이름이다.

11. 祭具柏潭鳳齡文(제구백담봉령문) 백담 구봉령 제문

* 구봉령(具鳳齡) : 자 경서(景瑞), 호 백담(柏潭), 시호 문단(文端), 1526년(중종 21년)~
1586년(선조 19년), 본관 능성(綾城), 1545년 이황(李滉)의 문하에 들어가 수학하였다.
1560년 별시문과에 을과로 급제해 승문원부정자(承文院副正字)·예문관검열(藝文館檢閱)·봉
교(奉敎)를 거쳐 홍문관정자(弘文館正字)에 이르렀다. 1573년(선조 6년) 직제학에 올랐으며,
이어 동부승지·우부승지·대사성·전라관찰사·충청관찰사 등을 지냈다. 1577년 대사간에 오르
고, 이듬해 대사성을 거쳐 이조참의·형조참의를 지냈다. 1581년 대사헌에 오르고, 이듬해 병
조참판·형조참판 등을 지냈다. 죽은 뒤 용산서원(龍山書院)에 제향되었다. 저서로는『백담문
집(栢潭文集)』및 그 속집(續集)이 있다. -(한국향토문화전자대전)

嗚呼慟哉(오호통재) 天若無意於斯世(천약무의어사세) 天何生兄(천
하생형) 天若有意於斯世(천약유의어사세) 天何喪兄(천하상형)

아아! 슬픕니다. 만약 하늘이 이 세상에 뜻이 없었다면 어찌 형님을
낳았겠습니까? 만약 하늘이 이 세상에 뜻이 있었다면 어찌 형님을 죽
게 했겠습니까?

世將治則天生哲人(세장치즉천생철인) 世將衰則天喪哲人(세장쇠즉
천상철인) 日自溪日之無光(왈자계일지무광) 哲萎之歎不絶(철위지탄부
절) 聖主憫其國空(성주민기국공) 識者憂其邦悴(식자우기방췌) 何天之
不悔禍(하천지불회화) 兄亦至於此極(형역지어차극) 天未欲時之盛也
(천미욕시지성야)

장차 세상을 잘 다스리려 할 때 하늘은 철인을 낳습니다. 장차 세상을

쇠망하게 하려 할 때 하늘은 철인을 죽게 합니다. '시냇물의 해가 빛을 잃으면 현자가 떠나고 한탄이 끊이지 않는다.'고 합니다. 어진 임금은 (인재가 없어) 나라가 텅 비는 것을 근심하고 배운 자들은 나라가 생기를 잃은 것을 걱정합니다. 어찌 하늘은 망설임도 없이 형님을 이런 극한에 이르게 했단 말입니까. 하늘은 이 시대가 흥성(興盛)하는 것을 바라지 않는단 말입니까.

哭之慟(곡지통) 謂之何哉(위지하재) 已焉哉(이언재) 文章固兄之餘事(문장고형지여사) 而器度之宏遠(이곡도지굉원) 學術之淵博(학술지연박) 德業之高厚(덕업지고후) 忠淸之大節(충청지대절) 曷得復見於今日也哉(갈득부견어금일야재) 念彼簧鼓之紛紜(염피황고지분운) 豈識衡鑑之公平(기식형감지공평) 疑其跡而過言(의기적이과언) 亦豈爲累於吾兄(역기위루어오형)

슬퍼서 통곡하며 형님을 불러본들 무슨 소용이겠습니까. 모두 끝나버린 일입니다. 형님은 문장을 꾸미는 것을 대수롭게 여기지 않았으니 그 그릇과 도량은 참으로 웅장하였습니다. 학문과 이론은 깊고도 넓었고 인덕과 공업(德業덕업)은 참으로 높고도 지극하였습니다. 충성스럽고 청렴하며 큰 절개를 가진 선비였습니다. 어찌 오늘 형님과 같은 분을 다시 볼 수 있겠습니까? 저 망령된 말들의 어지러움이 어찌 저울과 거울의 공평함을 알겠으며, 그 행적을 의심하는 망언들이 어찌 우리 형님에게 누가 되겠습니까?

* 황고(簧鼓) : 망령된 말을 써서 여러 사람을 현혹케 함.
* 형감(衡鑑) : 저울과 거울. 저울은 경중을 달고 거울은 연추(姸醜)를 비추어 보는 것이므로, 시비(是非)와 호오(好惡)를 가리는 마음·기준 등의 뜻으로 쓴다.

若癡弟者(약치제자) 自丱角而從遊(자관각이종유) 荷提警之勤切(하제경지근절) 勉之以大就(면지이대취) 道之以深造(도지이심조) 雖得罪於孤負(수득죄어고부) 亦知感於深眷(역지감어심권)

어리석은 동생이지만 어려서부터 형님을 따르며 배웠습니다. 형님이 저를 꾸짖고 이끌어 주셨고 공부하여 크게 성취하도록 간절하게 장려하고 도(道)에 나아가 깊이 이루도록 인도하셨습니다. 비록 상여를 짊어지는(孤負고부) 것도 못하는 죄를 지었지만, 언제나 형님의 깊은 사랑에 감사하고 있습니다.

在耳之言昭昭(재이지언소소) 銘骨之懷耿耿(명골지회경경) 舟中之拜草草(주중지배초초) 潭上之奉依依(담상지봉의의) 淸光之期未了(청광지기미료) 白雞之夢何遽(백계지몽하거) 病未扶歿不含(병미부몰불함)

귀담아 들었고 그 말씀이 밝고도 밝으며 뼈에 새긴 감회는 잊히지 않습니다. 배 안에서 인사드렸던 일은 어렴풋하고 연못가에서 모셨던 기억이 아직도 마음에 남아 있습니다. 달 밝은 날 만나기로 한 약속을 지키지도 못했는데 죽음의 징조가 너무나 급박하게 찾아오는 바람에 문병조차 하지 못했고 돌아가실 때 반함도 못했습니다.

* 초초(草草) : 초라함.
* 꿈에 흰 닭을 봤다. [夢白鷄]라는 《진서(晉書)》권79 〈사안열전(謝安列傳)〉에 나오는 고사이다. 사안이 말하기를 "옛날 환온(桓溫)이 살아 있을 때 나는 항상 나를 온전히 보존하지 못할까 두려워했다. 그런데 어느 날 갑자기 환온의 수레를 타고 16리를 가다가 흰 닭 한 마리를 보고 멈추는 꿈을 꾸었다. 환온의 수레를 탔다는 것은 내가 그의 지위를 대신한다는 것이고 16리를 간 것은 지금까지 16년 동안 그 지위를 누린 것이다. 흰 닭은 유(酉)에 해당하는데 이제 태세(太歲)가 유(酉)에 있으니 나는 병석에서 아마 일어나지 못할 것이다."라고 말하였는데 얼마 뒤 세상을 떠났다. 후에 흰 닭을 꿈에 본다[夢白鷄]는 것은 죽음의 징조를 의미하는 말로 쓰였다.

奔訃後人(분부후인) 摠爲病老之在堂(총위병로지재당) 九泉之送隔夜(구천지송격야) 百年之痛窮天(백년지통궁천) 腸已摧於悲號(장이최어비호) 辭不盡於靈筵(사부진어영연) 嗚呼慟哉(오호통재)

부고를 받고도 남들보다 늦은 것은 모두 병들고 늙은 부모가 집에 계시기 때문입니다. 형님을 구천으로 보내고 하룻밤이 지났지만 백년 같은 고통이 하늘처럼 끝이 없습니다. 슬프게 울부짖다 창자는 이미 끊어진 것 같고 영전 앞에서 이루 말로 다 할 수 없습니다. 아! 슬픕니다.

12. 祭權松巖文(제권송암문) 송암 권호문 제문

* 권호문(權好文, 1532~1587) : 자는 장중(章仲), 호는 송암(松巖)·청성(靑城), 본관은 안동
(安東)이다. 1561년 29세에 진사시에 합격했으나, 1564년에 모친상을 당하자 벼슬을 단념
하고 청성산(靑城山) 아래에 은거하였다. 이황(李滉)을 스승으로 두었고 학문과 시(詩)에 천착
하였다. 같은 문하생인 류성룡(柳成龍)·김성일(金誠一) 등과 교분이 두터웠고 이들로부터 학
행을 높이 평가받았다. 이황은 권호문을 두고 소쇄산림지풍(瀟灑山林之風)이 있다고 하였고,
친구 류성룡도 강호고사(江湖高士)라 하였다. -(한국 역대 서화가 사전)

嗚呼慟哉(오호통재) 賢者之生(현자지생) 固非偶然(고비우연) 而賢
者之窮(이현자지궁) 亦何爲哉(역하위재) 生之者天也(생지자천야) 窮之
者天也(궁지자천야) 錫以德又茂其才(석이덕우무기재) 驥步可闊於天
衢(기보가활어천구) 屯其時且乏其身(둔기시차핍기신) 杞梓虛老於窮山
(기재허로어궁산) 此獨傍人之所惜(차독방인지소석) 亦豈賢者之所與
(역기현자지소여) 那無辟書之踵門(나무피서지종문) 終奈夫子之掩耳
(종내부자지엄이)

아, 애통합니다. 어진 사람이 태어나는 것은 진실로 우연이 아닌데 어
진 사람이 죽는 것은 어찌된 일입니까. 현자를 태어나게 하는 것도 하
늘이고 현자를 죽게 하는 것도 하늘입니다. 훌륭한 덕에 아름다운 재주
까지 내려주었으니 천리마의 걸음은 가히 하늘을 활보할 만했습니다.
그러나 시대가 좋지 않은 데다 신세까지 궁핍하여 어진 인재가 궁벽한
산에서 헛되이 늙어가셨습니다. 이는 유독 주변 사람들이 많이 안타까
워한 바인데 (하늘은) 무슨 뜻으로 현자에게 이런 재주를 주었습니까. 어

찌하여 (임금이) 부르는 조서가 문에 이르지 않았고, 어찌하여 선생께서는 끝내 귀를 막았습니까.

關竹扉於江山(관죽비어강산) 伴古人於卷中(반고인어권중) 忘歲月於煙霧(망세월어연무) 共興味於魚鳥(공흥미어어조) 風素徽於希聲(풍소휘어희성) 露眞性於偶成(노진성어우성) 頤養方擬於大年(이양방의어대년) 不幸稍强於陋巷(불행초강어누항) 念小子猥將菲質(염소자외장비질) 自弱冠實蒙獎掖(자약관실몽장액) 拾幽蘭於溪畔(습유난어계반) 挹孤鳳於松間(읍고봉어송간) 每高標之一接(매고표지일접) 覺塵襟之都洗(각진금지도세) 從遊之願未了(종유지원미료) 永隔之慟何苦(영격지통하고)

(형님은) 강가에서 사립문을 닫아걸고 책 속에서 옛 선인들과 놀았습니다. 자연에서 세월을 잊은 채 물고기, 새들과 어울려 흥겨워 하셨습니다. 평소 작은 목소리로 덕을 읊었고 우연히 지은 시로 성정을 드러냈습니다. 심신을 수양하여 천수를 누릴 줄 알았는데 불행하게도 안연(顏淵)보다 조금 더 살았습니다. 생각건대 저는 외람되이 못난 자질로서 약관 때부터 진실로 가르침을 받았습니다. 시냇가에서 그윽한 난초를 따고 소나무 사이에서 외로운 봉황을 모셨습니다. 고상한 모습을 접할 때마다 속세의 먼지가 다 씻겨 나가는 것 같았습니다. 배우고자 하는 바람을 이루지도 못했는데 영원히 이별하니 애통하기 그지없습니다.

伊道里之阻脩(이도리지조수) 又病老之在堂(우병로지재당) 雖一哭之後人(수일곡지후인) 尙九回之先摧(상구회지선최) 已焉哉(이언재) 三叫松關鶴不飛(삼규송관학불비) 一奠綿漬誰與酬(일전면지수여수) 失聲徘徊未忍歸(실성배회미인귀) 嗚呼慟哉(오호통재)

길이 멀고 험한 데다 병드신 노친이 집에 계셔서 남들보다 늦게 도착하였지만 애간장은 누구보다 먼저 아홉 번 뒤틀렸습니다. 아, 끝나버렸습니다. 세 차례 사립문에서 부르짖어도 학이 날아오르지 않습니다. 조촐한 술 한 잔 올리지만 누구와 함께 마시겠습니까. 목이 메어 주변을 배회하자니 차마 돌아가지 못하겠습니다. 아, 애통합니다.

[4]

시 (詩)

1] 길, 배움과 가르침

1. 自警(자경) 스스로 경계하다

處世宜愚拙(처세의우졸) 持身合簡廉(지신합간렴)
本分天應定(본분천응정) 何曾有損添(하증유손첨)

세상 살아가는 데 어리석고 못나더라도
몸을 지키는 데는 질박하고 청렴해야 하나니,
사람의 본분은 응당 하늘이 정하는 것인데
여기에 더하여 무엇을 보태고 뺄 것이 있겠는가.

* 선생이 29세 되던 해(1577, 정축년) 정월 초하루에 지은 시이다. 평생을 성리학의 가르침대로
  살았던 물암 선생의 삶의 자세가 가장 잘 담긴 시로서 문집 원문에도 맨 앞에 배치되어 있다.

2. 讀心經(독심경) 심경을 읽고서(5언)

掩卷雖茫然(엄권수망연) 開卷卽惕然(개권즉척연)
但能常惕惕(단능상척척) 庶可學聖賢(서가학성현)

책을 덮으면 캄캄하고 막막하지만
책을 펴면 곧 근심과 두려움이 찾아드니,

이처럼 항상 경계하고 두려워한다면
여기서 가히 성현을 배울 수 있게 되겠지.

* 1577년(선조 10년, 선생 29세) 11월에 두릉서당에서 심경을 읽고 지은 시이다.

* 심경 : 1234년에 송나라 진덕수(眞德秀)가 경전과 도학자들의 저술에서 심성 수양에 관한 격언을 모아 편집한 책. 《서경》(1장)·《시경》(2장)·《역경》(5장)·《논어》(2장)·《중용》(2장)·《대학》(2장)·《예기》 악기(樂記)편(3장)·《맹자》(12장)의 29장이 실려 있고, 다음에 송나라 도학자들의 글로는 주돈이(周敦頤)의 <양심설 養心說>과 《통서 通書》·<성가학장 聖可學章>, 정이(程頤)의 <사잠 四箴>, 범준(范浚)의 <심잠 心箴>, 주희(朱熹)의 <경재잠 敬齋箴>·<구방심재잠 求放心齋箴>·<존덕성재잠 尊德性齋箴>으로 7편이 실려 있다. 우리 나라에는 16세기 중엽인 중종 말, 명종 초에 김안국(金安國)이 이를 존숭하여 그의 문인 허충길(許忠吉)에게 전수한 데서 전해지기 시작했다. 이황은 젊어서 이 책을 서울에서 구해보고 깊이 연구한 뒤에, "나는 《심경》을 얻은 뒤로 비로소 심학의 근원과 심법(心法)의 정밀하고 미묘함을 알았다"고 하였다. ‒(한국민족문화대백과)

3. 讀心經(독심경) 심경을 읽고서(7언)

明牕端坐整冠襟(명창단좌정관금) 對越遺經曾一心(대월유경증일심)
盡日沈潛忘出戶(진일침잠망출호) 不知山雪滿幽林(부지산설만유림)

밝은 창가에 단정히 앉아 관과 옷깃을 바로잡고
성현이 남긴 경전을 거듭 한마음에 모아보며,
종일 깊은 생각에 잠겨 문밖을 나서지 않았더니
산에 내린 눈이 숲을 가득 채운 것도 몰랐구나.

4. 讀書有感(독서유감) 책을 읽고 느낀 바가 있어

爲學須從格致求(위학수종격치구)　若要除是卽無頭(약요제시즉무두)
幾層長路當前面(기층장로당전면)　驅卻征車且莫休(구각정거차막휴)

모름지기 학문은 사물을 깊이 살펴 앎을 구하는 것이니
본질을 못 찾으면 머리 없는 몸과 무엇이 다를까.
내 앞길에 수없이 험난한 일 만날 것이나
달리는 수레 힘차게 몰아 쉼 없이 나가리라.

* 격물치지(格物致知) : 대학(大學)에 나오는 말. 격물(格物)·치지(致知)·성의(誠意)·정심(正心)·수신(修身)·제가(齊家)·치국(治國)·평천하(平天下)의 8조목으로 된 내용 중, 처음 두 조목을 가리키는데, 이 말은 본래의 뜻이 밝혀지지 않아 후세에 그 해석을 놓고 여러 학파(學派)가 생겨났다. 그중에서 대표적인 것이 주자학파(朱子學派: 程伊川·朱熹)와 양명학파(陽明學派: 陸象山·王陽明)이다. 주자는 격(格)을 이른다[至]는 뜻으로 해석하여 모든 사물의 이치(理致)를 끝까지 파고들어가면 앎에 이른다[致知]고 하는, 이른바 성즉리설(性卽理說)을 확립하였고, 왕양명은 사람의 참다운 양지(良知)를 얻기 위해서는 사람의 마음을 어둡게 하는 물욕(物欲)을 물리쳐야 한다고 주장하여, 격을 물리친다는 뜻으로 풀이한 심즉리설(心卽理說)을 확립하였다. -(두산백과)

5. 觀書有感(관서유감) 글을 보고 느낀 바가 있어

尋源十載愧迷津(심원십재괴미진)　只見皮毛不見眞(지견피모불견진)
欲覺未能長在夢(욕각미능장재몽)　幾時當作向陽人(기시당작향양인)

10년간 도의 근원을 찾았지만 주변만 맴돌아
껍데기를 맛보며 참된 것은 구경도 못하였고,
깨달음 없이 오래도록 꿈속에만 머물렀으니
언제나 당당하게 해를 바라보는 사람이 될 것인가.

6. 見汀路有牛任柴獨歸(견정로유우임시독귀)
강변길에 소가 땔나무를 지고 홀로 돌아가는 모습을 보며

落日人何處(낙일인하처) 載柴牛獨還(재시우독환)
平生老此地(평생노차지) 路熟不須牽(노숙불수견)

해 저무는 들판에 사람은 보이지 않고
저 멀리 땔나무 짊어진 소가 홀로 돌아오네.
평생을 이 땅에서 늙어 왔으니
길이 익어 사람이 이끌지 않아도 되는구나.

기우도강(단원 김홍도)
- (호암미술관 소장)

7. 讀儒先錄有感(독유선록유감) 유선록을 읽고 생각하다

爲學終何用(위학종하용) 徒招世禍奇(도초세화기)
空言留紙上(공언류지상) 千載使人悲(천재사인비)

학문을 하여 결국 어디에 쓸 것인가

헛되이 세상에 기묘한 화(禍)만 부른 것이 아닌가.

공연히 부질없는 말만 종이에 남겨

천 년 동안 사람들을 슬프게 하였구나.

* 유선록(儒先錄) : 조선 시대에 임금의 명으로 유희춘 등이 유학자의 저작을 모아 엮은 문학서. 김굉필의 ≪경현록(景賢錄)≫, 이언적의 ≪유사(遺事)≫에서 초록(抄錄)하고 정여창, 조광조 등 많은 사람의 저작을 모아 엮었다. 김굉필의 소에서는 도학을 위해 불교를 배척해야 한다고 주장하였다. 정여창이 학행(學行)으로 천거되었을 때에 풍속을 권장하기 위해 올린 사직소의 내용을 실었다. 이언적의 십조소에서는 조정의 간신배를 멀리하고, 시폐(時弊)의 시정을 건의 하였다 선조 3년(1570)에 간행되었다. 4책 -(한국민족문화대백과사전)

8. 述懷 呈嘯皐先生(술회 정소고선생)
마음에 품은 이야기를 담아 소고 박승임 선생께 드리는 글

旅遊春欲暮(여유춘욕모) 春恨倍悲秋(춘한배비추)

芳草迷歸思(방초미귀사) 飛花撩別愁(비화요별수)

學難醫伎倆(학난의기량) 文恐類俳優(문공류배우)

百歲深憂在(백세심우재) 非關憫弊裘(비관민폐구)

고향 떠난 나그네 길에 봄이 저물어 가니

봄날의 애절함은 가을날 슬픔보다 더하고,

향기로운 풀에 고향 생각 아득한데

날리는 꽃잎이 이별의 시름을 더합니다.

학문을 익히는 것은 의술 연마처럼 어렵고

문장을 쓸 때는 무대에 선 광대마냥 두렵기만 하니,

평생의 깊은 근심이 여기에 있고

벼슬 못하고 가난한 것은 제 근심거리가 아닙니다.

* 1566년(선생 18세) 스승 소고 박승임 선생께서 제자 물암 김륭을 퇴계 선생께 보내 배움을 이어가도록 하면서 송별시(이 책 사우증유록에 있음)를 써 주었다. 이 시는 스승의 시에 대한 화답시이다.

9. 上退溪先生(상퇴계선생) 퇴계 선생께 올림

顔氏曾云鑽彌堅(안씨증운찬미견)　公孫亦曰若登天(공손역왈약등천)
當年此語方知得(당년차어방지득)　卻步圖前理豈然(각보도전리기연)

일찍이 안회께서는 뚫고 들어갈수록 더욱 견고하다고 했고
공손추 또한 하늘을 오르는 것 같이 어렵다고 하였는데,
당시에 들었던 이 말들을 이제야 바야흐로 알만 하니
물러나 성학십도(聖學十圖) 앞에서 그 이치를 깨닫게 됩니다.

 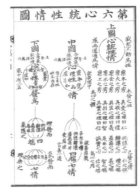

* 퇴계 선생 초상과 성학십도(제6 심통성정도)
* 성학십도는 1568년 겨울, 퇴계 선생이 68세 때 그동안 자신이 익힌 성리학의 기본개념을 열 장의 그림에 담아 성군이 되기를 바라며 17세 어린 왕 선조에게 올린 것이다.

* 논어 자한편 - 顔淵喟然歎曰: "仰之彌高, 鑽之彌堅, 瞻之在前, 忽焉在後。夫子循在善誘人, 博我以. 文, 約我以禮, 欲罷不能。旣竭吾才, 如有所立卓爾。雖欲從之, 末由也已。안연이 크게 감탄하며 말했다. "우러러볼수록 더욱 높아지고, 뚫고 내려가면 갈수록 더욱 단단해지고, 바라볼 때는 앞에 있는 것을 보았는데, 갑자기 뒤로 가 있다. 선생님께서는 차근차근 사람을 잘 이끌어 주셔서, 학문으로써 나의 사고의 폭을 넓혀주시고, 예로 나의 행위를 절제해주시니, 그만두려고 해도 그만둘 수가 없다. 나의 재주를 다 써버리면, 마치 앞에 새로운 목표물이 우뚝 솟아 있는 것 같다. 비록 그것을 따라가려고 해도, 따라갈 길이 없다.

* 맹자 진심장 - 제자 공손추(公孫丑)가 "도는 높고 아름다우나 하늘에 오르는 것 같아서 미칠 수 없을 듯합니다. 어찌하여 저들로 하여금 거의 이를 수 있는 것이라고 여기게 해서, 날마다 부지런히 힘쓰게 하지 않습니까? 하였다. (道則高矣美矣 宜若登天然 似不可及也. 何不使彼로 爲可幾及而日孶孶也)

* 1570년, 선생 22세 때 퇴계에게서 서명(西銘) 강의를 듣고 지은 시이다.

10. 元日有感(원일유감) 설날에 느끼는 바를 적다

百歲三分過其一(백세삼분과기일) 中間事業有何成(중간사업유하성)
晦齋五箴今方悟(회재오잠금방오) 須向心肝寫作銘(수향심간사작명)

백년을 셋으로 나누어 그중 하나가 지나도록
그간 이룬 게 아무것도 없었으나,
이제 이언적 선생의 다섯 가지 잠언을 깨달으니
모름지기 가슴 속 깊이 새겨 두어야겠구나.

* 원조오잠(元朝五箴) : 한 해의 첫날, 스스로 경계하고자 하는 다섯 가지의 일을 적은 글이다. 회재(晦齋) 이언적(李彦迪)이 27세 되던 해의 첫날에 〈원조오잠〉을 지었는데, 외천잠(畏天箴), 양심잠(養心箴), 경신잠(敬身箴), 개과잠(改過箴), 독지잠(篤志箴)으로 이루어져 있다.

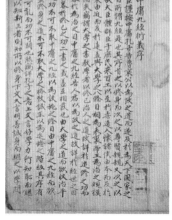

* 회재 이언적 선생의 초상과 글씨

11. 題做人錄(제주인록) 주인록을 짓다

十年持戒未全剛(십년지계미전강)　觸事多違悔自長(촉사다위회자장)
衰取格言鑴入骨(부취격언전입골)　從今倘免一生狂(종금당면일생광)

십 년간 계율 지켜도 온전치 못하였고
건드린 일마다 어긋나 후회만 깊었는데,
선현의 좋은 격언 뼛속 깊이 새기니
이제 남은 일생에 미치광이는 면하리라.

* 1573년 (계유년, 선생 25세) 옛 성현의 격언과 중요한 가르침과 옥조(玉藻)의 구용(九容), 모재가훈(慕齋家訓) 중의 말씀을 뽑아 첩자에 써두고 보면서 성찰하였는데 이를 합하여 이름 지은 것이 주인록(做人錄)이다.

12. 有考證事 夜檢儀禮(유고증사 야검의례)
고증할 일이 있어 밤에 '의례'를 조사하다

自檢遺經忘夜道(자검유경망야주) 五更焚盡一釘油(오경분진일강유)
電過幾卷遺精髓(전과기권유정수) 愧作尋常數墨流(괴작심상수묵류)

경서를 살피느라 밤이 가는 줄 몰랐는데
새벽이 되자 등잔 기름도 다 타버리고,
급히 몇 권 읽어봐도 핵심을 못 찾으니
읽어도 뜻을 모르는 부류가 된 것이 부끄럽기만 하구나.

* 의례(儀禮) : 중국 경서(經書)의 하나. 관혼상제를 비롯하여 중국 고대 사회의 사회적 의식
을 자세히 기록한 것으로 군례(軍禮)를 제외한 오례(五禮)를 망라하였으며, 고대 사회의 종교
학적 · 사회학적 연구에 귀중한 자료이다. 주공(周公)이 지었다고 하나, 그 후 춘추 시대부터
전국 시대에 걸쳐 성립된 것으로 보인다. 원래 57편이던 것이 오늘날에는 17편만이 전한다.
 -(한국민족문화대백과)
* 심수(尋數)는 심항수묵(尋行數墨)의 준말이다. 이는 글을 읽기만 하고 그 뜻을 제대로 모른다
는 의미의 겸사이다.

13. 寄達遠(기달원) 달원 김해에게 부치다

肉走人間烏鬼忙(육주인간오귀망) 颯然庭樹夜生凉(삽연정수야생량)
十年狂算成何事(십년광산성하사) 坐得朝來雙鬢蒼(좌득조래쌍빈창)

욕망으로 분주한 인간이 가마우지 마냥 바쁘더니
어느덧 정원 나무 시원한 바람이 가을을 보채는데,
십년간 미친 듯이 천명(天命)을 계산해도 얻은 것은 없고
앉아서 맞는 아침에 양쪽 귀밑머리 새하얀 걸 깨닫는구나.

14. 春帖(춘첩) 입춘에 집 앞에 붙이는 글귀

家家門外新春帖(가가문외신춘첩) 多是新年祝富榮(다시신년축부영)
吾祝獨乖人所祝(오축독괴인소축) 願無憂病礙工程(원무우병애공정)

새봄에 집집마다 춘첩 붙이는 것은
한 해의 부귀영화 빌어보는 뜻이지만,
내가 바라는 건 홀로 이와 다르니
그저 병 걱정 없이 공부 그르치지 않는 것뿐이라네.

15. 友于堂春帖(우우당춘첩) 우우당의 춘첩을 보고

常棣交華映北堂(상체교화영북당) 春深庭戶樂無疆(춘심정호악무강)
餘間共對書帷下(여간공대서유하) 細把殘經討義方(세파잔경토의방)

산앵두꽃 한꺼번에 피어나 북당을 비추고
봄이 깊어 정원에 노래 끊이지 않는 때에,
한가하게 휘장 아래 함께 책을 보면서

오손도손 경전 속 바른 길을 토론해 보는구나.

16. 留贈尹誠之(유증윤성지) 윤성지에게 보내다

世人愛粉脂(세인애분지)　我獨憐質素(아독연질소)

世人愛文繡(세인애문수)　我卽憐麤布(아즉연추포)

智者人所愛(지자인소애)　愚者吾所取(우자오소취)

便佞人所愛(편녕인소애)　沈默吾所厚(침묵오소후)

此來幸識君(차래행식군)　憐君多美質(연군다미질)

珍重紙上語(진중지상어)　相與勤磋切(상여근차절)

殷勤腔裏思(은근강리사)　共對煩晤言(공대번오언)

所期不在小(소기부재소)　學海連道源(학해연도원)

粉質旣有基(분질기유기)　繪事當加功(회사당가공)

提撕無已時(제시무이시)　振拔待秋風(진발대추풍)

昭昭諸格言(소소제격언)　服膺宜勿失(복응의물실)

白首契已深(백수계이심)　靑松照白日(청송조백일)

세상 사람들 분과 연지 꾸밈을 좋아하지만

나는 다만 소박하고 순수한 것을 사랑하고,

세상 사람들 수(繡) 놓은 비단 좋아하지만

나는 그저 거친 베옷을 즐겨 입는다네.

사람들은 지혜로운 자를 사랑하지만

나는 어리석은 사람을 선택하고,

사람들은 말 잘하는 자를 좋아하지만

나는 침묵하는 사람을 좋아한다네.

이즈음에 다행히 그대를 알게 되어

그대의 아름다운 자질을 사랑하게 되었고,

책 속의 진귀하고 소중한 것들

서로 함께 연구하고 부지런히 닦아왔다네.

은근한 마음 속 생각들을

미주 앉아 기한 말씀으로 서로 깨우치고,

서로에게 크게 기대하며

학문의 바다와 도의 근원을 연결하고자 하였다네.

몸 안의 실질은 이미 제자리에 있으니

밖을 꾸미는 일에도 마땅히 공을 들여야 할 것이니,

이끌어 주는 데 따로 때가 있는 것 아니나

가을을 기다려 뒤진 부분을 서로 돕도록 하세나.

밝고 자세한 여러 격언을

마음에 담고 잊지 말아야 할 것이니,

지금 백발노인 근심은 크지만

푸른 소나무에는 밝은 해가 비추어 온다네.

17. 和權秀才 坦然(화권수재 탄연) 수재 권탄연에게 화답하다

沈默心方定(침묵심방정)　嘯皐曾授吾(소고증수오)
今日欲贈君(금일욕증군)　君能愛得無(군능애득무)
愛而繹而改(애이역이개)　方爲君子儒(방위군자유)

침묵으로 마음을 바르게 하라는 말씀은
일찍이 소고선생께서 내게 전수한 것이니,
오늘 그대에게 이를 전해주고자 하는 것은
그대가 능히 이를 사랑하여 얻을 수 있기 때문이라오.
이 말을 아끼고 행하여 고쳐 나가면
장차 학식과 덕행이 높은 선비가 될 것이오.

18. 和留金秀才 大貞(화류김수재 대정) 수재 김대정에게 화답하다

讀書非在讀(독서비재독)　收功只在心(수공지재심)
煩君無浪讀(번군무낭독)　句句仔細尋(구구자세심)

독서의 의미는 읽는 데 있는 것이 아니며
보람을 얻는 것은 다만 마음에 달린 것이니,
그대는 번거롭게 큰 소리로 읽지 마시고
구절마다 자세하게 그 뜻을 살피기 바라오.

19. 和留裵秀才 得仁(화류배수재 득인) 수재 배득인에게 주다

讀書心不到(독서심부도) 雖讀終無功(수독종무공)
皮膚尚難得(피부상난득) 源本那能窮(원본나능궁)
珍重裵秀才(진중배수재) 固守莫西東(고수막서동)

책을 읽어 마음에 이르지 못하면
읽어도 끝내 아무런 공이 없는 것이라오.
껍데기 얻는 것도 쉽지 않은데
근원과 본질을 어찌 다 알 수 있겠는가.
소중하고 귀한 우리 배수재여
굳게 근본을 지키고 방황하지 말기 바라오.

20. 留贈金生 挺(유증김생 정) 김생 정에게 주다

學字當何用(학자당하용) 先要檢此身(선요검차신)
從今愼凡百(종금신범백) 無使辱吾親(무사욕오친)

글을 배워 쓸 곳을 찾는다면
우선 내 몸을 살피는 게 중요하니,
지금부터 모든 것을 삼가서
내 부모 욕되게 하는 일 없길 바라오.

21. 和留洪秀才 文海(화류홍수재 문해) 수재 홍문해에게 화답하다

憐君有醇質(연군유순질)　萬事都可做(만사도가주)
從令業專精(종령업전정)　莫或牽外慕(막혹견외모)

그대는 순수하고 질박한 품성이 있어
어떤 일이라도 모두 이룰 수 있을 것이니,
오직 맡은 일에 정성을 다하고
혹여 딴 생각에 끌리지 않기 바라오.

22. 贈別菊菴 菊菴方治大學 故以大學之說及之(증별국암 국암방 치대학 고이대학지설급지) 국암에게 이별하며 주다. 국암이 이때 막 대학을 배우니, 대학의 말씀으로 지어주다.

明德新民止至善(명덕신민지지선)　致知格物最初頭(치지격물최초두)
勿參勿貳方能得(물삼물이방능득)　莫遣工程一息休(막견공정일식휴)

덕을 밝혀 백성을 새롭게 하고 지극한 선에 이르는 것과
사물을 연구하여 지식을 이루는 것이 대학의 첫 조목이며,
마음을 오로지 한곳에 두어야 비로소 얻을 수 있으리니
한눈팔지 말고 가는 길 잠시도 멈추지 마시기 바라네.

23. 和留南秀才 峻巖(화류남수재 준암) 수재 남준암에게 주다

愛爾有美質(애이유미질)　喜爾修先業(희이수선업)

作句必驚人(작구필경인)　神思何燁燁(신사하엽엽)
文章非急務(문장비급무)　且勸思爲儒(차권사위유)
儒家所重者(유가소중자)　孝悌而已乎(효제이이호)
須知一卷冊(수지일권책)　實是發軔初(실시발인초)
殷勤竭死力(은근갈사력)　早晩無負吾(조만무부오)

그대의 아름다운 자질이 사랑스럽고
선대가 이룬 학업을 닦아나가니 기쁘기 그지없소.
문장을 지으면 반드시 사람을 놀라게 하고
영묘한 생각은 반짝반짝 빛이 나는 것 같다오.
그러나 문장 짓는 것은 급한 일이 아니며
먼저 생각에 힘써 바른 선비가 되어야 한다오.
유학에서 소중히 여기는 것은
부모에 대한 효도와 어른에 대한 공경뿐이라오.
모름지기 한 권의 책을 알더라도
실로 이것이 쐐기처럼 학문의 출발점이 되는 것이라오.
부지런히 있는 힘을 다해 노력한다면
조만간 자신을 근심하는 일은 없을 것이라오.

24. 許功彦印惠心經　謝以一律(허공언인혜심경 사이일률) 허공언(허성)이 혜심경을 찍어서 보내주니, 율시 한 편으로 감사를 전하다

註輯于程經纂眞(주집우정경찬진)　一編都是說爲人(일편도시설위인)
感君今日相貽意(감군금일상이의)　愧我平生自棄身(괴아평생자기신)
須待寸膠能止濁(수대촌교능지탁)　倘容査滓豈求仁(당용사재기구인)
要知此學非高遠(요지차학비고원)　只在忠君與孝親(지재충군여효친)

주석을 모아서 법과 경의 참된 내용을 편찬하니
이 한 편이 모두 사람의 바른 됨됨이 가르침이라,
오늘 그대가 내게 주는 뜻이 고마우나
내 평생 스스로 돌보지 않은 것이 부끄러워진다네.
한 치의 아교로 탁한 물이 정화되길 바라면서도
더러운 것을 허용한다면 인(仁)을 구할 수 없을지니,
학문하는 것이 높고 원대한 데 있는 것이 아니라
그저 충성과 효도에 있는 것임을 아는 것이 중요하다네.

* 아교는 물의 탁한 기운을 가라앉힌다. 《포박자(抱朴子)》 가돈편(嘉遯篇)에 '한 치 아교로 황하
  를 다스릴 수 없다. [寸膠不能治黃河]'고 하니, 약간의 아교로는 큰물을 깨끗하게 만들기 어렵
  다는 말이다.

2] 그리움, 스승과 벗들

25. 嘯皐朴先生承任赴朝五載 榮過鄉關 喜幸方深 又忽南駕 沂上春遊 計又入虛 輒敢書懷遠呈 二首(소고박선생승임부조오재 영과향관 희행방심 우홀남가 기상춘유 계우입허 첩감서회원정 이수)

소고 박승임 선생께서 조정에 나가신 지 5년 만에 영예롭게 고향 땅을 지나시니 기쁘고 행복하기 그지없었다. 그런데 다시 홀연히 영남으로 행차하게 되어 물가(沂上)에서 봄놀이를 하려 한 것이 허사가 되어버렸다. 감히 그 회포를 글로 써서 멀리서나마 보내드린다. 2수.

別筵三笑洞(별연삼소동) 函丈五更樓(함장오경루)
殘燭衰時歎(잔촉쇠시탄) 深杯晚學愁(심배만학수)
諄諄指本領(순순지본령) 呐呐病支流(돌돌병지류)
千古尋源子(천고심원자) 幾人到水頭(기인도수두)

삼소동에서 이별 연회를 열었을 때
스승님은 새벽까지 누각에 계셨다.
타다 남은 촛불에 쇠퇴하는 시절 한탄하며
술잔에 만학(晚學)의 깊은 시름을 담아 마셨다.
거듭 자세하게 학문의 본질 일러 주시며
작은 지류에 얽매임을 크게 질타하셨다.
옛날부터 지금까지 학문의 근원을 찾던 사람 중에
몇 명이나 근원(水頭)에 도달하였던가!

卿月昇金掌(경월승금장) 問酬隔幾年(문수격기년)
新愁仍舊恨(신수잉구한) 迎席又離筵(영석우이연)
曠野迷春樹(광야미춘수) 孤城入暮煙(고성입모연)
明朝一回首(명조일회수) 南國道里千(남국도리천)

경월(卿月)에서 금장(金掌)으로 승진한 이래
임금과 함께 마주하며 일한 것이 몇 년이던가.
오래된 회한에서 새로운 근심이 생기고
반갑게 만났지만 또 이별하는 자리가 되었다.
텅 빈 들판에는 봄을 맞은 나무들 아득한데
외로운 성에는 저녁 안개 가득 밀려든다.
내일 아침 머리 한번 돌려 떠나시면
먼 남쪽 나라 천리 길을 가시겠구나.

* 소고집(박승임문집) 문집부록(하) 문인 김륭 편에 先生出尹東京 平恩寺餞別 '선생께서 경주
  부윤으로 부임하니 평은사에서 이별의 자리를 가졌다'고 되어 있다.
* 경월(卿月) : 궁중의 고관. 벼슬의 상징인 달. 삼공구경(三公九卿, 공경公卿)이나 귀족. 이들
  이 달과 같이 높고 훤하다는 뜻에서 하는 말임 -(한국고전용어사전)
* 금장(金掌) : 대사간의 별칭.

26. 凝石寺 敬次嘯皐 先生韻(응석사 경차소고선생운)
응석사에서 삼가 소고선생 시에서 운을 빌리다

末路人心有晦明(미로인심유회명) 風波處處小舠傾(풍파처처소도경)
不緣竹牖晴朝啓(불연죽유청조계) 誰信超然脫俗情(수신초연탈속정)

막다른 길에서 마음의 어둠과 밝음이 드러나고

세상살이는 풍파 속에 던져진 작은 거룻배 같으니,
소박한 대나무 들창을 열어 맑은 아침 맞을 때
누가 있어 욕망에 초연한 내 뜻을 믿어줄까?

* 선생이 32세이던 1578년(선조 13년) 11월에 소고선생을 모시고 응석사를 유람하였다. 절
  은 군(郡)의 서편 연화봉 아래에 있다. 이때 소고선생은 여주에서 관직을 사직하고 돌아오셨는
  데, 선생과 김백암 김만취 여러 사람들과 함께 응석사에서 스승을 모시고 유람하였다. 이때 주
  고받은 시들 목록이 있고 학사 김응조가 발문을 썼는데 간략하게 말하자면 "어진 스승이 위에
  계시고 어진 제자들이 그 아래에 있는 것을 생각하니 강론할 때 주고받은 뜻이 바로 남악고사
  (南嶽故事)와 같아서 백세(百世)의 세월이 흘렀지만 그 깨달은 바가 같다"고 하였다.

27. 奉送嘯皐先生赴昌原(봉송소고선생부창원)
창원에 부임하는 소고선생을 송별하며

聖主多寬假(성주다관가)　刳肝礪鐵腸(고간여철장)
三旬新雨露(삼순신우로)　千里苦風霜(천리고풍상)
不用傷頭白(불용상두백)　無從問上蒼(무종문상창)
茫茫何足究(망망하족구)　宣化及遐方(선화급하방)

어진 임금에게는 너그러이 용서하는 마음도 있지만
간을 도려내고 심장을 찌르는 사나움도 있으니,
한 달 동안 새로이 임금의 은혜를 입었지만
지금은 천리 먼 길 고통과 어려움만 가득합니다.
하얘진 머리카락 슬퍼해도 소용없고
하늘을 쳐다봐도 물어볼 곳 없으니,
막막한 지금은 그저
임금의 덕이 먼 지방까지 미치길 바랄 뿐입니다.

* 雨露(우로): 임금의 은혜, 대사헌이 된 것을 비유.

* 風霜(풍상) : 고난, 창원부사로 좌천되어 가는 것을 비유.

28. 送許美叔 篈 謫甲山(송허미숙 봉 적갑산)
갑산에 귀양 가는 미숙 허봉을 보내며

胡虜長驅百萬兵(호로장구백만병)　沙場枯骨久崢嶸(사장고골구쟁영)
十年帷幄無奇策(십년유악무기책)　盡出書生戍塞城(진출서생수새성)

백만 오랑캐가 말을 몰아 쳐들어온 뒤
모래밭에 백골이 오래도록 높이 쌓여 있는데,
십 년이 넘도록 군영에서 기특한 대책 하나 못 내더니
이제 다만 서생을 몰아내어 변방에 군졸살이 보내는구나.

* 허봉(許篈) : 자 미숙(美叔), 호 하곡(荷谷) 본관 양천(陽川) 1551(명종 6년)~1588(선조
21년). 1568년(선조 1년)에 생원과, 1572년(선조 5년) 친시문과(親試文科)에 병과로 급제,
1574년(선조 7년) 성절사(聖節使)의 서장관(書狀官)으로 자청하여 명나라에 가서 기행문「하
곡조천기(荷谷朝天記)」를 썼다. 이듬해 이조좌랑이 됐다. 1577년(선조 10년) 교리, 1583년
(선조 16년) 창원부사를 역임했다. 그는 김효원(金孝元) 등과 동인의 선봉이 되어 서인들과 대
립했다. 1584년(선조 17년) 병조판서 이이(李珥)의 직무상 과실을 들어 탄핵하다가 종성에 유
배됐고, 이듬해 풀려났으나 정치에 뜻을 버리고 방랑 생활을 했다. 1588년(선조 21년) 38세의
젊은 나이로 금강산 밑 김화연 생창역에서 죽었다. 뚜렷이 성리학적 도통사상(道統思想 : 도는
역대의 성인이 계승하여 내려왔다는 사상)을 지니고 있으며, 특히『성학집요(聖學輯要)』에 큰
관심을 두었다. 저서로『하곡집』·『하곡수어 荷谷粹語』가 있다. 시인으로 유명하였는데, 그의
시는 깨끗하고 산뜻하면서도 정숙하고 아름답다는 평을 들었다. -(한국민족문화대백과)

29. 李逢原 安道(이봉원 안도), 許功彦 筬(허공언 성), 李惕若 同飮(이척약 동음) 봉원 이안도, 공언 허성, 이척약과 함께 술을 마시며

人心朝暮變(인심조모변) 世事儘多端(세사진다단)
只解傾罇好(지해경준호) 那知外面難(나지외면난)

사람 마음은 아침저녁 변하고
세상일에는 참으로 이유도 많지만,
그저 마주보고 술잔 나누기 좋아하니
바깥세상 어려움을 우리가 어찌 알겠는가.

* 이안도(李安道, 1541~1584) : 본관 진성(眞城). 자 봉원(逢原). 호 몽재(蒙齋). 퇴계 이황(李滉)의 장손으로, 군기시첨정(軍器寺僉正)을 지낸 준(寯)의 아들이다. 할아버지인 퇴계 문하에서 공부하여 성리학에 조예가 깊었으며 많은 유생들과 교유하였다. 1561년(명종 16년, 신유) 식년시(式年試)에 합격하였으며, 1574년(선조 7년) 음서(蔭敍)로 목청전참봉(穆淸殿參奉)에 임명되었다. 그 후 저창부봉사(儲倉副奉事), 상서원부직장(尙書院副直長), 사온직장(司醞直長) 등을 지냈다. 아버지가 병이 들어 고향으로 내려갔다가 부친상을 치른 다음 해에 44세의 나이로 죽었다. 저서로 《몽재문집》 2권이 있으며 예안의 동계서원(東溪書院)에 제향되었다.
  –(두산백과)
* 허성(許筬, 1548~1612) : 자는 공언(功彦), 호는 악록(岳麓)·산전(山前)이고, 본관은 양천(陽川)이다. 유희춘(柳希春)에게 사사하였으며, 1568년 21세에 증광시, 1583년 36세에는 별시문과에 급제하였다. 대사성·대사헌·예조와 병조판서, 이조판서를 역임했다. 1590년에 일본 통신사 황윤길(黃允吉), 부사(副使) 김성일(金誠一)과 같이 서장관으로 일본에 다녀왔는데, 이때 황윤길이 일본의 침략 의도를 지적했으나 부사인 김성일이 이를 부인하자 같은 동인임에도 불구하고 일본의 침략 의도를 언명하기도 했다. 학문과 도덕으로 사림의 명망을 얻은 성리학자였으며, 선조 고명(顧命) 7신(臣) 중의 하나이다. 사후(死後) 찬성에 추증되었고, 저서『악록집(岳麓集)』이 있다. –(한국 역대 서화가 사전)

30. 次韻 尹誠之(차운 윤성지) 윤성지의 시에서 운을 빌려오다

半世知音少(반세지음소) 秋風臥小園(추풍와소원)
殷勤成末契(은근성말계) 惟子識梅軒(유자식매헌)

반평생에 내 마음을 아는 친구 많지 않으나
가을바람 부는 작은 정원에 함께 누워본다네.
친근한 몇 사람이 함께 모이니
오직 그대들만이 매화 사랑하는 내 마음을 아시는구려.

* 매헌(梅軒) : 매화를 사랑해 붙인 이름. 찬바람을 뚫고 꽃을 피워 세상에 맑은 향기를 퍼뜨리
  는 매화의 모습이 고결한 인품을 가진 군자의 풍모를 닮았다 하여 붙여진 이름이다.

31. 夜話金子昻 晬(야화 김자앙 수) 자앙 김수와 밤에 이야기하다

十年離別恨(십년이별한) 一夜共靑燈(일야공청등)
世道雖翻覆(세도수번복) 交情豈減增(교정기감증)

십 년간 못 만나 한스러웠는데
푸른 등불 아래 하룻밤 그대와 마주하니,
세상인심 아침저녁 변하지만
우리의 정은 더하고 뺄 것이 어디 있겠는가?

* 1576년(선조 9년) 선생 28세에 한양으로 과거를 보러 갔을 때 하곡 허봉, 오봉 이호민, 몽촌
  김수, 부정 우세신, 평숙 이함형, 비언 이국필, 익지 한준겸, 자수 한백겸 등과 더불어 날마다
  어울려 경전과 역사를 토론하면서 여러 편의 시를 나누었다. (김수는 앞의 '상방백서'에서 소개
  하였다)

32. 九日攜公濟 訪槐陰卽事(구일휴공제 방괴음즉사) 9일에 김공제(김개국)와 함께 괴음을 방문하다

苦竹叢邊忽解攜(고죽총변홀해휴) 曲欄花月儘依依(곡란화월진의의)
吟筇獨出松門路(음공독출송문로) 折得寒枝滿袖歸(절득한지만유귀)

참대나무 숲에서 홀연히 그대와 헤어지니
굽은 난간에서 꽃에 비친 달빛에 마음이 아련하고,
시 읊으며 혼자서 소나무길 문을 나서
소매 가득 차가운 솔가지 꺾어서 돌아왔다네.

33. 金雪月堂富倫 丈還朝敍別(김설월당부륜장환조서별)
설월당 김부륜이 조정으로 돌아가니 이별의 정을 서술하다

世事浮雲變(세사부운변) 悠悠白日忙(유유백일망)
空令志士髮(공령지사발) 半夜數莖蒼(반야수경창)

세상일은 뜬구름같이 변하고
아득한 곳 밝은 해도 바쁘게 지나가는데,
공연히 뜻 있는 선비의 머리털만
한밤중에 여러 가닥 하얗게 되겠구나.

* 김부륜(金富倫). 본관은 광산(光山) 자 돈서(敦敍), 호 설월당(雪月堂). 1531년(중종 26년)~1598년(선조 31년). 이황(李滉)의 문인으로 1555년(명종 10년) 사마시에 합격, 1572년(선조 5년) 유일(遺逸: 학식과 인품을 갖추었으나 세상에 알려지지 않은 인재를 천거하는 등용책)로 천거되어 집경전참봉(集慶殿參奉)에 제수되었으나 부임하지 않았다. 1585년에 전라도 동복현감(同福縣監)으로 부임하여 향교를 중수하고 봉급을 털어 서적 8백여 책을 구입

하는 등 지방교육 진흥에 많은 공헌을 하였고, 또 학령(學令) 수십조를 만들어 학생들의 교육에도 힘썼다. 1592년 임진왜란이 일어나자 가산을 털어 향병(鄕兵)을 도왔고, 봉화현감이 도망가자 가현감(假縣監)이 되어 선무에 힘썼다. 그리고 관찰사 김수(金睟)에게 적을 막는 3책(三策)을 올렸는데, 충심이 지극한 내용이었다. 저서로는 『설월당집(雪月堂集)』 6권이 있다.
－(한국향토문화전자대전)

34. 送李逢原赴松都(송이봉원부송도)
송도에 부임하는 이봉원(안도)을 송별하며

草草祠官去(초초사관거)　蕭然一野翁(소연일야옹)
山河眞主宅(산하진주택)　香火聖靈宮(향화성령궁)
白日臨庭樹(백일임정수)　晴池受午風(청지수오풍)
琴書齋室靜(금서재실정)　得趣定無窮(득취정무궁)

분주하던 사관은 총총히 가버리고
적막한 사당에 시골 늙은이만 남아 있구나.
산천과 바다는 임금의 집이지만
피워둔 향불은 성스러운 영혼의 집이라네.
환한 해가 정원의 나무에 걸리고
밝은 연못에도 한낮의 바람이 드리워질 때,
거문고와 서책 들어찬 조용한 재실에서
그대가 얻는 정취가 정말로 끝이 없겠구나.

* 봉원 이안도는 1577년(선조 7년) 목청전직랑(穆淸殿直郎)에 임명되었다. 2월에 선생이 송별하며 시를 남긴 것이다.
* 목청전(穆淸殿) 조선시대 개성의 태조 옛 집에 세워진 진전(眞殿). 태조의 초상화(어진)를 봉안하고 제사 지내던 외방 진전 중의 하나.
* 祠官(사관) 사당과 제사를 담당하는 관리.

* 齋室 (재실) 무덤, 사당(祠堂), 능(陵)이나 종묘(宗廟) 등의 제사(祭祀)의 소용(所用)으로 지은
  집 재전(齋殿)

35. 伊山雪中 與卓爾話別(이산설중 여탁이화별)
이산에 눈 내리는 때 임탁이(임흘)와 이별을 얘기하다

草草行裝易一編(초초행장역일편)　窮陰暮雪政堪憐(궁음모설정감련)
斷橋肩聳非詩興(단교견용비시흥)　妙思應通先後天(묘사응통선후천)

초라한 행장엔 주역 한 권뿐이니
세밑에 눈 오는 밤 더욱 견디기 어려운데,
헤어질 때 어깨 들썩인 것은 시흥 때문이 아니라
깊은 생각이 선천과 후천에 통했기 때문이라오.

36. 旅懷示任卓爾 屹(유회시임탁이 흘)
나그네의 울적한 심정을 탁이 임흘에게 보이다

三秋歸思逐孤雲(삼추귀사축고운)　衰草寒蛩不可聞(쇠초한공불가문)
旅館蕭然頭欲白(여관소연두욕백)　夕陽罇酒又逢君(석양준주우봉군)

가을이 되니 고향 생각 외로운 구름을 따르고
시든 풀밭에 귀뚜라미 소리 더욱 처량한데,
쓸쓸한 여관에서 백발 늙은 몸 근심하다가
저녁이면 술 한 동이 안고 그대를 만나러 가네.

* 임흘(任屹, 1557년~1620). 본관은 풍천(豊川). 자는 탁이(卓爾), 호는 용담(龍潭) 1582년
  (선조 15년) 진사가 되고 1592년 임진왜란이 일어나자 류종개(柳宗介)와 함께 의병을 모집하
  여 문경전투에서 많은 적을 사살하였다. 그 공으로 전옥서참봉(典獄署參奉)이 되었으나 동인
  과 서인의 격심한 당쟁에 실망하여 그들을 규탄하는 소를 올리고 사직하였다. 광해군 때 동몽
  교관으로 기용되었으나, 이이첨(李爾瞻) 등의 대북 일당이 나라를 망치리라 하여 사직하고 학
  문에 전념하였다. 저서로는 『임란일기(壬亂日記)』 4권, 『용담잡영(龍潭雜詠)』등이 있고, 편서
  로는 고금의 충신·효자의 행실을 모아 편찬한 『금관록(金官錄)』이 있다. -(한국학중앙연구원)

37. 次宋德久 福基 丈韻。 呈閔伯嚮 應祺(차송덕구 복기 장운 정민 백향 응기) 기복 송덕구 어른의 시에서 운을 빌려, 백향 민응기에게 드리다

歲暮偏傷別(세모편상별) 山川積雪緘(산천적설함)
暗牕驚履響(암창경리향) 寒雨濕征衫(한우습정삼)
入夜孤燈火(입야고등화) 聯牀萬古談(연상만고담)
萍逢人世事(평봉세인사) 明日又東南(명일우동남)

연말에 이별하여 맘이 더 아팠는데
산천에 눈이 쌓여 길이 막히고,
어두운 창밖 발소리에 놀라 내다보니
차가운 비와 안개에 나그네 옷이 젖어있네.
캄캄한 겨울 밤 일렁이는 등불 아래
나란히 누워 만 가지 옛 이야기 나눠보지만,
떠돌다 만나는 게 인생일지니
내일이면 그대 다시 동남으로 떠나겠구나.

* 민응기(閔應祺) : 자 백향(伯嚮), 호 우수(尤叟) 경퇴재(景退齋) 여흥(驪興, 지금의 경기도
  여주). 이황(李滉)의 문인. 1565년(명종 20년) 왕자의 사부(師傅)가 되어, 선조연간에도 그 직

에 머물렀다. 벼슬은 현감에 그쳤으나, 민응기가 가르쳤던 광해군이 1608년 즉위하여 왕자 때의 사부였던 민응기를 하락(河洛)·박광전(朴光前) 등과 함께 추모하면서 제물(祭物)을 내려 주었으며, 1610년(광해군 2년) 당상관으로 증직하라는 전교가 있어 좌승지로 추증되었다. 저 서로는 『용학석의(庸學釋義)』가 있다. -(한국민족문화대백과)

38. 夜話韓子受 百謙 家 憶益之(야화한자수 백겸 가 억익지)
밤에 자수 한백겸 집에서 얘기하며 한익지를 생각하다

留連二夜話心知(유연이야화심지)　坐到銅壺漏盡時(좌도동호누진시)
不堪疏雨消魂處(불감소우소혼처)　共向天西說益之(공향천서설익지)

이틀 밤 동안 깊은 심회 나누다 보니
물시계가 다 마르도록 이야기는 그치지 않고,
간간이 내리는 비에 근심만 더 깊어질 때에
서쪽 하늘 바라보며 함께 한익지를 그리워하였다네.

* 1576년(선조 9년) 선생 28세에 한양으로 과거를 보러 갔을 때 하곡 허봉, 오봉 이호민, 몽 촌 김수, 부정 우세신, 평숙 이함형, 비언 이국필, 익지 한준겸, 자수 한백겸 등과 더불어 날마 다 어울려 경전과 역사를 토론하면서 여러 편의 시를 나누었다.
* 한백겸(韓百謙, 1552~1615). 본관은 청주(淸州). 자는 명길(鳴吉), 호는 구암(久菴). 1579 년(선조 12년) 생원시에 합격하고, 1585년 교정낭청, 1586년 중부참봉(中部參奉) 등 역임. 1589년 정여립(鄭汝立)의 모반사건 때 자살한 정여립의 시신을 거두어준 그 사실이 발각되어 장형(杖刑)을 받고 귀양을 갔다. 임진왜란 때 대사면령으로 석방되었는데, 귀양지에서 적군에 게 아부해 반란을 선동한 자들을 참살한 공로로 내자시직장(內資寺直長)에 기용되었다. 1595 년 호조좌랑, 1601년 형조좌랑·청주목사, 1610년(광해군 2년) 강원도안무사(江原道安撫使), 1611년 파주목사 역임. 역학(易學)에 해박하였고 실학의 선구자로서 실증적이며 고증학적 인 방법으로 조선의 역사·지리를 『동국지리지』 등의 저술을 남겼다. 저서로 『구암집』이 있다. -(한국학중앙연구원)

39. 過東湖 因憶去秋陪高峯奇先生遊 已成陳跡 感成一絶(과
동호 인억거추배고봉기선생유 이성진적 감성일절)

동쪽 호수를 지나며 지난 가을 고봉 기대승 선생과 유람하던 때를 추억
하지만 이미 지난 일이 되었기에 그 감응을 한 편의 시(7언절구)로 씀

陪遊函丈憶前秋(배유함장억전추) 鳴櫓重來不耐愁(명로중래불내수)
勝事一空終莫又(승사일공종막우) 江波依舊自悠悠(강파의구자유유)

스승님과 함께 놀던 지난 가을이 생각나
배를 저어 다시 와보지만 근심만 더 깊어지고,
하늘 아래 뛰어난 것은 거듭되지 않는다지만
강물은 예전과 다름없이 유유히 흘러가는구나.

고봉 기대승 초상과 묘지

40. 次金施普 澤龍 韻。招金公濟 蓋國(차김시보 택용 운 초김공제
개국) 시보 김택용의 시에서 운을 빌려, 공제 김개국을 부르다

江頭待故人(강두대고인) 蒼茫山日夕(창망산일석)
何處最相思(하처최상사) 蕭蕭風脫木(소소풍탈목)

강 언저리서 옛 친구를 기다리다

아득히 산 너머엔 해가 지는데,

어느 곳에서 서로를 가장 그리워하였던가

쓸쓸한 바람에 나뭇잎 날리는 그곳이겠지.

만취당 김개국의 사당(경북 영주 이산면)

* 김개국(金蓋國, 1548~1603년) : 자 공제(公濟), 호 만취당(晚翠堂) 영천(永川) 본관 연안(延安). 1573년에 사마시에 합격, 생원이 되고 1591년 식년문과에 병과로 급제하였다. 관직은 정랑을 거쳐 군수에 이르렀다. 효성이 지극하여 부모를 정성껏 모셨으며 옳고 그름을 가리는 일에 임해서는 의리로써 털끝만큼도 굽히는 바가 없었기 때문에 불우한 세상을 살다가 죽었다. 뒤에 집의가 추증되었고, 1643년(인조 21년) 영천의 삼봉서원(三峯書院)에 제향되었다. 저서로 『만취일고(晚翠逸稿)』가 있다. –(한국민족문화대백과)
* 1592년 임진왜란이 발발하자 김륭 등 영주 선비들에 의해 의병장으로 추대된 김개국은 크게 활약하여 뒤에 선무원종공신에 녹훈되었다. –(위키백과 등)

41. 希玉同行至沙 上分路(희옥동행지사상분로)
김희옥(김륵)과 동행하여 모래톱 갈림길에 이르다

日落秋郊暮靄沈(일락추교모애침) 平沙聯騎踏層陰(평사연기답층음)
蒼崖渡口臨歧路(창애도구임기로) 水月多情照兩襟(수월다정조양금)

해 떨어진 가을 들판 저녁 아지랑이에 잠길 때

나란히 말 타고 넓은 모래밭 짙은 어둠을 밟아 가는데,

높은 언덕 아래 나루터에서 갈림길 다다랐을 때

물에 비친 달이 다정하게 두 사람의 옷깃을 비추어 주는구나.

김륵 선생이 사용하던 칼과 신도비 (영주시 이산면)

42. 板贈金希玉 玏 護送(판증 김희옥 륵 호송)
희옥 김륵이 호송될 때 판(板)에 써서 보내며 이별하다

客裏蕭蕭雨(객리소소우)　偏添送遠情(편첨송원정)

奇遊窮勝跡(기유궁승적)　絶地播香名(절지파향명)

且奉龍樓命(차봉용루명)　還爲鶴髮榮(환위학발영)

今君其去矣(금군기거의)　男子不虛生(남자불허생)

객지에 쓸쓸한 비가 내리니

멀리서 보내는 정 더 깊어지는데,

기이한 놀이와 명승도 없는 곳이지만

궁벽한 땅에서도 아름다운 이름은 퍼져나가네.

또다시 세자의 명을 받들었으니

도리어 늙으신 부모님께 큰 영광이 되었고,

그대 지금 떠나가지만

남자로서 헛되이 살아온 것은 아니라네.

김륵 선생 종가와 서당 (영주시 이산면)

43. 贈黃强仲 孝健(증황 강중 효건) 강중 황효건에게 드리는 글

新知如舊識(신지여구식) 傾肺許平生(경폐허평생)
一筆千章詠(일필천장영) 孤舟幾日程(고주기일정)
江風吹雨暮(강풍취우모) 汀月透煙晴(정월투연청)
別路西南永(별로서남영) 明朝送客情(명조송객정)

이제 알게 되었지만 오래된 친구 같아
마음을 기울여 평생을 허락하였으니,
붓을 들어 천 편의 글 읊어보고
외로운 배로 여러 날을 함께 저어간다네.
강바람에 비가 흩날리는 어둑한 저녁
물가에 뜬 달이 안개를 뚫고 밝게 비추니,
헤어져 떠나갈 길 서남쪽으로 길게 갈려있으니
내일 아침 그대를 보내야 하니 내 마음 애틋하다오.

44. 別李遷善(별이천선) 이천선과 이별하며

百年新契密(백년신계밀)　一日歸袂分(일일귀메분)
月艇聞湖鴈(월정문호안)　晴牕看嶺雲(청창간령운)
興來時踏石(흥래시답석)　日永且論文(일령차론문)
回首同遊勝(회수동유승)　他時幾憶君(타시기억군)

백년을 함께하자 거듭 약속하더니
어느 날 헤어져 돌아가 버린 날,
달밤에 배 띄우니 호수에 기러기 울고
밝은 창 너머엔 산에 걸린 구름만 보이누나.
흥이 날 때는 함께 돌길을 밟고
해가 긴 날에는 함께 문장을 논하기도 하였는데,
경치 좋은 곳에서 함께 했던 시간 생각하면
앞으로 그대가 얼마나 그리울 것인가?

45. 次逢原韻 送金止叔圻覲關西(차봉원운 송김지숙기근관서)
이원봉의 시에서 운을 빌려, 관서로 가는 지숙 김기를 송별하며

深秋物色滿寒城(심추물색만한성)　旅寄那堪又送行(여기나감우송행)
小話仍添千古恨(소화잉첨천고한)　殘杯偏惹暮年情(잔배편야모년정)
荒凉故國愁陳跡(황량고국추진적)　迢遞脩途趣曉征(초서수도취효정)
想得黃堂溫凊外(상득황당온정외)　秖應梅榻靜看經(지응매탑정간경)

가을 깊은 차가운 성에 단풍이 가득하고
나그네 길에 다시 헤어짐 견딜 수 없어,

짧은 이야기에 천고의 한이 더해지고
남은 술잔엔 늙은이 회한이 끓어 오른다.
황량한 고국 지난 일 슬퍼하며
멀고도 험한 길 새벽에 떠나가지만,
아마도 생각은 부모님 보살피면서
매화평상에서 조용히 책보는 데 머물러 있겠지.

* 김기(金圻, 1547~1603) : 본관은 광산(光山). 자는 지숙(止叔), 호는 북애(北厓). 예안(禮安)
  의 오천촌(烏川村)에서 태어났다. 1602년 유일(遺逸)로 천거되어 순릉참봉(順陵參奉)이 되었
  다. 천성이 지극히 효성스러워 부모의 상에 모두 3년간씩 여묘(廬墓)를 살았다. 임진왜란 때에
  는 그의 종제(從弟) 김해(金垓)와 함께 고을 사람들을 모아 의병을 일으키고, 정제장 겸 소모사
  (整齊將兼召募事)가 되어 많은 군량을 모았다. 1597년 정유재란 때에는 안동의 27의사와 함
  께 화왕산성(火旺山城)에 들어가 목숨을 다하여 싸워 공을 세웠다. 1598년 도산서원의 산장
  (山長)이 되어『퇴계전서(退溪全書)』의 간행에 힘을 쏟아 그 일을 끝냈다. -(한국민족문화대백과)

46. 聽泰山守華叔 棣 琴(청태산수화숙 태 금)
태산군수 화숙의 거문고를 듣고

瑤琴橫抱坐黃昏(요금횡포좌황혼) 山水泠然指下分(산수영연지하분)
早晩倘容傳妙訣(조만당용전묘결) 可能間管杜稜雲(가능간관두릉운)

황혼녘에 거문고 끼고 음률을 흘리니
시원한 계곡이 여러 갈래 쏟아지는 듯하고,
머잖아 오묘한 이치를 깨달을 듯도 하니
한가로이 두릉골의 구름을 차지할 만도 하구나.

* 杜稜(두릉) : 물암 선생이 두릉서당을 지은 영주시 이산면 신천리에서 2km 떨어진 봉화군 봉
  화읍 적덕리에 있는 산골짜기로 현재는 두릉골이라고 부른다.

47. 華叔家醉書(화숙가취서) 화숙의 집에서 취해서 쓰다

秋雨滿林紅葉濕(추우만림홍엽습)　午風生戶翠帷寒(오풍생호취유한)
三杯已忘人間事(삼배이망인간사)　更有瑤琴一曲彈(갱유요금일곡탄)

숲을 채운 가을비에 단풍잎 젖어들고
한낮의 바람에도 방 안이 서늘해질 때,
술 석 잔에 세상사 깨끗이 잊고
청아한 거문고 끼고 한 곡 연주해 본다네.

48. 寄泰山守華叔(기태산수화숙) 태산군수 화숙에게 보내다

暌離千里歲云遒(규리천리세운주)　寥落寒棲寤寐愁(요락한서오매수)
庭樹曉風枯葉響(정수효풍고엽향)　雪山晴月小溪流(설산청월소계류)
琴詩却憶齋廊晚(금시각억재랑만)　杖履還思洞壑秋(장구환사동학추)
怕有緘情遠相贈(파유함정원상증)　每聞過鴈卽登樓(매문과안즉등루)

천 리 타향에서 한 해가 저물고
쓸쓸하고 추운 집엔 언제나 근심이 가득한데,
정원 나무 새벽바람에 마른 잎 바삭거리고
눈 덮인 산 밝은 달 아래 작은 시내가 흘러간다.
거문고 끼고 시 읊다 문득 저녁을 깨닫고
산책하며 다시 생각하니 골짜기는 온통 가을빛인데,
속마음을 편지에 담아 멀리서 보냈을까 하는 생각에
기러기 지나갈 때마다 소식 올까 정자에 올라서 보네.

49.) 感秋 寄金達遠 垓(감추 기김달원 해)
가을의 감상을 달원 김해에게 부치다

悲秋非是惜年芳(비추비시석년방)　白髮惟憂道路長(백발유우도로장)
萬里欲行須萬里(만리욕행수만리)　豈宜扶竹且徊徨(기의부죽차회황)

가을을 슬퍼함은 꽃다운 나이 아까워서가 아니라
오직 백발 늙은이 먼 길 가는 것을 걱정함이니,
모름지기 만 리를 원했으면 만 리를 가야지
어찌 또 대나무 지팡이 부여잡고 허둥대고 있는 것인가?

* 김해(金垓, 1555~1593). 지 달원(達遠), 호 근시재(近始齋) 본관 광산(光山). 예학(禮學)에
조예가 깊었고 조신(朝臣)의 천거로 1588년(선조 21년) 사마시에 합격하였고, 1589년 연은
전참봉(延恩殿參奉)으로 증광 문과에 을과로 급제, 승문원정자를 지내고, 한림(翰林)에 선발
되어 예문관검열에 제수되었다. 그해 10월 정여립(鄭汝立)의 모반사건이 일어나고, 11월 사
국(史局)에서 사초(史草)를 태운 사건에 연루되어 면직되었다. 임진왜란이 일어나자 향리 예
안(禮安)에서 의병을 일으켜, 영남의병대장으로 추대되어 안동·군위 등지에서 분전하였다. 이
듬해 3월 좌도병마사 권응수(權應銖)와 합세하여 상주당교(唐橋)의 적을 쳐서 큰 전과를 거두
고, 4월 서울에서 부산으로 철수하는 적을 차단, 공격하여 대승하였으며, 5월에는 양산을 거
쳐 경주에서 이광휘(李光輝)와 합세하여 싸우다가 진중에서 병사하였다. 1595년 홍문관수찬
이 증직되고, 1893년 이조판서가 추증되었다. 저서로는 『근시재집(近始齋集)』이 있다. - (한
국학중앙연구원)

50. 洛江聯句(낙강연구) 낙동강에서 연구(聯句)로 씀

此江何日發清凉(차강하일발청량)　應過陶山雲影臺(응과도산운영대)
達遠

이 강은 어느 날엔가 청량산에서 발원해
응당 도산 운영대를 지나왔을 테지 (달원 김해)

惆悵臺中十年事(추창대중십년사) 悠悠同汝不重回(유유동여불중회)
道盛(도성)

슬프구나! 운영대에서 10년간 일들이
유유히 흐르는 강물처럼 다시 돌아오지 못하는구나 (물암 김도성)

도산서원 운영대

51. 待林上舍(대임상사) 임상사를 기다리며

聽說高軒今日過(청설고헌금일과) 朝陽立望到西斜(조양입망도서사)
渡頭芳草垂楊路(도두방초수양로) 多少行人盡是他(다소행인진시타)

오늘 그대의 수레 지나간다는 말 듣고
아침부터 기다려 어느덧 저녁이 되었으나,
향기로운 풀과 수양버들 드리운 강나루 길에
많고 적은 행인들 모두 그대가 아니더이다.

52. 金希玉, 朴居中 櫖, 金希聖過杜稜(김희옥 박거중 려, 김희성과두
릉) 김희옥(김륵), 거중 박려, 김희성이 두릉을 지나다

野花爭發草芊芊(야화쟁발초천천)　洞裏相尋豈偶然(동리상심기우연)
却恨沙頭分手急(각한사두분수급)　獨吟殘月過長川(독음잔월과장천)

들꽃들이 다투어 피고 풀도 우거져 있으니
깊은 골짜기를 함께 찾은 것이 어찌 우연이겠는가?
모래언덕에서 급히 작별한 게 서글퍼
홀로 시를 읊노라니 저무는 달이 긴 강을 가로지르네.

낙동강 상류 모래강 전경

53. 李宏仲 德弘 被糜西赴 過杜稜 苦徵送行 强副(이굉중 덕
홍 피미서부 과두릉 고징송해 강부) 굉중 이덕홍이 말을 타고 서쪽으로 가
면서 두릉을 지나며 작별시를 구하므로 애써 부응하다

空溪孤月碧蘿垂(공계고월벽라수)　白屋無人掛草衣(백옥무인괘초의)
溫石入羅都士怨(온석입라도사원)　鼓鐘繁眼海禽悲(고종번안해금비)
一天秋雨雲常黑(일천추우운상흑)　萬木寒鴉鶴自飛(만목한아학자비)
嶺路嶔巇潦後甚(영로금희료후심)　愼驅羸馬且遲遲(신구리마차지지)

텅빈 계곡에 달이 뜨니 푸른 담쟁이 반짝이는데
오두막에 사람은 보이지 않고 소박한 베옷만 걸려있네.
붉은 옥을 비단에 감추니 도성의 선비들 원망이 가득하고
종소리에 눈을 돌려보니 바닷새도 슬피 우는 듯하구나.
하늘에 가을비 가득하고 구름은 항상 검푸른데
나무마다 까마귀뿐이니 학은 스스로 날아가 버렸구나.
높고 험한 고갯길에 큰 비까지 내리니
조심스레 늙은 말 몰아가는 길이 한없이 더디기만 하구나.

* 이덕홍(李德弘, 1541~1596). 본관 영천(永川). 자 굉중(宏仲), 호 간재(艮齋). 10여 세에 이
황의 문하에 들어가 학문에 열중하였으며, 특히 심성론과 역학 방면에 조예가 깊었다. 그는
33세에 조목(趙穆)과 미발이발(未發已發)의 문제에 대해 변론하였고, 42세 때에는 김해(金
垓)와 『주역』(周易)을 강론하였다. 그는 주로 체용(體用)의 관점에서 심성설을 이해하여, 마음
을 체와 용으로 구분하였다. 성(性)과 도(道), 도심(道心)과 인심(人心)을 각각 체와 용으로 구
분하고, 수양론에서 경도 체와 용으로 나누어 이해하였다. 그는 이황과 질의를 통하여 『주역
질의』를 저술하면서 역학에 대한 인식을 심화시켰다. 주요한 저술로는 『계산기선록』(溪山記
善錄)(상·하)·『사서질의』(四書質疑)·『주역질의』(周易質疑)·『심경질의』(心經質疑)·『가례주해』
(家禮註解)·『주자서절요강록』(朱子書節要講錄) 등이 있다. -(한국민족문화대백과)

54. 夜過尹誠之(야과윤성지) 밤에 윤성지에게 들르다

靑山隱隱水迢迢(청산은은수초초)　未到君家日已宵(미도군가일이소)
聞說溪西開小逕(문설계서개소경)　暗中何處認殘橋(암중하처인잔교)

푸른 산 깊고 물은 아득하여
그대 집에 닿기 전에 해는 저물어가니,
냇물 서쪽에 작은 길이 있다고 들었지만
캄캄한 어둠 속 어디가 다리인지 알 수가 없네.

55. 訪朴大濟 濟(방박대제 제) 대제 박제를 방문하다

斜陽一策訪幽居(사양일책방유거)　小洞秋深樹影疏(소동추심수영소)
紅葉滿山罇有酒(홍엽만산준유주)　不知人世事何如(부지인세사하여)

식양에 지팡이 짚고 궁벽한 집을 찾으니
가을 깊은 산골짝엔 나무도 성글지만,
산에는 단풍이 들었고 단지에 술도 넉넉하니
인간 세상 어떠한지 알지 못하겠네.

56. 贈別朴大濟(증별박대제) 박대제와 헤어지며

活水塘邊淨友軒(활수당변정우헌)　半牀黃卷繚香煙(반상황권요향연)
好風晴月逍遙詠(호풍청월소요영)　倘見南鴻莫靳傳(당견남홍막근전)

샘이 솟는 연못가 깨끗한 친구 집에
작은 책상 책 한 권 향기로운 연기 피어나네.
시원한 바람 밝은 달빛을 거닐며 시 엮어서
남쪽 가는 기러기에게 정감을 전해본다네.

57. 李棐彦 國弼, 奇伯魯 孝曾 會晤李逢原寓所(이비언 국필, 기백로 효증 회오이봉원우소) 비언 이국필과 백로 기효증이 원봉 이우소를 만나다

六七年來萬事非(육칠년래만사비)　卽今吾輩更何依(즉금오배갱하의)
小罇孤燭相逢處(소준고촉상봉처)　各自潸然濕草衣(각자산연습초의)

육칠 년간 모든 일이 어그러지고
이제 우리에게 의지할 곳 하나 없나니,
작은 술단지 외로운 등불 아래 서로 마주하니
모두 흐르는 눈물에 거친 옷이 젖어가는구나.

* 기효증(奇孝曾, 1550년~1616). 본관 행주(幸州). 자 백로(伯魯), 호 함재(涵齋). 기대승(奇大升)의 아들. 일찍이 진사시에 합격하고, 현감에 이르렀으나 사직하고 향리에서 학문 연구에 힘썼다. 1592년(선조 25년) 임진왜란이 일어나자 김덕령(金德齡)이 담양에서 의병을 일으킬 때 도유사(都有司)로 격문을 짓고 군사를 모집하였다. 그 결과 의병 1,000인과 군량미 3,000여 석을 확보하여 전라도 각지에서 왜군을 물리쳤다. 그 뒤 휘하 의병을 이끌고 바다를 건너 용만(龍灣)에 이르러 왕의 행재소에 나아가 시위하였는데, 왕의 총애를 크게 받아 형조정랑에 발탁되었고, 이어서 군기시첨정에 올랐다. -(한국민족문화대백과)

58. 金希聖 大賢, 金公濟, 張山甫 汝峴, 金文昌 鳴盛, 權景寬 弘啓 會晤(김희성 대현, 김공제, 장산보 여직, 김문창 명성, 권경관 홍계 회오) 희성 김대현, 김공제(개국), 산보 장여직, 문창 김명성이 경관 권홍계와 서로 만나다

長天寥落夕陽斜(장천요락석양사)　野外寒沙碧草遮(야외한사벽초차)
曲盡壺乾人欲散(곡진호건인욕산)　晩汀疏葦水風多(만정소위수풍다)

쓸쓸히 먼 하늘가 석양은 기울어 가고

들판은 차가운 모래와 푸른 풀에 덮여있는데,

노래 끝나고 술병이 비자 사람들 흩어지고

강가 갈대밭엔 물 건너온 저녁 바람이 크게 일어나네.

* 김대현(金大賢, 1553~1602). 본관 풍산(豊山). 자 희지(希之), 호 유연당(悠然堂). 경북 영주
(榮州). 성혼(成渾)에게 학문을 배워 1582년(선조 15년) 사마시에 합격하였다. 이후 누차 천
거되었으나 벼슬길에 나가지 않았고, 1590년 영주의 이산원(伊山院) 원장을 지냈다. 1592년
임진왜란이 일어나자 경상도 안집사(安集使) 김륵(金玏)의 휘하에 들어가 의병활동을 하였다.
1595년 이덕형(李德馨)과 김륵의 추천으로 성현도찰방(省峴道察訪)에 임명되고 이어 상의원
직장(尙衣院直長)·예빈시주부(禮賓寺主簿) 등을 거쳐 1601년 산음현감(山陰縣監)으로 재임
던 중 병사하였다. 지방관으로 있을 때 문묘를 중수하고 기민을 구제하였으며 향촌교육에 힘을
기울였다. 시문집으로《유연당선생문집》4권 2책이 있다. –(두산백과)

59. 次權定甫 宇 韻(차권정보 우 운) 정보 권우의 시에서 차운하다

孤燈照靑眼(고등조청안) 秋髮不盈簪(추발불영잠)

一笑三杯酒(일소삼배주) 千重十載心(천중십재심)

共愁歸路遠(공수귀로원) 同患溯流深(동환소류심)

獨抱遺經去(독포유경거) 茫茫何處尋(망망하처심)

젊은 날 외로운 등불 아래서 공부했지만

장년이 되어서도 벼슬은 만족스럽지 못하고,

웃음 한 번에 술 석 잔 목을 축여보지만

십 년간 쌓인 슬픔이 천 겹에 이르는구나.

돌아서 가야 할 길 아득하여 함께 근심하고

거슬러 가야 할 물 깊으니 서로 걱정하지만,

남아 있는 책들을 홀로 가슴에 안고

아득하기만 하니 이제 어디를 찾아가리오?

* 권우(權宇, 1552~1590). 본관 안동. 자 정보(定甫). 호 송소(松巢). 이황(李滉)의 문인.
  1573년(선조 6년) 진사시에 합격하였으나 벼슬길을 단념하고 성리학에 전념하여 학명이 높
  았다. 1586년 경릉참봉(敬陵參奉)에 임명되고 1589년 왕자[光海君]의 사부(師傅)에 제수되
  었으나 이듬해에 죽었다. 광해군이 즉위한 후 좌승지가 추증되고, 안동의 경광서원(鏡光書院)
  에 배향되었다. 문집에 《송소집》이 있다. - 〈두산백과〉
* 1582년(선조 15년) 선생 34세 7월에 읍청정 김부의의 장례에 참석하였을 때, 송소 선생이
  율시 3편과 절구 1편을 지어 증정하자 선생께서 그 시에서 차운하였다.
* 簪纓(잠영) : 「높은 벼슬아치가 쓰는 쓰개의 꾸밈」이라는 뜻, 높은 지위(地位)를 이르던 말.

60. 留別申丈之 友(류별신장지 우) 신씨 어르신의 친구분을 보내며

孤罇惜別對秋風(고준석별대추풍) 颯颯園頭響晚楓(삽삽원두향만풍)
一渡南江關嶺隔(일도남강관령격) 那堪迢遞憶仙翁(나감초체억선옹)

한잔 술로 이별하며 가을바람 마주하니
쓸쓸한 정원에서 철 지난 단풍도 우는데,
남쪽으로 강 건너고 큰 고개 넘어가면
멀리 떠난 늙은 신선 그리워서 어찌 견딜까.

61. 逢隴雲舊僧尙熏(봉농운구승상훈)
농운정사에서 옛 스님 상훈을 만나다

溪山寂寞舊蹤微(계산적막구종미) 十載凄凉淚滿衣(십재처량루만의)
對爾今宵談數句(대이금소담수구) 梅庭竹塢摠依依(매정죽오총의의)

계곡과 산 적막하고 옛날 흔적 희미한데
십 년 이별 서글퍼 눈물이 옷을 적시네.
이 밤에 그대 마주하여 몇 마디 글귀 나누자니
매화 핀 뜰과 대나무 언덕에 봄은 깊어만 가는구나.

* 도산서원 농운정사 : 1561년 건립된 농운정사는 문하생들이 공부하는 집으로 8칸으로 되어 있는데 각각 '시습재', '지숙료', '관난헌'이라 이름을 짓고 합해서 농운정사라 하였다. 공(工)자 형 집으로 지었는데 이는 공부한다는 뜻도 담겨 있고 기숙사 건물로 적합하기 때문이다. -(문 화원형백과 사진으로 보는 한국전통건축)

62. 呈靑城山人(정청성산인) 청성산에 사는 이에게 드림

靑城山下有高人(청성산하유고인) 我其慕之追幽蹤(아기모지추유종)
霞邊孤鳳坐深竹(하변고봉좌심죽) 雲中寡鶴棲高松(운중과학서고송)

청성산 아래 덕 높고 고상한 분 있어
내 그를 사랑하여 그윽한 거처 찾아가니,
노을 속 외로운 봉황은 대숲에 내려앉고
구름 속 한 마리 학은 소나무에 깃드는구나.

風雨牀頭對今夜(풍우상두대금야) 竹戶梅榻疏燈紅(죽호매탑소등홍)
一笑無語澹相視(일소무어담상시) 蕭然坐覺塵慮空(소연좌각진려공)

비바람 치는 밤에 상머리 마주하니
대나무 문과 매화 걸상엔 외로운 등불 일렁거리고,
말없는 미소에 담담히 서로 쳐다보면서
조용히 앉아 세속의 명리 부질없음을 깨닫네.

經書數卷琴一張(경서수권금일장)　高人契活要長終(고인계활요장종)
幽居恐入畫圖傳(유거공입화도전)　捷逕不與終南同(첩경불여종남동)

경서 몇 권에 거문고 하나뿐이니
고상한 분의 근고한 삶 내내 계속되리니,
남들이 그 집을 그려서 세상이 알게 될까 두려워
종남산에 지름길도 내지 않았다고 하네.

屋後靑山屋下江(옥후청산옥하강)　高長可齊嚴陵風(고장가제엄릉풍)
世紛都歸爐火雪(세분도귀로화설)　妙道自在忘言中(묘도자재망언중)
我企高人邈難及(아기고인막난급)　盤桓折得巖桂叢(반환절득암계총)

집 뒤에는 푸른 산 아래에는 강이니
강산이 어우러져 바위산에 바람 불 때,
세상 어지러움은 화로 위 눈처럼 녹아버리고
오묘한 도는 조용한 가운데 스스로 드러나네.
고상한 사람 보고 싶어도 멀어서 찾기 어렵더니
산속 배회하다 계수나무 한 다발 꺾어서 돌아왔다네.

* 1577년(선조 10년, 선생 29세) 11월에 선생께서 청성서당에 있는 송암 권호문을 방문하였
  다. 권호문은 1564년에 어머니상을 당하자 벼슬을 단념하고 청성산(靑城山) 아래에 무민재
  (無閔齋)를 짓고 그곳에 은거하고 있었다.
* 청성산 : 안동시 풍산에 있는 높이는 252m이다. 동쪽으로는 덤산·약산·갈라산·아기산, 서쪽

으로 정산·화산, 북쪽으로 학가산·천등산·옥산·와룡산, 남쪽으로 성주산이 눈에 들어온다. 정상은 사방이 트여 조망하기에 좋고, 정상에서 남쪽으로 난 길을 따라 내려가면 크고 네모난 바위들이 기괴한 형상을 하고 있으며 참나무가 군락을 이루고 있다. 연어헌(鳶魚軒)으로 내려가는 길에도 기암괴석이 즐비하고 군데군데 대나무가 숲을 이루고 있다.

* 목서(木犀) : 계수나무의 별칭이라고 하나 자세하지 않다. 일명은 암계(巖桂)인데 황산곡(黃山谷)과 회당(晦堂)의 이야기임. 산곡이 어느 날 회당에게 왕참(往參)하였는데 이때 암계가 성하게 피었었다. 회당은 묻기를 "목서화(木犀花) 향기가 풍기는가?" 하니, 공은 풍긴다고 했다. 회당은 "나는 그대에게 숨김이 없다." 하자, 공은 석연(釋然)히 깨달아서 곧 절을 했다고 함. 계수나무는 깨달음의 상징인 것으로 보인다.

청성산 석문정과 삼층석탑

63. 送韓惕然宰泰川 幷序(송한척연재태천 병서)
태천 군수가 된 한척연을 보내며

惕然之出守也(척연지출수야) 向余索言甚苦(향여색언심고) 余惟惕然欲得其華藻而已(여유척연욕득기화조이이) 則必不求之拙生(즉필불구지졸생)。若欲其敍別而已(약욕기서별이이) 則其求之必不苦(즉기구지필불고) 余與惕然相識(여여척연상식) 今十餘載(금십여재) 亦豈敢外之(역기감외지) 而文以無實之辭乎(이문이무실지사호) 所以數句相贈(소이수구상증) 首尾皆勉勵之意(수미개면려지의) 而臨歧黯然之辭(이임기암연지사) 則有不暇及焉(즉유불가급언) 不知惕然到官(부지척연도관) 能終始不孤此望乎(능종시불고차망호) 凡爲吏之務(범위리지무) 稽諸

往牒(계제왕첩) 歷歷可法(역력가법) 惟在惕然之心(유재척연지심) 能勿
貳勿怠(능물이물태) 則其施爲擧措之際(즉기시위거조지제) 皆有可據
之則矣(개유가거지즉의)

척연이 지방관을 나가면서 나에게 말씀을 구하기를 몹시 어려워했
다. 내가 생각하기에 척연이 화려한 문장을 얻고 싶었다면 나와 같이
어리석은 사람에게 구하지 않았을 것이고, 만약 이별의 정을 서술하는
글을 구하고자 했으면 어려워하지 않았을 것이다. 나와 척연이 서로 알
게 된지 이제 10년이 되었는데 어찌 소용없는 말을 하겠는가. 글 몇 자
로 서로 주고받은 것은 처음부터 끝까지 격려하는 뜻이나 갈림길과 어
둠에 이르러 쓸 수 있는 내용에는 미치지 못하였다. 알지 못하겠다. 척
연이 관아에 이르러 처음부터 끝까지 외롭지 않기를 바라는 것인가?
무릇 관리의 임무를 하는 것은 지나간 서류를 살펴서 자세하게 본받아
야 하며 오직 두려워하는 마음으로 변하지 않고 게으르지 않아서 그것
을 행동으로 옮길 때 근거할 만한 올바른 규칙이 되는 것이다.

苟或有利害之心間之(구혹유리해지심간지) 而顧望之計乘之(이고망
지계승지) 則所主者未必得其全矣(즉소주자미필득기전의) 安保其邪
妄之念(안보기사망지념) 不從而萌乎(부종이맹호) 然則以不息之心(연
즉이불식지심) 加主一之功(가주일지공) 夙夜孜孜(숙야자자) 食息乾乾
(식식건건) 上無負朝廷之望(상무부조조정지망) 下無負朋舊之祝(하무
부붕구지축) 其庶幾乎(기서기호) 嗚呼(오호) 果如是則豈但爲良吏而
已哉(과여시즉기단위양리이이재) 惕然其勉之(척연기면지)

혹시 이해(利害)의 마음이 있어 끼어들고 눈치 보며 비위를 맞춘다면
곧 그 주장하는 일을 온전하게 얻지 못할 것이다. 어찌 그 망령되고 사
악한 생각을 지녀서 법칙을 따르지 않고 나쁜 것이 움트게 하겠는가?

쉼 없는 마음으로 한 가지에 집중하고 밤낮으로 힘쓰고 힘써서 밥을 먹을 때도 멈추지 않아야 한다. 위로는 조정의 바람을 저버리지 않고 아래로는 옛 친구의 기도를 저버리지 말기만을 바랄 뿐이다. 아아 진실로 이와 같다면 다만 좋은 벼슬아치가 되는 데 그칠 뿐이겠는가. 그대는 그에 힘쓰기 바란다.

六年解手非深恨(육년해수비심한)　百里分憂倍遠情(백리분우배원정)
早驗渠才有根柢(조험거재유근저)　必知新化號神明(필지신화호신명)
兼他四善惟爲孝(겸타사선유위효)　養以專城未是榮(양이전성미지영)
會得龔黃猶俗吏(회득공황유속리)　簿書絃誦自殊程(부서현송자수정)

6년간 헤어저 있어도 깊은 원망이 없었는데
수령으로 백리 길 떠나니 깊은 정이 더 커지지만,
그대의 뛰어난 재주 이미 알고 있으니
반드시 백성들 교화에 신명을 다하리라 생각한다네.
관리의 4가지 덕 실천이 곧 효도하는 길이지만
부모 봉양은 성주에게 영광스런 일이 아니니,
선정의 방법 알면서도 속된 벼슬아치로 산다면
공부하고도 실천하지 못하는 것 아니겠는가?

* 四善(사선) : 인사(人事) 고과(考課). 당대(唐代)에 관리의 성적을 매길 때에 4선(善)과 27최(最)의 항목으로 나눈 뒤에 그 점수를 합해서 등급을 정하였는데, 선은 덕조(德操)에 대한 것이고 최는 재능에 관한 것이었다. 4선은 덕의가 훌륭한 것[德義有聞], 청신함이 드러난 것[淸愼明著], 공평하게 처리하는 것[公平可稱], 부지런하고 게으르지 않은 것[恪勤匪懈]이다. 《唐六典 吏部 考功郎中》
* 공황(龔黃) : 한나라 때 지방 장관으로 선정을 베풀어 치민(治民)이 으뜸으로 꼽혔던 발해 태수(渤海太守) 공수(龔遂)와 영천 태수(潁川太守) 황패(黃霸)를 아울러 일컫는 말이다.
* 현송(絃誦) : 옛날 《시경(詩經)》을 배울 적에 거문고, 비파 등 현악기에 맞추어 노래로 불렀는데 이를 현가(絃歌)라고 한다. 그리고 악기의 반주 없이 낭독하는 것을 송(誦)이라고 하는데, 이 둘을 합하여 현송이라고 칭한다. 곧 수업하고 송독하는 것을 말한다.

3] 아픔, 그리고 슬픔

64. 退溪先生輓詞(퇴계선생만사) 퇴계 선생의 타계를 애도하며

廟堂棟折誰能拄(묘당동절수능주)　道學樑摧孰任扶(도학양최숙임부)
聾瞽從今開不得(농고종금개부득)　只揮寒涕管嗟吁(지휘한체관차우)

조정의 동량이 부러졌으니 이제 누가 있어 지탱하고
도학의 대들보가 꺾였으니 이제 누가 있어 붙들겠는가.
귀 멀고 눈멀어도 이제는 열어 줄 사람 없으니
차가운 눈물 흘날리고 가슴에서 탄식만 새어 나오는구나.

퇴계 선생 묘소

65. 溪上過先生舊宅(계상과선생구택)
시냇가에서 선생님의 옛집을 지나며

東風溪上涕沾衣(동풍계상체첨의)　寥落庭梅帶夕暉(요락정매대석휘)
最是難堪惆悵處(최시난감추창처)　壞垣依舊掩柴扉(괴원의구엄시비)

봄바람 부는 시냇가에 눈물은 옷을 적시고
쓸쓸한 정원 매화에 석양빛이 물들어 가는데,
이곳은 못 견디게 슬프고 원망스런 곳
무너진 담 예전 그대로인데 사립문만 닫혀 있구나.

퇴계 선생 구택

66. 巖棲軒述懷(암서헌술회) 암서헌에서 품은 생각을 쓰다

梅枝憔悴竹枝疏(매지초췌죽지소)　函丈沈塵講座虛(함장침진강좌허)
馨欬餘音聆不得(경해여음영부득)　晚偕揮淚久躊躇(만계휘루구주저)

초췌한 매화 가지와 성긴 댓가지는 그대로인데
스승께서 돌아가시니 강의하던 자리 허전하고,
귀를 맴도는 그 목소리 이제 들을 수 없으니
황혼녘 섬돌 아래 눈물 뿌리며 오래도록 머뭇거리네.

암서헌 : 퇴계가 거처하던 도산서원 완락재의 동쪽 마루

67. 溪上 謁先生几筵 退宿隴雲精舍(계상 알선생궤연 퇴숙농운정사)
시냇가에서(퇴계) 선생님의 영좌(영위를 모신 자리)를 알현하고 돌아와 농
운정사(도산서원 숙소)에서 자다

久立庭除門不啓(구립정제문불계) 寒溪嗚咽助人悲(한계오열조인비)
無情歲月成今古(무정세월성금고) 懷自悽然涕自垂(회자처연체자수)

오랫동안 섬돌 아래 서 있어도 문은 열리지 않고
차가운 시냇물이 오열하니 사람이 더욱 슬퍼진다.
무정한 세월은 옛날과 다를 바 하나 없는데
가슴이 미어지고 흐르는 눈물 주체할 길이 없구나.

도산서원 농운정사

68. 天淵臺有感(천연대유감) 천연대에서 느끼는 바가 있어

山中十載事全非(산중십재사전비) 臺上稚松已拱圍(대상치송이공위)
無復此生陪杖屨(무부차생배장구) 寒江嗚咽助沾衣(한강오인조첨의)

산중에서의 10년간 일은 모두 어그러졌는데
천연대 위 어린 소나무 벌써 아름드리 되었구나.
이생에서는 다시 스승님 모실 수 없으리니
차가운 강물이 오열하고 옷깃에 눈물이 떨어진다.

* 천연대 : 퇴계 선생께서 서원 경내를 중심으로 양쪽 산기슭에 절벽을 이룬 곳을 동쪽은 천연대
(天淵臺) 서쪽은 천광운영대(天光雲影臺)라고 불렀다. 천연대는 시경에 나오는 연비려천(鳶飛
戾天) 어약우연(魚躍于淵) "솔개는 하늘을 날고, 물고기는 연못에서 뛰어오르네"라는 글에서 따
온 것이다.
* 1577년(선생 29세) 11월에 퇴계 선생 묘소를 방문한 후 천연대에서 스승에 대한 그리움을 표
현한 시이다.

69. 伊山書院奉安後(이산서원봉안후) 李君美 喬 述懷一律書示
敬次(이군미 교 술회일률서시 경차) 이산서원 봉안 후에 군미 이교가 품
은 생각을 담은 율시를 보여주니, 삼가 차운을 하여 쓰다

此身空作百年翁(차신공작백년옹) 已矣如今萬事空(이의여금만사공)
公議長留天地後(공의장류천지후) 私哀永結夢魂中(사애영결몽혼중)
工夫未了將何了(공부미료장하료) 義理要窮儘莫窮(의리요궁진막궁)
病抵聾冒嗟日痼(병저농모차일고) 臨歧無復辨西東(임기무부변서동)

이 몸은 허무하게 늙어버리고
이제 모든 일이 부질없게 되었으니,
공의(公議)는 세상 끝까지 남겠지만
내 슬픔도 꿈속에서 영원할 것이라네.
공부를 못 마쳤으나 장차 도리가 없고
의리를 다하고 싶지만 이제 어쩔 수 없는데,
막힌 귀와 멀어버린 눈이 나날이 고질병이 되어
이제 갈림길에서 동쪽과 서쪽도 분간하지 못하는구나.

* 1572년(선조 5년) 퇴계 선생의 위패를 이산서원에 봉안하였다
* 이교(李喬)는 퇴계 선생의 조카로 자는 군미(君美), 호는 원암(遠巖)이다. 부친 김해와 연안김씨
사이 5남 1녀 중 셋째 아들이다. 즉 위로 형 2명과 누이 1명, 밑으로 아우 2명이 있다. 숙부인 퇴

계 이황에게 수학하였다. 음직으로 1578년(선조 11년) 남부참봉(南部參奉)을 시작으로 제용감 봉사(濟用監奉事), 의영고 직장(義盈庫直長)을 지냈으며, 1589년(선조 22년)에 사헌부 감찰(司憲府 監察), 이듬해 대흥 현감(大興縣監)에 제수되었다. 저서는 가정경술일기가 있다.

70. 悼高峯奇先生　大升(도고봉기선생 대승)
고봉 기대승 선생을 추도하며

天意今何在(천의금하재)　斯文日寡儔(사문일과주)
中宵一片月(중소일편월)　萬古照寒愁(만고조한수)

하늘의 뜻이 어디에 있기에
우리 유교에 날로 어진 사람이 줄어드는가.
깊은 밤 한조각 달만이
쓸쓸한 내 마음 오래도록 비추는구나.

* 기대승(奇大升, 1527~1572). 본관 행주, 자 명언, 호 고봉·존재, 출생지 전남 나주, 1549년 (명종 4년) 사마시(司馬試)를 거쳐, 1558년 식년문과(式年文科)에 급제. 우부승지, 대사성, 부제학, 대사간 등 역임. 31세에《주자문록(朱子文錄)》(3권)을 편찬하는 등 주자학에 정진. 32세에 이황(李滉)의 제자가 되었으며, 이황과 12년 동안 서한을 주고받으면서 8년 동안 사단칠정 (四端七情)을 주제로 논란을 편 편지로 유명한데, 이것은 유학사상 지대한 영향을 끼친 것으로 평가된다. -(한국사상사)

71. 悼後凋堂金彦遇　富弼　丈(도후조당김언우부필장)
후조당 언우 김부필을 추도하며

天欲喪斯文(천욕상사문)　君子日已逝(군자일이서)
畢竟盡成塵(필경진성진)　誰復救斯世(수부구사세)

하늘이 우리 유교를 버리려 하여

이제 그대를 데려가 버렸구나.

언젠가는 모두 먼지가 되겠지만

이제 누가 있어 다시 이 세상을 구할 것인가.

* 1577년(선조10년) 선생 29세 2월에 후조당 김부필공을 문상하고 애도시를 지은 것이다.
* 김부필(金富弼). 자 언우(彦遇), 호 후조당(後彫堂), 시호 문순(文純) 1516년(중종 11년)
  ~1577년(선조 10년). 본관 광산(光山). 저서(작품) 후조당문집. 1556년(명종 11년) 41세의
  나이로 이황의 문하에 나아가 제자로서의 예를 올렸으며, 여러 차례 벼슬을 내렸지만 사양하고
  학문에 정진하였다. 이에 이황이 "후조주인(後彫主人)은 깨끗한 절개를 굳게 지켜, 임명장이 문
  전에 이르러도 기뻐하지 않는구나 ……."라는 시를 지어 그의 지조와 절개를 높이 평가하였다.
  평소 효제를 학문의 근본으로 삼았으며, 일생 『심경(心經)』을 애독하였다고 한다. 1571년(선조
  4년) 스승 이황이 사망하자 소의(素衣)·소대(素帶)·소식(素食)하며 심상(心喪) 1년을 행하였다.
                                                  –(한국민족문화대백과)

72. 輓柳正字 宗介(만유정자 종개) 정자 유종개를 애도하다

張卷都是膽崢嶸(장권도시담쟁영)　風雨鴻毛一劒輕(풍우홍모일검경)
壯氣不隨忠魄葬(장기불수충백장)　石峯千仞怒濤鳴(석봉천인노도명)

큰 활을 당기니 높고 큰 기상 하늘을 찔렀고

바람과 비 앞에서 목숨을 새털처럼 여겼는데

씩씩하고 충성스런 그 넋을 장사조차 못 지내니

천 개의 날카로운 봉우리가 성난 파도처럼 오열하는구나.

* 유종개(柳宗介, 1558~1592) 본관 풍산, 자 계유, 안동 예안, 1579년(선조 12년)에 진사가
  되었고, 훈도로서 1585년(선조 18년) 식년문과에 병과로 급제하였다. 이어 교서관정자가 된
  뒤 성균관전적 관직 생활을 하다가 아버지가 세상을 떠나자 고향에 돌아와 있을 때인 1592년
  임진왜란을 당하였다. 이때 사족(士族)들이 적에게 대항하지 않고 피난하자, 의병 600여 명의

대장이 되어 소천면 화장산 전피현에서 왜군 선발대는 섬멸(殲滅)하고 본진 3,000명과 싸우다가 의병이 전멸되었는데 금산의 700의총 다음가는 큰 전쟁터였다. 류종개는 왜군에게 사로잡혔고, 간악한 병사들은 칼날을 세워 머리끝 정수리에서부터 하나하나 살가죽을 벗기니 피는 온몸을 감싸다 못해 땅바닥에 떨어져 고였고 지조 높은 선비라 왜군에게 도리어 소리치며 항의를 하다가 순국하였다. -(연려실기술)

* 임진왜란 노루재 전투에서 전사한 600명의 의병을 기리는 충렬사와 류종개 장군의 의관장묘 (시신을 수습하지 못하여 관에 고인의 옷을 넣어 매장한 묘지). 봉화군 소천면 소재.

73. 輓郭靖爾内兄(만곽정이내형) 외사촌 형 곽정이를 애도하며

金聲而玉質(금성이옥질) 慟矣已泉臺(통의이천대)
凄凉一片月(처량일편월) 盡夜照餘哀(진야조여애)

금 같은 음성과 옥 같은 자질을 가진 분이
서럽게도 벌써 구천으로 가버리시니
한 조각 처량한 달만이
밤새도록 내게 남은 슬픔을 비추는구나.

74. 次韻。留別内弟郭靖叔(차운 유별내제곽정숙)
처남 곽정숙과 작별하며, 운을 빌려서 씀

落葉下蕭蕭(낙엽하소소) 江城秋欲老(강성추욕로)
單衣五更霜(단의오경상) 匹馬千山道(필마천산도)
共與問鄕情(공여문향정) 那堪語離抱(나감어리포)
相將弟與兄(상장제여형) 但道眠食好(단도면식호)

떨어진 낙엽이 쓸쓸하게 뒹굴고
강가의 성채에도 가을은 깊어지는데,
얇은 옷에 밤 서리 차갑고
한 필 말에 의지해도 산길은 멀기만 하네.
서로 고향 소식 물어보며
이별의 슬픔에 그저 눈물만 흘리다가,
헤어질 때 서로의 마음을 담아
그저 객지에서 무탈하라는 말만 하는구나.

75. 書示竹川子洪子敬 汝栗(서시죽천자홍자경 여율)
죽천의 아들 여율 홍자경에게 써주는 글

壬辰之亂(임진지란) 子敬以集慶殿參奉(자경이집경전참봉) 陪奉睟容
(배봉수용) 奔竄林藪(분찬임수) 山人惠雄(산인혜웅), 玉珠終始相護(옥
주종시상호) 顚沛不離故云(전폐불이고운)

임진왜란 때 자경이 집경전 참봉으로서 임금의 초상(수용睟容)을 모시
고 분주히 달려 숲속에 숨어 있을 때 승려 혜웅과 옥주가 시종 처음부
터 끝까지 함께 보호하며 엎어지고 자빠져도 떠나지 않았으므로 이렇
게 얘기해 본다

孤臣抆淚走崚嶒(고신문루주능증)　一幅龍袍兩箇僧(일폭용포양개승)
披槲餌松兼咽雪(피곡이송겸연설)　三年瘦相似秋蠅(삼년수상사추승)

외로운 신하 눈물 닦으며 험준한 산길 달아날 때
임금의 초상화 한 폭에 스님 두 분도 함께 따라가더니,
도토리와 나무껍질 먹고 흰 눈 마시면서
3년간 여원 모습이 가을 파리 같았다네.

76. 次權章仲 好文 壁上韻(차권장중 호문 벽상운)
중장 권호문의 '벽상'에서 운을 빌려서 쓰다

日月無情不少留(일월무정불소류)　剛風又是歲云遒(강풍우시세운준)
獨搔蓬鬢悲途遠(독소봉빈비도원)　忠告誰能爲我謀(충고수능위아모)

무정한 세월은 잠시도 멈출 줄 모르고
거세진 바람이 또 한 해가 다한 것을 알려주는데,
흐트러진 머리 긁으며 갈 길 멀어 슬퍼할 때
누가 있어 나를 위해 살펴보고 도모해 줄 것인가.

* 1577년(선조 10년, 선생 29세) 11월에 청성서당에 있는 송암 권호문을 방문하였다.
* 권호문(權好文, 1532~1587). 본관 안동(安東). 자 장중(章仲), 호 송암(松巖). 1549년(명종 4
년) 아버지를 여의고 1561년 30세에 진사시에 합격했으나, 1564년에 어머니상을 당하자 벼
슬을 단념하고 청성산(靑城山) 아래에 무민재(無悶齋)를 짓고 그곳에 은거하였다. 이황(李滉)을
스승으로 모셨으며, 같은 문하생인 류성룡(柳成龍)·김성일(金誠一) 등과 교분이 두터웠고 이들
로부터 학행을 높이 평가받았으며, 만년에 덕망이 높아져 찾아오는 문인들이 많았다. 집경전참
봉(集慶殿參奉)·내시교관(內侍敎官) 등에 제수되었으나 나가지 않았다. 그는 평생을 자연에 묻
혀 살았는데, 이황은 그를 소쇄산림지풍(瀟灑山林之風)이 있다고 하였고, 벗 류성룡도 강호고
사(江湖高士)라 하였다. 저서로는 『송암집』이 있다. -(한국민족문화대백과)

4] 자연, 풍류와 정취

77. 早朝聽蟬(조조청선) 이른 아침 매미소리를 들으며

倦客初回夢(권객초회몽) 孤蟬遠樹鳴(고선원수명)
軟喉滋宿露(연후자숙로) 淸頰活新聲(청협활신성)
欲斷翻能引(욕단번능인) 微煩又漸輕(미번우점경)
夕陽風歇後(석양풍헐후) 餘韻更多情(여운갱다정)

피곤한 길손 첫 꿈에서 깨어나니
외로운 매미가 먼 데 나무에서 울어댄다.
밤새 맺힌 이슬로 연약한 목구멍 축이니
맑은 뺨에서 새로운 노래 소리 되살아난다.
끊어질 듯 다시 길게 이어지는 소리
가늘게 쟁쟁거리다 시나브로 경쾌해진다.
석양이 지고 초여름 높새바람 사그러지니
남아 있는 노래의 여운이 더욱 다정하게 느껴진다.

78. 苦暑喜驟雨過(고서희취우과)
무더위에 소나기가 지나가는 것을 기뻐하며

洞壑無風草樹深(동학무풍초수심)　蒸雲不動欲流金(증운부동용류금)

晚來凍雨南山下(만래동우남산하)　應爲詩慵滌槁襟(응위시용척고금)

바람 없는 골짜기에 숨죽인 풀과 나무
설설 찌는 구름은 미동도 없이 쇠를 녹이더니,
늦은 오후 차가운 비가 남산 아래 찾아드니
응당 게으른 시상(詩想)과 말라붙은 옷깃을 씻어 주리라.

79. 移竹菊傍(이죽국방) 대나무를 국화 옆에 옮겨 심다

愛竹吾成癖(애죽오성벽)　移栽菊塢邊(이재국오변)
秋來霜露重(추래상로중)　孤操兩相全(고조양상전)

대나무 사랑이 내 고질병 되어
국화 자라는 담장 옆에 가까이 옮겨 심었으니,
늦가을 이슬과 서리 내려앉을 때
이 둘만이 외로운 절개를 지키리라.

80. 種竹(종죽) 대나무를 심다

世人愛竹種成林(세인애죽종성림)　不爲漁竿爲碧陰(불위어간위벽음)
癖者相憐殊異此(치자상련수이차)　百年看取歲寒心(백년간취세한심)

세상 사람들 대나무 사랑하니 숲을 일구어
낚싯대는 못해도 푸른 그늘은 만들 테지만,
어리석은 나의 대나무 사랑은 이와 다르니

백 년 동안 바라보며 굳은 절개 취하려 함이라네.

81. 筍(순) 죽순

五更佳雨濕溪庭(오경가우습계정)　犢角森然滿地生(독각삼연만지생)
勤戒園丁加護惜(근계원정가호석)　高標要看雪中靑(고표요간설중청)

반가운 새벽 비가 시냇가 정원을 적실 때
송아지 뿔 같은 게 여기저기 솟아나니,
정원지기에게 아끼고 보살피라 이르는 것은
눈 오는 날에 높고 푸른 절개 보고 싶기 때문이라네.

82. 次韓益夫 重謙, 益之 浚謙, 金汝順 天命 贈別韻(차한익부 중겸, 익지 준겸, 김여순 천명 증별운) 여순 김천명, 익부 한중겸, 익지 한준겸의 이별시에서 차운하다

天多秋色遠(천다추색원)　江闊渡舟遲(강활도주지)
回首終南下(회수종남하)　悠悠我所思(유유아소사)

가을빛 들어찬 하늘 아득하고
넓은 강에 건너는 배도 느리기만 한데,
머리를 종남산 아래로 돌리니
내 생각하는 것도 느긋해지는구나.

* 1576년(선조 9년) 선생 28세에 한양으로 과거를 보러 갔을 때 하곡 허봉, 오봉 이호민, 몽촌 김수, 부정 우세신, 평숙 이함형, 비언 이국필, 익지 한준겸, 자수 한백겸 등과 더불어 날마다 어울려 경전과 역사를 토론하면서 여러 편의 시를 나누었다.
* 종남산(終南) : 남산의 옛이름. 벼슬을 구하거나 출사를 하려는 뜻을 의미한다.
* 한준겸(韓浚謙). 자 익지(益之), 호 유천(柳川), 시호 문익(文翼). 서울. 1557년(명종 12년)~1627년(인조 5년). 본관 청주(淸州). 1579년(선조 12년) 생원시·진사시에 합격, 이듬해 별시 문과에 급제했고, 예문관검열. 예조정랑. 강원도도사·사서. 원주목사 등 역임. 1595년 지평·필선·정언·교리 등을 역임, 도체찰사 류성룡(柳成龍)의 종사관(從事官)이 되었다. 1597년 좌부승지로서 명나라 도독 마귀(麻貴)를 도와 마초와 함께 병량 보급에 힘썼다. 1598년 임진왜란이 끝나자 우승지·경기감사·대사성.경상도관찰사. 병조참판. 호조판서, 대사헌·한성부판윤 및 평안도와 함경도의 관찰사를 지냈다. 선조로부터 영창대군(永昌大君)의 보필을 부탁받은 유교칠신(遺敎七臣)의 한 사람으로 1613년(광해군 5년) 계축옥사에 연루되어 유배지에 있다가 오랑캐 침입의 조짐이 보이자 지중추부사에 임명되었고, 오도도원수가 되어 국경 수비에 힘썼다. 저서로『유천유고(柳川遺稿)』가 있다. ─(한국민족문화대백과)

83. 韓益之亭(한익지정) 한익지의 정자에서

數椽精舍鎖松陰(수연정사쇄송음) 苔壁蒼蒼野草深(태벽창장야초심)
坐久渾忘朝市近(좌구혼망조시근) 卻疑萍跡返山林(각의평적반산림)

소나무 그늘 아래 두어 칸 작은 집
이끼 자란 벽 푸르고 들풀이 우거진 곳,
가만히 앉아보니 아침시장 소란도 잊어버리고
깊고 그윽한 산중 정취에 젖어들게 되는구나.

84. 縣灘上臨水有感(현탄상임수유감)

세찬 여울가에서 물을 바라보며 느끼다

擊楫經旬泝漢流(격즙경순소한류)　寒波日夜去悠悠(한파일야거유유)
唯應萬斛源頭活(유응만곡원두활)　直到滄溟也不休(직도창명야불휴)

한강을 거슬러 노를 저은 지 열흘
차가운 물결은 밤낮으로 유유히 흐르니,
오직 근원에서 쏟아지는 많은 물이
곧바로 바다에 이르도록 쉬지 않고 가는구나.

낙동강 상류

85. 苦搖潭(고요담) 거칠게 요동치는 물가에서

霜朝踏亂石(상조답난석)　移足碎寒玉(이족쇄한옥)
波淺纜太遲(파천람태지)　撑舟猶下曲(탱주유하곡)

서리 내린 아침에 어지러운 자갈길 밟으니
옮기는 발에서 차가운 옥돌(玉) 부서지고,
썰물 들어선 강에 닻줄 풀기 늦어지니

배를 떠밀어 물굽이 아래로 내려가는구나.

86. 楮子島 저자도

客行貪利涉(객행탐리섭) 歸纜月中牽(귀람월중견)
島絶無多地(도절무다지) 湖平不見邊(호평불견변)
顚風回極浦(전풍회극포) 驚浪拍長天(경랑박장천)
暫醉江村酒(잠취강촌주) 靑楓生曉煙(청풍생효연)

행인들이 이익을 좇아 다투어 강을 건너더니
달 밝은 밤에 돌아와 뱃전에 닻줄을 맨다.
외딴섬은 손바닥만큼 작지만
가없는 호수는 끝이 보이지 않는다.
돌개바람이 휘돌아 포구 끝에 이르니
놀란 물결이 먼 하늘을 두드리며 일어선다.
잠시 강촌에서 술에 취해 둘러보니
푸른 단풍나무에 뭉글뭉글 새벽안개 피어난다.

* 일명 '옥수동 섬'으로 불린 서울 금호동과 옥수동 남쪽 한강에 있었던 섬(일명 무동도) 이 섬에

는 닥나무가 많이 있었기 때문에 저자도(楮子島)라고도 하였는데 조선시대에는 대부분 저자도
라 불렸으며, 옛날 이 마을에 집오리를 많이 길렀는지 압도(鴨島)라고도 하였다. 이 섬에는 조
선시대에는 민가도 있었고 밭도 있었으며 작은 등성이도 이루고 있었다. 1970년대에 압구정동
일대에 고층 아파트를 짓는데 이 섬의 흙을 전부 파다 써서 섬은 사라지고 말았다. -(문화원형용
어사전)

* 물암 선생이 16세이던 1564년에 소고선생을 따라 처음으로 서울에 유학 갔다가 다음 해에 영
주로 돌아왔으며, 28세이던 1564년 가을에 서울(한성)에 시험을 보러 다녀왔다.

87. 杜稜 두릉

不到幽居已半春(부도유거이반춘)　山中意思一番新(산중의사일번신)
坐來饒得悠然趣(좌래요득유연취)　更有虛窓月訪人(갱유허창월방인)

산골 오두막 찾는 길에 이미 봄이 한창이니
산중에 숨어 살겠다는 뜻 다시 새로워지고,
조용히 앉아 그윽한 정취 즐기는데
달빛이 빈 창문을 넘어 또 나를 찾아오네.

* 두릉서당과 물암 선생 사당. 1569년(선조 2년) 선생 21세 때 두릉서당을 지었다. 두릉동은
현재 행정구역으로는 경북 봉화군 봉화읍 적덕리에 있으며, 선생의 집이 있던 영주시 이산면 신
천리와는 2km 떨어진 곳이다. 선생께서 그곳의 그윽하고 조용한 풍취를 사랑하여 산골 계곡
옆에 집을 짓고 독서와 사유의 장소로 삼은 것이다. 이때 퇴계 선생께서 손수 서당의 편액(현판)
을 써 주셨는데 두릉(杜陵)의 릉(陵언덕릉)자에서 부(阝)자를 떼어내고 화(禾, 벼화)를 넣어 릉

(稜, 모날 릉)으로 바꾸셨으니, 대략 지명을 이용하여 오만함을 경계하는 뜻을 담은 것이다. 선생께서 도산서원에서 돌아오면 언제나 서당에 머물면서 많은 도서를 연구하고 체험하였고, 공부하는 즐거움에 밥을 먹는 것도 잊었다.

88. 渡迷潭畔(도미담반) 次李叔慶尙吉韻(차이숙경상길운)
어두운 호숫가를 지나며. 숙경 이상길의 시를 차운하다

一橈擊素波(일요격소파) 湖上多風雨(호상다풍우)
落日過蒼山(낙일과창산) 兩崖黃葉樹(양애황엽수)

노로 흰 파도를 헤쳐 나가니
호수 위에 바람과 비가 가득하고,
해 저무는 때 푸른 산 지나가니
양쪽 언덕에 누런 단풍이 가득하구나.

* 이상길(李尙吉, 1556~1637). 본관 벽진(碧珍). 자 사우(士祐). 호 동천(東川). 1585년(선조 18년) 문과에 급제, 1602년(선조 35년) 정인홍(鄭仁弘)·최영경(崔永慶)을 추론(追論)하다가 6년간 풍천(豐川)에 귀양 갔다. 회양 부사(淮陽府使)·안주 목사(安州牧使)·호조참의(戶曹參議)를 역임. 1618년(광해군 10년) 폐모(廢母)의 논이 일어나자 남원에 돌아가 은거했다. 인조반정 후 다시 불려 승지·병조 참의·공조 판서에 이르러 기사(耆社)에 들고 평난호성 정사진무원종(平難扈聖靖社振武原從)의 공신이 되고, 병자호란에 묘사(廟社)를 따라 강화에 갔다가 1637년(인조 15년) 청병이 강화로 육박해 오자 목매어 자살하였다. 좌의정이 추증(追贈)되고 시호를 내렸으며, 강화의 충렬사(忠烈祠)에 함께 모셨다. –(인명사전편찬위원회)

89. 嶺底山水(영저산수) 고개 아래 산과 물을 보며

磵石林泉到底佳(간석임천도저가) 結菴相對正堪居(결암상대정감거)
愧余十載乖初計(괴여십재괴초계) 無面年年駐過車(무면년년주과거)

산골 바위와 숲속 옹달샘 아름다운 곳에
초가집 엮고 자연과 더불어 즐겁게 살만한데도,
부끄럽게도 지난 10년 내 계획 모두 어그러지니
해마다 지나갈 때 수레 멈추고 그저 이곳을 바라보기만 하는구나.

90. 天登曉發(천등효발) 천등촌에서 새벽에 출발하다

夜宿天登村(야숙천등촌) 蕭條數部屋(소조수부옥)
微茫漢水涯(미망한수애) 縹緲終南麓(표묘종남록)
雲外家鄉遙(설외가향요) 燈邊形影獨(등변형영독)
曉雞催出門(효계최출문) 落月滿湖曲(낙월만호곡)

천등촌에서 자고 일어나 보니
쓸쓸하게 서 있는 두어 채 초가집,
아스라이 한강 기슭 너머에는
멀리 남산 기슭이 눈에 들어오네.
구름 너머 내 고향 멀기만 하고
등잔 곁에 그림자는 더욱 외로운데,
새벽닭은 어서 가라 재촉하고
스러지는 달빛은 호수를 가득 채우네.

* 終南(종남) 종남산 : 서울 남산의 옛 이름

91. 畵遷月中(화천월중) 달빛에 풍광을 그리면서

明月照澄潭(명월조징담) 千層倒絶壁(천층도절벽)
壁上之秋容(벽상지추용) 潭心都歷歷(담심도력력)
葉疏霜後風(엽소상후풍) 花小巖間菊(화소엄간국)
吟詩不可摹(음시불가모) 淸思徒盈掬(청사도영국)

맑은 못에 밝은 달이 떠오르니
층층 바위 절벽이 연못에 거꾸로 비치고,
벼랑 너머 가을 풍경 하나하나가
연못 속에 밝게 비쳐 환히 보이네.
서리 품은 바람에 듬성듬성한 나뭇잎
꽃이 진 바위틈엔 홀로 남은 국화꽃,
시를 읊어도 이 경치 표현할 길 없어
그저 맘속에서 연못에 비친 달을 움켜쥐어 보는구나.

92. 古城(고성) 오래된 성

山上千年堞(산상천년첩) 三春草木長(삼춘초목장)
當時謾勞苦(당시만노고) 此日笑蒼黃(차일소창황)。
自可居深殿(자가거심전) 何爲困一方(하위곤일방)
今逢統合際(금봉통합제) 荒廢帶斜陽(황폐대사양)

산 위에 늘어선 천 년된 성벽에
봄이 오니 풀과 나무가 자라난다.
축성 당시의 노고를 비웃더니

오늘날 (전시를 맞아) 황망한 모습이 우습구나.

깊은 전각에 편안히 머물 수 있었건만

어찌하여 한 지역에 성곽을 둘렀던가.

이제 다시 (군대를) 통합할 때를 만나고 보니

황폐한 성에 쓸쓸한 석양만 감도는구나.

93. 長安過雁(장안과안) 서울에서 날아가는 기러기를 보며

雁帶春雲向塞河(안대춘운향새하) 聯行分點整還斜(연행분점정환사)

江城日暮離魂斷(강성일모리혼단) 此地須渠閉口過(차지수거폐구과)

기러기들이 봄 구름 따라 변방으로 옮아가며

나란하다 흩어지고 어지러이 날아가는데,

강변 성에 해가 지면 나그네 마음도 서글퍼지니

부디 이 땅에서는 울지 말고 지나가려무나.

94. 廣津夜汎(광진야범) 광나루에서 밤에 배를 띄우다

客心爭日月(객심쟁일월) 薄暮不維舟(박모불유주)

晚浦輕風急(만포경풍급) 平湖疊浪稠(평호첩랑조)

星繁知入夜(성번지입야) 露白覺深秋(노백각심추)

暗中經勝地(암중경승지) 幾處有名樓(기처유명루)

마음 바쁜 나그네 해와 달과 다투더니

해가 저물어도 배를 묶지 못하네.

어둑한 포구에 가벼운 바람 불어오니
끝없는 호수에 수없이 물결 일어나네.
총총한 별이 보이니 밤이 된 줄 알겠고
하얀 이슬이 내리니 가을 깊은 줄 깨닫네.
어둠에 묻힌 명승지를 배로 지나왔으니
내가 못 본 아름다운 누각이 얼마나 될까?

95. 江樓曉望(강루효망) 강루에서 새벽에 바라보다

風入江樓曉夢驚(풍입강루효몽경)　臥看秋水與天平(와간추수여천평)
無邊舸艦迷寒渡(무변가함미한도)　不盡行人過古城(부진행인과고성)
萬縷朝煙遙浦白(만루조연요포백)　三竿初日遠沙明(삼간초일원사명)
山川糾繞家千里(산천규요가천리)　南望悠悠旅泊情(남망유유여박정)

강가 누각에 바람 불어오니 새벽 꿈 깨어나
누운 채 바라보니 가을 강과 하늘이 맞닿아 있고,
아득히 나루터엔 희미하게 배들이 늘어서고
끝없는 행인들이 오래된 성을 지나가고 있구나.
만 가닥 아침 연기 하얗게 포구를 감싸고
높이 솟은 아침 해에 멀리 모래톱 환한 데,
산천을 두루 돌아 고향이라 천 리 길에
아득히 남쪽 바라보는 나그네 마음 애틋하기만 하구나.

96. 途中吟(도중음) 길에서 읊조리다

十年羸馬東西客(십년이마동서객)　吟過湖山第一區(음과호산제일구)
月照郡樓殘燭盡(월조군루잔촉진)　人歸旅館曉雞呼(인귀여관효계호)
波聲環抱蒼崖轉(파성환포창애전)　行色遙從鳥道紆(행색요종조도우)
葉下亂峯秋欲老(엽하난봉추욕노)　岸林疏處野禽孤(안림소처야금고)

십 년간 여윈 말 타고 떠돌던 길손
호산 제일경 노래하며 지나가는데,
달이 관아의 망루 비출 때 남은 등잔도 꺼지고
사람들 여관에 돌아오니 새벽닭이 울어댄다.
물소리는 높은 벼랑을 돌아 흐르고
새도 넘기 힘든 길이 멀리 굽이져 있는데,
낙엽은 어지럽고 산에는 가을색 짙어가는데
언덕과 숲 성긴 곳에 들새가 외로이 날아가는구나.

97. 秋吟(추음) 가을 노래

園林蕭瑟亂秋聲(원림소슬난추성)　旅舍偏驚遠客情(여사편경원객정)
一壑自饒終歲樂(일학자요종세락)　年年何事漢陽城(년년하사한양성)

정원의 쓸쓸한 나무에 낙엽 소리 어수선하니
먼 데서 온 나그네 마음 더욱 서글퍼지는데,
고향이라면 내내 넉넉하고 즐거웠을 텐데
해마다 무슨 일로 한양성에 와 있는가?

98. 秋吟 寄誠之, 達遠(추음 기성지 달원)
가을 노래. 윤성지 김달원(김해)에게 부치다

浦邊殘照入疏楊(포변잔조입소양) 風晩寒沙荻葉黃(풍만한사적엽황)
尺帛不來雲水闊(척백불래운수활) 煙汀孤鴈怨聲長(연정고안원성장)

갯가의 저녁 햇살이 성긴 버드나무에 스며들 때
바람 불어 추운 모래톱엔 누런 갈대가 무성하고,
겉옷도 없이 나선 길에 구름도 물도 넓기만 하고
안개 피는 물가엔 외로운 기러기만 구슬피 우네.

99. 過集勝亭(과집승정) 집승정을 지나가며

往事悠悠已綠苔(왕사유유이록태) 古亭無主燕知回(고정무주연지회)
夕陽行客偏惆悵(석양행객편추창) 寂寞巖花自在開(적막엄화자재개)

지난 일은 아득하고 이제 푸른 이끼만 가득한 곳
오래된 정자에 주인은 없고 제비만 드나드니,
석양 길 지나는 나그네 더욱 슬퍼지는데
적막한 바위엔 꽃이 저 혼자 피어 있구나.

* 집승정(集勝亭) : 경상북도 영양군 입암면 연당리(蓮塘里)에 있는 약봉(藥峯) 서성(徐渻)의 정
 자이다. 산수의 승경(勝景, 뛰어난 경치)이 모였다고 하여 지금의 이름을 붙였다. 선조의 고명
 칠대신(顧命七大臣)의 한 사람으로 광해군에 의해 경상북도 영양군 입암면(立岩面)으로 유배되
 어 정자를 세웠다. 지금은 그 터만 남아 있다. -(두산백과)

100. 重興寺曉起(중흥사효기)　중흥사에서 새벽에 일어나서

蓮社迢迢隱翠空(연사초초은취공)　蕭蕭落葉五更風(소소낙엽오경풍)
山僧事業知多少(산승사업지다소)　萬壑寒雲月一峯(만학한운월일봉)

아득하게 푸른 하늘에 걸린 사찰에
새벽바람과 쓸쓸한 낙엽 속삭일 때,
산사(山寺) 스님 사업을 조금은 알 듯한데
골짝마다 찬 구름 일고 산에는 달이 걸려 있구나.

* 연사(蓮社) : 뜻을 같이 하는 승속(僧俗)의 인사들이 모여 만든 불교의 결사체(結社體)를 말한
다. 동진(東晉)의 고승 혜원(慧遠)이 당시의 현사(賢士) 유유민(劉遺民)·뇌차종(雷次宗) 등과
함께 승속 123인을 규합하여 결사를 조직하고 그 정사(精舍)의 연못에 백련(白蓮)을 심었던 고
사에서 유래한다.

101. 碧霞洞閣筆(벽하동각필)　벽하동에서 붓을 내려놓고서

詩到無詩始是奇(시도무시시시기)　不書姓字沒人知(불서성자몰인지)
碧霞洞裏千峯月(벽하동리천봉월)　摠是王孫醉後詩(총시왕손취후시)

시는 글로 쓰지 않는 경지에 이르러야 탁월한 것인데
사람들은 이름을 돌에 새기지 않으면 알아보지 못하는가.
·벽하동에 달이 뜨니 수많은 산과 바위에
보이는 건 모두 잘난 사람들 술 취해 쓴 시로구나.

102. 達遠戒作詩 戲答(달원계작시 희답)
달원(김해)이 준 훈계의 시에 장난삼아 답하다

煩君戒我學敲推(번군계아학고퇴) 持戒從今竊自期(지계종금절자기)
隻影秋蟲風雨夜(척영추충풍우야) 愁吟不覺又成詩(수음불각우성시)

그대가 나에게 퇴고를 배우라 하였으니
그 가르침을 붙잡고 이제 그리하자 기약하고 보니,
가을벌레 울어대고 비 내리던 외로운 밤
그저 시름을 읊다 보니 나도 몰래 시가 되어버리는구려.

103. 萬曆五年六月八日。正字金希玉, 上舍金公濟, 延城李孝
聞 希閔, 宣城金繼叔 胤安, 延城李孝彦 孝閔, 同遊松鶴寺
洗心臺(만력오년유월팔일 정자 김희옥, 상사 김공제, 연성 이효은 희민, 선성
김계숙 윤안, 연성 이효언 효민, 동유송학사세심대) 만력 5년(1577년) 6월 8
일 정자 김희옥, 상사 김공제, 연성 이효은 희민, 선성 김계숙 윤안,
연성 이효언 효민과 송학사 세심대에서 함께 놀다

聽說巖臺勝(청설암대승) 詩笻拂露梢(시공불로초)
地高家隔世(지고가격세) 松老鶴留巢(송로학유소)
隱映千峯合(은영천봉합) 蒼茫衆樹交(창망중수교)
遲回山欲暝(지회산욕명) 疏雨滿林苞(소유만림포)

바위와 정자 경치 좋다는 얘기를 듣고
지팡이로 이슬 맺힌 가지를 털면서 와보니,
산이 높아 집은 세상과 동떨어져 있고

늙은 소나무에 학이 머물러 둥지 튼 곳이네.
천 개의 산봉우리 하나같이 아른거리고
수많은 나무들 빽빽하게 엉켜 있는 곳,
뒤늦게 돌아가는 길은 어둑어둑하고
이따금 내리는 비가 숲에 가득하였네.

* 詩笻(시공) : 시인의 지팡이.

104. 三百菴暮登(삼백암모등) 저녁에 삼백암에 오르다

寂寞春山裏(적막춘산리) 西臺獨豁如(서대독활여)
兩峯花影重(양봉화경중) 孤寺磬聲疏(고사경성소)
壞道新生草(괴도신생초) 晴池舊養魚(청지구양어)
老僧能指點(노승능지점) 薄暮與躊躇(박모여주저)

봄이 찾아온 적막한 산속에
서대(西臺)만 홀로 넓게 트여있고,
양쪽 산봉우리 꽃이 만발한데
외로운 절에선 간간히 풍경소리 퍼지네.
무너진 길에 다시 새 풀이 자라고
비 개인 못에는 오래된 물고기가 노니는데,
늙은 스님 손가락 가리키는 곳에는
저녁 어둠이 주저주저 따라오고 있었다네.

105. 暮簷獨立(모첨독립) 해질녘 처마 밑에 홀로 서서

倚柱日將暮(의주일장모) 前山雨歇時(전산우헐시)
寒煙生小店(한연생소점) 苦竹蔽疏籬(고죽폐소리)
暗水渾藏面(암수혼장면) 層巒半露眉(층만반로미)
歲闌愁正絶(세란추정절) 吟久不成詩(음구불성시)

해 지는 저녁 기둥에 기대어 바라보니
앞산에 내리던 비도 그치고,
쓸쓸한 연기 오르는 작은 주막엔
대나무가 엉성한 울타리를 가리고 있네.
어둠이 들어 강물이 흐릿하게 얼굴을 감추고
첩첩이 늘어선 산들은 제 몸을 반만 드러내니,
한 해 저무는 때 사람의 근심 더욱 깊어지고
오래도록 읊어 봐도 시가 지어지지 않는구나.

106. 巖居有松石　仍築小臺　名以對松亭　二首(암거유송석 잉축소대 명이대송정 이수) 숨어사는 곳에 소나무와 바위가 있어 작은 집 짓고 대송정이라 이름짓다. 2수.

風霜晩計託孤松(풍설만계탁고송) 爲築新臺闢蘚封(위축신대벽선봉)
一徑初分花石裏(일경초분화석리) 從今磨了幾詩筇(종금마료기시공)

풍상 겪은 늙은이 외로운 소나무에 기대 살고자
이끼 낀 땅 걷어내고 조그만 집 짓더니,
이제 꽃과 바위틈에 길 하나 새로 열었으니

앞으로 대나무 지팡이가 얼마나 닳아 없어질까?

新築孤亭雅賞深(신축고정아상심) 登臨朝暮寫秋心(등임조모사추심)
江天寂歷收寒雨(강천적력수한우) 霞彩遙從落雁沈(하채요종낙안침)

새로 지은 조용한 정자에 정취가 그윽하여
아침저녁 올라서면 모든 시름이 사라지고,
강과 하늘 적막하고 차가운 비 그칠 때
멀리 기러기 떼가 저녁노을에 내려앉는구나.

* 1581년(선조 14년, 선생 33세) 3월에 자택의 남쪽 낭떠러지에 큰 소나무 여러 그루가 있었는
  데 드디어 언덕을 깎아 정자를 세우고 대송(對松, 소나무를 마주보다)이라고 이름 붙였다.

107. 對松亭晩眺(대송정만조) 대송정에서 해질녘 들판을 굽어보며

高巖松檜翠相交(고암송회취상교) 早暮登臨瞰遠郊(조모등임감원교)
沙水迢迢蘆帶冷(사수초초노대냉) 滿汀鴻鴈自相呼(만정홍안자상호)

높은 바위산 소나무 전나무 짙푸른 곳에
아침저녁 올라와 먼 들판 굽어보니,
아득한 강변 갈대밭에 찬 기운 감도는데
물가에 기러기들 서로 부르며 울어대고 있구나.

[5]

師友贈遺錄 (사우증유록)
스승과 벗들이 남겨 준 글들

[5] 師友贈遺錄(사우증유록) 스승과 벗들이 남겨 준 글들

1. 次道盛韻(차도성운) 三首(삼수) 退溪先生(퇴계선생)
물암시에 차운하여 퇴계 선생께서 주신 글. 3수

聞昔潯陽歸臥客(문석심양귀와객) 結廬人境每關門(결려인경매관문)
平生歎仰高風處(평생탄앙고풍처) 不要逃喧自絶喧(불요도훤자절훤)

예전에 심양에 돌아와 누운 사람(도연명)이
인가 근처에 오두막을 짓고 항상 문을 닫고 살았다고 들었으니,
평생 높고 고상한 곳 찾아 한탄하며
시끄러운 곳을 피하지 않아도 스스로 입을 닫으면 될 것이리라.

君身政似鱗將變(군신정사인장변) 我學還如胾未嘗(아학환여자미상)
歲晏送君歸勉業(세안송군귀면업) 寒齋塊處意偏長(한재괴처의편장)

그대의 몸은 정말로 물고기가 용으로 변하는 듯한데,
내 학문은 아직 맛을 보지 못한 고기산적 같다네.
연말에 그대 보내며 학문을 권장하니,
서재에 홀로 있어도 공부하는 뜻 유달리 좋으리라.

澗上霜扉深且廻(간상상비심차회) 山童蜎縮晚慵開(산동위축만용개)
關門絶俗吾何敢(관문절속오하감) 怕有衝寒問字來(파유충한문자래)

산속 계곡 위 서리 맞은 집이 깊이도 숨어 있고

움츠러든 어린아이 늦은 아침에 마지못해 일어나네

문을 닫고 세속과 연을 끊은 것을 내가 감히 어찌할까마는

추위를 뚫고 글(字)을 물어보러 찾아올까 걱정스럽네

* 1570년(선생 22세) 10월에 선생께서 도산서원에서 영주로 돌아올 때 퇴계 선생께서 이 송별
  시를 지어 주며 학문을 권장하였다.

2. 與金道盛書(여김도성서) 退溪先生(퇴계선생)

김도성에게 주는 글 퇴계 선생

想讀書見趣(상독서견취) 日益有味(일익유미) 前來講目(전래강목) 略
以愚見注各條下(약이우견주각조하) 其得失亦不能自知也(기득실역불
능자지야) 就中君看文字細密(취중군간문자세밀) 儕輩間鮮有其比(제배
간선유기비) 滉曾所誤看處(황증소오간처) 因君開發多矣(인군개발다의)
然若狃於所長(연약뉴어소장) 一向如此(일향여차) 則害亦不少(즉해역
불소)

글을 읽고 그 뜻을 보는 것을 생각하면, 날마다 더욱 의미가 커진다.
전래된 강목들의 각 조문 아래에 내 견해를 간략하게 정리하여 주를 달
았으나 그 득실 또한 알 수 없다. 그중에 그대가 문자를 세밀하게 보니
동료들 가운데 비교할 만한 사람이 드물다. 나 이황, 잘못 본 곳이 더욱
늘어나는데 그대 덕분에 알게 된 것이 많다. 그러나 만약 잘하는 것에만
익숙해져서 늘상 이와 같이 한다면 곧 그 폐해 또한 적지 않을 것이다.

晦翁先生嘗曰(회옹선생상왈) 看文字(간문자) 不可過於疏(불가과어

소) 亦不可過於密(역불가과어밀) 陳德本有過於疏之病(진덕본유과어소
지병) 楊志仁有過於密之病(양지인유과어밀지병)

일찍이 주자 선생께서 말씀하시길 '문자를 볼 때는 지나치게 성기게
보아서도 안 되고 지나치게 세밀하게 보아서도 안 된다. 진덕본은 지나
치게 크게 보는 병폐가 있었고 양지인은 지나치게 세밀하게 보는 병폐
가 있다'고 하셨다.

* 양지인(楊志仁) : 양숙(楊璹)을 가리키며 지인(志仁)은 그의 자(字)이다. 《회암주선생문공문
  집》권58에 두 편의 편지가 수록되어 있다.

蓋太謹密則少間看道理從那窮處去(개태근밀즉소간간리도종나궁처
거) 更挿不入(갱삽불입) 不若且放下放開闊看(불약차방하방개활간) 其
他亦有論太密病處非一(기타역유론태밀병처비일) 今不暇枚擧(금불가매
거) 晦翁必不欺人(회옹필불기인) 幸須留意(행수류의)

대개 심하게 조심스럽고 세밀하면 좁은 곳에서 도리(道理)를 보게 되
니 어찌 궁극의 경지에 갈 수 있겠는가? 다시 (큰 도리를) 끼워 넣어도 들
어가지 않을 것이니 마음을 비우고 열어서 크게 보는 것만 못하다. 그
밖에 또한 지나치게 세밀하게 논하는 병폐가 한두 곳이 아니다. 지금
하나하나 증거를 들어 거론할 겨를은 없으나, 주자께서 절대 남을 속이
지 않으셨을 것이니 부디 이를 유의하기 바란다.

算法(산법) 比他法甚似簡徑(비타법심사간경) 但在此諸人(단재차제인)
皆不能知其下算(개불능지기하산) 恨不及君在時得此法而究得之(한불
급군재시득차법이구득지) 然會當仍便請敎也(연회당잉편청교야) 西銘考證
(서명고증) 有添補三條(유첨보삼조) 別紙寫去(별지사거) 竝詳之(병상지)

산법(算法역법)은 다른 법에 비하여 간명하고 쉬운 것 같으나, 여기 있는 여러 사람들이 모두 상세한 계산을 하지 못하니, 그대가 있을 때 이법을 얻고 연구하여 터득하지 못한 것을 아쉬워하고 있다. 그러니 조만간 인편이 있으며 가르쳐 주기를 청할 것이다. '서명고증'에 보충한 3개조문을 별지에 베껴서 보내니 아울러 자세히 살펴보기 바란다.

* 서명(西銘) : 중국 송(宋)나라의 성리학자 장재(張載:1020~1077)가 지은 서재(書齋)의 서쪽 창에 걸어놓은 명(銘). 우리나라 조선 시대 이황(李滉)의 ≪서명고증강의(西銘考證講義)≫ 등이 있음. 특히 서명은 군도(君道)에 가장 절실한 교훈이 되기 때문에 조선 선조(宣祖) 때에 이황(李滉)이 일찍이 그림으로 그려 바친 바 있음.

3. 送金生道盛(송김생도성) 嘯皐朴先生(소고박선생)
물암 김도성을 보내며 소고 박승임 선생

花雨濛春市(화우몽춘시) 松風沸晚岡(송풍비만강)
歸心雲共遠(귀심운공원) 別意水爭長(별의수쟁장)
十五男兒志(십오남아지) 三千弟子行(삼천제자행)
指南玆路直(지남자로직) 鞭策莫棲遑(편책막서황)

봄이 되어 온 마을에 꽃비가 내리고
저무는 언덕에도 솔바람 불어오니
돌아가고픈 마음은 구름과 함께 멀어지고,
이별의 슬픔은 물처럼 끝없이 번져만 가는구나
15세 남아의 뜻은
(공자의) 삼천 제자의 길을 가는 것이리니
남쪽을 가리키는 이 길이 곧으니
스스로 채찍질하며 서성대지 마시게나

* 1566년(명종 21년) 선생 18세에 도산서원에서 퇴계 선생으로부터 학문을 배우기 시작하였
다. 14세부터 선생을 가르치던 박승임 선생께서 선생에게 퇴계 선생께 나아가 배우도록 하셨
고, 송별할 때 이 시를 지어 학문을 권장하셨다.

4. 奉別金杜稜丈罷棲還歸(봉별김두릉장파서환귀) 近始齋金垓(근시재 김해) 머물다 다시 돌아가는 물암 선생을 송별하며 근시재 김해 씀

美人隔湘浦(미인격상포) 相期共一方(상기공일방)
藏修擇幽靜(장수택유정) 風月棲雲牀(풍월서운상)

그대와 나는 소상강으로 막혀있지만
서로 함께 같은 곳에서 살기를 기약하고
학문에 전념하고자 그윽한 곳을 택하여
청풍명월 구름 서린 평상에 거처하였네

* 상포(湘浦) : 소상강 강변으로 초(楚) 나라 굴원(屈原)이 조정에서 쫓겨나 거닐었던 곳.

玄關啓靈鑰(현관계영약) 山水歌峨洋(산수가아양)
君憐我癡狂(군련아치광) 我愛君軒昻(아애군헌앙)

현관(현묘한 도의 입구)을 신령한 열쇠로 열고
산수에서 '아양'을 함께 노래할 때
그대는 나의 어리석은 열정을 좋아했으나
나는 그대의 풍채와 의기를 사랑하였네

* 아양(峨洋) : 백아와 종자기의 우정, 거문고.

聚散自有定(취산자유정) 贈言吾所臧(증언오소장)
利趨旣多逕(이추기다경) 正道久就荒(정도구취황)

만남과 헤어짐은 스스로 정해져 있지만
내가 좋아하는 말들 그대에게 드리니
이익을 좇으면 지름길이 많지만
바른 길은 오래도록 멀고 거칠다는 것이라오

氣質又多病(기질우다병) 難保一心良(난보일심량)
維持有至要(유지유지요) 整肅而齊莊(정숙이제장)

기질은 또한 병이 많아서
한 마음 어질게 지키는 것도 어렵겠지만
오직 지극히 중요한 것을 지켜 가면서
정제되고 엄숙하며 가지런하고 씩씩하여야 한다오

窮經豈徒博(궁경기도박) 進修貴自强(진수귀자강)
鳶魚察上下(연어찰상하) 勿助且勿忘(물조차물망)
吾聞諸格言(오문제격언) 勉之在靑陽(면지재청양)

경서 연구에만 힘써서는 아니 되고
나아가 닦고 스스로 힘쓰는 일이 귀한 것이니
상하로 이치가 밝게 드러날 때
조장하고 힘쓰는 것을 잊지 말기 바라오.
내가 여러 격언을 들어보니
힘써 공부하는 것은 젊을 때라오.

* 연어(鳶魚) : 솔개와 물고기로, 《중용장구》에 《시경》에서 '솔개는 하늘 높이 날고 물고기는 못
  에서 뛰논다.〔鳶飛戾天 魚躍于淵〕' 하였으니, 상하(上下)에 이치가 밝게 드러남을 말한 것이다.

洛水去長波(낙수거장파) 陶岳屹蒼蒼(도악흘창창)
期君梅雪夜(기군매설야) 步月拾零香(보월습영향)

낙수는 긴 물결 따라 흘러가고
도산은 우뚝하고 푸르지만
매화 눈 내리는 밤에 그대를 기다리며
달을 밟아 떨어지는 향기를 주워보네

5. 次金勿巖韻(차김물암운) 松巖權好文(송암권호문)
김물암의 시에서 차운하다, 송암 권호문

雲棲山絶頂(운서산절정) 遊跡鹿皮翁(유적녹피옹)
利禄形骸外(이록형해외) 耕漁氣槪中(경어기개중)
逝川懷孔聖(서천회공성) 移岳笑愚公(이악소우공)
一夜談更僕(일야담갱복) 翛然萬慮空(소연만려공)

구름이 깃드는 산꼭대기
신선이 놀던 자취 남아 있고
이익과 복록을 초월했으니
농사짓고 고기 잡아도 기개가 가득하구나
흐르는 냇물 보며 공자를 생각하고
산을 옮긴 북산 우공도 비웃으면서
밤새워 그대와 얘길 나누자니
어느덧 만 가지 근심이 사라진다네.

* 녹비옹(鹿皮翁) : 사슴 가죽 옷을 입고 산속의 목각(木閣)에서 살았다는 전설적인 선인(仙人)
* 문진(問津) : 원래 공자가 장저(長沮)와 걸익(桀溺)에게 나루터를 물었다는 말인데, 즉 이상적
  인 길을 찾는다는 뜻으로, 사람이 살아가는 올바른 도를 말함.
* 愚公移山(우공이산) : 옛날, 중국(中國)의 북산(北山)에 우공(愚公)이라는 90세 된 노인(老人)
  이 있었는데, 태행산(太行山)과 왕옥산(王屋山) 사이에 살고 있었는데 산으로 가로막혀 교통(交
  通)이 불편해서 어느 날 산을 옮기기로 마음먹고 돌을 깨고 흙을 싸서 삼태기와 광주리 등으로
  나르기 시작(始作)하니 천제(天帝)가 우공(愚公)의 우직함에 감동(感動)하여 역신(力神) 과아씨
  (夸蛾氏)의 두 아들에게 명하여 두 산을 하나는 삭동(朔東)에, 또 하나는 옹남(雍南)에 옮겨 놓
  게 했다고 한다.
* 이 책의 시 62) 물암선생이 송암선생에게 보낸 '청성산 사는 이에게 드림' 시에 화답하며 보낸
  시이다. 물암선생의 호방한 삶의 자세를 엿볼 수 있다.

6. 勿巖兄遠垂書問(물암형원수서문) 副以淸詩(부이청시) 重感風儀(중감중의) 依韻奉答(의운봉답) 時荷谷謫甲山(시하곡적갑산) 荷谷許篈(하곡허봉) 물암 형이 멀리서 편지와 함께 맑은 시도 곁들여 보냈다. 이에 거듭 위풍을 느끼며 운을 빌어 답시를 올린다 - 때는 하곡이 갑산으로 귀양 갈 때이다, 하곡 허봉

曾向師門覓指歸(증향사문멱지귀)　揭來離索少親知(걸래이색소친지)
窮邊未得韋弦佩(궁변미득위현패)　賴有吾君七字詩(뢰유오군칠자시)

일찍이 사문에 기댈 곳 찾아봤지만
오가고 헤어지니 친한 벗 드물었는데,
외진 변방에서 수양할 즈음에
다행히 그대의 7언시가 있어 힘을 얻는다네.

* 패위패현(佩韋佩弦) : 부드러운 가죽과 활시위가 팽팽하게 매진 활을 지니고 다닌다는 뜻이다.
  성미가 급한 사람은 부드러운 가죽을, 성미가 느린 사람은 팽팽하게 활시위를 맨 활을 지니고
  다니며 스스로를 반성하고 수양한다는 것을 나타낸다.
* 1584년 하곡 허봉이 율곡 이이를 탄핵하다 종성으로 유배를 가게 되자 물암선생이 송별시(이
  책의 시 28번)를 지어 보냈고, 허봉이 이 시로 화답하였다.

[6]

做人錄(주인록)
사람을 만드는 가르침

[6] 做人錄(주인록) 사람을 만드는 가르침

* 1573년 (계유년, 선생 25세) 옛 성현의 격언과 예기 옥조(玉藻)의 구용(九容), 모재가훈(慕齋家訓), 논어 등에서 좋은 말씀을 뽑아 첩자에 써두고 보면서 성찰하였는데 이를 합하고 엮어서 이름 지은 것이 주인록(做人錄)이다.

○ 玉藻九容(옥조구용) 예기 옥조편에 있는 구용

足容重(족용중) 不輕擧移(불경거이)

발은 무거워야 하며, 경솔하게 옮겨서는 안 된다.

手容恭(수용공) 無慢弛(무만이)

손은 공손해야 하며, 거만하고 느슨해서는 안 된다.

目容端(목용단) 無睇視(무제시)

눈은 단정해야 하며, 흘겨보아서는 안 된다.

口容止(구용지) 不妄動(불망동)

입은 무거워야 하며, 망령되게 움직이면 안 된다.

聲容靜(성용정) 無或噦咳(무혹홰해)

목소리는 조용해야 하며, 혹시라도 딸꾹질이나 기침 소리를 내지 말아야 한다.

頭容直(두용직) 無或傾顧(무혹경고)

머리는 곧게 세워야 하며, 혹시라도 기울거나 돌아보지 말아야 한다.

氣容肅(기용숙) 似不息者(사불식자)

기운은 엄숙해야 하며, 마치 숨을 쉬지 않는 것 같아야 한다.

立容德(입용덕) 中立不倚(중립불의) 儼然有德之氣像(엄연유덕지기상)

서 있는 모습은 덕이 있어야 하며, 중심을 잡고 서서 기대지 말아야

하고, 장엄하고 엄숙하며 덕이 있는 기상이라야 한다.

色容莊(색용장) 矜持之貌(긍지지모)

안색은 씩씩해야 하며, 스스로 자랑스런 모습이라야 한다.

○ **玉藻**(옥조) ○ 廖晉卿請讀何書(요진경청독하서) 朱子曰(주자왈)
公心放已久(공심방이구) 可且收斂精神(가조수렴정신) 玉藻九容
處(옥조구용처) 仔細體認(자세체인) 待有意思(대유의사) 却好讀書
(각호독서) 예기(禮記) 옥조(玉藻)편. 요진경이 "무슨 책을 읽어야 합니
까?"라고 묻자, 주자께서 말씀하시기를 "공이 마음을 놓은(心放심방)
지가 이미 오래되었으니, 우선 정신을 수렴하여야 합니다. 〈옥조〉
의 구용을 자세히 터득하여 생각이 들기를 기다린 다음 책을 읽는
것이 좋습니다"고 하였다.

○ **論語** (논어)

躬自厚而薄責於人(궁자후이박책어인) 攻其惡無攻人之惡(공기악무
공인지악) 論語(논어)

자신을 많이 질책하고 남을 적게 질책하라(그러면 원망이 적다). 자신의
잘못을 탓하고 남의 잘못을 탓하지 말라(그러면 원한을 사지 않는다) -논
어-

○ **慕齋家訓** (김안국의 모재가훈)

一(일) 忠君(충군) 平時則勿欺盡職(평시즉물기진직) 臨危則效死勿貳(임위즉효사물이)

하나, 임금에게 충성하라. 평시에는 속이지 말고 직분을 극진히 하라. 위기에 처하면 목숨을 바치고 변심하지 말라.

二(이) 孝親(효친) 竭力奉養(갈력봉양) 務得歡心(무득환심) 勤業立身(근업입신) 務欲光顯(무욕광현)

둘, 부모에 효도하라. 힘을 다해 봉양하고 기쁘게 해 드려라. 힘써서 공부하여 입신하고 부모를 빛내도록 힘쓰라.

三(삼) 友愛同氣(우애동기) 盡我友愛之心(진아우애지심) 兄弟雖待我有不平之事(형제수대아유불평지사) 勿懷忿恨(물회분한) 益加友愛(익가우애) 臨財務讓(임재무양) 勿懷加得之心(물회가득지심)

셋, 형제들과 우애 있게 지내라. 내 형제를 사랑하는 마음을 다하라. 형제가 비록 나에게 공평치 않은 것을 하더라도 분한 마음과 한을 품지 말고 더욱 우애있게 대하라. 재물이 생기면 사양하도록 힘쓰고 더 가지려는 마음을 품지 말라.

四(사) 睦宗族(목종족) 平時則相睦(평시즉상목) 患難則相救(환난즉상구) 有無相資(유무상자) 勿相忿爭(물상분쟁) 彼雖忤薄(피수오박) 我益加厚(아익가후)

넷, 종친들과 화목하라. 평시에는 서로 화목하게 지내고 환란을 당하면 서로 구제하여야 한다. 재물이 있으나 없으나 서로 성내거나 다투지 말아야 한다. 상대가 비록 거스르고 야박하게 굴어도 내가 더욱 후하게 대해야 한다.

五(오) 處鄉黨交朋友(처향당교붕우) 敬尊長(경존장) 遜言語(손언어) 恭禮度(공례도) 和易愷悌(화이개제) 勿藏機陰隱(물장기음은) 有無相資(상무상자) 患難相恤(환난상휼) 汎愛容衆(범애용중) 敬慕才德(경모재덕) 務欲成人之事(무욕성인지사) 勿懷猜妬謗毀斥短(물회시투방훼척단) 勿加輕侮忿怒陵暴於人(물가경모분노능포어인) 唯以溫柔恭遜謙讓爲事(유이온유공손겸양위사) 有益友則務交從景學(유익우즉무교종경학) 勿從放蕩狂妄姦譎險躁之人(물종방탕광망간휼험조지인) 勿失信於期約言語之際(물실신어기약언어지제)

다섯, 향당에서는 좋은 친구들을 사귀어야 한다. 어른을 공경하고 존경하며 말을 겸손하게 해야 한다. 공손하게 예의와 법도를 따르고 온화하고 평온하며 화평하고 단아해야 한다. 거짓되고 어두운 음모를 감추지 마라. 재물이 있건 없건 환난을 당하면 서로 구휼하고 널리 동료들을 사랑하고 포용하며 재능과 덕성이 있는 사람을 경외하고 사모하여야 한다. 성인의 도를 따르는 데 힘써야 하며 시기하고 질투하며 남의 단점을 비방하고 나무라는 데 마음을 품지 말아야 한다. 남을 가벼이 여겨 무시하고 분노하거나 능멸하고 폭언해서는 아니 된다. 오직 온유하고 공손하게 겸양의 자세로 일을 하고 유익한 친구가 있으면 곧 힘써 사귀고 큰 학문에 함께 힘써야 한다. 방탕하거나 광포하거나 간사하거나 험하고 조악한 사람을 따르지 말아야 한다. 약속의 말을 할 때에는 신의를 잃어서는 안 된다.

六(육) 愼言語(신언어) 勿誇己長而談人短(물과기장이담인단) 勿談人過惡及隱微之事(물담인과악급은미지사) 勿談國家朝廷政令得失(물담국가조정정령득실) 勿言守令宰相朝官得失(물언수령재상조관득실) 勿喜談淫藝醜語(물희담음설추어) 聞人善則常談之(문인선즉상담지) 勿言毀人之語(물언훼인지어) 勿談傲慢侮人之言(물담오만모인지언) 勿談反常凶悖之言(물담반상흉패지언) 勿讀張妄謊言語(물주장망황언어)

여섯, 말과 글을 조심스럽게 해야 한다. 자기 장점을 자랑하거나 남의 단점을 말하지 말아야 한다. 타인의 잘못과 악행을 말하여 비밀스런 일이 드러나게 해서는 안 된다. 나라와 조정의 명령에 대하여 이익과 손해를 말해서는 안 되고 수령 재상 조정 관리들의 잘잘못을 말해서도 안 된다. 음란하고 더럽고 추잡한 말에 기뻐하지 말고 남의 선행을 들으면 곧 항상 그것을 얘기하라. 남을 험담하는 이야기를 해서도, 오만하게 남을 모독하는 말을 해서도 안 된다. 떳떳하지 않거나 흉하고 패악한 말을 해서도 안 된다. 망령되고 황당한 말을 해서도 안 된다.

七(칠) 愼行(신행) 常忍忿恕之發(상인분서지발) 人雖加我以不美不平(인수가아이불미불평) 陵慢侵辱毆罵之事(능만침욕구매지사) 勿遽忿怒(물거분노) 徐觀平氣而善處之(서관평기이선처지) 勿致鬪鬨(물치투홍) 況言語不平之間(황언어불평지간) 則尤不可忿怒而相較(즉우불가분노이상교) 以失歡睦之心也(이실환목지심야) 居官處家(거관처가) 勿犯義貪財(물범의탐재) 務執淸約(무집청약) 勿過飮酒醪(물과음주료) 以致傷醻(이치상후) 勿妄耽於女色(물망탐어여색) 以至汙行敗家(이지오행재가) 勿耽博奕遊惰(물탐박혁유타) 以妨學業(이방학업) 勿奢侈衣服鞍馬(물사치의복안마) 務崇儉約(무숭검약) 借人書冊雜物(차인서책잡물) 須愛護(수애호)

일곱, 행동을 삼가야 한다. 항상 분노의 마음이 일어나는 것을 참아야 한다. 남들이 좋지 않고 공평하지 않은 것으로 나를 업신여기고 욕을 보이고 때리고 욕하더라도 갑자기 성내거나 노여워하지 말아야 한다. 느긋하고 평온한 기운을 보이고 알맞게 처리하며 다툼에 이르지 말라. 하물며 말로 불평하는 사이라면 곧 더욱 분노하여 남과 견주는 말을 하지 말아야 한다. 그렇게하면 화목한 마음만 잃게 될 뿐이다. 관직에 있을 때나 집안일을 처리할 때 규정을 어기며 재물을 탐하지 말아야 한다. 청빈하고 검약하는 데 힘쓰고 술을 과하게 하여 몸을 상하게 하고 주정하는 데 이르지 말아야 한다. 망령되게 여색을 탐하여 더러운 행실로 집안을 망치는 데 이르지 말라. 바둑, 장기, 놀이와 게으름을 탐하여 학문을 게을리하여서는 아니 되고 사치한 의복과 안장과 말(馬)을 금하고 검약을 힘써 숭상하라. 남의 책과 물건을 빌리면 모름지기 아끼고 보호하여야 한다.

八(팔) 居官(거관) 勤職任務淸操(근직임무청조) 尤當愼密勿疏忽(우당신밀물소홀) 誠事長官(성사장관) 如愛敬父母(여애경부모) 勿談同僚過惡(물담동료과악) 待下官勿倨慢而誠愛之(대하관물거만이성애지) 待吏隸嚴而有恩(대사예엄이유은) 過語則嚴責而勿棰笞(과어즉엄책이물추태) 若有欺詐及害及於民人之事(약유기사급해급어민인지사) 震威嚴杖而懲之(진위엄장이징지) 頑慢者(완만자) 雖罪之(수죄지) 勿至酷刑(물지혹형) -慕齋家訓(모재가훈)

여덟, 벼슬살이에서는 맡은 임무를 깨끗한 지조로 성실하게 수행해야 한다. 근면하고 신중해야 하고 소홀하거나 빼먹는 것이 없어야 하며 작은 일도 업신여기지 않고 모든 일에 소홀함이 없어야 한다. 돈과 곡식을 출납하는 업무에서는 더욱 신중하고 면밀하게 해서 소홀함이 없어야 한다. 상관을 모시는 일을 부모를 사랑하고 공경하듯이 하고 동료의 지난 잘못을 말해서는 안 된다. 나보다 낮은 관리를 대할 때는 엄하되 은혜롭게 하고 말이 지나치면 엄히 꾸짖되 매질을 하여서는 아니 된다. 만약 그들이 백성을 속여서 해를 끼치는 일을 한다면 성내고 위엄을 떨쳐 엄히 매로 다스리고 징계하여야 한다. 완고하고 거만한 자에게는 비록 허물을 탓하더라도 가혹한 형벌에 이르게 하지는 말라. -(김안국의 모재가훈)

○ **中庸**(중용)

庸德之行(용덕지행) 行者(행자) 踐其實(천기실)

떳떳한 덕을 행한다. 행한다는 것(行)은 그 실질을 실천하는 것을 말한다.

庸言之謹(용언지근) 謹者(근자) 擇其可(택기가)

떳떳하게 말을 삼간다. 삼간다는 것(謹)은 허락된 것을 택하는 것을 말한다.

有所不足(용소부족) 不敢不勉(불감불면) 德不足而勉(덕부족이면) 則 行益力(즉행익력)

덕을 행함에 부족함이 있으면 감히 힘쓰지 않음이 없어야 한다. 덕이 부족하면 근면해야 하고 곧 행함에 더욱 힘써야 한다는 뜻이다.

有餘(유여) 不敢盡(불감진) 言有餘而訒(언유여이인) 則謹益至(즉근익지)

하고 싶은 말이 남아 있어도 감히 다하지 않는다. 말에 하고 싶은 것이 있어도 과묵하고 곧 삼가하고 더욱 지극히 하여야 한다는 뜻이다.

言顧行(언고행) 謹之至(근지지) 則言顧行矣(즉언고행의)

말을 함에는 행동을 돌아보아야 한다. 삼감이 지극하면 곧 말을 함에 행동을 돌아보게 된다는 뜻이다.

行顧言(행고언) 行之力(행지력) 則行顧言矣(즉행고언의)

행동함에 있어서 말을 돌아 봐야 한다. 행함에 부지런히 힘쓰면 말을 돌아보게 된다.

好學(호학) 力行(역행) 知恥(지치)

학문을 좋아하라. 힘써 행하라. 부끄러움을 알아라.

明善誠身(명선성신) 擇善而固執之(택선이고집지)

선을 밝히고 몸을 성실히 하고, 선을 택하여 굳건히 붙잡아야 한다.

博學(박학) 審問(심문) 愼思(신사) 明辨(명변) 篤行(독행)

널리 공부하라. 찾아 물어라. 신중하게 생각하라. 밝게 분별하라. 독실하게 행하라.

人一能之(인일능지) 己百之(기백지) 人十能之(인십능지) 己千之(기천지)

남이 한 번 해서 능하다고 하면 나는 백 번을 하고, 남이 열 번 해서 능하다고 하면 나는 천 번을 하여라.

尊德性而道問學(존덕성이도문학) 致廣大而盡精微(치광대이진정미) 極高明而道中庸(극고명이도중용) 溫故而知新(온고이지신) 敦厚以崇禮(돈후이숭례)

(군자는) 덕성을 존숭하고 학문을 연구한다. 넓고 큰 것을 끝까지 추구하면서도 정밀하고 은미한 것을 완전히 파악하고, 높고 밝은 최고의 경지를 이루면서도 중용의 길을 걷는다. 옛것을 익혀서 새것을 알고, 돈후한 자세를 견지하며 예를 숭상한다. (중용 존덕성장)

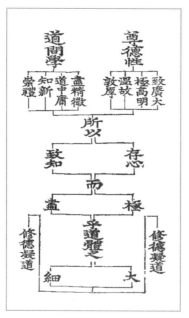

尊德性(존덕성) 所以存心而極乎道體之大也(소이존심이극호도체지
대야) 道問學(도문학) 所以致知而盡乎道體之細也(소이치지이진호도체
지세야) 二者(이자) 修德凝道之大端也(수덕응도지대단야)

덕성을 존숭하는 것은 마음을 보존해서 도체(道體, 도의 본체)의 큰 부
분을 다하는 것이고, 학문을 연구하는 것은 앎을 이루어 도체의 세밀한
데까지 극진하게 하는 것이다. 이 두 가지는 덕을 닦고 도를 이루는 큰
단서(실마리)이다.

不以一毫私意自蔽(불이일호사의자폐) 不以一毫私欲自累(불이일호
사욕자루) 涵泳乎其所已知(함영호기소이지) 敦篤乎其所已能(돈독호기
소이능) 此皆存心之屬也(차개존심지속야)

터럭만큼도 사사로운 생각으로 스스로를 가리지 말고, 터럭만큼의
사사로운 욕심으로 스스로 누를 끼치지 말아야 한다. 이미 알고 있는
바에서 함영하고(헤엄치고), 이미 능한 바를 돈독히 해야 하니 이것이 모
두 존심(存心 마음에 보존)의 등속(속하는 것들)이다.

析理則不使有毫釐之差(석리즉불사유호리지차) 處事則不使有過不
及之謬(처사즉불사유과불급지류) 理義則日知其所未知(이의즉일지기소
미지) 節文則日謹其所未謹(절문즉일근기소미근) 此皆致知之屬也(차
개치지지속야)

이치를 분석할 때는 곧 한 치의 오차도 없게 하고, 일을 처리할 때는
곧 지나침과 모자람의 잘못이 없게 하여야 한다. 의리를 다스리면 곧
날마다 알지 못하는 것을 알게 되며, 절문(節文, 예절에 대한 글) 하면 곧
날마다 삼가하지 못했던 것을 삼가하게 되니 이것이 모두 앎을 이루는

등속(屬, 부류, 속하는 것들)이다

蓋非存心(개비존심) 無以致知(무이치지) 而存心者(이존심자) 又不可
以不致知(우불가이불치지) 故此五句(고차오구) 大小相資(대소상자) 首
尾相應(수미상응) 聖賢所示入德之方(성현소시입덕지방) 莫詳於此(막
상어차)

대개 존심(存心 마음에 보존하는 것)을 하지 않으면 치지(致知 사물의 도리
를 깨달음)를 이룰 수 없고, 존심을 하는 사람은 치지를 하지 않을 수 없
다. 그러므로 이 다섯 구절은 크고 작은 것이 서로 바탕이 되고 머리와
꼬리가 서로 상응하니 성현께서 덕으로 들어가는 방법(入德之方입덕지
방)으로 보여주신 바로서 이보다 더 자세한 것은 없다.

學者宜盡心焉(학자의진심언) 齊明盛服(재명성복) 非禮不動(비례부
동) 所以修身也(소이수신야)

배우는 자는 마땅히 마음을 다해야 한다. 재계(몸과 마음을 깨끗이)하고
성복하여(예에 맞게 복장을 갖추고) 예가 아니면 움직이지 않는 것이 수신
(몸을 닦는)하는 방법이다.

北溪陳氏曰(북계진씨왈) 齊(재) 齊其思慮(재기사려) 明(명) 明潔其心
(명결기심) 齊明以一其內(재명이일기내) 盛服以肅其外(성복이숙기외)
內外交相養也(내외교상양야)

북계 진씨(진순, 1159~1223)가 말하길 재(齊)는 그 생각을 가지런히 하는
것이고 명(明)은 그 마음을 깨끗이 하는 것이다. 재명으로써 내 안(內)을
한결같이 하고 예에 맞게 옷을 차려입어 내 밖(外)을 엄숙하게 함으로써
안과 밖이 서로 돕고 기르게 되는 것이다.

齊明盛服(재명성복) 是靜而未應接之時(시정이미응접지시) 以禮而動
(이례이동) 是動而已應接之時(시동이이응접지시) 動靜交相養也如此
(동정교상양야여차) 所以修身(소이수신)

재명과 성복(齊明盛服)은 고요하여 아직 응하고 접하지 않은 때에는 예
로서 움직이고, 이미 움직여서 응하고 접했을 때에는 움직임과 고요함
이 서로 돕고 가꾸는 것이 이와 같으니 수신의 방법이다.

雲峯胡氏曰(운봉호씨왈) 齊明盛服(재명성복) 靜而敬也(정이경야) 卽
首章戒懼存養之事(즉수장계구존양지사) 非禮不動(비례부동) 動而敬也
(동이경야) 卽首章愼獨省察之事(즉수장신독성찰지사)

운봉 호씨(호병문)가 말하길 재명성복은 조용히 절제(靜而敬)하는 것이
고 곧 첫 장(수장)의 계구존양(戒懼存養 경계하고 두려워하고 본심을 잃지 않
도록 착한 마음을 기르는 것)의 일을 말한다. 예가 아니면 움직이지 말고(非
禮不動비례부동) 움직이면 절제하여야 한다는 것은 곧 첫 장(수장)의 신독
성찰(愼獨省察, 홀로 있어도 반성하고 살피는 것)의 일을 말한다.

* 호병문(胡炳文, 1250~1333). 원나라 휘주(徽州) 무원(婺源) 사람. 자는 중호(仲虎)고, 호는
운봉(雲峰)이다. 어려서부터 배우기를 좋아했다. 강녕교유(江寧教諭) 등을 지냈다. 주희(朱熹)
의 종손(宗孫)에게『주역』과『서경』을 배워 주자학에 잠심했으며, 특히『주역』에 뛰어났다. 저
서에『주역본의통석(周易本義通釋)』과『서집해(書集解)』,『춘추집해(春秋集解)』,『예서찬술
(禮書纂述)』,『사서통(四書通)』,『대학지장도(大學指掌圖)』,『오경회의(五經會義)』,『이아운어
(爾雅韻語)』등이 있다.

衣錦尙絅(의금상경) 立心之始(입심지시)

의금상경(衣錦尙絅 비단옷을 입고 그 위에 홑옷을 걸치는 것)은 마음을 세우

는 것의 시작을 말한다.

* 시경 衣錦尙絅 : 비단 옷 위에 홑옷을 걸쳤다(문채가 드러나는 것을 싫어해서 감춘다)

潛伏孔昭(잠복공소) 省察之工(성찰지공)

잠복공소(潛伏孔昭, 잠기어 엎드려 있어도 또한 밝게 비친다, 군자는 안으로 살펴도 허물이 없으며 사람들이 보지 못하는 곳에 뜻이 있다)는 성찰의 공(工, 공부)을 말한다.

不愧屋漏(불괴옥루) 存養之工(존양지공)

불괴옥루(不愧屋漏, 군자는 어두운 방구석에서도 부끄러움이 없다)는 착한 마음을 기르는 공(工, 공부)을 말한다. ,

奏假無言(주가무언) 不顯維德(불현유덕) 省察存養之效(성찰존양지효)

주가무언 불현유덕(말이 없어도 더할 수 없이 지극한 덕이 드러난다)은 성찰하고 착한 성품을 보존하고 기를 때 나타나는 효과를 말한다.

* 중용장구(中庸章句) 제33장 – 제사 때에 말하는 일이 없어도 다투는 사람들이 없다(奏假無言 주가무언 時靡有爭시미유쟁)

[7]

訓蒙箴(훈몽잠)

[7] 訓蒙箴(훈몽잠)

* 訓蒙(훈몽) 어린아이나 처음 배우는 이에게 글을 가르치는 것. 선생이 37세 되던 1585년(선조 18년)에 훈몽잠을 지어서 아들 기추에게 주었다.

父兮天生(부혜천생)　母也地育(모야지육)　孝順祗承(효순지승)　欲報罔極(욕보망극)　分形連氣(분형연기)　兄及弟矣(형급제의)　視如手足(시여수족)　親愛而已(친애이이)　傳道者師(전도자사)　恩竝怙恃(은병호시)　責善曰友(책선왈우)　義若同腹(의약동복)　唱婦以正(창부이정)　夫子之德(부자지덕)　事君必忠(사군필충)　人臣所職(인신소직)　噫此數件(희차수건)　斯民攸止(사민유지)　倘或慢棄(당혹만기)　禽獸何異(금수하이)

아버지는 하늘이시니 나를 낳으셨고, 어머니는 땅이시니 나를 기르셨다. 그러니 효도하고 순종하며 공경히 받들고 은혜를 갚고자 하여도 그 끝이 없다. 형체(形, 몸)를 나누고 기운(氣)이어 만들어진 것이 형제이니 내 몸과 같이 여기고 소중하게 여겨야 한다. 내게 도리(道)를 전한 사람이 스승이니 은혜는 부모(怙恃호시)와 같다. 선을 권하는 사람이 친구이니 의리는 같은 배에서 나온 형제와 같이 하여야 한다. 부인은 정도(正道)로서 부르는 것이(인도하는 것이) 지아비의 덕이다. 임금은 반드시 충성으로 섬기는 것이 신하의 직분이다. 아! 이는 백성도 따르는 바인데, 만약 태만히 하거나 포기한다면 짐승과 다를 것이 무엇인가.

堯舜之道(요순지도)　孝弟而已(효제이이)　然非有以覺之(연비유이각지) 無以盡其道(무이진기도) 成己而後成物(성이이후성물) 行孚家庭(행부가정) 然後達之邦國(연후달지방국) 此其序也(차기서야) 人之爲人(인지위인) 不過是數者(불과시수자) 而末學多蔽(이말학다폐) 廢置不察(폐치불찰) 余久病之(여구병지) 兒子習字略敍(아자습자략서)

요순의 도는 효도와 공경(孝弟효제)뿐이나 그것을 깨닫지 못한다면 그 도(道)의 다할 수 없다. 자기의 수양을 이룬 이후에 다른 사람을 이루는 것이니, 내 행실이 가정을 빛나게 한 연후에 나라에서도 통용되는 것이 그 순서이다. 사람됨은 불과 이 몇 가지에 달려 있는데도, 후학(末學)들이 다만 덮어버리고 방치하여 살피지 않을 때가 많다. 내가 오랫동안 그것을 걱정하여 오늘 마땅히 아이들이 배울 것을 간략하게 서술하였다.

[8]

講錄(강록)
퇴계 선생께 강의 받은 내용을
기록한 글

[8] 講錄(강록) 퇴계 선생께 강의 받은 내용을 기록한 글

1] [三書講錄跋] 金應祖 삼서강록발문(김응조) 외 1

* 발문은 글의 말미에 붙이는 것이 상례이지만, 물암집에는 강록 서문이 없고 또한 발문의 내용은 강록편 전체를 포괄하는 것이므로 독자들의 이해를 돕고자 발문을 강록 앞에 배치하였다.

家禮 該物則 太極圖說, 通書 道體 學者所當講而明 況得賢師 親授受 實千古一幸 海東千載無眞儒 五賢繼作 而博學而約禮 集 羣賢而大成 敷文闡教 未有盛於我退溪先生 時則有若勿巖金先 生 以弱冠之年 慨然以道學自任 乃能負笈立雪於門下 承面命口 講 終日不違 茲所謂曠世一幸 非歟 今觀三書講錄 皆先生所自手 錄 要以明天理之節文 闡道體之精微 不啻教人一箇塗轍 誠宜鋟 梓 以廣其傳 以幸來學 任是責者 豈無後世子雲 靑羊元月下澣 後 學豊山金應祖 謹跋

가례는 사물의 법칙을 담고 있고 **태극도설, 통서**는 도의 실체를 밝히는 것으로 배우는 자라면 마땅히 강독하여 밝혀야 하는 바이다. 하물며 어진 스승을 얻어 친히 배움을 받은 것은 실로 천고에 보기 드문 다행한 일이다. 우리나라 천년 역사에 참된 선비가 없었으나 다섯 현인이 연이어 나셔서 넓게 공부하고 예법에 따라 몸가짐을 하니 많은 현인이 모여들어 크게 이루어 학문을 펴고 가르침을 열었지만 우리 퇴계 선생보다 성한 분이 없었다. 이때에 곧 물암 선생 같은 분이 계셨으니 약관의 나이에 탄식하며 '도학'의 임무를 스스로 맡아 타향으로 공부하러 가서 (퇴계의) 문하에서 스승께 배웠다. (스승의) 얼굴을 마주하고 직접 말씀을 들으며 가르침을 이어받았으며 종일토록 (배운 것을 실천하는데) 어긋남이 없었다. 이는 소위 세상에 보기 드문 다행한 일이 아니겠는가? 이제 삼서강록을 보니 모두 선생이 직접 손으로 기록하고 요약하여 천리의 절문(禮예)을 밝히고 도체의 정미함을 밝힌 것이다. 그저 한 가지 방법으로(필사된 글로써) 사람들을 가르치는 데 그칠 것이 아니라 마땅히 목판에 새겨서 널리 그것을 전하는 것이 마땅할 것이다. 다행히도 후세 학자들이 이 책임을 맡았으니 어찌 후세에 자운(子雲후세에 알아봐 줄 사람)이 없겠는가? 청양년(을미년 1775년) 정월 사순에 후학 풍산김씨 김응조가 삼가 발문을 쓰다.

* 다섯 현인 : 동방오현(東方五賢)은 우리나라가 배출한 다섯 뛰어난 현인으로 이들 모두 문묘(文廟)에 배향되었다. 일두(一蠹) 정여창(鄭汝昌, 1450~1504), 사옹(簑翁) 김굉필(金宏弼, 1454~1504), 정암(靜菴) 조광조(趙光祖, 1482~1519), 회재(晦齋) 이언적(李彦迪, 1491~1553), 퇴계(退溪) 이황(李滉, 1501~1570) 선생이다.
* 용재집 – 천리(天理)가 형식을 갖추어 나타난 것이라는 의미에서 주자는 예(禮)를 '천리지절문(天理之節文)'이라 하였다.
* 간이집 – 보통 당대(當代)에는 알아줄 사람이 없는 것을 표현할 때, 후세의 자운(子雲)이나 요부(堯夫)를 기다릴 수밖에 없다는 표현을 많이 쓰는데, 자운은 한(漢)나라 양웅(揚雄)의 자(字)이고, 요부는 송(宋)나라 소옹(邵雍)의 자이다.

右小學, 前集二書講錄與上家禮, 太極圖, 通書講錄。皆先生之親受師敎。以詔後學者也。鶴沙金先生嘗跋三書講錄。而不及此二書。豈以其散在草藁。未盡經當日之所照管也歟。夫以先生之精思窮硏。而復承師門之旨訣。則其一註疏一訓詁。孰非後學之所尊信而講習者哉。兹於遺文鋟梓之日。竝附于三書講錄下。俾後生蒙學。得以蒙先生之遺敎云。

앞의 소학, 전집(前集) 2서의 강록은 위의 가례, 태극도, 통서강록 3서와 함께 모두 선생께서 친히 스승께 전수받아 (정리하여) 후학들을 지도한 것이다. 학사 김(응조)선생께서 일찍이 삼서강록의 발문을 적으셨으나 이 2서(二書)의 발문을 적지는 못하였다. 하지만 초고(원고)가 흩어져 있다고 하여 당시에 검토한 것을 모두 살펴보지 못하겠는가. 무릇 선생께서 정밀한 생각과 연구로써 다시 우리 사문의 도맥을 이으셨으니 그 주석 하나, 훈고(訓詁, 자구해석) 한 줄까지 어느 것도 후학들이 존경하여 믿고 배울 것이 아니겠는가. 이에 남겨진 문서를 목판에 새기는 날에 삼서강록 아래에 나란히 (발문을) 붙여서 후생들이 학문을 깨치도록 하고 선생께서 남기신 가르침을 받을 수 있도록 하고자 하는 것이다.

* 이하 고문진보전집강록 등 5개의 강록 번역문 중 일부 내용은 이덕홍의 '간재집' 등 관련 문헌과 한국고전번역원 등에 등재된 자료를 참고하여 작성하였음을 밝혀둔다.

2] 古文眞寶前集講錄(고문진보전집강록)

* 원래 문집에는 고문진보에 수록된 한시에서 설명이 필요한 특정 단어와 그 뜻을 풀이한 내용만 들어 있어서 전후 내용을 모르면 이해하기 대단히 어려웠다. 본 역서에서는 한시 원문(출처 : 전통문화연구회 동양고전종합DB)을 문집의 내용 앞에 붙여서 독자들이 쉽게 이해할 수 있도록 하였다. 그리고 구분을 위해 문집 원문은 파란색으로 표시하였다.
* 고문진보 : 주(周)나라 때부터 송(宋)나라 때에 이르는 고시(古詩) ·고문(古文)의 주옥편(珠玉篇)을 모아 엮은 책이다. 전집(前集) 10권, 후집(後集) 10권으로 되어 있으며, 편자인 황견(黃堅)과 편찬 경위 등에 대하여서는 분명하지 않으나, 송나라 말기에서 원(元)나라 초기에 걸친 시기의 편저임은 확실하다. 1366년(至正 26년) 정본(鄭本)의 서문에 따르면, 당시에 이미 주석도 있었고 오랫동안 세상에 보급되었다고 한다. 전집에는 권학문(勸學文) ·오언고풍단편(五言古風短篇) ·오언고풍장편 등 217편의 시가 수록되어있다. 『고문진보』는 고려 말에 수입된 이래 조선시대 서당에서 고문의 연변(演變)과 체법(體法)을 익히기 위한 아동용 교과서로서 중요한 위치를 차지하였다. 『어우야담』에서는 "우리나라에서 어린이들의 배움은 대개 『십구사략』 ·『고문진보』를 익히는 것으로 학문에 들어서는 문으로 삼았다."라고 기록되었다. 김륭(金隆)의 『물암집(勿巖集)』에 보이는 「고문진보전후집강록(古文眞寶前後集講錄)」, 정자신(鄭子信)의 『매창집(梅窓集)』에 보이는 「고문진보전후집주석정오(古文眞寶前後集註釋正誤)」 등의 자료는 『고문진보』가 중요한 교과서였음을 명백히 보여준다. –(한국민족문화대백과, 두산백과)

1. 傷田家(상전가) 聶夷中(섭이중) 농가를 슬퍼하다 (섭이중)

二月賣新絲(이월매신사) **五月糶新穀**(오월조신곡)
醫得眼前瘡(의득안전창) 剜却心頭肉(완각심두육)
我願君王心(아원군왕심) 化作光明燭(화작광명촉)
不照綺羅筵(부조기라연) 徧照逃亡屋(편조도망옥)

이월에 새 고치실 팔고 오월에 새 곡식 판다오.
당장 눈앞의 상처는 치료하나 심장의 살 도려내는 것 같구나.
나의 소원은 君王의 마음 변하여 광명한 촛불 되어서
비단 자리에 비추지 말고 流浪하는 백성들의 집에 비췄으면 하네.

○ **糶糴** 조적 皆以米錢相貿之名。非受債之謂。蓋出已米與
人。而取人之錢物曰糶。出己物與人。而納人之米穀曰糴。
故常平倉法。豊年則糴。言民間穀賤。則官貿穀以儲也。凶
年則糶。言民間穀貴。故官賣穀以給民也。今人每以受債。
求此二字之義。故未詳知耳。此詩。謂農人五月穀未成之
時。預取物於人。期穀成而償之。故曰五月糶新穀。亦言預
出己穀。以貿人之物也。 "糶(조)와 糴(적)은 모두 쌀과 돈을 서로
바꾸는 것을 말하니, 빚 받는 것을 이르는 말이 아니라. 자기의 쌀을
내어 남에게 주고 남의 돈과 물건을 취하는 것을 조(糶)이라 하고,
자기의 물건을 내어 남에게 주어서 남의 미곡을 취하는 것을 적(糴)
이라 한다. 그러므로 상평창법(常平倉法)에 풍년에는 곡식을 사들이
니 [糴] 민간의 곡식이 흔하면 관청에서 사들여 쌓아두는 것을 말하
고, 흉년에는 미곡을 방출하니[糶] 민간의 곡식이 귀하면 관청에서
곡식을 팔아 백성들에게 주는 것을 말한다. 지금 사람들이 매양 빚
을 내는 것으로 이 두 글자의 뜻을 이해하니 자세하게 알지 못하는

것이다. 이 시에서는 농부들이 곡식을 수확하기도 전에 미리 남에게서 돈이나 물건을 가져오면서 곡식을 수확하면 갚기로 약속하였다. 그러므로 '오월에 새 곡식을 판다.[五月糶新穀]'는 것 또한 자기의 곡식을 미리 내어 남의 물건과 바꾸는 것을 말한다.

2. 王右軍(李白) 왕우군(이백)

右軍本淸眞(우군본청진) 瀟灑出風塵(소쇄출풍진)
山陰遇羽客(산음우우객) 愛此好鵝賓(애차호아빈)
掃素書道經(소소서도경) 筆精妙入神(필정묘입신)
書罷籠鵝去(서파롱아거) 何曾別主人(하증별주인)

右軍(우군)은 본래 맑고 眞率(진솔)하니 깨끗한 흉금으로 풍진 세상에 있네.

山陰(산음)에서 道士(도사) 만나니 이 거위 좋아하는 손님 사랑하였네.

흰 비단 쓸고 道經(도경) 쓰니 筆法(필법)이 정하여 신묘한 경지에 들어갔네.

글씨 다 쓰자 채롱에 거위 넣어 가니 어찌 일찍이 주인과 작별할까.

○ 別主人 별주인 主人。指羽客也。주인은 우객(羽客신선)을 가리킨다.

3. 戱贈鄭溧陽(희증정율양) 장난삼아 정율양에게 주다 李白(이백)

陶令日日醉(도령일일취) 不知五柳春(부지오류춘)
素琴本無絃(소금본무현) 漉酒用葛巾(녹주용갈건)
淸風北窓下(청풍북창하) 自謂羲皇人(자위희황인)
何時到栗里(하시도율리) 一見平生親(일견평생친)

도연명은 날마다 취하여 다섯 버드나무에 봄 온 줄 몰랐네.
거문고엔 본래 줄이 없었고 술 거를 때에는 갈건(葛巾) 사용하였다오
시원한 바람 불어오는 북쪽 창문 아래에서 스스로 복희 황제 때의 사람이라 말하였네.
언제나 율리(栗里)에 이르러 병소의 친한 벗 한번 만나볼시.

○ **到栗里** 도율리 疑本註亦誤。蓋此詩。若以爲白自比於淵明。則末句謂鄭溧陽何時到栗里。一見我而平生親乎。此所以爲戲也。若謂以溧陽比淵明。則末句謂我何時到栗里。一見君而平生親乎。此說尤通。若如註說。則末句正如來說之所疑。前後牴牾。不可從也。本註(본주)는 잘못된 듯하다. 이 詩가 만약 李白(이백)이 자신을 陶淵明(도연명)에게 견준 것이라면 末句(말구)는 '율양(溧陽)이 언제나 율리(栗里)에 이르러 한번 나를 만나 평생의 친구가 될까'라는 의미이니, 이는 장난삼아 말한 것에 불과하며, 만약 정율양을 도연명에게 견준 것이라면 末句는 '내가 언제나 율리에 이르러 한번 그대를 만나 평생의 친구가 될까' 라는 의미이니, 후자(後者)의 말이 타당할 듯하다.

* 栗里(율리)는 潯陽(심양)에 있는 지명으로 陶淵明(도연명)이 살던 곳인데, 여기서는 鄭溧陽(정율양)이 사는 곳을 가리킨 것이다.

4. 嘲王歷陽不肯飲酒(조왕역양불긍음주) **李白**(이백)

　술 마시기를 좋아하지 않는 **王歷陽**(왕역량)을 조롱하다(이백)

地白風色寒(지백풍색한)　雪花大如手(설화대여수)

笑殺陶淵明(소쇄도연명)　不飲杯中酒(불음배중주)

浪撫一張琴(낭무일장금)　虛栽五株柳(허재오주류)

空負頭上巾(공부두상건)　**吾於爾何有**(오어이하유)

땅은 희고 바람 기운 차가운데 눈꽃 크기 손바닥만 하네.

陶淵明(도연명)이 잔의 술 마시지 않는 것 참 우습구려.

부질없이 거문고 하나 어루만지고 헛되이 버드나무 다섯 그루 심어

놓았네.

부질없이 머리 위의 頭巾(두건) 저버리니 내 그대에게 어쩌겠나.

○ **吾於爾何有**　오어이하유　言不飲而空負頭巾。我於汝。將何
　　如哉。言無如之何也。"술을 마시지 않고 부질없이 머리 위의 頭
　　巾(두건)을 저버리니 내 그대에게 어쩌겠냐"고 말한 것이니, 어찌할
　　수 없음을 이른다.

* 옛날 陶淵明(도연명)은 삼베 두건을 쓰고 다니다가 술을 빚은 항아리를 만나면 두건으로 술을
걸러 마셨다고 하므로 '머리 위의 두건을 저버렸다'고 말한 것이다.

5. 遊龍門奉先寺(유용문봉선사) **杜甫**(두보子美)

　용문의 봉선사에서 놀다 두보(자미)

已從**招提**遊(이종초제유)　更宿招提境(갱숙초제경)

陰壑生靈籟(음학생영뢰)　月林散淸影(월림산청영)
天闕象緯逼(천궐상위핍)　雲臥衣裳冷(운와의상랭)
欲覺聞晨鐘(욕각문신종)　令人發深省(영인발심성)

　이미 招提(초제) 따라 놀았는데 다시 招提(초제)의 境內(경내)에서 유숙
하누나.
　음침한 골짜기에서는 신령스러운 바람 소리 나오고 달 비추는 숲에
는 맑은 그림자 흩어지네.
　하늘 높이 대궐에는 象緯(상위)가 가깝고 구름 속에 누웠으니 의상이
차가워라.
　잠을 깨어 새벽 종소리 들으니 사람으로 하여금 깊은 반성 발하게 하
네.

　○ **招提** 초제　次於寺者。謂之招提。梵言招門提奢。華言四
　　萬僧物。後人傳寫之誤。以寺爲招提。欠省去門奢二字。杜
　　註所記如此。未詳何義。亦不須深求。초제(招提)는 절에 머무
　　는 것이다. 불교 용어로는 초문제사(招門提奢), 중국어로는 사만승물
　　(四萬僧物)이라고 하는데, 후인들이 잘못 옮겨 쓴 것이다. 절을 초제
　　라 한 것은 문(門), 사(奢) 두 글자를 생략한 것이다. 두시(杜詩)의 주석
　　(註)에도 이와 같이 기록되어 있는데 무슨 뜻인지 상세하지 않은 바,
　　깊이 따질 필요가 없다.

6. 和韋蘇州詩寄鄧道士(화위소주시기등도사)　蘇軾(소식)
위소주의 시에 화운하여 등도사에게 부치다 소식(동파)

一盃羅浮春(일배나부춘)　遠餉採薇客(원향채미객)

遙知獨酌罷(요지독작파) 醉臥松下石(취와송하석)
幽人不可見(유인불가견) 淸嘯聞月夕(청소문월석)
聊戲**庵中人**(요희암중인) 空飛本無迹(공비본무적)

술 한 잔에 나부산의 봄(羅浮春)을 담아 멀리 고사리 캐는 사람에게 보
내노라

멀리서 생각하니 홀로 술잔 들고는 취하여 소나무 아래 돌에 누워 있
겠지.

그윽한 사람은 볼 수 없고 맑은 휘파람 소리만 달밤에 들리리라.

애오라지 암자 속의 사람에게 희롱하노니 공중을 날아다녀 본래 자
취 없다오.

○ **庵中人** 암중인　鄧道士是也。암자 속 사람은(庵中人)은 등도사
　　(鄧道士)와 같은 사람일 것이다.

7. **少年子　李白**(소년자 이백)

靑春少年子(청춘소년자) 挾彈章臺左(협탄장대좌)
鞍馬**四邊開**(안마사변개) 突如流星過(돌여류성과)
金丸落飛鳥(금환락비조) 夜入瓊樓臥(야입경루와)
夷齊是何人(이제시하인) 獨守西山餓(독수서산아)

청춘의 소년들이 탄환 끼고 장화대(章華臺) 왼쪽에서 노네.

말 타고 나오자 사방에서 피하니 빨리 달림이 유성(流星)이 지나는 듯
하네.

금 탄환으로 나는 새 떨어뜨리고 밤이면 옥 누대에 들어가 잠자누나.

백이숙제는 이 어떤 사람으로 홀로 서산에서 절개 지키며 굶주렸는가.

○ **四邊開** 사변계 開猶排列。言多也。개(開)는 배열한다는 뜻이
니, 많음을 말한 것이다.

8. 遊東園 유동원 **謝朓**(사조) 동쪽 정원에서 놀다(사조)

戚戚苦無悰(척척고무종) 攜手共行樂(휴수공행락)
尋雲陟累榭(심운척루사) 隨山望菌閣(수산망균각)
遠樹曖芊芊(원수애천천) 生烟紛漠漠(생연분막막)
魚戲新荷動(어희신하동) 鳥散餘花落(조산여화락)
不對芳春酒(부대방춘주) 還望靑山郭(환망청산곽)

시름으로 즐거움 없어 괴로우니 손잡고 그대와 행락하리라.
구름 찾아 여러 층의 누대에 오르고 산길 따라 향기로운 누각 바라보
네.
먼 나무는 아득히 무성하고 피어나는 안개는 어지러이 막막하여라.
물고기 노니 새 연잎 움직이고 새 흩어지니 남은 꽃 떨어지네.
꽃다운 봄 술 대하지 않고 도리어 靑山(청산)의 성곽 바라보노라.

○ **菌閣** 균각。菌簟也。균각은 균점(菌簟, 대자리, 簟, 대자리 점)이
다.

9. 古詩 無名氏(고시 무명씨)

迢迢牽牛星(초초견우성)　皎皎河漢女(교교하한녀)
纖纖擢素手(섬섬탁소수)　札札弄機杼(찰찰농기저)
終日不成章(종일불성장)　泣涕零如雨(읍체영여우)
河漢淸且淺(하한청차천)　相去復幾許(상거부기허)
盈盈一水間(영영일수간)　脈脈不得語(맥맥부득어)

아득히 牽牛星이 보이고 분명한 은하수 옆에 織女星이라오.
가늘고 가는 흰 손들어 찰칵찰칵 베틀의 북 놀리네.
종일토록 文章(문장) 이루지 못하고 눈물 비 오듯이 흘린다오.
은하수는 맑고도 얕으니 거리가 또 얼마나 되는가.
맑은 한 강물 사이에 두고 서로 바라보기만 하고 말하지 못하누나.

○ **盈盈**(영영)。狀水之虛明搖漾。영영은 물이 맑고 깨끗하며 출렁
거림을 형용한 것이다.

10. 靑靑水中蒲(청청수중포) 韓愈(한유退之)
푸르고 푸른 물속의 부들 한유(퇴지)

靑靑水中蒲(청청수중포)　下有一雙魚(하유일쌍어)
君今上隴去(군금상롱거)　我在與誰居(아재여수거)
靑靑水中蒲(청청수중포)　長在水中居(장재수중거)
寄語浮萍草(기어부평초)　相隨我不如(상수아불여)
靑靑水中蒲(청청수중포)　葉短不出水(엽단불출수)
婦人不下堂(부인불하당)　行子在萬里(행자재만리)

푸르고 푸른 물속의 부들이여 아래에는 한 쌍의 물고기 놀고 있네.

임은 이제 隴山(농산)으로 떠나가니 나 홀로 남아 누구와 거처할까.

푸르고 푸른 물속의 부들이여 언제나 물속에 살고 있네.

부평초에게 말하노니 나는 서로 따르는 너만도 못하구나.

푸르고 푸른 물속의 부들이여 잎이 짧아 물 밖으로 나오지 못하네.

부인은 당(堂) 아래 내려가지 않는 법이니 떠나시는 임이여 만 리 길 가시오.

○ **寄語浮萍**。蒲萍。皆水中相隨之物。婦人自嘆不得隨夫而往。故寄語萍草而言。汝則與蒲相隨。我不能如汝云。 기어 부평(부평초에게 말하다) 부(蒲)와 평(萍)은 모두 물속에 함께 떠다니는 물건이다. 지금 부인이 남편을 따라갈 수 없음을 스스로 탄식하였다. 그리하여 부평초에 가탁하여 말하기를 '너는 부들[蒲]과 함께 서로 따라다니니, 나는 너만도 못하다.' 라고 말한 것이다

11. 幽懷(유회) 韓愈(한유) 그윽한 회포(한유)

幽懷不可寫(유회불가사) 가슴 속의 시름을 떨쳐 버릴길 없어

行此春江潯(행차춘강심) 이렇게 봄 강가를 걷고 있네

適與佳節會(적여가절회) 마침 좋은 계절을 만나

士女競光陰(사녀경광음) 남녀가 서로 다투며 즐기고 있네

凝妝耀洲渚(응장요주저) 곱게 단장한 모습 물가에 아롱거리고

繁吹蕩人心(번취탕인심) 요란한 피리소리 사람의 마음을 뒤흔드네

間關林中鳥(간관임중조) 숲속에는 새들이 짹짹거리며

知時爲和吟(지시위화음) 철을 아는 듯 서로 화답하며 지저귀네

豈無一樽酒(기무일준주) 어찌 한 통의 술이 없으리오

自酌還自吟(자작환자음) 홀로 술을 따라 마시며 혼자서 읊조리네

但悲時易失(단비시이실) 다만 좋은 때가 지나감이 서러우나

四序迭相侵(사서질상침) 계절은 속절없이 바뀌고 있네

我歌君子行(아가군자행) 나는 옛노래 군자행을 노래하나니

視古猶視今(시고유시금) 옛날에도 지금처럼 세월 감을 슬퍼했으리

○ **視古視今。** 古人心事。無異於今人故云耳。시고시금(옛날에
보이고 지금도 보인다). 옛날 사람의 심사(心事)가 지금 사람들과 다름
이 없다고 말한 것이다.

12. 歸田園 陶潛 전원으로 돌아가다 (도잠)

種苗在東皐(종묘재동고) 苗生滿阡陌(묘생만천맥)

雖有荷鋤倦(수유하서권) 濁酒聊自適(탁주료자적)

日暮巾柴車(일모건시거) 路暗光已夕(노암광이석)

歸人望煙火(귀인망연화) 稚子候簷隙(치자후첨극)

問君亦何爲(문군역하위) 百年會有役(백년회유역)

但願桑麻成(단원상마성) 蠶月得紡績(잠월득방적)

素心正如此(소심정여차) 開逕望三益(개경망삼익)

동쪽 언덕에 모 심으니 모가 자라 두둑에 가득하네.

비록 호미 매는 수고로움 있으나 탁주(濁酒)로 애오라지 스스로 즐긴
다오.

해 저물자 나무 수레 묶어 돌아오니 햇빛이 이미 져 저녁 길 어두워라.

돌아가는 사람 연기 바라보며 어린 자식 처마 틈에서 기다리네.

그대에게 묻노니 또 무엇 하는가 인생 백년에는 마땅히 해야 할 일 있

다오.

다만 뽕나무와 삼 잘 자라 누에 치는 달에 길쌈하기 원하네.

평소의 마음 진정 이와 같으니 길 열고 세 명의 좋은 벗 오기를 바라노라.

○ **會有役。**言盡力於農事。회유역(마땅히 할 일이 있다). 농사에 힘을 다해야 함을 말한 것이다. (會, 반드시 ~해야 한다)

13. **責子** 陶潛 아들을 꾸짖다 (도잠)

白髮被兩鬢(백발피량빈)　肌膚不復實(기부불복실)
雖有五男兒(수유오남아)　總不好紙筆(총불호지필)
阿舒已二八(아서이이팔)　懶惰故無匹(라타고무필)
阿宣行志學(아선행지학)　而不愛文術(이불애문술)
雍端年十三(옹단년십삼)　不識六與七(불식육여칠)
通子垂九齡(통자수구령)　但覓梨與栗(단멱리여률)
天運苟如此(천운구여차)　且進杯中物(차진배중물)

백발이 양 귀밑머리 덮으니 살갗도 다시는 충실(充實)하지 못하네.

비록 다섯 아들 있으나 모두 종이와 붓 좋아하지 않누나.

서(舒)는 이미 열여섯 살 되었으나 게으르기 진실로 비할 데 없고

선(宣)은 먹은 나이가(行年) 지학(志學)의 나이 되었으나 문학(文學)을 좋아하지 않으며

옹(雍)과 단(端)은 나이 열세 살이나 여섯과 일곱도 알지 못하고

통(通)이란 놈은 아홉 살 되었으나 단지 배와 밤만 찾누나.

천운(天運)이 진실로 이와 같으니 우선 잔 속의 술이나 올리라.

○ **行志學。** 行猶將也。 행지학(15세가 되다). 행(行)은 장(將, 장차)과 같다.

14. 直中書省 謝靈運 중서성에서 숙직하다 (사영운)

紫殿肅陰陰(자전숙음음) 彤庭赫弘敞(동정혁홍창)
風動萬年枝(풍동만년지) 日華承露掌(일화승노장)
玲瓏結綺錢(영롱결기전) 深沈**映朱網**(심침영주망)
紅藥當階翻(홍약당계번) 蒼苔依砌上(창태의체상)
茲言翔鳳池(자언상봉지) 鳴珮多淸響(명패다청향)
信美非吾室(신미비오실) 中園思偃仰(중원사언앙)
朋情以鬱陶(붕정이울도) 春物方駘蕩(춘물방태탕)
安得凌風翰(안득릉풍한) 聊恣山泉賞(료자산천상)

붉은 궁전은 으슥하고 침침하며 궁전의 뜰은 밝고도 넓게 트여 있네.
바람은 만년지(萬年枝) 움직이고 햇빛은 슬로장(承露掌)에 비치누나.
영롱한 창에는 비단을 돈 모양으로 잘라 장식하고
깊은 문살은 붉은 망사(網紗)처럼 비치누나.
붉은 작약(芍藥)은 뜰에서 펄럭이고 푸른 이끼는 섬돌 따라 올라오네.
이 봉황지(鳳凰池)에 울리는 패옥(佩玉)소리 맑고 요란하네.
진실로 아름답지만 나의 집 아니니
고향의 동산 가운데에서 한가롭게 지낼 생각하노라.
벗 그리워하는 정(情) 가슴속에 맺혀 있고 봄의 풍물(風物)은 한창 화창해라.
어이하면 바람 탈 나래 얻어 산천(山泉) 마음껏 구경할 수 있을는지

○ **玲瓏結綺錢**。玲瓏。通明貌。如闕內牕戶。皆刻作團圓之狀。環環如散錢然。故云以綺糊牕。其狀如此。영롱결기전(독산해경) 영롱(玲瓏)은 밝은 모양이고 기전(綺錢)은 둥근 모양의 깁으로 창을 바른 것이다. 지금에 궁궐 안(闕內)의 창문과 같으니, 모두 둥근 모양을 새겨 빙 둘러 엮어 놓아서 마치 돈을 뿌려놓은 것과 같으므로 이렇게 말한 것이다.

○ **映珠網**。如今闕殿簾下。以鐵網罩之。所以御鳥雀。영주망(映珠網, 구슬 망을 비춘다). 지금 궁궐의 처마 밑에 철망으로 그물을 쳐서 새들을 막는 것과 같은 것이다

15. 讀山海經(독산해경) 陶潛(도잠) 산해경을 읽다(도잠)

孟夏草木長(맹하초목장) 繞屋樹扶疎(요옥수부소)
衆鳥欣有託(중조흔유탁) 吾亦愛吾廬(오역애오려)
既耕亦已種(기경역이종) 時還讀我書(시환독아서)
窮巷隔深轍(궁항격심철) 頗廻故人車(파회고인거)
歡言酌春酒(환언작춘주) 摘我園中蔬(적아원중소)
微雨從東來(미우종동래) 好風與之俱(호풍여지구)
汎覽周王傳(범람주왕전) 流觀山海圖(유관산해도)
俯仰終宇宙(부앙종우주) 不樂復何如(불락복하여)

맹하(孟夏, 초여름)에 초목(草木) 자라니 집 둘레에 나무 우거졌네.
뭇새들은 의탁할 곳 있음 기뻐하고 나 또한 내 초막 사랑한다오.
이미 밭 갈고 또 이미 씨 뿌렸으니 때로 돌아와 내 책을 읽노라.
궁벽한 골목 큰길과 멀리 떨어져서 자못 친구의 수레 되돌려 보내곤 한다오.

흔연히 봄 술 따라 마시며 내 동산 가운데의 채소 뜯어 안주로 삼네.

가랑비가 동쪽으로부터 오니 좋은 바람 함께 불어오누나.

주(周)나라 목천자전(穆天子傳) 두루 보고 산해경의 그림 두루 구경한다오.

면앙(俛仰, 굽어보고 쳐다봄)하는 사이 온 우주를 구경하니 어찌 즐기지 않으리.

○ **隔深轍。** 大路車馬行多。故轍迹深也。言窮巷隔大路也。 격
심철(깊은 수레바퀴 자국과 멀다. 큰길과 멀다) 큰길에는 수레와 말(車
馬거마)이 많이 다니기 때문에 수레바퀴 자국이 깊이 패이니, 궁벽한
골목이 큰 길과 멀리 떨어져 있음을 말한 것이다.

16. **夢李白**(몽이백) **二首**(이수) **杜甫**(자미)
이백을 꿈에 보다 (두보, 자미)

死別已嘆聲(사별이탄성) 죽어 이별은 소리 내어 울 수도 있지만

生別常惻惻(생별상측측) 살아생이별 항상 슬픔만 더할 뿐이네

江南瘴癘地(강남장려지) 강호 남쪽은 열병 유행하는 땅인데

逐客無消息(축객무소식) 쫓기는 나그네는 소식 없도다

故人入我夢(고인입아몽) 오랜 친구 내 꿈속에 나타나니

明我長相憶(명아장상억) 내가 반기길 서로 생각이 간절해서 이리라

君今在羅網(군금재나망) 그대 지금 쫓겨 수배 중에 있는데

何以有羽翼(하이유우익) 어찌 그리도 날개가 달려 있던가

恐非平生魂(공비평생혼) 두려움 없는 평화로운 그대 영혼은

路遠不可測(로원불가측) 먼 길과 같아 가히 잴 수가 없도다

魂來楓林靑(혼래풍림청) 꿈속 그대 올 적엔 단풍 숲 아름답더니

魂返關**塞黑**(혼반관새흑) 꿈을 깨고 나니 어려움에 근심 앞서고

落月滿屋梁(락월만옥량) 지는 달은 지붕 위 처마에 걸려 있는데

猶疑照顏色(유의조안색) 걱정되는 마음 외려 안색에 비추는구나

水深波浪闊(수심파랑활) 물이 깊고 물결이 드넓으니

無使蛟龍得(무사교룡득) 교룡(관졸)에 붙잡히지 않기를 바라는 마음
이라네

浮雲終日行(부운종일행) 뜬구름은 하루종일 오가는데

遊子久不至(유자구부지) 나그네는 오래도록 오질 않네

三夜頻夢君(삼야빈몽군) 사흘 밤 그대가 꿈에 자주 나타나니

情親見君意(정친견군의) 정 깊은 그대 뜻을 보는 듯하네

告歸常局促(고귀상국촉) 돌아오겠다며 언제나 몸을 움츠리고

苦道來不易(고도래불이) 길이 험해 오기가 쉽지 않다 하며

江湖多風波(강호다풍파) 강과 호수는 풍파가 많아

舟楫恐失墜(주집공실추) 배에서 노를 떨어뜨릴까 두려워하네

出門搔白首(출문소백수) 문을 나서며 흰머리를 긁어대

若負平生志(약부평생지) 평생의 뜻을 저버린 듯하구나

冠蓋滿京華(관개만경화) 고관들은 화려한 서울에 가득한데

斯人獨憔悴(사인독초췌) 이 사람만 홀로 초췌하구나

孰云網恢恢(숙운망회회) 누가 말했나 하늘이 공평하다고

將老身反累(장로신반루) 늙어가는 몸이 도리어 투옥되다니

千秋萬歲名(천추만세명) 천년만년 이름이야 남겠지만

寂寞身後事(적막신후사) 몸이 적막해진 이후의 일이로구나

○ **楓靑塞黑**。魂來喜其至。故云楓靑。言景色蕭爽也。魂返
傷其去。故云塞黑。言氣像愁慘也。청풍새흑(단풍나무 푸르고
변방은 어둡다). (이백李白의) 혼이 온 것을 기뻐했기 때문에 단풍나무

숲(楓林)이 푸른 것이니 그 경치(景色)가 상쾌함을 말한 것이요, 혼이 간 것을 슬퍼했기 때문에 변방의 관문(關塞)이 캄캄한 것이니 그 기상(氣象)이 참담함을 말한 것이다

○ **有羽翼**。方在罪謫而忽然至此。故且喜且怪而問之云。何以有羽翼。非謂見放也。 유우익(깃과 날개가 있다). 현재 죄를 짓고 귀양 가 있는데 문득 이곳에 왔으므로 한편으로 기뻐하면서 다른 한편으로는 이상하게 여겨 '어찌 날개가 있어 올 수 있겠는가.'라고 물은 것이니, 석방을 받았다는 말이 아니다.

17. 贈東坡(증동파) 2수 黃庭堅(황정견) (山谷산곡)
   동파에게 올리다 황정견(산곡)

江梅有佳實(강매유가실) 강가 매화나무에 좋은 열매 열려
託根桃李場(탁근도리장) 뿌리는 복숭아와 오얏나무 마당에 뿌리내렸네
桃李終不言(도리종불언) 복숭아와 오얏나무 끝내 말은 아니해도
朝露借恩光(조노차은광) 아침 이슬에 은총의 빛을 빌린다
孤芳忌皎潔(고방기교결) 혼자 향기로운 매화꽃은 희고 깨끗함이 기피
되어
氷雪空自香(빙설공자향) 얼음과 눈 속에서 향기를 발한다
古來和鼎實(고래화정실) 예로부처 솥 안의 음식과 합하여
此物升廟廊(차물승묘낭) 이 물건이 묘당에 올랐다
歲月坐成晚(세월좌성만) 세월은 앉은 채로 늦어가니
煙雨靑已黃(연우청이황) 안개와 비로 푸른 열매 이미 누렇게 익어간다
得升桃李盤(득승도리반) 복숭아와 오얏 쟁반에 올라
以遠初見嘗(이원초견상) 멀리 이제야 맛보게 되었네
終然不可口(종연불가구) 그러나 끝내는 먹을 수 없어

擲置官道邊(척치관도변) 관청의 길가에 버려졌도다
但使本根在(단사본근재) 다만 뿌리만 그대 있다면
棄捐果何傷(기연과하상) 버려진들 어찌 기분이 상할까

靑松出澗壑(청송출간학) 푸른 소나무 물 흐르는 골짜기에 자라
十里間風聲(십리간풍성) 십 리 먼 곳 바람 소리도 들린다
上有百尺絲(상유백척사) 소나무 위에는 백 자 크기의 토사가 감기어 있고
下有千歲苓(하유천세령) 아래에는 천년 묵은 복령이 자라고 있다
自性得久要(자성득구요) 복령은 속성이 오래 견딜 수 있고
爲人制頹齡(위인제퇴령) 사람들을 위해 노화를 억제해준다
小草有遠志(소초유원지) 작은 풀로는 원지라는 풀이 있는데
相依在平生(상의재평생) 서로 의지하며 평생을 함께 한다
醫和不竝世(의화불병세) 의화와 같은 명의가 세상에 없다면
深根且固蔕(심근차고체) 뿌리는 깊고 가시는 단단해지리라
人言可醫國(인언가의국) 사람들은 나라의 병도 고칠 수 있다고 하니
何用大早計(하용대조계) 어찌 크게 서두르는 계책을 쓸까
小大材則特(소대재칙특) 크고 작은 재능은 다르지만
氣味固相似(기미고상사) 냄새와 맛은 본래 서로 비슷한 것이네

○ **和鼎實**。謂調和鼎味之實也。 화정실(솥 안의 음식을 조화시키다).
  솥 안의 음식에 간을 맞춤을 이른 것이다.

18. 田家 柳宗元(子厚) 전가(농가) 유종원 (자후)

籬落隔煙火(이락격연화) 農談四鄰夕(농담사린석)
庭際秋蟲鳴(정제추충명) 疏麻方**寂歷**(소마방적력)

蠶絲盡輸稅(잠사진수세) 機杼空倚壁(기저공의벽)
裡胥夜經過(이서야경과) 雞黍事筵席(계서사연석)
各言官長峻(각언관장준) 文字多督責(문자다독책)
東鄕後租期(동향후조기) 車轂陷泥澤(거곡함니택)
公門少推恕(공문소추서) 鞭樸恣狼藉(편박자낭자)
努力愼經營(노력신경영) 肌膚眞可惜(기부진가석)
迎新在此歲(영신재차세) 唯恐踵前跡(유공종전적)

울타리 너머에 연기와 불빛 비추니 농사 이야기에 사방 이웃 저녁에
모였네.

뜰 가에는 가을 풀벌레 울어대고 성긴 삼대는 쓸쓸하게 보이누나.

누에실을 모두 세금으로 바치니 베틀과 북 부질없이 벽에 기대 놓았네.

마을의 아전 밤에도 돌아다니니 닭 잡고 기장밥 지어 술자리 마련하네.

각기 말하기를 장관이 준엄하여 문자에 독책(督責, 몹시 책망함)함이 많
다 하네.

동쪽 고을은 납세 기일을 놓쳐 수레바퀴가 진흙에 빠진 듯 진퇴양난
이라오.

관청에는 백성들의 마음 미루어 헤아림이 적어 채찍과 회초리 멋대
로 낭자하게 때린다네.

노력하여 부디 조세를 마련하라 살갗은 정말로 아까운 것이라네.

새 사또 맞이함이 이 해에 있으니 행여 옛 사또의 자취 따를까 두렵다
네.

○ 寂歷。與寂寞不同。蓋寂而有疏影離離之象。적력(寂歷). 적
력은 적막(寂寞)과 다르니, 대략 이는 고요하여 성긴 그림자가 드리
워진 모양이다.

19. 樂府 上 無名氏 악부 상 (무명씨)

靑靑河畔草(청청하반초) 綿綿思遠道(면면사원도)
遠道不可思(원도불가사) 夙昔夢見之(숙석몽견지)
夢見在我傍(몽견재아방) 忽覺在他鄕(홀각재타향)
他鄕各異縣(타향각이현) 輾轉不可見(전전불가견)
枯桑知天風(고상지천풍) 海水知天寒(해수지천한)
入門各自媚(입문각자미) 誰肯相爲言(수긍상위언)
客從遠方來(객종원방래) 遺我雙鯉魚(유아쌍리어)
呼童烹鯉魚(호동팽리어) 中有尺素書(중유척소서)
長跪讀素書(장궤독소서) 書中竟何如(서중경하여)
上有加餐飯(상유가찬반) 下有長相憶(하유장상억)

푸르고 푸른 황하물(河水)가의 풀이여 면면히 이어진 먼 길 생각하게 하네.

먼 길 가신 임 생각할 수도 없으니 지난밤 꿈속에 보았노라.

꿈속에 보니 내 곁에 계시더니 갑자기 깨어보니 타향에 계시누나.

타향이라 각기 고을이 달라 몸 뒤척이며 그리워해도 볼 수 없네.

마른 뽕나무도 흔들려 하늘의 바람 알고 바닷물도 얼어 날씨가 추움 안다네.

문에 들어가면 각기 스스로 반가워하니 누가 기꺼이 나에게 임 소식 말해줄까.

손님이 먼 지방으로부터 와서 나에게 한 쌍의 잉어 주었네.

아이를 불러 잉어 삶게 하니 배 속에 한 자의 흰 비단 편지 있었네.

길게 무릎 꿇고 흰 비단 편지 읽으니 편지 가운데에 끝내 무어라고 쓰였는가.

위에는 몸을 아껴 식사 더하라 하였고 아래에는 길이 서로 생각한다하였다오.

○ **知天風天寒。** 蓋言物之相感者。證人之相感。而猶未灼
耳。 지천풍천한(마른 뽕나무 흔들려 하늘의 바람 알고 바닷물도 얼어 날
씨가 추움 안다) 대략 이는 물건이 서로 응함을 말한 것이니, 사람이
서로 감응함을 증명하였으나 오히려 분명히 드러내지는 않았다.

20. **歸田園居** 陶潛 전원에 돌아와 살다 (도잠)

少無適俗韻(소무적속운) 性本愛邱山(성본애구산)
誤落塵網中(오락진망중) 一去三十年(일거삼십년)
羈鳥戀舊林(기조련구림) 池魚思故淵(지어사고연)
開荒南野際(개황남야제) 守拙歸園田(수졸귀원전)
方宅十餘畝(방택십여무) 草屋八九間(초옥팔구한)
楡柳蔭後簷(유류음후첨) 桃李羅堂前(도리라당전)
曖曖遠人村(애애원인촌) 依依墟里煙(의의허리연)
狗吠深巷中(구폐심항중) 雞鳴桑樹顚(계명상수전)
戶庭無塵雜(호정무진잡) 虛室有餘閑(허실유여한)
久在樊籠裏(구재번롱리) 復得返自然(복득반자연)

젊어서부터 세속에 어울리지 못하고 천성이 본래 산과 언덕을 좋아
하였네.
잘못하여 세속의 그물 속에 떨어져 한 번 떠남에 삼십 년 지났다오.
새장 속의 새 옛 숲을 그리워하고, 연못의 물고기 옛 못을 생각하네.
남쪽 들가에 황폐한 밭 일구고 어리석음을 지켜 전원으로 돌아왔노라.
네모난 집터는 십여 이랑쯤 되고 초가집은 팔구 간이라오.

느릅나무와 버드나무 뒤 처마를 가리우고 복숭아 오얏나무 집 앞에 늘어서 있네.

어슴푸레 먼 마을의 인가 보이고 아련히 마을에서는 연기 피어오르네.

골목길 안에 개 짖는 소리 들리고 닭은 뽕나무 꼭대기에서 우누나.

문과 뜰에는 잡스러운 일 하나 없고 빈 방 안에는 한가로움이 남아있다오.

오랫동안 새장 속에 있다가 다시 자연으로 돌아왔노라.

○ **方宅十餘畝**。方。猶方百里方千里之方。言宅舍之地環四方而度之。止十餘畝。謂縱橫皆十畝也。 방택십여무(사방 집 주변 10여 이랑) 방(方)은 사방백리(方百里)의 방(方)과 같으니, 집 주위를 빙 둘러 가로와 세로가 10여 무(畝, 이 랑)임을 말한 것이다."

21. 石壕吏 杜甫 석호촌의 아전 (두보)

暮投石壕村(모투석호촌) 날 저물어 석호촌에 묵으니

有吏夜捉人(유리야착인) 밤에 징발하는 향리가 왔네

老翁踰墻走(노옹유장주) 남자라곤 하나 남은 노옹은 담 넘어 달아나고

老婦出門看(노부출문간) 늙은 할멈 문 열고 나가서 망을 보네

吏呼一何怒(이호일하노) 향리의 고함소리는 어찌 그리 노엽고

婦啼一何苦(부제일하고) 하소연하는 할멈의 울음은 어찌 그리 애절한지

聽婦前致詞(청부전치사) 할멈이 나가서 하는 말 들으니

三男鄴城戍(삼남업성수) 아들 셋이 업성 싸움에 징발되어 나갔는데

一男附書至(일남부서지) 한 아들이 편지를 보내와서 하는 말이

二男新戰死(이남신전사) 두 아들은 최근 싸움에서 전사를 했다네

存者且偸生(존자차투생) 산 사람은 그냥저냥 살아가겠지만

死者長已矣(사자장이의) 죽은 놈은 영영 끝이 아닌가
室中更無人(실중갱무인) 징병에 다 끌려가서 집안에 달리 사람이 없고
惟有乳下孫(유유유하손) 유일하게 젖먹이 손자 하나 남았다네
孫有母未去(손유모미거) 며느리가 있으나 손자 때문에 움직이질 못하고
出入無完裙(출입무완군) 출입할 제대로 된 의복 한 벌도 없다 하네
老軀力雖衰(노구역수쇠) 할멈 말하길 늙은 몸 힘은 없어도
請從吏夜歸(청종이야귀) 향리 말에 순종하여 이 밤 따라가고자 하니
急應河陽役(급응하양역) 우선 급한 하양의 부역에 나가서
猶得備晨炊(유득비신취) 병졸 아침밥 짓는 데는 도움이 되지 않겠냐고
夜久語聲絶(야구어성절) 밤이 깊어지니 말소리 끊어졌는데
如聞泣幽咽(여문읍유열) 잠결에 언뜻언뜻 들리는 숨죽여 흐느끼는 울음
天明登前途(천명등전도) 날 밝아 다시 떠나는 길에
獨如老翁別(독여노옹별) 늙은 노옹 한 사람 홀로 작별을 고하네

○ **聽婦前致辭。** 言聽彼婦前就於吏而致告之辭也。 청부전치사
(부인이 앞에서 늘어놓는 말을 듣다) 저 할미가 관리 앞으로 나와 고
하는 내용을 들음을 말한 것이다.

22. 佳人(가인) **杜甫**(두보) 가인(아름다운 사람) (두보)

絶代有佳人(절대유가인) **幽居在空谷**(유거재공곡)
自云良家子(자운양가자) **零落依草木**(영락의초목)

아주 아름다운 절대 여인이 있어 산간 깊은 계곡에 은거해 삽니다
스스로 말하기를 양가집 자녀라 영락하여 산중 초목에 의지하네

關中昔喪敗(관중석상패) 兄弟遭殺戮(형제조살육)
高官何足論(고관하족론) 不得收骨肉(부득수골육)

관중지역에서 일찍이 전쟁에 패해 형제들 모두가 다 죽임을 당했다네
집안이 고관이면 무엇이 족하리오 형제의 시신도 수습을 하지 못했다

世情惡衰歇(세정오쇠헐) 萬事隨轉燭(만사수전촉)
夫婿輕薄兒(부서경박아) 新人美如玉(신인미여옥)
세상사 인정은 쇠잔해지는 걸 싫어해 만사는 촛불이 흔들리듯 흘러간
다오
남편이란 작자는 경박한 사나이라서 새로운 여자는 옥처럼 예뻐 보였
겠지

合昏尙知時(합혼상지시) 鴛鴦不獨宿(원앙부독숙)
但見新人笑(단견신인소) 那聞舊人哭(나문구인곡)

야합화는 항상 피고 질 때를 알고요 원앙새는 혼자서는 자지 않는다고
단지 새 여자의 웃는 모습만 보이니 어찌 옛사람 우는 소리가 들리겠소

在山泉水淸(재산천수청) 出山泉水濁(출산천수탁)
侍婢賣珠廻(시비매주회) 牽蘿補茅屋(견라보모옥)

산에 있는 샘물은 맑기도 하지만 산을 벗어나면 샘물은 흐려집니다
계집종은 구슬을 팔아서 돌아오고 담쟁이덩굴 끌어와 초가집을 고쳐

摘花不揷髮(적화불삽발) 采柏動盈掬(채백동영국)
天寒翠袖薄(천한취수박) 日暮倚修竹(일모의수죽)

꽃을 꺾어 머리에 꽂을 틈도 없고 잣을 딸 때에는 항상 한 움큼 손에
날은 추운데 비취색 옷소매는 엷어 날이 저무니 대나무에 기댈 뿐일세

○ **轉燭**。轉猶移也。燭置之在此則此明。移之在彼則彼明。
在東邊東邊明。在西邊西邊明。此明則彼暗。被明則此暗。
東西南北皆然。世間萬事。禍福盛衰。悲歡通塞。莫不如
之。故取而比之。전촉(轉燭, 초를 옮기다). 전(轉)은 옮긴다는 뜻이
다. 촛불을 동쪽에 놓으면 동쪽이 밝고 서쪽에 놓으면 서쪽이 밝으
니, 이곳이 밝으면 저곳이 어둡고 저곳이 밝으면 이곳이 어둡다. 세
간(世間)의 화복(禍福, 재앙과 복), 성쇠(盛衰, 융성과 쇠퇴), 비환(悲歡,
슬픔과 기쁨), 통색(通塞, 통함과 막힘)이 모두 이와 같다. 그러므로 취
하여 비유한 것이다.
○ **泉清濁**。蓋取泉之清濁。以比夫壻之情。因所遇而變化無常
也。천청탁(샘의 맑음과 탁함). 대략 샘물(泉水)의 청탁(清濁)을 취하
여 남편의 정을 비유한 것이니, 만나는 대상에 따라 마음이 변화하여
일정함이 없는 것이다.

23. 送諸葛覺往隨州讀書 韓愈 (退之)
수주로 유학 가는 제갈각을 전송 한유 (퇴지)

鄴侯家多書(업후가다서) 插架三萬軸(삽가삼만축)
一一懸牙籤(일일현아첨) 新若手未觸(신약수미촉)
為人強記覽(위인강기람) 過眼不再讀(과안부재독)
偉哉群聖文(위재군성문) 磊落載其腹(뇌락재기복)
行年余五十(행년여오십) 出守數已六(출수수이육)
京邑有舊廬(경읍유구려) 不容久食宿(불용구식숙)

臺閣多官員(대각다관원) 無地寄一足(무지기일족)
我雖官在朝(아수관재조) 氣勢日局縮(기세일국축)
屢為丞相言(누위승상언) 雖懇不見錄(수간불견록)
送行過滻水(송행과산수) 東望不轉目(동망부전목)
今子從之遊(금자종지유) 學問得所欲(학문득소욕)
入海觀龍魚(입해관룡어) 矯翮逐黃鵠(교핵축황곡)
勉為新詩章(면위신시장) 月寄三四幅(월기삼사폭)

업후鄴侯(李泌이필)의 집엔 책이 많아 서가에 3만 권(軸축)이 꽂혀 있다오.

일일이 상아 찌 달아 놓았고 새롭게 손도 대지 않은 듯하여라.

사람됨이 기억하고 외우기 잘하여 한 번 보면 두 번 다시 읽지 않는다오.

위대한 여러 성현의 책 수북이 뱃속에 쌓았네.

나이 오십이 넘었는데 수령(守令)으로 나간 지 이미 여섯 번이라오.

서울에도 옛집 있으나 오래 먹고 유숙(留宿)할 수 없으며

관청(대각臺閣)에 관원들 많으나 발 하나 붙일 자리 없다네.

내 비록 벼슬하여 조정에 있으나 기세는 날로 위축되니

여러 번 승상(丞相)께 말씀드리니 비록 간곡하나 기억해 주지 않으시네.

떠나는 그대 전송하러 산수(滻水) 지나가니 동쪽만 바라보며 눈을 돌리지 않고 응시하노라.

지금 그대 업후(鄴侯) 따라 노니 학문(學問)이 소원대로 되리라.

바다에 들어가 용과 고기(龍魚) 보고 날개를 펴서 누런 고니 쫓듯 하겠지.

힘써 새로운 시와 글 지어 다달이 서너 편 부쳐주오.

○ **龍魚黃鵠**。入止魚。言所學之奇詭而富也。矯止鵠。言所
  造之高遠而疾也。上主知故言觀。下主行故言逐。용어황곡
  (용과 물고기, 고니). (물에) 들어가서 물고기에 이르는 것은 학문의 기

이하고 풍부함을 말한 것이고, (날개를) 쳐들어 고니에게 이르는 것
은 조예가 높고 멀고 빠른 것을 말한다. 윗구는 지식을 주로 하였으
므로 본다고 말하였고, 아랫구는 행동을 주로 하였으므로 좇는다고
말한 것이다.

24. 司馬溫公獨樂園 蘇軾 (子瞻) 사마온공의 독락원 소식 (자첨)

青山在屋上(청산재옥상) 푸른 산이 지붕 위에 있고

流水在屋下(유수재옥하) 흐르는 물은 지붕 아래에 있다

中有五畝園(중유오무원) 가운데는 다섯 이랑의 정원이 있어

花竹**秀而野**(화죽수이야) 꽃나무와 대나무 우거져 들판 같다

花香襲杖履(화향습장구) 꽃향기 지팡이와 신에 젖어들고

竹色侵盞斝(죽색침잔가) 대나무 빛 술잔 속에 들어왔다

樽酒樂餘香(준주낙여향) 통술을 마시며 남은 봄 향기 즐기며

碁局消長夏(기국소장하) 바둑을 두며 기나긴 여름을 보낸다

洛陽古多士(낙양고다사) 낙양은 예부터 선비가 많아

風俗猶爾雅(풍속유이아) 풍속은 아직도 우아함이 남아 있다

先生臥不出(선생와불출) 선생은 세상에 나오지 않아

冠盖傾洛社(관개경낙사) 관 쓰고 수레 탄 명사들이 낙사로 몰려든다

雖云與衆惡(수운여중악) 비록 여러 사람들과 즐긴다 하나

中有獨樂者(중유독락자) 그 속에 홀로 즐기는 것이 있나니

才全德不形(재전덕불형) 재주가 완전해도 덕은 나타내지 않아

所貴知我寡(소귀지아과) 귀한 것은 나를 알아주는 이가 적은 것이라네

先生獨何事(선생독하사) 선생은 홀로 무슨 일을 하시어서

四海望陶冶(사해망도야) 모든 사람들이 세상을 다스려 주기를 바라는가

兒童誦君實(아동송군실) 아이들도 선생의 자 "군실"을 외우고

走卒知司馬(주졸지사마) 하인들도 선생의 성 "사마"를 안다

持此欲安歸(지차욕안귀) 이런 명성을 지니고서 선생은 어디로 가시려는가

造物**不我捨**(조물불아사) 조물주는 우리를 버리지 않으셨다

各聲逐我輩(각성축아배) 명성이 우리를 좇은 것이니

此病**天所赭**(차병천소자) 이러한 병을 얻은 것은 하늘이 붉은 표식을 한 것이네

撫掌笑先生(무장소선생) 손뼉을 치며 웃어주나니, 선생이

年來效暗啞(년래효암아) 근래에 벙어리 흉내를 내시고 있는 것을 말이요

○ **秀而野**。言園非野而有野趣。緣花竹幽茂而然也。 수이야(花竹秀而野, 꽃과 대나무 빼어나고 자연스럽다). 동산이 들판처럼 거칠지 않으면서도 자연스러운 정취가 있는 것은 꽃과 대나무가 그윽하고 무성해서 그러한 것이다.

○ **不我捨**。欲潛德而德彌光。欲隱名而名愈盛。非徒人望攸屬而不可解。造物亦不肯捨我也。末句暗啞。以著溫公處盛名而能晦默之意。 불아사(不我捨, 나를 버리지 않다) 덕을 감추고자 하나 덕이 더욱 밝게 드러나고 이름을 감추고자 하나 이름이 더욱 성대하니, 비단 인망(人望, 사람의 덕망)이 따르는 바여서 벗어날 수 없을 뿐만 아니라 조물주도 자신(司馬溫公)을 내버려두려 하지 않는다는 말이다. 말구의 음아(暗啞, 벙어리)는 사마온공이 훌륭한 명성이 있으면서도 감추고 침묵할 줄 아는 뜻을 나타낸 것이다.

○ **天所赭**。上古罪人著赭衣。以別於平人。天所赭。猶言天之所罰也。陳搏謂种放曰。名者。古今之美器。造物者忌之。亦此意。 천소자(天所赭, 하늘이 붉게 한 것) 오랜 옛날(上古時代)에는 죄인들에게 붉은 옷을 입혀서 보통사람들과 구별하였으니,

천자(天赭)는 하늘이 벌을 내림을 말한 것이다. 진단(陳摶)이 종방(種放)에게 이르기를 '명성은 고금에 아름다운 물건이나 조물주의 그것을 꺼린다.' 라고 하였으니, 또한 이 뜻이다.

25. 上韋左相二十韻　杜甫 위좌상에게 올린 20운의 시 (두보)

鳳曆軒轅紀 (봉력헌원기)	龍飛四十春 (용비사십춘)
八荒開壽域 (팔황개수역)	一氣轉洪鈞 (일기전홍균)
霖雨思賢佐 (임우사현좌)	丹靑憶老臣 (단청억로신)
應圖求駿馬 (응도구준마)	驚代得麒麟 (경대득기린)
沙汰江河濁 (사태강하탁)	調和鼎鼐新 (조화정내신)
韋賢初相漢 (위현초상한)	范叔已歸秦 (범숙이귀진)
盛業今如此 (성업금여차)	傳經固絶倫 (전경고절륜)
豫樟深出地 (예장심출지)	滄海闊無津 (창해활무진)
北斗司喉舌 (북두사후설)	東方領搢紳 (동방영진신)
持衡留藻鑑 (지형유조감)	聽鳴上星辰 (청명상성신)
獨步才超古 (독보재초고)	餘波德照鄰 (여파덕조린)
聰明過管輅 (총명과관로)	尺牘倒陳遵 (척독도진준)
豈是池中物 (기시지중물)	由來席上珍 (유래석상진)
廟堂知至理 (묘당지지리)	風俗盡還淳 (풍속진환순)
才傑俱登用 (재걸구등용)	愚蒙但隱淪 (우몽단은륜)
長卿多病久 (장경다병구)	子夏索居貧 (자하삭거빈)
回首驅流俗 (회수구류속)	生涯似衆人 (생애사중인)
巫咸不可問 (무함불가문)	鄒魯莫容身 (추노막용신)
感激時將晩 (감격시장만)	蒼茫興有神 (창망흥유신)
爲公歌此曲 (위공가차곡)	涕淚在衣巾 (체루재의건)

(鳳鳥)의 책력과 헌원(軒轅)의 기년(紀年)에 용이 나신 지 사십 년 되었다오.

팔황(八荒)에서는 장수(長壽)하는 나라 여니 한 기운이 큰 조화(造化) 베풀었네.

장맛비 같은 어진 보좌 생각하고 단청(丹靑)을 그려 늙은 신하 추억하네.

그림에 맞는 준마(駿馬) 구하고 세상을 놀라게 할 기린(麒麟) 얻었다오.

강하(江河)의 혼탁함 정화(淨化)하고 솥 안의 새로운 음식 조화시켰네.

위현(韋賢)이 처음 한(漢)나라를 돕듯이 하고 범숙(范叔)이 진(秦)나라에 돌아가 공을 이루듯 하였다오.

성대한 업적(業) 지금 이와 같고 경(經)을 전수함 진실로 크게 뛰어나리.

예장(豫) 나무가 깊이 땅에서 솟아났고 창해(滄海)가 넓어 가없어라.

북두(北斗)에서 후설(喉舌) 맡고 승상(丞相)이 되어 동방의 진신(搢紳, 모든 벼슬아치)을 거느렸네.

저울대 잡고 인물 선발하여 조감(藻鑑)을 남겼고 신발 소리 들려 별에까지 올라갔다오.

독보적인 재주는 옛사람 능가하고 남은 은택 덕이 이웃에까지 비추누나.

총명은 관로(管輅)보다 더하고 척독(尺牘, 짧은 편지)은 진준(陳遵)을 압도하였네.

어찌 못 속에 있을 물건이겠는가 예로부터 자리 위의 보배였다오.

조정에서는 지극한 다스림 아니 풍속이 모두 순박함으로 돌아갔네.

재주 있는 준걸들 모두 등용되니 어리석고 몽매한 자만 초야에 묻혀 있네.

장경(長卿)처럼 병이 많은 지 오래되었고 자하(子夏)처럼 외로이 거처하며 지낸다오.

유속(流俗)을 따라다닌 신세 회고해 보니 생애가 중인(衆人)들과 같구나.

무함(巫咸)에게도 나의 운명 물을 수 없고 추로(鄒魯)에도 몸을 용납하지 못하네.

감격함에 세월이 장차 저무니 창망(滄茫)한 흥이 신묘하게 일어나네.

공(公)을 위해 이 곡조 노래하니 눈물이 흘러 옷과 수건 적시누나.

○ **沙汰**。釋云。江河의濁을沙汰。江本不濁而亦言濁者。因河濁而帶言之耳。사태(沙汰). 주석에 '강하의 탁함을 사태'라 하였다. 양자강물(揚子江)은 본래 흐리지 않 은 데도 흐리다고 말한 것은 황하(河水)가 흐리기 때문에 함께 말한 것일 뿐이다.

○ **傳經**。漢韋玄韋賢成父子。相繼以經學顯故云。傳經(전경). 한(漢)나라 위현(韋賢)과 위현성(韋玄成) 부자(父子)가 서로 이어 경학(經學)으로 드러났으므로 이렇게 말한 것이다.

26. 寄李白 杜甫 이백에게 부치다 (두보)

昔年有狂客(석년유광객) 號爾謫仙人(호이적선인)
筆落驚風雨(필락경풍우) 詩成泣鬼神(시성읍귀신)
聲名從此大(성명종차대) 汨沒一朝伸(골몰일조신)
文彩承殊渥(문채승수악) 流傳必絶倫(유전필절륜)
龍舟移棹晚(용주이도만) **獸錦**奪袍新(수금탈포신)
白日來深殿(백일래심전) 靑雲滿後塵(청운만후진)
乞歸優詔許(걸귀우조허) **遇我宿心親**(우아숙심친)
未負幽棲志(미부유서지) 兼全寵辱身(겸전총욕신)
劇談憐野逸(극담련야일) 嗜酒見天眞(기주견천진)
醉舞梁園夜(취무양원야) 行歌泗水春(행가사수춘)
才高心不展(재고심부전) 道屈善無鄰(도굴선무린)
處士禰衡俊(처사예형준) 諸生原憲貧(제생원헌빈)
稻粱求未足(도량구미족) 薏苡謗何頻(의이방하빈)
五嶺炎蒸地(오령염증지) 三危放逐臣(삼위방축신)
幾年遭鵩鳥(기년조복조) 獨泣向麒麟(독읍향기린)
蘇武先還漢(소무선환한) 黃公豈事秦(황공기사진)

楚筵辭醴日(초연사례일) 梁獄上書辰(양옥상서신)
已用當時法(이용당시법) 誰將此義陳(수장차의진)
老吟秋月下(노음추월하) 病起暮江濱(병기모강빈)
莫怪恩波隔(막괴은파격) 乘槎與問津(승사여문진)

그를 불러 적선인(謫仙人, 귀양온 신선)이라 하였지.

붓을 들어 글씨 쓰면 비바람 놀라게 하고

시(詩)가 이루어지면 귀신들 곡하게 하였네.

명성이 이로부터 커지니

골몰(汨沒)하던 몸 하루아침에 펴졌다오.

아름다운 문장 특별한 총애 받으니

세상에 유전(流傳)함 반드시 크게 뛰어나리라.

천자(天子)의 용배(龍舟) 노를 저음이 더뎠고

짐승 무늬의 비단 도포 새로 하사받았네.

대낮(白日)에 깊은 궁전으로 오니

청운(靑雲)의 선비들 뒤따라오느라 먼지 가득하였네.

초야(草野)로 돌아가기 원하자 우대하는 조칙(詔勅)으로 허락하니

나를 만나 옛 마음으로 친하게 대하네.

숨어 살려는 뜻 저버리지 않고

총애받고 욕된 몸 겸하여 온전히 하누나.

재미있게 이야기하니 천진(天眞)하고 방일(放逸)함 사랑하고

술 좋아하니 천성(天性)의 참됨 볼 수 있네.

취해서는 양원(梁園)의 밤잔치에 춤추고

사수(泗水)의 봄 경치 구경 다니며 노래하였다오.

재주 높으나 마음 펴지 못하고

도(道)가 굽히니 착하여도 이웃 없네.

처사(處士)인 예형(禰衡)처럼 준걸스럽고

제생(諸生) 중에 원헌(原憲)처럼 가난하다오.

벼와 조 구하는 것도 풍족하지 못한데

의이(薏苡율무)의 비방은 어찌 잦은가.

오령(五嶺)의 무더운 고장에

삼위(三危)로 추방된 신하라오.

몇 년이나 복조(鵬鳥봉황) 만났는가

홀로 기린(麒麟)을 향해 울고 있네.

소무(蘇武)가 한(漢)나라로 돌아온 것보다 이르고

하황공(夏黃公)이 어찌 진(秦)나라 섬기겠는가.

초(楚)나라 잔치에 단술이 없다고 하직하던 날이요

양(梁)나라 옥(獄)에서 글 올릴 때라오.

이미 당시의 법 적용하였으니

누가 이 의리 가지고 말해 주겠는가.

나는 늙어 가을 달 아래에서 읊고

병든 몸 저문 강가에서 일어나네.

황제(皇帝)의 은혜 물결이 막힘 괴이하게 여기지 마오

뗏목 타고 그대와 나루터 물어 하늘에 오르리라.

○ **獸錦**。 繡禽獸之錦也。 繡錦으로흔 袍울 奪ᄒ니 新ᄒ도다。 獸錦
(수금). 獸錦은 禽獸를 수놓은 비단이니, '수놓은 비단으로 만든 도포
를 하사받아 새롭다'는 뜻이다.

○ **遇我宿心親**。 我을遇ᄒ야。 宿昔心으로 親ᄒ놋다。 遇我宿心親
(우아숙심친). 나를 만나 옛마음으로 친하게 대한다는 말이다.

27. 開府二十韻 杜甫

가서한(哥舒翰) 개부에게 올리는 20운의 시 (두보)

今代麒麟閣(금대기린각) 何人第一功(하인제일공)
君王自神武(군왕자신무) 駕馭必英雄(가어필영웅)
開府當朝傑(개부당조걸) 論兵邁古風(논병매고풍)
先鋒百勝在(선봉백승재) 略地兩隅空(약지양우공)
靑海無傳箭(청해무전전) 天山早掛弓(천산조괘궁)
廉頗仍走敵(염파잉주적) 魏絳已和戎(위강이화융)
每惜河湟棄(매석하황기) 新兼節制通(신겸절제통)
智謀垂睿想(지모수예상) 出入冠諸公(출입관제공)
日月低秦樹(일월저진수) 乾坤繞漢宮(건곤요한궁)
胡人愁逐北(호인수축북) 宛馬又從東(완마우종동)
受命邊沙遠(수명변사원) 歸來禦席同(귀래어석동)
軒墀曾寵鶴(헌지증총학) 畋獵舊非熊(전렵구비웅)
茅土加名數(모토가명수) 山河誓始終(산하서시종)
策行遺戰伐(책행유전벌) 契合動昭融(계합동소융)
勳業靑冥上(훈업청명상) 交親氣槪中(교친기개중)
未爲珠履客(미위주리객) 已見白頭翁(이견백두옹)
壯節初題柱(장절초제주) 生涯獨轉蓬(생애독전봉)
幾年春草歇(기년춘초헐) 今日暮途窮(금일모도궁)
軍事留孫楚(군사류손초) 行間識呂蒙(행간식여몽)
防身一長劍(방신일장검) 將欲倚崆峒(장욕의공동)

지금 시대의 공신(功臣) 그린 기린각(麒麟閣)에
어느 사람이 제일가는 공을 세웠는가.
군왕(君王)은 절로 신무(神武)하시니

부리시는 사람들 반드시 영웅이라오.

개부(開府)는 지금 조정의 영걸이니

병사(兵事)를 논함에 옛사람의 풍도(風度) 뛰어넘네.

선봉으로 나가 백 번 싸워 승리하니

땅을 공략하여 서북쪽 양 귀퉁이 비었네.

청해(靑海) 지방에는 화살을 전하여 신호함 없고

천산(天山)에는 일찍 활 걸어놓았다오.

염파(廉頗)처럼 그대로 적을 패주시키고

위강(魏絳)처럼 이미 오랑캐를 강화시켰네.

매양 하황(河湟)지방이 버려짐 애석해 하여

새로 절제(節制)를 겸하여 길 통하게 하였네.

지혜로운 계책은 천자(天子)의 생각 드리우게 하니

출입함에 제공(諸公)들 중 으뜸이라오

공(功)을 논하면 해와 달도 낮게 장안(長安)의 나무에 걸리고

하늘과 땅(乾坤)도 겨우 한(漢)나라 궁궐을 에워쌀 뿐이라오.

오랑캐들은 쫓겨 패주(敗走)함 걱정하고

완(宛)땅의 말 또 동쪽으로 조공(朝貢) 오네.

명령 받고 변방 사막으로 멀리 가더니

돌아와서는 황제(皇帝)와 자리를 함께 하였네.

일찍이 헌지(軒墀)에서 학(鶴)처럼 총애 받고

그 옛날 사냥 나가 곰이 아닌 태공망(太公望) 얻은 것 같다오.

띠풀과 흙 받아 명수(名數) 더하고

산하(山河)와 시종(始終)을 함께 할 것 맹세하네.

계책이 행해져 전벌(戰伐) 버리니

마음이 합해 군주의 마음 감동시킨다오.

공업(功業)은 푸른 하늘 위에 높이 솟고

사귀는 정은 기개 있는 명사(名士)들이라오.

구슬신을 신은 손님 되지 못하고

이미 흰머리(白頭)의 늙은이 되었구나.

장한 뜻 처음에는 기둥에 글 썼었는데

생애(生涯)가 굴러다니는 쑥대처럼 정처 없네.

몇 년이나 봄풀이 시들었나

오늘은 해 저문데 갈 곳 없는 신세 되었다오.

군사(軍事)에 손초(孫楚) 머물게 하고

대오(隊伍) 사이에서 여몽(呂蒙) 알아보았지.

몸을 막을 한 자루 장검(長劍)으로

장차 공동산(崆峒山)에 의탁하고 싶다오.

○ **日月乾坤**。低字。有親媚之意。繞字。有擁護之意。極言
  哥舒之功。日月乾坤(일월건곤 해, 달, 하늘, 땅- 해와 달로 하여금 장
  안의 나무보다 낮게 만들 수 있고 건곤으로 하여금 한나라 궁궐을 에워싸
  도록 만들 수 있다는 뜻). 저(低)자는 친미(親媚, 친하고 이뻐함)의 뜻이
  있고 요(繞)자는 옹호의 뜻이 있다. 가서의 공을 극단적으로 높여 말
  한 것이다.

○ **策行契合**。謀策旣行。則可不用戰伐。故云遺戰伐。心契
  旣合。則凡所施爲。動輒昭融。而無齟齬之患。策行契合(책
  행계합). (군대를 출동할 때에) 책략이 이미 행해지면 싸워서 정벌(戰伐
  전벌)할 필요가 없다. 그러므로 전벌을 버린다고 말한 것이다. 군신
  간에 마음이 이미 합하였으므로 모든 조처가 언제나 임금과 합치되
  어 서로 어긋나서 받아들이기 어려운 근심이 없는 것이다.

28. 贈韋左丞 杜甫 위좌승에게 올리다 (두보)

紈袴不餓死(환고불아사)	儒冠多誤身(유관다오신)
丈人試靜聽(장인시정청)	賤子請具陳(천자청구진)
甫昔少年日(보석소년일)	早充觀國賓(조충관국빈)
讀書破萬卷(독서파만권)	下筆如有神(하필여유신)
賦料揚雄敵(부료양웅적)	詩看子建親(시간자건친)
李邕求識面(이옹구식면)	王翰願卜鄰(왕한원복린)
自謂頗挺出(자위파정출)	立登要路津(입등요로진)
致君堯舜上(치군요순상)	再使風俗淳(재사풍속순)
此意竟蕭條(차의경소조)	行歌非隱淪(행가비은륜)
騎驢三十載(기려삼십재)	旅食京華春(여식경화춘)
朝扣富兒門(조구부아문)	暮隨肥馬塵(모수비마진)
殘杯與冷炙(잔배여랭자)	到處潛悲辛(도처잠비신)
主上頃見徵(주상경견징)	欻然欲求伸(홀연욕구신)
青冥卻垂翅(청명각수시)	蹭蹬無縱鱗(층등무종린)
甚媿丈人厚(심괴장인후)	甚知丈人真(심지장인진)
每於百僚上(매어백료상)	猥誦佳句新(외송가구신)
竊效貢公喜(절효공공희)	難甘原憲貧(난감원헌빈)
焉能心怏怏(언능심앙앙)	只是走踆踆(지시주준준)
今欲東入海(금욕동입해)	即將西去秦(즉장서거진)
尚憐終南山(상련종남산)	回首清渭濱(회수청위빈)
常擬報一飯(상의보일반)	況懷辭大臣(황회사대신)
白鷗沒浩蕩(백구몰호탕)	萬里誰能馴(만리수능치)

비단 바지 입은 귀족들 굶어죽지 않으나
선비의 관(儒冠)을 쓴 자들 몸을 그르치는 이 많다오.

장인(丈人)은 한번 조용히 들어보시오

천한 이 몸이 자세히 말씀드리겠습니다.

저는 옛날 소년 시절에

일찍이 도성(都城)의 문물(文物) 구경하는 손님에 충원되었습니다.

책은 만 권을 독파(讀破)하였고

붓을 들어 글씨 쓰면 신명(神明)이 돕는 듯하였습니다.

부(賦)는 양웅(揚雄)에게 필적할 만하고

시(詩)는 자건(子建)에 견주어 가까웠습니다.

이옹(李邕)은 얼굴을 알기 바라고

왕한(王翰)은 이웃에 함께 살기 원하였지요.

스스로 생각하기를 자못 빼어나서

당장 중요한 벼슬길과 나루에 오르리라 여겼습니다.

군주를 요순(堯舜)보다 훌륭한 군주로 만들어

다시 풍속을 순박하게 하려 하였습니다.

이러한 뜻 끝내 쓸쓸하게 되었으나

다니며 노래함 은둔하려는 것 아닙니다.

나귀 타고 다닌 지 삼십 년에

서울의 봄에 나그네로 밥 얻어먹었습니다.

아침에는 부잣집 문 두드리고

저녁이면 살찐 말 뒤 따라다녔는데

남은 술잔과 식은 불고기에

이르는 곳마다 남몰래 슬퍼하고 괴로워했습니다.

주상(主上)께서 지난번 불러주시니

문득 뜻을 펴고자 하였습니다.

푸른 하늘로 날려 하였으나 다시 날개 접고

세력 잃어 갈 곳 없는 물고기처럼 되었습니다.

장인(丈人)의 후의(厚意)에 매우 부끄럽고

장인(丈人)의 진실한 사랑 참으로 알고 있습니다.

언제나 여러 관료들 위에서

제가 새로 지은 시(詩) 외람되이 외시곤 하였습니다.

남모르게 공공(貢公)의 기쁨 본받으려 하고

원헌(原憲)의 가난 달게 여기기 어렵습니다.

어찌 마음속에 불평하겠습니까

다만 달리기를 분주히 할 뿐입니다.

이제 동쪽으로 바다에 들어가고자 하여

곧 장차 서쪽 장안(長安)을 떠나려 하옵니다.

그러나 아직도 종남산(終南山) 사랑하여

머리 돌려 맑은 위수(渭水)가를 바라봅니다.

항상 한 끼 밥의 은혜도 갚으려 하였는데

하물며 대신을 하직하려 생각함이겠습니까.

흰 갈매기(白鷗)가 너른 물결에 출몰한다면

만리(萬里) 멀리 있는 자 누가 길들이겠습니까.

○ **況懷辭**。ᄒ물며大臣이辭ᄒ욤을懷ᄒ욤이잇ᄯ녀。 황회사대신(況懷辭大臣, 하물며 대신을 사직할 마음을 품겠습니까) 대신이 사직함을 품는 것이다.

29. 醉贈張秘書 韓愈 취하여 장비서에게 올리다 (한유)

人皆勸我酒(인개권아주)　我若耳不聞(아약이불문)
今日到君家(금일도군가)　呼酒持勸君(호주지권군)
為此座上客(위차좌상객)　及余各能文(급여각능문)
君詩多態度(군시다태도)　藹藹春空雲(애애춘공운)

東野動驚俗 (동야동경속)	天葩吐奇芬 (천파토기분)
張籍學古淡 (장적학고담)	軒鶴避雞群 (헌학피계군)
阿買不識字 (아매불식자)	頗知書八分 (파지서팔분)
詩成使之寫 (시성사지사)	亦足張吾軍 (역족장오군)
所以欲得酒 (소이욕득주)	為文俟其醺 (위문사기훈)
酒味既泠冽 (주미기영열)	酒氣又氛氳 (주기우분온)
性情漸浩浩 (성정점호호)	諧笑方云云 (해소방운운)
此誠得酒意 (차성득주의)	余外徒繽紛 (여외도빈분)
長安衆富兒 (장안중부아)	盤饌羅膻葷 (반찬라단훈)
不解文字飲 (불해문자음)	惟能醉紅裙 (유능취홍군)
雖得一餉樂 (수득일향락)	有如聚飛蚊 (유여취비문)
今我及數子 (금아급수자)	固無猶與薰 (고무유여훈)
險語破鬼膽 (험어파귀담)	高詞媲皇墳 (고사비황분)
至寶不雕琢 (지보부조탁)	神功謝鋤耘 (신공사서운)
方今向泰平 (방금향태평)	元凱承華勛 (원개승화훈)
吾徒幸無事 (오도행무사)	庶以窮嘲晞 (서이궁조훈)

사람들 모두 나에게 술 권하였으나
나는 귀로 듣지 못한 체하였는데
오늘 그대의 집에 이르러
술 가져오라 하여 그대에게 권하네.
이는 여럿이 모인 자리(座上좌상)의 손님들과
내가 각기 글 지을 수 있기 때문이라오.
그대의 시(詩)는 태도가 많아
자욱한 봄하늘의 구름과 같네.
동야(東野)는 걸핏하면 세속을 놀라게 하니
하늘의 꽃 기이한 향기 토하는 듯하고

장적(張籍)은 예스럽고 담박한 시풍을 배워

높은 학(鶴)이 닭의 무리 피하는 듯하여라.

아매(阿買)는 글자 모르지만

자못 팔분(八分, 한자서체)을 쓸 줄 아네.

시(詩)가 이루어짐에 그로 하여금 쓰게 하니

또한 우리의 진영(鎭營) 넓힐 수 있네.

술을 얻으려고 한 까닭은

글을 지을 적에 얼큰히 취하기 기다리려 해서라오.

술맛이 이미 차고 시원하며

술기운이 또 얼큰하여라.

성정(性情)이 점점 호탕해지니

해학(諧謔)하고 웃는 소리 바야흐로 커지누나.

이는 진실로 술의 뜻 얻은 것이니

이 나머지는 한갓 잡되고 분분할 뿐이라오.

장안(長安)에 여러 부호(富豪)의 자제들

소반에 누린내 나는 고기와 마늘 늘어놓으나

문자(文字) 지으며 술 마실 줄 모르고

오직 붉은 치마의 여인들과 취할 뿐이니

비록 잠깐의 즐거움 얻으나

나는 모기떼 모여 있는 것과 같다오.

지금 나와 여러 그대들은

진실로 취초(臭草)와 향초(香草) 모인 것 아니네.

기이한 말은 귀신(鬼神)의 간담(肝膽) 놀라게 하고

높은 문장(文章)은 삼황(三皇)의 글에 짝하누나.

지극한 보배는 닦고 다듬지 않고

신묘한 공은 호미질하고 김맴 사양하네.

지금 태평성세 향하고 있으니

원개(元凱)가 화훈(華勛)과 같은 군주 받들고 있네.

우리들 다행히 아무 일 없으니

거의 이대로 아침저녁 보내리라.

○ **故無薀**。故無。猶本無也。孟子註。故者。已然之跡。已然
之義。與本字相近。故臆見如此。고무유여훈(故無薀與薰진실로
취초(臭草)와 향초(香草) 모인 것 아니네) 故無(고무)는 本無(본무)와 같
다. 《孟子》의 주에 '故는 이미 그러한 자취이다.' 하였으니, 이미 그러
하다는 뜻이 本(본)자와 서로 가까우므로 이와 같이 억측한 것이다.

30. 送羽林陶將軍 李白 우림 도장군을 전송하다 (이백)

將軍出使擁樓船(장군출사옹루선)　江上旌旗拂紫煙(강상정기불자연)
萬里橫戈探虎穴(만리횡과탐호혈)　三杯拔劍舞龍泉(삼배발검무룡천)
莫道詞人無膽氣(막도사인무담기)　臨行將贈**繞朝鞭**(임행장증요조편)

장군이 사신으로 나가 누각 있는 큰 배(樓船) 거느리니

강 위의 깃발들 붉은 안개 속에 펄럭이네.

만리에 창 비껴들고 호랑이 굴 더듬으며

세 잔 술에 용천검(龍泉劍) 빼어 들고 춤추네.

문인(文人)은 담력(膽力)이 없다 말하지 마오

길 떠남에 요조(繞朝)의 채찍 주려 하노라

○ **繞朝鞭**。白引繞朝贈鞭事。以言臨別贈以計策之意耳。요조
편(요조의 채찍) 이는 饒朝(요조)가 채찍을 준 일을 빌어서 이별에 임
하여 계책을 주는 뜻을 말한 것이다.

* 繞朝(요조)는 춘추시대 秦(진)나라의 大夫(대부)이다. 당시 晉(진)나라의 士會(사회)가 秦(진)나라로 亡命(망명)하자, 晉(진)나라에서는 智勇(지용)을 겸비한 사회를 빼 가기 위해 魏壽餘(위수여)를 배반자로 위장시켜 秦(진)나라에 들여보내 그를 데려오도록 모의하였다. 이때 秦(진)나라 군대는 황하의 서쪽에 있고 위수여의 군대는 황하의 동쪽에 있었는데, 秦(진)나라 군주가 협상 대표로 사회를 보내자, 요조는 사회가 晉軍(보군)으로 가면 다시는 돌아오지 않을 줄을 알고 보내지 말자고 건의하였으나 秦(진)나라 군주는 듣지 않고 그대로 보냈다. 이에 요조는 사회에게 말채찍을 주면서 "자네는 우리 秦(진)나라에 사람이 없다고 말하지 말라. 다만 나의 계책이 쓰여지지 않았을 뿐이다." 하였다. 여기서는 도장군을 사회에 비유하고 요조를 자신에 비유하여 말한 것이다.

31. 水仙花 黃庭堅(魯直) 수선화 황정견 (노직)

凌波仙子**生塵襪**(능파선자생진말) 水上盈盈步微月(수상영영보미월)
是誰招此斷腸魂(시수초차단장혼) 種作寒花寄**愁絶**(종작한화기수절)
含香體素欲傾城(함향체소욕경성) 山礬是弟梅是兄(산반시제매시형)
坐待眞成被花惱(좌대진성피화뇌) 出門一笑大江橫(출문일소대강횡)

물결을 능멸하는 신선(神仙) 버선에서 먼지 일어나니
물 위에 사뿐사뿐 희미한 달빛 아래 걷는 듯하네.
누가 이 애끊는 혼(魂) 불러다가
차가운 꽃 만들어 애절한 시름 붙였는가.
향기 머금은 흰 몸 성(城)을 기울이려 하니
산반화(山礬花 칠리향화)는 아우요 매화(梅花)는 형이라오.
앉아서 대함에 참으로 꽃에 번뇌 당하니
문 나가 한번 웃음에 큰 강 비껴 흐르누나.

○ **生塵襪**。塵이生ᄒ눈襪로。生塵襪 (생진멸)먼지가 생기는 버선발로

* 凌波仙(능피선)이란 물결을 능멸하는 神仙(신선)이란 뜻으로 곧 水仙花(수선화)의 이름을 빌어 神仙(신선)의 꽃임을 나타낸 것이다. 이 글은 曹植(조식)의 〈洛神賦(낙신부)〉에 "물결을 능멸하여 가볍게 거니니, 비단 버선에서 먼지가 일어나네.[凌波微步 羅襪生塵(능피미보 나말생진)]" 한 내용을 인용하여 쓴 것이다.

○ **愁絶**(추절). 絶猶極也(절요극야). 愁思之極(추사지극). 추절. 절(絶)은 극(極)자와 같으니, 근심이 지극한 것이다

32. 醉後答丁十八以詩譏予搥碎黃鶴樓 李白 취한 뒤에 정십팔(丁十八)이 시를 지어 내가 황학루를 때려 부수겠다고 한 것을 기롱한 데 답하다 (이백)

黃鶴高樓已搥碎(황학고루이퇴쇄)	黃鶴仙人無所依(황학선인무소의)
黃鶴上天訴上帝(황학상천소상제)	却放黃鶴江南歸(각방황학강남귀)
神明太守再雕飾(신명태수재조식)	新圖粉壁還芳菲(신도분벽환방비)
一州笑我爲狂客(일주소아위광객)	少年往往來相譏(소년왕왕래상기)
君平簾下誰家子(군평렴하수가자)	云是遼東丁令威(운시료동정령위)
作詩掉我驚逸興(작시도아경일흥)	白雲遶筆窓前飛(백운요필창전비)
待取明朝酒醒罷(대취명조주성파)	與君爛漫尋春輝(여군란만심춘휘)

황학루 이미 때려 부쉈으니
황학 탄 신선 의지할 곳 없어졌네.
황학이 하늘에 올라가 상제(上帝)에게 하소연하니
황학 풀어놓아 강남(江南)으로 돌아갔네.
신명(神明)한 태수(太守) 황학루 다시 단장하고 꾸며
새로 분 바른 벽에 그리니 아름다움 되돌아왔네.

온 고을 사람들 나 비웃으며 광객(狂客)이라 하니

소년들 이따금 찾아와 서로 비난하네.

군평(君平)의 주렴 아래에 뉘 집 아들인가

바로 요동(遼東)의 정영위(丁令威)라 말하네.

시를 지어 나를 흔들고 뛰어난 흥취 놀라게 하니

흰구름(白雲)이 붓 감돌며 창문 앞에 날리네.

내일 아침 술이 다 깨기 기다려

그대와 난만히 봄빛 찾으리라.

○ **待取**。猶言待得。醒罷。猶言醒了。待取(대취). 待取(대취)는
待得(대득, 기다림)과 같고 醒罷(성파)는 醒了(성료, 술이 깸)와 같다

33. 采石 梅堯臣(聖兪) 采石山의 달을 노래하여 郭功甫에게 주다
매요신 (성유)

采石月下訪謫仙 (채석월하방적선)	夜披錦袍坐釣船 (야피금포좌조선)
醉中愛月江底懸 (취중애월강저현)	以手弄月身翻然 (이수농월신번연)
不應暴落飢蛟涎 (불응폭락기교연)	便當騎鯨上靑天 (변당기경상청천)
靑山有冢人謾傳 (청산유총인만전)	卻來人間知幾年 (각래인간지기년)
在昔孰識汾陽王 (재석숙식분양왕)	納官貰死義難忘 (납관세사의난망)
今觀郭裔奇俊郞 (금관곽예기준랑)	眉目眞似攻文章 (미목진사공문장)
死生往復猶康莊 (사생왕복유강장)	樹穴探環知姓羊 (수혈탐환지성양)

채석산(采石山) 달 아래에 귀양 온 신선(謫仙적선) 찾으니

밤에 비단 도포 입고 낚싯배에 앉아 있네.

취중에 강 밑에 매달린 달 사랑하여

손으로 달 희롱하다가 몸이 뒤집혀 빠졌다오.

갑자기 굶주린 교룡(蛟龍)의 입으로 떨어지지 않았을 것이니

곧 고래 타고 푸른 하늘로 올라갔으리라.

청산(靑山)에 무덤이 있다고 사람들 부질없이 전하나

다시 인간 세상(人間)에 온 지 몇 년인 줄 아는가.

저 옛날 그 누가 분양왕(汾陽王) 알아보았던가

벼슬 바쳐 속죄하게 하였으니 의리 잊기 어려웠네.

오늘 곽씨(郭氏)의 후손으로 기이하고 준걸스러운 남자 보니

눈썹과 눈(眉目)이 수려하여 참으로 문장 잘한 이백과 같다오.

죽음과 삶(死生)의 오고감이 강장(康莊, 번화한 길거리)과 같으니

나무구멍에서 고리 찾아내니 성(姓)이 양씨(羊氏)인 줄 아노라.

○ **眞似攻文章**。攻文章。指李白。言功甫是白後身。故眉目
似李白也。진사공문장(참으로 문장을 잘하는 이를 닮았다). 문장을
잘한다는 것은 이백을 가리켜 말한 것이다. 곽공보(郭功甫)는 이백의
후신(後身)이므로 그의 눈썹과 눈(眉目)이 참으로 이백과 흡사한 것
이다.

34. 荔枝歎 蘇軾(子瞻)
여지(荔枝, 타래붓 꽃가지)에 대한 한탄 소식 (자첨)

十里一置飛塵灰(십리일치비진회)　五里一堠兵火催(오리일후병화최)

顚坑仆谷相枕藉(전갱부곡상침자)　知是荔枝龍眼來(지시려지용안래)

飛車跨山鶻橫海(비거과산골횡해)　風枝露葉如新採(풍지로엽여신채)

宮中美人一破顔(궁중미인일파안)　驚塵濺血流千載(경진천혈유천재)

永元荔枝來交州(영원여지래교주)　天寶歲貢取之涪(천보세공취지부)

至今欲食林甫肉(지금욕식임보육)　無人擧觴酹伯遊(무인거상뢰백유)
我願天公憐赤子(아원천공련적자)　莫生尤物爲瘡痏(막생우물위창유)
雨順風調百穀登(우순풍조백곡등)　民不飢寒爲上瑞(민불기한위상서)
君不見(군불견),
武夷溪邊粟粒芽(무이계변속립아)　前丁後蔡相籠加(전정후채상롱가)
爭新買寵各出意(쟁신매총각출의)　今年鬪品充官茶(금년투품충관다)
吾君所乏豈此物(오군소핍기차물)　致養口體何陋耶(치양구체하누야)
洛陽相君忠孝家(낙양상군충효가)　可憐亦進姚黃花(가련역진요황화)

십 리마다 역(驛) 두어 먼지 날리며 달리고

오 리마다 한 망루(望樓) 세워 봉화(烽火)로 재촉하였네.

구덩이에 넘어지고 골짜기에 쓰러져 서로 깔렸으니

이는 여지(荔枝)와 용안육(龍眼肉) 가져오기 위해서임 아노라.

가벼운 수레(飛車비거)로 산 넘고 빠른 배(鶻船골선)로 바다 가로질러 오니

바람 머금은 가지와 이슬 맞은 잎 갓 따온 듯하네.

궁중(宮中)의 미인 한번 파안대소(破顔大笑)하려 하여

놀란 먼지와 뿌린 피 천 년에 흐른다오.

영원(永元) 연간에는 여지(荔枝)를 교지(交趾, 베트남)에서 실어왔고

천보(天寶) 연간에는 해마다 공물(貢物)로 부주(涪州)에서 취해 왔네.

지금도 이임보(李林甫)의 살점 먹고자 하나

술잔 들어 당백유(唐伯游)의 혼(魂)에 제사 올리는 사람 없구나.

나는 하늘(天公)이 백성들 가엾게 여겨

우물(尤物, 뛰어난 물건, 사람)을 낳아 백성들에게 상처 입히지 말기 원하노라.

비와 바람 순조로워 백곡(百穀)이 풍성해

백성들 굶주리고 춥지 않음 첫째의 상서로운(祥瑞) 일이라오.

그대는 못 보았는가 무이(武夷)산 시냇가에 좁쌀 같은 차 싹을
앞에서는 정위(丁謂) 뒤에서는 채양(蔡襄)이 서로 연달아 더하였네.
다투어 새 것 올려 총애를 사려 각기 생각 짜내니
금년에도 좋은 품질 경쟁하여 관용 차(官茶)에 충당하리라.
우리 임금에게 없는 것이 어찌 이 물건이겠는가
입과 몸(口體)만 지극히 봉양하니 어찌 이리도 비루한가.
낙양(洛陽)의 상군(相君)은 충효(忠孝)의 가문인데도
가련하게 또한 요황(姚黃)의 모란꽃 바쳤다오.

○ **相籠加**。猶相增加也。 相籠加(상농가)는 相增加(상증가, 서로 더
함)와 같다.

35. 定慧院海棠 蘇軾 정혜원의 해당화 (소식)

江城地瘴蕃草木(강성지장번초목)　只有名花苦幽獨(지유명화고유독)

嫣然一笑竹籬間(언연일소죽리간)　桃李漫山總麤俗(도리만산총추속)

也知造物有深意(야지조물유심의)　故遣佳人在空谷(고견가인재공곡)

自然富貴出天姿(자연부귀출천자)　不待金盤薦華屋(부대금반천화옥)

朱脣得酒暈生臉(주순득주훈생검)　翠袖卷紗紅映肉(취수권사홍영육)

林深霧暗曉光遲(임심무암효광지)　日暖風輕春睡足(일난풍경춘수족)

雨中有淚亦悽慘(우중유루역처참)　月下無人更淸淑(월하무인경청숙)

先生食飽無一事(선생식포무일사)　散步逍遙自捫腹(산보소요자문복)

不問人家與僧舍(부문인가여승사)　拄杖敲門看修竹(주장고문간수죽)

忽逢絶艶照衰朽(홀봉절염조쇠후)　歎息無言揩病目(탄식무언개병목)

陋邦何處得此花(누방하처득차화)　無乃好事移西蜀(무내호사이서촉)

寸根千里不易致(촌근천리부이치)　銜子飛來定鴻鵠(함자비래정홍곡)

天涯流落俱可念(천애류낙구가념)　爲飮一樽歌此曲(위음일준가차곡)
明朝酒醒還獨來(명조주성환독내)　雪落紛紛那忍觸(설낙분분나인촉)

강성(江城) 땅에는 덥고 습하여 초목 무성한데
다만 유명한 꽃 외로움 견디고 이 산중에서 자라네.
방긋이 대나무 울타리 사이에 피어 있으니
복숭아꽃 자두꽃 산에 널렸으나 모두 거칠고 속되구나.
또한 알겠노라, 조물주가 깊은 뜻 있어
일부러 미인을 보내어 빈 골짝에 있게 하였음을.
자연스러운 부귀의 모습 하늘이 내린 자태라
금쟁반에 담지 않아도 화려한 집에 보낼 만하다.
붉은 입술에 술을 마셔 뺨이 붉게 달아오르는 듯
푸른 소매에 깁을 걷어 붉은 살이 비추는 듯하네.
숲 깊고 안개 자욱해 새벽 햇빛 더디니
햇빛 따뜻하고 바람 가벼워 봄잠 충분해라.
빗속에 눈물 흘리니 또한 처참하고
달빛 아래 사람 없으니 더욱 깨끗해라.
선생은 배불리 먹고 할 일 없어
산보하고 소요하며 스스로 배 문지른다오.
인가나 절을 따지지 않고
지팡이로 문 두드려 울창한 대나무 구경하네.
홀연히 아름다운 꽃 만나 늙은 이 몸 비추니
탄식하며 말없이 병든 눈 훔치노라.
누추한 시골 어느 곳에서 이런 꽃 얻었는가
호사가가 서촉(西蜀)에서 옮겨 온 것 아닌가.
한 치의 뿌리도 천 리 멀리 오기 쉽지 않으니
씨를 머금고 날아온 것 분명 기러기와 고니리라.

하늘 끝 먼 곳으로 흘러왔으니 서로 동정할 만하니,

한 잔 술 마시며 이 노래를 부르노라.

내일 아침 술 깨어 다시 홀로 오면

눈처럼 꽃잎 어지럽게 질 것이니 어찌 차마 손대겠나.

○ **雪落紛紛**。言花紅而比之雪者。不取其色。而只言花之易
  落如雪。설낙분분(눈이 떨어져 어지럽다) 꽃이 붉음을 말하면서 눈
  에 비유한 것은 그 색을 취한 것이 아니라 다만 꽃이 눈처럼 쉽게 사
  라짐을 말한 것이다.

36. 桃源圖 韓愈(退之) 도원의 그림을 보고 짓다 (한유)

神仙有無何渺茫(신선유무하묘망)	桃園之說誠荒唐(도원지설성황당)
流水盤廻山百轉(유수반회산백전)	生綃數幅垂中堂(생초수폭수중당)
武陵太守好事者(무릉태수호사자)	題封遠寄南宮下(제봉원기남궁하)
南宮先生忻得之(남궁선생흔득지)	波濤入筆驅文辭(파도입필구문사)
文工畫妙各臻極(문공화묘각진극)	異境恍惚移於斯(이경황홀이어사)
架巖鑿谷開宮室(가암착곡개궁실)	接屋連墙千萬日(접옥연장천만일)
嬴顚劉蹶了不聞(영전유궐요불문)	地坼天分非所恤(지탁천분비소휼)
種桃處處惟開花(종도처처유개화)	川原遠近蒸紅霞(천원원근증홍하)
初來猶自念鄕邑(초래유자념향읍)	歲久此地還成家(세구차지환성가)
漁舟之子來何所(어주지자래하소)	物色相猜更問語(물색상시갱문어)
大蛇中斷喪前王(대사중단상전왕)	群馬南渡開新主(군마남도개신주)
聽終辭絶共悽然(청종사절공처연)	自說經今六百年(자설경금육백년)
當時萬事皆眼見(당시만사개안견)	不知幾許猶流傳(부지기허유유전)
爭持牛酒來相饋(쟁지우주래상궤)	禮數不同樽俎異(예수부동준조이)

月明伴宿玉堂空(월명반숙옥당공) 骨冷魂淸無夢寐(골냉혼청무몽매)
夜半金鷄啁哳鳴(야반금계조찰명) 火輪飛出客心驚(화륜비출객심경)
人間有累不可住(인간유루불가주) 依然別離難爲情(의연별리난위정)
船開棹進一回顧(선개도진일회고) 萬里蒼茫煙水暮(만리창망연수모)
世俗寧知僞與眞(세속영지위여진) 至今傳者武陵人(지금전자무릉인)

신선의 있고 없음 어찌 이리 허황한가

도원(桃源)의 말 참으로 황당하네.

흐르는 물 감돌고 산은 백 번이나 감아 도니

생비단에 몇 폭의 그림 집(堂) 가운데에 드리웠다오.

무릉(武陵)의 대수(太守) 일을 좋아하는 자라

봉함(封緘봉투) 위에 써서 멀리 남궁(南宮) 아래에 부쳐 왔네.

남궁 선생(南宮先生) 이것을 기쁘게 받아보니

파도가 붓에 들어와 문장을 구사하누나.

문장 아름답고 그림 묘하여 각각 극치 다하니

신선의 황홀한 경치 이곳에 옮겨 놓았네.

바위에 나무 걸치고 골짝 파 궁실(宮室) 여니

지붕과 담장 연하여 천만 일 지내 왔네.

영씨(嬴氏) 쓰러지고 유씨(劉氏) 넘어진 것 듣지 못했으니

땅 갈라지고 하늘 나누어짐 걱정할 바 아니네.

복숭아 심어 곳곳마다 꽃 피니

시내와 언덕 원근(遠近)에 붉은 놀 피어오르는 듯.

처음 와서는 그래도 고향 고을 생각했는데

세월이

오래자 이곳이 도리어 집을 이루었네.

고기잡이배(漁舟)의 낯선 사람 어디서 왔는고

자세히 살펴보며 서로 의심하고 다시 말을 묻누나.

큰 뱀이 중간이 끊겨 전 왕조(前王朝) 망하고

여러 말이 남쪽으로 건너와 새 왕조 열었다오.

듣기를 마치고 말이 끝나자 함께 서글퍼하니

스스로 말하기를 지금까지 육백 년 지내 왔다 하네.

당시의 모든 일 모두 눈으로 직접 보았는데

이 사실 얼마나 세상에 그대로 유전(流傳)하는지 모르노라.

다투어 쇠고기와 술 가지고 와 서로 대접하니

예수(禮數 예법)가 똑같지 않고 술동이와 도마도 다르누나.

달 밝은데 함께 빈 옥당(玉堂)에서 자니

뼈가 시리고 정신이 맑아 잠 못 이루노라.

한밤중 금계(金鷄)가 소리쳐 우니

화륜(火輪, 태양)이 솟아오르자 나그네 마음 놀라네.

인간에 얽매임 있어 머무를 수 없으니

아련히 이별함에 심정을 가누기 어려워라.

배를 출발시키고 노 저으며 한번 돌아보니

만 리가 아득하여 안개와 물 아스라하네.

세속에서야 어찌 거짓인지 참인지 알겠는가.

지금 이것을 전하는 자 무릉(武陵) 사람이라오

○ **南宮先生。** 卽得圖作詩之人。若退之自謂。則所謂波濤入
筆。文工臻極者。皆無義矣。남궁 선생(南宮 先生)은 바로 이 그
림을 얻고서 시를 지은 사람이다. 만약 한퇴지가 자신을 선생(先生)
이라고 하였다면 이른바 '파도가 붓에 들어왔다'는 것과 '문장이 묘
하여 극치를 다하였다'고 말한 것은 모두 의의(意義)가 없다.

* 南宮(남궁)은 禮部(예부)를 가리키는 바, 당시 禮部郞中(예부낭중) "당시에 韓公(한공)이 禮部
郞中(예부낭중)이 되었는데, 예부의 上官(상관) 중에 이 그림을 얻고서 시를 지어 公(공)에게 보
여준 자가 있었다. 그러므로 公(공)이 이 시를 지어 찬미한 것이다.

37. 書王定國所藏煙江疊嶂圖王晉卿畵 蘇軾(東坡)
왕정국이 소장한 왕진경의 그림 연강첩장도 쓰다 소식 (동파)

江上愁心千疊山(강상수심천첩산) 浮空積翠如雲煙(부공적취여운연)

山耶雲耶遠莫知(산야운야원막지) 煙空雲散山依然(연공운산산의연)

但見兩崖蒼蒼暗絕谷(단견량애창창암절곡)

中有百道飛來泉(중유백도비내천)

縈林絡石隱復見(영림락석은부견) 下赴谷口為奔川(하부곡구위분천)

川平山開林麓斷(천평산개림록단) 小橋野店依山前(소교야점의산전)

行人稍度喬木外(행인초도교목외) 漁舟一葉江吞天(어주일엽강탄천)

使君何從得此本(사군하종득차본) 點綴毫末分清妍(점철호말분청연)

不知人間何處有此境(부지인간하처유차경)

徑欲往買二頃田(경욕왕매이경전)

君不見武昌樊口幽絕處(군불견무창번구유절처)

東坡先生留五年(동파선생류오년)

春風搖江天漠漠(춘풍요강천막막) 暮雲卷雨山娟娟(모운권우산연연)

丹楓翻鴉伴水宿(단풍번아반수숙) 長松落雪驚醉眠(장송낙설경취면)

桃花流水在人世(도화류수재인세) 武陵豈必皆神仙(무릉기필개신선)

江山清空我塵土(강산청공아진토) 雖有去路尋無緣(수유거로심무연)

還君此畫三嘆息(환군차화삼탄식)

山中故人應有招我歸來篇(산중고인응유초아귀래편)

강가엔 수심 겨운 천첩산(千疊山)

창공에 수많은 봉우리 쌓여 운연(雲煙)과 같아라.

산인가 구름인가 멀어서 알 수 없더니

안개 걷히고 구름 흩어지자 산은 옛 모습이네.

다만 보니 두 벼랑이 잿빛처럼 어두운데

끊어진 골짝 여러 갈래로 날아오는 폭포 있다오.

숲 감돌고 바위 감싸 숨었다가 다시 나타나니

골짝으로 내려 달려가 급히 흐르는 냇물 되었구나.

시내 평평하고 산 열려 산기슭이 끊기니

조그만 다리와 들판의 주점(酒店) 산 앞에 의지해 있네.

행인 몇 사람 높은 나무 밖을 지나가고

작은 고깃배 하나 떠 있는 강물 하늘을 삼켰네.

사군(使君, 임금의 명령을 받은 관리)은 어느 곳에서 이 그림 얻었는가

붓끝 점검하여 맑고 고운 경치 역력히 그렸구나.

알지 못하겠네 인간(人間)의 어느 곳에 이런 경계 있는가

있다면 곧바로 가서 두 이랑(二頃)의 밭 사 두고 싶노라.

그대는 못 보았는가 무창(武昌)과 번구(樊口)의 빼어난 곳에

동파 선생 오 년을 머물렀다오.

봄바람 강물 흔드는데 하늘은 아득하고

여름이면 저녁 구름 비를 거두니 산 더욱 고와라.

가을이면 단풍에 나는 까마귀 물가에서 함께 자며

겨울이면 큰 소나무의 눈 취하여 자는 사람 놀라게 하네.

도화유수(桃花流水)의 선계(仙境) 인간 세상에 있으니

무릉(武陵)이 어찌 반드시 모두 신선 세계일까.

강과 산은 맑고 조용한데 나는 더러운 땅에 묻혔으니

비록 가는 길 있으나 찾을 인연 없다오.

그대에게 이 그림 돌려주며 세 번 탄식하니

산중의 친구들 응당 나를 부르는 귀래편(歸來篇) 있으리라.

○ **蒼蒼暗絶谷**。崖이蒼ᄒ야絶谷이暗호미라。 창창암절곡. 벼랑이
   푸르고 깎아지른 골짜기가 어둡다는 것이다.

38. 寄盧仝 韓愈 노동(盧仝)에게 부치다 (한유)

玉川先生洛城裏(옥천선생낙성리) 　　破屋數間而已矣(파옥수간이이의)
一奴長鬚不裹頭(일노장수불과두) 　　一婢赤脚老無齒(일비적각로무치)
辛勤奉養十余人(신근봉양십여인) 　　上有慈親下妻子(상유자친하처자)
先生結髮憎俗徒(선생결발증속도) 　　閉門不出動一紀(폐문불출동일기)
至令鄰僧乞米送(지금린승걸미송) 　　仆忝縣尹能不恥(부첨현윤능불치)?
俸錢供給公私余(봉전공급공사여) 　　時致薄少助祭祀(시치박소조제사)
勸參留守謁大尹(권참유수알대윤) 　　言語才及輒掩耳(언어재급첩엄이)
水北山人得名聲(수북산인득명성) 　　去年去作幕下士(거년거작막하사)
水南山人又繼往(수남산인우계왕) 　　鞍馬仆從塞閭裏(안마부종새여리)
少室山人索價高(소실산인색가고) 　　兩以諫官征不起(양이간관정불기)
彼皆刺口論世事(피개자구론세사) 　　有力未免遭驅使(유력미면조구사)
先生事業不可量(선생사업불가량) 　　惟用法律自繩己(유용법률자승기)
春秋三傳束高閣(춘추삼전속고각) 　　獨抱遺經究終始(독포유경구종시)
往年弄筆嘲同異(왕년농필조동이) 　　怪辭驚衆謗不已(괴사경중방불이)
近來自說尋坦途(근래자설심탄도) 　　猶上虛空跨綠駬(유상허공과록이)
去歲生兒名添丁(거세생아명첨정) 　　意令與國充耘耔(의령여국충운자)
國家丁口連四海(국가정구련사해) 　　豈無農夫親末耟(기무농부친뢰사)?
先生抱才終大用(선생포재종대용) 　　宰相未許終不仕(재상미허종불사)
假如不在陳力列(가여부재진역렬) 　　立言垂範亦足恃(입언수범역족시)
苗裔當蒙十世宥(묘예당몽십세유) 　　豈謂貽厥無基阯(기위이궐무기지)
故知忠孝生天性(고지충효생천성) 　　潔身亂倫安足擬(결신란륜안족의)
昨晚長須來下狀(작만장수래하장) 　　隔墻惡少惡難似(격장악소악난사)
每騎屋山下窺矙(매기옥산하규감) 　　渾舍驚怕走折趾(혼사경파주절지)
憑依婚媾欺官吏(빙의혼구기관리) 　　不信令行能禁止(불신령행능금지)
先生受屈未曾語(선생수굴미증어) 　　忽此來告良有以(홀차래고량유이)

嗟我身為赤縣令(차아신위적현령)　操權不用欲何俟(조권불용욕하사)?
立召賊曹呼伍伯(입소적조호오백)　盡取鼠輩屍諸市(진취서배시저시)
先生又遣長須來(선생우견장수래)　如此處置非所喜(여차처치비소희)
況又時當長養節(황우시당장양절)　都邑未可猛政理(도읍미가맹정리)
先生固是余所畏(선생고시여소외)　度量不敢窺涯涘(도량불감규애사)
放縱是誰之過歟(방종시수지과여)　效尤戮仆愧前史(효우륙부괴전사)
買羊沽酒謝不敏(매양고주사불민)　偶逢明月曜桃李(우봉명월요도리)
先生有意許降臨(선생유의허강림)　更遣長須改雙鯉(갱견장수개쌍리)

노동(盧仝)에게 부치다
옥천 선생(玉川 先生) 낙양성(洛陽城) 안에
부서진 집 몇 칸뿐이라오.
하나뿐인 종은 긴 수염에 머리도 싸매지 않았고
하나뿐인 계집종은 맨 다리에 늙어서 이도 없다오.
어렵게 십여 명 봉양하니
위에는 인자한 부모 계시고 아래에는 처자식 있다오.
선생은 젊어서부터 세속의 무리 싫어하여
문 닫고 나오지 않은 지 일기(一紀 12년) 되었네.
이웃 승려들 쌀을 빌어다 보내 줄 지경이니
내 현윤(縣尹, 현의 수령)이 되어 부끄럽지 않겠는가.
공사(公私)에 쓰고 남은 녹봉으로
때때로 하찮은 물건 보내 주어 제사 돕는다오.
유수(留守) 뵙고 대윤(大尹) 뵈라고 권하였더니
말이 겨우 미치자 귀 막누나.
수북산인(水北山人)은 명성 얻어
지난해 떠나가서 막하(幕下)의 선비 되었으며
수남산인(水南山人)도 뒤이어 가서

안장 얹은 말과 따라가는 하인들 마을을 꽉 메웠다오.

소실산인(少室山人)은 높은 값 요구하여

두 번이나 간관(諫官)으로 불렀으나 일어나지 않았네.

저들은 모두 비판하는 입으로 세상 일 논하였으나

힘 있는 자에게 부리워짐 면치 못하였다오.

선생의 사업 측량할 수 없으니

오직 법률 가지고 스스로 몸을 다스리네.

춘추 삼전(春秋三傳) 모두 통달하여 높은 집에 묶어 놓고

홀로 성인(聖人)의 유경(遺經, 남긴 경전) 안고 시종(始終)을 연구한다오.

지난해에 붓 희롱하여 같고 다름 조롱하니

괴이한 말 사람들 놀래켜 비방 그치지 않네.

근래에는 스스로 순탄한 글 쓰겠다고 말하나

아직도 허공에 녹이(騄駬) 타고 올라가는 듯하다오.

지난해에 아이 낳아 첨정(添丁)이라 이름하니

이 뜻은 나라에 주어 농사일에 충당하려 함이었네.

국가의 정구(丁口, 장정) 사해(四海)에 연해 있으니

어찌 농부 없어 친히 쟁기자루 잡게 하는가.

선생은 재주 간직하여 끝내 크게 쓰여지리니

재상의 지위 허락하지 않으면 끝내 벼슬하지 않으리라.

가령 힘을 펴는 대열에 있지 않더라도

글로 써서 법 남기면 또한 믿을 수 있다오.

후손들 십대(十世) 뒤까지 죄 지어도 용서받을 것이니

어찌 후손들에게 기지(基址)를 물려줌 없다 하겠는가.

내 진실로 충효가 천성에서 나왔음 아노니

몸 깨끗이 하려 인륜 어지럽히는 자에게 어찌 비기겠나.

어젯밤 수염 긴 종이 와서 글 전하니

담 너머 악한 소년들 악행이 비길 데 없다 하였네.

언제나 지붕에 올라가 아래 굽어보니

온 식구 놀라고 두려워 도망하다가 발 다친다네.

혼구(婚媾, 혼인)를 빙자하여 관리 능멸하니

명령이 행해지고 금령이 그침 믿지 않는다네.

선생은 굴욕 당해도 일찍이 말씀하지 않았는데

갑자기 이번에 와서 말함 진실로 이유가 있으리라.

아! 내 몸이 적현(赤縣)의 윤(尹, 수령) 되었으니

권력을 잡아 쓰지 않고 어느 때 기다리려 하는가.

당장 형조(刑曹) 시켜 오백(五百)을 불러

쥐새끼 같은 자들 잡아다 시장에서 육시(戮屍, 목을 벰)하였노라.

선생은 또다시 수염 긴 종 보내와서

이와 같은 조처는 내 기뻐하는바 아니라 하시네.

더구나 지금 때가 장양(長養양성)하는 시절 당하였으니

도읍을 사나운 정사로 다스려서는 안 된다 하시네.

선생은 진실로 내가 존경하는 분이니

넓은 도량 끝을 엿볼 수 없어라.

제멋대로 처형함이 누구의 잘못인가

마부 죽인 잘못 본받아 옛 역사에 부끄럽네.

양(羊) 사고 술 받아 불민(不敏)함 사죄하니

마침 밝은 달이 도리화(桃李花, 복숭아와 자두꽃)에 비칠 때 만났노라.

선생께서 왕림(枉臨)할 뜻 계시다면

다시 수염 긴 종 보내어 쌍리(雙鯉, 잉어 두 마리) 전하소서.

○ **動一紀**。動猶每也。동일기. 動(동)은 每(매, 언제나)와 같은 뜻이다.

     * 문을 닫고 나오지 않은 지가 매양 1기(紀)에 이르렀음을 말한 것이다.

○ **往來**。其義未詳。或云來當昨年。왕래. 그 뜻이 상세하지 않
    다. 혹은 온 것이 작년이 타당하다고 말한다.

39. 少年行 王維 (소년행 왕유)

新豐美酒斗十千(신풍미주두십천)　咸陽遊俠多少年(함양유협다소년)
相逢意氣爲君飮(상봉의기위군음)　繫馬高樓垂柳邊(계마고루수류변)

새로 풍년들어 맛있는 술 한 말에 만전(萬錢)
함양(咸陽)의 유협(遊俠)들 소년(少年)이 많다오.
서로 만나 의기(意氣)로 그대 위해 술 마시니
높은 누각 수양버들 가에 말 매어 놓았네.

○ 斗十千。酒之美者이一斗애。價至萬錢也。斗酒애十千이나
흐니로。두십천(한 말에 만전). 술중에 좋은 것이 1말에 가격이 만전
에 이르는 것이다. 1말에 만 냥이지만 (산다는 말이다).

40. 高軒過 李賀 높은 수레로 지나가다 (이하)

華裾織翠靑如蔥(화거직취청여총)　金環壓轡搖玲瓏(금환압비요령롱)
馬蹄隱耳聲隆隆(마제은이성륭륭)　入門下馬氣如虹(입문하마기여홍)
雲是東京才子(운시동경재자)　文章鉅公(문장거공)
二十八宿羅心胸(이십팔숙라심흉)　元精耿耿貫當中(원정경경관당중)
殿前作賦聲摩空(전전작부성마공)　筆補造化天無功(필보조화천무공)
龐眉書客感秋蓬(방미서객감추봉)　誰知死草生華風(수지사초생화풍)
我今垂翅附冥鴻(아금수시부명홍)　他日不羞蛇作龍(타일불수사작룡)

화려한 옷자락 비취 무늬로 짜 파처럼 푸른데
금고리로 고삐 눌러 흔들리니 영롱도 하네.

말발굽 소리 은은히 들리다가 점점 높아지더니

문에 들어와 말 내리니 의로운 기개(氣槪) 무지개 같은데

이분들 동경(東京)의 재자(才子)인 문장 거공(鉅公 천자)이라 말하네.

이십팔수(二十八宿 천체)가 가슴속(心胸)에 나열되니

원기(元氣)와 정기(精氣) 빛나 마음속 꿰뚫었네.

궁전 앞에서 부(賦) 지으니 명성이 하늘에 닿고

필력은 하늘이 도우니 하늘도 공(功)이 없어라.

짙은 눈썹(厖眉)의 서객(書客) 가을 쑥에 감회가 있으니

누가 죽은 풀에 꽃다운 바람 생길 줄 알았으랴.

내 이제 날개 접었으나 하늘 나는 기러기에 붙으면

후일 뱀이 용됨 부끄럽지 않으리라.

○ **厖眉書客。** 長吉自謂。 방미서객. 장길(長吉, 이하의 호)이 스스로를 일컬은 것이다.

41. 邀月亭 馬存(子才) 요월정 마존 (자재)

亭上十分綠醑酒(정상십분녹서주) 　盤中一筋黃金鷄(반중일근황금계)

滄溟東角邀姮娥(창명동각요항아) 　氷輪碾上靑琉璃(빙윤년상청유리)

天風洒掃浮雲沒(천풍쇄소부운몰) 　千巖萬壑瓊瑤窟(천암만학경요굴)

桂花飛影入盞來(계화비영입잔래) 　傾下胸中照淸骨(경하흉중조청골)

玉兔擣藥與誰餐(옥면도약여수찬) 　且與豪客留朱顔(차여호객유주안)

朱顔如可留(주안여가류) 　　　　　恩重如丘山(은중여구산)

爲君殺却蝦蟆精(위군살각하마정) 　腰間老劍光芒寒(요간노검광망한)

擧酒勸明月(거주권명월) 　　　　　聽我歌聲發(청아가성발)

照見古人多少愁(조견고인다소수) 　更與今人照別離(갱여금인조별리)

我曹自是高陽徒(아조자시고양도) 肯學群兒歎圓缺(긍학군아탄원결)

정자(亭子) 위엔 철철 넘쳐흐르는 푸른 술 있고
소반 가운데는 한
곳이 황금빛 닭 있다오.
푸른 바다 동쪽 귀퉁이에서 항아(姮娥) 맞이하니
깨끗한 둥근 달 푸른 하늘 위로 점점 올라오네.
하늘의 바람 깨끗이 쓸어 뜬구름 없애니
천 개의 바위와 만 개의 골짝 옥 같은 굴이로세.
계수나무꽃이 그림자 날려 술잔에 들어오니
술잔 기울여 가슴속으로 삼킴에 맑은 뼈 비추누나.
옥토끼는 약방아 찧어 누구에게 주어 먹게 하는가
우선 호걸의 나그네에게 주어 홍안(紅顔, 젊음)을 머물게 하라.
홍안(紅顔)을 만일 머물게 할 수 있다면
은혜의 중함 구산(丘山, 산더미)과 같으리라.
그대 위해 월식(月蝕)하는 하마(蝦蟆, 청개구리의) 정(精) 죽일 것이니
허리에 찬 오래된 보검(寶劍) 광채가 차갑네.
술잔 들어 밝은 달에게 권하노니
나의 노랫소리 나오는 것 들어 보소.
옛사람의 수많은 시름 비추더니
다시 지금 사람들의 작별하는 자리에 비추누나.
우리들은 스스로 고양(高陽)의 호방(豪放)한 무리이니
어찌 아이들이 찼다 기우는 달 한탄함 배우겠나.

○ 青琉璃。謂天也。청유리. 파란유리(青琉璃)는 하늘을 말한다.

42. 贈寫眞何秀才　蘇軾(子瞻)

사진을 그리는 **何秀才**에게 주다 소식 (자첨)

君不見潞州**別駕**眼如電(군불견노주별가안여전)

左手掛弓橫撚箭(좌수괘궁횡년전)

又不見雪中騎驢孟浩然(우불견설중기려맹호연)

皺眉吟詩肩聳山(추미음시견용산)

饑寒富貴兩安在(기한부귀량안재)　空有遺像留人間(공유유상류인간)

此身常擬同外物(차신상의동외물)　浮雲變化無蹤跡(부운변화무종적)

問君何苦寫我真(문군하고사아진)　君言好之聊自適(군언호지료자적)

黃冠野服山家容(황관야복산가용)　意欲置我山巖中(의욕치아산암중)

勛名將相今何限(훈명장상금하한)　往寫褒公與鄂公(왕사포공여악공)

그대는 보지 못하였는가 노주별가(潞州別駕)의 눈빛(眼光) 번개 같은데

왼손에 활을 들고 화살을 비틀어 잡고 있는 것을.

또 보지 못하였는가 눈 속에 나귀 타고 가는 맹호연(孟浩然)

눈썹 찌푸리고 시(詩) 읊으며 어깨 산처럼 솟은 것을.

가난(饑寒기한)과 부귀(富貴) 누린 두 사람 지금 어디에 있는가

부질없이 유상(遺像, 잠깐의 영상)만 세상(人間)에 남아 있다오.

이 몸 항상 외물(外物외계) 같이 여겨

뜬구름처럼 변화하여 종적(蹤跡)이 없게 하려 하네.

그대에게 어찌 괴로이 내 모습 그리는가 물었더니

그대 나를 좋아해 스스로 즐긴다고 말하네.

황색관(黃色冠)에 야인(野人)의 복장으로 산중 사람의 용모이니

이는 마음에 나를 산과 바위 속에 두고자 해서리라.

공명(功名) 세운 재상(將相)이야 이제 어찌 한이 있겠는가

가서 포공과 악공 그리게나.

○ **別駕。**猶今判官。 별가(別駕)는 지금의 판관(判官, 재판관)과 같다

43. 於潛令刁同年野翁亭 蘇軾
어잠령 조동년의 야용정에서 쓰다 (소식)

山翁不出山(산옹불출산) 溪翁長在溪(계옹장재계)

不如野翁來往溪山間(불여야옹래왕계산간)

上友麋鹿下鳧鷖(상우미록하부예)

問翁何所樂(문옹하소락)　　　三年不去煩推擠(삼년불거번추제)

翁言此間亦有樂(옹언차간역유락)　非絲非竹非蛾眉(비사비죽비아미)

山人醉後鐵冠落(산인취후철관락)　溪女笑時銀櫛低(계녀소시은즐저)

我來觀政問風謠(아래관정문풍요)　皆云吠犬足生氂(개운폐견족생리)

但恐此翁一旦捨此去(단공차옹일단사차거)

長使山人索寞溪女啼(장사산인삭막계녀제)

산속 늙은이(山翁산옹)는 산을 나가지 않고

시내 늙은이(溪翁계옹)는 언제나 시내에 있으니

들판 늙은이(野翁야옹)가 시내와 산 사이 왕래하며

위로는 미록(麋鹿, 고라니, 사슴) 아래로는 부예(鳧鷖, 오리와 갈매기)와 벗

삼는 것만 못하네.

야옹(野翁)에게 묻노니 무엇을 즐거워하여

삼 년 동안 떠나지 않아 번거롭게 밀어내게 하는가.

야옹(野翁)이 말하기를 이 사이에 또한 즐거움이 있으니

현악기도 관악기도 아니요 아미(蛾眉, 고운 눈썹)의 미인도 아니라네.

산인(山人)은 취한 뒤에 호방하여 철관(鐵冠) 떨어뜨리고

시냇가의 여인들은 웃을 때에 은빗 흘러내린다오.

내가 와서 정사(政事) 관찰하고 풍요(風謠) 물어보니

모두들 말하기를 개도 발바닥에 털이 자란다 하네.

다만 이 노인 하루아침 이곳을 버리고 떠나가서

길이 산중 사람들 적막하고 시냇가의 여인들 울게 할까 두렵다네.

○ **刁同年**。刁約字。景純與坡同年。晚爲藏春塢主人。 조동년
(조와 같은 나이다). 조약(刁約)은 자(字)가 경순(景純)이고 동파(蘇軾,
소식)과는 나이가 같고 만년에 장춘오(藏春塢)의 주인이 되었다.

○ **推擠**。以手推而去之。擠而仆之也。 추제(推擠)는 손으로 밀어
서 가게 하고 밀쳐서 엎어지게 하는 것이다.

* 수령된 자가 문서를 작성하고 政令(정령)을 시행하는 사이에 자주 上官(상관)의 힐책을 당하며
혹은 어리석은 백성들로부터 원망과 비방을 받는 것이 마치 남으로부터 밀쳐내는 욕을 당하는
것과 같으므로 이렇게 말한 것이다.

44. 太行路 白居易(樂天) 태항산의 험한 길 백거이 (낙천)

太行之路能摧車(태행지로능최거)　若比人心是坦途(약비인심시탄도)

巫峽之水能覆舟(무협지수능복주)　若比人心是安流(약비인심시안류)

人心好惡苦不常(인심호오고불상)　**好生毛**羽惡生瘡(호생모우오생창)

與君結髮未五載(여군결발미오재)　豈期牛女爲參商(기기우녀위삼상)

古稱色衰相棄背(고칭색쇠상기배)　當時美人猶怨悔(당시미인유원회)

何況如今鸞鏡中(하황여금난경중)　妾顔未改君心改(첩안미개군심개)

爲君熏衣裳(위군훈의상)　君聞蘭麝不馨香(군문란사불형향)

爲君盛容飾(위군성용식)　君看金翠無顔色(군간금취무안색)

行路難(행로난)　難重陳(난중진)

人生莫作婦人身(인생막작부인신)　百年苦樂由他人(백년고락유타인)

行路難(행로난)　難於山(난어산)　險於水(험어수)

不獨人間夫與妻(부독인간부여처)　近代君臣亦如此(근대군신역여차)

君不見(군불견)　左納言(좌납언)　右納史(우납사)

朝承恩(조승은)　暮賜死(모사사)

行路難(행로난)　不在水(부재수)　不在山(부재산)

只在人情反覆間(지재인정반복간)

태항산 길 험하여 수레를 부순다 하나

만약 임의 마음에 비한다면 평탄한 길이요.

무협(巫峽)의 물 험하여 배를 뒤엎는다 하나

만약 임의 마음에 비한다면 편안한 물이라오.

임의 마음 좋아하고 미워함 괴롭게도 일정치 아니하여

좋아할 때엔 예쁜 털이 난 듯 미워할 때엔 종기가 난 듯 여긴다오.

임과 머리 묶어 혼인한 지 오 년이 못 되었는데

어찌 견우직녀가 참상(參商, 참성과 삼성)처럼 멀어질 줄 기약하랴.

옛날에는 안색(顔色)이 쇠하여 서로 버리고 등지더라도

당시의 미인들 오히려 원망한다고 말하였는데

하물며 지금 난경(鸞鏡) 속에

첩(妾)의 안색(顔色) 변치 않았는데 임의 마음 변하였네.

임을 위해 옷과 치마에 훈향(薰香)하나

임은 난초(蘭草)와 사향(麝香) 향기도 향기롭다 하지 않으며

임을 위해 용모 성대히 꾸미나

임은 진주(眞珠)와 비취(翡翠) 보아도 안색이 없게 여긴다오.

길 가기 어려움 거듭 말하기 어려우니

인생은 부디 부인(婦人)의 몸 되지 마소

백년의 괴로움과 즐거움 타인에게 달려 있다네.

길 가기 어려움 산보다도 어렵고 물보다도 험하니

비단 인간(人間)의 부부간(夫婦間)만이 아니요

근래의 군신간(君臣間)도 이와 같다오.

그대는 보지 못했는가 좌납언(左納言)과 우내사(右內史)가

아침에는 은혜 받았다가 저녁에는 사사(賜死, 독약을 받음)되는 것을.

길 가기 어려움 물과 산에 있지 않으니

다만 인정(人情)의 번복하는 사이에 있다오.

○ **好生毛髮**。愛好則願生毛髮。憎疾則欲生瘡痏。호생모발.
(논어 안연장) 좋아할 때에는 살기를 바라고 미워할 때에는 죽기를
바란다.

45. 蜀道難 李白 촉도난 촉나라 가는 길의 험난함 (이백)

噫吁嚱(희우희) 危乎高哉(위호고재)

蜀道之難(촉도지난) 難於上靑天(난어상청천)

蠶叢及魚鳧(잠총급어부) 開國何茫然(개국하망연)

爾來四萬八千歲(이래사만팔천세) 不與秦塞通人煙(불여진새통인연)

西當太白有鳥道(서당태백유조도) 可以橫絕峨眉巔(가이횡절아미전)

地崩山摧壯士死(지붕산최장사사)

然後天梯石棧相鉤連(연후천제석잔상구련)

上有六龍回日之高標(상유육룡회일지고표)

下有衝波逆折之回川(하유충파역절지회천)

黃鶴之飛尙不得過(황학지비상부득과) 猿猱欲度愁攀援(원노욕도수반원)

靑泥何盤盤(청니하반반) 百步九折縈巖巒(백보구절영암만)

捫參歷井仰脅息(문삼력정앙협식) 以手撫膺坐長歎(이수무응좌장탄)

問君西遊何時還(문군서유하시환) 畏途巉巖不可攀(외도참암불가반)

但見悲鳥號古木(단견비조호고목) 雄飛雌從繞林間(웅비자종요림간)

又聞子規啼夜月(우문자규제야월) 愁空山(수공산)

蜀道之難(촉도지란) 難於上青天(난어상청천)

使人聽此凋朱顏(사인청차조주안)。

連峯去天不盈尺(연봉거천부영척) 枯松倒掛倚絕壁(고송도괘의절벽)

飛湍瀑流爭喧豗(비단폭류쟁훤회) 砯崖轉石萬壑雷(빙애전석만학뢰)

其險也若此(기험야약차) 嗟爾遠道之人(차이원도지인)

胡爲乎來哉(호위호래재)

劍閣崢嶸而崔嵬(검각쟁영이최외) 一夫當關(일부당관)

萬夫莫開(만부막개)

所守或匪親(소수혹비친) 化爲狼與豺(화위낭여시)

朝避猛虎(조피맹호) 夕避長蛇(석피장사)

磨牙吮血(마아연혈) 殺人如麻(살인여마)

錦城雖云樂(금성수운락) 不如早還家(부여조환가)

蜀道之難(촉도지란) 難於上青天(난어상청천)

側身西望長咨嗟(측신서망장자차)

아! 높고도 높구나.

촉도(蜀道)의 어려움

푸른 하늘에 오르는 것보다도 어려워라.

잠총(蠶叢, 누에와 떨기)과 어부(魚鳧, 물고기와 오리)

개국(開國)한 것이 얼마나 아득한가.

그동안 사만팔천 년에

진(秦)나라 변방과 인연(人烟)이 통하지 않았다오.

서쪽으로는 태백산(太白山) 당하여 조도(鳥道, 새가 넘는 길)가 있으니

아미산(峨嵋山) 꼭대기 가로지를 수 있다네.

땅이 무너지고 산이 부서져 장사(壯士) 죽으니

그런 뒤에야 공중 사다리와 돌길 잔도(棧道)가 이어졌다오.

위에는 육룡(六龍)이 해를 멍에하고 돌아가는 높은 봉우리 있고

아래에는 물결을 충돌하여 빙빙 도는 굽은 내 있어라.

높이 나는 황학(黃鶴)도 이곳을 지나가지는 못하고

원숭이들 지나가려 해도 부여잡고 올라갈 걱정하리.

청니령(靑泥嶺)은 어쩌면 이리도 구불구불 서려 있는가

백 보(百步)에 아홉 번 꺾여 바위산 감고 있네.

참성(參星) 만지고 정성(井星) 지나 우러러 숨 헐떡이고

손으로 가슴 어루만지며 앉아서 길게 탄식한다오.

그대에게 묻노니 서쪽에 갔다가 언제나 돌아오려나

위험한 길과 높은 바위 부여잡을 곳 없다네.

다만 슬피 우는 새 고목(古木)에서 울어

수놈이 암놈 따라 숲 사이에 맴도는 것만 보이고

또 자규(子規, 소쩍새) 울어

달밤에 빈산에서 시름겹게 우는 소리 들릴 뿐이네.

촉도(蜀道)의 어려움

푸른 하늘에 오르는 것보다도 어려우니

사람들 이 말 들으면 홍안(紅顔, 젊음)이 시드누나.

이어진 봉우리 하늘과 한 자도 못 될 듯한데

말라 죽은 소나무 쓰러져 절벽에 기대어 있구나.

나는 물결과 폭포수 줄기 다투어 시끄러우니

벼랑에 돌이 굴러온 골짝이 우렛소리라오.

그 험함 이와 같으니

아! 먼 길 오는 사람이

어떻게 이곳에 오겠는가.

검각(劍閣)이 우뚝이 높이 솟아 있으니

한 사람이 관문(關門) 막으면 만 명도 열 수 없네.

이곳 지키는 사람 친한 자 아니면

이리와 승냥이로 변하여 반역한다오.

아침에 사나운 범 피하고 저녁에 긴 뱀 피하니

이빨 갈고 피 빨아 삼대처럼 사람을 죽이네.

백성(錦城)이 비록 즐거운 곳이라 하지만

일찍 집에 돌아가는 것만 못하다오.

촉도(蜀道)의 어려움

푸른 하늘에 오르는 것보다도 어려우니

몸을 기울여 서쪽 바라보며 길이 한탄하노라.

○ **仰脅**。坐息。앙협. 앉아서 쉬는 것이다.

46. 醉時歌 杜甫 취하였을 때 부른 노래 (두보)

諸公袞袞登臺省(제공곤곤등대성)	廣文先生官獨冷(광문선생관독랭)
甲第紛紛厭粱肉(갑제분분염량육)	廣文先生飯不足(광문선생반부족)
先生有道出羲皇(선생유도출희황)	先生有才過屈宋(선생유재과굴송)
德尊一代常坎軻(덕존일대상감가)	名垂萬古知何用(명수만고지하용)
杜陵野客人更嗤(두릉야객인갱치)	被褐短窄鬢如絲(피갈단착빈여사)
日糴太倉五升米(일적태창오승미)	時赴鄭老同襟期(시부정로동금기)
得錢卽相覓(득전즉상멱)	沽酒不復疑(고주불부의)
忘形到爾汝(망형도이여)	痛飮眞吾師(통음진오사)
淸夜沈沈動春酌(청야침침동춘작)	燈前細雨簷花落(등전세우첨화락)
但覺高歌有鬼神(단각고가유귀신)	焉知餓死塡溝壑(언지아사전구학)
相如逸才親滌器(상여일재친척기)	子雲識字終投閣(자운식자종투각)

先生早賦歸去來(선생조부귀거래)　石田茅屋荒蒼苔(석전모옥황창태)
儒術於我何有哉(유술어아하유재)　孔丘盜跖俱塵埃(공구도척구진애)
不須聞此意慘慘(불수문차의참참)　生前相遇且銜盃(생전상우차함배)

여러분(諸公제공)들 연이어 대성(臺省, 중추원)에 오르나

광문 선생(廣文先生)은 벼슬자리 홀로 한미(寒微, 변변치 못함)하고

훌륭한 저택들 분분히 고량진미(膏粱珍味, 좋은 음식) 배부르나

광문 선생은 밥도 부족하다오.

선생의 도는 복희씨(伏羲氏)에게서 나왔고

선생의 재주는 굴원(屈原)과 송옥(宋玉)보다 뛰어나네.

덕(德)이 한세상에 높으나 항상 불우(不遇)하니

명성이 만고(萬古)에 전한들 어디에 쓸지 알겠는가.

두릉(杜陵)의 촌 늙은이 사람들이 더욱 비웃으니

걸친 갈옷 짧고 좁으며 귀밑머리는 실처럼 희다오.

날마다 태창(太倉)의 다섯 되 쌀 사 오고

때로는 정씨(鄭氏) 노인 찾아가 흉금을 함께 하며

돈 얻으면 곧 서로 찾아가

술 받아 마시며 다시 의심하지 않네.

형체(形體)를 잊어 너나 하는 사이 되니

통쾌하게 술 마심 참으로 나의 스승이라오.

맑은 밤 깊어가는데 봄 술잔 오가니

등잔 앞의 가랑비에 추녀에서는 꽃잎이 떨어지네.

다만 소리 높은 노래에 귀신이 도와주는 듯하니

어찌 굶주려 죽어 골짜기에 버려짐 알겠는가.

상여(相如)는 재주 뛰어났으나 친히 그릇 씻었고

자운(子雲)은 글자 알았지만 끝내 천록각(天禄閣)에서 투신하였네.

선생은 일찍 귀거래(歸去來)를 읊어야 하니

돌밭과 초가집 푸른 이끼 황폐하여라.

유학(儒學)이 우리에게 무슨 상관있는가

공자(孔子)와 도척(盜蹠) 모두 흙먼지가 되고 말았다오.

굳이 이 말 듣고 마음에 서글퍼할 것 없으니

생전에 서로 만나 우선 술이나 마셔보세.

○ **同襟期**。同志趣也。衣襟當胸。故心志爲襟。然襟量以大
小言。襟期以趣操言。小有不同。동금기(同襟期)는 지취(志趣,
뜻과 취미)가 같은 것이니, 옷깃이 가슴에 닿기 때문에 심지(心志, 뜻)
를 금(襟, 옷깃)이라고 한다. 그러나 금량(襟量)은 대소(大小)로써 말
한 것이고 금기(襟期)는 취조(趣操)로써 말한 것이니, 약간 차이가 있
다.

○ **眞吾師**。痛飮本非可師而云然者。皆憤世激發之辭耳。진
오사. 술을 실컷 마시는 것은 본래 본받을 만한 일이 아닌데, 이렇게
말한 것은 모두 세상에 분개하여 격해서 한 말이다.

○ **相如子雲**。相如汙行於滌器。子雲喪節於投閣。皆不足
道。此但言當不遇則奇杰之士。不免於窮賤耳。상여자운(상
여와 자운). 사마상여(司馬相如)는 술집에서 그릇을 씻어 행실을 더럽
혔고 양자운(揚子雲)은 천록각(天祿閣)에서 투신하여 절개를 잃었으
니, 모두 말할 것이 못 된다. 여기서는 다만 때를 만나지 못하면 비
록 뛰어난 선비라 하더라도 궁하고 천함에서 벗어날 수 없음을 말한
것이다.

○ **儒術何有**。來說。是本註所引崔祥之言。殊無理。此乃杜
詩蘇註之說。余舊讀杜詩。見所謂蘇註多穿鑿杜撰。且其文
字卑冗。絶不類東坡文字。而其引用之人姓名。率多撰造前
世所無者。以是心竊疑其贗書。後見先儒諸說。已論蘇註非
坡翁所撰。乃不知何人僞作此書。託坡以欺世云云。今據此

註。本無崔祥。阮翃亦本無此兩說。只是註者妄有此言此姓名以誣人。可謂無忌憚之甚。而註古文眞寶者又取而傳之。亦可謂踵謬襲訛。而不審於援證矣。 유술하유(儒術於我何有哉 유학이 우리에게 무슨 소용 있나). 전해오는 얘기로 곧 이는 본주에서 '최상'의 말을 인용한 것이라고 하며 특히 이치에 맞지 않는 것이 이것이 두보 시에 소동파가 주를 단 것이라는 설이다. 내가 옛날에 두보의 시를 읽고 소위 소동파의 주석이 두보의 저술을 많이 연구하여 천착(완전히 꿰뚫은 것)한 것을 보았는데 이 글은 문자가 비루하고 무익하니 절대 소동파의 문자류가 아니다. 그러나 그 성명을 인용하여 전 세대에 없었던 것을 많이 지어 만드니 이로써 (내) 마음속으로 가짜 글임을 의심하고 있었는데 나중에 선대 유학자들의 여러 학설을 보니 이미 '소주'라는 것이 소동파가 지은 것이 아니라고 논하며 누가 이 글을 위조하였는지는 모르나 '소동파에 의탁하여 세상을 속였다'고 하였다. 이제 이 주석에 의거하여 '최상'은 본래 없고 '완경' 또한 본디 없었으며 두 개의 설은 다만 이 주석을 단 자가 망령되게 이 말과 이 이름으로 사람들을 속인 것으로 가히 기탄하는 마음이 없음이 심하다고 할 수 있다. 그리고 고문진보에 주석을 단 자가 그것을 전하니 또한 오류가 이어지고 잘못을 전하게 되었으나 증거를 잡아서 찾지 못하였을 따름이다.

47. 題磨崖碑 黃庭堅(山谷) 마애비(磨崖碑)에 쓰다 황정견 (산곡)

春風吹船著浯溪(춘풍취선착오계) 扶藜上讀中興碑(부려상독중흥비)
平生半世看墨本(평생반세간묵본) 摩挲石刻鬢如絲(마사석각빈여사)
明皇不作苞桑計(명황부작포상계) 顚倒四海由祿兒(전도사해유록아)
九廟不守乘輿西(구묘불수승여서) 萬官已作烏擇栖(만관이작오택서)

撫軍監國太子事(무군감국태자사)　何乃趣取大物爲(하내취취대물위)
事有至難天幸爾(사유지난천행이)　上皇跼蹐還京師(상황국척환경사)
內間張后色可否(내간장후색가부)　外間李父頤指揮(외간이보이지휘)
南內淒涼幾苟活(남내처량기구활)　高將軍去事尤危(고장군거사우위)
臣結春陵二三策(신결용릉이삼책)　臣甫杜鵑再拜詩(신보두견재배시)
安知忠臣痛至骨(안지충신통지골)　世上但賞瓊琚詞(세상단상경거사)
同來野僧六七輩(동래야승육칠배)　亦有文士相追隨(역유문사상추수)
斷崖蒼蘚對立久(단애창선대립구)　凍雨爲洗前朝悲(동우위세전조비)

봄바람 배에 불어 오계(浯溪)에 도착하니

청려장(靑藜杖) 짚고 올라가 중흥비(中興碑) 읽노라.

평소 반평생(半世반세) 동안 묵본(墨本탁본) 보았는데

비석 어루만지는 지금 귀밑머리 실처럼 세었네.

명황(明皇)은 포상(苞桑)의 계책 하지 아니하여

사해(四海)가 전도(顚倒)되니 안록산(安祿山) 아이 때문이라오.

아홉 사당 지키지 못하고 승여(乘輿)가 서쪽으로 파천(播遷)하니

수많은 관원들 도망하여 새가 둥지 찾듯 하였네.

군사들 어루만지고 나라 지킴 태자(太子)의 일이니

어찌하여 빨리 제위(帝位) 취하였는가.

지극히 어려운 일 하였으나 천행(天幸, 다행)일 뿐이니

상황(上皇, 현종)은 위축되어 경사(京師, 서울)로 돌아왔네.

안에서는 장후(張后)가 얼굴빛으로 가부(可否)를 결정하고

밖에서는 이보국(李輔國)이 턱으로 지휘하였다오.

남내(南內)가 처량하여 거의 구차히 살아갔으며

고장군(高將軍)이 떠나가자 일이 더욱 위태로웠네.

신하(臣) 원결(元結)은 용능행(舂陵行) 두세 쪽 올렸고

신하(臣) 두보(杜甫)는 두견시(杜鵑詩) 재배하고 올렸다오.

어찌 충신들의 애통함 뼈에 사무침 알겠는가
후세에는 다만 옥 같은 문장만 감상하네.
함께 온 야승(野僧) 육칠 명이요
또한 문사(文士)들 서로 따라왔다오.
절벽의 푸른 이끼 오랫동안 서서 대하니
소낙비 내려 전조(前朝, 앞선 조정)의 슬픔 씻어주네.

○ **相追隨.** 二字相繼而生故云. 상추수(相追隨, 서로 따라서 이어지
다). 두 글자가 서로 이어져서 생기니 고(故)로 말한 것이다.

48. 戱題王宰畵山水歌 杜甫
왕제(王宰)의 산수화에 장난삼아 쓴 노래 (두보)

十日畵一水(십일화일수)	五日畵一石(오일화일석)
能事不受相促迫(능사부수상촉박)	王宰始肯留眞跡(왕재시긍류진적)
壯哉崑崙方壺圖(장재곤륜방호도)	挂君高堂之素壁(괘군고당지소벽)
巴陵洞庭日本東(파릉동정일본동)	赤岸水與銀河通(적안수여은하통)
中有雲氣隨飛龍(중유운기수비룡)	
舟人漁子入浦漵(주인어자입포서)	山木盡亞洪濤風(산목진아홍도풍)
尤工遠勢古莫比(우공원세고막비)	咫尺應須論萬里(지척응수론만리)
焉得幷州快剪刀(언득병주쾌전도)	剪取吳松半江水(전취오송반강수)

열흘 만에 물 하나 그리고
닷새 만에 돌 하나 그린다오.
훌륭한 일은 남의 재촉 받지 않아야 하니
왕제(王宰)가 비로소 참된 자취(眞跡)을 남기려 하네.

장하다! 곤륜방호도(崑崙方壺圖)를

그대의 높은 집 흰 벽에 걸어 놓았도다.

파릉(巴陵)의 동정호(洞庭湖)와 일본의 동쪽에

적애(赤岸)의 물 은하수와 통하는데

가운데에 구름 기운 나는 용 따르누나.

뱃사람과 어부들 포구에 들어가고

산의 나무 모두 큰 파도의 바람결에 굽어 있네.

더욱 먼 형세 잘 그려 옛 분들도 견줄 이 없으니

지척 간에 응당 만 리를 논해야 하리.

어이하면 병주(幷州)의 잘 드는 전도(剪刀, 가위와 칼) 얻어서

오송강(吳松江)의 그린 반쪽을 도려내어 가질는지.

○ **能事不受。** 人於能事。得於心而應於手。神全而守固。不
爲外物所動。而後乃入於妙。況受人之欲速而相催促乎。受
人之迫促。則先失其心守。何能事之妙造。故云云。王宰始
肯留眞跡。上文所謂十日一水。五日一石。卽其不受促迫之
事也。능사불수상촉박(能事不受相促迫 훌륭한 일은 남의 재촉을 받지
않아야 한다). 사람이 훌륭한 일에 있어 마음을 얻어야 손에 응하게
되고 정신이 온전하고 굳건하게 지켜져야 외물에 움직이는 바를 당
하지 않아야 이후에 신묘한 경지에 들어갈 수 있다. 하물며 남의 독
촉을 받고 서로 재촉한다면야 어떠하겠는가? 남의 독촉을 받으면
곧 먼저 그 마음을 지키는 것을 잃게 되니 어찌 훌륭한 일을 신묘하
게 하겠는가? 그러므로 이런 말을 한 것이다. '王宰始肯留眞跡(왕제
시긍유진적)'은 윗구의 이른바 '10일 만에 물 하나 그리고 5일 만에
돌 하나 그린다. 十日一水 五日一石' 이니, 이것이 바로 재촉을 받지
않는 일이다.

49. 茅屋爲秋風所破歌 杜甫
초가집이 가을바람에 무너진 것을 노래함 (두보)

八月秋高風怒號(팔월추고풍노호) 卷我屋上三重茅(권아옥상삼중모)
茅飛度江灑江郊(모비도강쇄강교) 高者挂罥長林梢(고자괘견장림초)
下者飄轉沈塘坳(하자표전침당요)
南村群童欺我老無力(남촌군동기아로무력)
忍能對面爲盜賊(인능대면위도적)
公然抱茅入竹去(공연포모입죽거) 脣焦口燥呼不得(순초구조호부득)
歸來倚杖自歎息(귀래의장자탄식)
俄頃風定雲墨色(아경풍정운묵색) **秋天漠漠**向昏黑(추천막막향혼흑)
布衾多年冷似鐵(포금다년냉사철) 嬌兒惡臥踏裏裂(교이오와답리렬)
床床屋漏無乾處(상상옥루무건처) 雨脚如麻未斷絕(우각여마미단절)
自經喪亂少睡眠(자경상란소수면) 長夜霑溼何由徹(장야점습하유철)
安得廣廈千萬間(안득광하천만간)
大庇天下寒士俱歡顏(대비천하한사구환안)
風雨不動安如山(풍우부동안여산)
嗚呼(오호)! 何時眼前突兀見此屋(하시안전돌올견차옥)
吾廬獨破受凍死亦足(오려독파수동사역족)

8월이라 가을바람 높고 사납게 불어
우리 지붕의 3중(三重) 이엉 말아 올렸네.
이엉이 날아가 강을 건너 강가에 뿌려지니
높은 것은 긴 숲의 나뭇가지 위에 걸렸고
낮은 것은 바람에 나부껴 돌다가 웅덩이에 빠졌다오.
남쪽마을(南村) 아이들 나의 늙고 힘없음 업신여기고는
차마 대면하고서 도적질하네.

공공연히 이엉 안고 대숲으로 들어가니

입술이 타고 입이 말라 소리칠 수 없어

돌아와 지팡이에 의지해 스스로 한탄하네.

잠시 후 바람은 멎고 구름은 흑빛이니

가을 하늘 막막하게 저녁 향해 어두워지네.

삼베 이불 여러 해 되어 쇠처럼 차가운데

예쁜 아이 잠버릇 나빠 속을 밟아 찢었다오.

침상(床)마다 지붕 새어 마른 곳 없는데

빗줄기는 삼대처럼 내려 끊이지 않누나.

난리 겪은 뒤로 잠이 적어지니

긴긴 밤 축축이 젖어 어이 밤을 새는지.

어이하면 너른 집 천만 칸 얻어

천하에 가난한 선비들 크게 비호하여 모두 즐거운 얼굴로

풍우(風雨)에도 움직이지 않고 산처럼 편안히 있을런가.

아! 어느 때에나 눈앞에 우뚝이 이러한 집 볼는지

내 집만 유독 부서져 얼어 죽더라도 만족하리라.

○ **秋天漠漠。單句是。** 추천막막(가을하늘이 막막하다). 홀 구절이다.

50. 短檠歌 韓愈(退之) 짧은 등잔대를 읊은 노래 한유 (퇴지)

長檠八尺空自長 (장경팔척공자장)	短檠二尺便且光 (단경이척편차광)
黃簾綠幕朱戶閉 (황렴록막주호폐)	風露氣入秋堂涼 (풍로기입추당량)
裁衣寄遠淚眼暗 (재의기원루안암)	搔頭頻挑移近床 (소두빈도이근상)
太學儒生東魯客 (태학유생동로객)	二十辭家來射策 (이십사가래사책)
夜書細字綴語言 (야서세자철어언)	兩目眵昏頭雪白 (양목치혼두설백)

此時提攜當案前(차시제휴당안전)　看書到曉那能眠(간서도효나능면)
一朝富貴還自恣(일조부귀환자자)　長檠高張照珠翠(장경고장조주취)
籲嗟世事無不然(유차세사무불연)　牆角君看短檠棄(장각군간단경기)

여덟 자의 긴 등잔대 공연히 길기만 하고

두 자의 짧은 등잔대 편리하고도 밝다오.

누런 주렴과 푸른 장막에 붉은 문 달렸는데

바람과 이슬 기운 들어오니 가을 집 썰렁하네.

옷 재단하여 멀리 임에게 부치느라 눈물로 눈이 어두우니

머리 긁적이며 자주 심지 돋우어 침상(床)에 가까이 옮겨 놓네.

태학(太學)의 유생(儒生)들 동로(東魯)의 나그네로

스무 살에 집을 하직하고 과거 공부하러 왔다오.

밤이면 작은 글자 써서 언어 엮으니

두 눈은 눈곱 끼어 어둡고 머리는 백설처럼 세었어라.

이때에 등잔대 끌어다가 책상 앞에 놓으니

책 보며 새벽에 이르러 어찌 잠을 잘 수 있겠는가.

하루아침 부귀해지면 도리어 스스로 방자해지니

긴 등잔대 높이 올려 진주와 비취로 장식한 집에 비친다오.

아! 세상일은 이러하지 않음 없으니

그대 담장 귀퉁이에 짧은 등잔대 버려져 있음 보리라

○ **東魯客**。本註。謂退之東魯人。此說可疑。退之。鄧州南
陽人。先世或居昌黎。或徙懷孟。三處皆不屬兗州魯境。何
以云東魯人。且爲博士而謂之儒生。亦似未穩。況來說所疑
富貴自恣。必非自道之言乎。是不過汎言。而謂之二十者。
但謂自弱冠苦業至白頭云耳。復何疑乎。동로객(동쪽 노나라 손
님). 본주(本註)에 퇴지(韓退之, 한유)는 동로(東魯) 사람이라고 하였는

데, 이 설(說)은 가히 의심스럽다. 한퇴지는 등주(鄧州) 남양(南陽) 사람으로 그 선대가 혹 창려(昌黎)에 거주하기도 하고 혹 회맹(懷孟)으로 옮기기도 하였는데, 이 세 곳은 모두 연주(兗州)의 노(魯)지방 경계에 속하지 않으니, 어찌 동로(東魯) 사람이라고 말할 수 있겠는가? 또한 박사가 되었는데 그를 유생이라고 하는 것은 온당치 못하다. 더구나 전해지는 설에 부귀해지면 스스로 방자해진다는 것은 도를 자처하는 사람의 말이 아닐 것이라고 의심하였는데, 이는 일반적으로 하는 말에 불과하고, 또 이십이라고 말한 것은 약관(弱冠)으로부터 학업에 힘써 백발에 이르렀음을 말한 것일 뿐이니, 다시 무엇을 의심하겠는가?

51. 浩浩歌 馬存(子才) 호호가 마존 (자재)

浩浩歌(호호가) 天地萬物如吾何(천지만물여오하)

用之解帶食太倉(용지해대식태창) 不用拂枕歸山阿(불용불침귀산아)

君不見渭川漁父一竿竹(군불견위천어부일간죽)

莘野耕叟數畝禾(신야경수수무화)

喜來起作商家霖(희래기작상가림) 怒後便把周王戈(노후변파주왕과)

又不見子陵橫足加帝腹(우불견자릉횡족가제복)

帝不敢動豈敢訶(제불감동기감가)

皇天爲忙逼(황천위망핍) 星辰相擊摩(성신상격마)

可憐相府癡(가련상부치) 邀請先經過(요청선경과)

浩浩歌(호호가) 天地萬物如吾何(천지만물여오하)

屈原枉死汨羅水(굴원왕사멱라수) 夷齊空臥西山坡(이제공와서산파)

丈夫擧擧不可羈(장부락락불가기) 有身何用自滅磨(유신하용자멸마)

吾觀聖賢心(오관성현심) 自樂豈有他(자락기유타)

蒼生如命窮(창생여명궁)　吾道成蹉跎(오도성차타)

直須爲弔天下人(직수위조천하인)　何必嫌恨傷丘軻(하필혐한상구가)

浩浩歌(호호가)　天地萬物如吾何(천지만물여오하)

玉堂金馬在何處(옥당금마재하처)　雲山石室高嵯峨(운산석실고차아)

低頭欲耕地雖少(저두욕경지수소)　仰面長嘯天何多(앙면장소천하다)

請君醉我一斗酒(청군취아일두주)　紅光入面春風和(홍광입면춘풍화)

浩浩함을 노래하니

천지만물이 나에게 어쩔꼬.

등용되면 허리띠 풀고 큰 창고(太倉)의 곡식 받아먹고

등용되지 않으면 베개 밀치고 산언덕(山阿)으로 돌아가 눕는다네.

그대는 보지 못하였는가 위천(渭川)의 어부의 한 낚싯대와

신야(莘野)의 밭 가는 노인의 몇 이랑 벼를.

기쁘게 와서 일어나 상(商)나라 장마비가 되었고

노한 뒤에는 곧 주왕(周王)의 창 잡았다오.

또 보지 못하였는가 자릉(子陵)이 발을 걸쳐 황제의 배에 얹으니

황제(皇帝)가 움직이지도 못했는데 어찌 감히 꾸짖겠는가.

하늘이 이 때문에 놀라고 당황하여

별들이 서로 치고 부딪혔네.

가련타! 상부(相府)의 후패(侯霸) 어리석어

먼저 자기 집 방문해 달라고 청하였네.

호호(浩浩)함을 노래하니

천지만물이 나에게 어쩔꼬.

굴원(屈原)은 헛되이 멱라수(汨羅水)에 빠져 죽었고

백이숙제(伯夷叔齊)는 부질없이 서산(西山)의 언덕에서 굶어 죽었도다.

장부(丈夫)는 뜻이 드높아 얽어맬 수 없으니

자기 몸을 어찌 스스로 마멸하겠는가.

내 성현(聖賢)의 마음 보니

스스로 즐길 뿐 어찌 딴 것이 있겠는가.

창생(蒼生)이 만일 운명이 곤궁해지면

우리의 도(道) 어긋나게 된다오.

다만 모름지기 천하 사람들 위로해야 하니

하필 도(道)가 행해지지 않음 한하여 공구(孔丘, 공자)와 맹가(孟軻, 맹자)

슬퍼하랴.

호호(浩浩)함을 노래하니

천지만물이 나에게 어쩔꼬.

옥당(玉堂)과 금마문(金馬門) 어느 곳에 있는가

구름 낀 산에 바위 동굴 높이 솟았다오.

머리 숙여 밭 갈려 하면 땅은 비록 작지만

얼굴 들어 길이 휘파람 불면 하늘은 어이 그리 넓은가.

그대는 나를 한 말 술로 취하게 하라

붉은 빛 얼굴에 들어오면 봄바람처럼 온화하리라.

○ **渭華子陵**。渭莘等語。皆援古以自託。大言以自快。其意
若曰使我當此時遇此事。亦其人焉。위화자릉. 이는 자릉이 태
공망(太公望, 위수에서 낚시를 자주 함)과 이윤(伊尹, 신국에서 농사를 지
음) 등과 같다는 말이며, 모두 고사(故事)를 원용(援用)하여 자신을
가탁해 큰 소리를 침으로써 스스로 자신의 마음을 시원스럽게 한 것
이니, 그 뜻은 만약 내가 가령 이러한 때를 당하여 이러한 일을 만났
다면 또한 내가 바로 그 사람일 것이라고 하는 말이다.

○ **爲忙偪**。爲ᄒ야忙偪ᄒ다. 위망핍. 때문에 놀라고 당황하다.

* 皇天爲忙逼(하늘이 이 때문에 놀라고 당황하여)

○ **傷丘軻**。言孔孟之不見用。是天下之不幸。故但當爲弔天
下之人。何必爲孔孟慊恨而歎傷乎。恨ᄒ야丘軻를傷ᄒ오.

상구가(何必嫌恨傷丘軻, 하필 공자와 맹자를 한탄하고 상심하는가) 공자와 맹자가 쓰임을 받지 못하였다는 말이며 곧 천하의 불행이므로 다만 마땅히 천하 사람들을 위로할 것이요, 어찌 공자와 맹자를 위해서 한탄하고 상심할 것이 있겠는가.'라고 말한 것이다.

52. 茶歌 盧仝 차를 읊은 노래 (노동)

日高丈五睡正濃(일고장오수정농)　軍將扣門驚周公(군장구문경주공)
口傳諫議送書信(구전간의송서신)　白絹斜封三道印(백견사봉삼도인)
開緘宛見諫議面(개함완견간의면)　首閱月團三百片(수열월단삼백편)
聞道新年入山裏(문도신년입산리)　蟄蟲驚動春風起(칩충경동춘풍기)
天子須嘗陽羨茶(천자수상양선다)　百草不敢先開花(백초불감선개화)
仁風暗結珠蓓蕾(인풍암결주배뢰)　先春抽出黃金芽(선춘추출황금아)
摘鮮焙芳旋封裹(적선배방선봉과)　至精至好且不奢(지정지호차불사)
至尊之餘合王公(지존지여합왕공)　何事便到山人家(하사변도산인가)
柴門反關無俗客(시문반관무속객)　紗帽籠頭自煎喫(사모롱두자전끽)
碧雲引風吹不斷(벽운인풍취부단)　**白花**浮光凝碗面(백화부광응완면)
一碗喉吻潤(일완후문윤)　　　　二碗破孤悶(이완파고민)
三碗搜枯腸(삼완수고장)　　　　惟有文字五千卷(유유문자오천권)
四碗發輕汗(사완발경한)　　　　平生不平事(평생불평사)
盡向毛孔散(진향모공산)
五碗肌骨淸(오완기골청)　　　　六碗通仙靈(육완통선령)
七碗喫不得也(칠완끽부득야)
唯覺兩腋習習淸風生(유각양액습습청풍생)
蓬萊山(봉래산) 在何處(재하처)?
玉川子乘淸風欲歸去(옥천자승청풍욕귀거)

山上群仙司下土(산상군선사하토)　地位淸高隔風雨(지위청고격풍우)
安得知百萬億蒼生(안득지백만억창생)
命墮顚崖受辛苦(명타전애수신고)
便從諫議問蒼生(변종간의문창생)　到頭合得蘇息否(도두합득소식부)

해가 한 발이나 높도록 잠이 바로 깊었는데

군장(軍將장수)이 문 두드려 주공(周公)의 꿈 놀라 깨게 하였네.

입으로 전하기를 간의대부(諫議大夫)가 서신 보내었다 하니

흰 비단에 비스듬히 봉하고 세 개의 도장 찍었구나.

봉함(封緘) 열자 완연히 간의대부의 얼굴 보는 듯하니

첫 번째로 월단(月團) 삼백 편 보았노라.

들으니 새해의 기운 산속에 들어와

땅속에 숨어 있던 벌레 놀라 움직이고 봄바람 일으킨다네.

천자(天子)는 모름지기 양선(陽羨)의 차 맛보셨을 것이니

온갖 풀들 감히 차보다 먼저 꽃 피우지 못했으리라.

온화한 바람에 살며시 진주 같은 꽃봉오리 맺히니

봄에 앞서 황금 같은 싹 돋아났으리라.

신선한 싹 따서 향기롭게 볶아 곧바로 싸서 봉함하니

지극히 정(精)하고 지극히 좋으면서도 사치하지 않다오.

지존(至尊)께서 드신 나머지는 왕공(王公)에게나 적합한데

어인 일로 곧 선인(山人)의 집에 이르렀나.

사립문 다시 닫아 세속의 손님 없으니

사모(紗帽)로 머리 감싸고는 스스로 차 끓여 마신다오.

푸른 구름 같은 차 연기 바람을 끌어 끊임없이 불어대고

흰 꽃 같은 차 거품 빛이 떠 찻잔 표면에 엉겨 있네.

첫째 잔은 목과 입술 적시고

둘째 잔은 외로운 고민 달래고

셋째 잔은 마른 창자 헤쳐주니

오직 뱃속에는 문자 오천 권이 있을 뿐이라오.

넷째 잔은 가벼운 땀을 내니

평생에 불평스러운 일

모두 땀구멍 향해 흩어지게 하네.

다섯째 잔은 기골(肌骨, 피부와 뼈)을 깨끗하게 하고

여섯째 잔은 신령(神靈정신)을 통하게 하며

일곱째 잔은 마실 것도 없이

겨드랑이에 날개 돋아 습습히 청풍이 읾을 느끼네.

봉래산(蓬萊山)은 어느 곳에 있는가

옥천자(玉川子)는 이 청풍(淸風) 타고 돌아가고 싶다오.

산 위의 여러 신선들 하토(下土) 맡았으나

지위가 청고(淸高)하여 풍진(風塵) 세상과 막혔네.

어찌 알겠는가 백만억조의 창생(蒼生)들

운명이 높은 벼랑에 떨어져 고통 받음을.

곧 간의대부에게 창생을 묻노니

필경에는 마땅히 소생(蘇生)함을 얻어야 한다. 그렇지않는가.

○ **碧雲白花**。來說得之。白花이光이浮ᄒᆞ야. 벽운백화(푸른 구름
   과 흰 꽃) 전해 내려오는 이야기를 들어보면 흰 꽃이 빛나고 떠다닌
   다.

○ **到頭合得**。到頭。本華人語。而未詳的意。大槪猶到其地
   頭之謂。地頭。猶地面地位之意。合。猶合當也。言到其
   地頭。能合當得蘇息蒼生否乎。도두합득소식부(끝내 마땅히 소
   생함을 얻겠는가). 도두(到頭)는 본래 중국말인데, 정확한 뜻은 자세
   하지 않다. 대개 그 땅의 시작점(地頭)에 이르렀음을 말한 것과 같으
   니, 지두는 지면(地面)·지위(地位)와 같은 뜻이다. 합(合)은 합당(合

當)과 같으니 '결국에 이르러서는 마땅히 창생들을 소생하게 하여야 한다 그렇지 않은가' 하고 말한 것이다.

53. 菖蒲歌 謝枋得(疊山) 창포를 읊은 노래 사방득 (첩산)

有石奇峭天琢成(유석기초천탁성)　　有草夭夭冬夏靑(유초요요동하청)

人言菖蒲非一種(인언창포비일종)　　上品九節通仙靈(상품구절통선령)

異根不帶塵埃氣(이근부대진애기)　　孤操愛結泉石盟(고조애결천석맹)

明窓淨几有宿契(명창정궤유숙계)　　花林草砌無交情(화림초체무교정)

夜深不嫌淸露重(야심불혐청로중)　　晨光疑有白雲生(신광의유백운생)

嫩如秦時童女登蓬瀛(눈여진시동녀등봉영)

手攜綠玉杖徐行(수휴녹옥장서행)

瘦如天台山上聖賢僧(수여천태산상현성승)

休糧絶粒孤鶴形(휴량절립고학형)

動如五百義士從田橫(동여오백의사종전횡)

英氣凜凜摩靑冥(영기름름마청명)

淸如三千弟子立孔庭(청여삼천제자립공정)

回琴點瑟天機鳴(회금점슬천기명)

堂前不入紅粉意(당전불입홍분의)　　席上常聽詩書聲(석상상청시서성)

怪石篠蕩皆充貢(괴석소탕개충공)　　此物舜廟當共登(차물순묘당공등)

神農多智入本草(신농다기입본초)　　靈均蔽賢遺騷經(영균폐현유소경)

幽人耽翫發仙興(유인탐완발선흥)　　方士服餌延修齡(방사복이연수령)

綵鸞紫鳳琪花苑(채란자봉기화원)　　赤虯玉麟芙蓉城(적규옥린부용성)

上界眞人好淸淨(상계진인호청정)　　見此靈苗當大驚(견차영묘당대경)

我欲攜之朝上帝太淸(아욕휴지조상제태청)

瑤草不敢專芳馨(요초불감전방형)

玉皇一笑留香案(옥황일소류향안) 賜與有道者長生(사여유도자장생)
人間千花萬草盡榮艶(인간천화만초진영염)
未必敢與此草爭高名(미필감여차초쟁고명)

돌이 기이하게 솟았으니 하늘이 쪼아 만들었고
풀이 야들야들하니 사시사철 언제나 푸르네.
사람들 말하기를 창포(菖蒲)는 한 종류 아니니
상품(上品)은 한 치에 아홉 마디 있는데 신령(神靈)을 통한다 하네.
특이한 뿌리는 진세(塵世, 더러운 세상)의
고고(孤高)한 지조는 천석(泉石)의 맹약(盟約) 맺기 좋아한다오.
밝은 창 깨끗한 책상과는 옛 인연이 있고
꽃피는 숲 풀 자리는 섬돌과는 사귈 마음 없다네.
밤 깊어 맑은 이슬 많이 내리는 것 혐의하지 않고
새벽 햇빛은 白雲(백운)이 일어나는가 의심하네.
연하기는 진(秦)나라 때에 동녀(童女)가 봉래와 영주(瀛洲)에 오를 적에
손에 녹옥장(綠玉杖) 짚고 천천히 걸어가는 듯하며
야위기는 천태산(天台山) 위의 어질고 성스러운 스님이
곡기(穀氣)를 끊어 고고한 학(鶴)의 형상과 같다오.
굳세기는 오백 명의 의사(義士) 전횡(田橫)을 따라
영기(英氣) 늠름하여 푸른 하늘에 이르는 듯하고
깨끗하기는 삼천 명의 제자 공자(孔子)의 뜰에 서서
안회(顔回)의 거문고와 증점(曾點)의 비파에 천기(天機)가 울리는 듯하다오.
당 앞에는 홍분(紅粉)의 기미(幾微) 들어오지 않고
자리 위에는 항상 시서(詩書) 소리 들리누나.
괴석(怪石)과 가는 살대도 모두 공물(貢物)에 충당되었으니
이 물건 마땅히 순(舜)임금의 조정에 함께 올랐으리라.
신농(神農)은 나를 알아주어 본초(本草)에 넣었으나

영균(靈均)은 현자를 가려 이소경(離騷經)에 빠뜨렸네.

유인(幽人)은 즐겨 보며 신선(神仙)의 흥취 내고

방사들은 약으로 먹어 긴 수명 연장하네.

오채(五綵)의 난새와 붉은 봉황새 기화원(琪花苑)에 노는 듯

붉은 용과 옥 기린이 부용성(芙蓉城)에 노는 듯하다오.

천인(天上)의 진인(眞人)은 청정(淸淨)함 좋아하니

이 신령스러운 석창포 싹 보면 마땅히 크게 놀라리라.

내 이것 가지고 태청궁(太淸宮)에 조회하고자 하니

태청궁의 아름다운 풀도 감히 향기 독점하지 못하리라.

옥황상제(玉皇上帝)는 한 번 웃고 향안(香案)에 두셨다가

도(道) 있는 자에게 내려주시어 장생하게 하리라.

인간의 수많은 화초(花草) 모두 영화롭고 곱지만

반드시 이 풀과 고상한 이름 다투지는 못하리라.

○ **鸞鳳虯麟**。本註吳彩鸞之說。恐不可從。若彩鸞爲仙女名
則不應以赤虯對言。上實而下虛。非詩法也。註者。但知僊
女有彩鸞。而因附會其說。其實但言仙間靈異之物耳。난봉
규린(난새, 봉황, 규룡, 기린). 본주의 오나라 채란의 이야기는 따를 수
없다고 생각된다. 만약 채란이 신선의 이름이라면 곧 적규(赤虯, 붉
은 규룡)로서 대응한다고 말할 수 없다. 위가 사실이고 아래가 허구
라면 이는 시의 작법이 아니다. 주석이라는 것은 다만 선녀에 채란
이 있는 것을 알고 인하여 그 설에 끌어다 붙인 것이지 그 실체는 다
만 신선 중에 신령스럽고 이상한 물건일 뿐이다.

54. 石鼓歌 韓愈 석고가 (한유)

張生手持石鼓文(장생수지석고문)　　勸我試作石鼓歌(권아시작석고가)
少陵無人謫仙死(소릉무인적선사)　　才薄將奈石鼓何(재박장내석고하)
周綱陵遲四海沸(주강릉지사해비)　　宣王憤起揮天戈(선왕분기휘천과)
大開明堂受朝賀(대개명당수조하)　　諸侯劍佩鳴相磨(제후검패명상마)
蒐于岐陽騁雄俊(수우기양빙웅준)　　萬里禽獸皆遮羅(만리금수개차라)
鐫功勒成告萬世(전공륵성고만세)　　鑿石作鼓隳嵯峨(착석작고휴차아)
從臣才藝咸第一(종신재예함제일)　　揀選撰刻留山阿(간선찬각류산아)
雨淋日炙野火燎(우림일자야화료)　　鬼物守護煩撝呵(귀물수호번휘가)
公從何處得紙本(공종하처득지본)　　毫髮盡備無差訛(호발진비무차와)
辭嚴義密讀難曉(사엄의밀독난효)　　字體不類隸與蝌(자체불류례여과)
年深豈免有缺畫(연심기면유결획)　　快劍砍斷生蛟鼉(쾌검감단생교타)
鸞翔鳳翥眾仙下(난상봉저중선하)　　珊瑚碧樹交枝柯(산호벽수교지가)
金繩鐵索鎖鈕壯(금승철색쇄뉴장)　　古鼎躍水龍騰梭(고정약수룡등사)
陋儒編詩不收入(루유편시불수입)　　二雅褊迫無委蛇(이아편박무위사)
孔子西行不到秦(공자서행부도진)　　掎摭星宿遺羲娥(기척성수유희아)
嗟予好古生苦晚(차여호고생고만)　　對此涕淚雙滂沱(대차체루쌍방타)
憶昔初蒙博士徵(억석초몽박사징)　　其年始改稱元和(기년시개칭원화)
故人從軍在右輔(고인종군재우보)　　為我度量掘臼科(위아도량굴구과)
濯冠沐浴告祭酒(탁관목욕고좨주)　　如此至寶存豈多(여차지보존기다)
氈包席裹可立致(전포석과가립치)　　十鼓秖載數駱駝(십고기재수락타)
薦諸太廟比郜鼎(천제태묘비고정)　　光價豈止百倍過(광가기지백배과)
聖恩若許留太學(성은약허류태학)　　諸生講解得切磋(제생강해득절차)
觀經鴻都尚填咽(관경홍도상전인)　　坐見舉國來奔波(좌견거국래분파)
剜苔剔蘇露節角(완태척선로절각)　　安置妥帖平不頗(안치타첩평불파)
大廈深簷與蓋覆(대하심첨여개복)　　經歷久遠期無佗(경력구원기무타)

中朝大官老於事(중조대관로어사)　詎肯感激徒婭婀(거궁감격도암아)

牧童敲火牛礪角(목동고화우려각)　誰復著手爲摩挲(수부저수위마사)

日銷月鑠就埋沒(일소월삭취매몰)　六年西顧空吟哦(육년서고공음아)

羲之俗書趁姿媚(희지속서진자미)　數紙尚可博白鵝(수지상가박백아)

繼周八代爭戰罷(계주팔대쟁전파)　無人收拾理則那(무인수습리칙나)

方今太平日無事(방금태평일무사)　柄任儒術崇丘軻(병임유술숭구가)

安能以此上論列(안능이차상론렬)　願借辯口如懸河(원차변구여현하)

石鼓之歌止於此(석고지가지어차)　嗚呼吾意其蹉跎(오호오의기차타)

장생(張生)이 손에 석고문(石鼓文) 가지고 와서

나에게 한번 석고가(石鼓歌) 지으라고 권하네.

소릉(少陵) 같은 사람 없고 적선(謫仙)도 죽었으니

재주 부족한 내가 장차 어찌 석고가(石鼓歌) 짓겠는가.

주(周)나라 기강(紀綱) 침체하여 사해(四海)가 물 끓듯 하니

선왕(宣王)이 분발하여 하늘의 창 휘둘렀네.

크게 명당(明堂) 열고 조하(朝賀)를 받으니

제후들의 칼과 패옥 서로 부딪쳐 울렸다오.

기산(岐山) 남쪽에서 사냥하여 영웅과 준걸들 달리게 하니

만리의 금수들 모두 길을 막고 그물로 잡았도다.

공을 새기고 성공 기념하여 만세(萬世)에 알리려

돌 깎아 북 모양 만드느라 높은 바위 무너뜨렸네.

시종하는 신하들 재예(才藝)가 모두 제일인데

선발하여 글 지어 새겨서 산아(山阿)에 남겼도다.

오랜 세월 비에 젖고 햇볕 쬐고 들불에 타니

귀물(鬼物)이 수호하여 번거롭게 물리치고 꾸짖었네.

공(公)은 어느 곳에서 이 탁본(拓本) 얻었는가

털끝만한 획도 모두 갖추어져 어긋남이 없구려.

문장(文章)이 엄정하고 뜻이 치밀하여 읽어도 알기 어렵고
글자체는 예서(隸書)와 과두문자(蝌蚪文字)와도 같지 않다네.
연도(年度)가 깊으니 어찌 망가진 획이 있음 면할까
예리한 칼로 산 교룡과 악어 잘라 놓은 듯하네.
필세(筆勢)는 난새와 봉황이 날아 신선들 내려오는 듯하고
산호(珊瑚)와 벽옥(璧玉)나무 가지 서로 엉켜 있는 듯하누나.
금줄과 쇠사슬 얽어매어 놓은 듯 웅장하고
옛 솥에 끓는 물인 듯 용으로 변해 날아간 북인 듯.
고루한 학자들 시(詩)를 엮을 때에 편입하지 않았으니
대아(大雅)와 소아(小雅)도 좁고 궁박하여 여유가 없다오.
공자는 서쪽에 갔지만 진(秦)나라에는 이르지 않았으니
별은 주워 모았으면서 희아(羲娥)는 비렸구나.
아! 나는 옛것 좋아하나 너무 늦게 태어나니
이것을 대함에 눈물 흘러 두 줄기 쏟아지네.
기억하건대 저 옛날에 처음 박사(博士)의 부름 받으니
그해에 처음 원화(元和)라 개칭하였다오.
고인(故人)이 종군(從軍)하여 우보(右輔)에 있으면서
나를 위해 헤아려서 석고(石鼓) 놓을 자리 파 놓았네.
나는 관(冠)을 세탁하여 쓰고 목욕하고는 제주(祭酒)에게 아뢰기를
이와 같은 지극한 보물 남아 있는 것이 어찌 많겠습니까.
담요로 싸고 자리로 말아 오면 당장 가져올 수 있으니
열 개의 석고(石鼓) 단지 몇 마리의 낙타면 실어 올 수 있습니다.
이것을 태묘(太廟)에 올려 고정(郜鼎)과 나란히 둔다면
빛과 값이 어찌 백배만 더할 뿐이겠습니까.
성상(聖上)의 은혜로 만약 태학(太學)에 보관하도록 허락된다면
제생(諸生)들 강해(講解)하여 학문을 갈고 닦을 것입니다.
홍제문(鴻都門)에 석경(石經) 구경하느라 오히려 길을 메웠으니

온 나라가 파도처럼 달려옴 앉아서 볼 것입니다.

석고의 이끼 깎아 내고 후벼 내어 마디와 모를 드러내고

편안히 두어 평평하고 기울지 않게 하며

큰 집에 깊은 처마로 덮고 가려 준다면

오랜 세월 지나도록 아무 탈이 없을 것입니다.

조정의 대신들 일에 노련하여 게으르니

어찌 즐겨 감격하겠는가 한갓 우물쭈물할 뿐이라오.

목동들 부싯돌 쳐 불을 일으키고 소는 뿔로 비벼대니

누가 다시 손을 대어 소중히 어루만질까.

나날이 지워지고 다달이 없어져 매몰되어 가니

육 년 동안 서쪽 바라보며 부질없이 한숨만 나오네.

왕희지의 속된 글씨는 모양의 아름다움 따랐는데도

몇 장의 종이로 오히려 흰 거위와 바꿀 수 있었는데

주나라 이어 팔대(八代)의 왕조(王朝)에 전쟁이 그쳤으나

수습하는 이 없으니 그 이유 어째서인가.

지금은 태평시대라 아무 일 없으니

유학(儒學)을 높여 쓰고 공맹(孔孟)을 높인다오.

어이하면 이것을 의논하는 대열에 올릴까.

현하(懸河)처럼 말 잘하는 입 빌렸으면 하네.

석고의 노래 여기에서 그치니

아! 나의 뜻 이루지 못하리라.

○ **二雅褊迫。言二雅之義。褊狹迫窄。無廣大自得之氣像。
抑二雅所以揚石鼓。** 이아편박. 이아(대아(大雅)와 소아(小雅))의 뜻
이 편협하고 박착(迫窄, 좁다)해서 광대하여 자득(自得)한 기상이 없
음을 말한 것이다. 대아와 소아를 눌러서(폄하) 석고문(石鼓文)을 드
러낸 것이다.

○ **安置妥帖**。妥帖。安穩無齟齬之意。安置ᄒᆞ욤을妥帖ᄒᆞ야。 안치타첩평불파(安置妥帖平不頗). 타첩(妥帖) 편안하여 어긋남이 없는 뜻이다. 안치(安置)는 편안하게 두는 것이다.

○ **嫋嫛**。猶俗言。어림뜻。암아(嫋嫛)는 속언에서 우물쭈물한 것이다.

○ **理則那**。其理則如何耶怪而問之之辭。이직나. 그 이유는 어째서인가. 그 이유가 곧 어떠한가 괴이하게 여겨서 물은 말이다.

55. 後石鼓歌 蘇軾(子瞻) 후석고가 소식 (자첨)

冬十二月歲辛丑(동십이월세신축)　我初從政見魯叟(아초종정견노수)
舊聞石鼓今見之(구문석고금견지)　文字鬱律蛟蛇走(문자울률교사주)
細觀初以指畫肚(세관초이지화두)　欲讀嗟如鉗在口(욕독차여겸재구)
韓公好古生已遲(한공호고생이지)　我今況又百年後(아금황우백년후)
強尋偏旁推點畫(강심편방추점화)　時時一二遺八九(시시일이유팔구)
我車既攻馬亦同(아거기공마역동)　其魚維鱮貫之柳(기어유서관지류)
古器縱橫猶識鼎(고기종횡유식정)　衆星錯落僅名斗(중성착락근명두)
莫糊半已似瘢胝(모호반이사반지)　詰曲猶能**辨跟肘**(힐곡유능변근주)
娟娟缺月隱雲霧(연연결월은운무)　濯濯嘉禾秀莨莠(탁탁가화수랑유)
漂流百戰偶然存(표류백전우연존)　獨立千載誰與友(독립천재수여우)
上追軒頡相唯諾(상추헌힐상유낙)　下揖冰斯同轂轂(하읍빙사동구곡)
憶昔周宣歌鴻雁(억석주선가홍안)　當時**籒史變蝌斗**(당시주사변과두)
厭亂人方思聖賢(염란인방사성현)　中興天為生耆耉(중흥천위생기구)
東征徐虜闞虓虎(동정서노감효호)　北伏犬戎隨指嗾(북복견융수지주)
象胥雜遝貢狼鹿(상서잡답공랑록)　方召聯翩賜圭卣(방소련편사규유)
遂因鑿鼓思將帥(수인비고사장수)　豈為考擊煩朦叟(개위고격번몽수)
何人作頌比崧高(하인작송비숭고)　萬古斯文齊岣嶁(만고사문제구루)

勳勞至大不矜伐(훈로지대부긍벌)　　文武未遠猶忠厚(문무미원유충후)

欲尋年歲無甲乙(욕심년세무갑을)　　豈有名字記誰某(개유명자기수모)

自從周衰更七國(자종주쇠경칠국)　　竟使秦人有九有(경사진인유구유)

掃除詩書誦法律(소제시서송법률)　　投棄俎豆陳鞭杻(투기조두진편뉴)

當年何人佐祖龍(당년하인좌조룡)　　上蔡公子牽黃狗(상채공자견황구)

登山刻石頌功烈(등산각석송공렬)　　後者無繼前無偶(후자무계전무우)

皆云皇帝巡四國(개운황제순사국)　　烹滅強暴救黔首(팽멸강포구검수)

六經既以委灰塵(육경기이위회진)　　此鼓亦當遭擊剖(차고역당조격부)

傳聞九鼎淪泗上(전문구정륜사상)　　欲使萬夫沉水取(욕사만부침수취)

暴君縱欲窮人力(폭군종욕궁인력)　　神物義不汙秦垢(신물의불오진구)

是時石鼓無處避(시시석고무처피)　　無乃天工令鬼守(무내천공령귀수)

興亡百變物自閑(흥망백변물자한)　　富貴一朝名不朽(부귀일조명불후)

細思物理坐歎息(세사물리좌탄식)　　人生安得如汝壽(인생안득여여수)

겨울 십이월 신축년에

나는 처음 정사에 종사하여 공자(孔子)를 뵈었네.

예부터 석고(石鼓)가 있단 말 들었는데 이제 보게 되니

문자(文字)가 구불구불하여 교룡과 뱀이 달리는 듯하여라.

자세히 보며 처음에는 손가락으로 배 위에 썼고

읽자니 한스럽게도 입에 재갈이 물린 듯하였다오.

한공(韓公)은 옛것을 좋아하였는데도 늦게 태어남 한하였는데

나는 지금 하물며 또 백 년이 지난 뒤에 있어서랴.

편방(偏旁)을 억지로 찾아보고 점획(點劃)을 추측해 보니

때로 한두 가지는 알고 여덟아홉 가지는 모르겠네.

내 수레 이미 수리하고 말도 갖추어졌다는 것과

물고기는 연어인데 이것을 버들가지에 꿴다는 말뿐이네.

옛날 기물(器物)들 종횡으로 놓여 있는데 겨우 솥만 알고

별들 어지러운데 겨우 북두성(北斗星)만 아는 것과 같구나.

모호하여 절반은 이미 흉터와 딱정이 같은데

구불구불한데 사람의 발꿈치와 팔꿈치 분별하는 듯하네.

곱고 고운 조각달 운무(雲霧)에 숨어 있는 듯하고

깨끗한 아름다운 벼 잡초 중에 빼어난 듯하여라.

수백 번의 전쟁에 표류하면서도 우연히 남았으니

천년에 홀로 서 누구와 벗하였나.

위로 헌원씨(軒轅氏)와 창길(蒼頡) 좇아 서로 응답하고

아래로 이양빙(李陽冰)과 이사(李斯) 굽어보니

새새끼같네.

저 옛날 주(周) 선왕(宣王)이 홍안(鴻雁)을 노래하였으니

당시에 사관(史官)인 籒(주)가 과두문자를 변형하였다오.

혼란 싫어하여 사람들 성현을 생각하니

중흥 위해 하늘이 원로(元老)들을 탄생하였네.

동쪽으로 서로(徐虜) 정벌하여 포효하는 범이 싸우는 듯하였고

북쪽으로 견융(犬戎) 정벌하여 지시에 따르게 했네.

상서(象胥)들 어지러이 모여 이리와 사슴 바치고

방숙(方叔)과 소호(召虎)는 나란히 홀(笏)과 검은 기장술

하사받았다오.

마침내 비고(鼙鼓, 기병북) 소리에 장수들의 공덕 생각하니

어찌 악기를 두드려 악공들 번거롭게 할 것이 있겠는가.

어느 사람이 송(頌) 지어 시경(詩經)의 숭고(崧高, 높음)에 견주었나

만고(萬古)의 이 비문(碑文) 구루산(岣嶁山)의 신우비(神禹碑)와 똑같구나.

공로가 지극히 크지만 자랑하지 않으니

문왕(文王) 무왕(武王)의 세대와 멀지 아니하여 아직도 충후(忠厚)하다오.

연대(年代)를 찾고자 하나 갑을(甲乙)의 간지(干支) 없으니

어찌 누가 지었다고 기록한 문자(文字) 있겠는가.

주나라가 쇠한 뒤로 일곱 나라(七國)을 지나

끝내 진(秦)나라 사람들이 구유(九有)를 소유하였네.

시서(詩書)를 쓸어버리고 법률만 외우며

조두(俎豆, 제사)를 던져버리고 채찍과 형틀만 늘어놓았다오.

당년에 어떤 사람이 조룡(祖龍) 도왔던가

상채(上蔡)의 공자(公子)로 황구(黃狗) 끌고 다녔다네.

태산(泰山)에 올라 비석에 새겨 공렬(功烈) 칭송하니

뒤에도 이을 이 없고 앞에도 짝할 이 없다 하였다오.

비석마다 모두 말하기를 황제(皇帝)가 사방 나라 순행하여

강포한 자를 삶아 없애고 백성을 구제하였다 하였네

육경(六經)이 이미 재와 먼지 되어 버렸으니

이 석고(石鼓)도 마땅히 쳐서 버려졌으리라.

구정(九鼎)이 사수(泗水) 가에 빠졌다는 말 전해 듣고는

만 명을 동원하여 물에 들어가 취하려 하였다오.

폭군이 욕심 부려 인력(人力)을 다하였으나

신묘한 물건 의롭게도 진(秦)나라 때에 더럽혀지지 않았네.

이때에 석고문(石鼓文) 어느 곳에서 피난하였던가

천공(天工)이 귀신들로 하여금 지키게 하지 않았을까.

흥망이 백 번 변하였으나 이 물건 스스로 한가로웠으니

부귀는 하루아침이나 이름은 영원히 없어지지 않누나.

자세히 사물의 이치 생각하며 앉아서 탄식하니

인생이 어이하면 이 석고(石鼓)처럼 영원히 남을 수 있을까.

○ **辨跟肘。跟。足後節。肘。臂中節。以字體比人形。而謂
辨跟與肘。** 곡유능변근지(曲猶能辨跟肘, 구불구불하여 사람의 발꿈치
와 팔꿈치 분별하는 듯하다). 근(跟)은 발꿈치이고 지(肘)는 팔꿈치이
니, 글자의 체(體, 모양)를 사람 모습에 견주어서 발꿈치와 팔꿈치를

분별한다고 이른 것이다.

○ **籀史蝌斗**。太史名籀也。而其云籀史。亦與史籀無異。變蝌
斗。謂變蝌斗體爲大篆也。주사과두(當時籀史變蝌蚪, 당시 사관
주가 과두를 변형하다). 太史(태사)의 이름이 籀(주)인데 주사(籀史)라
고 말한 것은 또한 사주(史籀, 사관 주)라는 말과 다름이 없다. 변과두
(變蝌斗)는 과두체를 변형하여 대전(大篆)체로 만든것을 말한다.

56. **戲作花卿歌 杜甫(子美)** 장난삼아 지은 화경의 노래 두보 (자미)

成都猛將有花卿(성도맹장유화경)	學語小兒知姓名(학어소아지성명)
用如快鶻風火生(용여쾌골풍화생)	見賊唯多身始輕(견적유다신시경)
緜州副使著柘黃(면주부사저자황)	我卿掃除即日平(아경소제즉일평)
子章髑髏血模糊(자장촉루혈모호)	**手提**擲還崔大夫(수제척환최대부)
李侯重有此節度(이후중유차절도)	人道我卿絶世無(인도아경절세무)
既稱**絶世無**天子(기칭절세무천자)	何不喚取守京都(화불환취수동도)

성도(成都)의 맹장 중에 화경(花卿)이란 분 있으니

말 배우는 어린아이도 그의 이름 안다오.

용맹하기 날쌘 매와 같아 바람과 불 일으키며 달리니

적을 많이 보아야 몸이 비로소 가벼워지네.

면주(緜州)의 부사(副使)인 단자장(段子璋)이 모반하여 자황(柘黃) 옷 입으니

우리 화경(花卿)이 소탕하여 당일로 평정하였네.

단자장의 해골 피로 범벅이 되었는데

손으로 들어 최대부(崔大夫)에게 던져 주었다오.

이후(李侯)가 다시 절도사(節度使) 되니

사람들은 우리 화경(花卿)이 세상에 다시 없는 장수라 말하네.

이미 세상에 다시 없는 인물이라 일컬어지니

천자(天子)께서 어찌 불러다가 경도(京都)를 지키게 하지 않으실까.

○ **子璋手提**。綿州。以其官言。子璋。以其名言。自不重
  疊。語勢然也。按杜詩崔光遠爲劍南節度使。及段子璋反東
  川。節度使李奐敗走。投光遠牙將花卿。而討平之斬子璋云
  云。此言花卿手提子璋之髑髏。擲而與之光遠也。還猶投
  也。자장수제(子璋髑髏血糢糊 手提擲還崔大夫 단자장의 해골 피
  로 범벅이 되었는데 손으로 들어 최대부(崔大夫)에게 던졌다). 면주
  (縣州副使면주부사)는 관직으로 말한 것이고 자장(子璋)은 이름으
  로 말한 것이니, 자연 중첩되지 않으며 어세가 자연스럽다. 두보시
  (杜詩)의 주석(註)를 살펴보건대 '최광원(崔光遠)이 검남절도사(劍南
  節度使)가 되었는데, 이때 단자장(段子璋)이 동천에서 반란을 일으
  키자, 절도사(節度使) 이환(李奐)이 패주하여 최광원의 아장 화경에
  게 몸을 던지니 단자장을 토벌하여 평정하고 베어 죽였다.'라고 하였
  다. 이 말은 화경이 손으로 단자장의 해골을 들어 최광원에게 던져
  주었다고 말한 것이다. 환(還)은 던지는(投) 것과 같다.

○ **李侯重有**。李奐旣敗則失節度矣。花卿討斬子璋。則奐復
  保有節度故云耳。이후중유(李侯重有此節度 이후가 다시 절도사가
  되다). 이환은 곧 패하여 절도사에서 실직하였으나 화경이 자장을 토
  벌하고 베자 곧 이환이 돌아와 절도사가 되었음을 말한다.

○ **絶代無**。光遠不能禁花卿之恃功暴掠。故以絶代無。譏
  之。절대무(절대 없는 장수). 광원이 화경이 (이미 반란을 평정한 뒤에)
  공(功)을 믿고 포악하게 노략질하였는데 최광원이 이를 금지시키지
  못하였다. 여기에서 말한 다시 없는 장수라는 것은 화경을 비판하여
  풍자한 것이다.

57. 題李尊師松樹障子歌 杜甫

이존사(李尊師)의 소나무 장자(障子)에 쓴 노래 두보

老夫淸晨梳白頭(노부청신소백두)	玄都道士來相訪(현도도사래상방)
握髮呼兒延入戶(악발호아연입호)	手提新畫靑松障(수제신화청송장)
障子松林靜杳冥(장자송림정묘명)	憑軒忽若無丹靑(빙헌홀약무단청)
陰崖卻承霜雪幹(음애각승상설간)	偃蓋反走虯龍形(언개반주두룡형)
老夫平生好奇古(노부평생호기고)	對此興與精靈聚(대차흥여정령취)
已知仙客意相親(이지선객의상친)	更覺良工心獨苦(갱각량공심독고)
松下丈人巾屨同(송하장인건구동)	偶坐似是商山翁(우좌사시상산옹)
悵望聊歌紫芝曲(창망료가자지곡)	時危慘澹來悲風(시위참담래비풍)

늙은 지아비 이른 아침에 흰 머리 빗고 있는데

현도관(玄都觀)의 도사(道士) 찾아와 방문하네.

머리 움켜쥔 채 아이 불러 인도해 문에 들게 하니

손에 새로 청송(靑松)을 그린 장자(障子)가 들려 있네.

장자(障子)에는 소나무 숲 고요하고 아득한데

난간에 기대놓으니 단청(丹靑)이 아닌 실물 같네.

그늘진 언덕에는 서리와 눈 맞은 줄기 받쳐져 있고

일산(日傘) 같은 지엽은 반대로 달아나는 규룡의 모습이네.

늙은 지아비 평소 기이하고 예스러움 좋아해

이것을 대하니 흥(興)과 정령(精靈) 모인다오.

이미 선객(仙客)과 뜻이 서로 친함 알았고

새삼 훌륭한 화공(畫工)의 마음 홀로 애씀 깨닫노라.

소나무 아래의 노인은 두건과 신발 똑같으니

나란히 앉아 있는 것 상산(商山)의 노인인 듯하네.

처연히 바라보며 자지곡(紫芝曲) 노래하니

시국(時局)이 위태로워 참담한 가운데 슬픈 바람 불어오네.

○ **延入**。延。接引之義。與迎字不同。연입(끌어들이다). 연(延)
은 접인(接引, 접하여 끌다)의 뜻이니, 영(迎, 맞이하다)자와는 다르다.
○ **悵望**。謂我悵望此畫而歌紫芝曲。非謂四皓。창망(悵望聊歌
紫芝曲, 처연히 바라보며 자지곡 노래하다). 내가 처연히 이 그림을 바
라보며 자지곡(紫芝曲)을 노래한다는 것이지 사곡(四皓)를 두고 한
말은 아니다.

58. 戲韋偃爲雙松圖歌 杜甫
장난삼아 위언이 그린 쌍송도를 노래함 (두보)

天下幾人畫古松(천하기인화고송)　畢宏已老韋偃少(필굉이로위언소)
絶筆長風起纖末(절필장풍기섬말)　滿堂動色嗟神妙(만당동색차신묘)
兩株慘裂苔蘚皮(양주참렬태선피)　屈鐵交錯回高枝(굴철교착회고지)
白摧朽骨龍虎死(백최후골룡호사)　黑入太陰雷雨垂(흑입태음뢰우수)
松根胡僧憩寂寞(송근호승게적막)　龐眉皓首無住著(방미호수무주착)
偏袒右肩露雙脚(편단우견로쌍각)　葉裏松子僧前落(엽리송자승전락)
韋侯韋侯數相見(위후위후삭상견)　我有一匹好東絹(아유일필호동견)
重之不減錦繡段(중지불감금수단)
已令拂拭光淩亂(이령불식광릉란)　請公放筆爲直幹(청공방필위직간)

천하에 몇 사람이나 노송(老松)을 잘 그리는가
필굉(畢宏)은 이미 늙었고 위언(韋偃)은 젊다네.
붓을 놓자 긴 바람이 가는 붓끝에서 일어나니
가득한 사람들 낯빛 변하며 신묘함을 감탄하네.

두 그루 소나무는 이끼 낀 껍질 처참하게 갈라졌고

굽은 쇠가 뒤엉킨 듯 높은 가지에 감겨져 있네.

흰 줄기는 썩은 뼈대 꺾여 용호(龍虎)가 죽은 듯하고

검은 잎은 태음(太陰)에 들어 우레와 비가 드리운 듯하여라.

소나무 뿌리에는 호승(胡僧)이 적막히 쉬고 있으니

긴 눈썹 흰 머리에 마음도 정처 없다오.

오른쪽 어깨 드러내고 두 발도 맨발인데

솔잎 속의 솔방울 중 앞에 떨어지네.

위후(韋侯)여! 위후여! 우리 자주 만나니

내게 한 필의 좋은 동견(東絹)이 있어

소중히 여김 금수단(錦繡段) 못지 않다오.

이미 잘 털고 닦음에 빛이 현란하니

부디 그대는 붓을 대어 곧은 줄기의 소나무 그려 주게.

○ **白摧黑入**。白亨되는骨이死亨듯亨고。黑亨되는陰애入亨야。雨이
   垂亨듯亨도다。蓋畫古松。有白黑奇怪之狀。백최흑입. 흰 곳은
   뼈가 죽은 듯하고 검은 곳은 음이 들어가 비가 드리운 듯하다. 대략
   오래된 소나무에 희고 검은 기괴한 모양이 있는 것을 그린 것이다

59. 劉小府畫山水障歌 杜甫
유소부가 그린 산수장(山水障)에 대한 노래 (두보)

堂上不合生楓樹(당상불합생풍수)　怪底江山起煙霧(괴저강산기연무)

聞君掃卻赤縣圖(문군소각적현도)　**乘興**遣畫滄洲趣(승흥견화창주취)

畫師亦無數(화사역무수)　　　　　好手不可遇(호수불가우)

對此融心神(대차융심신)　　　　　知君重毫素(지군중호소)

豈但祁嶽與鄭虔(기단기악여정건)　筆蹟遠過楊契丹(필적원과양계단)

得非懸圃裂(득비현포렬)　無乃瀟湘翻(무내소상번)

悄然坐我天姥下(초연좌아천모하)　耳邊已似聞淸猿(이변이사문청원)

反思前夜風雨急(반사전야풍우급)　**乃是**蒲城鬼神入(내시포성귀신입)

元氣淋漓障猶濕(원기임리장유습)　眞宰上訴天應泣(진재상소천응읍)

野亭春還雜花遠(야정춘환잡화원)　漁翁暝蹋孤舟立(어옹명답고주립)

滄浪水深靑溟闊(창랑수심청명활)　敧岸側島秋毫末(의안측도추호말)

不見湘妃鼓瑟時(불견상비고슬시)　至今斑竹臨江活(지금반죽림강활)

劉侯天機精(유후천기정)　愛畫入骨髓(애화입골수)

自有兩兒郞(자유량아랑)　揮灑亦莫比(휘쇄역막비)

大兒聰明到(대아총명도)　能添老樹巓崖里(능첨로수전애리)

小兒心孔開(소아심공개)　貌得山僧及童子(모득산승급동자)

若耶溪(약야계) 雲門寺(운문사)

吾獨胡爲在泥滓(오독호위재니재)　靑鞋布襪從此始(청혜포말종차시)

당상(堂上)은 단풍나무가 자라기에 합당하지 않거늘

괴이하다 강산에 연무(煙霧)가 일어나네.

그대가 적현(赤縣)의 산수도(山水圖) 그렸단 말 듣고

흥을 타 창주(滄洲)의 흥취 그리게 하였네.

화공(畫工)들 또한 무수히 많지만

좋은 솜씨는 만날 수 없다오.

이를 대함에 마음과 정신 무르익으니

그대 붓과 흰 비단 소중히 여김 알겠노라.

어찌 기악과 정건 뿐이겠는가

필적이 양계단(楊契丹)보다도 훨씬 뛰어나네.

어찌 곤륜산(崑崙山)의 현포(玄圃)를 잘라다 놓은 것이 아니며

소상강(瀟湘江)이 뒤집혀 흐르는 것이 아니겠는가.

초연히 나를 천모산(天姥山) 아래에 앉혀 놓으니

귓가에는 이미 맑은 원숭이 소리 들리는 듯하네.

돌이켜 생각하니 어젯밤에 비바람이 급하더니

아마도 포성(蒲城)에 귀신이 들어온 것이리라.

원기(元氣)가 흥건하여 장자(障子)가 아직도 젖어 있는 듯하니

진제(眞宰)가 위로 올라가 하소연하여 하늘도 응당 울리라.

들 정자에 봄이 돌아오니 잡꽃이 멀리 피어 있고

어옹(漁翁)은 저물녘에 외로운 배 밟고 서 있구나.

창랑(滄浪)의 물 깊고 푸른 바다 넓으니

비스듬한 언덕과 기운 섬 털끝처럼 작아 보이네.

상비(湘妃)가 비파 타던 때는 보지 못하였으나

지금까지도 반죽(斑竹)은 강가에서 자란다오.

강후(劉侯)는 천기(天機)가 정밀하여

그림을 좋아함 골수에 박혔다네.

스스로 두 아들 두었으니

붓놀림 또한 견줄 데 없다오.

큰아이는 총명함 지극하여

산꼭대기와 절벽에 늙은 나무 그려 넣을 수 있고

작은아이는 마음 구멍이 열려

산사(山寺)의 승려와 동자 모사(模寫)할 수 있다오.

약야계(若耶溪)와 운문사(雲門寺)여!

나 홀로 어이하여 진흙 속에 빠져 있나

짚신에 삼베 버선 신고 놀기를 이제부터 시작하리라.

○ **乘興遣**。乘興ᄒ여보내여洲趣을畫ᄒ다. 遣有去而爲之之意。승흥견(乘興遣畫滄洲趣, 흥을 타고 창주(滄洲)의 흥취 그리게 하다). 견(遣)은 가서 그것을 하게 한다는 뜻이다.

○ **反思乃是**。謂此畫之奇妙。反而思之。前夜風雨之急。乃
是鬼神入於蒲城而有此奇變也。故今看障子。猶有元氣淋漓
之濕。應是因眞宰上訴。而天泣所致也。蓋障之所畫。必是
奉先縣山川之景。故上云赤縣。此云蒲城云爾。畫妙而天
泣。猶詩成而泣鬼也。반사내시(反思前夜風雨急, 乃是蒲城鬼神入,
돌이켜 생각하니 어젯밤에 비바람이 급하더니 아마도 포성(蒲城)에 귀신이
들어온 것이리라). 이 그림의 기묘함을 이른 것이다. '돌이켜 생각해 보
니 어젯밤에 비바람이 급하더니 아마도 포성(蒲城)에 귀신이 들어와
서 이런 기이한 변고가 생겼는가 보다. 지금 장자(障子)를 보건대 아
직도 원기(元氣)가 흥건하여 젖어 있는 듯하니, 응당 진제(眞宰)가 위
로 올라가 하소연하여 하늘이 울어서 그러한가 보다.'라고 말한 것이
다. 아마도 장자에 그려진 것이 반드시 봉선현(奉先縣) 산천(山川)의
경치일 것이다. 그러므로 위에서는 적현(赤縣)이라고 하였고 여기에
서는 포성(蒲城)이라고 한 것이다. 그림이 묘하여 하늘이 울었다는 것
은 '시가 지어짐에 귀신을 울렸다(詩成而泣鬼)'는 말과 같다.

60. 天育驃騎歌 杜甫 천육(天育)의 표기(驃騎)에 대한 노래 (두보)

吾聞天子之馬走千里(오문천자지마주천리)

今之畫圖無乃是(금지화도무내시)

是何意態雄且傑(시하의태웅차걸)　　駿尾**蕭梢**朔風起(준미소초삭풍기)

毛為綠縹兩耳黃(모위록표량이황)　　眼有**紫燄**雙瞳方(안유자염쌍동방)

矯矯龍性合變化(교교룡성합변화)　　卓立天骨森開張(탁립천골삼개장)

伊昔太僕張景順(이석태복장경순)　　監牧攻駒閱清峻(감목공구열청준)

遂令大奴守天育(수령대노수천육)　　別養驥子憐神俊(별양기자련신준)

當時四十萬匹馬(당시사십만필마)　　張公歎其材盡下(장공탄기재진하)

故獨寫真傳世人(고독사진전세인) 見之座右久更新(견지좌우구갱신)
年多物化空形影(연다물화공형영) 嗚呼健步無由騁(오호건보무유빙)
如今豈無騕褭與驊騮(여금기무요뇨여화류)
時無王良伯樂死即休(시무왕량백락사즉휴)

내 들으니 천자(天子)의 말은 하루에 천리를 달린다 하니
지금 이 그림이 바로 그것 아니겠는가.
어쩌면 이리도 뜻과 태도가 웅장하고 또 걸출한가
준마의 꼬리에 살랑살랑 북풍이 일어나네.
털은 녹표색(綠縹色, 옥색)이요 두 귀는 누른색(黃色)이며
눈에는 자줏빛 불꽃이 일고 두 눈동자는 모났다오.
굳센 용과 같은 성질 변화에 합당하고
우뚝 서 있는 타고난 기골 삼엄하게 펼쳐져 있네.
저 옛날 태복(太僕)인 장경순(張景順)이
감목관(監牧官)이 되어 망아지 길들여 청준(淸峻)한 것 선발하였네.
마침내 대노(大奴)로 하여금 천육(天育)에서 맡아 기르게 하고
특별히 준마의 새끼 길러 신묘하고 빼어남 사랑하였네.
당시 사십만 필의 말 중에
장공(張公)은 그 재질 모두 낮음 한탄하였다오.
그래서 홀로 참모습 그려 세상 사람들에게 전하니
자리 오른쪽에 놓고 봄에 오랠수록 새롭네.
여러 해 되어 실물은 없어지고 그림만 남았으니
아! 힘찬 발걸음 달릴 길 없어라.
지금인들 어찌 요뇨와 화류의 준마가 없겠는가
세상에 왕량(王良)과 백락(伯樂)이 없어 죽고 말 뿐이라오.

○ 蕭梢。猶飄蕭也。소초(蕭梢)는 표소(飄蕭, 나부끼는 모양)와 같다

○ **紫焰**。焰言其光。方言其形。 자염(紫焰, 자줏빛 불꽃). 염(焰)은 빛을 말하는 것이고 방(方)은 형체를 말하는 것이다.

61. 江南遇天寶樂叟歌(강남우천보악수가) 白居易(백거이)
강남에서 천보 연간의 악공 노인을 만난 노래 (백거이)

白頭病叟泣且言(백두병수읍차언)	禄山未亂入梨園(녹산미란입리원)
能彈琵琶和法曲(능탄비파화법곡)	多在華清隨至尊(다재화청수지존)
是時天下太平久(시시천하태평구)	年年十月坐朝元(연년시월좌조원)
千官起居環佩合(천관기거환패합)	萬國會同車馬奔(만국회동거마분)
金鈿照耀石甕寺(금전조요석옹사)	**蘭麝**熏煮溫**湯源**(난사훈자온탕원)
貴妃宛轉侍君側(귀비완전시군측)	體弱不勝珠翠繁(체약불승주취번)
冬雪飄颻錦袍暖(동설표요금포난)	春風蕩漾霓裳翻(춘풍탕양예상번)
歡娛未足燕寇至(환오미족연구지)	弓勁馬肥胡語喧(궁경마비호어훤)
翽土人遷避夷狄(빈토인천피이적)	鼎湖龍去哭軒轅(정호룡거곡헌원)
從此漂淪落南土(종차표륜락남토)	萬人死盡一身存(만인사진일신존)
秋風江上浪無限(추풍강상랑무한)	暮雨舟中酒一尊(모우주중주일준)
涸魚久失風波勢(학어구실풍파세)	枯草曾沾雨露恩(고초증첨우로은)
我自秦來君莫問(아자진래군막문)	驪山渭水如荒村(여산위수여황촌)
新豐樹老籠明月(신풍수로롱명월)	長生殿暗鎖春雲(장생전암쇄춘운)
紅葉紛紛蓋欹瓦(홍엽분분개의와)	綠苔重重封壞垣(녹태중중봉괴원)
唯有中官作宮使(유유중관작궁사)	每年寒食一開門(매년한식일개문)

백발의 병든 늙은이 울며 말하기를
안록산이 난을 일으키기 전에 이원(梨園)에 들어갔는데
비파를 잘 타 법곡(法曲)에 맞추어

항상 화청관(華淸宮)에 있으면서 지존(至尊)을 따랐다오.

이때 천하는 태평한 지 오래되어

해마다 시월이면 조원각(朝元閣)에서 잔치하였네.

여러 관원들 앉았다 일어났다 하니 환패 소리 합하고

만국(萬國)이 회동(會同)하니 수레와 말 달려왔네.

금비녀는 금옹사(石甕寺)에 번쩍거리고

난초와 사향온탕(溫湯)의 물에 훈증(薰蒸)하고 달였다오.

귀비(貴妃)가 예쁘게 임금 곁에서 모시니

몸이 약하여 진주와 비취 장식 이기지 못하였네.

겨울에 눈 휘날려도 비단 도포 따뜻하고

봄바람 살랑이면 얇은 치마 펄럭였다오.

즐김을 실컷 하지 못했는데 연(燕)지방의 오랑캐 쳐들어오니

활은 굳세고 말은 살찌며 오랑캐의 말 시끄러웠네.

빈 땅 사람들 옮겨 가 이적(夷狄, 오랑캐)을 피하고

정호(鼎湖)에 용 떠나가니 헌원(軒轅)을 보고 통곡하였네.

이로부터 표류하여 남쪽 지방에 이르러

만인이 모두 죽고 한 몸만 남았다오.

가을바람 부는 강가에는 물결 끝이 없고

저녁 비 내리는 배 안에는 술 한 동이라오.

물 마른 고기 오랫동안 풍파(風波)의 형세 잃었으나

마른 풀 일찍이 우로(雨露)의 은혜에 젖었노라.

내 장안(長安)에서 왔다고 그대는 묻지 말라

여산(驪山)과 위수(渭水) 황폐한 마을과 같으니.

신풍(新豊)에는 나무 무성하여 명월(明月)을 가리우고

장생전(長生殿)은 어둠침침하여 황혼에 잠겨 있네.

붉은 잎은 분분히 기울어진 기왓장 덮고 있고

푸른 이끼는 겹겹이 허물어진 담장 덮고 있네.

오직 중관(中官)이 관사(宮使) 되어

매년 한식날에 한 번 문을 연다오.

○ **蘭麝湯源**。以香物薰湯源。欲其體之香也。 난사탕원(蘭麝薰
煮溫湯源, 난초와 사향온탕의 물에 훈증하고 달이다). 향기로운 물건을
온탕의 물에 훈자(훈증하고 찜)하여 그 몸을 향기롭게 하고자 한 것
이다.

62. 長恨歌 白居易 장한가 (백거이)

漢皇重色思傾國(한황중색사경국)　　御宇多年求不得(어우다년구부득)

楊家有女初長成(양가유녀초장성)　　養在深閨人未識(양재심규인미식)

天生麗質難自棄(천생려질난자기)　　一朝選在君王側(일조선재군왕측)

回頭一笑百媚生(회두일소백미생)　　六宮粉黛無顔色(육궁분대무안색)

春寒賜浴華清池(춘한사욕화청지)　　溫泉水滑洗凝脂(온천수골세응지)

侍兒扶起嬌無力(시아부기교무력)　　始是新承恩澤時(시시신승은택시)

雲鬢花顔金步搖(운빈화안금보요)　　芙蓉帳暖度春宵(부용장난도춘소)

春宵苦短日高起(춘소고단일고기)　　從此君王不早朝(종차군왕부조조)

承歡侍宴無閑暇(승환시연무한가)　　春從春遊夜專夜(춘종춘유야전야)

後宮佳麗三千人(후궁가려삼천인)　　三千寵愛在一身(삼천총애재일신)

金屋粧成嬌侍夜(금옥장성교시야)　　玉樓宴罷醉和春(옥루연파취화춘)

姉妹弟兄皆列土(자매제형개렬토)　　可憐光彩生門戶(가련광채생문호)

遂令天下父母心(수령천하부무심)　　不重生男重生女(부중생남중생녀)

驪宮高處入靑雲(여궁고처입청운)　　仙樂風飄處處聞(선락풍표처처문)

緩歌慢舞凝絲竹(완가만무응사죽)　　盡日君王看不足(진일군왕간부족)

漁陽鼙鼓動地來(어양비고동지래)　　驚破霓裳羽衣曲(경파예상우의곡)

九重城闕烟塵生(구중성궐연진생)　千乘萬騎西南行(천승만기서남행)

翠華搖搖行復止(취화요요항복지)　西出都門百餘里(서출도문백여리)

六軍不發無奈何(육군부발무나하)　宛轉蛾眉馬前死(완전아미마전사)

花鈿委地無人收(화전위지무인수)　翠翹金雀玉搔頭(취교금작옥소두)

君王掩面救不得(군왕엄면구부득)　回首血淚相和流(회수혈루상화류)

黃埃散漫風蕭索(황애산만풍소삭)　雲棧縈紆登劍閣(운잔영우등검각)

峨嵋山下少人行(아미산하소인행)　旌旗無光日色薄(정기무광일색박)

蜀江水碧蜀山靑(촉강수벽촉산청)　聖主朝朝暮暮情(성주조조모모정)

行宮見月傷心色(행궁견월상심색)　夜雨聞鈴斷腸聲(야우문령단장성)

天旋地轉回龍馭(천선지전회용어)　到此躊躇不能去(도차주저부능거)

馬嵬坡下泥土中(마외파하니토중)　不見玉顏空死處(불견옥안공사처)

君臣相顧盡霑衣(군신상고진점의)　東望都門信馬歸(동망도문신마귀)

歸來池苑皆依舊(귀래지원개의구)　太液芙蓉未央柳(태액부용미앙류)

芙蓉如面柳如眉(부용여면류여미)　對此如何不淚垂(대차여하불누수)

春風桃李花開夜(춘풍도리화개야)　秋雨梧桐葉落時(추우오동엽낙시)

西宮南苑多秋草(서궁남원다추초)　落葉滿階紅不掃(낙섭만계홍부소)

梨園弟子白髮新(이원제자백발신)　椒房阿監靑娥老(초방아감청아노)

夕殿螢飛思悄然(석전형비사초연)　孤燈挑盡未成眠(고등도진미성면)

遲遲更鼓初長夜(지지갱고초장야)　耿耿星河欲曙天(경경성하욕서천)

鴛鴦瓦冷霜華重(원앙와냉상화중)　翡翠衾寒誰與共(비취금한수여공)

悠悠生死別經年(유유생사별경년)　魂魄不曾來入夢(혼백부증래입몽)

臨邛道士鴻都客(임공도사홍도객)　能以精神致魂魄(능이정신치혼백)

爲感君王展轉思(위감군왕전전사)　遂敎方士殷勤覓(수교방사은근멱)

排風馭氣奔如電(배풍어기분여전)　升天入地求之徧(승천입지구지편)

上窮碧落下黃泉(상궁벽낙하황천)　兩處茫茫皆下見(양처망망개하견)

忽聞海上有仙山(홀문해상유선산)　山在虛無縹緲間(산재허무표묘간)

樓殿玲瓏五雲起(누전영롱오운기)　其中綽約多仙子(기중작약다선자)

中有一人字玉眞(중유일인자옥진)　　雪膚花貌參差是(설부화모삼차시)
金闕西廂叩玉扃(금궐서상고옥편)　　轉敎小玉報雙成(전교소옥보쌍성)
聞道漢家天子使(문도한가천자사)　　九華帳裏夢魂驚(구화장리몽혼경)
攬衣推枕起徘徊(남의추침기배회)　　珠箔銀屛邐迤開(주박은병이이개)
雲鬢半偏新睡覺(운빈반편신수각)　　花冠不整下堂來(화관하정하당래)
風吹仙袂飄飄擧(풍취선몌표표거)　　猶似霓裳羽衣舞(유사예상우의무)
玉容寂寞淚闌干(옥용적막누란간)　　梨花一枝春帶雨(이화일지춘대우)
含情凝睇謝君王(함정응제사군왕)　　一別音容兩渺茫(일별음용양묘망)
昭陽殿裏恩愛絶(소양전리은애절)　　蓬萊宮中日月長(봉래궁중일월장)
回頭下望人寰處(회두하망인환처)　　不見長安見塵霧(하견장안견진무)
唯將舊物表深情(유장구물표심정)　　鈿合金釵寄將去(전합금채기장거)
釵留一股合一扇(채류일고합일선)　　釵擘黃金合分鈿(채벽황금합분전)
但敎心似金鈿堅(단교심사금전견)　　天上人間會相見(천상인간회상견)
臨別殷勤重寄詞(임별은근중기사)　　詞中有誓兩心知(사중유서양심지)
七月七日長生殿(칠월칠일장생전)　　夜半無人私語時(야반무인사어시)
在天願作比翼鳥(재천원작비익조)　　在地願爲連理枝(재지원위연리지)
天長地久有時盡(천장지구유시진)　　此恨綿綿無絶期(차한면면무절기)

한(漢)나라 황제 여색 중히 여겨 경국지색(傾國之色) 생각하였으나
우내(宇內)를 다스린 지 여러 해에 구하지 못하였네.
양씨(楊氏) 집안에 딸이 막 장성하였는데
깊은 규중(閨中)에서 자라 아무도 알지 못하였네.
하늘이 낸 고운 자질 스스로 버리기 어려워
하루아침에 뽑혀 군왕의 곁에 있었다오.
머리 돌려 한 번 웃으면 온갖 아름다움 피어나니
6궁(六宮)의 곱게 단장한 여인들 안색을 잃었다네.
봄 날씨 차가울 제 화청지(華淸池)에 목욕하게 하니

온천물 매끄러워 엉긴 기름 같은 살결 씻었다오.
시녀가 부축하여 일으키는데 가녀려 힘이 없으니
처음 새로이 은택을 입던 때라오.
구름 같은 머리와 꽃 같은 얼굴에 금보요(金步搖) 꽂고
부용장(芙蓉帳) 따뜻한데 봄밤을 지내었네.
봄밤 너무 짧아 해가 높이 떠야 일어나니
이로부터 군왕은 일찍 조회하지 않았다오.
총애를 받아 잔치에 모시느라 한가한 때 없었으니
봄이면 봄 유람 따라가고 밤이면 밤을 독점하였네.
후궁(後宮)에 아름다운 여자 삼천 명이었으나
삼천 명의 총애 한 몸에 있었다오.
금옥(金屋)에서 단장하고 아리따이 밤에 모시고
옥루(玉樓)에서 잔치 파함에 취하여 봄처럼 화하였네.
자매와 형제들 모두 땅을 떼어 봉후(封侯)되니
광채가 문호(門戶)에 생겨남 부러워하였네.
마침내 천하의 부모들 마음으로 하여금
아들 낳는 것 중하지 않고 딸 낳는 것 중하게 하였다오.
여산(驪山)의 화청궁(華淸宮) 높은 곳 구름 속으로 들어가니
신선의 음악 바람에 날려 곳곳마다 들렸네.
고은 노래와 하늘거리는 춤 관현악 소리에 엉기니
하루 종일 보아도 군왕(君王)은 부족하게 여겼다오.
어양(漁陽)의 북소리 땅을 진동하며 몰려오니
놀라 예상우의곡(霓裳羽衣曲)을 파하였네.
구중(九重)의 성궐(城闕)에 연기와 먼지 일어나니
천승(千乘)과 만기(萬騎) 서남으로 피난 갔네.
취우(翠羽)로 장식한 깃발 흔들흔들 가다 다시 멈추니
서쪽으로 도성문 백여 리를 나갔다오.

6군(六軍)이 출발하지 않으니 어쩔 수 없어

아름다운 아미(蛾眉)의 여인 말 앞에서 죽었네.

꽃비녀 땅에 버려져도 거두는 사람 없으니

취교(翠翹)와 금작(金雀)과 옥소두(玉搔頭)도 함께 버려졌다오.

군왕(君王)은 얼굴 가리고 구원할 수 없어

머리 돌림에 피와 눈물 뒤섞여 흘렀다오.

누런 먼지 자욱하고 바람 쓸쓸히 부니

구름 사이의 잔도(棧道) 구불구불 검각(劍閣)에 올랐네.

아미산(峨嵋山) 아래에 다니는 사람 적으니

깃발도 광채가 없으며 햇빛도 희미하였네.

촉강(蜀江) 물은 푸르고 촉산(蜀山)도 푸른데

성주(聖主)는 아침마다 저녁마다 그리워하는 정(情)이라오.

행궁(行宮)에서 달 보니 달빛에 마음 슬퍼지고

밤비에 방울소리 들리니 애간장 끊어지네.

하늘이 돌고 땅이 돌아 용어(龍馭, 천자의 수레)가 돌아오니

이곳에 이르러 머뭇거리며 떠나가지 못하였네.

마외파(馬嵬坡) 아래 진흙 속에

옥안(玉顔)은 볼 수 없고 부질없이 죽은 곳만 남았다오.

군주와 신하 서로 돌아보고 눈물 흘려 모두 옷 적시니

동쪽으로 도성문 바라보고 말 가는 대로 돌아왔네.

돌아오니 못과 동산은 모두 예전 그대로라

태액지(太液池)엔 연꽃 피었고 미앙궁(未央宮)엔 버들가지 드리웠네.

부용은 미인의 얼굴 같고 버들은 눈썹 같으니

이를 대함에 어찌 눈물 떨구지 않겠는가.

봄바람에 도리화(桃李花) 피는 밤이요

가을비에 오동잎 떨어질 때라오.

서궁(西宮)과 남원(南苑)에 가을 풀 많으니

붉은 낙엽 계단에 가득해도 쓸지 않았네.
이원(梨園)의 제자(弟子)들 백발이 새롭고
초방(椒房, 후비의 방)의 아감(阿監)은 청춘의 모습 늙었다오.
저녁 궁전에 반딧불 날자 그리움에 서글퍼지니
외로운 등불 심지 다 돋우고 잠 못 이루었네.
더딘 갱고(更鼓) 소리는 처음으로 긴 밤을 느끼고
반짝이는 성하(星河)는 날이 새고자 하누나.
원앙(鴛鴦)의 기와 차가운데 서리꽃 짙으니
비취(翡翠) 이불 차가운데 누구와 함께 잘까.
아득히 사별함 한 해가 지났으나
혼백(魂魄)은 일찍이 꿈속에조차 들어오지 않았다오.
임공의 도사(道士)인 홍도객(鴻都客)은
정신으로 혼백을 불러온다 하네.
군왕의 전전하는 그리움 감동시키기 위해
마침내 방사(方士)로 하여금 은근히 찾게 하였네.
바람을 밀치고 기운을 타고 번개같이 달리며
하늘에 오르고 땅속에 들어가 두루 찾았다오.
위로 푸른 하늘 다하고 아래로 황천(黃泉)에 이르렀으나
두 곳 아득하여 모두 볼 수 없었네.
문득 들으니 해상(海上)에 신선이 사는 산 있는데
이 산은 허무하고 까마득한 사이에 있다 하네.
누각과 궁전 영롱하고 오색구름 일어나니
그 속에 아름다운 선녀들 많다네.
그중에 한 사람 있는데 이름(字자)이 옥진(玉眞)이니
백설 같은 피부에 꽃 같은 모습 거의 비슷하였다오.
금대궐 서쪽 행랑의 옥문(玉門) 두드리고
다시 소옥(小玉)으로 하여금 쌍성(雙成)에게 전달하게 하였네.

한(漢)나라 천자(天子)의 사신이 말 듣고는

구화장(九華帳) 속에 꿈꾸던 혼(魂)이 놀랐다네.

옷을 잡고 베개 밀치고 일어나 배회하니

진주로 꾸민 발과 은병풍이 따라 열리네.

구름 같은 머리 반쯤 기움 막 잠에서 깨어서이니

화관 정돈하지 못하고 당 아래로 내려왔네.

바람이 신선의 소매에 불어 표표히 날리니

흡사 예상우의곡(霓裳羽衣曲)에 따라 춤추는 듯하였다오.

옥 같은 용모 적막하고 눈물 줄줄 흘리니

배꽃 한 가지 봄비 머금은 듯하여라.

정(情)을 머금고 응시하고 군왕께 사례하기를

한 번 작별함에 음성과 용모 모두 아득하니

소양전(昭陽殿) 안에 은혜와 사랑 끊기고

봉래궁(蓬萊宮) 가운데에 세월이 오래되었습니다.

머리 돌려 인간이 사는 곳 내려다보니

장안(長安)은 보이지 않고 먼지와 안개만 보였습니다.

오직 옛 물건으로 깊은 정 표하오니

자개상자와 금비녀 보내드리옵니다.

비녀는 한 가락 상자는 한 쪽을 남기니

금비녀는 황금 갈라지고 상자는 자개 떨어졌습니다.

다만 마음이 금비녀와 자개처럼 견고하다면

천상(天上)과 인간 세상(人間)에서 마땅히 서로 만나볼 것입니다.

작별을 당하여 은근히 거듭 말을 전하니

맹세하는 말 가운데에 두 마음만이 서로 안다네.

7월 7일 장생전(長生殿)에

한밤중 아무도 없는데 귓속말하였다오.

하늘에 있으면 비익조(比翼鳥)가 되기 원하고

땅에 있으면 연리지(連理枝)가 되기 원하였다오.

하늘과 땅은 장구하나 다할 때 있어도

이 한은 면면이 이어져 끊길 날 없으리라.

○ **翡翠**。卽今捕魚翠鳥쇠새。意其鳥腹下赤羽。而背上翠羽。故兩字名之。비취(翡翠衾, 비취 깃털로 장식한 이불). 비취(翡翠)는 바로 지금의 물고기를 잡아먹는 취조(翠鳥, 물총새)이다. 생각하건대 이 새의 배 아래는 붉은 깃이 있고 등 위는 푸른 깃이 있으므로 두 글자로 이름한 것이다.

○ **鈿合**。以金銀珠貝。飾器物之名。合猶今之合鈿훈合。전합(鈿合). 전(鈿)은 금은과 구슬과 조개로 기물을 장식한 기물의 이름이고 합(合)은 오늘날의 합(盒, 상자)과 같다.

○ **釵擘**。釵애金을擘ᄒ고。合애鈿을分ᄒ다。蓋釵有兩股。合有兩扇。玉眞寄釵而留一股。寄合而留一扇。又就其所寄之中。於釵擘。取黃金。於合分。取鈿飾而留於己。皆所以反復致意於離合。以爲後期也。차벽(釵擘, 비녀를 나누다). 비녀에서 금을 나누고 상자에서 비녀를 나누었다. 대략 비녀는 두 가락이 있고 상자는 두 쪽이 있다. 옥진(양귀비)이 비녀를 부치면서 한 가락을 남기고 상자를 부치면서 한 쪽을 남겼으며, 또 부치는 가운데에 금비녀에서 황금을 쪼개고 상자에서 자개를 떼어내어 자기가 간직하였으니, 이는 모두 거듭 이합(離合)에 뜻을 다하여 훗날의 기약으로 삼은 것이다.

63. 六歌 文天祥 육가(여섯 개의 노래) 문천상

有妻有妻出糟糠(유처유처출조강) 自少結髮不下堂(자소결발불하당)

亂離中道逢虎狼(난리중도봉호랑)　鳳飛翩翩失其凰(봉비편편실기황)
將雛一二去何方(장추일이거하방)
豈料國破家亦亡(기료국파가역망)　不忍舍君羅襦裳(불인사군라유상)
天長地久終茫茫(천장지구종망망)　牛女夜夜遥相望(우녀야야요상망)
嗚呼一歌兮歌正長(오호일가혜가정장)
悲風北來起傍徨(비풍북래기방황)
有妹有妹家流離(유매유매가유리)　良人去後携諸兒(양인거후휴제아)
北風吹沙塞草凄(북풍취사새초처)　窮猿慘淡将安歸(궁원참담장안귀)
去年哭母南海湄(거년곡모남해미)　三男一女同歔欷(삼남일녀동허희)
惟汝不在割我肌(유여부재할아기)
汝家零落母不知(여가영락모부지)　母知豈有瞑目時(모지기유명목시)
嗚呼再歌兮歌孔悲(오호재가혜가공비)
鶺鴒在原我何為(척령재원아하위)
有女有女婉清揚(유녀유녀완청양)　大者學帖臨鍾王(대자학첩임종왕)
小者讀字声琅琅(소자독자성랑랑)　朔風吹衣白日黃(삭풍취의백일황)
一雙白璧委道傍(일쌍백벽위도방)　雁兒啄啄秋無梁(안아탁탁추무량)
随母北首誰人将(수모북수수인장)
嗚呼三歌兮歌愈傷(오호삼가혜가유상)
非為兒女涙淋浪(비위아녀루임랑)
有子有子風骨殊(유자유자풍골수)　釋氏抱送徐卿雛(석씨포송서경추)
四月八日摩尼珠(사월팔일마니주)　榴花犀錢絡繡襦(류화서전락수유)
蘭湯百沸香似酥(난탕백비향사수)　歘随飛電飄泥塗(홀수비전표니도)
汝兄十二騎鯨魚(여형십이기경어)　汝今知在三歲無(여금지재삼세무)
嗚呼四歌兮歌以吁(오호사가혜가이우)
燈前老我明月孤(등전노아명월고)
有妾有妾今何如(유첩유첩금하여)　大者手将玉蟾蜍(대자수장옥섬여)
次者親抱汗血駒(차자친포한혈구)　晨粧靚服臨西湖(신장정복임서호)

英英**雁落**飄璃琚(영영안락표경거)　風花飛墜鳥嗚呼(풍화비추조오호)

金莖沆瀣浮汙渠(금경항해부오거)　天摧地裂**龍鳳殂**(천최지렬룡봉조)

美人塵土何代無(미인진토하대무)

嗚呼五歌兮歌鬱紆(오호오가혜가울우)

為尔遡風立斯須(위이소풍립사수)

我生我生何不辰(아생아생하불신)　孤根不識桃李春(고근불식도리춘)

天寒日短重愁人(천한일단중수인)　北風随我鉄馬塵(북풍수아철마진)

初憐骨肉**鍾奇禍**(초련골육종기화)　而今骨肉相憐我(이금골육상련아)

汝在北兮嬰我懷(여재북혜영아회)　我死誰當收我骸(아사수당수아해)

人生百年何醜好(인생백년하추호)　黃梁得喪俱草草(황량득상구초초)

嗚呼六歌兮勿復道(오호육가혜물복도)

出門一笑天地老(출문일소천지로)

아내여! 아내여! 조강(糟糠)에서 나왔으니

어려서 결혼한 뒤로 당에서 내려가지 않았다오.

난리 통에 중도에서 호랑(虎狼, 호랑이와 이리)을 만나

봉(鳳)이 훨훨 날다가 황(凰)을 잃으니

새끼 한둘 거느리고 어느 곳으로 갔는가.

어찌 나라가 깨어지고 집안도 망할 줄 알았으랴

그대의 비단 치마와 저고리 버릴 수 없노라.

하늘이 길고 땅이 오래어 끝내 아득하니

견우와 직녀 밤마다 멀리 서로 바라보네.

아! 첫 번째 노래함에 노랫소리 참으로 기니

슬픈 바람 북쪽에서 불어오니 일어나 방황한다오.

누이동생이여! 누이동생이여! 집안이 유리(流離)하니

남편이 떠난 뒤에 여러 아이 데리고 왔다오.

북풍은 모래 날리고 변경의 풀 무성한데

궁한 원숭이처럼 참담하니 장차 어디로 돌아갈까.

지난해 남해(南海) 가에서 어머니상(喪) 당하여

3남 1녀(三男一女)가 함께 흐느껴 울었는데

너만이 자리에 없어 내 살을 도려내는 듯 아팠다오.

너의 집안 영락함 어머니는 알지 못하셨으니

어머니가 아셨다면 어찌 눈감으실 때 있으셨겠는가.

아! 두 번째 노래함에 노랫소리 심히 슬프니

척령이 언덕에 있으나 나는 어찌할까.

딸이여! 딸이여! 미목(眉目)이 아름다운데

큰놈은 서첩(書帖) 배워 종왕(鍾王)을 임서(臨書)하고

작은놈은 글자 읽어 글 읽는 소리 낭랑하였다오.

북풍이 옷자락 날려 밝은 해가 흐린데

한 쌍의 백옥(白玉)과 같은 딸 길가에 버렸네.

기러기 새끼들 쪼고 쪼으나 가을에도 곡식 없으니

어미 따라 북쪽으로 향한들 어느 누가 길러줄까.

아! 세 번째 노래함에 노랫소리 더욱 서글프니

아녀자(兒女子)들 때문에 눈물 줄줄 흘리는 것 아니라오.

아들이여! 아들이여! 풍골(風骨)이 뛰어나

석씨(釋氏)가 서경(徐卿)의 어린아이 보내온 듯하니

사월 팔일에 낳은 보배로운 마니주(摩尼珠)라오.

석류꽃 장식과 서각(犀角)의 돈 비단 저고리에 매달아 주고

난향(蘭香)을 백 번 끓이니 향기로움 우유와 같았는데

갑자기 나는 번개 따라 진흙길에 버려졌네.

너의 형은 열세 살에 고래 탔고

너는 이제 세 살인데 살아 있느냐 없느냐.

아! 네 번째 노래함에 노래하고 한숨지으니

등잔 앞에 늙은 나 명월(明月)이 외로이 비추누나.

첩이여! 첩이여! 이제 어찌할까

큰 첩은 손에 작은 두꺼비 같은 아들 안고

다음 첩은 친히 한혈마(汗血馬)의 망아지 안고 있었다오.

새벽에 단장하고 깨끗한 옷으로 서호(西湖)에 임하니

깨끗함이 기러기 내려앉은 듯 패옥(珮玉) 소리 날렸다네.

바람에 꽃 날아 떨어지고 새는 슬피 울며

금경화(金莖花) 이슬 머금어 개천에 떠 있다오.

하늘이 무너지고 땅이 찢어져 용과 봉 죽으니

미인이 진토(塵土) 됨 어느 시대엔들 없겠는가.

아! 다섯 번째 노래함에 노랫소리 울적하니

그대 위하여 바람을 거슬러 한동안 서 있노라.

나의 태어남! 나의 태어남! 어찌 좋은 때를 못 만났나

외로운 뿌리는 도리(桃李)의 봄 알지 못한다오.

날씨 차갑고 해 짧으니 거듭 사람 시름겹게 하는데

북풍(北風)이 나를 따라 철마(鐵馬)가 먼지 일으키네.

처음에는 골육들에게 기이한 화 모임 서글퍼하였는데

지금에는 골육들 다시 나를 서글퍼하누나.

너희들 살아 있으면 부질없이 나의 마음에 걸릴 것인데

나 죽으면 누가 나의 해골 거두어 줄까.

인생 백 년에 무엇이 나쁘고 좋은가

황량몽(黃粱夢)에 얻고 잃는 것 모두 부질없다오.

아! 여섯 번째 노래하니 다시 말하지 말라

문을 나서 한 번 웃으니 하늘과 땅도 늙었도다.

○ **摩尼珠**。佛書。諭其道之瑩淨無塵垢。마니주(摩尼珠)는 불서(佛書)에 그 도가 밝고 맑고 티끌과 때가 없는 것(瑩淨無塵垢영정무진구)한 것에 비유한 것이다.

○ 榴花犀錢。蓋兒生之日。以榴花犀錢。絡於繡襦。而爲洗
兒之錢也。 유화서전(榴花犀錢絡繡襦) : 대략 아들이 태어난 날에
석류꽃과 서각(犀角, 무소뿔)의 돈을 비단 저고리에 매달아서 세아전
(洗兒錢, 아이를 씻는 돈)으로 삼은 것이다.

○ 蟾蜍。諭女。 섬여(두꺼비). 딸을 비유한 것이다.

○ 汗血。諭男。 한혈(피가 붉은 말). 아들을 비유한 것이다.

○ 鴈落飄瓊琚。鴈이落혼둣。瓊琚飄혼둣。二妾聯行。故譬之鴈
落也。 안락(鴈落, 기러기가 내려앉다)은 두 첩(妾)이 나란히 다니기 때
문에 기러기에 비유한 것이다. 경거표(瓊琚飄, 구슬패옥이 나부끼다)

○ 龍鳳殂。所說是。然非獨言己之將死。槪言英雄之遭亂而
死也。 용봉 조(天摧地裂龍鳳殂, 하늘이 꺾이고 땅이 갈라져 용과 봉이
죽다) 이야기에 따르면 이는 자기가 장차 죽는다고 말한 것뿐만 아니
라 대략 영웅이 난세를 만나 죽음을 이야기한 것이다.

○ 鍾奇禍。鍾聚也。 종기화(初憐骨肉鍾奇禍, 골육이 기이한 화근을 모
으니 처음에 슬퍼하다) 종(鍾)은 모인다는 뜻이다.

64. 麗人行 杜甫 미인에 대한 노래 (두보)

三月三日天氣新(삼월삼일천기신)　長安水邊多麗人(장안수변다려인)
態濃意遠淑且眞(태농의원숙차진)　肌理細膩骨肉勻(기리세니골육균)
繡羅衣裳照暮春(수라의상조모춘)　蹙金孔雀銀麒麟(축금공작은기린)
頭上何所有(두상하소유)　　　　翠爲匐葉垂鬢脣(취위압엽수빈순)
背後何所見(배후하소견)　　　　珠壓腰衱穩稱身(주압요겁온칭신)
就中雲幕椒房親(취중운막초방친)　賜名大國虢與秦(사명대곡괵여진)
紫駝之峰出翠釜(자타지봉출취부)　水精之盤行素鱗(수정지반행소린)
犀箸饜飫久未下(서저염어구미하)　鑾刀縷切空紛綸(난도루절공분륜)

黃門飛鞚不動塵(황문비공부동진)　御廚絡繹送八珍(어주락역송팔진)

簫鼓哀吟感鬼神(소고애음감귀신)　賓從雜遝實要津(빈종잡답실요진)

後來鞍馬何逡巡(후래안마하준순)　當軒下馬入錦茵(당헌하마입금인)

楊花雪落覆白蘋(양화설락복백빈)　青鳥飛去銜紅巾(청조비거함홍건)

炙手可熱勢絕倫(자수가열세절륜)　愼莫近前丞相嗔(신막근전승상진)

삼월 삼일이라 천기(天氣) 새로우니

장안(長安)의 물가에는 미인들 많다오.

자태 무르익고 뜻 원대해 착하고 또 참되니

살결이 곱고 매끄러우며 뼈와 살 고르네.

수놓은 비단 의상 늦봄에 비추니

금실로 만든 공작(孔雀)과 은으로 만든 기린(麒麟)이라오.

머리 위에는 무엇이 있는가

비취 깃으로 잎 만들어 귀밑머리 끝에 드리웠고.

등 뒤에는 무엇이 보이는가

구슬이 허리의 옷자락 눌러 안온하게 몸에 걸맞누나.

그 가운데 운막(雲幕)에 있는 초방(椒房, 왕비 거처)의 친척은

대국(大國)의 이름 하사받으니 괵국(虢國)과 진국(秦國)이라오.

자주색 낙타 등의 살코기는 푸른 가마솥에서 나오고

수정 소반에는 흰 비늘의 물고기 요리 드나드네.

배불러 서각(犀角) 젓가락 오래도록 대지 않으니

방울 달린 칼로 잘게 썰어 공연히 어지럽게 놓였다오.

황문(黃門)은 말 달리는데 먼지도 움직이지 않으니

어주(御廚)에서는 계속하여 팔진미(八珍味) 보내오네.

퉁소 소리와 북소리 슬피 읊으니 귀신이 감동하고

수많은 손님과 종자(從者)들 몰려와 요로(要路)를 메우네.

뒤에 온 말탄 분 어찌 머뭇거릴까

문 앞에 당도하여 말에서 내려 비단자리로 들어가네.
버들꽃은 백설처럼 떨어져 흰 마름에 덮여 있고
푸른 새는 날아가며 붉은 수건 머금었네.
손대면 델 만큼 권세 절륜하니
부디 앞에 가까이 하지 마오 승상(丞相)이 노여워하신다오.

○ **楊花雪落**。劉批云。楊花青鳥兩語。極當時擁從如雲衝拂開合。偉麗俊捷之盛。作者之意。未必人人能識也。今按此言是也。蓋楊花時物。白蘋水草。故因所見之物以狀之耳。夢弼註。引後魏太后所淫楊白花事。以爲刺楊氏。意雖近而未免有牽合之病也。 양화설락(楊花雪落覆白蘋 靑鳥飛去銜紅巾, 버들꽃은 백설처럼 떨어져 흰 마름에 덮여 있고 푸른 새는 날아가며 붉은 수건 머금었네) 류(劉-南宋, 사람 劉辰翁)이 비판하여 말하기를 '양화(楊花)와 청조(靑鳥)의 두 내용은 당시 앞뒤에서 옹위하는 무리가 구름처럼 많아 화려하고 성대함을 극언한 것이니, 작자의 뜻을 사람마다 모두 알 수는 없다.' 하였다. 지금 살펴보건대 이 말이 옳다. 대개 양화(楊花)는 시물(時物, 때에 따르는 물건)이고 백빈(白蘋, 마름)은 수초(水草)이므로 보이는 바의 물건을 따라 형상하였을 뿐이다. 채몽필(蔡夢弼)의 주석(注)에 '후위(後魏)의 호태후(胡太后)가 양백화(楊白花)와 사통한 일을 인용하여 양국충(楊國忠)을 풍자한 것이다.' 하였으니, 뜻은 비록 근사하나 견합지병(견강부회牽强附會)한 잘못을 면치 못하였다.

65. 古柏行 杜甫 오래 묵은 측백나무에 대한 노래 (두보)

孔明廟前有老柏(공명묘전유로백)　柯如靑銅根如石(가여청동근여석)

霜皮溜雨四十圍(상피류우사십위)　黛色參天二千尺(대색참천이천척)

君臣已與時際會(군신이여시제회)　樹木猶爲人愛惜(수목유위인애석)

雲來氣楼巫峽長(운래기접무협장)　月出寒通雪山白(월출한통설산백)

億昨路繞錦亭東(억작로요금정동)　先主武侯同閟宮(선주무후동비궁)

崔嵬枝幹郊原古(최외지간교원고)　窈窕丹靑戶牖空(요조단청호유공)

落落盤踞雖得地(락락반거수득지)　冥冥孤高多烈風(명명고고다열풍)

扶持自是神明力(부지자시신명력)　正直元因造化功(정직원인조화공)

大廈如傾要梁棟(대하여경요량동)　萬牛回首丘山重(만우회수구산중)

不露文章世已驚(불로문장세이경)　豈辭剪伐誰能送(개사전벌수능송)

苦心未免容螻蟻(고심미면용루의)　香葉終經宿鸞鳳(향엽종경숙란봉)

志士幽人莫怨嗟(지사유인막원차)　古來材大難爲用(고래재대난위용)

공명(孔明)의 사당 앞에 늙은 측백나무 있으니

가지는 청동(靑銅) 같고 뿌리는 돌 같다오.

서리 맞은 껍질에 빗물 적시니 사십 아름이나 되고

검푸른 잎 하늘을 찌를 듯 이천 척이나 된다오.

군주와 신하 이미 시운(時運)과 만나니

나무도 오히려 사람들에게 아낌을 받누나.

구름이 오니 기운은 무협(巫峽)을 연하여 길고

달이 나오니 차가움은 설산(雪山)을 통하여 희어라.

생각하니 어제 길이 금정(錦亭)의 동쪽 돌아왔는데

선주(先主)와 무후(武侯) 한 사당에 있었다오.

높은 가지와 줄기에 교원(郊原)이 예스럽고

요조(窈窕, 정숙)한 단천(丹靑)에 창문 비어 있네.

낙락히 서리고 걸터앉아 비록 제자리 얻었으나

무성한 가지와 잎 고고(孤高)하여 매서운 바람 많이 맞으리라.

부지함은 자연 신명(神明)의 힘이요

바르고 곧음은 원래 조화(造化, 하늘)의 공에 인하였네.

큰집이 만일 기울어져 동량(棟梁)이 필요할진댄

만 마리 소도 머리 돌리며 구산(丘山)처럼 무겁게 여기리라.

문장(文章)에 드러내어 말하지 않아도 세상에서 이미 놀래니

베어감 사양하지 않으나 누가 능히 운반할까.

속이 썩어 땅강아지와 개미 용납함 면치 못하나

향기로운 잎 끝내 난새와 봉황이 자고 갔으리라.

지사(志士)와 유인(幽人, 은둔자)들 원망하고 한탄하지 마오

예로부터 재목이 크면 쓰여지기 어려웠네.

○ **路繞錦亭**。蓋武侯廟在成都。亦在夔州。兩廟皆有柏。時子美初至。見武侯廟。遂追憶成都而作故云云。錦亭在成都。노요금정(憶昨路繞錦亭東, 생각하니 어제 길이 금정의 동쪽 돌아왔다) 대략 무후(武侯)의 사당이 성도(成都)에도 있고 기주(夔州)에도 있는데, 두 사당에 모두 측백나무가 있는 바, 이 시는 두보(杜子美)가 기주에 처음 이르러 무후의 사당을 보고는 드디어 성도에서 본 것을 떠올리며 이 시를 지었으므로 이렇게 말한 것이다. 금정(錦亭)은 성도에 있다.

○ **誰能送**。言此柏不辭翦伐爲用。而誰有能取遣而用之乎。送猶遣也。수능송(未辭剪伐誰能送, 베어감 사양하지 않으나 누가 능히 운반할까) 이 측백나무는 베어져 쓰임을 마다하지 않으나 누가 능히 가져다가 쓸 수 있겠는가? 송(送)은 견(遣, 보내다)자의 뜻이다.

66. 兵車行 杜甫 병거(전차)에 대한 노래 (두보)

車轔轔(거린린) 수레 소리 덜덜거리고

馬蕭蕭(마소소) 말 우는 소리 쓸쓸하구나

行人弓箭各在腰(항인궁전각재요)

출정하는 군인들 모두 허리에 활과 화살 차고

耶娘妻子走相送(야낭처자주상송) 부모와 처자들이 달려와 송별하니

塵埃不見咸陽橋(진애부견함양교)

흙먼지 티끌에 함양교가 가리어 보이지 않아

牽衣頓足攔道哭(견의돈족란도곡)

옷을 붙들고 넘어지며 길을 막고 우니

哭聲直上干雲霄(곡성직상간운소)

그 울음소리 바로 구름 낀 하늘까지 오르네

道旁過者問行人(도방과자문항인) 길 지나는 사람 군인에게 물으니

行人但云點行頻(항인단운점항빈) 군인은 징집이 너무 빈번하다 하네

或從十五北防河(혹종십오배방하)

열다섯 살부터 북방으로 황하를 지다가

便至四十西營田(변지사십서영전)

마흔이 되어서야 서쪽 군전을 개간한다네

去時里正與裹頭(거시리정여과두)

떠나올 땐 고을 이장이 머리수건 주었는데

歸來頭白還戍邊(귀내두백환수변)

돌아오니 머리가 백발인데 도리어 수자리라오

邊亭流血成海水(변정류혈성해수)

변방에는 피가 흘러 바닷물 이루는데

武皇開邊意未已(무황개변의미이)

무력을 좋아하는 황제는 뜻을 그치지 않네

君不聞(군부문) 그대는 듣지 못했던가

漢家山東二百州(한가산동이백주) 한나라 산동 이백 주가

千村萬落生荊杞(천촌만낙생형기)

고을마다 가시나무 밭이 다 된 것을

縱有健婦把鋤犁(종유건부파서리)

비록 건장한 부인 있어 호미 잡고 김매어도

禾生隴畝無東西(화생롱무무동서)

이랑에 벼들은 들쭉날쭉 경계도 없소

況復秦兵耐苦戰(황복진병내고전)

하물며 다시 병사되어 전쟁 고통 견디면서

被驅不異犬與雞(피구부리견여계)

쫓겨난 것이 개나 닭 같은 신세라오

長者雖有問(장자수유문) 상관이 혹 물어봐도

役夫敢申恨(역부감신한) 졸병이 어찌 감히 원한을 말하리오

且如今年冬(차여금년동) 또 금년 같은 겨울에는

未休關西卒(미휴관서졸) 관서의 병졸들은 아직 쉬지도 못 했지요

縣官急索租(현관급삭조) 지방의 관리들은 급히 세금을 독촉하나

租稅從何出(조세종하출) 세금이 어디서 나오겠는가

信知生男惡(신지생남오) 정말로 알겠노라, 남자 낳기는 싫어하고

反是生女好(반시생녀호) 도리어 여자 낳기 좋아하는 것을

生女猶得嫁比鄰(생녀유득가비린)

딸을 낳으면 이웃집에 시집보낼 수 있지만

生男埋沒隨百草(생남매몰수백초)

아들 낳으면 잡초 속에 묻히기 때문이라네

君不見(군부견) 그대는 보지 못했는가

靑海頭(청해두) 청해 바닷가에

古來白骨無人收(고내백골무인수)

옛부터 백골을 거두어주는 사람 아무도 없고

新鬼煩冤舊鬼哭(신귀번원구귀곡)

새 귀신은 번민하고 원망하며, 구 귀신은 통곡하여

天陰雨濕聲啾啾(천음우습성추추)

흐리고 비에 젖으면 귀신 우는 처량한 소리를

○ **與裹頭**。里正一里之長。言發去之時。里正與之冠帶裹帽
也。此補註說也。蓋無兵。故里正括鄕里年少者。爲之加
冠。而使之發去。與猶爲也。여과두(去時里正與裹頭, 떠날
때 이정이 머리를 싸매 주다) 이정(里正)은 한 마을(里)의 우두머
리이니, 이정(里正)이 그를 위해 관과 허리띠(冠帶관대)를 채워주고
머리를 싸매줌을 이른 것이다. 이것이 보주(補註)의 설이다. 대략 군
사가 없으므로 이정이 마을(鄕里향리)의 어린 자들을 모아 그들을 위
해서 관(冠)을 씌우고 떠나가도록 한 것이다. 여(與)는 위(爲)한다는
뜻과 같다.

* 과두(裹頭)는 남자아이의 머리를 싸매 주는 것으로, 약식 관례(冠禮)를 가리킨다. 남자가 20
  세가 되면 丁이라 하여 군역(軍役)을 책임지우는데 丁이 되면 머리를 싸맨다. 이때 15세의
  소년을 출정시키면서 어린 모습을 감추기 위해 이장(里長)이 수건을 씌운 것이라 한다.

67. **洗兵馬行 杜甫** 병마(兵馬 군마)를 씻기는 노래 (두보)

中興諸將收山東(중흥제장수산동)　捷書日報淸晝同(첩서일보청주동)
河廣傳聞一葦過(하광전문일위과)　胡危命在破竹中(호위명재파죽중)
祇殘鄴城不日得(지잔업성불일득)　獨任朔方無限功(독임삭방무한공)
京師皆騎汗血馬(경사개기한혈마)　回紇喂肉葡萄宮(회흘위육포도궁)
已喜皇威淸海岱(이희황위청해대)　常思仙仗過崆峒(상사선장과공동)
三年笛裏關山月(삼년적리관산월)　**萬國兵**前草木風(만국병전초목풍)
成王功大心轉小(성왕공대심전소)　郭相謀深古來少(곽상모심고래소)
司徒淸鑒懸明鏡(사도청감현명경)　尙書氣與秋天杳(상서기여추천묘)

二三豪俊為時出(이삼호준위시출)　整頓乾坤濟時了(정돈건곤제시료)
東走無復憶鱸魚(동주무부억로어)　**南飛覺有安巢鳥**(남비각유안소조)
青春復隨冠冕入(청춘복수관면입)　紫禁正耐煙花繞(자금정내연화요)
鶴駕通宵鳳輦備(학가통소봉련비)　雞鳴問寢龍樓曉(계명문침용루효)
攀龍附鳳勢莫當(반룡부봉세막당)　天下盡化為侯王(천하진화위후왕)
汝等豈知蒙帝力(여등기지몽제력)　時來**不得誇身強**(시래부득과신강)
關中既留蕭丞相(관중기류소승상)　幕下復用張子房(막하부용장자방)
張公一生江海客(장공일생강해객)　身長九尺鬚眉蒼(신장구척수미창)
征起適遇風雲會(정기적우풍운회)　扶顛始知籌策良(부전시지주책량)
青袍白馬更何有(청포백마갱하유)　後漢今周喜再昌(후한금주희재창)
寸地尺天皆入貢(촌지척천개입공)　奇祥異瑞爭來送(기상이서쟁래송)
不知何國致白環(부지하국치백환)　復道諸山得銀甕(부도제산득은옹)
隱士休歌紫芝曲(은사휴가자지곡)　詞人解撰河清頌(사인해찬하청송)
田家望望惜雨乾(전가망망석우건)　布穀處處催春種(포곡처처최춘종)
淇上健兒歸莫懶(기상건아귀막라)　城南思婦愁多夢(성남사부수다몽)
安得壯士挽天河(안득장사만천하)　**淨洗甲兵長不用**(정세갑병장불용)

중흥(中興)의 여러 장수들 산동(山東) 수복하니
첩서(捷書, 첩보글)가 밤에도 보고되어 대낮 같다오.
황하(黃河)가 넓다지만 소문에 한 갈대로 지날 수 있다고 하니
오랑캐의 위태로운 운명 파죽지세(破竹之勢)에 있구나.
다만 업성이 남아 있으나 하루도 못 되어 점령할 것이니
홀로 삭방(朔方, 북쪽)에게 맡겨 무한한 공 이루었다네.
경사(京師) 사람들 모두 한혈마(汗血馬) 타고
회흘(回紇, 위구르)은 포도궁(葡萄宮)에서 고기 실컷 먹었다오.
황제의 위엄으로 동해(東海)와 대산(岱山) 깨끗이 소탕함 기뻐하나
항상 선장(仙仗)이 공동산(崆峒山) 지나 파천했던 일 생각나네.

삼 년 동안 강적(羌笛) 소리에 관산(關山)의 달 바라보았고

만국(萬國)의 군사 앞에 초목들 바람에 흩날리네.

성왕(成王)은 공이 크나 마음이 더욱 겸손하고

곽상(郭相)은 모략이 깊어 예로부터 드물었다오.

사도(司徒) 이광필(李光弼)의 맑은 조감(藻鑑)은 밝은 거울 매단 듯하고

상서(尚書) 왕사례(王思禮)의 기개(氣槪)는 가을하늘처럼 아득하네.

두세 명의 호준(豪俊)들 세상 위하여 나오니

건곤(乾坤)을 정돈하여 세상 구제하였네.

다시는 동쪽으로 달려가며 농어 생각하는 이 없고

남쪽으로 온 자들 둥지 편안히 여기는 새와 같다오.

푸른 봄이 다시 관면(冠冕, 벼슬)한 사람 따라 들어오니

자금(紫禁)에 연화(煙花) 둘러있음 참으로 볼 만하네.

학가(鶴駕)로 밤새도록 봉연(鳳輦) 갖추어

닭이 울면 침소에 문안하러 새벽에 용루문(龍樓門) 나선다오.

용을 부여잡고 봉황에 붙어 세력 당할 수 없으니

천하사람들 모두 변하여 후왕(侯王)이 되었구나.

그대들 어찌 황제의 은혜 입음 알겠는가

때가 왔다 하여 몸의 강함 자랑하지 마오.

관중(關中)에는 이미 소승상(蕭丞相)이 머물고

막하(幕下)에는 다시 장자방(張子房)을 등용하였네.

장공(張公)은 일생 동안 강해(江海)의 나그네라

신장이 구척이요 수염과 눈썹 세었다오.

부름받고 나오니 마침 풍운(風雲)의 기회 만났고

넘어지는 나라 붙드니 비로소 계책이 훌륭함 알겠노라.

푸른 도포에 백마 탄 자 다시 어찌 있겠는가

후한(後漢)과 지금의 주(周)나라 다시 창성함 기뻐하네.

한 치의 땅과 한 자의 하늘도 모두 들어와 조공(朝貢) 바치고

기이한 상서로움 다투어 보내오네.

알지 못하겠노라 어느 나라에서 흰 옥고리 바쳤는가

다시 여러 산에서 은 항아리 얻었다고 말하누나.

은사(隱士)들은 자지곡(紫芝曲) 노래하지 않고

문인(文人)들은 하청송(河淸頌) 지을 줄 아네.

농가에서는 바라고 바라며 빗물이 마름 애석해하고

뻐꾹새는 곳곳마다 봄에 파종함 재촉하네.

기수(淇水) 가에 건장한 병사들 돌아오기 게을리하지 말라

성남(城南)에 그리워하는 부인들 시름에 겨워 꿈이 많다오.

어이하면 장사(壯士) 얻어 하늘의 은하수 끌어다가

갑옷과 병기 깨끗이 씻어 영원히 쓰지 않을는지

○ **三年笛萬國兵**。上句言其悲。下句言其壯。삼년적만국병(三年笛裏關山月 萬國兵前草木風, 삼 년 동안 강적(羌笛) 소리에 관산의 달 바라보았고 만국의 군사 앞에 초목들 바람에 흩날린다) 윗구는 그 슬픔을 말하고 아랫구는 그 씩씩함을 말한 것이다.

○ **南飛安巢**。言民皆得所。如鳥之各安其巢。남비안소(南飛各有安巢鳥 남쪽으로 온 자들 둥지 편안히 여기는 새와 같다) 백성들이 모두 제 살 곳을 얻은 것이 마치 새들이 각각 제 둥지를 편안히 여기는 것과 같음을 말한 것이다.

---

* 고시(古詩)의 "남쪽인 越지방의 새는 남쪽가지에 둥지를 튼다.[越鳥巢南枝]"는 내용을 빌어 숙종(肅宗)을 따라 종군(從軍)해 공을 세운 자들이 돌아와 각기 편안히 삶을 비유한 것이다. 이덕홍(李德弘)은 "백성들이 모두 제 살 곳을 얻었다는 말이다. 조조(曹操)의 〈短歌行〉에 '달은 밝고 별은 드문데 까마귀와 까치 남쪽으로 날아가네. 나무를 세 바퀴 도니 어느 가지에 의지할까.[月明星稀 烏鵲南飛 遶樹三匝 何枝可依]' 하였는데, 두보(杜甫)의 이 시는 그 뜻을 뒤집어서 말한 것이다." 하였다.

○ **鶴駕通宵。**以代宗爲太子時而言也。駕이通宵히輦을備ᄒ다。備備而待之也。학가통소(鶴駕通宵鳳輦備, 학가로 밤새도록 봉연 갖추어) 대종(代宗)이 태자(太子)였던 때를 말한다. 수레(駕)가 밤새도록 연(輦, 수레)를 준비하다. 비(備)는 준비하여 기다린다는 것이다.

○ **不得誇身强。**言汝等成功。皆時來遇主所致。不得妄自矜誇。以爲吾身强勇所就也。韓彭不知此義。故至於敗。부득과신강(時來不得誇身强, 때가 왔다 하여 몸의 강함 자랑하지 마오). 너희들이 공을 이룬 것은 모두 좋은 때가 오고 주인을 만나서 이룬 것이니, 망령되게 자랑하여 자신이 굳세고 용감해서 성취한 바라고 자랑하지 말아라. 한신(韓信)과 팽월(彭越)은 이러한 뜻을 알지 못하였으므로 패망함에 이르렀다.

68. 入奏行 杜甫
대궐에 들어가 계책을 상주(上奏)함에 대한 노래 (두보)

竇侍禦(두시어) 驥之子(기지자) 鳳之雛(봉지추)
年未三十忠義俱(연미삼십충의구) 骨鯁絕代無(골경절대무)
炯如一段淸冰出萬壑(형여일단청빙출만학)
置在迎風寒露之玉壺(치재영풍한로지옥호)
蔗漿歸廚金碗凍(자장귀주금완동)
洗滌煩熱足以寧君軀(세척번열족이녕군구)
政用疏通合典則(정용소통합전칙) 戚聯豪貴耽文儒(척련호귀탐문유)
兵革未息人未蘇(병혁미식인미소) 天子亦念西南隅(천자역념서남우)
吐蕃憑陵氣頗粗(토번빙릉기파조) 竇氏檢察應時須(두씨검찰응시수)
運糧繩橋壯士喜(운량승교장사희) 斬木火井窮猿呼(참목화정궁원호)
八州刺史思一戰(팔주자사사일전) 三城守邊卻可圖(삼성수변각가도)

此行入奏計未小(차행입주계미소)　密奉聖旨恩宜殊(밀봉성지은의수)

繡衣春當霄漢立(수의춘당소한립)　彩服日向庭闈趨(채복일향정위추)

省郞京尹必俯拾(성랑경윤필부습)　江花未落還成都(강화미락환성도)

肯訪浣花老翁無(긍방완화로옹무)

爲君酤酒滿眼酤(위군고주만안고)　與奴白飯馬靑芻(여노백반마청추)

독시어(竇侍御)는

준마의 새끼요 봉황의 새끼와 같으니

나이 서른 되기도 전에 충의(忠義) 겸비하여

골경(骨鯁, 직언하는 신하)이 세상에 다시없다오.

밝은 마음 한 덩어리 깨끗한 얼음이 골짜기에서 나와

영풍관(迎風館)과 한로관(寒露館)의 옥병에 담겨져 있는 듯하다오.

사탕물 부엌으로 가지고 가 금대접에 얼리니

번열(煩熱)을 씻어내어 임금님 몸 편안히 할 수 있네.

정사(政事)는 소통함을 쓰면서도 전칙(典則)에 합하고

인척(姻戚)은 호귀(豪貴)와 연하였으면서도 문장과 유학 좋아한다오.

전쟁이 그치지 않아 백성들 소생하지 못하니

천자(天子)께서도 서남쪽 귀퉁이 염려하시네.

토번(吐藩)이 침범하여 기운이 자못 거치니

독씨(竇氏)가 검찰(檢察)이 됨 시대의 쓰임에 응한 것이라오.

승교(繩橋)에 군량 운반하니 장사(壯士)들 기뻐하고

화정(火井)에 나무 베니 갈 곳 없는 원숭이 울부짖누나.

팔주(八州)의 자사(刺史)들 한 번 결전할 것 생각하니

세 성의 변경수비 도모할 수 있다오.

이번 걸음에 들어가 아뢴 계책이 작지 않으리니

은밀히 성지(聖旨) 받들어 은혜가 응당 특별하리라.

수놓은 옷으로 봄에 소한(霄漢, 하늘)을 당하여 서고

채색옷으로 날마다 정위(庭闈)를 향해 달리리라.

성(省)의 낭관(郎官)과 경조윤(京兆尹, 판윤)은 반드시 몸 구부려 줍듯이 하고

강 꽃이 지기 전에 도성(成都)으로 돌아오리라.

완화계(浣花溪)의 늙은이 즐겨 찾아주겠는가.

그대 위해 술 사되 눈앞에 가득히 사고

종에게는 흰쌀밥 주고 말에게는 푸른 꼴 주리라.

○ **斬木火井**。火井。西極之地。斬木於火井之地。木盡故猿窮而呼也。 참목화정(斬木火井窮猿呼, 화정의 나무를 베니 궁지 몰린 원숭이 운다) 화정(火井)은 서쪽 끝(西極)의 땅이니, 화정 땅에서 나무를 베어 나무가 없어졌으므로 원숭이가 갈 곳이 없어 울부짖은 것이다.

* 화정(火井)은 지명으로 천연 가스처럼 가연성(可燃性) 물질이 뿜어 나온다 하여 붙인 이름인 바, 촉군 임공현(蜀郡 臨邛縣) 서남쪽에 있다.

69. 高都護驄馬行 杜甫 고(高)도호의 총마를 노래하다 (두보)

安西都護胡青驄(안서도호호청총)　聲價歘然來向東(성가훌연래향동)
此馬臨陣久無敵(차마림진구무적)　與人一心成大功(여인일심성대공)
功成惠養隨所致(공성혜양수소치)　飄飄遠自流沙至(표표원자류사지)
雄姿未受伏櫪恩(웅자미수복력은)　猛氣猶思戰場利(맹기유사전장리)
腕促蹄高如踣鐵(완촉제고여부철)　交河幾蹴曾冰裂(교하기축증빙렬)
五花散作雲滿身(오화산작운만신)　萬里方看汗流血(만리방간한류혈)
長安壯兒不敢騎(장안장아불감기)　走過掣電傾城知(주과체전경성지)
青絲絡頭爲君老(청사락두위군로)　何由却出橫門道(하유각출횡문도)

안서도호(安西都護)의 서호산(西胡産) 청총마(靑驄馬)
높은 성가(聲價평가) 지닌 채 갑자기 동쪽 향해 왔네.
이 말이 적진(敵陣)에 임하면 오랫동안 대적할 이 없으니
사람과 한마음이 되어 큰 공 이루었네.
공이 이루어지자 은혜롭게 기름 이르는 곳마다 따르니
표표히 멀리 유사(流沙)로부터 왔다오.
웅자는 마판에서 길러지는 은혜 받으려 하지 않고
맹렬한 기운은 아직도 전장에 빨리 달려감 생각하누나.
발목이 짧고 발굽이 높아 쇠를 밟은 듯하니
교하(交河)를 몇 번이나 밟아 일찍이 언 얼음 깨뜨렸나.
다섯 꽃무늬 흩어져 구름이 온몸에 가득하고
만리를 달려야 비로소 피땀이 흐름 볼 수 있네.
장안(長安)의 건장한 아이들도 감히 타지 못하니
달려 번개처럼 지나감 온 성안이 안다오.
푸른 실로 머리 묶고 그대 위해 늙으니
어찌하면 횡문(橫門)의 길 나가 달려보나.

○ **踣鐵**。踣。疑與覆同。蹄如覆鐵之狀。복철(腕促蹄高如踣鐵
발목이 짧고 발굽이 높아 쇠를 밟은 듯하다). 복(踣)는 아마도 복(覆, 넘
어지다)자와 같은 듯하니, 말발굽이 견고하여 쇠를 밟고 서 있는 듯
한 것을 형상화한 것이다.

70. 驄馬行 杜甫 총마(驄馬)에 대한 노래 (두보)

鄧公馬癖人共知(등공마벽인공지)　初得花驄大宛種(초득화총대완종)
夙昔傳聞思一見(숙석전문사일견)　牽來左右神皆竦(견래좌우신개송)

雄姿逸態何崢嵂(웅자일태하추줄)　顧影驕嘶自矜寵(고영교시자긍총)

隅目青熒夾鏡懸(우목청형협경현)　肉駿碨礧連錢動(육종외뢰련전동)

朝來久試華軒下(조래구시화헌하)　未覺千金滿高價(미각천금만고가)

赤汗微生白雪毛(적한미생백설모)　銀鞍却覆香羅帕(은안각복향라파)

卿家舊賜公取之(경가구사공취지)　天廐眞龍此其亞(천구진룡차기아)

晝洗須騰涇渭深(주세수등경위심)　朝趨可刷幽幷夜(조추가쇄유병야)

吾聞良驥老始成(오문량기로시성)　此馬數年人更驚(차마수년인갱경)

豈有四蹄疾於鳥(기유사제질어조)　不與八駿俱先鳴(불여팔준구선명)

時俗造次那得致(시속조차나득치)　雲霧晦冥方降精(운무회명방강정)

近聞下詔喧都邑(근문하조훤도읍)　肯使騏驎地上行(긍사기린지상행)

등공(鄧公)의 말 좋아하는 성벽(性癖) 사람들 모두 아니

처음으로 화총(花驄)인 대원(大宛)의 종자 얻었다오.

예부터 전하여 듣고 한번 볼 것 생각하였는데

끌고 오니 좌우의 사람들 정신이 모두 송연해지네.

웅장한 자태 어쩌면 그리도 드높은가

그림자 돌아보고 교만하게 울며 스스로 총애받음 자랑하네.

네모진 눈 푸른빛이 나니 좌우에 거울이 매달린 듯하고

살갈기 울퉁불퉁하며 연이어진 돈 무늬 움직이네.

아침에 끌고 와서 빛나는 수레 아래 한동안 시험하니

천금(千金)이 고가(高價)임 깨닫지 못하겠노라.

붉은 땀 백설 같은 털에 약간 배어 나오고

안장은 향기로운 비단 수건에 덮여 있네.

공경(公卿)의 집 안에 있던 옛 물건 공(公)이 취하니

천구(天廐)의 진짜 용마(龍馬)에 이것이 그다음이라오.

낮에 몸 씻으니 경수(涇水)와 위수(渭水)의 깊은 곳에서 뛰놀고

아침에 달리니 유주(幽州)와 유주(幷州)의 밤에 털 빗질하리라.

내 들으니 좋은 기마(驥馬)는 늙어야 비로소 이루어진다 하니

이 말 몇 년만 지나면 사람들 더욱 놀라게 하리라.

어찌 새처럼 빠른 네 발굽 지니고서

8준마(八駿馬)와 달려 먼저 울지 않겠는가.

세속에서 별안간 어찌 얻을 수 있겠는가

운무(雲霧)가 자욱하여야 비로소 정기(精氣)가 내려 탄생하네.

근래에 들으니 말 구한다는 명 내려 도읍 떠들썩하니

어찌 기린을 지상에 다니게 내버려 두겠는가.

○ **隅目。** 目之有方隅者。 우목(隅目)은 눈이 네모진 구석이 있는
　것을 말한다.

71. 偪側行 杜甫(子美) 궁핍함을 읊은 노래 두보 (자미)

偪側何偪側(핍측하핍측)	我居巷南子巷北(아거항남자항북)
可恨鄰里間(가한린리간)	十日不一見顏色(십일불일견안색)
自從官馬送還官(자종관마송환관)	行路難行澁如棘(행로난행삽여극)
我貧無乘非無足(아빈무승비무족)	昔者相遇今不得(석자상우금부득)
實不是愛微軀(실불시애미구)	又非關足無力(우비관족무력)
徒步翻愁官長怒(도보번수관장노)	此心炯炯君應識(차심형형군응식)
曉來急雨春風顚(효래급우춘풍전)	睡美不聞鐘鼓傳(수미불문종고전)
東家蹇驢許借我(동가건려허차아)	泥滑不敢騎朝天(니활불감기조천)
已令**請急會通籍**(이령청급회통적)	男兒性命絶可憐(남아성명절가련)
焉能終日心拳拳(언능종일심권권)	憶君誦詩神凜然(억군송시신름연)
辛夷始花亦已落(신이시화역이락)	況我與子非壯年(황아여자비장년)
街頭酒價常苦貴(가두주가상고귀)	方外酒徒稀醉眠(방외주도희취면)

速宜相就飲一斗(속의상취음일두) **恰有三百靑銅錢**(흡유삼백청동전)

핍측하고 어이 그리 핍측한가
나는 거리의 남쪽에 살고 그대는 거리의 북쪽에 산다오.
한스럽게도 이웃과 마을 사이에
열흘에 한 번도 얼굴 보지 못하누나.
관마(官馬)를 관청으로 돌려보낸 뒤로는
길 가기 어려움 가시밭길 같다오.
내 가난하여 탈것 없으나 발 없지 않건만
옛날에는 서로 방문하였는데 지금은 할 수 없네.
실로 하찮은 몸 아껴서가 아니요
또 발에 힘이 없어서가 아니라오.
도보(徒步)로 걷다가는 도리어 관장(官長)의 노여움 살까 걱정되니
이 마음 밝고 밝아 그대 응당 알리라.
새벽에 소낙비 내리고 봄바람 미친 듯이 불어대니
단잠 들어 종고(鐘鼓)의 전하는 소리 듣지 못한다오.
동쪽 집에서 절름발이 나귀 나에게 빌려 주기로 허락하였으나
진흙길 미끄러워 감히 타고 조천(朝天)할 수 없다오.
이미 말미를 청하여 마침 통적(通籍)을 하였으니
용아(男兒)의 성명(性命) 참으로 아낄 만하네.
어찌 하루 종일 마음에 잊지 못하고 걱정하겠는가
그대 생각하며 시(詩) 외니 정신이 늠연해지누나.
신이화(辛夷花) 처음 피었다가 또한 이미 졌으니
더구나 나와 그대 장년(壯年)이 아니라네.
길거리의 술값 항상 너무 비싸 괴로우니
방외(方外)의 술꾼들 취하여 자는 이 적구나.
빨리 서로 만나 한 말 술 마셔야 할 것이니

마땅히 삼백 전(三百 錢)의 푸른 동전 있어야 하리.

○ **偪側偪側**。如艱窘崎嶇之義。핍측핍측(偪側何偪側, 핍측하고 어찌 그리 핍측한가) 간군(艱窘, 가난하고 군색함)하고 기구(崎嶇)하다는 뜻과 같다.

○ **請急會通籍**。古之仕者。皆置籍於闕門。以考其出入。謂之會通籍。請急。言以有急事。請於通籍之所而免朝也。如今朝官有故不入朝。則呈病狀以免朝也。청급회통적(已令請急會通籍) 옛날의 벼슬아치들은 모두 궐 아래에 적(籍)을 두고 출입할 때에 살폈으니, 이것을 통적(通籍)이라고 한다. 청급(請急)은 급한 일이 있으면 통적(通籍)이 있는 곳에 요청하여 조회를 면제받는 것이다. 오늘날 조관(朝官)들이 연고가 있어 입조(入朝)하지 않을 경우에는 병의 상황을 올려 조회를 면제받는 것과 같다.

○ **恰**。猶合當之義。正須之類。흡(恰)은 합당(合當)의 뜻이니, 정(正)·수(須)와 같은 따위이다.

72. 琵琶行 白居易 비파를 읊은 노래 (백거이)

潯陽江頭夜送客(심양강두야송객)　楓葉荻花秋瑟瑟(풍엽적화추슬슬)
主人下馬客在船(주인하마객재선)　擧酒欲飮無管絃(거주욕음무관현)
醉不成歡慘將別(취불성환참장별)　別時茫茫江浸月(별시망망강침월)
忽聞水上琵琶聲(홀문수상비파성)　主人忘歸客不發(주인망귀객불발)
尋聲暗問彈者誰(심성암문탄자수)　琵琶聲停欲語遲(비파성정욕어지)
移船相近邀相見(이선상근요상견)　添酒回燈重開宴(첨주회등중개연)
千呼萬喚始出來(천호만환시출래)　猶抱琵琶半遮面(유포비파반차면)
轉軸撥絃三兩聲(전축발현삼량성)　未成曲調先有情(미성곡조선유정)

絃絃掩抑聲聲思(현현엄억성성사) 　似訴平生不得志(사소평생부득지)

低眉信手續續彈(저미신수속속탄) 　說盡心中無限事(설진심중무한사)

輕攏慢撚撥復挑(경롱만연발복도) 　初爲霓裳後六么(초위예상후육요)

大絃嘈嘈如急雨(대현조조여급우) 　小絃切切如私語(소현절절여사어)

嘈嘈切切錯雜彈(조조절절착잡탄) 　大珠小珠落玉盤(대주소주락옥반)

間關鶯語花底滑(간관앵어화저활) 　幽咽泉流水下灘(유열천류수하탄)

水泉冷澁絃凝絶(수천냉삽현응절) 　凝絶不通聲暫歇(응절불통성잠헐)

別有幽愁暗恨生(별유유수암한생) 　此時無聲勝有聲(차시무성승유성)

銀瓶乍破水漿迸(은병사파수장병) 　鐵騎突出刀鎗鳴(철기돌출도쟁명)

曲終抽撥當心畫(곡종추발당심화) 　四絃一聲如裂帛(사현일성여열백)

東船西舫悄無言(동선서방초무언) 　唯見江心秋月白(유견강심추월백)

沈吟放撥插絃中(침음방발삽현중) 　整頓衣裳起斂容(정돈의상기염용)

自言本是京城女(자언본시경성녀) 　家在蝦蟆陵下住(가재하마릉하주)

十三學得琵琶成(십삼학득비파성) 　名屬敎坊第一部(명속교방제일부)

曲罷曾敎善才服(곡파증교선재복) 　妝成每被秋娘妒(장성매피추랑투)

五陵年少爭纏頭(오릉년소쟁전두) 　一曲紅綃下知數(일곡홍초부지수)

鈿頭銀篦擊節碎(전두은비격절쇄) 　血色羅裙飜酒汙(혈색나군번주오)

今年觀笑復明年(금년관소부명년) 　秋月春風等閑度(추월춘풍등한도)

弟走從軍阿姨死(제주종군아이사) 　暮去朝來顏色故(모거조래안색고)

門前冷落鞍馬稀(문전랭락안마희) 　老大嫁作商人婦(노대가작상인부)

商人重利輕別離(상인중리경별리) 　前月浮梁買茶去(전월부량매다거)

去來江口守空船(거래강구수공선) 　繞船明月江水寒(요선명월강수한)

夜深忽夢少年事(야심홀몽소년사) 　夢啼粧淚紅闌干(몽제장루홍난간)

我聞琵琶已歎息(아문비파이탄식) 　又聞此語重喞喞(우문차어중즐즐)

同是天涯淪落人(동시천애륜락인) 　相逢何必曾相識(상봉하필증상식)

我從去年辭帝京(아종거년사제경) 　謫居臥病潯陽城(적거와병심양성)

潯陽地僻無音樂(심양지벽무음악) 　終歲不聞絲竹聲(종세불문사죽성)

住近湓江地低濕(주근분강지저습) 黃蘆苦竹遶宅生(황로고죽요택생)

其間旦暮聞何物(기간단모문하물) 杜鵑啼血猿哀鳴(두견제혈원애명)

春江花朝秋月夜(춘강화조추월야) 往往取酒還獨傾(왕왕취주환독경)

豈無山歌與村笛(기무산가여촌적) 嘔啞嘲哳難爲聽(구아조찰난위청)

今夜聞君琵琶語(금야문군비파어) 如聽仙樂耳暫明(여청선악이잠명)

莫辭更坐彈一曲(막사갱좌탄일곡) 爲君飜作琵琶行(위군번작비파행)

感我此言良久立(감아차언양구립) 卻坐促絃絃轉急(각좌촉현현전급)

凄凄不似向前聲(처처불사향전성) 滿座聞之皆掩泣(만좌문지개엄읍)

座中泣下誰最多(좌중읍하수최다) 江州司馬靑衫濕(강주사마청삼습)

심양강 머리에서 밤에 객 전송하니

단풍잎과 갈대꽃에 가을바람 쓸쓸하네.

주인은 말에서 내리고 객은 배에 있는데

술잔 들어 마시려 하나 관현악이 없다오.

취하여도 기쁨 이루지 못하고 슬피 작별하려 하니

작별할 때 아득히 강물에는 달빛 잠겨있네.

홀연히 물가에 비파소리 들려오니

주인은 돌아감 잊고 객은 출발하지 않네.

비파 소리 찾아 은근히 타는 이 누구인가 물으니

비파 소리 멈추고 말하려다 머뭇거리네.

배를 옮겨 가까이 가서 맞이하여 서로 만나고

술 더 따르고 등불 도로 켜 다시 잔치 열었다오.

천 번 부르고 만 번 부르자 비로소 나오는데

아직도 비파를 안아 얼굴 반쯤 가렸네.

축(軸)을 돌리고 줄 튕겨 두세 소리 타니

곡조를 이루기 전에 먼저 정(情)이 있다오.

줄마다 누르자 소리마다 슬픈 생각 실려 있어

평생의 불우한 뜻 하소연하는 듯하고
눈길을 내리깔고 손가는 대로 연이어 타니
심중의 무한한 일들 다 말하는 듯하누나.
가볍게 대고 천천히 비비며 튕겼다 다시 뜯으니
처음에는 예상곡(霓裳曲) 타다 뒤에는 육요 연주하였네.
굵은 줄은 쿵쿵 울려 소낙비 소리 같고
가는 줄은 애절하여 속삭이는 말소리 같구나.
쿵쿵댐과 애절함 섞어서 타니
큰 구슬과 작은 구슬 옥쟁반에 떨어지는 듯.
고운 소리는 꾀꼬리 꽃 아래에서 노래하듯 매끄럽고
오열함은 시냇물 얼음 밑으로 여울져 흐르는 듯하여라.
언 시냇물 차갑게 얼어붙듯 줄 소리 잠시 끊기니
끊어지고 통하지 않음에 소리가 잠시 멈추었네.
각별히 그윽한 시름 있어 속 타는 한(恨) 생기니
이때에 소리 없음 소리 있는 것보다 낫다오.
은병이 갑자기 깨져 담겼던 물 쏟아져 나오는 듯하고
철기(鐵騎, 철갑기병)가 돌진함에 칼과 창 울리는 듯하네.
곡이 끝나자 발(撥) 꺼내어 한가운데 대고 그으니
네 줄이 한 소리 내어 비단을 찢는 듯하누나.
동쪽 배와 서쪽 배에 탄 사람들 서글퍼 아무 말 없고
오직 강물 속에 가을달 밝은 것만 보이누나.
생각에 잠겨 읊다가 발(撥) 거두어 줄 가운데에 꽂고는
의상을 정돈하고 일어나 용모 거두네.
스스로 말하기를 저는 본래 장안(長安)의 여자로
집이 하마릉 아래에 있어 그곳에 살았는데
열세 살에 비파 배워 이루어서
이름이 교방(敎坊)의 제1부(第一部)에 올랐습니다.

한 곡조 끝나면 항상 선재(善才)들 감복시키고

단장이 끝나면 언제나 추랑(秋娘)의 질투 받았지요.

오릉(五陵)의 소년들 다투어 내 머리에 비단 감아주니

한 곡조에 붉은 비단 수없이 받았습니다.

자개 박은 은빗은 장단 맞추다가 부서졌고

핏빛 비단 치마는 술 엎질러 더럽히기도 하였습니다.

금년에도 웃고 즐기며 다시 명년에도 그렇게 하여

가을달과 봄바람 등한히 보내었습니다.

그러다가 아우는 달려가 종군(從軍)하고 아이(阿姨)는 죽었으며

저녁 가고 아침 오자 얼굴빛 시들었지요.

문 앞이 쓸쓸해져 말 탄 분 찾아오지 않으니

나이 들어 시집가 장사꾼의 아내 되었습니다.

장사꾼은 이익 소중히 여기고 이별 가벼이 여겨

지난달 부양현(浮梁縣)으로 차 사러 갔습니다.

저는 강어귀 왔다 갔다 하며 빈 배 지키오니

배를 둘러싼 것은 밝은 달과 차가운 강물이었습니다.

밤 깊자 홀연히 젊었을 적 일 꿈꾸니

꿈에 우느라 화장한 얼굴에 눈물이 붉게 흐른답니다.

나는 비파소리 듣고 이미 탄식하였고

또 이 말 듣고 거듭 목이 메이네.

그대나 나나 똑같이 천애(天涯)에 떨어져 있는 사람이니

서로 만남에 하필 예부터 아는 사람이어야 하겠는가.

나는 지난해에 서울 하직한 뒤로

귀양살이하며 심양성에 병들어 누워 있다오.

심양 땅은 궁벽하여 음악 없으니

일 년 내내 관현악 소리 듣지 못하였다오.

사는 곳 분강에 가까워 땅이 저습하니

누런 갈대와 고죽(苦竹)만 집을 빙둘러 자란다오.

그 사이에서 아침저녁으로 무슨 소리 듣는가

두견새 피 토하며 울고 원숭이 슬피 우는 소리라오.

어찌 산중의 노래와 마을의 피리 소리 없겠는가마는

조잡하고 시끄러워 들어주기 어려웠소.

오늘 밤 그대의 비파 소리 들으니

신선의 음악 들은 듯 귀가 잠시 밝아지오.

사양하지 말고 고쳐 앉아 한 곡조 타주오

그대 위해 글로 옮겨 비파행(琵琶行) 지어주리라.

나의 이 말에 감동한 듯 한동안 서 있다가

다시 앉아 급히 줄 타니 줄 소리 더욱 급하네.

처량하기 전번의 소리와 같지 않으니

온 좌중 사람들 듣고 모두 얼굴 가리며 우네.

그중에 누가 가장 눈물 많이 흘리는가

강주사마(江州司馬)는 푸른 적삼 다 젖었다오.

○ **擊節**。蓋擊器物以爲節。故謂擊節。 전두은비격절쇄(鈿頭銀篦
擊節碎, 자개 박은 은빗은 장단 맞추다가 부서지다) 대략 기물(器物)을 두
드려 박자를 맞추므로 격절(擊節, 두드려 음절을 맞추다)이라 한 것이다.

73. 續麗人行 蘇軾(子瞻) 속여인행 (소식)

深宮無人春日長(심궁무인춘일장)	沈香亭北百花香(침향정북백화향)
美人睡起薄梳洗(미인수기박소세)	燕舞鶯啼空斷腸(연무앵제공단장)
畫工欲畫無窮意(화공욕화무궁의)	前立東風初破睡(전립동풍초파수)
若敎回首卻嫣然(약교회수각언연)	陽城下蔡俱風靡(양성하채구풍미)

杜陵饑客眼長寒(두릉기객안장한)　蹇驢破帽隨金鞍(건려파모수금안)

隔花臨水時一見(격화임수시일견)　只許腰肢背後看(지허요지배후간)

心醉歸來茅屋底(심취귀래모옥저)　方信人間有西子(방신인간유서자)

君不見孟光擧案與眉齊(군불견맹광거안여미제)

何曾背面傷春啼(하증배면상춘제)

깊은 궁궐에는 사람 없고 봄 해는 긴데

침향정(沈香亭) 북쪽에는 온갖 꽃들 향기롭네.

미인이 잠에서 일어나 잠깐 머리 빗고 세수하니

제비는 춤추고 꾀꼬리는 울어 부질없이 애간장 태우누나.

화공은 무궁한 뜻 그려내고자 하여

봄바람 등지고 서서 갓 잠 깬 모습이라오.

만약 머리 돌려 한 번 방긋 웃게 한다면

양성(陽城)과 하채(下蔡)의 귀공자들 모두 정신 잃으리라.

두릉(杜陵)의 굶주린 나그네 눈빛이 항상 추워 보이니

저는 당나귀에 떨어진 모자로 금안장 따라다녔네.

꽃 사이에 두고 물가에 임해 때로 한 번 보니

다만 허리와 팔다리 등 뒤에서 보게 할 뿐이라오.

심취하여 초가집 속으로 돌아오니

비로소 세상에 서자(西子) 같은 미인 있음 믿게 되었네.

그대 보지 못했는가 맹광(孟光)이 밥상 들 때 눈썹에 맞춘 것

어찌 일찍이 얼굴 돌리고 봄을 서글퍼하여 울었겠나.

○ **背立**。正面畫不得。故就背面而描取之。所以見無窮之
意。배립(背立春風初破睡, 봄바람 등지고 서서 막 잠 깨다). 정면을 그
릴 수 없으므로 후면을 묘사해 그린 것이니, 무궁한 뜻을 볼 수 있는
바이다.

74. 今夕行 杜甫 오늘 저녁을 읊은 노래 (두보)

今夕何夕歲云徂(금석하석세운조)　　更長燭明不可孤(경장촉명불가고)
咸陽客舍一事無(함양객사일사무)　　相與博塞爲歡娛(상여박새위환오)
憑陵大叫呼五白(빙릉대규호오백)　　袒跣不肯成梟盧(단선불긍성효로)
英雄有時亦如此(영웅유시역여차)　　邂逅豈卽非良圖(해후기즉비량도)
君莫笑劉毅從來布衣願(군막소류의종래포의원)
家無儋石輸百萬(가무담석수백만)

오늘 저녁 어떤 저녁인가 장차 한 해가 지나가니
시간은 더디고 촛불은 밝아 저버릴 수 없네.
함양의 객사에는 한 가지 일도 없어
서로 박색(博塞, 놀음 종류)하며 즐기고 논다오.
사람을 능멸하며 큰소리로 오백(五白) 외쳐
웃통 벗고 맨발로 뛰지만 효로(梟盧)는 이뤄지려 하지 않네.
영웅도 이와 같이 할 때 있으니
우연히 만나 즐김 어찌 좋은 계책 아닐런가.
그대는 류의(劉毅)가 품었던 포의(布衣, 평민)시절의 소원 비웃지 말라
집에 몇 섬의 곡식 없었지만 도박에 백만 전 걸었다네

○ **呼五白成梟盧**。蓋骰子五者。皆白則勝。故擲者呼而祝
　之。梟盧。必五白之一。而梟其勝名也。호오백성효로(憑陵大
　叫呼五白 袒跣不肯成梟盧, 사람을 능멸하며 큰소리로 오백 외쳐 웃통 벗
　고 맨발로 뛰지만 효로는 이뤄지지 않네). 대략 골패(骰子, 주사위) 다섯
　개가 모두 흰색이면 이기므로 던지는 자들이 오백(五白)을 외치면서
　이 패가 나오기를 기원하는 것이다. 효(梟)와 로(盧)는 반드시 오백
　(五白)의 하나일 터인데 효(梟)가 더 우세한 괘이다.

* 빙릉(憑陵)은 의기양양(意氣揚揚)한 모습이며, 오백(五白)은 도박(賭博) 놀음패의 하나로 오목(五木)의 제도인데, 위는 검고 아래는 희게 만든 주사위를 던져서 다섯 개가 모두 검은 쪽이 나오는 것을 노(盧)라 하여 가장 좋은 패로 보고, 그 다음은 모두 흰 쪽이 나오는 패인데 이를 오백(五白)이라고 한다. 오백(五白)을 외친다는 것은 주사위를 던지면서 좋은 패가 나오라고 외치는 것이다. 효로(梟盧)는 옛날 저포(樗蒲) 놀이에서 제일 높은 점수를 효(梟)라 하고, 그다음을 노(盧)라 하였다.

75. 君子行 聶夷中 군자를 읊다 (섭이중)

君子防未然(군자방미연)　不處嫌疑間(불처혐의간)
瓜田不納履(과전불납리)　李下不正冠(이하부정관)
嫂叔不親授(수숙불친수)　長幼不比肩(장유불비견)
勞謙得其柄(노겸득기병)　和光甚獨難(화광심독난)
周公下白屋(주공하백옥)　吐哺不及餐(토포불급찬)
一沐三握髮(일목삼악발)　後世稱聖賢(후세칭성현)

군자(君子)는 미연에 방지하니
혐의 받을 곳에는 처하지 않네.
오이밭에서는 신발 고쳐 신지 않고
오얏나무 아래에서는 관 바로잡지 않는다오.
형수와 시숙 간에는 물건 직접 주지 않고
어른과 아이는 어깨 나란히 하지 않네.
겸손하기를 수고롭게 하면 권병(權柄) 얻게 되니
광채를 숨기기는 매우 어렵다오.
주공(周公)은 초가집의 선비에게 몸 낮추어
먹던 밥 뱉어 제때에 밥 먹지 못하고
한 번 머리 감으면서 세 번이나 머리 쥔 채 맞이하니

후세에서 성현(聖賢)이라 칭한다네.

○ **君子行**。 此詩。 言君子之道不處嫌疑。 而貴於勞謙。 周公
所爲正是勞謙之事。 題註偏擧嫌疑一條。 而不及勞謙之道。
非也。 군자행(군자의 노래) 군자의 도(道)는 혐의 받을 곳에 처하지
않고 노겸(勞謙, 노고와 겸양)을 귀하게 여김을 말한 것이니, 주공(周
公)이 행한 바가 바로 노겸의 일이다. 제목 밑의 주에 혐의를 멀리한
다는 한 조목만을 특별히 들고 노겸의 도에 대해서 언급하지 않은
것은 잘못이다.

76. 百舌吟 劉禹錫 백설조를 읊음 (유우석)

曉星寥落春雲低(효성료락춘운저)	初聞百舌間關啼(초문백설간관제)
花枝滿空迷處所(화지만공미처소)	搖動繁英墜紅雨(요동번영추홍우)
笙簧百囀音韻多(생황백전음운다)	黃鸝吞聲燕無語(황리탄성연무어)
東方朝日遲遲升(동방조일지지승)	迎風弄景如自矜(영풍롱경여자긍)
數聲不盡又飛去(수성불진우비거)	何許相逢綠楊路(하허상봉록양로)
縣蠻宛轉似娛人(면만완전사오인)	一心百舌何紛紜(일심백설하분운)
酡顏俠少停歌聽(타안협소정가청)	墮珥妖姬和睡聞(타이요희화수문)
可憐光景何時盡(가련광경하시진)	誰能低回避鷹隼(수능저회피응준)
廷尉張羅自不關(정위장라자불관)	潘郎挾彈**無情損**(반랑협탄무정손)
天生羽族爾何微(천생우족이하미)	舌端萬變乘春輝(설단만변승춘휘)
南方朱鳥一朝見(남방주조일조견)	索寞無言蒿下飛(삭막무언호하비)

새벽별 점점 사라지고 봄 구름 낮게 깔렸을 제
처음으로 백설조(百舌鳥) 짹짹 우는 소리 들리네.

꽃가지 공중에 가득하여 새 있는 곳 모르는데

많은 꽃 흔드니 붉은 비 떨어지네.

생황(笙簧)이 온갖 소리 내듯 우는 소리 다양하니

누런 꾀꼬리도 소리 삼키고 제비도 말 못한다오.

동방에 아침 해 더디 떠오르니

바람 맞이해 그림자 희롱하여 스스로 뽐내는 듯하누나.

몇 번 울다가 다하지 않고 또다시 날아가더니

어느 곳에서 서로 만났는가 푸른 버들의 길이라오.

면만(綿蠻)히 곱게 울어 사람을 즐겁게 하는 듯하나

한 마음에 백 개의 혀 어이 그리 분분한가.

술 취한 젊은 협객들 노래 그치고서 듣고

귀고리 떨어뜨린 아름다운 계집 잠결에 듣는다오.

사랑스러운 봄 광경 어느 때에 다하나

그 누가 낮게 날아 새매 피할까.

정위(廷尉)가 그물 펼쳐도 스스로 상관하지 않고

반랑(潘郎)이 탄환 잡아도 손상시킬 마음 없다오.

하늘이 낸 날짐승 중에 너는 어이 그리 작은가

혀끝을 만 가지로 변하며 봄빛 타고 있네.

남방의 붉은 새(朱鳥주조) 하루아침에 나타나면

조용히 소리 없이 쑥대 아래에서 날리라.

○ **笙簧百囀**。笙簧ᄀ치온가지로우다。 생황백전(笙簧百囀音韻多, 생황이 온갖 소리 내듯 우는 소리 다양하다) 생황이 온갖 소리로 운다。

○ **無情損**。疑亦無憂於損害云。 무정손(潘郎挾彈無情損 반랑(潘郎)이 탄환 잡아도 손상시킬 마음 없다)。 아마도 또한 해를 입을 것을 근심함이 없다는 뜻인 듯하다。

* 潘郞은 晉나라의 文人인 潘岳으로 字는 安仁인데, 그가 지은 〈射雉賦〉에 새총을 끼고 꿩을 잡는 내용을 읊었으므로 이것을 빌어다 임금 옆에서 참소하는 간신들이 御史나 廷尉의 彈劾을 받지 않음을 비유한 것이다.

77. 梁甫吟 諸葛亮(孔明) 양보를 읊음 (제갈량)

步出齊城門(보출제성문)　遙望蕩陰里(요망탕음리)
里中有三墳(이중유삼분)　纍纍正相似(유류정상사)
問是誰家塚(문시수가총)　田疆古冶氏(전강고야씨)
力能排南山(역능배남산)　文能絶地理(문능절지리)
一朝被讒言(일조피참언)　二桃殺三士(이도살삼사)
誰能爲此謀(수능위차모)　相國齊晏子(상국제안자)

걸어서 제(齊)나라 도성문 나가
멀리 탕음리(蕩陰里) 바라보니
마을 가운데에 세 무덤 있는데
연이어 있는 것 서로 똑같구나.
뉘 집 무덤이냐고 물었더니
전개강(田開疆)과 고야씨(古冶氏)라 말하네.
힘은 남산(南山) 밀어낼 만하고
문장(文章)은 땅의 이치 다할 수 있었네.
하루아침 모함하는 말 받아
두 복숭아로 세 장사(壯士) 죽였다네.
누가 이러한 계책 하였는가
제(齊)나라의 상국(相國)인 안자(晏子)라오.

○ **絶地理。** 猶言經天緯地云。絶字。恐截字之義。절지리(文能
絶地理, 문장은 능히 땅을 다한다). 경천위지(經天緯地)라는 말과 같고,
절(絶)자는 재(截, 자르다)자의 뜻인 듯하다.

78. **丹靑引** 杜甫**(子美)** 단청인 두보 (자미)

將軍魏武之子孫(장군위무지자손)	於今爲庶爲靑門(어금위서위청문)
英雄割據雖已矣(영웅할거수이의)	文采風流今尙存(문채풍류금상존)
學書初學衛夫人(학서초학위부인)	但恨無過王右軍(단한무과왕우군)
丹靑不知老將至(단청부지노장지)	富貴於我如浮雲(부귀우아여부운)
開元之中常引見(개원지중상인견)	承恩數上南薰殿(승은삭상남훈전)
凌煙功臣少顔色(능연공신소안색)	將軍下筆開生面(장군하필개생면)
良相頭上進賢冠(양상두상진현관)	猛將腰間大羽箭(맹장요간대우전)
褒公鄂公毛髮動(포공악공모발동)	英姿颯爽猶酣戰(영자삽상유감전)
先帝天馬玉花驄(선제천마옥화총)	畫工如山貌不同(화공여산모부동)
是日牽來赤墀下(시일견래적지하)	迥立閶闔生長風(형립창합생장풍)
詔謂將軍拂絹素(조위장군불견소)	**意匠慘淡經營中**(의장참담경영중)
斯須九重眞龍出(사수구중진룡출)	**一洗萬古凡馬空**(일세만고범마공)
玉花卻在御榻上(옥화각재어탑상)	榻上庭前屹相向(탑상정전흘상향)
至尊含笑催賜金(지존함소최사금)	圉人太僕皆惆悵(어인태복개추창)
弟子韓幹早入室(제자한간조입실)	亦能畫馬窮殊相(역능화마궁수상)
幹惟畫肉不畫骨(간유화육불화골)	忍使驊騮氣凋喪(인사화류기조상)
將軍善畫蓋有神(장군선화개유신)	必逢佳士亦寫眞(필봉가사역사진)
卽今漂泊干戈際(즉금표박간과제)	屢貌尋常行路人(누모심상행로인)
塗窮反遭俗眼白(도궁반조속안백)	世上未有如公貧(세상미유여공빈)
但看古來盛名下(단간고래성명하)	終日坎壈纏其身(종일감람전기신)

장군은 위무제(魏武帝)의 자손인데

지금에는 서민(庶民)이 되어 청빈(淸貧)한 가문 되었네.

영웅이 할거하던 시절 이미 끝났으나

문채와 풍류는 지금까지도 남아 있다오.

글씨 배울 적에 처음 위부인(衛夫人)에게 배웠으니

다만 왕우군(王右軍)보다 낫지 못함 한하였네.

단천(丹靑) 좋아하여 늙음이 장차 이르는 줄도 모르니

부귀(富貴)는 나에게 뜬 구름과 같다오.

개원(開元) 연간에 황제(皇帝)가 항상 인견하니

은혜 받들어 여러 번 남훈전(南薰殿)에 올라갔네.

능연각(凌煙閣)에 있는 공신들의 화상(畵像) 빛이 바랬는데

장군이 붓 대어 생생한 얼굴 펼쳐 놓았다오.

훌륭한 정승의 머리 위에는 진현관(進賢冠) 얹혀 있고

용맹한 장수의 허리 사이에는 대우전(大羽箭) 끼여 있네.

포공과 악공 모발이 생동하는 듯하니

영웅다운 모습 늠름하여 한참 싸우다 오는 듯하여라.

선제(先帝)의 천마(天馬)인 옥화총(玉花驄)을

화공(畵工)들 산처럼 많았으나 그린 모양 실물과 같지 않았네.

이날 붉은 뜰 아래로 끌고 오니

멀리 궁문 앞에 서 있자 긴 바람 일어났네.

조서 내려 장군에게 흰 비단 털고 그리라 하니

마음속으로 고심하여 구상하였네.

잠깐 사이에 구중궁궐에 진짜 용마(龍馬) 나오니

만고(萬古)의 범상한 말 그림 깨끗이 씻어 없애었네.

옥화총(玉花驄) 문득 어탑(御榻) 위에 있으니

어탑 위와 뜰 앞에 두 마리 우뚝이 서로 향했다오.

지존(至尊)은 웃음 머금고 금 하사하라 재촉하니

옥화총 기른 마부와 태복관(太僕官) 모두 서글퍼하였네.

제자인 한간(韓幹)도 일찍 입실(入室)의 경지에 들어

말 그림에 특별한 모습 다하였네.

한간은 오직 살만 그리고 뼈는 그리지 못하니

차마 화류마(驊騮馬)로 하여금 기운이 저상하게 하겠는가.

장군은 참으로 그림 잘 그려 신(神)이 돕는 듯하니

반드시 훌륭한 선비 만나면 또한 참모습 그렸다오.

지금 전란 중에 표류하면서

길가는 보통사람들 자주 모사(模寫)하였네.

길이 궁하자 도리어 속인(俗人)들에게 백안시(白眼視)당하니

세상에는 공(公)처럼 가난한 이 없다오.

다만 보건대 예부터 훌륭한 명성 아래에는

오랫동안 불우함이 그 몸 휘감는다네.

○ **衛夫人**。杜詩此註。亦謂晉李夫人名衞。善書云。則李氏名衞。故仍謂之衞夫人。위부인(學書初學衞夫人, 글씨는 처음 위부인에게 배우다). 두보시(杜詩)의 이 주석(註)에 이르기를 '또한 진(晉)나라 이부인(李夫人)은 이름이 위(衞)였고 글씨를 잘 썼다고 하니 곧 이 씨의 이름이다. 따라서 위부인라 불렀다.

> * 衞夫人 : 東晉의 女流 書法家로 姓은 衛이고 이름은 鑠인데, 汝陽太守 李矩의 처이므로 李夫人이라고도 한다. 隸書를 잘 썼으며 鍾繇(종요)에게 배워 그 법을 전수하였다. 《艮齋集》에 또 다음과 같이 말하였다. "王右軍(王羲之)이 처음에 衞夫人에게 글씨를 배웠는데, 위부인이 그의 글씨를 보고 감탄하기를 '아! 이 사람의 글씨가 나를 능가한다.' 하였다. 그리하여 왕우군이 마침내 글씨로써 세상에 이름이 났다.

○ **意匠慘澹**。意所構造。謂之意匠。慘澹。神妙變異之狀。의장참담(意匠慘澹經營中, 마음속으로 고심하여 구상하였다). 뜻을 구상하는 것을 일러 의장(意匠)이라고 한다. 참담(慘澹)은 신묘하게 변화

하고 달라지는 모양이다.

○ **一洗凡馬**。萬古凡馬을 一洗ᄒ야空ᄒ다. 일세범마(一洗萬古凡馬空, 만고의 범상한 말 그림 깨끗이 씻어 없앴다). 만고의 평범한 말을 한 번 씻어서 비웠다는 말이다.

79. 桃竹杖引(도죽장인) 杜甫(두보) 도죽(桃竹) 지팡이 인(引) (두보)

江心蟠石生桃竹(강심반석생도죽)　蒼波噴浸尺度足(창파분침척도족)
斬根削皮如紫玉(참근삭피여자옥)　江妃水仙惜不得(강비수선석부득)
梓潼使君開一束(재동사군개일속)　滿堂賓客皆歎息(만당빈객개탄식)
憐我老病贈兩莖(연아로병증량경)　出入爪甲鏗有聲(출입조갑갱유성)
老夫複欲東南征(노부복욕동남정)　乘濤鼓枻白帝城(승도고설백제성)
路幽必爲鬼神奪(노유필위귀신탈)　拔劍或與蛟龍爭(발검혹여교룡쟁)
重爲告曰(중위고왈)
杖兮杖兮(장혜장혜) 爾之生也甚正直(이지생야심정직)
愼勿見水踴躍學變化爲龍(신물견수용약학변화위룡)
使我不得爾之扶持(사아부득이지부지)
滅跡於君山湖上之靑峰(멸적어군산호상지청봉)
噫(희) 風塵澒洞兮豺虎咬人(풍진홍동혜시호교인)
忽失雙杖兮吾將曷從(홀실쌍장혜오장갈종)

강속의 반석(蟠石)에 도죽(桃竹) 자라니
푸른 물결 뿜어내고 적셔 지팡이 크기에 족하였네.
뿌리 베고 껍질 벗기자 붉은 옥과 같으니
강물의 여신인 수선(水仙)이 못내 아까워하였네.
재주자사(梓州刺史) 장이(章彛)가 도죽(桃竹) 한 다발 풀어놓으니 당에 가득한 손님들 모두 감탄하였네.

나의 늙고 병듦 가엾게 여겨 두 개를 주니

출입할 때에 발톱에서는 쟁그렁 소리 나누나.

늙은 지아비 다시 동남쪽으로 가고자 하니

파도 타고 뱃전 두드리며 백제성(白帝城) 향하리라.

길이 으슥하여 반드시 귀신들이 빼앗으려 할 것이니

칼 빼어들고 혹 교룡(蛟龍)과 다투기도 하리라.

다시 지팡이에게 고하기를 지팡이야! 지팡이야!

너의 자람 매우 정직하니

부디 물 보고 뛰어올라 변화하여 용 되는 것 배우지 말라.

나로 하여금 너의 부축을 받지 못하여

군산(君山) 동정호(洞庭湖) 위 푸른 봉우리에서 실종되게 하지 말라.

아! 풍진(風塵) 자욱하고 승냥이와 호랑이 사람 무니

내 갑자기 두 지팡이 잃으면 장차 누구에게 부축받을까.

○ **使我滅跡**。言杖化龍去。不得其扶持之力。是使我滅跡於
  君山等處也。사아멸적(使我不得爾之扶持 滅跡於君山湖上之靑峰).
  지팡이가 용으로 변화해 떠나가서 부지할 기력이 없으니, 이는 나로
  하여금 군산(君山) 등지에서 종적을 잃게 만든 것을 말한다.

80. 明妃曲 王安石(介甫) 명비곡 왕안석 (개보)

明妃初出漢宮時(명비초출한궁시)

명비가 처음 한나라 궁전 떠날 적에

淚濕春風鬢脚垂(누습춘풍빈각수)

눈물로 봄바람 적시고 귀밑머리 드리웠네

低回顧影無顔色(저회고영무안색)

머뭇머뭇 그림자 돌아보며 안색 창백해지니

尙得君王不自持(상득군왕불자지)

오히려 황제의 마음 가눌 수 없게 하였네

歸來却怪丹靑手(귀래각괴단청수)

돌아와 도리어 화가의 솜씨 나무라니

入眼平生未曾有(입안평생미증유)

평생토록 일찍이 본 적 없는 미인이었기 때문일세

意態由來畵不成(의태유래화불성)

마음속 자태는 본래 그려낼 수 없는 법이니

當時枉殺毛延壽(당시왕살모연수)

당시에 억울하게도 모연수만 죽였구나

一去心知更不歸(일거심지갱불귀)

떠날 때 다시는 돌아오지 못할 줄 알고

可憐著盡漢宮衣(가련착진한궁의)

가엾게도 한나라 궁궐의 옷 다 차려입었네

寄聲欲問塞南事(기성욕문새남사)

소식 띄워 남쪽의 일 물으려 해도

只有年年鴻雁飛(지유년년홍안비)

해마다 기러기만 무심히 날아가네

佳人萬里傳消息(가인만리전소식)

집안사람 만리 밖에서 소식 전해왔는데

好在氈城莫相憶(호재전성막상억)

천막에서도 잘 지내고 있으니 그리워하지 마오

君不見咫尺長門閉阿嬌(군불견지척장문폐아교)

그대여 아시는가, 지척의 장문궁에 유폐된 아교를

人生失意無南北(인생실의무남북)

인생의 실의에는 남북이 따로 없다네.

○ **歸來却怪入眼平生**。此句從前以怪字眼字。皆屬毛延壽
看。謂歸來却見怪於丹靑之手。彼平生入眼者。未曾有如昭
君之意態。故欲畫而不得云云。今更詳之。此說未安。蓋言
君王旣見昭君以來。却怪怒丹靑手之變亂姸醜。於是君心驚
歎。以爲平生入眼者多。而未曾有如此人云云。此義頗優於
前說。歸來非實來此之謂。猶言自是以來之意。怪。嗔怪
也。귀래각괴입안평생(歸來却怪丹靑手 入眼平生未曾有, 돌아와서는
단청의 솜씨 괴이하게 여겼으니 눈에 들어온 것 평소 일찍이 없던 미인이
었다) 이 구는 종전에는 괴(怪)자와 안(眼)자를 모두 모연수(毛延壽)
에 해당하는 것으로 보아 '모연수가 그동안 그린 자신의 그림 솜씨
를 괴이하게 여겼으니, 평소 자신의 눈에 들어온 여인 중에 일찍이
왕소군처럼 아름다운 미인이 없었다. 그러므로 미인을 그리고자 하
였으나 그릴 수가 없음을 이른 것'이라고 풀이하였다. 그러나 지금
내가 다시 자세히 살펴보니, 이 설명은 온당치 못하다. 군왕이 왕소
군을 본 뒤에 화가인 모연수가 곱고 미운 것을 마음대로 조작한 것
에 노하였다. 이에 임금의 마음이 놀라고 탄식하여 평소 눈에 들어
온 미인이 많았지만 일찍이 이와 같은 사람은 없었음을 이른 것이
다. 이 뜻이 자못 앞의 설(前者)보다 낫다. 귀래(歸來)는 실제로 여기
에 왔다는 것이 아니라 이 뒤로부터의 뜻이다. 괴(怪)는 성내고 책망
한다는 뜻이다.

81. 明妃曲 王安石 명비곡 (왕안석)

明妃初嫁與胡兒(명비초가여호아) 氈車百輛皆胡姬(전차백량개호희)

含情欲語獨無處(함정욕어독무처)　傳與琵琶心自知(전여비파심자지)
黃金桿撥春風手(황금간발춘풍수)　彈看飛鴻**勸胡酒**(탄간비홍권호주)
漢宮**侍女**暗垂淚(한궁시녀암수루)　沙上行人卻回首(사상행인각회수)
漢恩自淺胡恩深(한은자천호은심)　人生樂在相知心(인생락재상지심)
可憐靑冢已蕪沒(가련청총이무몰)　尙有哀弦留至今(상유애현류지금)

명비(明妃)가 오랑캐 아이에게 출가하니
털방석 수레 백량에는 모두 오랑캐 여인들뿐이었네.
정(情) 머금고 말하려 하나 말할 곳 없어
비파에 전하여 마음속으로 혼자만 알고 있었네.
황금 채 잡고 봄바람처럼 온화한 손으로
비파타면서 나는 기러기 보며 오랑캐에게 술 권하니
한(漢)나라 궁전의 시녀들 속으로 눈물 떨구고
사막의 길 가는 사람들도 고개 돌렸다오.
한나라 은혜 얕고 오랑캐 은혜 깊으니
인생의 즐거움 서로 마음을 알아줌에 있다오.
가련하게도 청총(靑冢) 이미 황폐하였으나
아직도 애처로운 거문고가락 지금까지 남아 있네.

○ **勸胡酒**。勸胡人以酒也。 권호주(오랑캐술을 권하다). 호인에게
  술을 권하는 것이다.
○ **侍女**。自傷其身之淪落。故聞音而垂淚。 시녀. 자신의 윤락
  (淪落)함을 스스로 슬퍼하였으므로 음악을 듣고 눈물을 흘린 것이
  다.

連昌宮中滿宮竹(연창궁중만궁죽)	歲久無人森似束(세구무인삼사속)
又有牆頭千葉桃(우유장두천엽도)	風動落花紅蔌蔌(풍동락화홍속속)
宮邊老人爲余泣(궁변노옹위여읍)	少年選進因曾入(소년선진인증입)
上皇正在望仙樓(상황정재망선루)	太眞同憑欄干立(태진동빙난간립)
樓上樓前盡珠翠(누상루전진주취)	炫轉熒煌照天地(현전형황조천지)
歸來如夢復如癡(귀래여몽부여치)	何暇備言宮裡事(하가비언궁리사)
初過寒食一百五(초과한식일백오)	店舍無煙宮樹綠(점사무연궁수록)
夜半月高絃索鳴(야반월고현색명)	賀老琵琶定場屋(하로비파정장옥)
力士傳呼覓念奴(역사전호멱염노)	念奴潛伴諸郎宿(염노잠반제랑숙)
須臾覓得又連催(수유멱득우연최)	特勅街中許然燭(특칙가중허연촉)
春嬌滿眼睡紅綃(춘교만안수홍초)	掠削雲鬟旋粧束(약삭운환선장속)
飛上九天歌一聲(비상구천가일성)	二十五郎吹管逐(이십오랑취관축)
逡巡大徧涼州徹(준순대편양주철)	色色龜茲轟錄續(색색구자굉록속)
李謨壓笛傍宮牆(이모엽적방궁장)	偷得新翻數般曲(투득신번수반곡)
平明大駕發行宮(평명대가발행궁)	萬人鼓舞途路中(만인고무도로중)
百官隊仗避岐薛(백관대장피기설)	楊氏諸姨車鬪風(양씨제이거투풍)
明年十月東都破(명년시월동도파)	御路猶存祿山過(어로유존녹산과)
驅令供頓不敢藏(구령공돈불감장)	萬姓無聲淚潛墮(만성무성루잠타)
兩京定後六七年(양경정후육칠년)	却尋家舍行宮前(각심가사행궁전)
莊園燒盡有枯井(장원소진유고정)	行宮門闥樹宛然(행궁문달수완연)
爾後相傳六皇帝(이후상전륙황제)	不到離宮門久閉(부도리궁문구폐)
往來年少說長安(왕래년소설장안)	玄武樓成花萼廢(현무루성화악폐)
去年勅使因斫竹(거년칙사인작죽)	偶值門開暫相逐(우치문개잠상축)
荊榛櫛比塞池塘(형진즐비색지당)	狐兔驕癡緣樹木(호토교치록수목)
舞榭欹傾基尚在(무사의경기상재)	文窓窈窕紗猶綠(문창요조사유록)

塵埋粉壁舊花鈿(진매분벽구화전)　　烏啄風箏碎如玉(오탁풍쟁쇄여옥)
上皇偏愛臨砌花(상황편애임체화)　　依然御榻臨階斜(의연어탑임계사)
蛇出燕巢盤鬪栱(사출연소반투공)　　菌生香案正當衙(균생향안정당아)
寢殿相連端正樓(침전상련단정루)　　太眞梳洗樓上頭(태진소세루상두)
晨光未出簾影黑(신광미출렴영흑)　　至今反掛珊瑚鉤(지금반괘산호구)
指向傍人因慟哭(지향방인인통곡)　　却出宮門淚相續(각출궁문루상속)
自從此後還閉門(자종차후환폐문)　　夜夜狐狸上門屋(야야고리상문옥)
我聞此語心骨悲(아문차어심골비)　　太平誰致亂者誰(태평수치란자수)
翁言野父何分別(옹언야부하분별)　　耳聞眼見爲君說(이문안견위군설)
姚崇宋璟作相公(요숭송경작상공)　　勸諫上皇言語切(권간상황언어절)
燮理陰陽禾黍豐(섭리음양화서풍)　　調和中外無兵戎(조화중외무병융)
長官清平太守好(장관청평태수호)　　揀選皆言由相公(간선개언유상공)
開元之末姚宋死(개원욕말요송사)　　朝廷漸漸由妃子(조정점점유비자)
祿山宮裏養作兒(녹산궁리양작아)　　虢國門前鬧如市(괵국문전료여시)
弄權宰相不記名(농권재상불기명)　　依稀憶得楊與李(의희억득양여리)
廟謨顚倒四海搖(묘모전도사해요)　　五十年來作瘡痏(오십년래작창유)
今皇神聖丞相明(금황신성승상명)　　詔書纔下吳蜀平(조서재하오촉평)
官軍又取淮西賊(관군우취회서적)　　此賊亦除天下寧(차적역제천하녕)
年年耕種宮前道(연년경종궁전도)　　今年不遣子孫耕(금년불견자손경)
老翁此意深望幸(노옹차의심망행)　　努力廟謀休用兵(노력묘모휴용병)

연창궁(連昌宮) 안에 가득한 대나무

오랫동안 돌보는 사람 없으니 다발로 묶어 놓은 듯하네.

또 담장머리에는 천엽(千葉)의 벽도(碧桃) 있으니

바람 불자 꽃 떨어져 붉은 꽃잎 나부끼네.

궁궐 가의 노인 나를 보고 울며 말하되

소년 시절 뽑혀 일찍이 궁중에 들어갔었는데

상황上皇 (玄宗현종)이 바로 망선루(望仙樓)에 계시니

태진(太眞, 양귀비)이 함께 난간에 기대어 섰습니다.

누 위와 누 앞 모두 진주와 비취로 장식하니

현란하고 휘황하여 천지(天地)에 비추었습니다.

돌아오니 꿈인 듯 또 바보가 된 듯하였으니

어느 겨를에 궁중의 일 자세히 말하였겠습니까.

처음으로 일백오 일 지나 한식(寒食)이 되니

가게와 집에 연기 없어 궁중의 나무 더욱 푸르렀습니다.

한밤중 달이 높이 떴는데 거문고 소리 울리니

악공(樂工) 하회지(賀懷知)가 비파 타며 장옥(場屋)을 정하였습니다.

고역사(高力士)가 전하여 고함쳐 염노(念奴) 찾으니

염노는 몰래 악공들과 짝하여 자고 있었습니다.

얼마 후 찾아내고 또 연달아 재촉하니

특명(特命)으로 길거리에 촛불 밝히도록 허락하였습니다.

아리따운 자태 눈 가득히 붉은 비단 이불에서 자다가

구름 같은 머리 빗질하고 곧바로 단장하여 띠를 묶고는

구천(九天)으로 날아올라 한 소리로 노래하니

이십오랑(二十五郎)이 노래에 맞추어 피리 불었습니다.

어느덧 대편양주곡(大徧梁州曲) 다 연주하니

여러 가지 구자곡(龜玆曲) 연이어 울렸습니다.

이모(李謨)는 젓대 잡고 궁중의 담 옆에 있으면서

새로 작곡한 몇 개의 곡조 훔쳐 베꼈습니다.

평명(平明)에 대가(大駕) 행궁(行宮)을 출발하니

수많은 사람들 길 가운데에서 북 치며 춤추었습니다.

백관(百官)과 의장행렬 기왕(岐王)과 설왕(薛王) 피하였고

양 씨(楊氏)의 자매들 바람과 싸우며 수레 몰아갔습니다.

명년(明年) 시월 낙양이 격파되니

임금 다니시던 길 남아 안록산(安祿山)이 지나갔습니다.

백성들 몰아 숙식을 제공하게 하여 감히 감추지 못하니

백성들 소리 없이 남몰래 눈물 떨어구었습니다.

장안과 낙양이 평정된 후 육칠 년만에

나는 다시 집 찾아 행궁(行宮) 앞으로 왔습니다.

장원(莊園)은 불타 없어지고 마른 우물만 남았으며

행궁(行宮)의 문에는 나무만 완연하였습니다.

그 후 서로 여섯 황제 전해오니

이궁(離宮)에는 이르지 아니하여 오랫동안 궁문 닫혀 있었지요.

오가는 소년들 장안(長安)의 일 말하는데

현무루(玄武樓)는 이루어지고 화악루(花萼樓)는 폐지했다 하였습니다.

지난해 칙사(勅使)가 대나무 베러 와서

우연히 문 여는 날 만나 잠시 서로 따라갔답니다.

가시나무와 개암나무 즐비하여 못 메웠고

여우와 토끼 교만한 듯 어리석은 듯 나무 사이에 뛰놀았습니다.

춤추던 누대 기울었으나 터는 아직 남아 있고

꽃무늬 창 그윽하나 깁은 아직도 푸르렀습니다.

먼지는 분 바른 벽 덮었는데 옛 꽃비녀 보였고

까마귀는 풍경(風磬) 쪼아 옥 부서지는 소리 났답니다.

상황(上皇)은 섬돌 가의 꽃 특별히 사랑하였는데

옛 모습 그대로 예전의 어탑(御榻) 뜰에 임하여 비껴 있었습니다.

뱀은 제비집에서 나와 두공(斗栱)에 서려 있고

버섯은 향안(香案)에나 집무실 바로 앞에 있었습니다.

침전(寢殿)이 서정루(端正樓)와 서로 연해 있는데

태진이 누대 위에서 머리 빗고 씻던 곳이었습니다.

새벽빛 나오지 않아 발그림자 침침하였는데

지금까지 산호 갈고리 뒤집혀 걸려 있었습니다.

옆 사람 향해 가리키며 인하여 통곡하고

다시 궁문 나와서도 눈물이 서로 이어졌습니다.

이 뒤로 다시 궁문 닫히니

밤마다 여우와 살쾡이들 문과 지붕에 올라갔습니다.

나는 이 말 듣고 마음과 뼛골 슬퍼지니

태평을 이룬 것 누구이며 나라를 어지럽힌 것 누구인가.

노인 말하기를 촌 늙은이가 무엇을 분별하겠습니까마는

귀로 듣고 눈으로 본 것 그대에게 말씀드리겠습니다.

요숭(姚崇)과 송경(宋璟)이 상공(相公)이 되어서는

상황(上皇)에게 권하고 간하는 말 간절하였습니다.

음양(陰陽)을 조화롭게 다스려 벼와 기장 풍년 들고

중외(中外)를 조화시켜 병란이 없었습니다.

장관들 청렴하고 공평하며 태수들 훌륭하니

인물을 선발함 모두 상공(相公)에게 말미암는다고 말했습니다.

개원(開元) 말엽에 요숭(姚崇)과 송경(宋璟)이 죽으니

조정은 점점 양귀비에게 말미암게 되었습니다.

안록산(安祿山)이 궁중에 들어와 양자(養子) 되었고

괵국 부인(虢國夫人) 문 앞은 시장처럼 시끄러웠습니다.

권력을 농간한 재상 이름 기억할 수 없으나

어렴풋이 양 씨(楊氏)와 이 씨(李氏)로 기억합니다.

조정의 계책 전도되어 사해(四海)가 흔들리니

오십 년 이래 큰 상처되었습니다.

금황(今皇)께서 신성(神聖)하고 승상 현명하니

조서 내리자 오(吳)와 촉(蜀)이 평정되었으며

관군이 또 회서(淮西)의 역적 사로잡으니

이 역적 또한 제거되자 천하가 평화로워졌습니다.

해마다 연창궁 앞의 길에 밭 갈아 심었는데

금년에는 자손 보내어 밭 갈지 않았습니다.

이 늙은이의 뜻 황제(皇帝)가 오시기 깊이 바라서이니

부디 조정의 계책 잘 세워 용병(用兵)하지 말았으면 합니다.

○ **睡紅綃**。睡ᄒ던양이紅綃굿ᄒ니。수홍초. 자던(睡수). 곳이 붉은 비단같으니.

○ **逡巡大徧**。逡巡。猶須臾之頃。須臾已徧奏罷梁州之曲也。徹猶罷也。준순대편양주철(逡巡大徧梁州徹) 준순(逡巡)은 잠시라는 뜻이니, 어느덧 이미 양주곡을 두루 연주했다는 것이다. 철(徹)은 파(罷, 끝낸다)의 뜻이다.

○ **百官隊仗**。百官이며 隊仗이니。隊仗。衛兵與儀仗。백관대장. 백관이며 대장이니 대장(隊仗)은 호위병과 의장행렬이다.

○ **供頓**。頓。宿食所也。又次也。言供給於宿食之次。공돈(供頓). 돈은 먹고자는 곳이다. 또 차례(次)는 숙식을 공급하는 순서이다

○ **盤鬪栱**。盤於鬪栱之上。鬪栱。栱之鬪湊者也。반투공(盤鬪栱)은 두공(斗栱)의 위에 서려 있는 것이니, 두공은 동자 기둥이 몰려(湊, 모이다) 있는 곳이다

○ **今年不遣子孫耕**。兵興故子孫不得耕種如平時也。금년불견자손경(今年不遣子孫耕). 전쟁이 일어나서 자손들이 평시처럼 밭갈고 씨 뿌릴 수 없다는 것이다.

○ **深望幸**。詳詩意。老翁有此賊亦除。天下寧之言。其意深有願望於時平之幸云爾。然則本註怨字。改作願字。則望幸字之義。庶無疑矣。심망행(깊이 행복을 바라다). 시의 뜻을 자세히 보면 늙은이가 있어 이 도적이 제거되고 천하가 안녕되기를 바라는 말이다. 그 뜻이 깊고 평시의 행복을 바라는 것이며, 본주의 원(怨)자는 원(願)자로 고치면 곧 망행(望幸행복을 바라다)의 뜻이니 거의 의심할 바 없다.

3] 太極圖說講錄 태극도설강록

* 원래 문집에는 태극도설이 수록되어 있지 않고 설명이 필요한 특정 단어와 그 뜻을 풀이한 내용만 들어 있었지만, 본 역서에서는 태극도설 원문을 문집의 내용 앞에 붙여서 독자들이 쉽게 이해할 수 있도록 하였고 추가적인 설명이 필요한 곳에는 주석을 달았다.

주염계(周廉溪)의 태극도설(太極圖說)

無極而太極(무극이태극) 太極動而生陽(태극동이생양) 動極而靜(동극이정) 靜而生陰(정이생음) 靜極復動(정극복동) 一動一靜 互爲其根(일동일정 호위기근) 分陰分陽 兩儀立焉(분양분음 양의입언)

무극이면서 태극이니, 태극이 움직여서 양을 생성하고, 움직이는 것이 지극해서 고요하며, 고요해서 음을 낳고, 고요함이 지극하면 다시 움직이나니, 한 번 움직이고 한 번 고요한 것이 서로 그 뿌리가 되며, 음으로 나뉘고 양으로 나뉘어 두 가지 모양이 세워지도다.

陽變陰合(양변음합) 而生水火木金土(이생수화목금토) 五氣順布(오기순포) 四時行焉(사시행언)

양이 변하면서 음을 합하여 수, 화, 목, 금, 토의 오행이 생성되며, 다섯 가지의 기운이 골고루 펼쳐져 춘하추동 사시의 계절이 운행되도다.

五行一陰陽也(오행일음일양야) 陰陽一太極也(음양일태극야) 太極本無極也(태극본무극야) 五行之生也(오행지생야) 各一其性(각일기성) 無極之眞二五之精(무극지진이오지정) 妙合而凝(묘합이응) 乾道成男坤道成女(건도성남 곤도성녀) 二氣交感 化生萬物(이기교감 화생만물) 萬物生生(만물생생) 而變化無窮焉(이변화무궁)

오행은 하나의 음양이요, 음양은 바로 하나의 태극이니, 태극은 본래 무극이도다. 오행의 생성이, 저마다 하나의 성품을 갖추며, 무극의 진리와 음양오행의 정수가 묘하게 합하여서 응결되나니, 하늘의 도로서 남성을 이루고, 땅의 도로서 여성을 이루어, 두 기운이 서로 느껴져서 만물을 변화, 생성시키나니, 만물이 태어나고 태어나서, 그 변화가 무궁하도다.

惟人也得其秀而最靈(유인야득기수이최령) 形旣生矣神發知矣(형기생의 신발지의) 五性感動而善惡分(오성감동이선악분) 萬事出矣(만사출의)

오직 사람만이 그 빼어남을 얻어서 만물의 영장이니, 형체가 이미 생성되어 정신이 앎을 드러내는도다. 인, 의, 예, 지, 신의 다섯 가지 성품이 느끼고 움직여져서 선과 악이 구분되고, 만 가지 일을 드러내도다.

聖人定之以中正仁義(성인정지이중정인의) 而主靜立人極焉(이주정

입인극언) 故聖人與天地合其德(고성인여천지합기덕) 日月合其明(일월
합기명) 四時合其序(사시합기서) 鬼神合其吉凶(귀신합기길흉) 君子修
之吉小人悖之凶(군자수지길 소인패지흉)

성인이 중정(中正)과 인의(仁義)를 바르게 정하여, 고요함을 주로 해서
사람으로서의 지극함 즉, 사람의 태극(人極)을 세우셨도다. 그러므로 성
인은 천지와 더불어 그 덕을 합하셨고, 해와 달과 더불어 그 밝음을 합
하셨고, 사계절과 더불어 그 차례를 합하셨고, 귀신과 더불어 그 길흉을
합하셨으니, 군자는 그것을 닦으니 길하고, 소인은 거스르니 흉하도다.

故曰立天之道曰陰與陽(고왈입천지도왈음여양) 立地之道曰柔與剛
(입지지도왈유여강) 立人之道曰仁與義(입인지도왈인여의) 又曰原始反
終(우왈원시반종) 故知死生之說(고지사생지설) 大哉易也(대재역야) 斯
其至矣(사기지의)

그러므로 "하늘의 도를 세우는 것을 음과 양이라 하고, 땅의 도를 세
우는 것을 유와 강이라 하고, 사람의 도를 세우는 것을 인과 의"라고 말
하도다. 또 이르되 "시작에 근원하여 끝으로 돌아간다. 그러므로 삶과
죽음의 이야기를 안다"고 하였으니, 위대하도다 역의 이치여! 이것이
그토록 지극하도다.

○ 家世道州。第一板小註家世。恐當作世家。가세도주. 제1판
의 소주에 가세(家世)라고 하였으나 마땅히 세가(世家)로 써야 할 것
이다.

○ 一師耳。言周先生傳此圖之學於种穆者。特其所師之一耳。
豈其學之至極者在於此乎。學。卽周子之學也。일사이. 주희
선생이 충목한 자에게 전한 이 그림의 학문은 특히 그것을 스승으로

삼은 바는 하나일 뿐이었다고 한다. 어찌 그 학문의 지극한 것이 여기에 있겠는가? 학은 곧 주자의 학문이다.

○ **此所謂**。圖解問此字上圈。讀作太極。如何。曰。不可作字讀。後倣此。차소위. 도해문에서 이 글자는 상권에서 작태극으로 읽는다고 하니 어떤가요? 말씀하시기를 작(作)자는 읽을 수 없으며 뒤는 이와 같다.

○ **沖氣**。第二板沖中義同。土之氣。不偏於陰。不偏於陽。故其氣中也。故居中。충기(천지간의 조화된 기운). 제2판의 충중의(沖中義, 화하고 중립된 뜻)와 같다. 토(土)의 기운은 음(陰)에도 양(陽)에도 치우치지 않으므로 그 기운이 중(中)이며 중에 거(居, 살다)하는 것이다.

○ **陰陽一太極**。言陰陽。乃太極之所爲也。非謂陰陽。卽一太極也。음양일태극. 음양은 태극으로 말미암아 만들어진 것임을 말한다. 음양이 곧 하나의 태극이라는 말이 아니다.

○ **精粗本末**。精與本。太極也。粗與末。陰陽也。固如此看。然凡天下事物。皆當通看。精粗本末。皆太極之所爲。則果無彼此矣。정조본말. 정(精)과 본(本)은 태극이고 조(粗)와 말(末)은 음양이다. 진실로 이와 같이 본다면 무릇 천하의 사물은 모두 마땅히 함께 살펴볼 수 있다. 정조본말은 모두 태극이 그렇게 한 것이니 곧 과연 피차가 없다.

○ **得其秀**。其字。指二五。득기수(가장 빼어난 것을 얻다). 그 글자는 25(음양, 오행)를 가리킨다.

○ **人** ○ **者**。第三板如云人極。然此圈不可讀作極字。인 자. 제3판은 사람의 표준(人極)을 말하는 것 같으나 이 권에서는 극(極)자로 읽을 수 없다.

○ **天地日月**。問此上又加太極陽動陰靜五行之圈者。何耶。曰人極立。則太極陰陽五行及天地日月四時鬼神。不能違

也。천지일월. 이 위에 또 태극 양동 음정 오행의 범위를 더한다고 묻는데 무엇인가? 말씀하시길 사람의 표준이 서면 곧 태극 음양오행에서 천지 일월 사시 귀신이 어긋날 수 없다고 하셨다.

○ **生物底材料。**第六板小註問七者陰陽五行袞合。有好底時節。有不好底時節否。曰不可以時節言。蓋造化流行。其氣元自有淸濁粹駁。如這一朶花或早發或晩發。或十分好艶。或小色。或大或小。其分不齊。想氣有不齊如這花。故得其精英者爲人。査滓者爲物。大槪 先看吾人稟得秀氣以生之義。看得仔細 純熟了。則其他不齊之稟。自然曉得矣。今不可臆度安想。執定爲論也。又曰。公不見賈誼鵬鳥賦。天地爲爐。造化爲工。陰陽爲炭。萬物爲銅之語乎。這語甚好。생물저재료(생물의 근본재료). 제6판 소주에 묻기를 7가지 음양오행이 곤합(혼합)하기에 좋은 때가 있습니까? 좋지 않은 때가 있습니까? 말씀하시길 시기로 말할 수 없다고 한다. 대략 조화의 유행은 그 기운(氣)이 원래 스스로 깨끗함과 혼탁함, 순수함과 잡됨이 있어 저 한 떨기 꽃이 혹은 아침에 피어나기도 하고 혹은 저녁에 피어나기도 하고 혹은 십분 아름다움을 펴기도 하지만 혹은 조금만 색을 내기도 하고 크기도 하고 작기도 하니 그 분수가 고르지 않으니 기를 생각해보면 저 꽃처럼 고르지가 않다. 그러므로 그 정영(충실)한 것을 얻으면 사람이 되고 찌꺼기를 얻으면 물건이 된다. 대략 먼저 우리 사람의 품성을 살펴보면 좋은 기운을 얻어서 의(義)가 생겨나고 자세하고 완전히 익어서 마치는 것을 보니 곧 그 밖의 고르지 않은 품성이 저절로 밝아지는 것이니 지금 억측하여 마음대로 생각하고 집정(결정)하여 논의할 수 없다. 또 말씀하시길 "그대는 한서 '가의' 붕조부에서 천지는 화로가 되고 조화는 공인이 되어 음양이 숯이 되고 만물이 구리가 되었다고 말하는 것을 보지 못했는가" 하시니 저 말이 아주 좋다.

○ **搭**。第七板小註音답。掛字義。탑. 제7판 소주에 음은 '답'이 라 한다. 궤(掛, 걸다)자의 뜻이다.

○ **太極**。性情之妙也。第十板小註問何以言妙字。曰妙是至 深至妙。難形難名底意。性卽是理。情亦有理。故曰太極。 性情之妙也。問未發是性。已發是情否。曰。譬如水之瀦。 瀦爲性流爲情。瀦者出而爲流。流者自乎瀦。瀦與流。其水 豈有二哉。태극은 성정의 오묘함이다. 성정의 제7판 소주에 묻기 를 "묘(妙)자는 무엇입니까?" 말씀하시기를 "묘는 곧 지극히 깊고 오 묘한 것이어서 형체를 이르기도 이름을 이르기도 어려움 깊은 뜻이 다. 성(性)은 곧 이 리(理)이며 정(情) 또한 리가 있으므로 태극(太極) 을 성정의 오묘함이라 부른다. 묻기를 미발(未發, 발하지 않으면)이면 곧 성(性)이고 이발(已發, 이미 발하다)이면 곧 정(情)이라 하는데 그렇 지 않습니까?" 하니 말씀하시길 "비유하자면 물웅덩이(水之瀦)와 같 다. 웅덩이는 성(性)이고 흐르는 물(流)은 정(情)과 같으니 웅덩이에 서 나온 것이 물로 흐르며 흐르는 것은 웅덩이에서 나온 것이니 웅 덩이와 흐르는 물이 어찌 따로 둘이 있을 수 있겠는가?"

○ **衆理之總會**。萬化之本原。問勉齋所謂衆理之總會。萬化 之本原。蓋指太極而言。若所謂萬物各具一太極者。亦可 謂衆理之總會。萬化之本原否。人果具衆理矣。若物各自 具適用之一理而已。豈備衆理乎。曰一物固不可謂之衆理之 總會。然其所稟來者。卽太極之理。則豈不可謂各具一太極 乎。豈太極衆理總會之中。割取一理各付一物乎。如一片月 輝遍照。雖江海之大。一杯之水。無不照焉。一杯之月光。 豈以其水之小。遂謂月不照也。중리지총회 만화지본원(온갖 이 理의 총회이고 모든 조화의 본원이다) "면재(勉齋)의 설 가운데 이른바 '온갖 이(理)의 총회이고 모든 조화의 본원이다. 〔衆理之總會 萬化 之本原〕'라는 것은 태극을 가리켜 말한 것입니다. 그렇다면 이른바

'만물은 각각 하나의 태극을 구비하고 있다.〔萬物各具一太極〕'라
는 것 또한 온갖 이의 총회이고 모든 조화의 본원이라 말할 수 있겠
습니까? 사람은 정말이지 온갖 이를 구비하고 있지만, 물(物)로 말하
면 적용되는 하나의 이를 각각 따로 가지고 있을 따름이니, 어찌 온
갖 이를 구비하고 있다 하겠습니까?"라고 묻자, 선생께서 대답하기
를 "하나의 물에 있는 것만 가지고 온갖 이의 총회라고는 말할 수 없
을 듯하지만, 품부 받은 것이 바로 태극의 이(理)이니 어찌 각각 하
나의 태극을 구비하고 있다고 말할 수 없겠는가. 어찌 온갖 이의 총
회인 태극 속에서 하나의 이만 떼어내어 하나의 물에 각각 부여했겠
는가. 이를테면 한 조각 달이 바다처럼 많은 물이든 한 잔의 적은 물
이든 간에 비추지 않음이 없는 것과 같으니, 하나의 잔 속에 비친 달
빛을 가지고 어찌 그 물이 적다고 해서 마침내 달이 비추지 않은 것
이라고 말하겠는가." 하였다.

*미호집 – 퇴계언행록(退溪言行錄)에 있는 내용이다.

○ **命之道**。第十五板胡五峯知言。誠者。命之道也朱子曰。
道如德也. 명지도. 제15판 호오봉의 '지언'에서 성(誠)이라는 것은
명의 도(命之道)라고 하고 주자께서는 도는 덕(德)과 같다고 하셨다.

* 호오봉(胡五峰) : 송(宋)나라 학자 호굉(胡宏)의 호

○ **沖漠**。無形氣與聲之謂也。충막. 형기(形氣, 형태와 기운)와 소리
가 없는 것을 이르는 것이다.

○ **知道者**。道是一陰一陽之謂道之道字否。曰當通看. 지도자.
도는 곧 "1음 1양인 것을 도(道)라고 이른다"의 도자(道字)가 아닙니
까? 말씀하시기를 "마땅히 서로 통하는 것으로 보아야 한다"고 하셨
다.

○ **當離合看**。당리합간(이합으로 보는 것이 마땅하다) 第十六板小註
言道與陰陽。或合而看。或離而看也. 제6판 소주에 말하기를
"도와 음양은 혹은 합하여 보이고 혹은 떨어져서 보인다"고 하였다.

○ **流形**。유형(기가 모여 형체를 이룸) 第十七板小註言成形也。物之賦形。如水之流。相繼成出也。제7판 소주에 말하기를 "사물의 형체를 받은 바는 물의 흐름과 같아서 서로 이어져서 이루어져 나온다"고 하였다.

○ **一下春來**。일하춘래 猶言一番春來。한 번 봄이 왔다고 말하는 것과 같다.

○ **五行各一其性**。오행각일기성(오행은 각각 그 성性이 있다) 第三十一板言各一其性。而然其太極之全體。則無不各具也。제31판에 말하기를 "(오행이) 각각 하나의 성(성질)이 있으나 (각기 일성)은 곧 태극의 전체이므로 (하나의 사물 가운데) 곧 각각 갖추어지지 않은 것이 없다"고 한다.

○ **無極二五**。**混融無間**。무극이오 혼융무간 第三十三板蓋天下無性外之物。而性無不在。則陰陽五行。雖似不一。而亦非性外之物。與無極混合無間也。蓋二五非性外之物。二而一故也。제33판에 무릇 천하에 성(性) 밖의 물건이 없어서 성이 있지 않은 곳이 없다. 곧 음양호행이 비록 하나가 아닌 것 같으나 이 또한 무극과 혼합하여 간격이 없는 것이다. 대략 25(2기 5행)는 성외지물이 아닌 것은 둘이 하나인 까닭이다.

○ **不二之名**。불이지명(정(精)은 기(氣)로써 말한 것으로 둘이 아니다) 精卽氣也。然而言精不言氣者。若言氣則汎然而不知其氣之不二。故言精。以明氣之專一不二也。정(精)은 곧 기운(氣)이다. 그러나 정은 기라고 말하지 않는다고 한다. 만약 기(氣)가 곧 범연하다고 말한다면 그 기가 둘이 아니라는 것을 모르는 것이다. 따라서 정(精)은 명확한 기(氣)로 오로지 하나이며 둘이 아니라고 말한다.

○ **又各以類**。우각이류 陽以成男。陰以成女。卽以類凝聚也。양(陽)으로써 남(男)을 이루고 음(陰)으로써 여(女)를 이루니 곧 각각

의 유(類)에 따라 모여서 형태를 이룬다.

○ **男女一太極**。남녀일태극 言男女各一太極也。非謂男陽女
陰。合作一太極也。남녀가 각각 하나의 태극이라고 말하는 것이
지, 남(男)이 양(陽)이고 여(女)가 음(陰)인 것을 합하여 하나의 태극
을 만드는 것을 말하는 것이 아니다.

○ **見其全**。견기전 全。大全也。猶言周遍也。전은 대전(大全)이
다. 주편을 말하는 것과 같다.

○ **此之謂也**。차지위야(이런 것을 두고 하는 말이다) 此字。指上文
自男女以下。萬物體統一太極。卽語大之義。各具一太極。
卽語小之義。차(此)자는 앞 글의 자남녀이하(自男女以下)를 가리
킨다. 만물 전체가 통틀어 하나의 태극이라는 것은 곧 큰 뜻을 말하
는 것이고 각각 하나의 태극을 갖추고 있다는 것은 곧 작은 뜻을 말
하는 것이다.

○ **沖漠於太極之先**。충막어태극지선(태극 이전의 고요함) 第三十五
板小註先字。恐誤著。제35판 소주에 선(先)자는 잘못 지은 것으
로 생각된다.

○ **神發知矣**。신발지의(정신이 지각을 내다) 第三十六板知。知覺
也。제36판의 지(知)는 지각(知覺)이다

○ **氣質交運**。기질교운(기질이 서로 운행한다) 言陰陽五行之氣質
交運也。質。非形也。卽二五而言。剛柔是質也。水火。有
質而無形。음양오행의 기질이 서로 운행하는 것을 말한다. 질(質)
은 형태가 없으므로 음양오행을 말한다. 강(剛)하고 유(柔)한 것이 이
기질이다. 물과 불(水火)은 기질은 있으나 형체가 없다.

○ **天地之心而人之極**。천지지심이인지극(천지의 마음이 사람의 표준)
人卽天地之心而人有性。性卽人之極也。사람이 곧 천지(天地)
의 마음이므로 사람에게는 성(性)이 있다. 성(性)이 곧 사람의 극(極,
표준)이다.

○ **冬熱夏寒**。 동열하한 第三十七板小註引此及所生人云云二條。 以證其造化之差處耳。 非謂冬熱夏寒。 故所生人。 便有厚薄善惡也。 제37판 소주(小註)에 이를 인용한 것과 사람이 생겨나는 바를 언급한 2개 조문은 조화(造化)의 차이가 있는 것을 증명한 것인지 겨울의 열과 여름의 추위를 언급한 것이 아니다. 고로 사람을 만드는 바는 후함과 박함, 선함과 악함이 치우쳐 있는 것이다.

○ **動 靜周流**。 동 정주류(동과 정은 유행한다) 第四十板言中正仁義。 周流於動靜也。 제40판에서 말하기를 중, 정, 인, 의는 동정에서 두루 유행하는 것이라고 하였다.

○ **義同而意異**。 의동이의이(의義는 같으나 의意는 다르다) 第四十六板小註義。 宗旨也。 意。 語意所之也。 제46판 소주에서 의(義)는 종지(근본되는 뜻)이며 의(意)는 뜻한 바라고 하였다.

○ **隨事著見**。 수사저견(일에 따라 나타나다) 第四十七板於天爲陰陽。 於地爲剛柔。 於人爲仁義。 便是隨事著見也。 제47판 하늘에서 음양(陰陽)이 되고 땅에서 강유(剛柔)가 되고 사람에게서 인의(仁義)가 되는 것은 다른 것이 없이 곧 일에 따라서 나타나기 때문이다.

* 손재집 −《성리대전서(性理大田書)》권1 〈태극도(太極圖)〉에 "음양이 상(象)을 이루는 것은 천도(天道)가 서기 때문이요, 강(剛)과 유(柔)가 질(質)을 이루는 것은 지도(地道)가 서기 때문이며, 인(仁)과 의(義)가 덕을 이루는 것은 인도(人道)가 서기 때문이다. 도는 하나뿐이나 일에 따라서 나타나기 때문에 삼재(三才)의 구별이 있고, 그 가운데 각각 체(體)와 용(用)의 나누어짐이 있으나, 그 실상은 하나의 태극이다.[陰陽成象, 天道之所以立也, 剛柔成質, 地道之所以立也, 仁義成德, 人道之所以立也. 道一而已, 隨事著見, 故有三才之別, 而於其中又各有體用之分焉, 其實則一太極也.]"라고 하였다.

○ **三才**。 삼재 可以有爲之謂才。 天地人皆有才。 故名三才。 그것을 할 수 있는 것을 일컬어 재(才)라고 한다. 천·지·인(天地人)이 모두 재(才)이므로 이름하여 삼재(三才)라 부른다.

○ **體用**。 체용(사물의 본체와 작용) 陰也柔也義也。 體。 陽也剛也

仁也。用。음(陰), 유(柔), 의(義)는 체(體, 본체)이며 양(陽), 강(剛),
인(仁)은 용(用, 작용)이다

○ **綱紀造化**。강기조화(천지 사이의 강기와 조화) 言太極爲綱紀於造
化。태극이 조화(造化, 만물의 이치)의 강기(기율)가 됨을 말한다.

○ **不言之妙**。불언지묘 蓋謂不可形言之妙。대략 말로 형언할 수
없는 오묘함을 말한다.

○ **眞元**。진원(사람 한 몸의 원기) 第五十一板小註眞。無雜也。
元。卽元氣之元。言無雜之元氣也。제51판 소주에서 진(眞)은
잡스러운 것이 없는 것이고 원(元)은 곧 원기(元氣)의 원이며 잡스러
운 것이 없는 원기를 말한다.

○ **反其類**。반기류 第五十二板中是未發之體。仁是包四德之
名。今乃屬之於動。而爲正義之用。是爲反其類也。제52판
에서 중(中)은 곧 아직 발하지 않은 본체(未發之體)이고 인(仁)은 곧
4가지 덕을 포괄한 것의 이름이다. 지금은 움직일 때에(動) 소속시
키지만 정의(正義)의 용처가 된다. 이것이 반기류(反其類)이다.

○ **統之所以有宗**。통지소이유종 第五十三板統宗會元之語。古
人多有用處。殊不可曉。其義大槪言有宗有元。제53판에서
통종외원(統宗會元)의 말씀은 고인들이 사용한 곳이 많은데 자못 무
슨 뜻인지 모르겠다. 그 뜻은 대략 통(統)에 종(宗)이 있고 회(會)에
원(元)이 있는 것을 말하는 것이다.

* 통종회원(統宗會元) : 주희가 주돈이(周敦頤)의 〈태극도설(太極圖說)〉을 해설한 〈태극후론
(太極後論)〉에 "일물 가운데에 천리가 완전히 갖추어져서 서로 빌리지도 않고 서로 빼앗지도
않으니, 이것이 바로 통(統)에 종(宗)이 있게 된 까닭이요, 회(會)에 원(元)이 있게 된 까닭이
다.[一物之中, 天理完具, 不相假借, 不相陵奪, 此統之所以有宗, 會之所以有元也.]"라고 하
였다.《性理大全 卷1 太極圖說》대개 통회(統會)는 개별적이고 구체적인 현상을 가리키는
분수(分殊)에 해당하고, 종원(宗元)은 근본적인 원리라는 말로 이일(理一)에 해당한다.

○ **東見 程先生**。동견 정선생 東으로 程先生을見ᄒ다. 동쪽으로 정
선생을 보러 가다.

○ **大註中所謂東見錄者**。대주중소위동경록자 卽此時所錄也。곧
이때에 기록한 바이다.

○ **淸虛一大**。청허일대(맑고 텅빔 하나의 것) 世學膠固。不能通
大。故說淸虛一大。淸虛則便無膠固之弊矣。一大。曰一曰
大。其義便廣闊不滯。세상의 학문이 고루하여 큰 것과 통하지
못하므로 청허일대의 설을 말했다. 청허(淸虛)는 곧 고루한 폐혜가
없는 것이고 일대(一大)는 하나를 말하고 큰 것을 말하여 그 뜻이 곧
광활하고 막힘이 없는 것을 말한다.

* '횡거가 청허일대(淸虛一大)의 설을 말하고 또 청탁을 겸하고 허실을 겸하는 것을 강조했습
니다.'라고 묻자, 주자가 답했다. '그가 당초에 청허일대를 말하여 이천에게 힐난을 당하자,
청은 탁을 겸하고 허는 실을 겸한다고 했다.'[問橫渠有淸虛一大之說 又要兼淸濁虛實 曰渠
初云淸虛一大 爲伊川詰難 乃曰淸兼濁虛兼實]《朱子語類 卷98 張子書2》

○ **只圖**。지도 오직人이져기去就업슨道理를損홈을圖ᄒ다。沒去
就。言無依據也。問膠固故無依據否。曰不然。只說得無依
據底道理也。오직 사람이 저기 거취가 없는 도리를 버리려고 한
다. 거취가 없다는 것은 의거할 곳이 없다는 말이다. "고루하여 의거
할 곳이 없는 것이다 그렇지 않은가"라고 묻자 "그렇지 않다. 다만
의거할 근본 도리가 없다는 것을 말하는 것이다."고 하였다.

○ **昭昭靈靈**。소소영령 第五十板小註七昭昭。明也。靈靈。靈
也。卽指心而言也。제50판 소주에 일곱 번째에서 소소(昭昭)는
밝은 것이고 영령은 혼령(靈)이니 곧 마음을 가리키는 말이다.

○ **勇往直前**。용왕직전 第五十八板言不回避隱諱。而直截說出
也。제58판에서 회피하고 숨지 않으며 바로 잘라서 학설을 내보이
는 것을 말한다.

○ **始得立傳**。시득입전(처음으로 전기를 만들다) 言前此濂溪無傳。
至洪內翰修史。始得立傳也。非謂因太極圖說而立傳也。이
전에 이를 염계의 전기가 없는 것을 말한다. 홍내한 수사에 이르러

처음으로 전기를 만들었다. 태극도설로 인하여 전기를 만들었다고
말하는 것이 아니다.

○ **爲父辨謗**。위부변방(아비를 위하여 비방을 변론하다) 宋史。蘇紳,
梁適同在禁院。人以其險詖。故語曰草頭木腳。陷人倒卓。
草頭指蘇字。木腳指梁字。紳子頌爲父辨謗。請刪其語。'송
사'에서 소신(蘇紳)이 양적(梁適)과 함께 금원에 있었는데 남들이 그
것을 바르지 못하다고 여겨서 초두목각(草頭木腳)이라고 말하니 사
람을 함정에 빠뜨려 넘어지게 한 것이다. 초두는 소(蘇)자를 가리키
고 목각(木腳)은 양(梁)자를 가리킨다. 신의 아들이 소송하여 아버지
를 위하여 비방을 변론했고 그 말을 삭제할 것을 청하였다.

* 소자용(蘇子容)이 아비를 위하여 비방을 변론하여 국사(國史)에서 초두목각(草頭木腳)이란
말을 삭제해 달라고 청한 것과 –《주자대전》 권72의 〈기염계전(記濂溪傳)〉에 보인다.

○ **生水火木金土之性**。생수화목금토지성　第五十九板五性感
動。卽陽變陰合。而生水火木金土之性之象也。제59판 5에
서 성이 감동하여 동한다(性感動)는 것은 곧 양이 변화하고 음과 합
하여(陽變陰合) 수, 화, 목, 금, 토의 성질을 만드는 것이다.

4] [通書講錄] 통서강록

* 통서(通書) : 태극도설(太極圖說)의 응용(應用) 방면(方面)을 해설(解說)한 책(冊). 중국(中國) 송(宋)나라 주돈이(周敦頤)가 지음. 2권 40편.
* 통서 원문의 분량이 방대하여 통서 원문을 여기에 소개하지 못하였으니, 독자께서 원문과 함께 본 역서를 보면 이해가 쉬울 것이다.

○ **竝出程氏**。병출정씨 篇題周子旣手以授程子。程子傳之。是 謂出程氏也。 책 제목은 주자가 이미 손으로 정자에게 주었고 정자(程子)가 그것을 전하였다. 이를 '출정씨(出程氏)'라고 하였다.

○ **紀綱道體**。기강도체(기강의 도체) 紀綱。是紀綱之也。 기강(紀綱)은 곧 기강의(紀綱之)라는 뜻이다.

○ **藏於己**。장어기 首章第六節註乾道變化。主天而言。卽繼之者善也。各正性命。主物而言。卽成之者性也。主天之與物而言。故曰物。主物之受天而言。故曰己。己卽上所謂物。非二物也。 수장 제6절 주석에 건도(乾道, 하늘의 도)의 변화는 하늘을 주(主)로 해서 말한 것이니, 곧 '잇는 것이 선(善)이다.'라고 한 그것이다. '제각기 성명(性命)을 바로잡는다.'라는 것은 물(物)을 주로 해서 말한 것이니, 곧 '이루는 것이 성(性)이다.'라고 한 그것이다. 하늘이 물(物)에 주는 것을 주로 하여 말하기 때문에 물(物)이라 하고, 물이 하늘에서 받는 것을 주로 해서 말하기 때문에 '기(己)'라고 한 것이니, 기(己)는 곧 위에서 말한 바, '물이 두 물(物)이 아니다.'라고 한 것이다.

○ **亦猶是也**。역유시야(또한 이와 같다) 第七節註是字。指易中卦爻交錯代換也。言天地之間陰陽交錯而云云。其中者。亦如卦爻之陽變爲陰。陰變爲陽也。 제7절 주석에 시(是)자는 '역(易)

가운데 궤와 효를 섞고 바꾸는 것을 가리키며 천지간에 음양이 교착하는 것 등등'을 말한다. 그 중(中)이라는 것은 또한 궤효의 양이 변하여 음이 되는 것처럼 음이 변하여 양이 되는 것이다.

○ **至易而行難**。지이이행난 第二章第六節至字。是至極之義。非自此到彼之謂也。實理自然。故至易。而人僞奪之。故行之難也。○ 問至。若作到義看。則至。行之後而今言行難。則尤可見其非到字之義。曰然。제2장 제6절의 지(至)자는 곧 지극(至極)하다는 뜻이며 여기에서 저기까지(自此到彼)의 지(至)를 말하는 것이 아니다. 진실한 이치의 자연스러움(實理自然, 誠)은 고로 지극히 쉬우나 사람이 거짓으로 그것을 빼앗으므로 그것을 행하기 어렵다. 지(至)를 물으면서 만약 의(義)에 도달(到)한 뜻으로 본다면 이때 지(至)는 그것을 행하고 나서 이제 행하는 것이 어렵다고 말하는 것이니 곧 더욱 도(到)자의 뜻이 아님을 볼 수 있다.

* 주자는 성(誠)을 "實理自然 卽太極也."라 하고, 기(幾)는 "動之微 善惡之所由分也"라고 하였으나, 양명은 "誠是實理 只是一箇良知 實理之妙用流行就是神 其萌動處就是幾"라 하여, 성(誠), 신(神), 기(幾)를 일관하여서 말하고 있다. 《전습록 하》

○ **人心之微**。인심지미 誠幾章第二節小註人心。非道心人心之人心也。猶言人之一心之微也。성기(誠幾)장 제2절 소주에 사람의 마음은 도심(道心)이 아니고 인심(人心)의 인심이다고 한 것은 사람의 한 마음의 은미함을 말하는 것과 같다.

○ **獨得於天**。독득어천(홀로 하늘에서 얻다) 第四節註天性。固人所同得。而惟聖人清明完具。似獨得於天也。재4절 주에 천성은 진실로 (모든) 사람들이 똑같이 얻은 바이나 오직 성인만이 맑고 밝게 완전하게 갖추니 홀로 하늘에서 얻은 것처럼 보인다.

○ **悉邪**。실사 愼動章第三節悉。皆也。言匪仁以下皆邪也。신동(愼動)장 제3절에서 실은 개(皆, 모두)이다. 인(仁)이 아니면 아래는 모두 사특(邪)한 것이라고 말한다.

○ **剛柔止其中又各有陰陽**。강유지기중우각유음양　道章第八節言剛中有陰陽。柔中有陰陽。陰是惡。陽是善。도(道)장 제8절에서 강(剛) 속에 음양(陰陽)이 있고 유(柔) 속에 음양이 있다고 말한다. 음은 곧 악이요 양은 곧 선이다.

○ **骨董**。골동(여러가지가 섞인 것)　志學章第三節小註雜亂之義。지학장 제3절 소주에 '잡스럽고 어지럽다(雜亂잡난)'는 뜻을 말한다.

○ **純心要矣**。순심요의　治章第五節要是宗要之義。急是急務之義。치(治)장 제5절에 요(要)는 곧 가장 중요(宗要종요)하다는 뜻이며 급(急)은 곧 급한 일(急務급무)라는 뜻이다

○ **陰陽理而後和**。음양리이후화　禮樂章第二節此陰陽字。非上文註陰陽字也。大概先說天地之陰陽理而後乃和之意。然後始說禮先樂後之義。理。是順序而治也。예악(禮樂)장 제2절에서 이 음양(陰陽) 자(字)는 위 글의 주에서 말한 '음양'이 아니다. 대략 천지 음양의 이치(理) 이후에 조화되는 뜻을 먼저 설명하고 이후에 비로서 예(禮)를 앞세우고 즐거움(樂)을 뒤로하는 뜻을 설명한다. 이(理)는 곧 순서에 맞는 다스림이다.

○ **德業有未著**。덕업유미저　務實章首節德實於此。則著乎彼。言德業未實也。무실(務實)장 첫 절에 여기에서의 덕의 결실은 곧 저기에서 나타나니 덕업이 실현되지 않았다고 말한다.

○ **小人日憂**。소인일우　問小人元自僞而已。何憂之有。日此憂字。非終身憂之憂字也。小人名勝實無。不能充然自得。這便是憂。憂字對充然自得字看。則可見其義。此正與心逸日休。心勞日拙等語相類。소인은 원래 스스로 속일 뿐이니 무슨 근심이 있겠는가? 이 우(憂)자는 종신토록 그것을 걱정하다고 할 때의 우(憂)자가 아닌가. 소인은 명성이 실제보다 지나쳐서 무엇이든 만족하게 여겨 자만하는 것이니, 그것이 곧 근심이다. '우' 자를 '충연자득(充然自得)'이라는 글자와 비교해 보면, 그 뜻을 볼 수 있다.

이것이 바로 '마음이 편안하다.[心逸]'라든가 '날마다 쾌활하지 못하다.[日拙]' 등의 말과 같은 따위이다.

○ **有善不及**。 유선불급　問此當入如之何意思。懸吐曰어든何如。曰此固可。然不必懸吐。 여기에 마땅히 어떠한 뜻이 들어가는가 현토(토를 달아)하여 말하는 것이 어떤가 하고 물었다. 이는 진실로 가능하나 현토할 필요가 없다고 한다.

○ **不善二**。 불선이(불선은 2이다)　愛敬章第五節言有人善少惡多也。 애경장 제5절에서 사람이 선한 것은 적으나 악은 많다고 말한다.

○ **勸其二勸字**。 권기이권자　上文勸其改之勸。 위 글은 그 고친 권(勸)을 권한다.

○ **有語曰**。 유어왈(내용이 다음과 같다)　第六節語。告也。或之語也。則曰以下。方是答辭。 제6절. 어(語)는 고(告, 알리다)이다. 혹은 왈(曰) 이하는 곧 답하는 말이다

○ **天惡之惡**。 천오지악(하늘이 싫어하는 악)　去聲。非大惡也。此下勿係吐。 거성이다. 큰 악이 아니다. 이하는 토(吐)에 얽매지 말라.

○ **萬物終始**。 만물종시　動靜章第七節貞而後元。故先言終後言始。以見其無窮也。若曰始終。則似有終後更無始也。凡物之生是始。死是終。物到成熟。亦終也。 동정장 제7절. 정(貞)을 우선하고 원(元)을 뒤로한다. 그러므로 먼저 종(終)을 말하고 뒤에 시(始)를 말함으로써 그 무궁함을 드러낸다. 만약 시종(始終)이라고 말한다면 곧 끝난 뒤에 다시 시작됨이 없는 것과 같다. 무릇 물건이 태어나는 것이 곧 시작(始)이며 죽는 것(終)이 곧 마침이니 물건이 성숙하면 또한 끝나게 된다.

* 통서 '동정(動靜)'에서, "사계절이 운행하고 만물에 종시가 있다.[四時運行, 萬物終始.]"라는 주돈이의 말에, 주자는 "이는 이른바 오기(五氣)가 순조롭게 퍼져 사계절이 운행하고, 무극(無極), 음양, 오행이 묘합(妙合)하여 구체화된 것으로, 만물을 신묘(神妙)하게 하는 용(用)을 말한다." 하였다.

○ **以宣八方之風**。 이선팔방지풍　樂章第二節八方之風。風卽風
氣也。非風俗之風。八方之風。如云八方之氣。宣卽條暢
之。使不得鬱塞也。○ 小註。條風。條暢之風。明庶風。
庶物明見乎春時。故云明庶風。閶闔風。萬物收殺之時閉
門。故云不周風。言生氣不周徧也。廣莫風。云風吹廣漠
也。 악(樂)장 제8절. 팔방지풍에서 풍은 곧 풍기(風氣, 바람의 기운)
를 말하며 풍속(風俗)을 말할 때의 풍의 뜻이 아니다. 팔방지풍은 팔
방의 기운을 말하는 것과 같다. 선(宣, 베풀다)은 곧 그것을 조창(條
暢, 자라고 펴는 것)하는 것이며 막혀서 답답하도록 하지 않는 것이
다. 소주에 조풍(條風, 북동풍)은 자라고 펴도록 하는 바람이며 명서
풍(明庶風, 동풍, 봄바람)은 봄에 거의 사물이 밝게 보이므로 명서풍
이라 한다. 창합풍(閶闔風, 추분에 부는 바람, 서풍)은 만물을 거두어
들이고 죽는 때에는 문을 닫으므로 부주풍(不周風, 돌지지 않는 바람)
이라고 하며 생기가 두루 미치지 않는다고 한다. 광막풍(동지에 부는
바람)은 바람이 넓고 삭막하게 부는 것을 말한다.

○ **和者和之爲**。 화자화지위(和라는 것은 和가 하는 것이다)　第三節註
下和字。卽禮樂章首大文樂和也之和。 제3절 주. 아래의 화(和)
자는 곧 예악장 수대문 악화야(樂和也)의 화이다.

 * 율곡전서 ‒ 問和者和之爲。曰。上和字。樂之和也。下和字。氣之和也。樂之和。由於氣和之所
　爲也 "화(和)라는 것은 화가 하는 것이다." 한 것은 무슨 뜻입니까? 답 위에 있는 화(和) 자는
　즐거움의 화고, 아래에 있는 화 자는 기(氣)의 화이다. 즐거움의 화는 기의 화가 그렇게 한 것
　이다.

○ **今樂形之**。 금악형지(지금의 음악이 그것을 형상화하다)　言古樂本
和而已。只以今樂之妖淫者。比之而後。見樂之和。其本則
莊正齊肅。 옛날 음악은 원래 조화(和)로웠으나 다만 지금의 음악
은 요사하고 음란(妖淫)할 뿐이라는 것을 말한다. 지금의 음악과 비
교한 이후에 그 음악의 조화를 보면 그 근본은 곧 장엄하고 바르고
엄숙하다.

* 간재집 – 今樂形之形之者。形而相較之也。此言是。但其下語多未盡。故改之曰。古人之情。和而不流。其樂象之。則只言和而已盡。不須更言淡也。今以今樂之流蕩雜亂者。譬之古樂。則古樂之本於莊整齊肅之意。始形見而可觀。故周子必復言此淡字以明之。"지금의 음악이 그것을 형상했다.'는 말에서 '그것을 형상했다.'는 것은 형상해서 서로 비교한 것이다."라는 이 말은 옳다. 다만 그 아래 말은 대부분 미진한 점이 있네. 그래서 그것을 고쳐서 "고인(古人)의 정은 화락하되 방탕한 데로 흐르지 않았다. 그 음악이 그것을 형상했으니 다만 화락하다고만 말하면 이미 극진하니 다시 맑다고 말할 필요가 없다. 지금의 음악이 방탕하고 난잡한 것을 가지고 옛날 음악에 비교해 보면 옛날 음악은 장중하고 엄숙한 뜻에 근본을 두어 비로소 형체가 드러나 볼 수 있게 된 것이기 때문에 주자(周子)가 반드시 이 담(淡) 자를 말해서 밝힌 것이다."라고 하였네.

○ **條簡而寂寥**。조간이적요(간략하고 적막하다) 小註言樂之不繁華淫侯也。소주에 음악이 화려하고 음란하지 않은 것을 말한다고 한다.

○ **化中**(화중)。第三節化ᄒ야中ᄒ다。中。不偏倚也。제3절에서 중으로 되는 것이다. 중(中)은 치우침이 없는 것이다.

○ **古之極**。고지극 德盛治至。乃道之所以配天地。而古時治化之極也。덕이 융성하고 다스림이 지극하면 도가 천지와 짝이 맞는다고 하니 옛날에 다스림의 지극함을 말한다.

○ **代變新**。대변신 代變。言世變之也。대변(代變)은 시대(세대)마다 그것을 바꾸는 것을 말한다.

○ **勉齋曰如作左右看云云**。면재왈여작좌우간운운 聖學章小註左右。如身之左右也。左如此。右亦如此。則是純一也。不可曰專一。前後如昨日今日也。昨日亦然。今日亦然。則是專一也。不可曰純一。○ 純。如純色之純。問純是渾合不雜之義。專是相繼不息之意否。曰渾合字非。純只是不雜也。專只是不二之義。即主一也。성학(聖學)장 소주. 좌우(左右)는 몸의 좌우를 말하는 것과 같다. 왼쪽이 이와 같고 오른쪽 또한 이와 같다면 곧 순일(純一, 순수하게 한가지로 됨)한 것이지 전일(日專一, 마음을 한곳에 씀)하다고 할 수 없다. 앞뒤는 어제 오늘과 같아서

어제 또한 그러했고 오늘 또한 그러하다면 곧 이것은 전일한 것이지 순일하다고 할 수 없다. 순(純)은 순수한 색(純色)의 순과 같다. 순이 곧 혼합되고 잡스럽지 않은 뜻이고 전이 곧 서로 이어 쉼이 없다는 뜻이냐고 묻는다면 그것은 틀렸다. 혼합이라는 말은 틀렸고 순은 다만 잡스럽지 않다는 뜻이며 전은 다만 곧 두 가지가 아니라는 뜻이니 곧 하나를 주로 삼는 것이다.

○ **賦受萬物**。부수만물 理性命章第三節愛퇴오다。이성명장 제3절에

○ **齊字意複**。제자의복 顔子章末節註化。大而化便是聖。又云齊於聖。非意複而何。안자(顔子)장 마지막 절 주석. 화(化)는 대이화(대인으로서 저절로 화하는 경지)에 이르면 곧 성인이며 또 성인과 나란하게 섰다는 뜻을 말하는 것이지 뜻이 여러가지인 것은 아니다.

○ **藝者書之**。예자서지 文辭章第二節或曰者을甚非。當云者이 ○ 問然則藝是指別人乎。曰非別人也。蓋篤其實而藝者。一人也。문사(文辭)장 제2절 ○ 질문이 그러한 즉 예(藝, 법도)가 곧 다른 사람이겠는가 다른 사람이 아니라고 한다. 대략 그 실질을 돈독히 하고 예를 통달한 자는 한 사람이다.

○ **是爲教**。시위교 言賢者學其美而傳之文。以至於道德之實。則是上面篤其實而藝之人。教之道也。현자가 그 아름다움을 배우고 전한 문장은 이로써 도덕의 실체에 이르니 곧 이것이 앞에서 말한 '그 바탕과 법도를 돈독히 한 사람'이며 가르침의 도이다.

○ **行之不遠**。행지불원(멀리 전해지지 않는다) 言其言之傳。不能遠也。그 말씀의 전함이 멀 수가 없다는 말이다.

○ **道充**。도충 富貴章首節言道充實於身也。行道有未實處。亦是道之不充也。부귀장 첫 절. 도가 몸에 충실한 것을 말한다. 도를 행함에 충실하지 못한 곳이 또한 이 도의 불충(충실하지 못한 것)이다.

○ **塵視**。진시 視金玉如塵土也。금과 옥을 티끌과 흙처럼 보는 것
이다.

○ **旣成矣**。기성의 衎章首節矣오此吐。非當日라。此成字。卽
下文得秋以成之成。蓋先言物之乃生。便當有成之理。次
言其所以必成之。故曰生而不止則過矣。故得秋以成也。간
(衎, 기쁘다)장 첫 절. 의(矣)는 현토이니 말하는 것이 마땅하지 않다.
이 성(成) 자는 곧 아래 글에서 '得秋以成'에서의 성(成)이다. 대략 앞
의 말씀은 물건의 생기는 것을 말하니 곧 마땅히 이루는 이치가 있
는 것이고 다음 말씀은 반드시 그것을 이루는 바를 말하는 것이다.
그러므로 날마다 생기고 그치지 않으면 곧 지나친 것이다. 그러므로
가을이 되어 이루는 것이다.

* 암서집 -《刑章》旣云"物之生也, 旣成矣", 其下又云"得秋以成", 兩"成"字意疊。恐上"成"字,
是"盛"字之誤 《통서》 제36장 〈형장(刑章)〉에 이미 "만물이 생겨나서 이미 이루어졌다."라
고 하였고, 그 아래에 또 "가을이 되어 이룬다."라고 하였으니, 두 개의 '성(成)' 자는 뜻이 중
첩된다. 아마 위의 '성(成)' 자는 '성(盛)' 자의 잘못인 듯하다.

5] [小學講錄] 소학강록

* 원문의 분량이 방대하여 주자 소학 원문을 여기에 소개하지 못하였으니, 독자께서 원문과 함께
  본 역서를 보면 이해가 쉬울 것이다.

書題 서제

○ **化與心成**。 화여심성 化。 言變化氣質。 화(化)는 변화의 기질을
  말한다.

○ **扞格**。 한격(막혀서 안에 들어오지 못하는) 格。 恐當讀曰核。 격
  (格)은 마땅히 핵(核)으로 읽어야 한다고 생각된다.

立敎 입교

○ **諸母可者**。 제모가자 諸母。 己之妾也。 可者。 猶婢子之類
  也。 제모(諸母)는 자기의 첩이다. 가(可)라고 하는 것은 비자(婢子)
  의 유이다.

  * 사계전서 – (무릇 자식을 낳으면) 여러 어머니와 가한 자 중에서 가려서. [擇於諸母與可者]
    (스승으로 삼는다) 주자가 말하기를, "가(可) 자는 《열녀전(列女傳)》에 아(阿) 자로 되어 있으
    니, 이른바 아보(阿保, 보모)이다." 하였다. 《후한서(後漢書)》에 아모(阿母)가 있다.

○ **視志**。 시지 志。 卽友之志也。 지(志)는 곧 친구의 뜻이다.

○ **大夫士之子**。 대부사지자 註子字上。 恐當有適字。 주석에 자
  (子)자 위에 마땅히 적(適)자가 있어야 한다고 생각된다.

○ **敎冑子**。 교주자(임금의 맏아들을 가르치다) 不言衆子者。 疑是長
  子。 則任國家之責任。 故區別而敎之。 唐之國子監。 卽敎冑
  子之義。 四門。 如後世之大學關也。 여러 아들을 말하는 것이
  아니라 곧 장자를 말하는 것이니 곧 국가의 책임을 맡을 것이니 고
  로 구별하여 그를 가르치는 것이다. 당나라의 국자감은 곧 장자를
  가르치려는 뜻이었다. 사문(四門)은 후세의 대학문(관문)과 같다.

○ **賓興**。빈흥(손님으로 대접하여 천거하다) 賓ᄒ야興ᄒ더니라 손님으로 대접하여 흥하게 하였다.

* 근사록집해 - 擇士入學호되 縣升之州어든 州賓興於太學하고 太學聚而教之하야 歲論其賢者能者於朝니라 此는 放周禮鄉大夫賓興과 司馬論士之制니라. 선비를 뽑아 학교에 넣되 縣學에서 州學으로 올리거든 州學에서는 우수한 자를 손님으로 대우하여 太學에 천거한다. 太學에서는 이들을 모아 가르쳐서 해마다 어진 자와 능력이 있는 자를 조정에서 의논하여야 한다. 이는 《周禮》에 鄉大夫의 賓興과 司馬의 선비를 논하는 制度를 따른 것이다.

明倫 명륜

○ **平議**。평의 註平與評同。 주석에 평(平)과 평(評)은 같다고 한다.

○ **衣紳**。의신 衣ᄒ고紳ᄒ며。 옷과 띠이며

○ **抑**。억 按也。 소노로누르단마리라。 안(按, 누르다)은 손으로 누른다는 말이다.

○ **親身**。친신 身애親ᄒ디라。 몸에 친한 것이다.

○ **挨偪**。애핍 註挨。推也。音挨。偪迫也。 숟져디다。 주석에 애(挨)는 추(推, 밀다)이며 음은 애이다. 핍박하는 것이다.

○ **嚔咳**。체해(재채기와 기침) 嚔。ᄌ춤이오。咳。기춤이라。 체는 재치기요 해는 기침이다.

○ **如新受賜**。여신수사(새로 받은 것 같이) 新。初也。舅姑受之則喜如初受賜於舅姑也。 신(新)은 초(初 처음)이다. 시아버지와 시어머니가 그것을 받으면 곧 처음 시부모에게 받은 것처럼 기뻐하는 것이다.

○ **毋上於面**。무상어면 註云。所視廣也。觀安否何如。則非謂無見父之面也。疑毋見父之面之上也。若不見父面。則何以觀其安否何如。 주석에서 말하길 넓게 보는 바이다. 안부가 어떤지 보면 곧 아버지의 얼굴을 보지 않음을 말하는 것이 아니다. 아버지의 얼굴 위를 보지 말라는 것으로 생각된다. 만약 아버지의 얼굴을 보지 않으면 곧 어떻게 그 안부가 어떠한지 볼 수 있겠는가?

* 상변통고 – 若父, 則遊目, 毋上於面, 毋下於帶。註 : 子於父, 主孝不主敬, 所視廣也, 因觀安 否如何也。아버지와 말할 때는, 눈길을 두되 얼굴 위쪽을 보지 말며 허리띠 아래쪽을 보지 않는다. 주 : 자식은 아버지에 대해서 효를 주장하지 공경함을 주장하지 않으니, 보는 시야를 넓게 해서 그로써 안부가 어떠하신지 살핀다.

○ **不能讀父之書**。불능독부지서　非謂使之不讀也。不能字。有 不忍之意。그에게 책을 읽지 못하도록 하는 것을 말하는 것이 아니다. 불능(不能)은 참지 못한다(不忍)는 뜻이다

○ **庶子**。서자　衆子也。여러 아들이다.

○ **父及祖**。부급조　註祖指祖曾祖高祖也。주석에서 조는 조부, 증조부, 고조부를 가리킨다.

○ **大宗**。대종　始祖以下之長子也。시조(始祖) 이하의 장자이다

○ **不假**。불가　假用於他人也。가(假)는 남에게서 빌려 쓰는 것이다.

○ **人宗於此**。인종어차(사람이 여기에 근본한다)　註人指族人也。주석에서 사람은 족인(族人, 겨레붙이)을 가리킨다.

○ **先妣嗣**。선비사(세상을 떠난 어머니를 잇다)　註。謂婦代姑之祭 則其子之母也。而父命之曰先妣之嗣。未詳。주석에 아내가 시어미의 제사를 대신하니 곧 그 아들의 어머니이다. 그리고 아버지가 그것을 명하니 선비지사라 부른다. 상세하지 않다.

○ **器重**。기중　註言器而重之也。不敢輕賤之意。주석에 그릇을 귀히 여기는 것이며 감히 경박하고 천하게 하지 못한다는 뜻을 말한다.

○ **參知後動**。참지후동　猶言人所共知而後動。사람이 함께 안 이후에 움직이는 것을 말하는 것과 같다.

○ **操几杖**。조궤장(안석과 지팡이를 가지고)　非長者之几杖。疑恐弟 子爲長者。持几杖以從也。장자(長者)의 안석과 지팡이가 아니다. 아마도 제자(弟子)가 장자가 되어 안석과 지팡이를 가지고 따르는 것이 아닌가 생각된다.

○ **不將命**。 부장명 少者不敢以尊者之擯使。 將命也。 소자(어린 사람)는 감히 존자(尊者)의 빈객 접대원으로서 명령을 받들어 전달하지 못하는 것이다.

* '부장명(不將命)'은 사람을 시켜서 명을 가지고 가 주인에게 통보하는 것을 하지 않는 것이다.
* 擯使(빈사) : 빈객을 접대하는 사람.

敬身 경신(수양의 길)

○ **直而勿有**。 직이물유(곧게 하고 소유하지 말라) 直ᄒ고有치말올디니라。 곧게 하고 가지지 말지어다.

○ **扃**。 경(문빗장) 門關木。 乃덧방텟거시라。 문을 잠그는 나무이다

○ **非當室者**。 비당실자(아버지를 잇지 않은 자) 非長子也。 장자가 아닌 것이다.

○ **宜用挾**。 (젓가락을 쓰는 것이 마땅하다) 挾。 著也。 협(挾)은 젓가락(著저)이다.

* 상변통고 –"毋揚飯, 飯黍毋以箸, 毋嚃羹, 註 : 嫌欲疾也。疏 : 揚去熱氣也。飯黍當用匕。嚃謂不嚼菜。○ 陳氏曰 : "羹之有菜, 宜用挾, 不宜以口嚃取食之也 밥을 헤치지 말며, 기장밥을 젓가락으로 먹지 말며, 국물만 마시지 말며[毋嚃羹], 주 : 빨리 먹고자 함을 꺼림이다. 소 : 열기를 식히는 것이다. 기장밥은 숟가락을 사용하는 것이 마땅하다. 탑(嚃)은 건더기를 씹지 않음을 말한다. ○ 진 씨가 말했다. "국에 건더기가 있으면 젓가락을 사용하는 것이 마땅하고, 입으로 국물만 마시는 것은 마땅하지 않다."

稽古 계고(옛일을 상고함)

○ **正牆面**。 정장면 正히牆을面ᄒ야。 바로 담장을 면하는 것과 같다.

* 《논어》양화(陽貨) – 공자가 아들 백어(伯魚)에게 "주남(周南)과 소남(召南)을 공부했느냐? 사람이 되어서 주남과 소남을 배우지 않으면, 마치 담벼락을 마주하고 서 있는 것처럼 답답한 인간이 되고 말 것이다.[其猶正牆面而立也與]"

○ **脤**。 신(제육) 與胙同。 신(胙, 제기)와 같다.

○ **所言之中**。 소언지중(말한 바 가운데) 雖讀曰中。 其義則衷字觀之。 비록 읽는 것을 중(中)이라고 하지만 그 뜻은 곧 충(衷, 속마음)

자로 보인다.

嘉言 가언(본받을 만한 좋은 말)

○ **先入之言**。선입지언 格言。盈耳充腹。是乃先入之言也。격
언은 귀를 채우고 배를 채우는 것니 이는 곧 먼저 들어온 말씀이다.

○ **拜章醮章**。배장초장 註拜章。猶祝辭。如今昭格署星宿之祭
也。醮章。道士之祭。祈禱之文。주석에 배장(拜章)은 축사(祝
辭, 제사글)와 같다. 오늘날 소격서(昭格署)의 천제(성숙지제)와 같다.
초장(醮章)은 도사(道士) 제사의 기도문이다.

* 醮 : 제사 지낼 초

○ **牙婆**。아파(방물장수) 註如今之흥정브치는 거지비니라。婆。老
嫗也。주석에 지금의 흥정을 붙이는 계집과 같다. 파는 늙은 할멈
(老嫗노구)이다.

○ **塗揆**。도규 글ᄌ을흐리오고。글ᄌ을글단말이라。글을 흐리게 하
고 글을 그르게 한단 말이다.

○ **判**。판 卽決尾也。곧 끝을 맺는 것(최후의 판결)이다.

○ **弟婦等**。제부등 言開之弟之婦也。不言己妻而曰弟婦。疑
是己妻無也。동생의 부인을 말한다. 자기의 처를 말하는 것이 아
니라 동생의 처를 말한다. 곧 자기의 처가 없는 것으로 생각된다.

○ **舊任按察官**。구임안찰관 言녜내任ᄒ야실제按察官ᄒ얏던니을。
예전에 임하였던 안찰관을 말한다.

* 童蒙訓曰 同僚之契와 交承之分이 有兄弟之義하니 至其子孫하여 亦世講之하니 前輩는 專
以此爲務하더니 今人은 知之者蓋少矣니라 又如舊擧將과 及상嘗爲舊任按察官者를 後에 己
官이 雖在上이나 前輩皆辭避하여 坐下坐하니 風俗이 如此면 安得不厚乎리오《童蒙訓》

○ **一段**。일단 段。猶區也。쏘훈고랑이라。단(段)은 구(區)와 같
다. 고랑이다.

○ **反復**。반복 約ᄒ야ᄒ여곰。도로다시身애드러오게훌디니。도로

다시 몸에 들어오게 한다.

○ **卻不知道**。각부지도 　제신與心이。이믜스스로몬져不好ᄒᆞᄂᆞᆫ주
을。아디못ᄒᆞᄂᆞ니라。知道。아단말이라。자기의 몸과 마음이 이
미 스스로 먼저 좋지 않다는 것을 알지 못한다는 것이다. 지도(知道)
는 안다는 말이다.

　* 근사록 - 곧 자기의 몸과 마음을 알지 못하면 이미 먼저 좋지 못한 것이다.〔却不知道自家身
　　與心 却已先不好了也〕"

○ **自家**. 자가 　제란말이라。저(자기)라는 말이다.

○ **知誘物化**。지유물화(지식이 외물에 이끌려 변화한다) 　知。猶知識
也。知物애誘ᄒᆞ야化ᄒᆞ야。지(知)는 지식(知識)과 같다. 지식이 외
물(物)에 이끌리어(誘, 꾀다)어 변화(化)한다는 것이다.

○ **推去的**。추거적(的:어조사) 　推ᄒᆞᄂᆞᆫ거시라。的。語錄。音地。
與底同。추는 미루어 가는 것(짐작하는 것)이고 적(的)은 어록에 음
은 지(地)이고 저(底)와 같다.

　* 소학집주 - 范忠宣公이 戒子弟曰 人雖至愚라도 責人則明하고 雖有聰明이라도 恕己則昏
　　하나니 爾曹는 但常以責人之心으로 責己하고 恕己之心으로 恕人이면 不患不到聖賢地位也
　　리라《宋名臣言行錄》
　　陳氏曰 公은 名純仁이요 字堯夫요 忠宣은 諡也니 文正公之子라. 朱子曰 恕는 是推去的이
　　니 於己에 不當下恕字라 若欲修潤其語인댄 當曰以愛己之心愛人이니라. 吳氏曰 恕字之義
　　를 范公이 蓋以寬恕爲言也니라.

○ **慊**。겸(찐덥지 않다. 마음에 차지 않는다) 　猶恨少意。적어서 한(恨)
이 있다는 뜻과 같다.

○ **富貴相**。부귀상 　猶貌相。모상(貌相, 모양)과 같다.

○ **除去此等卽富貴相**。제거차등즉부귀상 　註此註恐誤。非謂除
去富貴相。疑必去其孟子所謂等事也。주석. 이 주는 잘못된
것 같다. 부귀상을 제거한다는 말이 아니라 반드시 그 맹자(맏아들)
의 소위 이러한 등의 일을 제거해야 한다는 것으로 생각된다.

○ **調度猶言區畫**。조도유언구획(조도는 구획을 말하는 것과 같다) 　註

區畫。區處謀畫也。 주석에 구획(區畫)은 장소를 구분하고 꾀하고 계획하는 것이다.

* 대명률직해 -《정자통(正字通)》에서는 율려(律呂)가 서로 조화를 이루는 것을 일조(一調)라고 하였다. 음율(音律)을 조화롭게 맞춘다는 의미를 차용하여, 재능의 경중, 부역의 다과 등을 감안하여 군마를 적절히 동원하는 것을 '조도(調度)'라고 부른다.

○ **當爲附至**。 당위부지　註爲。去聲。附至。 가져다가주단말이라。 주석에 위(爲)는 거성이고 부지(附至)는 가져다가 준다는 말이다.

○ **託往**。 탁왕　註往。我往也。言往을託ᄒᆞ야。 주석에 왕(往)은 내가 가는 것(我往)이다. 가는 것을 부탁하는 것을 말한다.

○ **行之利**。 행지리　註行ᄒᆞ욤애利ᄒᆞ니라。 주석에 행함이 몸에 이롭다는 것이다.

* 주돈이가 "성인의 도는 인의중정일 따름이니 지킴이 중요하고 행함이 이롭다.[聖人之道, 仁義中正而已矣, 守之貴, 行之利.]"라고 한 것을 가리킨다.《周元公集 卷1 愼動》

○ **長得一格**。 장득일격(한층 더 높아지다)　長。猶進也就也。格。猶級也。 장(長)은 나아가 취하는(進也就也) 것과 같다. 격(格)은 급(級, 등급)과 같다.

○ **課程**。 과정　猶日課程式也。 일과의 표준(日課程式일과정식)과 같다.

○ **須連三五授**。 수연삼오수　連。相連也。授。猶師之所授也。言已前或三日或五日所授之書을連ᄒᆞ야。 연(連)은 서로 이어진 것이다. 수(授)는 스승이 주신 것(所ㅅ)과 같다. 이미 앞의 3일 혹은 5일 동안 스승이 주신 바 있는 글을 연결하는 것을 말한다.

○ **硬恁地**。 경임지　硬。벅버기。恁地。이리。 경(硬)은 억지로(무리해서) 임지(恁地)는 그러한 것이다.(억지로 그러한 것이다)

善行 선행

○ **張待制**。 장대제　呂獻公之同壻也。而相爲査頓。古者。異

姓四寸婚嫁故也。至大明太祖始禁止。여헌공(呂獻公)의 동서
이며 나중에 서로 사돈이 되었다. 옛날에는 성이 다른 사촌이 혼인
할 수 있었으나 대명국의 태조에 이르러 처음으로 금지하였다.

○ **藍田呂氏**。남전여씨 卽大臨。字與叔。곧 대임(大臨)이며 자는
여숙(與叔)이다.

> * 남전 여씨(藍田呂氏) : 송나라 남전 사람 여대균(呂大鈞)으로, 자는 화숙(和叔)이며, 여대방
> (呂大防)의 동생이다. 장재(張載)에게 수학하였고, 여씨향약(呂氏鄕約)을 만들었다.

○ **本註**。본주 註鄕約本註。주는 향약의 본주이다.

○ **荒頓**。황돈(황폐) 頓。韻會云。壞也。돈(頓)은 '운회'에서 말하
기를 괴(壞, 무너지다)이다.

○ **新婦**。신부 婦在夫家。則新舊通稱之。부인이 남편의 집에 있
으니 곧 새롭거나 오래된 자를 통칭하여 부른다.

○ **庾黔婁**。유검루 陶淵明所謂黔婁。疑是周末之人。非此黔婁
也。도연명이 검루라고 하였으니 주나라 말기의 사람은 이 검루가
아닌 것으로 생각된다.

> * 유검루(庾黔婁) : 중국 양(梁) 나라 때의 효자. 아버지 유역(庾易)이 설사병을 앓아 치료를
> 극진히 하였으나 어쩔 수 없는 지경에 이르자 의원의 말에 따라 대변을 맛보았다. 즉 대변이
> 달면 쉬 죽고 쓰면 산다는 것이었는데, 대변이 달았으므로 하늘에 기도를 드린 결과 그달 그
> 믐까지 아버지의 수명을 하늘이 연장시켜 주었다고 한다.《梁書 卷47》
> * 유검루(庾黔婁) : 춘추(春秋) 시대 제(齊)나라 사람으로, 청절(淸節)을 지키면서 벼슬하지 않
> 았는데, 노나라 양공(襄公)과 제나라 위왕(威王)이 모두 정승으로 삼으려 하였으나 나가지
> 않았다. 그가 죽었을 적에는 이불이 작아서 시신을 가릴 수조차 없었다고 한다.

○ **嫁民間**。가민간(민간에 시집가다) 劉氏自嫁。非朱公使之嫁
也。류씨가 스스로 시집간 것이지 주공이 그를 시집가도록 시킨 것
이 아니다.

○ **作氣**。작기 嚴厲之氣。엄하고 굳센 기운이다.

○ **且道**。차도(또 말하다) 猶言쏘닐르라。此使其人言之。말을 또
하는 것과 같다. 이것이 그 사람이 그것을 말하게 하는 것이다.

○ **甚事**。심사 猶何事也。하사(何事, 무슨 일)와 같다.

○ **椿津**。춘진(양춘과 양진) 楊播之子。皆死於兵亂。양파(楊播)의
아들이다. 모두 병란(兵亂) 때 죽었다.

* 《소학》〈선행〉에 "양파(楊播)의 집안은 대대로 순후하고 의리와 겸양을 돈독히 하여, 형제가
서로 섬기는 것을 부자간에 섬기는 듯이 하였다. 양춘과 양진은 공손하여, 형제가 아침이 되
면 대청에 모여서 종일 마주한 채 안에 들어가지 않았고, 맛있는 음식이 있을 경우 모이지 않
으면 먹지 않았다. 대청에다 종종 가림막을 설치해서 잠자리를 만든 뒤, 가서 눕고 담소도 나
누었다.〔楊播家世純厚 竝敦義讓 昆季相事 有如父子 椿津恭謙 兄弟旦則聚於廳堂 終日相
對 未嘗入內 有一美味 不集不食 廳堂間往往幃幔隔障 爲寢息之所 時就休偃 還共談笑〕"라
고 하였다. 양춘(揚春)·양진(揚津)의 '양(揚)'이 《소학》에는 '양(楊)'으로 되어 있고 '춘(春)'이
'춘(椿)'으로 되어 있다.

○ **稱行稱位**。칭행칭위 古禮。無官則稱行。有官則稱位。옛날
예절에 관직이 없으면 곧 칭행(稱行, 행실을 칭하다)했고 관직이 있으
면 칭위(稱位, 관직을 칭하다)하였다.

○ **白金**。백금 銀也。은이다

○ **便側**。편측 註疑是非正寢也。주석에 이는 똑바로 잠을 자지(正
寢) 않는 것으로 생각된다.

○ **子舍**。자사 言寢室之有子舍。猶城郭之有子城。침실에 아들
의 거처가 있는 것을 말한다. 성곽 안에 아들의 성이 있는 것과 같다.

○ **粧奩**。장렴   古者。婦人歸家之時。所持去之物。通謂之
奩。非特鏡奩也。옛날에 부인이 집으로 돌아갈 때에 가지고 가
는 물건을 통상 렴(奩, 화장 상자)이라고 하였으나 특별히 경대(鏡奩,
경렴)를 의미하는 것이 아니다.

○ **尻著蹠**。고저척(엉덩이를 발뒤꿈치에 붙여 以尻著蹠) 尻。오무렷근
치라。蹠。足側也。발구머리라 고(尻, 꽁무니)는 꼬리 끝이다. 척
(蹠)은 발의 측면이다.

○ **照鄰**。조린 以惡疾不瘳。自投潁水。나쁜 병이 있어 낫지 않자
스스로 영수(潁水)에 몸을 던졌다.

* 노조린(盧照隣) : 자 승지(昇之). 호 유우자(幽憂子). 허베이성[河北省] 판양[范陽] 출생. 어
려서부터 재질(才質)이 뛰어나 일찍부터 문명(文名)을 떨쳤으나, 20대 중반에 악질(惡疾)에
걸려 쓰촨성[四川省] 신도(新都)의 위(尉)를 물러나 각지를 전전하며 투병생활을 계속하였으

나, 끝내 효험이 없자 물에 빠져 자살하였다. 왕발(王勃)·양형(楊炯)·낙빈왕(駱賓王)과 함께 당나라 초기 4걸(傑)의 한 사람으로 꼽히는 시인으로, 《당시선(唐詩選)》에 있는 장대한 칠언가행(七言歌行) 《장안고의(長安古意)》가 특히 유명하다. 시문집으로 《유우자집(幽憂子集)》(7권)이 있다.

○ **太祝奉禮**。 태축봉례　宰相之子非顯達。 則例爲太祝等職故也。 재상(宰相)의 아들이 현달하지(뛰어나지) 못하면 곧 의례히 태축 등 직(음직)을 하는 까닭이다.

* 성호전집 – 송나라 이항(李沆)이 재상이 되었을 때 그의 집이 겨우 말 한 마리 돌릴 만한 마당이 있는 매우 좁고 초라한 집이었다. 어떤 이가 그 점에 대하여 말하니, 이항이 "집은 자손에게 전하는 것이다. 이것이 재상의 집으로는 누추하지만, 태축, 봉례의 집으로는 넓다.〔居第當傳子孫 此爲宰相廳事 誠隘 爲太祝奉禮廳事已寬矣〕" 하였다. 《宋史 卷282 李沆列傳》 태축과 봉례는 모두 제사를 맡은 태상시(太常寺)의 관직으로 재상의 자제들에게 내리는 음직(蔭職)이다.

6] [家禮講錄] 가례강록

* 원문의 분량이 방대하여 주자 가례 원문을 여기에 소개하지 못하였고 본종오복도에 대한 일부 문장만 참고로 소개하였으니, 독자께서 원문과 함께 본 역서를 보면 이해가 쉬울 것이다. -(한국 민족문화대백과사전 등)

本宗五服圖 본종오복도

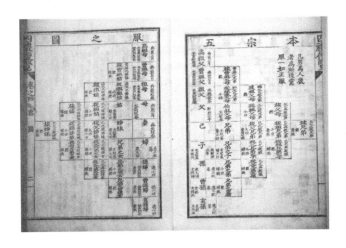

  * **오복** 유교사상에서는 사람이 죽은 뒤 그 망인과의 친소후박(親疎厚薄)에 따라 각각 다른 기간의 상복을 착용하여 애도의 뜻을 표한다. 주자의 ≪가례≫의 보급과 함께 관혼상제의 사례(四禮) 중에서 예로부터 상례(喪禮)가 특히 중시됨에 따라 복(服)의 등급을 상복의 종류, 상기(喪期)의 장단(長短), 곡장(哭杖)의 유무로 정하였다. 참최(斬衰)·자최(齊衰)·대공(大功)·소공(小功)·시마(緦麻)의 다섯 가지를 오복이라 한다.

  참최는 상기(喪期), 즉 상복을 입는 기간이 3년인 복제로서, 아버지상을 당했을 때, 아버지가 없는 손자가 할아버지상을 당했을 때, 양자가 양부의 상을 당했을 때, 아내가 남편의 상을 당했을 때, 첩이 정실부인의 상을 당했을 때이다. 이때 상복은 굵고 거친 삼베로 만드는데 아래의 옷단을 꿰매지 않는다. 또 상복과 더불어 요질(腰絰, 허리에 두르는 띠)과 수질(首絰, 머리에 쓰는 띠)을 착용하고 행전을 치고 짚신을 신으며 대나무 지팡이를 짚는다. 또한 짚자리(藁席)와 짚베게(藁枕)를 쓴다.

  자최는 상기가 대상에 따라 3년, 1년, 5개월, 3개월의 구분이 있다. 3년의 경우는 아들이 어머니상을 당했을 때, 아버지 없는 손자가 할머니의 상을 당했을 때, 어머니가 맏아들의 상을 당했을 때,

며느리가 시어머니의 상을 당했을 때이다. 이때 상복의 베는 참최와 같으나 밑의 단을 꿰매며 지팡이는 대나무 대신 오동나무나 버드나무를 쓴다. 1년의 경우는 지팡이를 짚는 장기(杖朞)와 짚지 않는 부장기(不杖朞)가 있는데, 부장기에 해당하는 것은 할아버지는 살아 있고 할머니의 상을 당했을 때, 시집간 딸이 친정어머니의 상을 당했을 때, 자식이 쫓겨난 어머니의 상을 당했을 때, 남편이 아내의 상을 당했을 때이다. 장기에 해당하는 것은 손자가 할아버지의 상을 당했을 때, 조카가 백부모나 숙부모의 상을 당했을 때, 조카가 시집 안 간 고모의 상을 당했을 때, 개가한 어머니가 자기가 낳은 아들의 상을 당했을 때, 이혼당한 어머니가 자기가 낳은 아들의 상을 당했을 때, 시부모가 맏며느리의 상을 당했을 때이다. 자최에 해당하는 것으로 상기가 5개월과 3개월인 경우는 물론 지팡이를 짚지 않는데, 5개월은 증손이 증조부모의 상을 당했을 때이고, 3개월은 현손(고손)이 고조부모의 상을 당했을 때, 개가한 어머니를 따라가지 않은 아들이 의붓아버지의 상을 당했을 때이다.

대공은 상기가 9개월인 복제로 종형제, 즉 사촌의 상을 당했을 때, 조부모가 손자·손녀의 상을 당했을 때, 시부모가 맏이가 아닌 며느리의 상을 당했을 때, 시삼촌이 조카며느리의 상을 당했을 때, 손자며느리가 시조부모의 상을 당했을 때 해당되며, 상복 형태는 자최와 같다.

소공은 상기가 5개월로, 종손자가 종조부모의 상을 당했을 때, 종손자가 대고모의 상을 당했을 때, 종조부가 종손자의 상을 당했을 때, 대고모가 친정 종손자의 상을 당했을 때, 종숙이 종질의 상을 당했을 때, 재종형제와 자매의 상을 당했을 때, 외손자가 외할아버지와 외할머니의 상을 당했을 때, 조카가 외삼촌의 상을 당했을 때, 외삼촌이 조카의 상을 당했을 때, 이모의 상을 당했을 때, 이모가 조카의 상을 입었을 때, 올케가 시누이의 상을 당했을 때, 시누이가 올케의 상을 입었을 때, 동서의 상을 당했을 때, 시동생이 형수의 상을 당했을 때, 시숙이 계수의 상을 당했을 때, 계수가 시숙의 상을 입었을 때, 형수가 시동생의 상을 입었을 때 해당된다. 상복은 대공과 같다.

끝으로 시마는 상기가 3개월이고 상복은 소공과 같은데 해당 대상은 다음의 경우이다. 즉, 종증손자가 종증조부·종증조모의 상을 당했을 때, 재종손자가 재종조부의 상을 당했을 때, 재종질이 재종숙이나 재종고모의 상을 당했을 때, 사위가 장인·장모의 상을 당했을 때와 이 반대의 경우가 해당된다. 또 삼종형제 상호간, 이종형제 상호간, 외종형제 상호간, 내종형제 상호간, 그리고 시외조부모, 시외삼촌과 시이모, 외손부, 생질부, 이질부, 서모, 유모의 상이 여기에 해당한다.

○ **祖姑嫁無。姑嫁小功。** 조고가무 고가소공 (고모할머니가 시집가면 복을 안 하고 고모가 시집가면 소공을 입는다) **祖姑及姑嫁。則當緦麻大功。而此云無小功。誤也。** 고모할머니와 고모가 시집가면 곧 시마와 대공을 입어야 하므로 이와 같이 복을 안 하거나 소공을 입는다고 한다면 잘못된 것이다.

序(서)

○ **儀章度數。** 의장도수 儀章。服食器用之類。度數。周旋升降

出入向背之曲折。 의장은 옷과 음식 그릇과 사용하는 도구의 종류를 말하며 도수는 주선(주변을 도는 것) 승강(오르내리는 것) 출입(드나드는 것) 향배(향하거나 돌아서는 것) 등의 내용이다

* (주자가례 원문) 凡禮 有本有文 自其施於家者言之則名分之守愛敬之實其本也冠婚喪祭儀 章度數者其文也 무릇 예에는 본(본체)과 문(꾸밈)이 있으니 그 집에서 시행하는 것으로부터 말하자면 명분을 지키는 것과 사랑하고 존경하는 것이 그 본이며 관례 혼례 상례 제례 의장 도수가 그 문이다.

○ 楊復。 양복 朱子門人。 字志仁。 號信齋。 長溪人。 양복은 주자의 문인으로 자는 지인이고 호는 신제이며 장계 사람이다.

○ 童行。 동행(어린 중) 行合浪切。 輩行也。 劉珙詩云。 削髪入空門。 被緇爲童行。 行의 음은 합(合)과 낭(浪)의 반절이며, 배행(輩行, 선후배 순서)이라는 뜻이다. (송나라) 유공의 시에서 말하길 '머리 깎고 불문에 들어가 검은 옷을 입고 동행이 되었다'고 하였다.

* 輩行(배행) : 선배(先輩), 후배(後輩)의 순서(順序), 나이가 서로 비슷한 친구(親舊)

○ 儀禮。 의례 周公所撰。 의례는 주공이 지은 것이다.

* 의례 13경 중의 하나이다. 『주례(周禮)』·『예기』와 함께 삼례(三禮)로 일컬어진다. 『한서(漢書)』 예문지에 "예(禮)는 고경(古經) 56권과 경 70편"이라고 쓰여져 있다.

○ 高氏。 고씨 名閌。 字抑崇。 四明人。 宋紹興初。 爲禮官。 撰厚終禮。 이름이 항이고 자는 억숭이며 사명 사람이다. 송나라 소흥(고종) 초기에 예관이 되어 후락예를 지었다.

○ 祔遷。 부천 新主祔廟。 舊主遷廟。 새로운 위패는 사당에 합사하고 오래된 위패는 사당에서 자리를 옮기는 것을 말한다.

○ 遺命。 유명 朱子臨終。 命門人治己喪。 주자가 임종하면서 문인들이 본인의 상을 치르도록 명하였다.

○ 書儀。 서의 司馬溫公所撰。 사마온공이 지은 것이다.

* 書儀(서의) : 송(宋)나라 때 사마광(司馬光, 溫公)이 편찬(編纂)한 공사(公私)의 서장(書狀)의 형식(形式)에 관(關)한 저서(著書).

○ 先後。 선후 朱子於祭禮所見。 有先後之不同。 주자가 제례에

서 본 바 선후가 같지 않음이 있다.

○ **疏家**。소가 疏。註之註也。家。諸家也。소는 주석에 다시 주석을 다는 것이고 가는 제가(여러 대가, 제자백가)를 말한다.

通禮 (통례, 집안을 다스릴 때에 일상적으로 쓰는 예법)

祠堂 사당

○ **命士**。上中下士。명사(작위가 있는 선비)는 상 중 하 선비가 있다.

○ **祭於堂上**。당상(대청)에서 제사지낸다. 庶人無廟。故只祭於其家之堂上。서인은 사당이 없다. 따라서 자기 집의 대청에서 제사를 지낸다는 뜻이다.

○ **戶在東**。호재동(지게문은 동쪽에 있다.) 入學圖說家圖。戶在南壁之東。牖在南壁之西。입학도설 가도(집 그림)에 지게문은 실(室)의 남쪽 벽 동쪽에, 들창은 남쪽 벽 서쪽에 있다.

○ **嘗欲立**。일찍이 (가묘를) 세우고자 했다. 朱子欲立也。주자가 세우고자 했다는 말이다.

○ **杜佑**。두우 字君卿。萬年人。以蔭補參軍。唐德憲兩朝。拜司空。進司徒。封歧國公。佑嗜學。撰通典二百卷。자는 군경이고 만년 사람이다. 음보참군으로서 당나라 덕종 헌종 두 황제 때 공조판서와 사도 벼슬을 하였고 기국공에 봉하여졌다. 학문을 즐겼으며 통전 200권을 지었다.

* 杜佑(두우) : 자(字) 군경(君卿). 장안(長安) 출생. 당나라 정치가. 증조부 이래 관료를 지낸 귀족 집안에서 태어나 일찍부터 여러 관직을 역임한 후, 덕종(德宗)·순종(順宗)·헌종(憲宗) 등 3제(帝)에 걸쳐 재상(宰相)을 지냈다. 그의 시대는 안녹산의 대란(大亂)이 있은 뒤여서 사회적·정치적으로 변동기에 해당하였으나, 사회의 움직임에 민감하고 정치에 밝았으며, 부국안민(富國安民)을 자기의 사명으로 생각하였다. 한(漢)나라의 사마천(司馬遷) 이후 제1의 역사가로 인정받았으며, 저서 《통전(通典)》(200권)은 상고(上古)로부터 당의 현종조(玄宗朝)까지 역대의 제도를 9부분으로 분류하여 수록한 역사서로서 오늘날에도 제도사 연구상 불가

결한 자료이다. 그 밖의 저서로 《통전》의 요점을 쓴 것으로 생각되는 《이도요결(理道要訣)》 등이 있다. -(두산백과)

* 음보(蔭補) : 과거를 거치지 않고 조상의 공훈(功勳)이나 음덕(蔭德)에 의하여 특별한 대우를 받아 관직을 얻는 것
* 사도(司徒) : 한•당시대 관제에서 삼공(三公: 태위•사도•사공)의 하나로 법을 맡은 관직.
* 통전(通典) : 당나라의 재상 두우가 편찬한 제도사

○ **韓, 司馬**。한 사마 韓魏公琦。司馬公光也。한나라 위공 기이다. 사마광 공이다.

* 司馬光(사마광, 1019~1086) : 중국(中國) 송(宋)나라의 학자(學者). 역사책(歷史冊)『자치통감(自治通鑑)』의 저자(著者)

○ **不可用影**。부가용영(영정 초상을 쓰지 못한다) 伊川曰。今人以影祭。一髭髮不相似。則所祭已是別人。大不便。이천이 말하기를 '오늘날 사람들이 영정으로 제사를 지내는데 터럭 한 개라도 다르면 곧 다른 사람에게 제사 지내는 것이니 크게 온당하지 않다'고 하였다.

○ **兩階之間**。又設香卓。양쪽 계단의 사이에 또 향 피우는 탁자를 설치한다。晨謁及出入告辭時所用。이른 아침에 출입하며 말씀을 고할 때 소용된다.

○ **立齋以居**。입재이거(재사를 세워 거처한다) 別立齋。非所居之室。따로 재사를 세우는 것이며 살고 있는 집이 아니다.

○ **不知來處**。부지래처(어디서 왔는지 모른다) 族派之所從來。친족과 파벌이 따라온 바이다.

○ **後世譜牒**。후세보첩(족보책) 謂設局掌四方臣民之姓氏族譜除官及其婚嫁時。皆考之。판을 나누어 사방 신민의 성씨족보 벼슬 혼인한 때에 이르기까지를 관장한다. 모두 그것을 상고한다.

○ **南北相重**。남북이 서로 거듭된다. 二昭二穆。各兩行。2소와 2목이 각각 두 줄이다.

* 소목昭穆 신주를 배열하는 방식의 일종으로, 왼쪽[東]의 소昭와 오른쪽[西]의 목穆을 일컫는 용어.
* 天子七廟 三昭三穆 與太祖之廟而七 諸侯五廟 二昭二穆 與太祖之廟而五 大夫三廟 一昭一穆 與太祖之廟而三 士一廟 庶人祭於寢 《예기》〈왕제(王制)〉에 "천자는 7묘이니 3소 3목과

태조의 묘와 합하여 7묘이고, 제후는 5묘이니 2소 2목과 태조의 묘와 합하여 5묘이고, 대부
는 3묘이니 1소 1목과 태조의 묘와 합하여 3묘이고, 사는 1묘이고, 서인은 침에서 제사한다.

○ **陸農師**。육농사 名佃。農師字。宋徽宗時人。居貧苦學。
擢進士。累官尙書右丞。著埤雅, 禮象等書。居山陰。 이름은
전이고 농사는 자(字)이며 송나라 휘종 때 사람이다. 가난하게 살며
어렵게 공부하여 진사로 발탁되었다. 거듭하여 관직이 상서우승에
이르렀고 퇴지, 예상 등의 글을 지었다. 산음에 살았다.

* 육전(陸佃, 1042년~1102년) : 월주(越州) 산음(山陰) 사람으로 자는 농사(農師)이고, 호는
도산(陶山)이다. 송(宋)나라 때의 관리이자 학자로 육유(陸遊)의 조부(祖父)이다. 희녕(熙寧)
3년(1070)의 진사(進士) 출신으로 벼슬은 채주추관(蔡州推官), 국자감직강(國子監直講), 중
서사인(中書舍人), 급사중(給事中), 지정주(知鄭州), 지태주(知泰州), 지해주(知海州), 예부
시랑(禮部侍郎), 상서우승(尙書右丞), 상서좌승(尙書左丞) 등을 역임했다. 저서로 《도산집
(陶山集)》, 《비아(埤雅)》, 《예상(禮象)》, 《춘추후전(春秋後傳)》, 《헐관자주(鶡冠子注)》 등이
있다. -(중국역대인명사전)

○ **顧成廟**。고성묘 成於指顧之間也。言漢文帝儉素。故易成
其廟也。 가리키고 돌아보는 사이에 만들었다. 한나라 문제가 검소
해서 그 사당을 쉽게 만들었다고 한다.

* 고성묘(顧成廟) :《한서》 '문제(文帝) 4년(기원전 176) 고성묘를 지었다'. 응소(應劭)는 "제
도가 낮고 좁아서 '돌아보니 이루어진 것' 같았다"고 했다. 여순(如淳)은 "자신이 생존해 있으
면서 묘(廟)를 만든 것이 《서경》의 〈고명(顧命)〉과 같다"고 했다. 복건(服虔)은 "장안성(長安
城)의 남쪽에 있다"고 했다.

○ **禰處**。예처(동묘) 祖以上居西龕。故禰處謂之東廟。 할아버지
이상은 서쪽 감실에 거하므로 예처(아버지 사당)는 동묘라고 한다.

○ **大傳**。대전 禮記篇名。其文止於遷之宗。 예기의 편명이다. 그
종을 옮기는 곳에서 그 문장이 그친다.

○ **別子爲祖**。별자위조 爲始祖。 시조가 되는 것이다.

* 별자別子 제후의 적장자 이외의 아들.

○ **爲宗**。위종 爲大宗。 대종이 되는 것이다.

○ **庶子**。서자 指衆子。 둘째 이후의 아들을 가리킨다.

○ **高祖廟毁**。고조묘훼 遞遷之時。易簷改塗故曰毁。 제천할 때

처마의 나무를 바꾸고 칠을 고치므로 훼손이라 말한다.

* 체천(遞遷) : 봉사제사를 다한 신주를 옮기는 것.

○ **堂兄弟**。 당형제　四寸兄弟。 사촌형제를 말한다.

○ **滕文之昭**。 등문지소　文王爲穆。 而滕之始祖。 乃文王之子。 故曰文之昭。 문왕이 목이었고 등나라의 시조이다. 그러므로 문왕의 아들을 문왕의 소라 부른다.

* 소목昭穆 사상신주의 차례(왼쪽–소, 오른쪽 목)

○ **皆適**。 개적　適與嫡通用。 諸侯之子皆嫡子。 則世子之外。 當各爲大宗之祖。 而不可爲小宗之祖。 적(適)은 적(嫡)과 통한다. 제후의 아들은 모두 적자이므로 세자 이외에는 마땅히 각자 대종의 조상이 되며 소종의 조상이 될 수 없다.

○ **衮做**。 곤주　두의섯거做ᄒᆞ다。 여러 사람이 함께 제사를 지내는 것이다.

○ **這般**。 저반　이ᄀᆞᄐᆞᆫ。 '이러한 따위'의 뜻이다.

○ **本註**。 본주　卽此大文下。 朱子所註。 곧 본문 아래에 주자가 주를 단 것이다.

○ **妻若兄弟**。 처약형제　妻卽己之妻。 兄弟。 卽身死無後者。 처는 곧 내 처이며, 형제는 곧 죽어서 후손이 없는 자이다.

○ **無服之殤**。 무복지상　七歲以下。 7세 이전에 죽은 것을 무복지상이라 한다.

○ **纔祭高祖**。 재제고조　非謂畢其祭也。 高祖之祭。 纔畢初獻也。 每獻皆如此。 그 제사를 마친 것을 이르는 것이 아니다. 겨우 초헌을 마친 것이다. 매번 헌주하는 것이 이와 같다.

* 가례에서는 고조의 제사를 막 마치고서 곧바로 사람들에게 고조에게 합부한 자에게 술을 따라 올리게 한다.(纔祭高祖畢 卽使人酌獻祔于高祖者)

○ **西邊安**。 서변안(위패의 서쪽편에 합사하여 안치하다)　安。 卽安妥也。 안은 곧 편안함이다.

○ **嫂妻婦**。수처부 嫂。兄妻。妻。己妻。婦。弟妻。수는 형수, 처는 나의 처, 부는 동생의 처이다.

○ **就裏爲大**。취리위대 裏。正位。在北故指北爲裏。리의 정위는 안쪽으로 당의 북쪽(정위)이다. 북쪽에 있으니 고로 북쪽을 리라 한다.

○ **典賣**。전매 典衣之典。俗云볼무드리다。전은 옷을 저당 잡히는 것이다. 속된 말로 볼모가 되는 것이다.

○ **合用**。합용 猶言當用也。당용과 같다.

○ **茶筅**。다선 音扇。調茶之物。以竹爲之。음은 선이며 차를 고르는 물건이며 대나무로 만든다.

○ **唱喏**。창야 喏音也。作揖聲。'야'는 소리이다. 읍하는 소리를 내는 것이다.

○ **不見客受弔**。불견객수조 朱子曰。忌日。當時士大夫依舊孝服受弔。五代時。某人忌日受弔。某人弔之。遂於坐間刺殺之。後來。只是受人慰書而不接見。주자가 말하기를 기일에 당시 사대부들이 예전 습속에 따라 효복을 입고서도 조문을 받았으나 5대 시절에 어떤 사람이 기일에 조문을 받았는데 어떤 사람이 드디어 그 자리에서 상대방을 찔러 죽인 일이 있었고 그 뒤에는 다만 남들의 위로 글을 받고 접견을 하지 않았다고 한다.

○ **角黍**。각서 角黍。粽也。風土記。以菰葉裹糯米。五月五日。祭汨羅之遺俗。又裹糯米爲粽。以象陰陽相包裹未分散。각서는 웃기떡이다. 풍토기에 창포 잎으로 찹쌀을 싸서 단오에 멱라에서 제사 지내던 유속이며 찹쌀을 싸서 웃기떡을 만들고 음양 모양으로 서로 싸서 흩어지지 않게 했다.

○ **孝子某**。효자모 儀節云。孝玄孫尤詳。'의절'에서는 '효현손'으로 더욱 상세하다.

○ **某親**。모친 儀節云。顯高祖尤詳。'의절'에서는 '현고조'로 더

욱 상세하다.

○ **某之某某**。 모지모모 上某。主人自稱。中某。或弟或子。下某。弟子之名。授官貶降。皆以是書之於祝板也。 첫 번째 모는 주인 스스로를 칭하는 것이고, 두 번째 모는 동생 또는 자식이며, 세 번째 모는 동생과 자식의 이름이다. 벼슬을 제수받은 것, 계급이 격하된 것 등 모두 축판에 적었다.

○ **高**。 고 高。疑廣字之誤。 고는 광자의 오기로 보인다.

○ **揭而焚之**。 게이분지(들어서 태운다) 揭。韻會云擧也。 게는 회운에서 거(擧)이다.

○ **其首尾**。 기수미 疑祝詞首尾。 축문의 시작과 끝으로 생각된다.

○ **孝元孫**。 효원손 宋眞宗大中祥符五年。聖祖降延恩殿。詔聖祖名曰玄朗。不得斥犯。凡經傳中玄字。皆改爲元。故家禮稱元孫。 송나라 진종 대중 상부 5년에 거룩한 조상이 연은전에 내려오셨다. 성조의 이름이 '현랑'이어서 이름을 거스르고 드러낼 수 없어서 무릇 경전에서 '현'자를 모두 고쳐 '원'이 되었으므로 가례에서 '원'이라 칭한다.

○ **藏其主**。 장기주 非埋也乃藏置也。 (신주를) 땅에 묻는 것이 아니라 숨기는 것이다.

○ **諸位送掌**。 제위송장(여러 위패를 전달하여 주관한다) 如今族中一人爲有司傳相掌其事。 지금 친족 중 1인이 유사가 되어 대대로 전하여 그 일을 맡는 것과 같다.

深衣制度 심의제도

○ **度**。 도 度然後知長短之度。 자로 잰 연후에 장단의 정도를 알 수있다.

○ **中指中節爲寸**。 중지중절위촌(가운뎃손가락 가운데 마디를 촌이라 한다) 丘氏曰。按中指中節。乃屈節向內兩紋尖相距處。卽

鍼經所謂同身寸也。 구씨(구양수)가 말하길 중지의 가운데 마디를 안으로 접어서 가로 무늬 사이의 거리를 말한다. 곧 '침경'에서 말하는 신촌과 같은 것이다.

○ 弱。 약　猶言五分몯엿ᄒ단말이니。言五分弱애當ᄒ니라。 5푼이 못 된다는 말과 같다. 5푼에 모자란다는 말이다.

○ 人之體爲法。 인지체위법　體。身也。一身長一丈。則寸尺咫尋。以此爲法。 체는 몸이다. 몸 하나의 길이가 1장이며 곧 촌척은 한 길에 가까운 것이며 이로써 본을 만든다.

○ 約圍。 약위　約。大約也。圍。言四幅當腰之圍。 약은 대략이다. 위는 4폭으로 허리를 두르는 것을 말한다.

○ 踝手鑑。 과수감　胡瓦切。足兩側高骨也。 胡(호)와 瓦(와)의 반절이다. 발 양쪽의 높이 솟은 뼈이다.

○ 反屈及肘。 반굴급주　疑必其袂至手而反屈之。則及於肘也。肘。臂節也。 반드시 소매가 손에 이르고 반대로 접어서 팔꿈치에 닿는 것인지는 의심스럽다. 주는 팔의 관절(팔꿈치)이다.

○ 蔡氏淵。 채씨연　卽沈之兄。朱子門人。號節齋。 채침의 형이며 주자의 문인이고 호는 절재이다.

○ 得其說。 득기설　曲裾을올히삼긴쁟을朱子得之也。非特指鄭註也。 굽은 옷자락을 주자께서 알게 된 것이지 특별히 정자의 설을 가리키는 것은 아니다.

○ 左右交鉤。 좌우교구(좌우를 교차하여 얽다)　疑左衽右衽相鉤。 좌우 옷깃을 서로 얽매는 것으로 생각된다.

○ 深衣爲之次。 심의위지차　言次於朝服。 심의는 조복 다음의 순서라는 것을 말한다.

○ 相次而畫。 상차이화　疑靑黃赤白黑。相次而畫。然未詳。 청, 황, 적, 백, 흑을 서로 차례를 두고 그리는 것으로 상각되지만 자세하지 않다.

○ **今用黑繒**。금용흑증　猶言今則具父母及孤子。通用黑繒。지금 곧 부모를 모시는 데에서 고자에 이르기까지 검은 깁을 사용한다고 말하는 것과 같다.

○ **布外**。포외　매그데각별이黑繒을如緣廣也。매 끝을 각별히 검은 깁과 가선을 같게 한다.

○ **夾縫之**。협봉지　用繒四寸。夾縫爲二寸。깁 4촌을 이용하여 2촌으로 겹으로 바느질한다.

○ **袤**。무　南北曰袤。남북을 무라고 한다.

○ **五梁**。오량　言糊紙爲梁。다슷고들덥히단말이라。다섯 곳을 덮는다는 말이다. 풀과 종이를 량이라고 한다.

○ **橫㡇**。횡첩　ᄀᆞ로덥단말이라。횡첩은 가로로 덮는다는 말이다.

○ **紃**。순(끈)　韻會。施諸縫中也。'운회'에서 바느질할 때 그것을 사용한다.

居家雜儀 거가잡의

○ **舍業**。사업　別墅別業也。별서(농막) 별업을 말하는 것이다.

○ **頭帬**。두수　丘氏曰。頭帬。是總。禮經所謂裂練繒以束髮。是也。구 씨가 말하길 두수는 총이니 예주(예기 내칙)에서 '연증을 잘라 만들어 머리카락을 묶는다'라고 한 것이 이것이다.

○ **晨羞**。신수　如今早飯。지금의 아침밥과 같다.

○ **安置**。안치　猶昏定也。非特道安置而已。혼정(아침저녁 부모님 살피는 것)과 같다. 특별히 편안하게 두는 방법을 말하는 것이 아니다.

○ **告行飮至**。고행음지　左傳。凡公行。告于宗廟。反行飮至。言反又告至于廟而飮酒。故曰飮至。是告至之義。좌전에 '무릇 출행할 경우에는 종묘사당에 아뢰며, 이르러서는 사당에 아뢴 다음 술을 마신다'고 하니 돌아와서 또 사당에 이르렀다고 고하고 술을 마시는 까닭에 '음지'라고 하며 이것이 '고지'의 뜻이다.

○ **疏齊王攸**。소재왕유(제왕 유를 멀리하다) 攸。卽晉武同母弟。太后遺命武帝。保護之。攸賢。帝忌之。及封齊。將歸國。朝廷將賴攸以安。皆以爲不可出。帝尤忌之。馮紞讒之。竟遣歸。攸憂懼死。유는 곧 진나라 무제의 동생이다. 태후가 유언으로 동생인 제왕 사마유(司馬攸)를 보호하라고 말하였다. 그러나 현명한 유를 무제가 질시하여 제왕으로 봉했고 장차 귀국하려는데 조정에서 유를 신뢰하고 좋아하여 모두가 그를 나라를 벗어나지 못하게 하니 더욱 질시하였다. 풍담이 유를 참소하여 마침내 귀양을 보내고 유는 걱정하고 두려워하다 죽었다.

○ **老者之行**。노자지행 行。去聲。猶事也。卽老者之事也。행은 거성이며 사(事)와 같으니 곧 늙은이의 일이다.

○ **適其氣**。적기기 氣。老者之氣也。기는 늙은이의 기이다.

○ **若不可怒**。약불가노 猶言不可以怒敎之也。화내지 않고 가르치는 것을 말한다.

○ **蓋頭**。개두 猶너울也。너울(부녀자용 쓰개)과 같다.

　 * 蓋頭(개두) : 상복(喪服)의 한 가지. 국상(國喪) 때 왕비(王妃) 이하(以下) 나인이 착복(着服)함.

○ **面帽**。면모 猶面紗也。면사(면사포)와 같다.

○ **避煩**。피번(번거로움을 피하다) 雖或有四五或有六七。再拜唱喏。萬福安置等事。三度而止。所以避煩也。비록 혹은 네다섯 혹은 여섯일곱이 있더라고 두 번 절하고 부르고 읍을 한다. 아침저녁으로 인사하고 만복을 비는 것도 역시 세 번으로 그치는데, 모두 번거로움을 피하기 위한 것이다

○ **扶**。부 謂摀策。未詳。隆謹按韻會。摀。拘也。又手摀也。策。束勒行者。扶持使進也。蓋不敢安意立受其拜。以手扶而止之進之也。추책을 말하지만 상세하지 않다. 내가 '운회'를 상세하게 살펴보니 추(摀)는 잡는다(拘)는 뜻이며 또한 손으로 잡는다는 뜻이기도 하다. 책(策)은 부축해 일으킨다는 뜻으로, 손으로

잡아서 부축해 일으키는 것을 말한다. 이는 감히 편안하게 절을 받지 못하고 사양하는 것을 뜻하며 손으로 부축하여 멈추고 나가는 것이다.

○ **女戒**。여계　曹大家所撰。조대가가 지은 것이다.

○ **敎之自名**。교지각명　言敎其自稱己名。스스로 자기의 이름을 칭하도록 가르치는 것을 말한다.

○ **列女傳**。열녀전　劉向所撰。강향이 지은 것이다.

○ **紉**。인(꿰다)　音仁。以縷貫針也。음은 인이고 실을 바늘에 꿰는 것이다.

○ **諸子舍**。제자사　雖同居諸子。所居則各房也。비록 제자들과 함께 살지만 각자의 방에서 기거하는 것이다.

冠禮 관례

冠 관

○ **介子**。개자　次子。개자는 차자(그 다음 사람)이다.

○ **宿賓**。숙빈　儀禮註。宿。進也。少牢註。宿之爲言。肅也。肅。進也。朱子曰。隔宿戒之。言隔宿更戒。而肅進之也。'의례' 주에 이르기를, '숙(宿)'은 나아간다는 뜻'이다. 소뢰 주에 숙(宿)은 숙(肅)이며 나아가는 것이라고 한다. 주자께서 말씀하시길, "숙빈(宿賓)은 하루 전에 재계하고 다시 재계한 후에 공손하게 나아간다."

* 숙계(宿戒) : 의식·제사의 기일에 앞서 목욕재계하는 일.

○ **帟幕**。역막　猶遮日。차일(장막)과 같다.

○ **以堊畫**。이악화　堊。白土也。악은 백토(흰 흙)이다.

○ **東榮**。동영　榮。猶簷下也。영은 처마 아래와 같다.

○ **鄕飮酒義**。水在洗東。祖天地之左海也。註天地之間。海
居東。東則左也。水則盛之於罍者。蓋酌之於罍。而滌之於
洗。故其水在洗東。(예기) 향음주의에서 '(선을 조계에 두고) 물을
선의 동쪽에 놓아두는 것은 천지의 왼쪽에 바다가 있는 것을 본받은
것이다'고 하였는데, (이에 대하여) 주에 이르기를, '천지간에 바다는
동쪽에 있는데, 동쪽은 왼쪽이다. 물을 뇌(罍)에 담아 두는 것은, 대
개 뇌에서 물을 떠서 선에서 씻기 위해서이다. 그러므로 그 물이 선
의 동쪽에 있는 것이다'고 하였다.

○ **罍洗**。뇌선 韻會。罍。與器。畫爲雲雷之象。取其雷震之
威。以起敬也。운회에 이르기를 '뇌는 씻는 데 사용하는 그릇인
데 구름과 우레 모양을 새겨 넣었다. 이에 우레와 벼락의 위엄을 취
하여 공경심을 일으키게 한 것이다' 하였다.

난삼(襴衫) 공복(公服) 모자(帽子) 복두(幞頭)

가계(假髻) 화(靴) 대(帶) 삼(衫)

장군(長裙) 대의(大衣) 배자(背子)

○ **冠義**。관의 禮記篇名。예기의 편명이다.

○ **東領北上**。동령북상. (옷깃을 동쪽으로 하되, 북쪽을 위로 한다). 士冠禮疏。喪禮服。或西領或南領。此東領者。嘉禮異於凶禮故也。士之冠時。先用卑服北上便也。예례의 사관례 소에 이르기를 '상례의 복장은 혹은 옷깃을 서쪽으로 하거나 혹은 남쪽으로 한다. 그런데 이곳에서 옷깃을 동쪽으로 하는 것은 가례는 흉례와 달라서이다. 관례를 올릴 적에는 먼저 비천한 복을 입는 바, (옷깃을) 북쪽으로 하는 것이 편한 것이다고 하였다.

○ **冠笄**。관계(관을 머리에 고정시키는 비녀) 笄。卽緇布冠之笄也。계는 곧 검은 베로 만든 관의 비녀이다.

○ **蒙帕**。몽파 蒙猶覆。帕猶袱也。몽은 복(덮다)과 같고 파는 보(보자기)와 같다.

○ **雙紒**。쌍계 紒。音義與髻同。丘氏曰。雙紒。疑是作兩圓圈子。계는 음과 뜻이 髻(상투 계)와 같다. 구 씨가 말하길 쌍계는 (머리를 틀어) 두 개의 둥근 고리를 만드는 것으로 생각된다.

○ **勒帛**。늑백 勒帛。疑今之行縛。늑백은 지금의 행박(삼베 서너 자를 가지고 발에서 무릎까지 감아서 바짓가랑이를 싸는 것)으로 생각된다.

○ **加冠巾**。가관건 緇布冠。幅巾。(보주(補註)에 이르기를) 관은 치포관(緇布冠)을 말하고, 건은 복건(幅巾)을 말한다.

○ **若襴衫納靴**。약난삼납화(또는 난삼을 입고 가죽신을 신는다) 無官者所服。故云雖襴衫納靴。관직이 없는 자가 옷을 입는 바이니고로 난삼을 입고 가죽신을 신는다고 한다.

○ **嘉薦**。가천 士冠禮註。嘉。善也。薦。謂脯鹽芳香也。(예시) 사관례 주에 가(嘉)는 선(善)이요 천(薦)은 포(건육)와 젓갈의 좋은 냄새를 말한다.

○ **拜受祭**。배수제(절하고 받아서 제사 지낸다) 朱子曰。古人祭酒於地。祭食於豆間。주자께서 말씀하시길 옛날 사람들은 땅에서

는 술을 가지고 제사 지내고, 두(豆) 사이에서는 음식을 가지고 제사
를 지낸다고 하셨다.

○ **啐酒**。췌주 啐音最。韻會。先嘗也。雜記註。啐七內反。
至齒爲嚌。入口爲啐。○ 醴則一獻。醴重於酒故也。啐의 음
은 최(最)이다. 운회에서 말하길 '먼저 맛보는 것'이다. 잡기의 주에
췌(啐)는 칠(七)과 내(內)의 반절이다. '이빨에 닿는 것을 제(嚌)라 하
고 입에 들어가는 것을 췌(啐)라 한다'고 하였다.

○ **醴則一獻**。예즉일헌 醴重於酒故也。단술이 술보다 중요하기
때문이다.

○ **醮於客位**。초어객위(손님의 자리에서 초례를 행하는 것) 客位。指
本註堂中間少西。此客位也。손님의 자리는 본주에서 말하는
당은 중앙의 약간 서쪽을 가리킨다. 이곳이 손님의 자리이다.

○ **曰伯某父**。왈백모보 曰。賓之言。父音甫。백모보(伯某父)는
빈객의 말이다. 부(父)는 음이 '보(甫)'이다.

○ **出就次**。출취차(나와서 막차(幕次)로 간다) 出就外次。士冠禮
註。次。門外更衣處也。必帷幕蕈席爲之。사관례의 주에 차
는 문밖에서 다시 옷을 입는 곳이며 반드시 유막(帷幕)이나 점석으
로 만들었다.

○ **酬之以弊**。수지이폐 酬。音義與酬同。酬之爲言。厚也。수
(酬)는 음과 뜻이 수(酬, 갚을 수)와 같다. 수의 뜻은 '후하다'이다.

○ **獻酢酬賓**。헌작수빈(손님이 답하여 술을 따르고 주인이 손님에게
술을 따른다) 恐賓字屬於下句。主人進客曰獻。客答主人曰
酢。主人又酌自飮。答杯於客曰酬。빈(賓)자는 아래 구절에 속
하는 것으로 의심된다. 주인이 손님에게 나가는 것을 헌(獻)이라 하
고 손님이 주인에게 답하는 것을 작(酢)이라 한다. 손님에게 답하는
잔을 수(酬)라고 한다.

○ **十端**。십단 卽五匹也。言每一匹皆自兩端。相捲而爲軸。故

以五匹爲十端。此古禮也。 십단은 곧 5필이다. 매 필마다 양쪽 끝에서부터 말아 중간에 이르게 하면 총 5필이 양쪽이 말아 올려진 5개의 두루마리로 된다. 고로 5필이 10단이 된다고 한다. 이것을 고대의 예절이다.

○ **贊者皆與**。찬자개여(찬자는 모두 참여한다) 禮註。贊者。衆賓也。皆與。亦飮酒也。鄉飮酒禮。賢者爲賓。其次爲介。又其次爲衆賓。본주에 이르기를, "찬자(贊者)는 중빈(衆賓)이다. 개여(皆與)는 역시 함께 술을 마시는 것이다."고 하였다. 향음주례에서 "현자가 빈(賓)이 되고 그다음이 개(介)가 되고 그다음이 중빈(衆賓)이 된다"고 하였다.

○ **尊之也**。존지야 言尊其賓也。그 손님을 존중하는 것을 말한다.

○ **歸其俎**。귀기조 言賓之俎。送於賓家。손님의 잔치 음식을 손님의 집에 보내는 것을 말한다.

계(비녀)

○ **卑幼則以屬**。비유즉이속 屬。親屬之屬也。或姑或姊之類。속은 친속(친척)의 속이다. 고모, 언니 등의 부류를 말한다.

○ **新婦**。신부 雖非初嫁婦人例稱。非獨筓時之稱也。비록 처음 시집가는 부인의 예칭은 아니지만 오로지 비녀를 하는 시기의 지칭인 것도 아니다.

○ **各以其黨**。명이기당(그 친속으로 이름하다) 黨。如丘氏所稱辱交某氏啓某氏某封者是。당은 구 씨가 칭한 욕교모씨 계모씨 모봉(辱交某氏啓某氏某封)이라 한 것이 바로 이것이다.

○ **不能則省**。불능즉성(할 수 없으면 생략한다) 省祝辭也。축사(축하 문장)를 생략하는 것이다.

昏禮 혼례

議昏 의혼(혼인을 의논하다)

○ **先祖太尉**。선조태위 卽溫公之祖父。名炫。 곧 사마광(사마온)
의 할아버지이며 이름은 사마현이다.

* 〈혼례(昏禮) 의혼(議昏)〉의 주(註) 가운데 보이는 사마광(司馬光)의 말로, 다음과 같이 말하였
다. "나의 선조이신 태위공(太尉公)께서는 일찍이 '우리 집안의 남녀 자손은 반드시 장성하기를
기다린 뒤에야 혼인을 의논하였고, 혼인을 의논하는 서신을 주고받으면 수 개월 안에 반드시 혼
인을 치렀다. 그러므로 종신토록 이러한 후회가 없었다.'라고 하였다.

納采 납채(약속한 혼인을 받아들이는 일)

○ **采擇之禮**。채택지례 猶言取而擇之也。 취하여 택하는 것과 같다.

* 《가례》 권3 〈혼례(昏禮)〉 편의 납채(納采)에 대한 주석에 "채택(采擇)을 받아들이는 예이니,
지금 세속에서 이른바 '말로 정한다.'는 것이다. [納其采擇之禮, 卽今世俗所謂言定也.]"라고
하였다.

○ **釧羊**。천양(팔찌) 釧音薦。臂環也。羊。卽羔羊之羊。 釧의
음은 천(薦)이며 팔찌이다. 양(羊)은 곧 고양(羔羊, 새끼 양과 어미 양)
의 양이다.

○ **謹須**。근수(삼가 기다린다) 士昏禮註。須待也。 사혼례 주에 수
(須)는 기다린다(待)는 뜻이다.

* 《의례》 사혼례의 주에 이르기를, "수(須)는 기다린다는 뜻이다." 하였다.

親迎 친영

○ **親迎**。친영(신랑이 신부 집에 가서 예식을 올리고 신부를 맞아오는 예) 近
則以下。皆伊川說。 '近則근즉' 이하는 모두 이천의 설(주장)이다.

○ **這也**。이야 也。語錄猶亦也。 야(也)는 어록의 역(亦)과 같다.

○ **駔儈**。장쾌(중도위) 駔音奘。猶즈름후눈사룸。 駔의 음은 장(奘)
이다. 흥정붙이는 사람과 같다.

○ **不擧其女**。불거기녀(딸을 기르지 않는다) 擧。猶養也。 거(擧)는

양(養, 기를 양)과 같다.

○ **設次于外**。설차우외(밖에 임시 거처를 마련함) 卽女家之外。곧 신부의 집 밖이다.

○ **帶花勝**。대화승(화승을 두르다) 帶。猶揷也。荊楚歲時記。人日翦綵爲花勝而以相遺。後人因以帖首以爲飾。대(帶)는 삽(揷, 꽃을 삽)과 같다. 형초세시기에 말하길 사람들이 날마다 비단을 잘라 머리꾸미개를 만들어 서로 선물하였고 이로 인하여 훗날 사람들이 머리에 드리워서 장식하게 되었다.

○ **相如傳**。상여전 勝者。婦人首飾。漢代曰。華勝。勝去聲。승(勝)이라는 것은 부인의 머리 장식이다. 한나라 시대에 말하기를 화승(華勝)에서 승은 거성이다.

○ **擁蔽其面**。옹폐기면(그 얼굴을 가린다) 恐非以花勝蔽面。別作一物以蔽之。화승으로 얼굴을 가리는 것이 아니라 별도로 물건을 만들어서 얼굴을 가리는 것이다.

○ **命服**。명복[사대부(士大夫)가 입는 정복(正服) 大夫之服。대부의 옷이다.

○ **圍布几筵**。어포궤연(궤연-죽은 사람을 위해 차려둔 영좌) 圍。楚公子名。布。猶鋪也。어(圍)는 초나라 공자의 이름이다. 포(布)는 포(鋪, 펼 포)와 같다.

○ **頗信左氏**。파신좌씨 世俗。不察左氏先配後祖之說。譏當時之失禮。頗信而行之。세속에서는 좌 씨가 먼저 혼인을 하고 후에 사당에 고한 것에 대한 이야기를 살피지 않고(믿을 만하지 않은데도) 당시에 예를 잃은 것을 비웃으며 자못 이를 믿고 행하고 있다.

○ **說親迎處**。설친영처 亦左氏說親迎處也。또한 좌 씨가 친영을 맞은 곳을 말한다.

○ **若則**。약즉(그리하면) 네곧。그리하면

○ **斂帔**。염피 帔。裙也。蒼梧雜志。婦人禮服。有橫帔直

帔。陳魏之間。謂裙謂帔。韻會。帔或作被。詩被之僮僮
註。首飾也。피(帔)는 치마이다. 차오잡지에 '부인의 예복은 횡피
와 직피가 있으며 진(陳)과 위(魏)에서는 치마를 일러 피(帔)라고 한
다. 운회에서는 피(帔)를 피(被)로 쓰기도 한다.《시경》 채번(采蘩) 장
의 "피지동동(被之僮僮)"의 주에 "피(被)는 수식(首飾)이다." 하였다.

○ **生色繒**。생색증(생 색비단) 補註。生。恐五字之誤。 보주에 이
르기를, "생(生)은 의당 오(五)로 되어야 한다"고 하였다.

> *《당음(唐音)》의 진궁시(秦宮詩)에 이르기를, '생색화(生色畫)'라고 하였는데, 이에 대한 주
> 에 이르기를, '생색화는 모두 오색의 단청으로 그린 것이다. 생은 색이 살아서 움직이는 듯한
> 것이다.' 하였다.

○ **擧殽**。거효(안주를 올리다) 非擧而食之。家禮補註。置卓子上
空處。士昏禮疏。擧謂擧肺。 들어서 먹는 것이 아니다. 가례 보
주에 탁자 위 빈 곳에 둔다고 한다. 사혼례 소에 거(擧)는 거폐(擧肺,
폐를 올린다)를 이른다.

> * 거폐(擧肺) : 제사에 희생으로 공급하는 폐.

○ **同牢**。동뢰(부부(夫婦)가 음식(飮食)을 같이 먹는 일) 王制註。牢
者。圈也。以能有所畜。故所畜之牲。皆曰牢。'왕제'의 주
석에 뢰(牢)는 권(圈, 우리 권)이다. 가축을 기르는 곳이므로 제사 희
생을 기르는 곳을 모두 뢰(牢)라 부른다.

○ **昏義註**。共牢而食。同食一牲。有同尊卑之義。《예기》 혼의
(婚義) 주에 "같은 적틀에 차려서 먹고 한 희생을 함께 먹는 것은 존
비를 같이하여 친하자는 것이다.

> * 共牢而食 合巹而酳 所以合體 同尊卑以親之 는 그 주에 "같은 적틀에 차려 먹는다'는 것은
> 희생을 따로 차리지 않고 한 마리의 희생을 같이 먹는다는 뜻이고, '술잔을 합친다'는 것은 신
> 체를 합친다는 뜻이 내포되어 있으며, '적틀을 같이한다'는 것은 존비를 같이한다는 뜻이 내
> 포되어 있다." 하였다.

○ **合巹**。합근 昏義註。合巹。有合體之義。巹。謂牢瓢。一
匏分爲兩瓢。 혼의 주석에 합근(合巹) '술잔을 합친다'는 것은 신

체를 합친다는 뜻이 있다. 근(巹)은 표주박잔(牢瓢)을 말한다. 표주박한 개를 나누면 2개의 표주박잔이 된다.

婦見舅姑 부현구고(신부가 시부모를 뵙는 의식)

○ **撫之**。 무지 撫其幣帛。 그 폐백을 어루만지는 것이다.

○ **小郞小姑**。 소랑소고 小郞。夫之弟。小姑。夫之妹。 소랑의 남편의 동생, 소고는 남편의 여동생이다.

○ **詣其堂**。 예기당 詣宗子之堂。拜宗子也。 종가집에 이르러 종손에게 절을 한다.

○ **合升**。 합승 士昏禮註。合左右胖。升於鼎也。 사혼례 주석에 좌반과 우반을 합하여 솥에 올린다고 하였다.

> * 본주(本註)에 이르기를, " '합승(合升)'은 희생의 왼쪽 반(胖)과 오른쪽 반을 서로 합쳐서 정(鼎)에 올리는 것이다." 하였다.

○ **右胖**。 우반(희생의 오른쪽 반쪽) 士昏禮疏。周人尙右。故右胖。載之舅俎。 사혼례 소에 주나라 사람들은 오른쪽을 숭상하였으므로 오른쪽 반을 시아버지 그릇에 올렸다.

> *《의례》의 소에 이르기를, "주(周)나라 사람들은 오른쪽을 숭상하였다. 그러므로 희생의 오른쪽 반은 시아버지의 조(俎)에 담고, 왼쪽 반은 시어머니의 조에 담는다는 것을 안 것이다.

壻見婦之父母 서현부지부모(사위가 신부의 부모를 뵙는다)

○ **設酒饌**。 설주찬(술과 반찬을 차리다) 言爲壻而設也。上文不當之義止此。 사위를 위하여 차리는 것을 말한다. 위문장의 부당한 뜻은 여기에서 그친다.

○ **幽陰**。 유음(짙은 그늘) 郊特牲註。幽。深也。疏。用樂則令婦志意動散。不能深思陰靜之義。以修婦道也。 예기 교특생 주석에 유(幽)는 심(深, 깊다)이다. (혼례는 음기에 속하므로) 양(疏 : 陽)인 음악을 사용하면 곧 부인의 생각과 뜻이 움직여 흩어지고 음의 고요한 뜻을 깊이 생각할 수 없으므로 이로써 부인의 도를 닦았다.

○ **大男**。대남 疑妻娚。처남으로 생각된다.

○ **小女**。소녀 疑妻弟。처제로 생각된다.

喪禮 상례

初終 초종(초종장사-초상이 난 후부터 곡을 마칠 때까지의 장례절차)

○ **孫宣公**。손선공 孫奭。손석이다.

> *《송감(宋鑑)》에 이르기를, "손석(孫奭)은 박평(博平) 사람이다. 도를 지키는 것으로 자처하였으며, 일찍이 아부를 한 적이 없었다. 진종(眞宗)이 천서(天書)로 인해 소명(召命)을 내려 불러 묻자, 대답하기를, '신은 하늘이 말을 한다고 들은 적이 없습니다. 그러니 어찌 하늘이 글로 쓴 것이 있겠습니까.' 하였으며, 상소를 올려 이에 대해 극간(極諫)하였다. 이에 얼마 뒤에 외직으로 나가 밀주(密州)를 맡아 다스렸다. 그 뒤 인종(仁宗) 때 소부(少傅)로 있다가 치사(致仕)한 뒤에 죽었는데, 시호는 선공(宣公)이다."

○ **氣微難節**。기미난절 節。猶候也。절은 후(候, 기후 후)와 같다.

> * 솜을 대고 기가 끊어지기를 기다린다.(纊, 以俟氣絶。註 : 爲其氣微難節也) 가는 솜을 코에 대어 기다리다가 숨이 있는지 없는지를 살펴서 숨이 끊어지면 그제야 곡을 하는 것은 흩어지려 하는 신혼(神魂)을 놀라게 할까 염려해서이니, 지극히 신중을 기하는 것이다.

○ **復**。복 復。返也。복(復)은 반(返)이다.

○ **皋某復**。고모복 喪大記註。皋。長聲也。상대기 주석에 다르면 고(皋)는 긴소리(長聲)이다.

> *《의례(儀禮)》에 이르기를, "초혼(招魂)을 하는 자가 당 앞의 동쪽 처마를 통해 지붕으로 올라가서 지붕의 중앙으로 나아간 다음 북쪽을 바라보고 서서 죽은 자의 옷을 흔들면서 초혼하는데, '아무개는 돌아오시오.'라고 세 번을 소리친다. 그런 다음 초혼한 옷을 당 앞쪽으로 던진다.[升自前東榮 中屋 北面 招以衣 曰皋某復三 降衣于前]" 하였다.
> * 복(復)이란 혼백을 돌아오라고 부르는 것이다.

○ **尊者主之**。존자주지(항렬이 높은 자가 주관한다) 喪主名同。而實則二人也。상주와 이름이 같으나 실은 2명이다.

> * 무릇 빈객에 대한 절은 존장이 주관함[凡拜賓尊者主之] (본주) 빈객과 함께 예를 행한다면 동거하는 사람 가운데 가까우면서 존장인 자[親且尊者]가 주관한다.

○ **奔喪**。분상 禮記篇名。예기의 '분상'편 이름이다.

○ **里尹**。이윤 如今里正。지금의 이정(里正, 이장)과 같다.

○ **扱**。삽 問喪註。上袵。深衣前襟也。以號痛踐履爲妨。故插之於帶也。《예기》 문상의 주석에 이르기를, "상임(上袵)'은 심의(深衣)의 앞쪽 옷깃이다. 울부짖으면서 뛸 적에 발에 밟혀 방해가 되기 때문에 옷깃을 허리띠에 끼운다." 하였다.

○ **油杉**。유삼 說文。杉似松而材良。설문에 유는 소나무와 같고 재질이 좋은 것이다.

  * 주(註)의, 유삼(油杉) –《역어(譯語)》에 이르기를, "남쪽 지방에서 나는 소나무를 가리킨다." 하였다.

○ **頭大足小**。대두족소(머리 쪽은 크고 발 쪽은 작게 만든다) 如今京中人之造棺皆如此。지금 서울 사람들이 관을 만들면서 모두 이와 같이 하는 것과 같다.

○ **灰漆**。회칠(석회 바르기) 如今骨灰。지금의 골회(뼈가루)와 같다.

○ **秫灰**。출회 韻會。秫。穄也。稻之粘者。운회에서 출(秫)은 나(穄, 찰벼 나)이며 벼 중에서 차진 것이라고 한다.

  * 秫灰(출회) : 차조의 짚을 태운 재. 관(棺)의 밑바닥에 까는 데 썼음.

○ **還葬**。선장 還音義與旋同。言斂畢而卽葬也。선(還)의 음과 뜻은 선(旋)과 같다. 염을 마치면 바로 장사를 지낸다고 한다.

○ **小蚌粉**。소양분 疑是석회。석회라고 생각된다.

○ **蔡氏兄弟**。채씨형제 蔡淵, 蔡沈。채연과 채심이다.

○ **麻油**。마유 胡麻油也。호마유(참기름)이다. 촘

○ **彭止堂**。팽지당 名龜年。字子壽。從朱張學。이름은 구년, 자는 자수이며 주자와 장행거를 따라 배웠다.

○ **親身之物**。친신지물 親於身也。몸에 지니는 물건이다.

○ **椑**。벽(널) 棺也。檀弓。君卽位而爲椑。歲一漆之。註。杝棺也。漆之堅强。鑾鑾然故名椑。관이다. 예기 '단궁'에 임금이

즉위하면 바로 벽(椑)을 만들고 1년에 한 번씩 옷칠을 한다고 하였다. 주석에 벽(椑)은 이관(杝棺)이라고 하며 옷칠이 견고하고 (세월이 쌓여) 두터울수록 이름난 벽이라고 했다.

○ **灌於棺外**。 관어관외(관 밖에 물을 붓는다) 棺外。 用薄板掩壙。 灌以松脂。 관 밖에 얇은 판자를 이용해 구덩이를 가리고 송진을 붓는다.

沐浴。 襲。 飯含。 목욕, 습, 반함

○ **簀**。 책 儀節云。 簀以竹爲之。 '의절'에서 '책(簀, 살평상 책)'은 대나무로 만든다고 한다.

○ **爵弁服**。 작변복 著爵弁之時所服之衣也。 (살았을 때) 작변(爵弁)을 착용하고서 입는 옷이다.

> * 검은 상의[衣]에 분홍빛 하의[裳]인 작변복(爵弁服)과 흰 베로 만든 상의에 흰색 하의인 피변복(皮弁服)과 검은 상의와 하의에 붉은 가선을 두른 단의(褖衣)를 말한다. 무릇 염습을 할 때 입히는 옷은 존귀한 자나 비천한 자를 막론하고 모두 먼저 살았을 때 입던 상복(上服)을 다 입힌다. 작변복은 바로 사의 상복(常服)으로, 임금의 제사를 도울 때 입던 옷이다.

○ **褖衣**。 단의 褖。 他亂切。 周禮云。 黑衣也。 단(褖, 홑옷 단)은 타(他)와 란(亂)의 반절(反切)이다. '주례'에서는 검은 옷이라고 한다.

> * 반절反切 반절은 한자의 두 자음을 반씩 따서 한 음을 만들어 읽는 법이다.

○ **綴旁**。 철방 疑 묻마기。 未詳。 매듭으로 생각되나 상세하지 않다.

> * 사계전서 – 시신을 염습할 적에 시신의 상반신을 싸는 것을 질이라 하고, 하반신을 싸는 것을 쇄라고 하는데, 각각 철방(綴旁), 즉 묶어 매는 끈을 달아서 아래위를 매듭짓게 되어 있다. 이를 통틀어서 모(冒)라고 한다.

○ **頳殺**。 정쇄(붉은 쇄, 쇄는 발을 싸는 자루) 頳與赬同。 정(頳)은 정(赬, 붉을 정)과 같다.

○ **項中**。 항중(목덜미 가운데) 以五尺練帛。 析其兩末爲四脚。 先以後兩脚。 結於頤下。 又以前兩脚。 結於後項中。 5척의 표백한 비단으로 그 끝을 잘라 네 부분으로 나누고 먼저 앞과 뒤 양쪽 팔

은 턱 아래로 묶고 앞의 양각은 목덜미 가운데서 묶는다.

* 엄도(掩圖) : 엄은 시신의 머리를 감싸는 비단을 말한다. 옛날에는 사람이 죽으면 관(冠)을 씌우지 않고 비단으로만 머리를 감쌌는데, 이것을 엄이라고 한다. 《의례》 사상례(士喪禮)에 이르기를, "엄은 표백한 비단으로 만든다. 너비는 폭대로 다하고 길이는 5척이며, 그 끝은 가른다." 하였다.

○ **暖帽**。난모 如今之甘吐也。甘吐。五禮儀。作頭。지금의 감투와 같다. 감투는 오례의에 작두이다.

○ **握手**。악수(시신의 손을 싸는 주머니) 丘氏儀節與五禮儀。皆曰握手二。今人用一幅裹兩手。非也。'구씨의절'과 '오례의'에서 모두 말하기를 악수는 두 개이다. 오늘날에는 천 한 개로 두 손을 싸고 있으니 틀린 것이다.

○ **令裏**。영리 玄表纁裏也。겉은 검고 속은 분홍색이다.

○ **據從手內**。거종수납(악수를 할 때 손바닥 안쪽에 둔다) 內。猶掌也。據從。猶다혀。납은 장(손바닥)과 같다. 거종은 '대다'는 뜻과 같다.

○ **中掩之**。중엄지 가온대롤더피다。(손 안에 두고) 가운데로 가린다.

* 從手內置之中掩之.

○ **掔**。완 與腕同。掌後中節。완(팔뚝 완)과 같다. 손바닥 뒤쪽의 중간 마디이다.

○ **抗衾**。항금(이불을 들다) 抗。猶擧也。暫擧其衾而人左衾外。以手拭之也。항(抗)은 거(擧, 들 거)와 같다. 잠깐 그 이불을 들고 사람이 왼쪽에서 시신을 손으로 씻는다.

○ **袍襖**。포오(솜을 넣어 누빈 겉옷) 著綿衣也。솜으로 지은 옷이다.

○ **楔齒**。설치 喪大記註。楔。拄也。以角爲柶。長六寸。兩頭屈曲。爲將含。恐口閉。故以柶拄齒。'상대기' 주석에 설(楔)은 주(拄, 버틸 주, 버팀목)이다. 각진 나무 조각이며 길이는 6촌, 양쪽 끝이 굽어있다. 장차 반함할 때 입이 닫힐까 염려하여 나무 조

각으로 이에 물려 버틴다.

○ **丘儀以筋代之**。 '구의'에서는 근(섬유질)으로 대신하였다.

* "설치(楔齒)는 모난 각목을 시신의 치아에 받쳐서 입이 열리게 하여 반함(飯含)할 때 닫히지 않게 한다.
*구 의(丘儀) : 명나라 구준(丘濬)이 지은《가례의절(家禮儀節)》을 말한다.

○ **綴足**。 철족　士喪禮註。綴。猶拘也。爲將屨。恐其辟戾。 '사상례' 주석에 철(綴)은 구(拘, 잡을 구)와 같다. 장차 신을 신길 때 발이 비틀리는 것을 두려워 함이다.

* 철족(綴足) : 사람이 죽은 뒤에 발이 비틀어져서 신발을 신기지 못할까 염려하여 의자 따위로 발을 바르게 해 놓는 것을 말한다.

○ **開元禮**。 개원례　初命張說與諸學士刊定五禮。說薨。蕭嵩繼之成上。號曰開元禮。 처음에 장설과 여러 학사들에게 5례를 정하여 발간하라고 명령하였으나 장설이 죽고 나서 소숭이 그를 이어 완성하고 올렸다. 이름하여 개원례라 불렀다.

* 개원례(開元禮) : 당(唐)나라 개원(開元) 20년에 중서령(中書令) 소숭(蕭嵩) 등이 칙명(勅命)을 받아 만든《대당개원례(大唐開元禮)》를 말하는데, 개원은 현종(玄宗)의 연호이다. 모두 150권이며, 길례(吉禮), 빈례(賓禮), 군례(軍禮), 가례(嘉禮), 흉례(凶禮) 등에 관한 내용으로 이루어져 있다.

○ **自前**。 자전　言所袒之左袂。引而前之。揷於腰之右也。 웃옷의 왼쪽 옷깃을 말한다. 끌어서 앞에 두고 허리의 오른쪽에 꽂아 둔다.

○ **徹枕**。 철침(베개를 치운다)　欲其開口也。 그 입을 열고자 함이다.

○ **幎巾**。 멱건(덮는 수건)　此非幎冒。蓋別用布巾覆面。爲飯之遺落米也。 이것은 멱모(모자)가 아니다. 대략 따로 베로 만든 수건을 사용하여 얼굴을 덮는다. 반함을 할 때 쌀이 얼굴에 떨어지기 때문이다.

○ **由足**。 유족　由尸足而西也。士喪禮疏。主人空手由足過。以其口實不可由足。恐藝之。 시신의 발쪽으로부터 시신의 서쪽

에 앉는다. '사상례' 소에 주인이 빈손으로 발을 지나서 가는 것은, 입속에 채워 넣을 것을 가지고 발쪽을 지나가서는 안 되기 때문인데 입속에 채워 넣을 것을 더럽히게 될까 염려해서이다.

○ **紟**。금 單被也。홑이불이다.

○ **襚**。수(수의) 賵以衣服曰襚。부의하는 의복을 수의라고 한다.

靈座魂帛銘旌 영좌 혼백 명정

○ **櫛頮**。즐회(빗질과 세수) 頮。韻會。洗水器。회(頮)는 '운회'에 서 세수하는 그릇이라 한다.

○ **爲重**。위중 檀弓註。未葬有柩而又設重。所以爲重。'단궁' 의 주석에 장사지내지 않은 채 널이 있는데 다시 설치하는 것은 소 중히 여기는 까닭이다.

○ **訾相**。자상(헤아려 살핀다) 訾。猶量。相。卽像也。자(訾)는 량 (量)과 같다. 상(相)은 곧 상(像)이다.

  * 《운회》에 이르기를, "자(訾)의 음은 교(翹)와 이(移)의 반절이며, 헤아려 본다는 뜻인 양(量) 이다. 상(相)의 음은 사(思)와 장(將)의 반절이며, 살펴본다는 뜻인 성시(省視)이다." 하였다.

○ **泥於古**。이어고 泥。猶牽也。이(泥)는 견(牽)과 같다.

○ **大夫無主**。대부무주(대부로서 신주가 없다) 古者。大夫束帛依 神。士結茅爲菆。(고자 대부속백의신 사결모위추) 옛날에 대부는 비단을 묶어서 신을 대신했다. 사(士)계급은 띠를 묶어서 추(菆, 풀로 만든 신위)를 만들었다.

  * 대부로서 신주가 없는 경우에는 비단을 묶어서 귀신이 의탁하게 한다.[大夫無主 束帛依神]

○ **設跗**。설부 銘旌柎也。(명정기야) 명정의 (받침)틀이다.

  * 사마온공이 말하기를, "'명정에 받침대를 설치하여 빈소(殯所)의 동쪽에 세워 놓는다.'고 한 구절의 주에 이르기를, '부는 깃대의 발이다. 그 모양은 우산 받침대와 같다.' 하였다." 하였 다.[司馬溫公曰 銘旌設跗 立於殯東 註 跗杠足也 其制如傘架]

○ **七七日**。닐굽닐웨. 칠칠일(49일)에

○ **寫經造像**。 사경조상(불경을 베끼고 불상을 만든다) 爲死者寫佛經
造佛像也。 죽은 자를 위하여 불경을 베끼고 불상을 만드는 것이다.

○ **波吒**。 파타 吒。 咤同。 波吒。 忍寒聲也。 타(咤) 는 타(咤, 꾸짖
을 타)와 같다. 파타는 추위를 참는 소리이다.

  * 사계전서 – 파타(波咤)는 율곡이 말하기를, "파파타타(波波咤咤)는 추위를 참는 소리이다."
    하였다.

○ **以至公行之**。 이지공행지 指冥府司賞罰者。 명주(저승)의 상벌
을 맡은 자를 가리킨다.

○ **雖鬼**。 수귀(비록 귀신이라도) 疑指人死之鬼。 사람이 죽은 귀신
을 가리키는 것으로 생각된다.

小斂 소렴(상례 절차에서 반함이 끝난 후 시신에 수의를 입히는 일)

○ **複**。 복 喪大記註。 複者。 衾有綿纊者。 '상대기'의 주석에 복
(複)은 면과 솜으로 만든 이불이다.

○ **絞**。 효 音爻。 平聲。 見韻會。 음은 효(爻)이고 평성이며 '운회'
에 보인다.

○ **或綵**。 혹채(혹은 비단으로 함) 疑綵段。 채단(綵段)으로 생각된다.

○ **足以朽肉**。 족이후육 疑肉朽衣衾之中。 이불 속에서 살이 썩는
것으로 생각된다.

○ **至遣**。 지견 至遣奠。 견전제사에 이르다.

  * 견전제 : 발인(發靷)할 때 문 앞에서 지내는 제사(祭祀)

○ **舒絹**。 서견(비단(겹옷)을 펴다) 未詳。 상세하지 않다.

○ **左衽不紐**。 좌임불뉴(옷섶을 왼쪽으로 여미고 고를 만들지 않는다) 골
홈을고내게미디말고。 못밋단말이라。 고름을 나오게 매지않고 마주
맨다는 말이다.

○ **也當去**。 야당거(也, 자는 제거하는 것이 마땅하다)。 也字。 屬下
句。 야(也) 자는 아래 구절에 이어진다.

○ **還遷尸牀**。환천시상 還。謂主人自別室。還於其位。或云上文云小斂牀。置于尸南。斂畢。還遷堂中。환(還)은 주인이 별실로부터 그 자리로 돌아오는 것을 말한다. 혹은 앞 문장에서 말하며 시신의 남쪽에 차린 소렴상은 염을 마치면 집 안으로 다시 옮긴다.

大斂 대렴(상례에서 소렴이 끝난 뒤 시신을 묶어서 입관하는 의식)

○ **少西**。소서 所以倣古。殯于西階之意。고대예절을 모방한 바이다. 서쪽 계단에 빈을 설치한다는 뜻이다.

> * 주나라 사람들은 서쪽 계단 위에 빈을 하였다. 지금은 당실의 제도가 다르고 혹은 협소한 까닭에 다만 당 가운데에서 조금 서쪽에 한다.[周人殯于西階之上 今堂室異制 或狹小 故但於堂中少西而已]

○ **凳**。등(걸상) 音登。坐兒也。음은 등이고 아이가 앉는 자리이다.
○ **殯**。빈(빈소) 賓之也。빈객으로 대우한 것이다.
○ **掩首結絞**。엄수결효(머리를 가리고 효를 묶는다) 小斂時不掩不絞。至此乃掩結之也。소렴때는 가리지 않고 묶지 않았으므로 이때에 이르러 (머리를) 가리고 묶는다.
○ **墼**。참 音格。未燒磚甓也。음은 격이다. 구운 벽돌과 기와가 아니다.

成服 성복(초상이 난 뒤에 상제(喪制)와 복인들이 처음으로 상복을 입음)

○ **生與來日**。생여래일(산 사람의 입장에서는 죽은 다음 날부터 헤아린다) 與。猶數也。言生人則不計其死之日。自死之明日計之。至成服之日。乃三日也。여(與)는 수(數)와 같다. 살아있는 사람은 곧 그 죽은 날을 계산하지 않고 죽은 다음 날로부터 계산하여 성복일에 이른다. 이에 삼일이다.

> * 곡례(曲禮)에 이르기를 "생인(生人)의 일은 죽은 다음 날부터 계산하고, 사인(死人)의 일은 죽은 그날부터 계산한다.[生與來日 死與往日]"라고 하였다.

○ **死與往日**。사여왕일 死者則自死之日計之。至入棺之日。乃三日也。죽은 자는 곧 죽은 날로부터 계산하여 입관의 날에 이르니 곧 3일이다.

○ **斬衰**。참최 喪服疏。不言裁割而言斬者。取痛甚之義。如斬斫貌。'상복' 소에 마르고 가른다(裁割)고 하지 않고 끊는다(斬)고 말하였다. 베이고 자른 것 같은 모양으로 아픔이 지극하다는 뜻을 취하였다.

* 참최 : 오복(五服)의 하나. 아버지나 할아버지의 상(喪)에 입음. 외간상(外艱喪)에 입는데, 거친 베로 짓되, 아랫단을 꿰매지 않음.

○ **記疏**。기소 衰是當心慶四寸者。取其哀摧在於遍體。故衣亦名爲衰。최(衰)는 곧 마땅히 이때에 애절한 마음이 온몸에 있는 것을 감안하여 옷 또한 최를 사용한다.

○ **作三辄**。작삼첩(3개의 주름 깃을 만든다) 辄 。줄름。每幅三處辄之也。與下文三袧同。첩(辄)은 주름이다. 매 폭마다 3곳에 주름을 만든다. 아래 문장의 삼구(三袧)와 같다.

○ **武**。무 머리예。두르는거시라。曲禮註。文者。上之道。武者。下之道。足在體之下。曰武。卷在冠之下。亦曰武。머리에 두르는 것이다. '곡례' 주석에 문(文)이란 높은 도요 무(武)는 낮은 도이다. 발은 몸의 낮은 곳에 있으니 무(武)라고 부른다. 주먹은 관(冠)의 아래에 있으니 또한 무(武)라 부른다.

○ **絰**。질(상복을 입을 때 머리에 쓰는 수질(首絰)과 허리에 감는 요질(腰絰)) 檀弓。絰者實也。註。麻在首在腰。皆曰絰。分言之則首曰絰。腰曰帶。絰之言。實也。明孝子有忠實之心也。'단궁'에 질이라는 것은 실심(實)을 말한다. 주석에 머리에 쓰거나 허리에 묶는 삼베를 모두 질이라 부른다. 그것을 나누어 말하면 머리에 두르는 것을 질, 허리에 두르는 것을 대라고 부른다, 질이라는 말은 충실(實) 하다는 말이며 효자의 충실한 마음을 밝히는 도구이다.

○ **兩股相交**。양고상교(두 다리를 교차하다) 言二甲索也。두 겹으로 꼰 밧줄(索)를 말한다.

○ **庶子不得爲長子**。서자부득위장자(서자가 장자를 위해 할 수 없다) 庶子。衆子也。長子。衆子之長子。서자는 (장자를 제외한) 여러 아들이다. 장자는 여러 아들 중 맏이를 말한다.

> * 상복(喪服)의 전(傳)에 이르기를 "서자가 그의 장자를 위해 삼년복을 입을 수 없는 것은 그 서자가 조부의 뒤를 잇지 않았기 때문이다.〔庶子不得爲長子三年 不繼祖也〕"라고 하였고

○ **中摺**。중접 中折。가운데를 접는다.

○ **闊中**。활중 當項之處虛。故曰闊中。목 옆의 빈곳에 해당하므로 활중이라 부른다.

> * 활중(闊中) : 좌우의 벽령 중간에 붙인 깃고대

○ **分作三條**。분작삼조 長一尺六寸。闊一尺四寸之布。分作闊四寸者三。二施前。闊中八寸爲領。一條又分作長八寸者二以施後。闊中八寸爲三疊領。則是所謂適足無餘欠也。길이 1척 6촌, 너비 1척 4촌의 베를 나누어 너비가 4촌인 것을 3개 만든다. 둘은 앞고대에 대서 활중 8촌으로 깃을 만든다. 하나는 또 길이 8치의 두 겹으로 만들어 뒷고대(後闊中)에 대서 활중 8촌으로 3겹의 깃을 만든다. 이것이 소위 '꼭 맞아서 남거나 모자람이 없다.

> * 나누어 세 가닥을 만들다〔分作三條〕:《강록》- 너비〔闊〕 4치로 셋을 만들어, 둘은 앞고대〔前闊中〕에 대고, 하나는 또 길이 8치의 두 겹으로 만들어 뒷고대〔後闊中〕에 대면, 이것이 소위 '꼭 맞아서 남거나 모자람이 없다'는 것이다.

○ **相連屬**。상연속 與男子之裳不同。남자의 치마와 같지 않다.

○ **不能病**。불능병(병들지 않다) 言年少不至毀瘠爲病也。나이가 어려 몸이 파리해지고 병에 걸리는 데 이르지 않음을 말한다.

○ **當室則免**。당실즉면 喪服註。當室者。爲父後爲家主者。又曰。童子爲孤子。而當室則免。'상복' 주석에 '당실'이라는 것은 아버지를 위하여 뒤에 집안의 주인이 된 자이다. 또 말하기를 아이가 고아가 되어 집안을 맡으면 곧 면을 한다.

* 【경문】- 혹자가 물었다. "문(상복)은 어째서 하는 것입니까?" 대답하였다. "문은 관을 쓰지 않은 자가 착용하는 것이다. 예에 이르기를 '동자는 시마복을 입지 않으나 오직 집안일을 관장하는 경우에는 시마복을 입는다.' 하였다. 시마복을 입는 것은 문을 하기 때문이니, 집안일을 관장하면 문을 하고 상장(喪杖)을 짚는다.[或問曰: "免者以何爲也?" 曰: "不冠者之所服也. 禮曰: '童子不緦, 唯當室緦.' 緦者其免也, 當室則免而杖矣."]

* 집안을 맡은[當室] 동자란 적자로 집안을 계승했지만 아직 관례를 치르지 않은 남자를 말한다. 주소에 따르면 "동자는 아직 관례를 행하지 않은 남자를 말하고, 당실은 아버지의 후사가 되어 집안의 일을 이어받은 자로 집안의 주인이 되어서 족인들과 예를 행하는 사람을 말한다.[童子 未冠之稱也 當室者 爲父後 承家事者 爲家主 與族人爲禮]"라고 하였다.

○ **世婦**。세부　雜記註。世婦。卽大夫之正妻。'잡기' 주석에서 세부는 곧 대부의 정처(正妻)를 이른다고 한다.

○ **外削幅**。외삭폭　削幅을外ᄒ고。削ᄒᆞᆫ거시。外로가끼ᄒᆞ다。폭의 바깥을 깎아내는 것이다.

* 최복(衰服)의 상의는 베의 폭(幅)을 꿰매어 줄어든 부분이 밖으로 나오게 한다는 말이다. 삭폭(削幅)은 원래의 포폭(布幅)보다 감쇄(減殺)된 부분을 말한다. 삭(削)은 쇄(殺)와 같다.《의례》〈상복(喪服)〉에 "최의는 삭폭을 밖으로 하고, 하의는 삭폭을 안으로 한다.[凡衰 外削幅 裳內削幅]"라는 말이 나온다.

○ **三祪**。삼구(세 주름)　音拘。與上文三帆同。喪服註。祪。謂辟兩側空中央。음은 구(拘)이다. 앞글의 삼첩(三帆)과 같다. '상복' 주석에 구(祪)는 양쪽을 열고 가운데를 비우는 것을 말한다.

○ **兩畔**。양반　兩邊。양변을 말한다.

○ **各去一寸**。각거일촌(각각 1촌을 제한다)　言每幅兩邊。各去一寸。爲針縫之用。攝之以其七幅, 布幅, 二尺二寸, 幅皆兩畔各去一寸。폭마다 모두 양 가장자리를 각기 1치씩을 삭폭(削幅)으로 제하고 바느질을 하면 7폭이 된다. 그러면 베의 폭은 2자 2치이고 폭마다 모두 양 가장자리를 각각 1폭 제한다.

○ **二七十四**。이칠십사　每幅。各去二寸。則二七乃十四寸也。각 폭(넓이)마다 2촌을 제거하면 곧 이칠이니 이에 14촌이 된다.

○ **丈四尺**。장사척　言古者。布幅廣二尺二寸。則裳七幅。廣一丈五尺四寸也。而去其十四寸。則只有丈四尺也。十尺爲

一丈。옛날에 베 폭의 넓이가 2척 2촌이면 곧 치마가 7폭이 되고 넓이가 1장 5척 4촌이 되며 거기에서 14촌을 제하면 곧 1장 4척이 되는 것을 말한다. 10척이 1장이다.

* 참고 : 심의를 입었을 적에 앞쪽의 양쪽 옷깃을 서로 덮는 그림 [著深衣前兩襟相掩圖]

○ **三處屬之**。삼처속지 세고대。주름잡단말이라。세 곳에 주름을 잡는다는 말이다.

○ **毛傳**。모전 詩傳。시전이다.

* 정현(鄭玄) : 후한(後漢) 사람. 임금의 부름을 받아, 대사농(大司農) 벼슬을 지냈음. 경학(經學)에 정통하여 한대(漢代) 경학을 집대성하였으며《모시전(毛詩傳)》·《주례주(周禮注)》등 많은 저서를 남겼다.

○ **子夏時**。자하시 周公作經而曰管屨。子夏作傳而曰菲。故云周公時子夏時。주공이 경을 짓고 ‘간구’라 불렀고 자하가 전을 지어 ‘(간)비’라고 불렀다. 이러한 연고로 주공시(주공의 시대), 자하시(자하의 시대)라고 부른다.

* 주공의 때와 자하의 때[周公時子夏時]《의례》의 경(經)에 이르기를, ‘간구(菅屨)’라고 하였고, 전(傳)에 이르기를, ‘간비(菅菲)’라고 하였는데, 경은 바로 주공이 지은 것이고, 전은 바로 자하가 지은 것이다. 그러므로 이렇게 이른 것이다.

○ **士之庶子**。사지서자 庶子孽子。特言士之庶子。大夫之庶子。有厭降。士卑無厭故也。서자와 얼자 특히 사(士)의 서자를 말한다. 대부의 서자는 염강이 있으나 사(士)는 계급이 낮아서 염강

이 없기 때문이다.

* 염강(厭降) : 본래의 상기(喪期)보다 줄여서 복을 입는 것으로, 부친이 생존 시에 모친상을 당하면 본래의 삼년복을 기년복으로 낮추어 입는 것을 말한다.

○ **補服條**。보복조[의례경전(儀禮經傳)의 보복조(補服條)] 黃勉齋所著。見儀禮。後人通謂之朱子所著。見下儀禮經傳。喪記, 祭記二篇。朱子未及修之。故勉齋述之也。황면재가 지은 것이다. 의례를 보면 후인들이 통칭하여 말하기를 주자가 지은 것이라고 한다. 아래의 의례경전, 상기, 제기 2편을 보면 주자가 그것을 익히는데 이르지 못해서 면재가 그것을 저술하였다고 한다.

○ **所後者之妻**。소후자지처 喪服疏。妻。謂死者之妻。雷氏曰。當云爲所後之母。闕此五字者。以其所後不定。或後祖父或後曾高祖。故闕之也。'상복'소(주석)에 처는 죽은 자의 처를 이른다. 뇌 씨가 말하기를 "이 구절은 마땅히 [爲人後者 爲所後之母]'라고 말해야 하는데, 다섯 글자를 누락시킨 것은 (후사를 이은 아버지가 혹 일찍 돌아가실 수도 있고) 혹 조부를 잇기도 하고, 혹 증조나 고조부를 잇기도 하여 일정하지 않기 때문에 뺀 것이다.

*《의례》〈상복(喪服)〉편의 '위인후자(爲人後者)' 조목에 대해 뇌차종은 "이 구절은 마땅히 '후사가 된 자가 후사를 이은 아버지를 위하여[爲人後者 爲所後之父]'라고 말해야 하는데, 다섯 글자를 누락시킨 것은 후사를 이은 아버지가 혹 일찍 돌아가실 수도 있고, 혹 조부를 잇기도 하고, 혹 증조나 고조부를 잇기도 하여 일정하지 않기 때문에 뺀 것이다.[雷氏次宗曰 此當云爲人後者爲所後之父 闕此五字者 以其所後之父或早卒 或後祖父 或後曾高祖父 所後不定 故闕之也]"라고 하였다.

○ **出母嫁母無服**。출모가모무복 出與嫁。皆得罪於家廟。承重之人。不可服其服而祭於家廟也。此爲父後故也。출(出)과 가(嫁, 시집 가)가 모두 가묘에 죄를 짓는 것이다. 아버지를 대신하여 제사를 받드는 사람은 그 복을 하고 가묘에서 제사를 지낼 수 없다. 이것은 아버지를 뒤를 이었기 때문이다.

* 承重승중 : ① 아버지와 할아버지를 대신(代身)하여 조상(祖上)의 제사(祭祀)를 받듦 ② 승중상(承重喪)의 준말.

* 전(傳)에서 "부후가 된 자는 존자와 일체가 된 만큼 감히 사친을 위해서 복을 입지 못한다.〔爲父後者 與尊者爲一體 不敢服其私親也〕"라고 하였다.

○ **庶子之子**。서자지자 即孽孫也。곧 얼손(서자의 자손)이다.

○ **父之母**。부지모 即祖父之妾也。爲父後故不服。곧 조부의 첩이다. 부후(아버지의 뒤를 잇다)가 되므로 복을 하지 않는다.

○ **無夫與子**。무부여자 喪服傳。姑姉妹女子子。適人無主者何以期也。爲其無祭主也。註。無主後者。人所哀憐。不忍降之。疏。無主有二。謂喪主祭主。傳。不言喪主者。喪有無後。無無主者。'상복'의 '전'에 시집간 고모와 자매와 딸로서 주관할 자가 없는 것을 어찌 기약하겠는가? 주관자가 없는 것이 된다. 주석에 주인을 잇는 후사가 없으면 사람들이 슬프고 가련하게 여기므로 차마 강복하지 않는다고 한다. 소(주석)에 무주에는 2가지가 있으니 상주와 제주를 말한다. 전(傳)에 상주를 말하지 않은 것은 상(喪)에는 무후(無後)만 있고, 무주(無主)는 없어서이다.

*《의례》〈상복(喪服)〉 - 부장기장(不杖期章)의 "고아 자매와 딸로서 제사를 주관할 사람이 없는 자에 대해서 입는 복이다.〔姑姉妹女子子無主者〕" 조목의 소(疏)에 "딸이 돌아와서는 부모를 위해 자연스럽게 여전히 기년복을 입게 되므로, 보복(報服)에 대해서는 말할 필요가 없기 때문에 말하지 않은 것이다.〔女子反父母 自然猶期 不須言報 故不言也〕"

○ **相爲服也**。상위복야(서로를 위하여 복을 입는다) 兄弟則降服。而姉妹則雖已嫁。不降服。然朱子晚年。更考喪服大功章。論以降服大功。無疑云。형제는 곧 강복을 하지만 자매는 모름지기 이미 출가하였으니 강복하지 않는다. 하지만 주자가 늘그막에 다시 '상복' 대공장을 살펴보고 강복대공으로 논하며 의심할 바 없다고 하셨다.

○ **爲高祖齊衰三月**。위고조재최3월(고조부를 위하여 재최3월복을 입다) 以恩推之。則高祖輕。故服緦麻。以義觀之。則高祖重。故服齊衰。은혜로 미루어 보면 고조의 은혜는 가벼우므로 시마(緦麻)로 복을 할 것이나, 의로서 보면 곧 고조부도 무거우므로 재

최로 상복을 입는다.

○ **大功**。功。灰治之功也。補註。此言布之用功麤大也。 공은 잿물로 손질하는 공이다. 보주에 이는 베에 공들임이 거칠고 올이 큰 것을 말한다.

○ **旁親則不用**。방친즉불용(방친에 대해서는 쓰지 않는다) 雖兄弟及 三寸叔不用。然旣曰齊衰。則五月三月皆有之。期年自是重 制。安有不用之理乎。疑楊氏說誤。 비록 형제라도 3촌 숙부에 이르면 사용하지 않는다. 그러나 이미 기왕에 재최를 하면 곧 5개월 3개월 모두 할 수 있으니 기년(1년상)은 이로부터 중제를 하니 어찌 사용하지 않을 이유가 있겠는가. 양 씨의 설이 잘못된 것으로 생각 된다.

* 부주(附註)의, 최와 부판과 벽령은 방친에 대해서는 쓰지 않는다. [衰負版辟領 旁親則不用]
* 중제(重制) : 대공 이상의 복상.
* 期年(기년) : ① 돌이 돌아온 해 ② 기한(期限)이 찬 한 해.
* 期年喪(기년상) : 기년복에 해당하는 상(喪). "期"는 "朞"로도 쓴다. 期喪.

○ **親者血屬**。친자혈속 親。卽母也。血屬。指骨肉也。 친(親)은 곧 어머니이다. 혈속(혈통을 잇는 피붙이)은 골육(형제)을 가리킨다.

○ **爲齊王姬**。위제왕희(제나라 왕희를 위하여) 王姬下嫁於齊侯 時。魯莊公主婚。故服之也。此古禮也。 (주왕실의) 왕희가 제 후에게 낮추어 시집을 가던 때에 노나라 장공이 혼례를 주선하였기 때문에 상복을 입은 것이다. 이것은 고대의 예절이다.

* 魯莊公爲齊王姬服大功-노나라 장공이 제나라 왕희를 위하여 대공복을 입었다.

○ **檀弓或曰**。단궁혹왈 或曰。乃檀弓篇中之辭也。 혹왈은 '단궁' 편 안에 있는 말이다.

○ **沈存中**。심존중 沈括字。 심괄의 자(字)이다.

* 심존중(沈存中): 존중은 송(宋) 나라 심괄(沈括)의 자(字)

○ **虔布**。건포 疑虔州之布。 건주(虔州)에서 생산되는 포로 생각된다.

○ **不中數**。부중수 王制。布帛。精麤不中數幅。廣狹不中

量。不鬻於市。註。數。升數也。布幅廣二尺二寸。帛廣二尺四寸。예기 '왕제'에 베와 비단의 곱고 거친 정도가 수치에 맞지 않고 넓고 좁음이 분량에 맞지 않으면 시장에서 팔지 않는다. 주(註)에 수(數)는 승(升, 승-무게 단위)의 숫자이다. 베의 폭과 넓이가 2척 2촌, 비단의 넓이는 2척 4촌이다.

○ **小功**。소공 補註。小功者。布之用功細小也。보주에 소공이라는 것은 '베에 공들임이 세밀하고 올이 작은 것'이다.

* 小功(소공) : ① 5복(服)의 하나. 소공친(小功親)의 상사(喪事)에 다섯 달 동안 입는 복제(服制). 가는 베로 지음.

○ **適婦不爲舅後者**。적부불위구후자 卽長子有廢疾。不堪主宗廟者之妻也。곧 장자로서 폐질이 있어 종묘를 주재할 수 없는 자의 처이다.

○ **緦麻**。시마 言治布之縷細如絲也。처리한 베의 올이 실과 같이 가는 것을 말한다.

○ **戴德**。대덕 字延君。與姪聖同受禮於后蒼。德刪禮爲八十五篇。號大戴禮。[《한서》〈유림전(儒林傳)〉] 자(字)는 연군(延君), 조카 성(聖)과 함께 후창(后蒼)에게서 같이 예(禮)를 수학하여 '대대(大戴)'라고 부른다. (한 선제(宣帝) 때 사람이다)

○ **徐邈**。서막 撰正五經音訓。學者宗之。謝安薦爲中書舍人。오경음훈을 지었다. 학자들이 그를 숭상하였고 (진나라 사람) 사안이 천거하여 중서사인이 되었다.

* 중서사인(中書舍人)은 중서성(中書省)에 속하는 관직으로, 조고제칙(詔誥制勅)을 관장하는데, 문사(文士)로서는 명예스러운 지위로 여겼다.

○ **明棺物**。명관물 明字意 止於也字。'명'자의 뜻은 '…에 이르다'는 글자이다.

* 상변통고 -〈喪服〉記註 : 墳墓以他故崩壞, 將亡失尸柩也。言改葬者, 明棺物毀敗, 改設之如葬時也。〈상복(喪服)〉 기(記)의 주 : 분묘가 다른 사고로 붕괴되어 장차 시구(屍柩)를 잃게 될 경우이다. '개장'이라 말한 것은 관(棺)과 기물이 훼손되어, 장사를 치를 때처럼 고쳐[改]설

치함을 밝힌 것이다.

○ **具而葬**。구이장　具緦麻之服而葬也。시마복을 갖추어 입고 개
장을 한다.

　*《通典》漢戴德云，"製緦麻具而葬, 葬而除《통전》: 한(漢)나라 대덕(戴德)이 말했다. "시마복
　을 지어 입고 개장을 하며, 개장을 하고 나서 복을 벗는다.

○ **無服**。무복　改葬時無服。개장할 때는 복을 하지 않는다.

○ **士妾有子**。사첩유자　士之妾有子。則士爲其妾而服之。사
(士)의 경우에는 첩에게 아들이 있을 경우 사가 첩을 위하여 복(시마)
을 입는다.

　* 가례집람도설 – 경(卿)이나 대부(大夫)가 귀첩(貴妾)을 위해서는 시마를 입으며, 사(士)의
　경우에는 첩에게 아들이 있을 경우 시마를 입으며, 여군은 첩에 대해서 복을 입지 않는다.

○ **作欄**。작란　衣與裳連曰欄。又橫附幅之意。웃옷과 치마를 이
어서 '란'이라 부른다. 또 가로로 붙여 폭이라는 뜻도 있다.

○ **以日易月**。이일역월　喪服傳。八歲以下無服之殤。以日易
月。鄭註。生一月者。哭之一日也。疏。若至七歲。歲有
十二月。則八十四日哭之。王肅, 馬融以爲日易月者。以哭
之日。易服之月。殤之期。親則以旬有三日哭。緦麻。以三
日爲制。'상복'에 전하기를 팔 세 이하는 복을 하지 않는 상으로서
날(日)을 달(月)로 바꾼다. 정 주에 한 달을 산 자는 하루 동안 곡을
한다고 한다. 소(주석)에 만약 7세에 이르면 한해는 12개월이므로
곧 84일을 곡을 한다. 왕소와 마융이 일로서 달을 바꾸고 곡을 하는
날로 복을 입는 날로 바꾸었다. 상의 기간은 친족이면 열흘에 3일을
곡하고 시마는 3일간 입는다.

　* 역월(易月)의 제도 : 한 달을 하루로 쳐서 복(服)을 입는 이일역월(以日易月)의 제도로, 참최
　(斬衰) 3년인 경우 27개월 동안 상복을 입어야 하는데, 27일 동안만 상복을 입고 탈상(脫喪)
　한다.

○ **已除則不復服**。기제즉불복복(이미 복을 벗었다면, 다시 그 본복(本
服)의 달수대로 입지 않는다)　在夫家。已除私親服。則不須更服

其未服之月數。 남편의 집에 있으면서 이미 친족의 복을 벗었다면 곧 복을 입지 않은 달을 다시 입지 않는다.

○ **出則除之**。 출즉제지 除其夫黨之服也。 남편 친속의 복을 벗는다.

　* 쫓겨나면 벗는다〔出則除之〕:《강록》-남편 친속〔夫黨〕의 복을 벗는다.

○ **如衆人**。 여중인(뭇사람과 같다) 儀禮。 作邦人。 如上文女適人者。 爲其私親。 皆降一等也。 '의례'에는 나라사람(邦人)으로 되어 있다. 위 글의 시집간 여자가 그 부모를 위하여 모두 복을 한 등급 낮추는 경우와 같다.

○ **未練出則三年**。 미련출즉삼년 未過父母小祥。 而被出於夫家。 則服其父母三年喪。 부모의 소상을 지나지 않아 남편의 집에서 쫓겨나면 곧 그 부모의 3년상을 복을 입는다.

　*《예기》상복소기의 주에 이르기를, "만약 친부모의 상을 당하여 아직 기년(期年)이 되지 않았는데 남편에게 쫓겨났을 경우에는 친부모를 위해 삼년상을 입는 제도는 끝까지 다 마친다.

○ **旣練而出則已**。 기련이출즉이 在夫家。 過父母小祥而被出。 則已除喪服。 故不復更服也。 남편 집에 있으면서 부모의 소상을 마치고 집에서 쫓겨나면 곧 이미 상복을 벗은 것이니 다시 복을 입지 않는다.

○ **旣練而返**。 기련이반(이미 연제를 치르고 돌아가다) 見黜夫家。 旣練歸夫家。 則因服三年。 남편 집에서 쫓겨났는데 이미 연제를 마치고 남편 집에 돌아가면 곧 이로 인하여 3년간 복을 한다.

○ **樸馬**。 박마 樸與朴同。 朴素之馬也。 박은 박(朴)과 같다. 소박한 말이다.

　* 박마(樸馬):《소학》의 주에 이르기를, "樸의 음은 박(朴)으로, 소박한 말이다." 하였다.

○ **設位**。 설위 別設虛位而哭之也。 따로 허위를 만들고 그를 위해 곡을 한다.

○ **令庶子**。 영서자(서자로서) 令從上讀。 庶子。 妾子也。 此下三條 皆宋朝之制。 위를 따라 읽는다면 서자는 첩의 아들이다. 이 아

래 3개조는 모두 송나라 조정의 법제이다.

* 주자《가례(家禮)》-〈부록(附錄)〉에 "양 씨가 말하기를, '지금 복제령에, 서자로 후손이 된 경우는 그 어머니를 위해 시복을 입고, 또 관직을 물러나 심상 3년을 지낸다.〔楊氏日 今服制令 庶子爲後者 爲其母緦 亦解官申心喪三年〕"라고 했다.

○ **式假**。식가(휴가 주는 법식) 式。法式也。假。由也。식은 법식이다. 가는 휴가(由)이다.

* 복제식가(服制式假) : 송(宋)나라 때의 상장(喪葬) 식가 규정은, 재직 중에 상을 당하지 않은 경우 기년에는 30일, 대공에는 20일, 소공에는 15일, 시마에는 7일이다. 국제에는 재직 중인 자도 같으며, 외조부모에게는 15일을 더 주고 처부모에게는 23일을 더 준다.

○ **假寧格**。가령격 宋時法也。송나라 시대의 법이다.

○ **非在職**。비재직(겸직에 있지 않다) 如今在軍職之類也。지금의 군직 종류에 있는 것과 같다.

○ **絶服**。절복 降緦一等。則絶而不服。猶假三日也。시마에서 한 등급을 내려 끝나고 (복이 없어도) 3일을 휴가 하는 것과 같다.

朝夕哭奠 조석곡전(아침저녁 곡을 하고 제사를 올리다)

○ **罩子**。조자 集說。罩用竹爲格。白生絹爲之。집설에 조는 대나무로 틀을 짜고 흰 생견으로 만든 탁자다.

○ **靈座**。영좌 補註云。當作靈牀。보주에서 말하길 마땅히 영상을 만들어야 한다.

* 靈牀(영상) : 대렴(大斂)한 뒤에 시체(屍體)를 두는 곳.

○ **米食**。미식 餠也。떡이다.

弔奠賻 조전부(조문·전·부의)

○ **橫烏**。횡오 疑幞頭。복두(두건)로 생각된다.

* 幞頭(복두) : 사모(紗帽) 같이 두 단(段)으로 되고 뒤쪽의 좌우(左右)에 날개가 달렸으며 각이 지고 위가 평평(平平)한 관(冠).

○ **親友**。친우 親與友也。친지와 친구들이다.

○ **汁米飯**。변미반　疑是漬飯也。지반(물에 만 밥)으로 생각된다.

　* 쌀밥을 만다[汁米飯]:《강록》- 밥을 물에 담근다. * 漬 담글 지.

○ **醊酒**。철주　醊。猶酹也。철(醊, 제사이름 철)은 뢰(酹, 부을 뢰)와 같다.

○ **具刺**。구자(명함을 갖추다)　如今之名御。古未有紙。削竹木以書姓名。故謂之刺。後以紙書故曰名紙。지금의 명함(名御)과 같다. 옛날에는 종이가 없어서 대나무를 깎아서 이름을 적었다. 그래서 '자(刺)'라고 불렀다. 이후에 종이에 쓰게 되어 명지라고 부른다.

○ **具門狀**。구문장(문장을 갖추다)　疑如今謁見議政之員。用六行名御也。지금 의정부의 관원을 알현할 때 6줄의 명함을 사용하는 것과 같은 것으로 생각된다.

　* 【본주】- 빈객과 주인이 모두 관직에 있으면 문장(門狀)을 갖춘다. 그렇지 않으면 명지(名紙)를 갖추어, 그 뒷면에 써서 먼저 사람을 시켜 통지하고 예물과 함께 들여보낸다.

○ **陰面**。음면　名紙後面也。명함의 뒷면이다.

○ **禮物**。예물　香茶燭等物。향기로운 차와 촛불 등의 물건이다.

○ **分導**。분도(나누어 맡아 지도함)　其友各分導也。導。猶指導也。그 친구들이 각각 나누어 맡는 것이다. 도는 '지도'와 같다,

○ **執綍**。집발　綍。卽綍也。발은 곧 상여줄(불)이다. 綍(상여줄 발, 상여줄 불) 綍 엉킨실 불(동아줄, 상여줄)

○ **酹酒**。뇌주　酹。猶灑也。뇌는 쇄(灑, 뿌릴 쇄)와 같다.

○ **胡先生**。호선생　疑胡瑗。호원으로 생각된다.

　* 호원 : 북송 태주(泰州) 해릉(海陵, 강소성 泰縣) 사람. 여고(如皋) 사람이라고도 한다. 자는 익지(翼之)고, 세칭 안정선생(安定先生)으로 불린다. 인종(仁宗) 경우(景祐) 초에 아악(雅樂)을 다시 제정하고, 경술(經術)로 범중엄(范仲淹)의 초빙을 받아 소주부학(蘇州府學) 교수(教授)를 지냈다.

○ **落一膝**。낙일슬(한쪽 무릎을 내리다)　弔人落一膝也。조문하는 사람이 한쪽 무릎을 내리는 것이다.

○ **展手策之**。전수책지(손을 펴서 지팡이를 짚다)　如搊策之策。추책

(지팡이를 잡는다)의 책과 같다.

> * 주(註)의 추책(搊策) -《운회》에 이르기를, "'搊'의 음은 초(初)와 우(尤)의 반절이며, 잡는다는 뜻이다." 하였다.《광운(廣韻)》에 이르기를, "손으로 잡는 것이다." 하였다.

○ **傾酒于茅**。경주우모 茅沙也。모사이다.

> * 茅沙모사 : 사당(祠堂)이나 산소(山所)에서 조상(祖上)에게 제사(祭祀) 지낼 때에 그릇에 담은 모래와 거기에 꽂은 띠 묶음. 강신할 때에 띠 묶음 위에 술을 따름.

聞喪 奔喪 문상 분상(먼 곳에서 어버이의 죽음을 듣고 집으로 급히 돌아감)

○ **四脚**。사각(사각건)

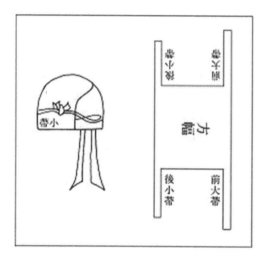

* 사각건도

四脚之制。以一幅布。裂其兩端爲四脚。先以後兩脚。結於額上。又以前兩脚。結於裹後。

사각건의 제도는 베 한 폭으로 양쪽 끝을 가르고 4각(脚)을 만들고 앞뒤 양 각을 이마 위에서 묶고 앞쪽의 양각을 자루 뒤에서 묶는다.

> * 사각건의 제도는 네모난 베 한 폭을 쓰는데, 앞의 두 모서리에는 큰 띠 두 개를 꿰매고, 뒤의 두 모서리에는 작은 띠 두 개를 꿰맨다. 정수리를 덮어 사방으로 드리우고 인하여 앞 변은 이

마에 대고서 큰 띠를 머리 뒤에서 매고, 다시 후각(後角)을 거두어서 작은 띠를 상투 앞에서 맨다"고 했다.

○ **避害**。 피해 避盜賊也。 도적을 피하는 것이다.

○ **哭避市邑**。 곡피시읍 奔喪篇曰。 避市朝。 爲驚衆也。 '분상' 편에 말하기를 사람들을 놀라게 하기 때문에 시장이나 조정을 피한 다고 한다.

　*【본주】– 곡할 때 시끄럽고 번화한 성읍(城邑)은 피한다. 〈분상〉: 곡할 때는 사람이 북적대 는 시장이나 조정은 피한다. 주 : 여러 사람들을 놀라게 하기 때문이다.

○ **若未得行**。 약미득행(만약 갈 수 없으면) 有不得已之事。 故未得 奔喪。 부득이한 일이 있으면 분상을 하지 못한다.

　*《가례(家禮)》– 분상조(奔喪條)에 "만약 갈 수 없으면 위를 설치하되 전은 올리지 않는다.〔若未得行 則爲位不奠〕"

○ **變服變**。 변복변 恐是成字之誤。 성(成)자의 오기인 듯하다.

○ **至家成服**。 지가성복(집에 도착하여 성복한다) 補註。 至家四日而 成服也。 보주에 집에 도착하여 4일이면 복을 한다고 한다.

治葬 치상(장사를 치르다)

○ **葬**。 장 葬者。 藏也。 欲人之不見也。 장(葬)은 장(藏, 감추다)이 다. 남들이 보지 않기를 바라는 것이다.

○ **葬師**。 장사 猶地官。 지관과 같다.

○ **㧖**。 골(홀, 구덩이를 파다) 本作掘穿也。 본래 묘지 굴을 파는 것이 다.

○ **廉范負喪**。 염범부장(염범이 짊어지고 가서 장사 지냈다) 漢杜陵 人。 父遭亂死於蜀。 范時年十五。 迎父柩船俱溺。 以救得 免。 後擧茂才治蜀。 民歌其政。 (염범은) 한나라 두릉 사람이다. 아버지가 난리를 만나 촉(蜀) 땅에서 사망하자, 염범이 15세의 나이 로 직접 가서 아버지의 널을 맞이하여 오는데, 배가 침몰하여 함께

빠졌지만 죽음을 모면하였다. 뒤에 무재(茂才)로 천거되어 촉 땅을 다스렸고 백성들이 그의 정사를 노래하였다.

○ **郭平自賣。** (곽평이 스스로 품을 팔다) 平自賣其身。以受其直而營墓也。곽평이 스스로의 몸으로 품을 팔고 품삯을 받아 묘소를 조성하였다.

○ **泥。** 이 韻會。乃計切。滯也。'운회'에 내(乃)와 계(計)의 반절이다. 막힌다(滯)는 뜻이다.

○ **厝。** 조 韻會。與措同。置也。安著也。'운회'에 조(措, 두다)와 같다. 두는 것이고 편안히 붙이는 것이다.

○ **遠井窰。** 원정요(우물과 가마를 멀리하다) 井與窰也。說文。窰。燒瓦坎。우물과 가마이다. 요(窰)는 기와를 굽는 구덩이다.

* 窰(요) : 기와 굽는 가마.
* (윗자리) 오환(五患)이란 못, 도랑, 도로, 촌락, 우물과 그릇 굽는 가마를 멀리함이라고 했다.

○ **后土。** 후토(토지신) 月令註。五行獨稱后者。后。君也。位居中。統領四行。故稱君也。'월령'주에 "오행 중에 토(土)를 유독 후(后)라고 칭한다. 후는 군(임금)으로 가운데 있으면서 사행을 통솔하므로 임금이라 칭한다."라고 하였다.

○ **日子。** 일자 日。猶言一日二日也。子。猶甲子乙丑也。일(日)은 1일2일을 말하는 것과 같다. 자(子)는 갑자을축과 같다.

○ **莅卜。** 이복 莅。猶臨也。卜。龜卜也。이(莅, 다다를 리)는 임(臨, 접근하다)과 같다. 복(卜)은 거북점이다.

○ **攛。** 찬(던지다) 音竄。韻會云。擲也。음은 찬(竄)이다. '운회'에 말하길 척(擲, 던지다)이다.

○ **某初葬。** 모초장(내가 당초 제사지낼 때) 某。朱子自謂也。모(某)는 주자가 자신을 말한 것이다.

○ **低卸。** 저사 卸音舍。脫也。低卸。言山脚低下而脫露。卸의 음은 사(舍)이며 벗어난다는 뜻이다. 저사라는 것은 산자락이 낮

고 얕게 드러난 것이다.

* 저사라는 것은 산자락이 낮고 얕게 드러난 것으로, 이 때문에 장사를 지냄에 있어서 깊이 묻지 못하여 도적이 쉽사리 들어가는 것을 말한다.

○ **儘高**。 진고 儘ㄱ장。 가장 높다.

○ **李守約**。 이수약 朱子門人。 名閌祖。 號綱齋。 光澤人。 주자 문하의 사람으로 이름은 굉조 호는 경재, 광택 사람이다.

○ **興化漳泉**。 흥화장천 興化。 郡名。 漳, 泉。 二州名。 흥화는 군(郡)의 이름이다. 장(漳)과 천(泉)은 2개 주(고을)의 이름이다.

○ **拌勻**。 반균 두의섯단말이라。 手鑑云。 拌。 和也。 '수감'에서 말하기를 반(拌)은 화(和)이다.

* 주(註) 반균(拌勻) - 《용감수감(龍龕手鑑)》에 이르기를, "반(拌)은 섞는다는 뜻인 화(和)이다." 하였다.

○ **牆高於棺**。 장고어관 牆。 卽四面薄板也。 家禮。 無外槨。 장은 곧 4면의 얇은 판자이다. '가례'에는 바깥 널이 없다.

* "장은 관보다 4치쯤 높게 하는데 회 위에 놓고, 곧 사방에 네 가지 물건을 둘러 넣고 역시 얇은 판으로 막는다. 횟가루는 밖에 넣고 세 가지 물건은 안에 넣는데, 바닥의 두께와 같다.〔牆高於棺四寸許 置於灰上 乃於四旁 旋下四物 亦以薄板隔之 灰末居外 三物居內 如底之厚〕"라고 하였다. 네 가지 물건은 회, 석회, 가는 모래, 황토를 이른다.

○ **旋下四物**。 선하사물 旋。 猶言곳곰。 四物。 石灰黃土細沙及炭末也。 선은 두르다는 뜻이다. 4물은 석회, 황토, 세사, 탄말(숯가루)이다.

○ **生轉去**。 생전거(살아서 돌아가다) 疑橫生他處轉去也。 다른 곳으로 돌아 살아간다는 뜻이다.

* 생전거 : 《강록》- 다른 곳으로 돌아 살아간다(生轉去《講錄》橫生他轉去)

○ **抱朴子**。 포박자 葛洪所著。 진(晉)나라 갈홍(葛洪)이 편찬했다.

○ **范家**。 범가 疑范如圭家。 범여규의 집안으로 생각된다.

* 범씨 집 안〔范家〕: 범여규(范如圭) 집 안. 범여규(范如圭)는 건안(建安) 사람으로, 위재(韋齋 주송(朱松))의 벗이다. 주자(朱子)는 부형(父兄)으로 그를 섬겼다. 염조(念祖)와 염덕(念德)의 아버지이다.

○ **用生體。** 용생체　生。禮記。作牲。取遣奠牲體。包以送
葬。以羊爲牲。생(生)은 예기에 생(牲)으로 되어 있다. 견전제사
에서 희생물을 취해서 싸서 장사에 보내는 것으로 양을 희생으로 삼
았다.

* 생체(生體) :《강록》– 생(生)은 생(牲)이 되어야 마땅하다. 견전(遣奠) 때의 희생물 몸체를 취
해 감싸서 장사에 보내는 것이다.

○ **廖子晦。** 요자회　德明之字。朱子門人。요덕명의 자이다. 주자
의 문인이다.

* 부주(附註) : 요자회(廖子晦) 이름은 덕명(德明), 호는 사계(槎溪), 남검(南劒)의 순창(順昌)
사람. 불교를 배우다가 귀산(龜山)의 편지를 얻고는 크게 깨달아 마침내 주자(朱子)에게 사
사하였다. 주자는 그의 학문이 근거가 있다고 칭찬하였다.《사계집록(槎溪集錄)》이 있다.

○ **籍溪先生。** 적계선생　胡憲。字原仲。호헌이다. 자는 원중이다.

* 적계(籍溪) 선생《송감(宋鑑)》: 호헌(胡憲). 숭안(崇安) 사람. 호안국[安國]의 종자(從子).
소흥(紹興) 연간에 향공(鄕貢)으로 태학(太學)에 들어가, 유면지(劉勉之)와 함께 남몰래 이락
(伊洛)의 설을 외우고 익혔다. 고향으로 돌아가서는 힘써 농사지어 어버이를 봉양하였다. 종
유(從遊)하는 자가 날로 모여들어, 호를 '적계 선생'이라 했다.

○ **某君。** 모군　猶言陳君范君。진군 범군을 말하는 것과 같다.

* 본주(本註) – 모군(某君)《강록》: 범군(范君)이나 진군(陳君)과 같은 말이다.

○ **某甫。** 모보　某卽字也。甫。男子美稱。字下。又書甫字。
모는 자이다. 보는 남자의 미칭이며 자 아래에 또 보자를 쓴다.

* 모보(某甫) :《강록》– 모(某)는 자(字)이다. 보(甫)는 남자의 미칭(美稱)이다. 자(字) 아래에
'보(甫)'자를 쓴다.

○ **若干。** 약간　若一若十之義。數未定之辭。하나 같고 열 같다
는 뜻이다. 수가 정해지지 않은 수이다.

○ **因夫子。** 인부자　或夫或子。혹은 남편이고 혹은 아들이다.

* 因夫子(인부자) :《통전》– 당나라 제도에 문·무관의 어머니와 아내는 각각 남편과 자식의
품계에 견준다. 만약 남편과 자식 둘 다 관작(官爵)이 있는 경우라면 높은 음직을 따른다.

○ **鐵束束。** 철속속　上束字。猶索也。위(束)의 속자는 삭(索)과 같다.

* 쇠줄로 묶어[鐵束束之]:《강록》: 위의 '속(束)'자는 '새끼[索]'와 같다.

○ **明器**。 명기 造字意止於翣字。明。猶神明之意。說見檀
弓。 조자의 뜻은 삽(翣, 불삽 삽)자에서 그친다. 명은 '신명'의 뜻이
다. '단궁'에 설명이 보인다.

○ **准令**。 준령(법령에 준하여) 准。猶依也。令。宋之法令。준
(准)은 의(依, 의거하다)와 같다. 령은 송나라의 법령이다.

○ **下帳**。 하장 下。乃下藏之意。하는 하장(아래에 묻는다)의 뜻이다.

* 하장(下帳) : 장사 지낼 때 시신과 함께 묻기 위해서 작게 만든 기물들이다. 상복(上服)의 반대
말로, 상(狀), 장(帳), 인석(茵席) · 의자 · 탁자 등을 가리킨다. 이를테면 복두(幞頭), 난삼(襴
衫) 등은 신상(身上)에 쓰이는 것이기 때문에 상복이라 하는 데 반해 이들 기물은 신하(身下)
에 쓰이는 것이기 때문에 하장이라고 한다.《與猶堂全書 3集 第7卷, 韓國文集叢刊 283輯》

○ **苞**。 포 補註。苞。草也。古稱苞苴。是也。보주에 포는 풀
이다. 옛날에 포저(苞苴)라고 하던 것이 이것이다.

○ **筲**。 소(대그릇) 竹器。容斗二升。대나무 그릇이다. 용량은 1말
2되이다.

○ **旣夕禮**。 기석례 儀禮篇名。'의례'의 편명이다.

○ **容與簋同**。 용여궤동(용량은 궤와 같다) 簋。瓦器。言一筲之
所容。一簋之所容相同。容。담기단말이라. 궤(簋)는 질그릇이
다. 소(대그릇) 한 개에 담는 양은 궤 한 개의 양과 같다고 한다. 용
(容)은 담긴다는 말이다.

○ **湛之以湯**。 침지이탕(뜨거운 물에 담그다) 湛。與沈同。湯。
卽熱水也。침(湛)은 침(沈)과 같다. 탕(湯)은 뜨거운 물이다.

○ **不用食道**。 불용식도 旣夕禮疏。以其鬼神幽暗。生者不
見。故淹而不熟。以其不知神之所饗故也。'기석례'의 주석에
귀신이 어두워서 살아있는 사람이 볼수 없으므로 (뜨거운 물에) 담그
지만 익히지 않는다. 귀신이 흠향하는 바를 모르기 때문이다.

○ **甖**。 앵(술단지) 烏莖切。磁器缾名。오(烏)와 경(莖)의 반절이다.
자기병의 이름이다.

○ **柳車**。유거 柳。聚也。諸飾之所聚。非以柳木爲之也。유
는 취(聚, 모으다)이다. 여러 장식을 모은 것으로, 버드나무로만 만드
는 것은 아니다.

* 광류거(廣柳車) : 덮개가 있는 수레인데, 여기서는 장사를 지낼 때 쓰는 상여(喪輿)를 뜻한다.

○ **伏兔**。복토 其狀如伏兔也。그 모양이 엎드린 토끼와 같다.

* 복토(伏兔) : 수레축[車軸]의 양쪽 끝에 붙어 차체를 지탱하고 연결하여 주는 역할을 하는
막대.

○ **橫扃**。횡경(빗장) 橫木。횡목이다.

○ **扎縛**。찰견(동여매다) 扎音札。本作䋆。纏束也。찰(扎)의 음
은 찰(札)이다. 본디 매어서 얽는 것이다.

* 䋆, 맬 집, 맬 칩. 纏, 얽을 전.

○ **撮蕉亭**。촬초정 觀圖中竹格。可知其體。그림 속의 대나무
골격을 보면 그 형체를 알 수 있다.

* 파초 잎을 모은 정자[撮蕉亭]
* 촬초정(撮蕉亭) : 【동암안설】- 옛사람은 장막으로 비와 햇볕을 가리는 것 또한 이름을 '정
(亭)'이라 했다. 무이산(武夷山)의 만정(幔亭)이나 〈서경부(西京賦)〉의 '기정(旗亭)' 같은 게
모두 이것이다. 생각건대 촬초정(撮蕉亭) 또한 이런 종류인데, 모양이 마치 파초 잎을 모아
오므린 듯해서 이름한 것이리라.

○ **罣礙**。괘애 걸리단말이라。罣。古賣反。걸린다는 말이다. 괘
(罣)는 고(古)와 매(賣)의 반절(反切)이다.

* 반절反切 반절은 한자의 두 자음을 반씩 따서 한 음을 만들어 읽는 법이다.

○ **油單**。유단(기름먹인 삼베) 疑油芚之類。유둔의 종류로 생각된다.

* 油芚유둔 : 비 올 때 쓰기 위(爲)하여 이어 붙인 두꺼운 유지(油紙)

○ **先人**。선인 朱子父諱松。號韋齋。주자의 아버지로 이름은 송
이고 호는 위재이다.

○ **帷幌**。유황 幌。蒙也。在傍曰帷。在上曰幌。皆所以衣柳
也。유는 덮는 것이다. 곁에 있을 때 유라고 부르고 위에 있을 때
황이라 부른다. 모두 장막을 말한다.

* 유황(帷幌) : 상거(喪車)를 덮는 휘장으로, 옆에 있는 것은 유라고 하고, 위에 있는 것은 황이라고 한다. 임금은 용유(龍帷)와 보황(黼幌)으로 장식하고, 대부는 화유(畫帷)로 장식하고, 사(士)는 포유(布帷)와 포황(布幌)으로 장식하는데, 그림을 그려 넣지 않은 백포(白布)로 만든다.

* '유(柳)'는 관(棺)의 장식 및 영구를 실은 수레의 장식에 대한 총칭이다. 〈단궁 상〉에 "주(周)나라 사람은 유의(柳衣)에 삽(翣)을 두었다.[周人墻置翣.]"라고 하였는데, 이에 대해 공영달의 소는 "옆 둘레에 있는 것을 '유(帷)'라 하고, 위에 있는 것을 '황(荒)'이라 하는데, 유(帷)와 황(荒)은 유(柳)에 입히는 것이니, 그렇다면 유(帷)와 황(荒)의 안에 있는 목재를 유(柳)라 한 것이다. 그러나 실제로는 유(帷)와 황(荒) 및 그 안에 있는 목재 등을 총칭하는 이름이 유(柳)이다.[在旁曰帷, 在上曰荒, 帷、荒所以衣柳, 則以帷、荒之內木材爲柳. 其實帷、荒及木材等總名曰柳.]"라고 설명하였다. '장(墻)'은 집의 담장처럼 관을 막아주는 것으로 '유의(柳衣)'라고도 하는데 출빈(出殯)할 때에 영구를 싣는 수레에서 관을 덮는 일종의 장막이다.

○ **延平先生**。 연평선생 姓李氏。 名侗。 字愿仲。 南劍州人。 성은 이씨이고 이름은 동 자는 원중이며 남검주 사람이다.

○ **以木爲筐**。 이목위광 엉엇인는거슬。 謂之筐 나무로 틀을 짠 것을 광이라 부른다.

* 《가례》 권5 〈상례 치장(治葬)〉 - "삽(翣)"에 "나무로 틀을 짜서 네모꼴 부채처럼 만드는데, 양쪽 모서리가 높고 너비는 2자, 높이는 2자 4치로 하여, 흰 삼베를 씌우며, 자루의 길이는 5자로 한다. 보삽(黼翣)은 보(黼)를, 불삽(黻翣)은 불(黻)을, 화삽(畫翣)은 구름을 그리며, 가장자리에는 모두 구름무늬를 그려 넣는데, 모두 붉은 색깔로 준격(準格)을 삼는다.[以木爲筐 如扇而方 兩角高廣二尺 高二尺四寸 衣以白布 柄長五尺 黼翣畫黼 黻翣畫黻 畫翣畫雲氣 其緣皆爲雲氣 皆畫以紫准格]"라고 한다.

○ **畫黼黻**。 획보불 黼。 斧也。 黻兩已相背。 보는 도끼이다. 불은 두 개의 기(已)자가 서로 등지고 있는 모양이다.

* 상변통고 - 黻三列, 疏 : 又畫爲兩已相背, 爲三行也(불(黻) 세 줄, 소 : 또 두 개의 '기(已)'자가 서로 등지도록 세 줄로 그린다).

○ **剡上**。 염상 韻會云。 上削。 令上銳。 '운회'에 말하기를 위를 깎아내서 뾰족하게 한 것이다.

* '신주를 만든다' 조항[作主條]. 본주(本註) : 받침대[趺] 앉히는 판자. 몸체의 높이는 1자 2치[身高尺二寸] 받침대 위로 1자 8푼. 위를 깎아내어 ~ 머리를 둥글게 한다[剡上止圓首]

○ **勒前**。 늑전 勒。 韻會。 刻也。 늑(勒)은 '운회'에서 각(새기다)이라고 한다.

○ **下齊**。 하제　齊字絶句是。 제자는 구두로 끊어야 한다.

   * 하제(下齊) : 퇴계가 이르기를, "'제(齊)' 자에서 구두를 끊어야 한다. 이 '하제(下齊)' 2자는
   마땅히 한 구로 보아야 한다." 하였다.

○ **不消**。 불소　消。語助辭。不消。與不須同也。 소(消)는 어조
   사다. 불소는 '불수不須'와 같다.

○ **不中換了**。 부중환료　猶云不可中間換其神主也。 중간에 그 신
   주를 바꿀 수 없다고 하는 것과 같다.

   * 중간에 바꾸지 않는다.[不中換] : 퇴계는 '중간에 바꾸어 고쳐서는 안 된다.'는 뜻으로 해석
   하였다.

○ **號行**。 호행　行。卽第幾行也。 행은 곧 몇째 줄을 의미한다.

○ **程沙隨**。 정사수　名迥。字可久。號沙隨。 이름은 형이고 자는
   가구, 호는 사수이다.

   * (가례집람) 정사수(程沙隨) −《주자실기》에 이르기를 "정가구(程可久)의 이름은 형(迥)이고,
   호는 사수(沙隨)이며, 영릉(寧陵) 사람이다. 정강(靖康)의 난에 소흥(紹興)의 여요(餘姚)로
   이사해 살았다. 과거에 급제하여 관직이 상요령(上饒令)에 이르렀다. 일찍이 가흥(嘉興)의
   문인무덕(聞人茂德)과 엄릉(嚴陵)의 유저(兪樗)에게 수학하였으며,《고역장구(古易章句)》
   등을 저술하였다. 선생께서 박식하고 단아한 군자라고 칭찬하였다."

○ **聲律高下**。 성률고하　吳氏曰。聲五聲。律十二律。以律管
   之長短。和聲之高下。毫釐不可差。 오 씨가 말하길 성은 5성
   이요 율은 12율이며 율관의 길고 짧음으로 소리의 높낮이를 조화롭
   게 하니 한 치도 어긋나서는 안 된다고 했다.

遷柩 朝祖 祖奠 천구 조조 조전

○ **帕頭**。 파두　帕音霸。머리예세단말이라。疑如今首帕。파두패 머
   리에 쓴다는 말이다. 지금의 수파(목걸이)와 같다.

○ **奉奠及倚卓**。 봉전급의탁　疑靈座前所奠及倚卓。撤而將移
   設於祠堂。 영좌 앞의 제사 지내는 제수, 교의(交椅)와 탁자로 생각
   된다. 철거하여 장차 사당에 옮겨 설치한다.

○ **北首而出**。북수이출　北首。尸之首北向也。出。役夫出也。북수는 시신의 머리가 북쪽을 향하는 것이다. 출(出)은 일하는 사람이 나가는 것이다.

○ **設靈座及奠**。설영좌급전　靈座設於柩西。奠則設之柩與靈座之間。널의 서쪽에 영좌를 설치한다. 전(奠)은 곧 널과 영좌의 사이에 설치한다.

   * 상변통고 – 본주(本註) : 영좌와 전을 설치한다〔設靈座及奠〕《강록》: 영좌는 널 서쪽에 설치하고, 전(奠)은 널과 영좌 사이에 설치한다.

○ **夷牀**。이상(시신을 놓은 침상)　夷與施同。施柩之牀也。이(夷)는 시(施, 베풀다)와 같다. 널을 올려놓은 상을 설치하는 것이다.

○ **遷于祖**。천우조(조상에게 옮기다. 사당으로 옮기다)　遷。他本作朝。천(遷)은 다른 곳에서는 본디 조(朝)로 썼다.

   * 상변통고 –〈기석례〉'조상에게 옮긴다〔遷于祖〕'의 주 : 천(遷)은 옮김이다. '조상에게 옮긴다'고 함은 조묘(祖廟)에 뵙는 것이다.

○ **席升**。석승　疑奉席而上也。자리를 설치하고 올리는 것으로 생각된다.

   *《의례》〈기석례〉의 "사당으로 옮겨서 두 기둥 사이에 영구를 바로 하고 자리는 영구의 서쪽에 올라가서 설치하고 전의 진설은 예전처럼 한다.〔遷于祖 正柩于兩楹間 席升設于柩西 奠設如初〕"라고 한 구절에 대한 주(註)인데,《가례》조조(朝祖) 조항에서 부주(附註)에 인용되어 있다.

○ **不統於柩**。불통어구(널에 통섭되지 않는다)　此設奠爲靈座而設。非屬於柩也。이는 영좌를 위하여 전을 설치하는 것이지 널에 이르는 것이 아니다.

   * 주 – 자리는 널의 서쪽 계단이 있는 곳에 설치한다. 전(奠)을 따라서 설치하되 처음과 같이 동면하는데, 널에 통섭되지 않는 것은 신(神)이 서면하지 않아서이다. 널의 동쪽에 설치하지 않는 것은 동쪽은 신의 자리가 아니기 때문이다. (註 : 席設于柩之西, 當西階也。從奠設, 如初東面也。不統於柩, 神不西面也。不設柩東, 東非神位也。)

○ **遷于廳事**。천우청사(청사로 옮기다)　大斂在堂中少西。所以倣古殯于兩階之意。遷柩在廳事正中。亦倣古啓殯之意。대렴

이 집 안에서 약간 서쪽에 있는 것은 옛날에 양쪽 계단에서 빈소를 설치한 뜻을 본받는 것이고, 널을 옮겨 청사의 중앙에 두는 것은 또한 옛날에 빈소를 열었던 뜻을 본받은 것이다.

○ **日晡。** 일포(신시에 당하여) 韻會。日加。申時爲晡。加。猶當也。 '회운'에 일(日)은 가(加)이며 신시(申時)가 포(晡)이다. 가(加)는 당(當)과 같다.

○ **設祖奠。** 설조전 按鄕校禮輯云。祖。始也。謂行始也。將葬。像生時出則祖也。 살펴보니 '향교예집'에서 말하기를 조는 시(시조, 떠나기 시작하다)이다. 장례에 이르러 살아있을 때와 마찬가지로 나아가니 곧 조(전송)라고 한다.

 * 지산집 – 낮 신시(申時)에 조전을 차린다.[日晡時 設祖奠] ○ 안사고(顏師古)가 말하기를, "조(祖)는 길을 가는 것을 전송하는 제사로, 이를 인하여 잔치를 하면서 술을 마시는 것이다. 옛날에 황제(黃帝)의 아들인 유조(纍祖)가 먼 곳으로 유람하기를 좋아하다가 길에서 죽었으므로 후세 사람들이 그를 제사 지내면서 행신(行神)으로 삼았다. 도신(道神)에게 제사 지내는 것을 조(祖)라고 한다." 하였다. 《풍속통(風俗通)》에 이르기를, "조(祖)는 조(徂)이다. 지금 사람들은 길 가는 것을 전송하는 것을 조도(祖道)라고 한다." 하였다. 《예기》 단궁(檀弓)에 이르기를, "증자가, 조(祖)라는 것은 차(且)라고 말하였다." 하였다.

遣奠 견전

 * 遣奠祭견전제: 발인(發靷)할 때 문 앞에서 지내는 제사(祭祀)

○ **楔。** 설 疑쐬야기라。 쐐기로 생각된다.

○ **盥濯灰治。** 관탁회치 盥。韻會。言洗也。灰治如今。마전。 관(盥)은 '운회'에서 세(洗, 씻다)이다. 회치(잿물로 다듬다)은 오늘날의 마전(摩湔, 생피륙을 삶거나 빨아서 바래는 일)과 같다.

○ **功布。** 공포 功。卽마전之功。 공(功)은 곧 피륙을 바래는 공을 말한다.

○ **尊丈。** 존장 在舍之尊長也。 집에 있는 어른을 말한다.

及墓 下棺 題主 成墳 급묘 하관 제주 성분

○ **親賓次**。 친빈차(친족과 빈객의 막차) 次幕次。 차는 막차(幕次, 의식이나 거동 때의 임시 장막)이다.

○ **次北**。 차북 親賓次之北。 친빈차의 북쪽이다.

○ **窆**。 폄(하관하다) 釋名云。 下棺曰窆。 '석명'에 말하기를 관을 내리는 것을 폄(窆)이라 한다.

○ **已下**。 이하 旣下棺。 곧 관을 내리는 것이다.

○ **旋旋**。 선선 굿곰。 천천히(가끔)

○ **以安之**。 이안지 疑安其父母之形體。 그 부모의 형체를 편안하게 하는 것으로 생각된다.

   * 상변통고 – 그 신에게 예를 드려 편안하게 함이다〔禮其神以安之〕〈단궁〉 주에 나온다.
   《강록》: 그 부모의 형체를 편안하게 함이다.

○ **窀穸**。 둔석(광중, 무덤) 厚夜也。 깊은 밤(땅속 깊은 곳)

○ **懷之**。 회지 懷其祝板也。 그 축판(축문판)을 품는 것이다.

○ **祭必告於宗子**。 제필고어종자(제사를 지내려면 반드시 종자에게 고한다) 言支子因事祭祖先。 則必告于宗子。 방계의 자손(지자)이 조상에게 제사 지낼 일이 생기면 곧 반드시 종자에게 고하여야 한다.

○ **上牲**。 상생 上牲。 大夫之牲也。 大夫牲用羔。 士牲特豚。 曲禮疏。 天子之大夫以索牛。 諸侯之大夫用小牢。 상생은 대부의 희생이다. 대부(大夫)는 희생으로 어린양(羔고)을 사용하고 사(士)는 희생으로 특히 돼지를 사용한다. '곡례' 주석에 천자의 대부는 삭우(索牛, 소)를 제후의 대부는 소뢰(小牢, 양, 돼지)를 사용한다.

   * 성호사설 – 곡례에 "천자는 희우(犧牛)로, 제후는 비우(肥牛)로, 대부는 색우(索牛)로, 사(士)는 양(羊)과 돼지[豕]로써 제사지낸다." 하였고, 그 주에 '색(索)은 구득(求得)하여 쓰는 것이다.'고 하였으니, 그렇다면 이는 특별히 잡은 생(牲)이 아니고, 혹은 임금의 포주(庖廚)에서 얻은 것으로 모두 서수(庶羞)에 쓸 수 있는 것이다.
   * 사계전서 – 부주(附註)의, 상생(上牲)《예기》 증자문의 주에 이르기를, "상생(上牲)은 소뢰(少牢)이다." 하였다. 《의례》소뢰궤식례의 주에 이르기를, "양과 돼지를 희생으로 쓰는 것을 소뢰라고 한다." 하였다.

○ **墳碑石獸**。분비석수 墳與碑及石獸。봉분과 비석, 석수(돌로 만
든 짐승)을 말한다.

  * 주(註) – 봉분과 비석 및 석수의 많고 적음은 각각의 품수가 있다.[墳碑石獸大小多寡 各有
  品數]

○ **防墓之封**。방묘지봉 防。地名。墓。孔子之父墓。방(防)은
지명이며 묘는 공자 아버지의 묘이다.

  * 【본주】공자(孔子)의 방묘(防墓)의 봉분은 그 높이가 4자다. 그러므로 이를 취하여 법으로
  삼는다. 【本註】孔子防墓之封, 其崇四尺。故取以爲法。

○ **豐碑**。풍비(공적을 기록한 거대한 석비石碑) 下棺時立柱壙兩
邊。其制如轆轤。以索貫豐碑而結於棺以下者也。하관시에
구덩이 양쪽 가로 기둥을 세우니 그 형태가 녹로(고패)와 같다. 밧줄
로 풍비(돌비석)를 꿰어 관과 결박하여 내리는 것이다.

○ **作鎭石**。작진석 鎭。猶壓伏也。疑術者以墳石鎭之之術
也。진(鎭)은 압복(눌러서 엎드리게 함)하는 것이다. 기술하는 자가
묘석으로 그것을 누르는 방법을 말한 것으로 생각된다.

○ **不能免**。불능면 猶言不免爲碑也。비석을 만드는 것을 면할 수
없다는 말과 같다.

○ **季子墓**。계자묘 一統志。季札墓在常州江陰縣西三十里。
孔子題其碑曰。嗚呼。有吳延陵季子之墓。歲久湮沒。宋守
朱彥明。復取孔子所書十字。刻碑表識。계자묘(季子墓) 《일
통지(一統志)》에 이르기를, "계찰(季札)의 묘는 상주(常州) 강음현(江
陰縣)에서 서쪽으로 30리 떨어진 신포(申浦)에 있다. 옛날에 공자(孔
子)가 그 비석에 제하기를, '아아, 오나라 연릉 계자의 묘이다' 하였
는데, 세월이 오래되어 인몰되었다. 이에 송(宋)나라의 태수 주언명
(朱彥明)이 공자가 쓴 열 글자를 취하여 비석에 새겨 표시하였다."
하였다.

反哭 반곡(장사(葬事)를 지내고 돌아와서 정침에서 곡함)

○ **反哭**。반곡 返魂애。哭이라。반혼(죽은 사람을 장사지내고 그 혼을 집 안으로 다시 불러들임)할 때 우는 것이다.

○ **其反如疑**。기반여의 言反哭而來時。如疑其親魂在墓也。故徐行。반곡하고 돌아올 때에 그 부모의 혼이 묘에 있는 것을 의심하는 것 같이 하는 것이다. 그러므로 천천히 간다.

　　* 예기 단궁 - 돌아올 때에는 마치 어버이가 저기에 있다고 의심하는 듯이 한다.[其反如疑] 공자가 말하기를, "그가 갈 적에는 사모하는 것 같더니 돌아올 적에는 의심하는 것 같더구나." 하였다.

○ **反而亡焉**。반이망언(돌아와 보니 안 계신다) 言反而視之。則其親亡焉。亡。韻會。不在也。돌아와서 보니 그 부모가 안 계신 것을 말한다. 망(亡)은 '운회'에 없는 것을 말한다.

　　* 집주에 나오는 "돌아와 보니 안 계신다.[反而亡焉]" : 《예기》단궁(檀弓)에 이르기를, "돌아와 곡할 때 조문하는 것은 슬픔이 지극한 때이기 때문이다. 장사 지내고 돌아왔는데 집에 계시지 않으니 상실감이 이때에 가장 심한 것이다." 하였다.

○ **失之**。실지 猶言無之。간직한 게 없다는 말과 같다.

○ **於是爲甚**。어시위심 言於是時。哀痛爲甚。이때에 이르러 애통함이 극심하게 된다는 말이다.

○ **可以歸**。가이귀 不言期者。古人大抵三寸及同生皆同居。故不言歸。기년복 입는 자를 말하는 것이 아니다. 옛날 사람들은 대개 3촌에서 동생까지 함께 살았으므로 돌아간다고 말하지 않았다.

虞祭 우제

* 부모의 장례를 마치고 돌아와서 지내는 제(祭). 초우(初虞)·재우(再虞)·삼우(三虞)의 총칭.

○ **虞**。우 虞。安也。鬼神無所依。故祭而安之。우(虞)는 편안함(安)이다. 귀신은 의탁할 곳이 없으므로 제를 지내서 그를 편안하게 한다.

○ **爲其彷徨**。위기방황(그것이 방황할까 하여) 魂氣彷徨。귀신이

방황할까 하여.

○ **酒瓶拜架**。 주병배가　架。非特巾架。酒瓶之牀。亦謂之架。 가(架, 시렁)은　특별히 천으로 덮은 시렁이 아니다. 주병상도 또한 시렁을 일컫는 것이다.

○ **陳於堂門外**。 진어당문외(당문 밖에 진설한다)　言酒瓶湯瓶祝板。陳於門內卓子上。其餘祭饌。陳於門外。 주병, 탕병, 축문은 문 안의 탁자 위에 진설하고 그 밖의 제사 음식은 문 밖에 진설하는 것을 말한다.

○ **醴齊**。 예제　齊。去聲。醴齊。酒名。非今甘酒。 제는 거성이다. 예제는 술 이름이며 오늘날의 감주가 아니다.

○ **士虞禮**。 사우례　儀禮篇名。 '의례'의 편명이다.

○ **噫歆**。 희흠　曾子問。祝聲三。註。以警動神聽。乃告之也。噫。歎恨之聲。歆。欲其歆享之義也。 '증자문'에 축을 하는 소리를 3번 한다. 주석에 놀라게 하여 귀신이 듣게 함으로써 알리는 것이다. 희(噫)는 탄식하고 한하는 소리이고 흠(歆)은 흠향을 바라는 뜻이다.

○ **告利成**。 고이성　利。猶養也。祭所以養神。言養神之禮成也。 이(利)는 양(養)과 같다. 제사는 귀신을 봉양하는 바이므로 귀신을 봉양하는 예가 완성(成)된 것을 말한다.

　　* 고이성(告利成) : 이성을 고한다는 뜻으로, 귀신의 대행자인 시동(尸童)에게 제사가 다 끝났다고 알리는 것이다. 이(利)는 양(養)의 뜻이고, 성(成)은 필(畢)의 뜻으로, 공양하는 예가 다 이루어졌음을 의미한다.

卒哭　졸곡

* 삼우(三虞)가 지난 뒤에 지내는 제사(祭祀) 사람이 죽은 지 석 달 만에 오는 첫 정일(丁日)이나 해일(亥日)을 가려서 지냄.

○ **設玄酒瓶**。 설현주병(현주병을 진설한다)　設其將盛玄酒瓶。 또한 현주병을 많이 진설한다.

○ **主人之左**。주인지좌 右。陰也。左。陽也。自初喪至三虞
祭。凶禮也。讀祝皆於主人之右。至卒哭。漸用吉禮。故自
此以後。讀祝皆於主人之左也。오른쪽(右)은 음이고 왼쪽(左)은
양이다. 초상으로부터 삼우제에 이르기까지 흉례(凶禮)이다. 독축은
모두 주인의 오른쪽에서 한다. 졸곡에 이르면 점차 길례(吉禮)를 사
용하므로 이때 이후로는 독축을 모두 주인의 왼쪽에서 한다.

> * 주인의 왼쪽에 선다.[主人之左] : 길례(吉禮)에는 왼쪽을 숭상하고, 흉례(凶禮)에는 오른쪽
> 을 숭상하는데, 이것은 음양(陰陽)의 뜻이다. -《주자대전(朱子大全)》 서류(序類)의 전(傳)의
> 서문(序文)에 나온다.

○ **猶朝夕哭**。유조석곡(여전히 아침저녁 곡을 한다) 晨昏哭。非上
食哭。새벽과 저녁에 곡을 하지만 음식을 올리고 곡을 하는 것은
아니다.

○ **疏食**。소식(나물밥) 間傳註。疏食。麤飯也。'간전' 주석에 소
식은 거친 밥을 말한다.

> * 疏食水飮(소식수음) 거친 밥을 먹고 물을 마신다.

○ **水飮**。수음 雜記註。呂氏曰。其飮不加鹽酪。故曰水飮。
'잡기' 주석에 여 씨가 말하기를 소금과 초(식초, 술)를 더하여 마시지
않으므로 물을 마신다고 하였다.

祔 부(합사)

○ **三分**。삼분 猶言三位。卽祖考姙與亡者也。3위(位)라고 하는
것과 같다. 곧 조부, 어머니와 망자이다.

○ **兩分**。양분 猶言二位。卽祖姙與亡者也。2위(位)라고 하는
것과 같다. 곧 할머니와 망자이다.

○ **二人以上則以親者**。이인이상즉이친자 祖考若有前後室。則
以親者配祭。親。卽所生之母。할아버지가 만약 전후 두 부인
을 들였으면 곧 친한 사람과 짝을 지어 제사 지낸다. 친함이란 곧 소
생(자식)의 어머니이다.

○ **孝子某**。 효자모 儀節。作孝孫。'의절'에 효손이라고 하였다.

○ **適于**。 적우 適。猶從也去也。 적(適)은 따라서(從) 가는 것(去) 과 같다.

○ **某考**。 모고 儀節。作曾祖考。'의절'에 증조고(증조할아버지)라 고 하였다.

○ **祭於他所**。 제어타소 非祠堂而祭於廳事等處。故曰他所。 청사 등 사당이 아닌 데서 제사를 지내므로 타소(曰他, 다른 곳)라고 하였다.

小祥 소상

* 小祥(소상) : 사람이 죽은 지 한 돌 만에 지내는 제사(祭祀).

○ **卜日而祭**。 복일이제 言其月中卜吉日而祭。 그 달에서 길일을 점쳐서 제사지내는 것을 말한다.

○ **初忌**。 초기 忌。卽忌日也。言其日則雜事皆禁忌不爲也。 기(忌)는 곧 기일이다. 그날에는 곧 잡스런 일을 모두 금하고 꺼려서 하지 않는 것을 말한다.

○ **練服爲冠**。 연복위관 疑練布爲冠。 베를 이어서 관을 만드는 것 으로 생각된다.

○ **已除服者**。 이제복자(이미 복을 벗은 자) 疑大功以下之親。 대공 이하의 친지로 생각된다.

大祥 대상

○ **垂脚**。 수각 垂脚。垂其脚也。○ 丘氏曰。今世無垂脚幞頭 之制。 그 다리를 늘어뜨리는 것이다. 구 씨가 말하기를 오늘날에는 다리를 늘어뜨리고 머리를 싸는 제도가 없다고 한다.

○ **黲**。 참(검푸르죽죽할 참) 紗黲。淺靑黑色。 사참은 엷은 흑청색 이다.

○ **未大祥間**。 미대상간(대상이 아직 지나지 않은 사이) 疑自小祥至
大祥也。 소상에서 대상에 이를 때까지로 생각된다.

> * 사계전서 – 대상이 아직 지나지 않은 사이에는 잠깐 나가서 찾아온 자를 볼 수가 있다.[未大
> 祥間 假以出謁者] 살펴보건대, 대상이 아직 지나지 않은 동안에는 단지 나아가 알현할 때에
> 만 이 복을 착용할 수가 있다. 대상에 이르러서야 비로소 평상복을 입는다.

○ **服以出謁者**。 복이출알자(옷을 입고 나가서 찾아온 사람을 만난다)
服或作假。 未知孰是。 疑此等服。 大祥前不得已出外謁見之
時著之。 而非禮也。 至大祥後。 則當著此服矣。 然未詳。 복
은 때로 임시로 빌리기도 하지만 이것이 무엇인지 모르겠다. 이런
종류의 옷은 대상 전에 부득이하게 나가서 알현할 때에 입는 것으로
생각되지만 예에 맞지는 않는다. 대상 이후에 이르면 곧 마땅히 이
런 옷을 입어야 하지만 상세하지는 않다.

○ **祧主**。 조주 程氏復心曰。 祧之言。 超也。 超上去也。 정씨복
심이 말하기를 조(祧)라는 말은 초(超)이다. 초는 위로 가는 것이다.

> * 祧(천묘 조) : 천묘(遷墓: 원조를 합사(合祀)하는 사당)
> *《張子全書 卷8 喪紀》– 조주(祧主)는 원조묘(遠祖廟)의 신주이다.
> * 정씨복심(程氏復心) – 자는 자견(子見)이고, 호는 임은(林隱)이다.《일통지》에 "무원(婺源)
> 사람이다. 어려서부터 이학(理學)에 심취하였는데, 보광(輔廣)과 황간(黃幹)의 학설을 모아
> 절충하여 책을 만들어《사서장도총요(四書章圖總要)》라 하였다. 원(元)나라에 벼슬하여 휘
> 주 노학교수(徽州路學敎授)를 지냈으며, 뒤에 노모 때문에 병을 핑계대고 사직하고 돌아왔
> 다."라고 하였다.

○ **太廟夾室**。 태묘협실(태묘의 협실) 夾室。 在太廟東西。 협실은
태묘의 동쪽과 서쪽에 있다.

> * 太廟夾室【동암안설】《이아》 소에 "태실(太室)에 동・서쪽으로 행랑과 협실이 있는 것을
> '묘(廟)'라고 한다. 대개 묘(廟)의 제도는 뒤쪽 도리[後楣] 이북을 서쪽의 실(室)과 동쪽의 방
> (房)으로 채우고, 방・실의 남쪽은 당(堂), 당(堂)의 동・서쪽 담장 밖은 동・서 협실(夾室),
> 두 협실의 앞이 동서 행랑[廂]인데, 또한 '동당(東堂)・서당(西堂)'이라 한다"고 했다.

○ **李繼善**。 이계선 名孝述。 朱子門人。 이름은 효술이고 주자의
문인이다.

○ **周舜弼**。 주순필 弼古弼字。 名謨。 朱子門人。 필자(弼)는 필

(弼)자의 고어이다. 이름은 모르고 주자의 문인이다.

○ **昧然歸匣**。 매연귀갑 無禮文節次而歸匣。 어렴프시。예문과 절
차 없이 사판을 옮기는 것이다.

  * 매연귀갑 : 제사로 고유(告由)하지 않고 사판(祠版)을 옮기기 때문에 매연(昧然)이라고 한다.

○ **大宗伯**。 대종백 周之官名。 卽今禮判。 주나라의 관직 이름이
며 오늘날의 예조판서와 같다.

○ **享先王**。 향선왕 周王享其先王。 주나라 왕이 그 선왕에게 제사
를 지낸다.

○ **不敢不至**。 불감부지 至。 及也。 지(至)는 이르다(及)는 뜻이다.

禫 담(담제 대상(大祥)을 치른 후 정일(丁日)이나 해일(亥日)에 지내는 제사)

○ **素紕**。 소비(흰 천으로 가선을 두르다) 以素飾冠緣也。 흰 천으로
관의 줄을 장식하는 것이다.

○ **徙月而樂**。 사월이락(담제가 있는 달이 지나면 음악을 자기가 연주한
다) 徙。 猶踰也。 樂。 卽音樂也。 사(徙)는 유(踰, 넘다)와 같다.
악은 곧 음악이다.

○ **三年問**。 삼년문 禮記篇名。 '예기'의 편명이다.

○ **王肅之說**。 왕숙지설 王氏訓中月爲月中之說。 왕씨의 가르침
중 '중월(中月)로써 월중(月中)을 삼는다'는 설을 말한다.

○ **环珓**。 비교 占吉凶之物。 四聲通解。 环珓。 判竹根爲卜之
具。 或作筊筊。 길흉을 점보는 물건이다. '사성통해'에 비교는 대
나무 뿌리로 만든 점 보는 도구로 판단한다. 때로는 대 끈(筊, 단소
효, 대 끈 교)으로 만든다.

○ **告朔**。 고삭(초하루에 종묘에 고유告由하는 일) 如朔參之類。 삭참
(초하루 참례)와 같은 종류이다.

○ **正祭**。 정제 時祭也。 시제이다.

○ **普同一獻**。 보동일헌(대체로 술을 한 번만 올린다) 普。 猶徧也。

每位皆各一獻。보(普)는 편(徧)과 같다. 매 자리에 모두 각각 1번 올린다.

居喪雜儀 거상잡의(가례 4권의 권명)

○ **充充如有窮**。충충여유궁(먹먹하여 막다른 길에 있는 듯) 檀弓疏 云。孝子匍匐而哭。心形克屈。如急行道極。無所復去。窮極之容。'단궁' 주석에 말하길 효자가 기어가서 우는데, 마음이 막히고 몸이 굽어 마치 급히 길을 가는데 길이 다하여 다시는 갈 곳이 없어 곤궁해진 모양과 같다.

○ **不及其反而息**。불급기반이식(부모가 미처 돌아오지 못해서 기다리는 것처럼) 息。猶待也。그反을及디몯ᄒ야息ᄒ다。言且止以待其歸。식(息)은 대(待, 기다리다)와 같다. 그 부모가 돌아서 미치지 못하여 기다리는 것이다. 또 멈추어서 부모가 돌아오는 것을 기다리는 것을 말한다.

○ **喪服四制**。상복사제 禮記篇名。예기의 편명이다.

○ **廢業**。폐업(대공을 입으면 업을 폐한다) 朱子曰。居喪廢業。業。簨簴上板子。廢業。不作樂耳。주자께서 말씀하시길 상을 치르면 업을 폐한다. 업은 순거(악기를 다는 틀)위의 판자이다. 폐업은 음악을 연주하지 않는 것이다.

○ **有瘍**。유양(부스럼이 있다) 瘍音陽。瘡疾也。瘍의 음은 양(陽)이다. 창질이다.

致賻奠狀 치부전장(부의(賻儀)나 전물(奠物)을 보내드리는 편지)

○ **謹專**。근전 專猶專人。전은 전인과 같다.

* 專人(전인) : 어떤 소식(消息)이나 물건(物件) 등을 전(傳)하려고 특별(特別)히 보내는 사람.

○ **面簽**。면첨 未詳。四聲通解。書文字押署也。상세하지 않다. 사성통해에 '문서에 서명하는 것으로 압서를 말한다'고 했다.

答慰疏 답위소(위로에 대답하는 편지)

○ **謹空。** 다쓰고. 이아래는. 뷔단말이라. 근공은 (편지의 일부를) 비워둔다는 말이다.

> * 근공(謹空)은 '삼가 그 종이의 끝 부분을 비워 두어서 가르침을 써 주기를 기다린다.'는 말로, 공경하는 말이다.

慰人祖父母亡啓狀 위인조부모망계장(조부모상을 당한 사람을 위문하는 계장)

○ **夫姓云某宅。** 부성운모택(남편의 성을 따라 모댁이라 부른다) 如金公妻則書金宅。 김공의처(金公妻)를 김댁(金宅)이라고 쓰는 것과 같다.

○ **不上平。** 불상평(상단에 평형하게 올리지 아니함) 言當連書而其行列。不上于平行。 마땅히 잇달아 쓰고 그 항렬을 상단의 평형한 줄에 올리지 않는 것을 말한다.

祭禮 제례

四時祭 사시제

○ **有田。** 유전 有田禄也。 전록(전지의 조세(租稅)로 녹봉을 대신하는 것)이 있는 것이다.

○ **無田。** 무전 仕則有田。罷則無田。 관직을 맡으면 전록이 있고 파직하면 전록이 없다.

○ **何休。** 하휴 字邵公。漢靈帝時人。研精六經。陳蕃辟爲議郎。 자는 각공이며 한나라 영제 때 사람이다. 육경을 정밀하게 연구하였다. 진번을 물러난 후 의랑이 되었다.

○ **無常牲。** 무상생(서인은 일정한 희생이 없다) 庶人無常牲。或豚

或羊。 서인은 일정한 희생이 있는 것이 아니라 간혹 돼지가 있기도 하고 간혹 양이 있기도 한다.

○ **惟設庶羞**。 유설서수(곧 서수만 진설하는 것이다) 非以此使人法 之也。 乃惡之之辭也。 이로서 다른 사람들을 본받게 하는 것이 아니라 그것을 미워한다는 말이다.

○ **諏此歲事**。 추차세사(이 세사를 도모한다) 諏。 猶問也。 추(諏)는 문(問)과 같다.

○ **尙饗**。 상향(흠향하소서) 尙。 庶幾也。 猶言庶幾饗之乎。 諏于 祖考之辭。 상(尙)은 아마도(서기庶幾)이다. "아마도 흠향하시겠지 요?"라는 말과 같다. 조고에게 여쭙는 말이다.

○ **孟詵**。 맹선 唐汝州人。 당나라 여주 사람이다.

○ **二至二分**。 이지이분 冬至夏至。 春分秋分。 동지와 하지, 춘분 과 추분이다.

○ **不茹葷**。 불여훈(냄새나는 채소를 먹지 않다) 食菜曰茹葷。 葱蒜 及一切臭菜也。 먹는 채소를 여훈이라 한다. 종산(파, 마늘) 등 일 체의 냄새나는 채소이다.

○ **祭義**。 제의 禮記篇名。 '예기'의 편명이다.

○ **蠲潔**。 견결(蠲, 밝을 견. 潔, 깨끗할 결) 蠲。 韻會。 明也潔也。 견(蠲)은 '운회'에서 밝고 깨끗한 것이라고 한다.

○ **合之**。 합지(합쳐 놓는다) 考妣倚與卓。 相連合。 돌아가신 아버 지와 어머니를 한 탁자에 의지하여 함께 모신다.

○ **祔位**。 부위 言祔位。 常時則在於正位本龕。 而祭時則皆出 置於東西序也。 부위를 말한다. 평소에는 정위가 본래의 감실에 있고 제사를 지낼 때는 꺼내서 동서에 차례대로 둔다.

○ **七廟**。 칠묘 言周制。 考, 祖, 曾祖, 高祖, 始祖, 文世室, 武世 室。 주나라 제도로서 고(아버지), 조(할아버지), 고조, 시조, 문세제, 무세실을 말한다.

○ **三廟一廟**。삼묘일묘 大夫三。官師一也。대부는 (사당이) 3개 관사는 1개이다.

○ **祭法**。제법 禮記篇名。'예기'의 편명이다.

○ **月祭**。월제 每月祭。매월 드리는 제사이다.

○ **享嘗**。향상 四時祭。사시제이다.

○ **省於君**。생어군 省猶告也。생(省)은 고(告, 알리다)와 같다.

○ **干祫**。간협 祫祭似僭。必省於君而後祫祭。故曰干。협제는 참(僭)과 유사하다. 반드시 임금에게 고한 이후에 협제를 한다.

　* 협제(祫祭) : 협(祫)은 합(合)의 뜻이니, 즉 여러 선령(先靈)을 한자리에 합하여 제사 지내는 일을 말한다.《禮記 曾子問》

○ **虛主**。허주(신주가 비어 있다) 宗子在家奉祀。故曰無虛主。종자(종손)이 집에 있어 제사를 모시므로 허주가 없다고 한다.

○ **奉二主**。봉이주(2주를 받든다) 卽祠板及影子也。곧 사판(祠版 신주(神主))와 영자(影子, 영정(影幀))를 이른다.

○ **從之**。종지 從行也。'따라간다'이다.

○ **自二主止分矣**。자이주지분의 小註也。소주이다.

○ **自主之祭**。자주지제(스스로 주관하는 제사) 支子孫祔於宗家祠堂者也。지자손(방계자손)이 종가의 사당에 합사한 것이다.

　* 가례집람 – 지자가 스스로 주관하는 제사라면 마땅히 머물러서 제사를 받들어야지 종자를 좇아서 옮겨서는 안 된다支子所得自主之祭 則當留以奉祀 不得隨宗子而徙.

○ **只合**。지합 合猶當也。합(合)은 당(當)과 같다.

○ **弟與執事**。제여집사(아우는 집사에 참여한다) 與卽參也。여(與)는 곧 참(參, 참여하다)이다.

○ **糕**。고(떡) 音羔。설기。或云粘餠 인절미 음은 고(羔)이다. 설기 혹은 차진 떡(인절미)을 말한다.

○ **玄酒**。현주[무주(無酒), 제사(祭祀) 때에 술 대신(代身)에 쓰는 맑은 찬물] 鄕飮酒義。罇有玄酒。註。玄古之世無酒。以水行

禮。故後世因謂水爲玄酒。'향음주의'에 동이에 현주가 있다고 하고 주석에 오래전 세상에는 술이 없어서 물로서 예를 행하였으니 후세에 이로 인하여 물을 현주라고 한다.

○ **以合盛出**。이합성출(합에 담아내다) 合。盛物之器。합(合)은 물건을 담는 그릇이다.

○ **臭陰達**。취음달 臭。鬱鬯之臭也。취(臭)는 울창주의 냄새이다

○ **傳本**。전본(전하여진 책) 傳。書之本也。전은 글의 원본이다.

○ **茅縮酌**。모축작(띠풀로 술을 거르다) 周禮。貢蕭茅 註。蕭。讀 爲縮。束茅立之祭前。沃酒其上。酒滲下去。若神飮之。故 謂之縮。'주례'에 띠풀로 술을 걸렀다〔以茅縮酌〕《주례》'제사에 띠 풀을 공급한다'의 주 : 주에 "띠풀을 묶어 세워, 제사 지내기 전에 술을 그 위로 붓는다. 술이 아래로 스며들어 내려감이 마치 신이 마시는 것 같은지라, 그래서 '축(縮)'이라 한다"고 했다. 정현(鄭玄)은 "띠풀로 축주(縮酒)한다는 말에서 '축주'는 술을 걸러냄〔沛〕이다. 예제(醴齊, 탁한 술)는 걸러 따른다〔縮酌〕"고 했다.

○ **澆在地上**。요재지상(땅 위에 술을 붓는다) 澆。韻會。沃也。요(澆)는 '운회'에 옥(沃, 물대다)이다.

○ **獻則徹去**。헌즉철거 亞獻之時。徹去初獻之酒也。아헌을 할때에 초헌했던 술을 철거한다.

○ **米麵食**。미면식 米食麵食也。쌀을 먹고 면을 먹는 것이다.

○ **主婦奉盤**。주부봉반(주인의 부인이 반을 드리다) 他本盤作飯。다른 본에는 반(盤)을 반(飯)으로 썼다.

○ **粢盛**。자성(粢盛 나라의 큰 제사(祭祀)에 쓰는 기장과 피). 周禮註。粢。稷也。穀以稷爲長。在器曰盛。'주례' 주석에 자(粢)는 피(稷, 피직)이다. 피는 곡식으로 으뜸이니 그릇에 있으면 성(盛)하다고 한다.

○ **孝曾孫**。효증손 此下 恐闕祖前稱孝孫五字。이 아래는 '조부

앞에는 효손이라 칭한다[祖前稱孝孫]'는 다섯 글자가 빠진 것으로 생각된다.

○ **子孫祔于考**。 자손부우고(자손은 고에게 부한다) 孫字恐誤。 손 (孫)자가 잘못 쓰인 것 같다.

  * 상변통고 – 자손은 고에게 부한다[子孫祔于考]《구의》에는 손(孫)이 '질(姪)'로 되어 있다.

○ **本位無**。 본위무 正位。無祔位也。 바른 자리, 합사할 자리가 없는 것이다.

○ **少牢饋食禮**。 소뢰궤식례 儀禮篇名。 '예기'의 편명이다.

○ **啐酒**。 채주(술을 맛보다) 韻會云。啐。嘗也。 '운회'에 말하기를 채(啐)는 상(嘗, 맛보다)이다.

○ **士虞特牲禮**。 사우특생례(사우례와 특생례) 儀禮二篇名。 '의례' 의 2개의 편명이다.

○ **鄕射, 大射**。 향사 대사 竝儀禮篇名。 둘 다 '의례'의 편명이다

○ **獲者**。 획자 猶中也。儀禮註。獲者。亦弟子也。謂之獲 者。以事名之。 중(中)과 같다. '의례' 주석에 획(獲)은 또한 제자이 다. 획이라고 부르는 것으로 그 일로서 이름을 부르는 것이다.

  * 가례집람 –《의례》의 주에 이르기를, "획자(獲者)는 역시 자제 가운데에서 뽑은 사람이다. 그를 획자라고 하는 것은, 맡은 일로써 명명한 것이다. 획자는 후(侯)를 알리는 것으로써 공 을 삼는다. 이 때문에 헌작(獻爵)을 하는 것이다. –이상은 향사례(鄕射禮)의 주석이다.–

○ **獻侯止祭酒**。 헌후지제주 侯卽射侯也。獻侯神也。儀禮 註。獲者以侯爲功。是以獻焉。東方謂之左个。祭酒者。獲 者南面於俎北。當爲侯祭於豆間。周禮射人註。射必有人。 執旗告獲。言中之難也。設三侯。故有左右个。 후(侯)는 곧 사후(射侯, 과녁)이며 후신(무후)에게 올리는 것이다. '의례' 주석에 '획자는 후(명중)를 알리는 것으로 공을 삼는다'고 하였으니 이것으 로 올린 것이다. 동쪽을 일러 '좌개'라고 한다. 제주는 획자가 적대 북쪽에서 남쪽을 바라보니 마땅히 제수 사이에서 후제를 하여야 한

다. '주례' 사인 주석에서 활을 쏠 때는 반드시 사람이 있어 기를 잡고 획(명중)을 알려야 한다. 명중이 어려우니 세 개의 과녁을 설치하므로 좌개 우개가 있는 것이다.

* 좌개(左个) : 초봄에 천자가 거처하는 곳을 말한다.《예기》에, 초봄에는 천자가 청양(靑陽)의 좌개에 거처한다고 하였다.《禮記 月令》

○ **所謂厭也。** 소위염야(이른바 염이다)　曾子問註。厭是饜飫之義。謂神之歆享也。有陰厭陽厭。 '증자문' 주석에 염은 곧 염어(포식)의 의미이며 신이 흠향하는 것을 말한다. 염제에는 음염(陰厭)과 양염(陽厭) 두 가지가 있다.

* 지산집 : 이른바 염이라는 것이다.[所謂厭也] 《예기》 증자문에 이르기를, "섭주(攝主)는 염제(厭祭)를 지내지 않는다." 하였다. 이에 대한 주에 이르기를, "섭주는 개자(介子)이다. 염(厭)은 배부르게 먹는다는 뜻인데, 신이 흠향(歆享)하는 것을 이른다. 염제에는 음염(陰厭)과 양염(陽厭) 두 가지가 있다. 음염은 시동을 맞이해 오기 전에 축(祝)이 잔을 따라서 전(奠)을 올린 다음 주인(主人)을 위해서 귀신에게 말을 하여 흠향하도록 권하는 것인데, 이때에는 실(室)의 깊숙하고 고요한 곳인 오(奧)에서 한다. 그러므로 음염이라고 하는 것이다. 양음은 시동이 일어난 뒤에 좌식(佐食)이 시동의 자리 앞에 있는 천조(薦俎)를 철거하여 서북쪽 모퉁이에 설치하는데, 방 안의 밝은 곳을 찾아서 설치한다. 그러므로 양염이라고 하는 것이다." 하였다.

○ **一食九飯。** 일식구반(밥 한 그릇에 아홉 숟갈을 뜬다)　小牢饋食禮註。食大名。小數曰飯。 '소뢰궤식례' 주석에 식(食)은 큰 이름이요 작은 횟수는 반(飯)이라 한다.

* 사계전서 : 부주(附註)의, 일식구반(一食九飯) -《의례》특생궤식례에 이르기를, "세 번 숟가락을 뜬다. 또 세 번 숟가락을 뜬다. 또 세 번 숟가락을 뜬다."하였는데, 이에 대한 주에 이르기를,"아홉 번 숟가락을 뜨고서 그만두는 것은 사(士)의 예이다."하였으며, 이에 대한 소에 이르기를, "소뢰(少牢)에는 열한 번 숟가락을 뜨고, 제후는 열세 번 숟가락을 뜨고, 천자는 열다섯 번 숟가락을 뜬다. 그러므로 '아홉 번 숟가락을 뜨고 그만두는 것은 사의 예이다.'라고 한 것이다."하였다. 기(記)의 소에는 이르기를, "아홉 번 숟가락을 뜨는 것은 시간을 가지고 조절하는 것이다." 하였다.

○ **聲三啓戶。** 성삼계호　三。去聲。聲。出聲也。 삼은 거성이다. 성은 출성이다.

* 상변통고 - '祝聲三啓戶。' 註, '聲者, 噫歆也。今祭旣無尸, 故設此儀 또 '축이 세 번 소리를

내고 지게문을 연다'고 했고, 주에 '소리는 어흠 하는 소리이다. 지금 제사에 이미 시가 없기 때문에 이 의식을 시행한다'고 했다."

○ **受胙。** 수조(제사를 지낸 뒤에 제관이 제사에 쓰고 난 고기를 나누어 받던 일) 胙。韻會云福肉也。朱子曰。胙與酢通。受胙。謂猶神之酢已也。조(胙, 제사고기)는 '운회'에서 복 있는 고기라 부른다. 주자께서는 "조(胙)와 작(酢, 잔돌리다)은 통한다. 수조(受胙)는 신이 자신에게 술을 따르는[酢]것과 마찬가지이다"고 했다.

○ **工祝。** 공축(고대의 제사 축관(祝官)) 善於其事謂之工。故曰工祝。그 일에 잘하는 것을 공(工)이라 하므로 공축(工祝)이라 한다.

○ **勿替引之。** 물체인지(폐하지 말고 계속 이어가다) 猶言福祿을替티마라기리ᄒ다。복록을 폐하지 말라는 것이다.

○ **置酒于席前。** 치주우석전(술잔을 자리 앞에 두다) 言主人所跪之席。주인이 꿇어앉는(跪) 자리를 말한다.

○ **掛袂。** 궤메(소매를 걸다) 使飯不得散落也。밥이 흩어져 떨어지지 않도록 하는 것이다.

○ **季指。** 계지 乃第五指。卽小指也。곧 다섯 번째 손가락이니 곧 새끼손가락(소지小指)이다.

○ **燕器。** 연기 卽常用之器。곧 상용하는 그릇이다.

○ **首若止一人。** 수약지일인(수장이 한 사람뿐이면) 首。卽尊行之首也。言尊行只一人。수(首)는 제사를 진행하는 수장이며 제사를 행하는 것이 다만 1인인 것을 말한다.

○ **世爲一行。** 세위일행 以世爲一行。世卽昭穆次序也。1세대를 1줄(행)로 한다. 세는 곧 소목(昭穆)의 차례이다.

○ **獻者。** 헌자 卽上文子弟之長者。곧 윗글에서 말한 자제 중의 장자이다.

○ **弟獻。** 제헌(아우가 헌자라면) 疑是尊行者之弟。이는 제사를 행하는 자의 동생으로 생각된다.

○ **獻男尊丈壽**。 헌남존장수(남자 존장에게 헌수한다) 坊記。禮。非
祭。男女不交爵。註。先儒謂同姓則親獻。異姓則使人攝。
'방기' 예에 제사가 아니면 남녀가 술잔을 주고받지 않는다고 하였
다. 주석에 선유들이 동성 간에는 친히 드리고 이성이면 곧 다른 사
람을 시켜서 대신하게 하였다고 한다.

○ **無筭爵**。 무산작(잔 수를 세지 않고 마신다) 筭。數也。儀禮註。
惟已所欲。無有次第之數也。 산(筭)은 수(數)이다. '예기' 주석에
숫자를 세지 않고 오직 바라는 바가 있는 것을 말한다.

* 무산작(無筭爵) : 고대에 차수(次數)를 한정하지 않고 술이 취할 때까지 마시던 음주례(飮
酒禮)를 말한다. 《의례》〈연례(燕禮)〉의 무산작조(無筭爵條)에 자세한 내용이 나온다.

初祖 초조(가계(家系)나 유파(流派)의 초대(初代) 선조(先祖))

○ **始祖**。 시조 卽初祖。語類。問冬至祭始祖。是何祖。曰。
或謂受姓之祖。如蔡氏則蔡叔之類。或謂厥初生民之祖。如
盤古之類。 곧 첫 할아버지이다. '어류'에 '동지에 시조께 제사 지내
는데 어떤 조상인가' 하고 묻자 혹은 성(姓)을 물려준 조상 채 씨라면
곧 채숙의 무리인 것과 같고 혹은 그 처음 백성을 만든 조상을 말하
는데 아주 오랜 옛날의 무리와 같은 것이라고 하였다.

○ **杅六**。 우육 韻會。杅。雲具切。器也。 '운회'에 우(杅)는 구
(具)의 반절이다.

○ **脂盤**。 지반 卽羊豕腸間之脂盛於盤。 곧 양과 돼지의 내장 사
이의 기름을 쟁반에 담은 것이다.

○ **按此**。 안차 此猶此祭。 차(此)는 자체(此祭, 이 제사)와 같다.

○ **有緣**。 유연 緣단도ㄹ다。 인연이 있는 것이다.

○ **三面**。 삼면 卽左右及後也。 곧 좌우와 뒤를 말한다.

○ **以版爲面**。 이판위면 版卽바탕이라。 판(版)은 곧 바탕이다.

○ **二寸之下**。 이촌지하 其制未詳。 그 제도가 상세하지 않다.

○ **毛血**。 모혈 詩註。 啓其毛以告純也。 取其血以告殺也。 '시경' 주석에 털을 벗겨내서 순수함을 아뢰고 피를 취하여 죽임을 알린다고 하였다.

○ **雜以蒿**。 잡이호 蒿。 香草。 如蕭合之蕭。 호는 향초(향기로운 쑥)이며 소합(맑은 대쑥)의 소(향기로운 쑥)이다.

○ **左胖不用**。 좌반불용(왼쪽 반은 쓰지 않는다) 疑神道尙右。 故左胖不用。 胖音判。 신도(神道)는 항상 오른쪽을 숭상하므로 왼쪽 절반을 쓰지 않는다. 반(胖)의 음은 판(判)이다.

○ **爲三段**。 위삼단 言前一足截爲三段也。 段。 猶片也。 앞의 발 하나를 잘라서 3단이 되게 하는 것을 말한다. 단(段)은 편(片, 조각)과 같다.

○ **去近竅**。 거근규(항문에 가까운 부위는 쓰지 않는다) 近竅則汙穢。 故去之。 小牢饋食禮。 升羊右胖。 脾不升 註。 脾不升。 近竅賤也。 항문에 가까우면 곧 더러우므로 제거한다. '소뢰궤식례'에 양의 오른쪽 반쪽을 올리고 비장은 올리지 않는다고 한다. 주석에 비장은 올리지 않으니 항문에 가까워 천한 것이다.

○ **切肝**。 절간 切肝而盛於一小盤。 간을 잘라서 소반에 담는다.

○ **瓷匾盂**。 자편우 匾。 韻會云。 器不圓貌。 편(匾, 납작하다)은 '운회'에서 둥근 모양이 아닌 그릇이라 한다.

○ **肉湇**。 육읍 湇。 肉汁也。 읍(湇)은 고기즙(肉汁)이다.

○ **鉶羹**。 형갱(양념을 넣은 국) 鉶音衍。 言瓦器以盛和羹。 卽肉湇以菜者也。 형(鉶)의 음은 형이다. 자기에 담은 양념국이니 곧 채소를 넣은 고깃국이다.

○ **加鹽以從**。 가염이종 言加鹽於炙肉以從之也。 산적에 소금을 쳐서 놓는 것을 말한다.

先祖 선조

○ **先祖**。 선조 語類。 問立春。 祭先祖。 即何祖。 曰。 自始祖
下之第二世及己身以上第六世之祖。 '어류'에 "입춘에 선조에게
제사지내니 곧 어떤 조상입니까?" 하니 (주자께서) 말씀하시길 "시조
아래로 2세부터 자기 위로 6대조이다"고 하셨다.

* 강재집 -《語類》余正父問：'"立春祭先祖, 何祖？' 朱子曰：'自始祖下之第二世及己身以上第
六世之祖。《주자어류》에 여정보(余正父)가 "입춘(立春)에 선조에게 제사하는데 어떤 조상
입니까?'라고 물으니, 주자가 대답하여 '시조(始祖) 아래로 제2대부터 자기 위로 제6대조이
다.'라고 하였다.

○ **祭有不及處**。 제유불급처(제사가 미칠 수 없는 곳이 있다) 疑高祖
以上之先祖。 代盡故祭不及也。 고조 이상의 선조가 제사 지내
는 대가 다하여 제사가 미치지 못하는 것으로 생각된다.

* 대진(代盡 : 제사(祭祀)지내는 대(代)가 다한 것. 고조(高祖)까지 제사지내는 것을 말함)

○ **方如此**。 방여차 此即祫祭也。 차(此)는 곧 합제(祫祭)이다.

* 고려사절요 – 체합(禘祫) : 체(禘)는 시조의 제사이며, 합(祫)은 합제(祫祭)를 말한 것인데,
3년에 한 번 합제하고 5년에 한 번 체제한다.

忌日 기일

○ **若當幞頭**。 약당복두(복두와 같이) 當猶代也。 당(當)은 대(代)와
같다.

* 상변통고 – 問："黲巾, 以何爲之？" 曰："紗絹皆可, 某以紗。" 又問黲巾之制, 曰："如帕
複相似, 有四隻帶, 若當幞頭然。" "참건은 무엇으로 만드는가?" 말했다. "깁〔紗〕과 비단〔絹〕
모두 괜찮은데, 나는 깁으로 만들었다." 또 참건 제도를 묻자, 말했다. "파복(帕複)과 서로 비
슷하나 네 짝의 띠가 있으니 지금의 복두(幞頭)와 같다."

墓祭 묘제

○ **行葬**。 행장 疑將改葬也。 장차 개장을 하는 것으로 생각된다.
○ **本子做**。 본자주 本子猶根本。 即誠敬也。 본자는 근본과 같으
니 곧 정성과 공경이다.

○ **鮓脯**。 자포(생선포) 鮓。 猶鹽鹽也。 자는 염고(소금)와 같다.

○ **寧親事神**。 영친사신 親。 卽父母。 神。 卽山神。 친(親)은 곧
부모이다. 신(神)은 곧 산신이다.

○ **同拜掃禮**。 동배소례(배소의 예와 같다) 言開元以前。 雖有拜
掃。 無定日。 故特許寒食上墓。 禮同拜掃。 개원(開元, 당현종
대) 이전에 모름지기 절(拜)과 청소(掃)는 있으나 정한 날이 없었다.
고로 특히 한식에 묘소에 올라가는 것을 허락하니 예는 배소와 같았
다.

* 상변통고 – 개원의 칙령〔開元勅〕 당나라 현종 때의 칙령. 배소의 예와 같다〔同拜掃禮〕【동
  암안설】《개원례》에 '배소(拜掃)의 예에는 청소와 재배는 있으나 전(奠)을 올리는 일은 없다.
  묘소에 올라가서의 의식은 바야흐로 제철 음식으로 제사한다'고 했다.

[9] 기타 선생 사후 지어진 묘지명과 제문 등

1. 墓誌銘(묘지명) 金應祖撰(김응조찬) 묘지명, 학사 김응조 지음

* 墓誌(묘지) : 죽은 사람의 이름과 태어나고 죽은 일시, 행적, 무덤의 방향 등을 적어 무덤 앞에
  묻은 돌이나 도판(陶板)과 거기에 새긴 글.

咸昌之金(함창지김) 派分於紫纓(파분어자영) 爲世赫閥(위세혁벌) 其
始居榮川斗巖里者曰重瑞(기시거영천두암리자왈중서) 是生觀察使諱
爾音(시생관찰사휘이음) 有孝行旌閭(유효행정려) 高祖諱漢珍(고조휘한
진) 東萊縣令(동래현령) 曾祖諱諟敬(증조휘시경) 典牲署主簿(전생서주
부)

함창김씨는 김자영에서부터 파를 분리하여 세상에 빛나는 문벌이 되
었다. 영천(영주) 두암리에 처음 살기 시작한 것은 김중서라고 한다. 이
분이 관찰사 김이음을 낳았는데 (김이음의) 효행정려가 있다. 고조부는
김한진이며 동래현령이었고 증조부는 김시경으로 전생서주부였다.

* 정려(旌閭) : 충신(忠臣) · 효자(孝子) · 열녀(烈女) 등(等)을 그 동네에 정문(旌門)을 세워 표창
  (表彰)하는 것.

祖諱龜息(조휘구식) 全州教授(전주교수) 考諱應麟(고휘응린) 司宰參
奉(사재참봉) 妣玄風郭氏(비현풍곽씨) 參奉子保女(참봉자보녀) 公諱隆

(공휘룡) 字道盛(자도성) 自號勿巖(자호물암) 生嘉靖己酉(생가정기유) 歿萬曆甲午(몰만력갑오) 享年四十六(향년사십육) 葬于杜稜洞書堂之後岡(장우두릉동서당지후강)

조부는 김구식으로 전주교수를 역임했다. 아버지는 김응린으로 사재 참봉이었고 어머니는 현풍곽씨이며 참봉 곽자보의 딸이었다. 공의 이름은 김룡이고 자는 도성, 자호는 물암이었다. 가정 기유년(1549년)에 태어났고 만력 갑오년(1594년)에 돌아가셨다. 그때 나이 46세였고 두릉동 서당의 뒤쪽 언덕에 장사지냈다.

公生有異質(공생유이질) 幼從鄕賢朴嘯皐學(유종향현박소고학) 甚見器重(심현지중) 及遊退陶門下(급유퇴계문하) 慨然有志於性理之學(개연유지어성리지학) 每有問難(매유문난) 輒直窮到底(첩직궁도저) 先生以爲儕輩中鮮有其比(선생이위제배중선유기비) 其和詩(기화시) 有君身政似鱗將變(유군신정사린장변) 學還如胾未嘗之句(학환여자미상지구)

선생께서는 나면서부터 자질이 남달랐고 어려서 지역의 현인 소고 박승임 선생으로부터 배웠다. 참으로 그 그릇이 컸고 퇴계 선생 문하에서 공부할 때는 망설임 없이 성리학에 뜻을 두었다. 어려운 문제는 언제나 바로 연구하여 그 근본에 도달하니 (퇴계) 선생께서 동료 무리들속에서 비교될 자가 드물다고 여겼으며, 선생의 화답 시에 '그대는 몸은 정말로 물고기가 용으로 변하려는 듯한데, 내 학문은 아직 맛을 보지 못한 고기산적 같다'는 문구가 있다.

先生歿(선생몰) 申心喪三年(신심상삼년) 不使母夫人知(불사모부인지) 母夫人覺之(모부인각지) 每食別具素饌以與之(매식별구소찬이여지) 於學直前擔當(어학직전담당) 不少撓(불소요) 讀書以窮理(독서이궁리)

勵行以守身(여행이수신) 規模詳密(규모상밀) 日不暇給焉(일불가급언)

퇴계 선생께서 돌아가시자 3년간 심상을 치렀는데 어머님께 알리지 않았지만 그것을 아시고 매일 밥 때에 나물반찬을 따로 마련하여 주셨다. 배움에 있어 곧게 앞으로 나아가고 조금도 흐트러짐이 없었다. 책을 읽고 이치를 연구하고 행실을 갈고 닦아 자신을 지키니 절도가 자세하고 정밀했고 하루도 한가하게 보내지 않았다.

其事親也(기사친야) 日具冠帶晨拜之(일구관대신배지) 孜孜甘旨之外(자자감지지외) 專以慰悅爲事(전이위열위사) 參奉公畜娼物(참봉공축창물) 公力爭猶不聽(공역쟁유불청) 至或拂衣起(지혹불의기) 公起敬起孝(공기경기효) 悅而復諫(열이부간) 竟出之(경출지)

부모님을 모시는 데는 날마다 의복을 갖추고 새벽에 문안인사를 하였고 힘써서 맛있는 것을 봉양하는 외에도 오로지 부모님을 위안하고 기뻐하시는 일에 힘썼다. 참봉공(부친 김응린)께서 창기를 집에 들이자 선생께서 힘써 간했지만 듣지 않았고 지극히 미혹하여 화를 내셨지만 선생께서 더욱 공경하고 효심을 일으키고 즐겁게 다시 간하니 마침내 창기를 내보냈다.

辛卯(신묘) 丁內艱(정내간) 葬祭一依禮文(장제일의예문) 廬于墓(여우묘) 三年不下家(삼년불하가) 僕隸化之(복예화지) 篤於友愛(독어우애) 財産則推與(재산즉추여) 勞費則自當(노비즉자당) 一家之內(일가지내) 怡怡愉愉(이이유유) 人無間言(인무간언)

신묘년에 어머님이 돌아가시자 장사와 제사는 한결같이 예문에 따랐다. 묘 앞에 오두막을 짓고 3년간 집에 내려오지 않으니 종들이 감화되었다. 형제간의 우애가 돈독하여 재물이 있으면 헤아려 나눠주고 품삯이 들 때는 자신이 부담하였다. 집안이 즐겁고 화기애애하니 사람들이 헐뜯는 말이 없었다.

　與人交(여인교) 善者勸之學(선자권지학) 不善者責之(불선자책지) 既改則喜曰當如是(기개즉희왈당여시) 刑于妻御于家(형우처어우가) 睦于族敬于鄉(목우족경우향) 無不盡其道(무부진기도) 至於憂時懇懇(지어우시간간) 發於吟詠(발어음영) 許荷谷鞫謫甲山(허하곡봉적갑산) 公有詩曰(공유시왈) 十年帷幄無奇策(십년유악무기책) 盡出書生戍塞城(지출서생수새성) 士林傳誦(사림전송)

　남들과 사귈 때는 선한 자는 학문을 권하고 선하지 못한 자는 질책하고 이를 고치면 기뻐하며 "마땅히 이래야 한다"고 하였다. 처에게 모범이 되어 집안을 잘 다스렸고 친족에게 화목하여 향리에서 존경받았으니 그 도를 다하지 않음이 없었다. 근심스런 때에 이르러서는 간절하게 시를 읊조렸다. 하곡 허봉이 갑산에 귀양 갈 때 선생께서 시를 지어서 "십 년이 되도록 참모막사에서 기특한 대책 없더니 이제 다만 서생을 몰아내어 변방에 군졸살이 보내는구나"고 하니 사림에서 전하여 암송하고 있다.

　行義益著(행의익저) 名動中外(명동중외) 癸巳(계사) 被薦爲集慶殿參奉(피천위집경전참봉) 旋有擢用之命(선유탁용지명) 命下而公病矣(명하이공병의) 誠假之以年(성가지이년) 其所就豈易量哉(기소취기이량재)

　공이 행한 바른 일이 더욱 나타나고 서울과 지방에 명성이 더욱 퍼졌다. 계사년에 집경전참봉에 천거되었고 바로 발탁하여 쓰라는 명이 있었다. 하지만 명이 내려질 때 선생은 병이 들어 있었다. 진실로 하늘이 세월을 빌려 주었다면 선생께서 얼마나 많은 것을 성취하였을지 쉽게 헤아릴 수 없다.

卒使之壽未遐(졸사지수미하) 學未終(학미종) 才未售(재미수) 嗚呼(오호) 天可問耶(천가문야) 公下世今五十年(공하세금오십년) 鄕人之景慕愈深(향인지영모유심) 累以孝行聞于官(누이효행문우관) 冀旌表其閭而卒不果(기정표기려이졸불과) 惜也(석야)

선생께서 천수를 누리지 못하고 돌아가시니 배움도 마치지 못했고 재능이 실현되지도 못했으니 하늘에 물어볼 수 있겠는가? 선생이 돌아가신 지 오십 년이 되었으나 고을 사람들이 우러러 사모하는 것이 더욱 깊어졌다. 거듭하여 선생의 효행이 관가에 소문이 났으니 정려가 내려지길 바랬지만 끝까지 성과가 없으니 애석하도다.

公聘甘泉文氏(공빙감천문씨) 高麗名相龜之後也(고려명상구지후야) 生一男(생일남) 曰起秋(왈기추) 業儒不幸天(업유불행요) 娶豊山金氏(취풍산김씨) 男長堯弼(남장요필) 生一女(생일녀) 適朴心華(적박심화) 次堯翊(차요익) 生四男四女(생사남사녀) 幼(유) 女適柳宗之(여적유종지) 生三男(생삼남) 長世楨(장세정) 餘幼(여유) 女適李在寬(여적이재관) 權掄(권륜) 一幼(일유) 銘曰(명왈) 蘭在林(난재림) 玉蘊石(옥온석) 衆莫知(중막지) 余獨惜(여독석)

선생께서는 고려의 명재상 문구의 후손 감천문씨에게 장가들어 아들을 하나 얻으니 김기추였다. 기추는 유학을 공부했으나 불행히도 일찍 죽었다. 풍산김씨에게 장가들어 장남 김요필을 낳았고 김요필은 딸을 하나 낳았는데 박심화에게 시집갔다. 차남 김요익은 4남 4녀를 낳았으나 어리다. 딸은 유종지에게 시집가서 아들 셋을 낳았는데 장남은 유세정이고 나머지는 어리다. 딸은 이재관, 권륜에게 시집가고 하나는 어렸다. 명왈(명에 적다) "난초는 숲속에 있고 옥은 돌에 감추어져 있으니 사람들은 알지 못하고 나 혼자 애석해 하는구나."

2. 墓碣銘 묘갈명(조은 이세택)

* 墓碣(묘갈) : 뫼 앞에 세우는 둥그스름하고 작은 돌비석.
* 墓碣銘(묘갈명) : 묘비(墓碑)에 새겨진 죽은 사람의 행적과 인적 사항에 대한 글.

昔吾先祖退溪先生門下諸賢(석오선조퇴계선생문하제현) 勿巖金先生年最少(물암김선생연최소) 登門又最晚(등문우최만) 而服信師教爲最篤(이복신사교위최독) 凡有講質難疑(범유강질난의) 輒直窮到底(첩직궁도저) 吾先祖亦嘗許以儕輩間鮮有其比(오선조역상허이제배간선유기비) 受業未卒(수업미졸) 遽遭山頹(거조산퇴) 爲申心喪三年(위신심상삼년) 每月朝(매월조) 必齎奠需往參(필제전수왕참) 村氓觀先生來往(촌맹관선생래왕) 以知晦朔云(이지회삭운)

옛날 나의 선조 퇴계 선생 문하에 여러 현자들이 있었으나 물암 선생이 가장 어렸고 문하에 들어온 것도 가장 늦었지만, 스승의 가르침을 믿는 것은 선생께서 가장 독실하였다. 무릇 강론과 질문 속에 어렵고 의문스러운 것이 있으면 언제나 바로 연구하여 근본에 도달했으니, 퇴계 선생께서 일찍이 동료들 사이에서 그와 비교할 사람이 드물다고 하셨다. (스승으로부터의) 배움이 끝나지 않았는데 갑자기 산이 무너지는 일을 만나니 (스승이 돌아가시니) 3년간 심상(상복 없는 장례)을 치르셨다. 매월 초 반드시 제수품을 가지고 제사에 참석하였으니 마을 사람들이 선생이 오가는 것을 보고 그믐과 초하루인 것을 알았다고 한다.

蓋先生生有異質(개선생생유이질) 性又誠孝(성우성효) 在幼孩嬉遊日(재유해희유일) 已識事親敬長之道(이식사친경장지도) 稍長(초장) 好讀書通大義(호독서통대의) 初從鄕賢朴嘯皐學(초종향현박소고학) 甚見器重(심견기중)

대략 선생께서는 태어나면서부터 남다른 자질이 있었고 성품 또한 진실되고 효성스러웠다. 어려서 뛰어놀 때도 이미 부모를 모시고 어른을 공경하는 도리를 알았고 성장하면서 글 읽기를 좋아하고 대의에 통달하였다. 처음 영주 지역의 어진 선비 소고 박승임 선생께 배우게 되니 그 그릇이 더욱 무거워졌다.

十八歲(십팔세) 慨然有求道志(개연유구도지) 遂束脩摳衣於溪上(수속수구의어퇴상) 得聞明誠旨訣(득문명성지결) 其爲學(기위학) 篤於倫理(독어윤리) 而加意密察之工(이가의밀찰지공) 看文字疑義(간문자의의) 未或放下(미혹방하) 必愼思詳辨(필신사상변) 體驗而力行焉(체험이역행언)

18세에 의연하게 도를 구하겠다는 뜻을 품고 드디어 퇴계 선생의 제자가 되어 밝고 진실된 뜻과 비결을 들을수 있었다. 학문을 익히며 도리와 규범에 충실했고 뜻을 더욱 정밀하게 살폈다. 문자에 의심스러운 뜻이 있으면 혹여라도 지나치는 일이 없이 반드시 삼가 생각하고 자세하게 분별하여 직접 경험하고 힘써 행하셨다.

嘗裒稡師門問答之辭(상부졸사문문답지사) 分編類書(분편류서) 名曰講錄(명왈강록) 是雖未必盡經函丈之是正(시수미필진경함장지시정) 而亦可見其勤篤之實(이역가견기근독지실) 又拈出庸學章句中要旨(우념출용학장구중요지) 畫爲圖子(화위도자) 竝聖賢切己近裏之言(병성현절

기근리지언) 纂做人錄(찬주인록) 以自觀省(이자관성)

일찍이 사문에서 스승님과 문답한 글들을 모으고 분류하여 책을 만들고 '강록(講錄)'이라 이름지었다. 이것은 반드시 경전을 다한 것은 아니나 스승께서 시정한 것이니 또한 선생의 근면하고 독실한 모습을 알 수 있다. 그리고 '중용·대학' 장구에서 중요한 내용들을 뽑아서 그림으로 그리고 성현들이 성찰을 위해 가까이 하던 말씀을 참고하여 '주인록(做人錄)'을 지어서 스스로 보면서 성찰하였다.

所居山中藏修別業(소거산중장수별업) 顏以杜稜(안이두릉) 靜處其間(정처기간) 俯讀仰思(부독앙사) 涵養窮格(함양궁격) 益懋崇深(익무숭심)

산중에 사시면서 조용히 학문을 닦을 수 있는 집을 짓고 두릉(杜稜)이라 칭하였다. 고요한 그곳에서 아래로 책을 보고 우러러 생각하며 학문과 식견을 넓히고 이치를 연구하여 밝히니 더욱 높고 깊어졌다.

其家庭至行(기가정지행) 尤有人所難者(우유인소난자) 日冠帶(일관대) 晨夕定省(신석정성) 備盡志物之養(비진지물지양) 親有過(친유과) 諫不聽則起敬起孝(간불청즉기경기효) 悅而復諫(열이부간) 嘗言堯舜之道(상언요순지도) 孝悌而已(효제이이) 行孚於家(행부어가) 然後達于邦國(연후달우방국) 爲著訓蒙之箴(위저훈몽지잠) 道其意(도기의) 及丁內艱(급정내간) 哀毀幾滅性(애훼기멸성) 喪祭一依禮(상제일의례) 廬墓盡制(여묘진제) 僕隸亦化之(복예역화지)

가정에서도 선생의 지극한 행실은 더욱이 남들이 하기 어려운 바가 있었다. 날마다 의관을 갖추고 아침저녁으로 부모님을 살피고 정성스런 음식으로 봉양하였다. 부모에게 잘못이 있으면 간청하고 듣지 않으면 더욱 공경하게 효를 행하며 기쁘게 다시 간청하였다. 일찍이 "요순의 도는 효도와 우애 뿐이니 집안에서 행실을 미쁘게 한 이후에 나라에도 통한다"고 하시며 '훈몽잠(蒙之箴)'을 지어 그 뜻을 말씀하셨다. 어머니가 돌아가시자 슬픔으로 몸이 상하여 거의 죽음에 이를 지경이었으나 장례와 제사는 모두 예법을 따르고 시묘살이도 법식대로 다 하니 시중꾼들 또한 그에 감화되었다.

壬辰倭亂(임진왜란) 列城瓦解(열성와해) 先生方持朞喪(선생방지기상) 猶慷愾奮起(유강개분기) 爲丈移道內(위장이도내) 激勸倡義諸軍(격권창의제군) 又上書體府方伯(우상서체부방백) 力論討復大義與安集士民之策(역론토부대의여안집사민지책) 皆出忠憤(개출충분) 有使人感泣者(유사인감읍자)

임진왜란이 일어나 여러 성들이 무너졌을 때 선생님은 막 (어머니)상중에 있었으나 북받쳐서 한탄하며 떨쳐 일어나 도내에 격문을 돌려서 의병을 일으키도록 격려하고 권장하였다. 또 체찰사에게 글을 올려 복수의 대의와 백성들을 편안하게 할 대책을 힘써 논했다. 모두 충성과 분기를 샘솟게 하고 사람들이 감읍하도록 하는 것들이었다.

土主欲令先生起復(토주욕령선생기복) 任賑濟事(임진제사) 則辭以喪未闋(즉사이상미결) 終不出(종불출) 癸巳尉薦(계사위천) 除集慶殿參奉(제집경전참봉) 爲親勉膺(위친면응) 未幾棄歸(미기기귀) 時朝家復有擢用之議(시조가부유탁용지의) 而先生已病不起矣(이선생이병불기의)

* 起復出仕(기복출사) : 상중(喪中)에 벼슬에 나가던 일.

수령이 선생께서 상중이지만 백성을 진휼하고 구제하는 일을 맡으라고 명하였으나 상을 마치지 못했다는 이유로 사양하고 끝내 나가지 않았다. 계사년에 벼슬에 천거되어 집경전참봉에 제수되었고 어버이를 위하여 애써 응했지만 오래지 않아 버리고 돌아왔다. 이때 조정에서 다시 발탁하여 쓰려는 논의가 있었지만 선생은 이미 병으로 일어나지 못하셨다.

嗚呼(오호) 先生以特達之姿(선생이특달지자) 蘊致用之才(온치용지재) 又得依歸於蚤歲(우득의귀어조세) 假使卒承薰陶之化(가사졸승훈도지화) 益修廣博之功(익수광박지공) 則其所以繼接淵源(즉기소이계접연원) 成就事業(성취사업) 尤當何如(우당하여) 而惜乎(이석호)

아아! 선생께서는 특별히 뛰어난 자질로 경세치용의 재능을 쌓았고 젊어서 의지할 곳(소고, 퇴계)을 얻었다. 그러니 만약 성인의 학문을 다 배우고 더욱 넓은 학문을 닦을 수 있었다면 곧 그 근본을 접하고 이어서 사업을 성취함이 더욱 마땅했을 것이니 애석하기 그지없도다.

* 蚤歲(소세) : 젊은 시절.

始旣不幸而莫究師傳(시기불행이막구사전) 終又不幸而奄促壽筭(종우불행이엄촉수산) 學未及盡就(학미급진취) 才未及盡售(재미급진수) 脩塗未半(수도미반) 齎志以歿(재지이몰) 豈非千古不盡之憾也(기비천고부진지감야)

시작이 이미 불행하여(스승이 일찍 돌아가시니) 스승이 전한 것을 연구할 수 없게 되었고, 마지막에 또 불행하여 갑자기 죽음을 재촉하니 배움을 다 이루지 못하고 재능이 다 실현되지 못하였다. 긴 인생의 절반도 가지 못하고 뜻을 품은 채 세상을 떠나셨으니 어찌 천고(千古)에 다하지 못할 한이 아니겠는가?

　雖然(수연) 先生之德之行(선생지덕지행) 已有以光斯文而範世道者
(이유이광사문이범세도자) 儒林景慕(유림경모) 久而愈切(구이유절) 乃於
孝廟朝(내어효묘조) 一道薦紳章甫(일도천신장보) 以先生事前後陳聞
(이선생사전후진문) 累贈爲承政院左承旨(누증위승정원좌승지)

　그러나 선생의 덕행이 이미 유학자들의 빛이 되고 세상 도리의 모범
이 되었다. 이에 유림들이 우러러 사모하니 오래될수록 더욱 간절하다.
이에 효종임금 때에 한 도(道)의 벼슬아치와 유생들이 선생의 일을 앞뒤
로 알리어 올리니 여러 차례 추증하여 승정원좌승지가 되었다.

　又爲之妥靈(우위지타령) 榮之三峯書院(영지삼봉서원) 杜稜精舍(두릉
정사) 亦至今尙存(역지금상존) 蓋先生之葬(개선생지장) 實在其後負震
之岡(실재기후부진지강) 故士林與子孫(고사림여자손) 共加護守而無替
(공가호수이무체)

　또한 그를 위하여 영주의 삼봉서원과 두릉정사에 신주를 봉안하여
지금까지 그대로 있고, 선생의 묘지는 그 뒤 동쪽 언덕에 있으며 사림
들과 후손들이 변함없이 함께 보호하고 있다.

　* 타령(妥靈) : 신주를 사당에 모시고 제사를 받듦.

　先生諱隆(선생휘륭) 字道盛(자도성) 勿巖其自號也(물암기자호야)
生以嘉靖己酉(생이가정기유) 卒以萬曆甲午(졸이만력갑오) 享年僅
四十六(향년근사십육)

선생의 이름은 룡이고 자는 도성, 자호는 물암이다. 가정 기유년(1549년)에 태어나셨고 만력 갑오년(1594년)에 돌아가셨다. 그때 나이 겨우 46세셨다.

其先咸昌人(기선함창인) 咸昌之(함창지) 金(김) 始於古寧伽倻(시어고령가야) 後世有諱重瑞(후세유휘중서) 徙居榮川(사거영천) 是生戶曹參判諱爾音(시생호조참판휘이음) 文學行誼重一時(문학행의중일시) 世稱三路先生(세칭삼로선생) 高祖諱漢珍(고조휘한진) 東萊縣令(동래현령) 曾祖諱諟敬(증조휘시경) 典牲署主簿(전생서주부) 祖諱龜息(조휘구식) 全州敎授(전주교수) 考諱應麟(고휘응린) 司宰監參奉(사제감참봉) 妣玄風郭氏(비현풍곽씨) 參奉子保之女(참봉자보지녀)

선생의 선조는 함창사람이었다. 함창김씨는 고령가야에서 시작되어 후세에 김중서가 영천(영주)로 옮겨와 살았다. 여기에서 호조참판 김이음이 태어났는데, 문학과 품행이 당대에 소중하게 여겨졌으며 세상에서는 삼로선생이라 불렀다. 고조부 김한진은 동래현령, 증조부 김시경은 전생서주부, 조부 김구식은 전주교수, 아버지 김응린은 사제감참봉, 어머니는 현풍곽씨 참복 곽자보의 딸이었다.

先生聘甘泉文氏參奉經濟女(선생빙감천문씨참봉경제녀) 生一男(생일남) 曰起秋(왈기추) 有文行早歿(유문행조몰) 生二男(생이남) 曰堯弼(왈요필) 通仕郞(통사랑) 曰堯翊(왈요익) 從仕郞(종사랑) 一女適柳宗之(일녀적유종지) 堯弼無子(요필무자) 取弟之子爲後(취제지자위후) 曰鼎輝(왈정휘) 一女適朴心華(일녀적박심화) 堯翊生四男(요익생사남) 曰兌輝(왈태휘) 曰鼎輝(왈정휘) 出繼(출계) 曰晉輝(왈진휘) 曰履輝(왈이휘) 四女適校理柳世鳴(사녀적교리유세명) 士人曹夏全(사인조하전), 金柅(김이), 金弼世(김필세)

선생께서 감천문씨 참봉 문경제의 딸에게 장가들어 아들 김기추 하나를 낳으니 문장과 행실이 좋았으나 일찍 죽었다. 아들 둘을 낳으니 통사랑이 된 김요필, 종사랑이 된 김요익이다. 한 명의 딸은 유종지에게 시집갔다. 김요필은 아들이 없어서 동생의 아들 김정휘를 양자로 들여 후사를 이었다. 딸은 박심화에게 시집갔다. 김요익은 4명의 아들을 낳았는데 김태휘, 김정휘(큰아버지 양자로 감), 김진휘, 김이휘이며 4명의 딸은 교리 유세명, 진사 조하전, 김이, 김필세에게 시집갔다.

柳宗之生三男(유종지생삼남) 曰世楨(왈세정), 世相(세상), 世霖(세림) 三女適李在寬(삼녀적이재관), 權掄(권륜), 金必行(김필행) 曾玄以下(증현이하) 多不盡錄(다부진록) 而鼎輝生始鏵(이정휘생시화) 生員(생원) 始鏵生尙沃(시화생상옥) 通德郞(통덕랑) 尙沃生世椀(상옥생세완) 世椀生龍煥(세완생용환) 此爲先生世嫡(차위선생세적)

선생의 사위 유종지는 아들 셋을 낳으니 유세정, 유세상, 유세림이었고 딸 셋은 이재관, 권륜, 김필행에게 시집갔다. 증손자 이하는 모두 기록할 수 없으나 김정휘는 생원 김시화를 낳았고 김시화는 통정랑(정5품) 김상옥을 낳았고 김상옥은 김세완을 낳았고 김세완은 김용환을 낳았으니 이들이 선생의 대를 이은 적자들이다.

曰(일) 世椀甫齎遺文誌狀(세완보재유문지장) 來請碣銘於世澤曰(내청갈명어세택왈) 非無人也(비무인야) 必子之文也(필자지문야) 顧世澤寡陋(고세택과루) 何足以當此(하족이당차) 獨念先故有百世通家之義焉(독념선고유백세통가지의언) 不敢終辭(불감종사) 謹受而序次如是(근수이서차여시) 繫以銘曰(계이명왈)

어느 날, 김세완이 (선생이) 남긴 글과 묘지, 행장을 가져와서 나에게 갈명을 써달라고 청하며 말하길 "다른 사람이 없는 것은 아니나 반드시 그대의 문장이어야 한다"고 말하였다. 생각컨데 나는 견문이 모자라고 누추하여 이를 감당할 수 없을 것이다. 그러나 오직 조상들 간에 백세에 걸쳐 내왕해 온 집안 간의 의리를 생각하여 감히 끝까지 사양할 수가 없었다. 이에 삼가 받아서 이와 같이 서술하고 엮어서 명(銘)을 쓰니 다음과 같다.

先生善學(선생선학) 吾祖單傳(오조단전) 鱗變勉業(인변면업) 稜杜題扁(능두제편) 開發有書(개발유서) 誘許其專(유허기전) 信篤行力(신독행력) 問切思研(문절사연) 嘉惠旣失(가혜기실) 遺言是記(유언시기) 喪次師門(상차사문) 禮疑方位(예의방위) 獨訂舊聞(독정구문) 乃定同異(내정동이) 豈云疏節(기운소절) 庶見大意(서견대의) 馨德方懋(형덕방무) 脩塗又窮(수도우궁) 不禄斯文(불록사문) 未究眞工(미구진공) 書堂之上(서당지상) 震岡有崇(진강유숭) 衣冠藏隧(의관장수) 神明護宮(신명호궁) 誌有鶴沙(지유학사) 誄則柏老(뇌즉백로) 發潛闡幽(발잠천유) 信筆可攷(신필가고) 我拾遺條(아습유조) 銘其墓道(명기묘도) 有如不信(유여불신) 視吾先稿(시오선고) 後學嘉義大夫(후학가의대부) 前行司憲府大司憲眞城李世澤(전행사헌부대사헌진성이세택) 撰(찬)

선생께서 학문을 잘하셔서 내 할아버지(퇴계 선생)가 학문의 적통을 전하셨다. 물고기가 용으로 변화하는 것처럼 공부하라고 격려하며 두릉서당에 편액도 써 주셨고, 자신을 개발하도록 편지를 지어 주시니 그 권면과 기대가 남달랐다. 선생께서는 믿음이 독실하고 실천에 힘썼으며, 의문이 있으면 간절하게 생각하고 연구하셨다. 아름다운 은혜를 잃게 되자(스승이 돌아가시자) 스승이 남긴 말씀을 기록하였다. 장례 때 사문에서 예법상 방위에 대하여 의문이 들자 혼자 옛날에 (스승께) 들은 것과 비교하여 같고 다름을 정하였으니 어찌 소소하다 하겠는가? 거의 큰 뜻을 나타내고 향기로운 덕이 막 피어나려 할 때 원대한 길이 막혀 버렸다(돌아가셨다). 우리 유학은 복을 받지 못하였고 참된 공부도 이루어지지 못하였다. 두릉서당 위 동쪽 언덕 높은 곳에 옷과 관을 묻으니 천지신명이 궁(묘)을 보호하실 것이다. 학사(김응조)가 쓴 묘지명과 백로(백암)가 쓴 제문이 있어 숨은 것을 드러내고 그윽한 덕을 밝혀낼 수 있었다. 힘써 붓 가는 대로 쓰고 남은 조목(遺條)을 거두어 비에 새겨 넣었다. 믿지 못할 것이 있다면 나의 선조(퇴계)가 남겨 둔 원고를 보시기 바란다. 후학 가의대부 전 사헌부대사헌 진성이씨 이세택이 짓다.

* 단전單傳 : 스승이 한 제자에게만 법을 전하는 것. 법통을 사자상승(師資相承)할 때 공고하게 유전하도록 하기 위해서 널리 전하지 못하고, 의발(衣鉢) 등 신표를 통해 한 제자에게만 전하는 것.
* 유서(有書) : 글을 지어 올리다.
* 기전其專 독차지하다.
* 수도(脩塗) : 먼 길.
* 불록(不祿) : 복을 받지 못하였다.
* 장수(藏隧) : 능묘에 묻다.
* 신필信筆 : 붓 가는 대로.
* 李世澤(이세택) : 1716(숙종 42년)~1777(정조 1년) 본관은 진성(眞城). 자는 맹윤(孟潤), 호는 조은(釣隱). 이황(李滉)의 8대손. 1750년(영조 26년) 사마시, 1753년(영조 29년) 정시문과 급제. 안동부사, 우부승지, 대사간 등을 역임. 시문집 조은유고(釣隱遺稿)가 전한다. -(한국학중앙연구원)

3. 輓詞(만사) 金玏(김륵) 애도의 글(김륵)

高才媒一命(고재매일명) 人事儘關天(인사진관천)
老劍餘三尺(노검여삼척) 寒燈遞十年(한등체십년)
歲遒悲薤露(세준비해로) 陽動弔梅煙(양동조매연)
情好從誰託(정호종수탁) 遺孤更可憐(유고갱가련)

뛰어난 사람도 한결같이 운명에는 어두우니
사람의 일은 모두 하늘에 관계된 것이리라.
오래된 검은 3척이 남았으니
차가운 등불 아래 십 년을 갈마들었네.
한 해가 다가고 슬픈 상여 노래 듣는 날
양기가 움직이니 매화 연기 조상하네.
좋은 정 누구에게 의탁할까
남아있는 외로운 자식 더욱 가련하구나.

4. 祭文 金玏 제문 김륵

天與美質(천여미질) 人推善學(인추선학)
從師取友(종사취우) 行義修業(행의수업)
十載書燈(십재서등) 綽有所得(작유소득)
將成鳳儀(장성봉의) 反作龍蟄(반작용칩)

하늘이 아름다운 자질을 주었고 사람은 좋은 학문을 받들었다네.
스승을 따르고 벗을 얻어 의를 행하고 학업을 닦았도다.
십 년간 글방에 불이 꺼진 적 없으니 성취한 바가 많았도다.
장차 봉황의 자태를 보이려 하더니 도리어 숨은 용이 되어버렸네.

任聽天命(임청천명) 久占丘壑(구점구학)
采蘭崇阿(채란숭아) 掇茝中林(철채중림)
脫略世累(탈략세루) 馨德盈襟(형덕영금)
聲名自播(성명자파) 薄宦來纏(박환래전)

운명은 천명에 맡기고 오랫동안 초야에 묻혀있었구나.

높은 언덕에서 난초를 캐고 숲속에서 향기로운 풀을 거두었네.

세속의 허물 벗어나니 향기로운 덕은 옷깃에 가득했다네.

명성이 저절로 퍼지고 작은 벼슬이 찾아와 얽혔다네.

* 任聽 하늘에 맡기다.

暫屈初服(잠굴초복) 忠孝可全(충효가전)

云胡一疾(운호일질) 萬事俱裂(만사구열)

寡孤無託(과고무탁) 天地於悒(천지어읍)

顧余深契(고여심계) 一劍肝心(일검간심)

寒棲作鄰(한서작린) 隔水來尋(격수래심)

嫌玆頹日(혐자퇴일) 繼以高月(계이고월)

有疑必叩(유의필고) 無幽不索(무유불색)

잠시 굽혔다가 다시 돌아오니 충성과 효도가 모두 온전하였구나.

어찌하여 병이 들어 만사가 모두 함께 무너졌는가?

남은 아내와 아이들은 의지할 곳이 없으니 천지가 답답하구나.

나의 깊은 정을 돌아보니 간과 심장을 칼로 찌르는 듯하다네.

쓸쓸히 살면서 이웃이 되어 물을 건너 서로 찾곤 했다네.

해 지는 것 싫어하고 높은 달 뜰 때까지

의문이 있으면 반드시 물어보며 숨은 것을 찾지 않은 적이 없었다네.

* 초복(初服) : 벼슬하기 전에 입던 옷이라는 뜻.
* 운호(云胡) : 어찌, 어찌하여.

亂世漂轉(난세표전) 歲序遷移(세서천이)

江南久別(강남구별) 洛西相違(낙서상위)

常懷鬱陶(상회울도) 遽聞哀訃(거문애부)
命道多奇(명도다기) 有天罔訴(유천망소)
衰年失侶(쇠년실여) 益覺寥落(익각요락)
永想儀形(영상의형) 心膽如割(심담여할)
將妥新阡(장타신천) 祇擧酸杯(지거산배)
靈乎不昧(영호불매) 庶照我哀(서조아애)

난세에 떠돌다가 세월이 바뀌었고

강남에서 이별한지 오래되고 낙서에서도 서로 어긋났구나.

언제나 답답한 마음 품고 있었는데 갑자기 슬픈 부고가 오는구나.

운명도 기구하니 하늘이 있어도 하소연할 곳 없다네.

늙어서 친구를 잃으니 더욱 쓸쓸하고

오래 그의 모습을 생각하니 심장과 쓸개를 칼로 베어내듯 아프구나.

이제 새 묘지로 이장하며 다만 슬피 잔을 올리니

영령께서 계시다면 바라건대 제 슬픔을 비추어 주소서.

5. 祭文 金蓋國 제문 김개국

學求研微(학구연미) 行必踐實(행필천실)
生三事一(생삼사일) 古訓是式(고훈시식)
志器宏遠(지기굉원) 事業可樹(사업가수)
功名綿邈(공명면막) 光陰遲暮(광음지모)

배울 때는 정밀하게 연구하고 행할 때는 반드시 실천하였고

군사부(君師父)를 똑같이 섬기라는 옛날의 가르침을 본받았다.

그 뜻과 그릇이 크고 원대하여 학업을 세울 만했지만

공적과 명예는 멀기만 하고 세월은 어김없이 저물었다.

前歲末班(전세말반) 爲親暫屈(위친잠굴)
如何一病(여하일병) 遽至不淑(거지불숙)
抱負未施(포부미시) 至行誰識(지행수식)

전 해의 미관(微官, 참봉) 출사는 어버이를 위해 잠시 굽힌 것인데
어찌 병이 들어 갑자기 일어나지 못하게 되었는가?
사내의 포부는 펴지 못하였는데 지극한 행실을 누가 알겠는가?

如我託契(여아탁계) 實自髫童(실자초동)
同年同志(동년동지) 卜居又同(복거우동)
麗澤相資(여택상자) 朝夕追從(조석추종)
今失所倚(금실소의) 慟切公私(통절공사)

나와 사귄 것은 실로 어린아이 때부터이고
나이도 같고 뜻도 같고 사는 동네도 같았다.
서로 격려하고 도움을 받으며 아침저녁 서로를 찾았는데
이제 의지할 곳 잃으니 공적으로나 사적으로나 애통하기 그지없구나.

日月荏苒(일월임염) 襄事過期(양사과기)
孤嫠將餓(고리장아) 四壁徒立(사벽도립)
顔淵無槨(안연무곽) 聖驂誰脫(성참수탈)
鶴髮在堂(학발재당) 靈必不瞑(영필불명)
惟其少慰(유기소위) 幸無疾病(행무질병)
哭不盡淚(곡부진루) 文不盡情(문부진정)
英靈有知(영령유지) 鑑此哀誠(감차애성)

세월이 빨리도 흘러 장례의 기한도 지났는데

남은 자식과 외로운 부인 장차 굶주릴 텐데 집안은 가난하기만 하구나.

안회(안연)도 널곽을 하지 못했는데 성인에 가까운 사람이 어찌 다르겠는가.

늙은 부모 집에 계시니 혼이 눈을 감지 못할 것이나

생각해 보니 조금 위안이 되는 게 다행히 병은 없으시구나.

울어보니 눈물이 그치지 않고 글(제문)을 써도 정을 다 표현할 수 없구나.

영령이 알 수 있다면 나의 이 슬픈 정성을 비추어 주소서.

* 襄事(양사) : 장사, 장례.

6. 祭文 金大賢 제문 김대현

耿介之資(경개지자) 淸癯之相(청구지상)

烈烈其志(열렬기지) 嘐嘐其尙(교교기상)

幼少出就(유소출취) 嘯皐之門(소고지문)

性理之書(성리지서) 述家之文(술가지문)

達支溯波(달지소파) 涉委探源(섭위탐원)

年纔弱冠(연재약관) 人目宿儒(인목숙유)

올곧고 바른 자질과 맑고 여윈 모습

그 뜻이 세차고 뜨거웠고 그 숭상하는 바는 크고도 컸구나

어려서 나아가 박소고 선생 문하에서 배우니

성리학 서적과 역술의 문장이었네.

지엽을 통달하고 물결을 거슬러 자세하게 근원을 찾으니

나이는 겨우 약관이나 사람들은 큰 선비라 일컬었다네.

卓彼陶山(탁피도산) 簪盍其徒(잠합기도)
盍往從遊(합왕종유) 吾道在是(오도재시)
授我以方(수아이방) 益勵其志(익려기지)
精義所在(정의소재) 辭語所蔽(사어소폐)
善問到底(선문도저) 不析不止(불석부지)
理期其辨(이기기변) 見何必同(견하필동)

저 우뚝한 퇴계(도산)의 문하 제자들을 만났으니
우리의 도가 거기에 있는데 어찌 가서 함께 어울리지 않겠는가?
바른 것으로 가르쳐 주고 더욱 그 뜻을 장려하였으니
자세한 뜻이 있는 곳과 말씀에 감추어진 곳에
묻기를 잘하여 근본에 이르며 남김없이 분석하고 그치지 아니하였고
이치는 반드시 분별하니 보는 견해가 어찌 남들과 같을까?

* 簪盍(잠합) : 친구들이 함께 모여 어울리는 것.

疑欲其祛(의욕기거) 說不苟從(설불구종)
自信之固(자신지고) 師心之悅(사심지열)
親提旣至(친제기지) 札喻亦切(찰유역절)
乃戒其執(내계기집) 乃嘉其篤(내가기독)
矯偏祛病(교편거병) 合授心法(합수심법)
鑽仰方勤(찬앙방근) 樑木遽摧(양목거최)
不卒其業(부졸기업) 用茹其哀(용여기애)
三載申喪(삼재신상) 竭盡余心(갈진여심)

의문은 물리치려 하였으나 가설(거짓된 설)은 구차하게 따르지 않았고

스스로 믿는 것이 확고하니 스승의 마음을 기쁘게 했고

스승이 친히 가르치신 것이 이미 지극하였고 편지로 가르치신 것도 절절하였네.

곧 그 아집을 경계하시고 그 독실함을 기뻐하셨으며

치우친 것을 교정하여 병폐를 제거하고 심법을 모아서 전수하셨네.

스승의 학문을 우러러 부지런히 연찬하였는데 갑자기 대들보가 꺾어지니

학업을 마치지도 못한 그 슬픔이 깊이 남아

3년간 상을 치르며 그 남은 마음을 다하였구나.

* 茹(여) : 먹다 삼키다.

築室杜曲(축실두곡) 擬續遺音(의속유음)

黽勉就擧(민면취거) 爲親之屈(위친지굴)

屢歎點額(누탄점액) 賦命之薄(부명지박)

齋郞末班(재랑말반) 豈云稱器(기운칭기)

推奉以養(추봉이양) 亦足爲賴(역족위뢰)

夫何一病(부하일병) 卒纏二豎(졸전이수)

願孝之心(원효지심) 愛學之誠(애학지성)

一朝墜虛(일조추허) 天亦冥冥(천역명명)

두릉골에 집을 짓고 스승이 남기신 말씀을 이었으며,

마지못해 과거시험에 나간 것은 부모님을 위해 뜻을 굽힌 것이나

시험에 낙방하여 여러 번 탄식하니 운명이 박한 것인가?

참봉 말직(낮은 벼슬)이 어찌 그 기량에 어울린다 할까마는

효심으로 이를 받드니 또한 족히 부모를 봉양하는 뜻이었다네.

어찌하여 한 가지 병을 얻어 갑자기 병마에 얽히고

효도하고자 하는 마음과 학문을 사랑하는 정성이

하루아침에 허망하게 되었으니 하늘이 캄캄해지는구나.

* 이수(二竪) : 병마(病魔)를 이름. 진(晉)나라 경공(景公)이 병으로 누워 있을 때에 병마가 두 아
  이로 화신(化身)하여 왔다는 고사(故事)에서 나온 말임.

賢愚共悼(현우공도) 親疏咸傷(친소함상)

短余遇知(신여우지) 最出尋常(최출심상)

同遊共業(동유공업) 二十星霜(이십성상)

擊昏欲明(격혼욕명) 激懶欲立(격라욕립)

勉僞以眞(면위이진) 揉曲以直(유곡이직)

分友而師(분우이사) 義伴而兄(의반이형)

旣失所依(기실소의) 將誤此生(장오비생)

一掩儀形(일엄의형) 永隔幽明(영격유명)

腸與聲摧(장여성최) 淚共杯傾(누공배경)

어진 자와 어리석은 자가 함께 애도하고 친한 자와 소원한 자가 모두
슬퍼하는데

하물며 지기(知己)를 잃은 나는 얼마나 더 아프겠는가?

같이 놀고 함께 공부한 이십 년

어둠을 깨쳐서 밝히고 게으름을 떨치고 일으키자 하였고

거짓은 진실로써 힘쓰고 굽은 것을 곧은 것으로 바루었다.

함께 나누는 친구이자 스승이요 의로운 짝이자 형이었는데

이제 기댈 곳이 없어졌으니 장차 이번 생은 틀어졌구나.

한 번 몸을 덮어 이승과 저승이 영원히 막혀버리니

곡성과 함께 애간장이 끊어지고 기울이는 술잔에 눈물이 떨어지네.

7. 祭文 朴善長 제문 박선장

立一世頹波之中(입일세퇴파지중) 揚芬滌滓而有儒家氣像(양분척재
이유유가기상) 嘐嘐然曰古之人古之人(교교연왈고지인고지인) 聞其語於
古之人(문기어어고지인) 吾何幸挹照隣之德(오하행읍조인지덕) 窺涯涘
於吾子(규애사어오자) 而吾子庶幾其人(이오자서기기인)

한 시대 쇠퇴하는 물결 속에 일어서 향기를 떨치고 더러운 것을 씻어
냈으니 유가의 기상이 있었구나. 그 뜻이 높고 커서 '옛사람이여! 옛사
람이여!' 하는데, 옛사람의 그 말을 듣는 나는 이웃에서 비추는 그 덕을
받을 수 있으니 얼마나 다행한 것인가. 그대에게서 그 경계(도량)가 얼
마인지 헤아려 보니 그대가 아마도 그런 (옛)사람이 아닐까 싶다네.

* 《맹자》진심 하(盡心下)에, 증석(曾晳) 즉 증점(曾點)을 공자가 말한 광(狂)의 대열에 포함시키
  고는 "광이란 뜻이 하도 높아서 옛사람을 곧잘 말하곤 하지만, 객관적으로 그의 행동을 돌아보
  면 말과 일치하지 않는 그런 사람을 말한다.〔其志嘐嘐然曰 古之人古之人 夷考其行而不掩焉者
  也〕"라고 맹자가 평한 내용이 나온다.

又事乎自新(우사호자신) 軒昂風致(헌앙풍치) 人見其奇而不知其純
(인견기기이부지기순) 荊璞精蘊(형박정온) 世觀其表而莫辨其眞(세관기
표이막변기진)

또 스스로 자신으로부터 새롭게 하였고 당당한 모습에 시원스러운
품격이 있었다네. 사람들이 그 뛰어남은 보겠지만 그 순수함은 알지 못
하네. 형산의 박옥처럼 조용히 간직하니 세상은 그 겉만 보고 그 진가
를 판별하지 못하네

夙摳衣於伊洛之間(숙구의어이낙지간) 服膺明訓(복응명훈) 晚從事於
科藝之場(만종사어과예지장) 重違嚴命(중위엄명)

일찍이 이락(伊洛)의 학문에 배움을 청하여 밝은 교훈을 가슴에 품었
고, 뒤늦게 과거를 보기도 했지만 거듭 부친의 엄명을 어겼다네(낙방하
였네)

* 이락(伊洛) : 송(宋)나라 때 정호(程顥)와 정이(程頤)의 이학(理學)을 지칭한다. 두 사람이 이수
(伊水)와 낙수(洛水) 사이에서 학문을 강론하였기 때문에 이락지학(伊洛之學)이라고 한 것이다.

縱橫奇偉之文(종횡기위지문) 齟齬於粉飾(저어어분식) 一朵芙蓉(일타
부용) 含晚葩於秋江之千頃(함만파어추강지천경) 溪山遊息(계산유식) 自
有眞趣(자유진취) 風雨弊牀(풍우폐상) 摠是佳境(총시가경)

자유자재로 거침없이 뛰어난 문장을 썼지만 거짓으로 꾸미는 것에는
전혀 뜻을 두지 않았으니, 한 떨기 연꽃이 천 이랑 가을 강 물결 속에 늦
게 꽃봉오리 품은 것 같았다네. 산과 계곡에 앉아 학문에 뜻을 두어 스
스로 참된 멋이 있었고, 바람과 비가 낡은 책상을 두드려도 이 모두가
아름다운 모습이었네

持明識於義利之辨(지명식어의리지변) 發深慨於賢邪之別(발심개어
현사지별) 阨窮不憫(액궁불민) 肯上韓子之三書(긍상한자지삼서) 黽勉爲
親(민면위친) 喜奉毛公之一檄(희봉모공지일격) 將酸薄之月廩(장산박지
월름) 繼甘旨之日享(계감지지일향)

의리와 이익을 분별하는 밝은 식견으로 어질고 사악한 것을 구별하
여 깊이 개탄하였으며, 액운을 걱정하지 않고 옛날 한자(한유)가 지은 3

서를 즐겨 읽었네. 부모를 위해 부지런히 힘쓰고 봉양을 위해 기쁘게 벼슬살이를 했으며, 무릇 초라하고 적은 수입에도 날마다 맛있는 음식을 대접하였다네.

嗟一夢黃粱之未熟(차일몽황량지미숙) 天奪速兮孤吾黨(천탈속혜고오당) 嗚呼哀哉(오호애재) 擗踊孤於虛幌(벽리고어허황) 非吾子之所永念(비오자지소영렴) 鶴髮悲凉兮(학발비량혜) 獨倚乎朝暮望子之門閭(독의호조모망자지문려) 吾知子抱無窮之憾(오지자포무궁지감)

아! 한바탕 꿈을 꾸는 사이에 조밥도 다 익지 않았는데, 하늘이 빨리도 그대를 앗아가고 우리만 외로이 남았구나. 오호! 슬프구나. 남은 부인과 아이들이 빈 휘장 앞에서 슬퍼하니 그대가 영원히 생각할 바가 아니라 이제 늙은 부모님이 슬퍼할 것이라네. 홀로 아침저녁 기대어 그대의 집을 바라보니 그대가 품었던 무한한 근심을 이제 알겠네.

嗚呼哀哉(오호애재) 子之存於世也(자지존어세야) 羌不識其切偲之益(강불식기절시지익) 及其歿也(급기몰야) 爲善者無所與(위선자무소여) 爲不善者無所憚(위불선자무소탄) 士風日趨於頹靡(사풍일추어퇴미) 慨無人其激振(개무인기격진)

오호! 슬프구나! 그대가 세상에 있을 때는 그 간절하고 굳셈의 혜택을 몰랐는데 그대가 죽고 나니 선한 사람이 얻을 것이 없고 불선(不善)한 자들이 두려워할 것이 없어졌도다. 선비의 기풍이 날로 허물어지고 쇠락하는데도 슬프게도 분발하여 떨쳐 일어나는 사람이 없구나.

顧余無狀(고여무상) 幸同時而同處(행동시이동처) 幾見呼寐而就醒(기견호매이취성) 縱未能在麻中而直(종미능재마중이직) 亦將薰陶乎高

明(역장훈도호고명) 杞梓先摧而樗櫟獨存(기재선최이저력독존) 歲晏山
中兮疇依(세안산중혜주의)

　돌아보니 못난 나로서는 다행히도 그대와 같은 시대 같은 곳에 덕분
에 몇 번이나 나의 잠을 깨우고 일깨웠던가. 비록 좋은 친구 옆에서도
일찍이 내가 바르게 되지는 못했지만 장차 높고 밝게 교화되었을 것인
데, 좋은 재목이 먼저 꺾이고 쓸모없는 재목만 남게 되었으니 한 해가
저무는 산중에서 이제 누구를 의지해야 하겠는가?

靈輀一駕兮巷無人(영이일가혜항무인) 非夫人之爲慟其誰(비부인지
위통기수) 奠單杯兮侑以辭(전단배혜유이사) 子其不知耶知耶(자기부지
야지야)

　상여 하나 보내는 길에 사람은 아무도 없으니 이 사람을 위해 애통해
하지 않으면 누구를 위해 애통해할 것인가? 한잔 술 올리고 글을 지어
권해 보지만 그대는 아시는가 모르시는가?

* 안연이 죽자 공자가 곡하며 매우 애통해하였는데, 종자(從者)가 "선생님께서 너무 애통해하십
　니다.[子慟矣]"라고 하니, 공자가 "내가 너무 애통해하느냐? 하지만 이 사람을 위해 애통해하
　지 않고서 누구를 위해 애통해하겠느냐?[有慟乎 非夫人之爲慟 而誰爲]"라고 말한 내용이 《논
　어》〈선진(先進)〉에 나온다.
* 박선장 [朴善長] 1555년~1617년. 본관 무안(務安). 자는 여인(汝仁) 호는 수서(水西). 50세
　까지 벼슬에 뜻을 두지 않고 독학(篤學)하여 류성룡(柳誠龍)·조목(趙穆)·정탁(鄭琢)·이덕홍(李
　德弘) 등 당대 거유(巨儒)들을 왕배(往拜)하면서 경학(經學)에 힘쓰는 한편 몸소 실천하였다.
　1605년(선조 38년) 노모의 권유로 대과에 응시하여 비로소 벼슬길에 나아갔다. 전적(典籍)을
　거쳐 1608년 예안현감(禮安縣監) 등 외직(外職)을 거치면서 청백리(淸白吏)로 치적을 쌓았다.
　1611년(광해군 3년) 영주(榮州) 옥봉산(玉峰山) 동록하(東麓下)에 구만서당(龜灣書堂)을 짓고
　학도(學徒)를 모아 강론(講論)하는 등 평생 학문에 대한 열의를 늦추지 않았다. 저서로 ≪수서집
　水西集≫이 있고, 여기에 〈오륜가 五倫歌〉가 실려 있다. 도승지에 추증. -(네이버 고전문학사전)

8. 祭文 任屹 제문 임흘

瘦如孤鶴(수여고학) 豁如秋天(활여추천)
其介如石(기개여석) 其直如弦(기직여현)
行循繩墨(행순승묵) 學求聖賢(학구성현)
少趨皋席(소추고석) 長立溪雪(장립계설)
學而不倦(학이불권) 千里其轍(천리기철)

외로운 학처럼 여위었지만 마음은 가을 하늘처럼 넓었다.
그 기개는 돌과 같았고 그 곧음은 팽팽한 활줄과 같았다.
행동은 먹줄처럼 반듯했고 배움은 성현을 따랐다.
어려서는 소고 선생을 따랐고 커서는 퇴계에게 직접 가르침을 받았다.
배움에 게으르지 않았으며 천리에 그 행적을 남겼다.

樂而忘憂(낙이망우) 四壁其室(사벽기실)
不飾邊幅(불식변폭) 唯守天眞(유수천진)
家焉孝悌(가언효제) 鄕則恂恂(향즉순순)
待人以誠(대인이성) 接物以仁(접물이인)
好善如色(호선여색) 視貨如塵(시화여진)
不留聲伎(불유성기) 惟甘冰蘗(유감빙벽)
養眞衡茅(양진형모) 寄傲林壑(기오임학)
對月杜曲(대월두곡) 梅塢雪萼(매오설악)
攜筇勿巖(휴공물암) 荷澤秋香(하택추향)
黃卷半壁(황권반벽) 素琴一張(소금일장)
文藻彪炳(문조표병) 星命奇薄(성명기박)
頻歌鹿鳴(빈가녹명) 每泣荊璞(매읍형박)

학문이 즐거워 근심이 없었으나 집은 가난하였다.

꾸밈이나 겉치레가 없었고 오직 하늘의 참된 것만 지켰다.

집에서는 효성과 우애를 실천했고 향리에서는 정성스럽고 진실하였다.

정성스럽게 사람들을 대했고 어진 마음으로 사물을 접하였다.

색을 좋아하듯 선을 좋아하였고 재물을 티끌 보듯이 하였다.

노래와 기예에 뜻이 없었고 오로지 절조와 청렴을 달갑게 여겼다.

초라한 집에서 참된 마음을 길렀고 자연에서 즐거움을 찾았다.

두곡(두릉골)에서 달을 마주하였고 매화나무 언덕에서 눈꽃을 즐겼다.

물암에서 대나무 지팡이 짚고 연꽃 핀 연못에서 가을 향기를 즐겼다.

서책이 벽을 반이나 메웠고 줄 없는 거문고도 한 벌 있었다.

글재주는 표범 가죽처럼 아름답고 빛났지만 운명은 사납고도 야박했다.

자주 시경 '녹명'을 읊조렸고 매양 형주의 박옥을 슬퍼하였다.

* 소금(素琴) : 도잠(陶潛)이 음성(音聲)은 알지 못하면서 소금 한 장(張)을 가지고 있었는데 줄이 없었다. 매양 술과 흔쾌한 일이 있으면 문득 어루만지고 희롱하며 그 뜻을 붙였다. 《晉書 卷94 陶潛列傳》

* 형산(荊山)의 박옥(璞玉), 화씨벽(和氏璧)의 고사. 춘추 시대 초(楚)나라 사람 변화(卞和)가 형산에서 박옥을 얻어 여왕(厲王)에게 바쳤는데, 여왕은 잘못 판정한 옥인(玉人)의 말만 믿고서 왕을 속인다는 죄목으로 그의 왼발을 베었고, 무왕(武王)도 알아보지 못한 채 가짜라고 의심하며 그의 오른발을 베었다. 그 뒤 문왕(文王)이 즉위함에 변화가 박옥을 안고서 3주야를 피눈물을 흘리며 슬피 울자, 문왕이 옥인에게 다시 조사하여 가공하게 한 결과, 천하제일의 보배인 화씨벽(和氏璧)을 얻게 되었다는 고사가 있다. -(한비자 화씨)

忽遇劇寇(홀우극구) 張眷誓淸(장환서청)

共倡義旅(공창의려) 糾召儒兵(두소유병)

膽怒遁帥(담노둔수) 必欲鞭扑(필욕편복)

書裁相幕(서재상막) 懇懇光復(간간광복)

鵠頭晚飛(곡두만비) 毛檄乍屈(모격사굴)

爵不稱德(작불칭덕) 時會喪材(시회상재)

갑자기 왜적이 쳐들어오자 활을 당겨 끝까지 싸우기로 맹세하였다.

함께 의병부대를 일으키고 선비들과 병사들을 모으고 규합하였다.

달아나는 군사들을 크게 꾸짖고 반드시 회초리로 질책하였다.

글을 지어 재상의 군막에 보내며 간절히 나라를 되찾길 바랐다.

늙어서야 임금의 조서를 받았고 어버이를 위해 잠시 벼슬살이에 응하였다.

벼슬은 덕에 비해 낮았지만 이때 죽음을 당하고야 말았다.

風塵未掃(풍진미소) 玉樹遽摧(옥수거최) 嗚呼慟哉(오호통재) 素閨晝哭之慘(소규주곡지참) 鶴髮喪明之哀(학발상명지애) 巷無人兮(항무인혜) 鄕井失儀(향정실의) 仁不輔兮(인불보혜) 朋侶無歸(붕려무귀) 嗚呼慟哉(오호통재) 奸骨寒兮警句(간골한혜경구) 華人惜兮野遺(화인석혜야유) 何稟質之粹正(하품질지수정) 獨不享其期頤(독불향기기이) 嗚呼慟哉(오호통재) 樂道兮道方熟(낙도혜도방숙) 力學兮學將終(역학혜학장종) 天奪之遽(천탈치거) 人慟之同(인통지동)

세상 어지러운 일 닦이지도 않았는데 옥으로 만든 나무가 급히 꺾였구나.

오호 슬프구나! 소복 입은 아녀자들이 낮에 비참하게 우는구나.

흰머리 노인이 아들 잃고 슬퍼하는데 길에는 아무도 없구나.

향리에서는 예절을 잃고 어진 사람의 도움도 없게 되었다.

이제 친구가 의지할 곳이 없구나. 아아! 슬프도다.

진실된 경구는 간사한 자들의 간담을 서늘하게 했고 초야에서 늙은 것은 중국인들도 애석해하였다.

타고난 품성과 자질이 순수하고 반듯했지만 유독 천수를 누리지 못하였다.

오호 슬프구나. 도를 즐겨서 도가 막 무르익었고, 배움에 힘써서 학문

을 막 마치려 할 때에 하늘이 급히 빼앗아 버렸구나. 사람들이 한결같
이 서러워한다.

如屹夙荷獎拂(여흘숙하장불) 每勤發蒙(매근발몽) 春晴鶴寮兮誨以
邵易(춘청학료혜회이소역) 夜靜文幌兮勉以眞經(야정문황혜면이진경) 對
梅論心(대매논심) 翫月詠懷兮肝膽相照(완월영회혜간담상조)

　나(임흘)는 일찍이 그로부터 학문을 장려 받고 매양 부지런히 계발하
였다. 맑은 봄날 동료들과 주역을 가르침을 듣고 고요한 밤에는 화려한
휘장 아래서 함께 진경을 공부했다. 매화를 마주하며 마음을 주고받고
달을 희롱하며 품은 생각을 시로 노래하며 서로의 속마음을 비추었다.

浮江共舲(부강공령) 從賦聯鑣兮磨蔓以行(종부연표혜마알이행) 頻枉
山廬兮憐我丁艱(빈왕산려혜연아정간) 嚴示大義兮決我討賊(엄시대의
혜결아토적) 刮我瞙兮開我瞶(괄아막혜개아외) 明我昏兮通我塞(명아혼
혜통아색) 永期百歲兮且師且友(영기백세혜차사차우) 忽失一朝兮如割
如削(홀실일조혜여할여삭) 廿載知音之感(입재지음지감) 一杯靈筵之哭
(일배영연지곡) 慟哉慟哉(통재통재)

　함께 강에 배를 띄우고 군대를 따라 나란히 말을 몰아 돌을 밟으며 나
아가기도 했고, 자주 산속 여막을 찾아서 부모상을 당한 나를 위로하였
다. 엄하게 대의를 알리고 우리가 적을 토벌하도록 결심하게 하였다. 그
대는 보지 못하는 우리의 눈꺼풀을 긁어내고 듣지 못하는 우리의 귀를
열어 어둠을 밝히고 막힌 곳을 뚫어 주었다. 백세를 영원히 기약했던
스승이자 친구를 홀연히 하루아침에 잃어버리니 살을 가르고 뼈를 끊
어내는 듯 아프기만 하구나. 이십 년 친구는 서럽기 그지없다. 술 한 잔
올리며 울고 있노라니 서럽고도 서럽구나.

* 정간(丁艱) : 부모(父母)의 상사(喪事)를 당(當)함.
* 임흘 [任屹] 임흘(任屹)[1557~1620] 자는 탁이(卓爾), 호는 용담(龍潭), 본관은 풍천(豊川)
1557년(명종 12년) 한양에서 출생. 1582년(선조 15년) 생원시에 합격했으나 벼슬길에 뜻을
버리고, 1587년 경상도 안동부 내성현 용담리로 이주. 또한 영천군(榮川郡) 적덕[지금의 봉
화군 봉화읍 적덕리] 냇가에 취교정(翠蛟亭)을 짓고 자연 속에서 소요하였다. 박승임(朴承任,
1517~1586)에게 학문을 배웠으며 이후에는 정구(鄭逑, 1543~1620)의 문인이 되어 예학 연
구에 몰두하였다. 임진왜란이 일어나자 류종개(柳宗介, 1558~1592), 윤흠신(尹欽信), 윤흠
도(尹欽道), 김중청(金中淸, 1566~1629) 등과 함께 의병 활동을 전개하였으며, 김해(金垓,
1555~1593), 곽재우(郭再祐, 1552~1617) 막하로 들어가 활동하였다. 의병활동 공으로 전옥
서참봉에 제수되었으나, 당쟁이 격화되자 이를 규탄하는 상소문을 올리고 사직하였다 -(한국향
토문화전자대전)

9. 三峯書院奉安文略 金應祖撰 삼봉서원봉안문략(김응조지음)

日惟榮州(왈유영주) 鄒魯遺風(추로유풍) 屈指仁里(굴지인리) 莫如我
東(막여아동) 勿巖嘐嘐(물암교교) 考德溪門(고덕계문) 孜孜供職(자자공
직) 餘力博文(유력박문) 接武聯聲(접무연성) 四賢一村(사현일촌) 風流
旣遠(풍류기원) 典刑猶存(전형유존) 生旣範俗(생즉범속) 歿宜祭社(몰의
제사)

생각해보니 영주에는 공자 맹자의 유풍이 남아 있고, 풍속이 아름다
운 마을을 꼽자면 우리 동방에서 비교할 곳이 없다. 물암 선생 (덕이) 높
고 컸으며 퇴계 문하에서 덕성을 이루시고, 맡은 직무에 힘쓰고 남은
힘으로 학문을 넓혔다.

가까운 곳에서 서로 연이어 한마을에 네 명의 현자가 나시니, 풍류가
이미 오래되었고 법도는 그대로 남아 있었다. 살아서 이미 풍속의 모범
이셨으니, 죽어서도 마땅히 사당에 제향하여야 할 것이다.

睠玆名區(권자명구) 後岳前野(후악전야) 巖巒帶躅(암만대촉) 草木留

馨(초목유형) 輿人血忱(여인혈침) 數間丹靑(수간단청) 良辰旣卜(양신기
복) 盛禮斯張(성례사장) 豆籩有楚(두변유초) 陟降洋洋(척강양양)

이 경치 좋은 지역을 보니 뒤는 산이요 앞은 들이며, 바위산이 연이어
늘어서고 초목이 향기롭게 우거져 있다. 많은 사람 진심 어린 정성으로
작은 집을 짓고 단청을 올리니, 좋은 날은 이미 정해졌고 성대한 예식
을 도에 맞게 베풀며 제사 음식 늘어놓으니 신령께서 오셔서 많이 흠향
하소서.

三峯增秀(삼봉증수) 一水益淸(일수익청)
尙鑑精衷(상감정충) 惠我光明(혜아광명)
삼봉의 경치 빼어나고 강물은 더욱 맑은데,
우리의 정성을 살펴서 우리에게 광명을 내려주소서.

10. 常享祝文 金應祖撰 상향축문(김응조 지음)

故家懿行(고가의행) 明師旨訣(명사지결)
餘芳所在(여방소재) 百世芬苾(백세분필)

전통 있는 집안의 좋은 행실과 현명한 스승의 뜻과 비결을 이어받아,
남겨진 아름다움 여기 있으니 백대에 걸쳐 향기롭게 남으리라.

11. 上樑文略 金應祖撰 상량문략(김응조 지음)

道義交孚於勿巖(도의교부어물암) 淵源實本於玩樂(연원실본어완락)

句求其訓(구구기훈) 字求其義(자구기의) 大闡未發之微(대천미발지미)
生我者父(생아자부) 成我者師(성아자사) 克盡心喪之制(극진심상지제)
令聞施於南服(영문시어남복) 幾入薦賢之書(기입천현지서) 異數賁於
重泉(이수분어중천) 更應褒孝之典(갱응포효지전)

　도덕과 의리가 물암에게서 함께 빛나니 그 연원은 (도산서원) 완악재
에 근본한 것입니다. 문장에서 그 가르침을 구하고, 문자에서 그 뜻을
구하여, 발하지 않은 은미함을 크게 밝혔습니다. 나를 낳은 이는 아버지
요 나를 완성시킨 자는 스승이라, 극진히 스승의 3년 심상(心喪)을 치르
니 아름다운 명성이 남쪽지역을 덮었고, 몇 번이나 현인을 천거하는 글
이 (임금께) 들어갔던가. 저승에서는 크게 특별한 예우를 받으시길 바라
며, 다시 응당 제사의 의례로 기립니다.

12. 記聞錄 기문록

　金勿巖隆(김물암륭) 居榮川(거영천) 生於嘉靖己酉(생어가정기유) 有
美質(유미질) 十八(십팔) 負笈門下(부급문하) 凡有問難(범유문난) 直窮
到底(직궁도저) 先生深加獎歎(선생침가장탄) 公益自憤勵(공익자분려) 築
精舍(축정사) 左右圖書(좌우도서) 研窮體驗(연궁체험) 尤用力於禮學
(우용력어예학) 先生之歿(선생지몰) 爲服心喪(위복심상) 壬辰之亂(임진지
란) 方居憂(방거우) 檄諭列邑(격유열읍) 激以忠憤(격이충분) 呈書體相
(정서체상) 惓惓於復讐之義(권권어복수지의) 恤民之政(휼민지정) 辭意激
切(사의격절) 服闋(복결) 用薦除齋郞(용천제재랑) 謝恩而歸(사은이귀) 俄
卒(아졸) 年四十六(연사십육) 鶴沙金公應祖入侍經筵(학사김공응조입시
경연) 力陳公學行(역진공학행) 贈承旨(증승지) -溪門諸子錄(계문제자록)

물암 김륭 선생은 영천(영주)에 살았으며 가정 을유년(1549년)에 태어났다. 좋은 자질을 가지고 있었으며 18세에 스승의 문하에 공부하러 갔다. 무릇 어려운 문제가 있으면 곧 궁리하여 근본에 도달하였다. 스승께서 깊이 권장하고 칭찬하니 선생께서는 스스로 더욱 분발하고 힘썼다. 정사를 짓고 좌우에 도서를 두고 학문을 닦고 연구하고 체험하며 더욱 예학에 힘을 썼다. 스승께서 돌아가시자 3년간 심상을 치렀다. 임진왜란 때 상중에 있었지만 여러 고을에 격문을 돌려 설득하고 충심과 의분으로 분발하도록 하였다. 도체찰사에게 글을 올렸는데 복수의 뜻이 간절하고 백성을 구휼하는 정사의 뜻이 격렬하고 간절하였다. (어머니) 장례가 끝나고 천거를 받아 재랑으로 제수되었으나 사의를 표하고 돌아왔으나 갑자기 돌아가시니 향년 46세였다. 학사 김응조공께서 경연에서 임금을 뵙고 힘써 선생의 학행을 진언하시니 승지로 추증되셨다.

-계문제자록

勿巖金處士(물암김처사) 器局峻嚴(기국준엄) 論議正直(논의정직) 平生用力(평생용력) 在孝友忠信上(재효우충신상) 餘事學文(여사학문) 而不喜擧子業(이불희거자업) 以親老(이친로) 屈意場屋(굴의장옥) 竟不成(경불성) 其所居之室(기소거지실) 與親舍雖在一里(여친사수재일리) 亦非跬步之地(역비규보지지) 而晨昏定省(이신혼정성) 一如古禮(일여고례) 如得適口之味(여득적구지미) 雖菜羹湯水之微物(수채갱탕수지미물) 必奉進高堂(필봉진고당) 竭誠孝養(갈성효양) 此非有深愛於父母者耶(차비유심애어부모자야) 且其居鄕處身(차기거향처신) 一以禮法從事(일이예법종사) 而誨人勤(이회인근) 待朋友信(대붕우신) 處兄弟怡怡(처형제이이) 遇親族款睦(우친족관목) 好施人周急(호시인주급) 此固得於天者(차고득어천자) 而亦賴師門之妙法也(이역뢰사문지묘법야) 噫(희) 生不能擧(생불능거) 歿不能旌其間(몰불능정기려) 豈非明時褒善之一大欠也(기비명시포선지일대흠야) -郭丹谷嶒闓幽錄(곽단곡진천유록)

물암 김 처사는 그릇과 재능이 매우 높고 엄격하였고 논술과 토의가 바르고 곧았다. 평생 힘을 쏟은 바는 효도와 우애 충성 신의에 있었고 그 나머지 힘으로 학문을 하였으나 과거를 보는 것은 좋아하지 않았다. 부모님 때문에 뜻을 굽히고 과거장에 갔지만 뜻은 이루어지지 않았다. 사셨던 곳이 부모의 집과 1리 정도 떨어져 있었지만 또한 가깝지 않았는데도 아침저녁 이부자리를 살피고 한결같이 옛날 예절대로 하였다. 입에 맞는 음식이 생기면 비록 나물국처럼 하찮은 것이라도 반드시 부모님께 먼저 드리고 정성을 다하여 봉양하였다. 이러한 행실은 부모님께 대한 깊은 애정에만 있었던 것이 아니라 향리에서 처신할 때도 한결같이 예법을 따랐다. 남을 가르치는 데 근면했고 친구들을 신의로써 대했고 형제간에는 우애로웠고 친족들을 만나면 정성스럽고 화목하였고 급한 형편의 사람들을 돕기를 좋아했다. 이는 진실로 하늘에서 낸 성정이며 사문이 묘법에서 힘입은 바일 것이다. 아아 살아서는 능히 쓰여지지 못했고 죽어서는 정려를 받지 못했으니 어찌 밝은 시대에 (선비의) 선행을 기리는 데 한 가지 흠이 아니겠는가? -곽단곡진천유록

勿巖金表兄諱隆(물암김표형휘륭) 字道盛(자도성) 師事退溪先生(사사퇴계선생) 服心喪三年(복심상삼년) 平生以孝悌忠信爲本(평생이효제충신위본) 學文餘事矣(학문여사의) 余未能逐日受業(여미능축일수업) 而誘披琢磨之功(이유액탁마지공) 不可勝記(불가승기) 不幸哲人先逝(불행철인선서) 每抱悲慕之情(매포비모지정) 今日吾將隨歸(금일오장수귀) 庶敍哀慟於冥冥之中耶(서서애통어명명지중야) -丹谷師友錄(단곡사우록)

외종사촌 물암 형님의 이름은 륭이고 자는 도성이다. 퇴계 선생을 스승으로 모셨으며 돌아가시자 3년의 심상을 치렀다. 평생 효, 제, 충, 신을 근본으로 삼았고 학문은 그 뒤의 일이었다. 나는 형님에게 날마다 수업을 받지는 못했지만 내게 학업을 갈고 닦는 공을 계발시켜 주셨으

니 이렇게 기록하지 않을 수 없다. 불행하게도 철인께서 먼저 가시니 매양 슬프고 추모하는 정을 품고 있다. 오늘 내가 장차 돌아가려고 하니 아득하고 먹먹한 애통함을 풀어놓는다. -단곡사우록

金隆字道盛(김륭자도성) 少從退溪先生受學(소종퇴계선생수학) 先生(선생) 未久下世(미구하세) 未克卒業(미극졸업) 而慕道向善(이모도향선) 學術俱優(학술구우) 癸巳冬(계미동) 補集慶殿參奉(보집경전참봉) 甲午(갑오) 病不起(병불기) 有子起秋(유자기추) 不幸短命(불행단명) 兄陶亦能文好讀(형도역능문호독) 有三子皆能文(유삼자개능문) 仲子遇秋(중자우추) 尤善屬文(우선속문) 丙午進士(병오진사) 李炔沙汝馪師友錄(이취사여빈사우록)

김륭의 자는 도성이고 어려서 퇴계 선생 문하에서 수학하였다. 오래지 않아 퇴계 선생께서 돌아가셔서 학업을 마치지 못했으나 도를 흠모하고 선을 지향했으며 학문과 재주가 함께 우수하였다. 계사년 겨울 집경전참봉에 임명되었으나 갑오년에 병으로 일어나지 못하였다. 아들 김기추가 있었으나 불행히도 일찍 죽었다. 형 김도 또한 문장을 잘하고 독서를 좋아했다. 아들 셋이 있는데 모두 문장에 능했다. 차남 김우추는 더욱 글을 잘 지었고 병오년에 진사가 되었다. -이취사여빈사우록

金勿巖誠孝出天(김물암성효출천) 友愛篤至(우애독지) 遊退陶門下(유퇴도문하) 甚見推許(심견추허) 士林重之(사림중지) 先生下世(선생하세) 心喪三年(심상삼년) 萬曆癸巳(만력계사) 以遺逸除齋郎(이유일제재랑) 繼有承敍之命(계유승서지명) 未及除拜而卒(미급제배이졸) -榮州志(영주지) 金鶴沙應祖撰(김학사응조찬)

김물암의 효성은 진실로 하늘이 낸 것이었고 형제간의 우애도 도타

움이 지극했다. 퇴계 문하에서 배웠는데 스승으로 부터 크게 칭찬을 받으니 사림에서 그를 중히 여겼다. 스승이 돌아가시자 3년간 심상을 치렀다. 만력 계사년에 (숨은 인재로) 천거되어 재랑에 제수되었고 이어서 관직 제수의 명이 있었으나 임명되지 못하고 돌아가셨다. -영주지, 학사 김응조 지음

退溪先生初喪時(퇴계선생초장시) 喪次方位(상차방위) 諸人議多異同(제인의다이동) 門人金勿巖隆(문인김물암륭) 曾聞於先生(증문어선생) 不分東西南北(불분동서남북) 前爲南後爲北(전위남후위북) 左爲東右爲西(좌위동우위동) 遂依此定行(수의차정행) 柳謙菴雲龍錄(유겸암운룡록)

퇴계 선생 장례식 때에 여막의 방위에 대하여 여러 사람의 의견이 많이 달랐다. 문인 물암 김륭이 일찍이 퇴계 선생으로부터 들은 바에 따라 동서남북을 나누지 아니하고 앞을 남쪽으로, 뒤를 북쪽으로, 왼쪽은 동쪽으로, 오른쪽은 서쪽으로 삼으니 드디어 이에 의거하여 정하고 장례를 치렀다. -유겸암운룡록

先生儀表魁偉(선생의표괴위) 質性方嚴(질성방엄) 自年少時(자년소시) 往學舍則諸生方喧譁(왕학사즉제생방훤화) 見先生輒肅然(견선생첩숙연) -從子値秋記行錄(종자치추기행록)

선생의 몸가짐과 태도는 크고 훌륭했고 자질과 성품은 방정하고 엄정했다. 어렸을 때부터 학사에 가면 여러 생도들이 막 떠들다가도 선생을 보면 문득 숙연해졌다 -조카 치추 기행록

先生從學陶山(선생종학도산) 坐有常處(좌유상처) 不移尺寸云(불이척촌운) 同上(동상)

선생께서 도산에서 배울 때 항상 같은 곳에 앉으셨고 한 자도 자리를 옮기지 않았다고 한. 상동

壬辰亂(임진란) 有遁師(유둔사) 先生通諭諸儒(선생통유제유) 必欲鞭扑(필욕편복) 聞者莫不激聳(문자막불격송) 同上(동상)

임진란에 도망하는 벼슬아치가 생기자 선생께서 여러 선비들에게 두루 알리고 반드시 따끔하게 나무라니 듣는 자가 분발하고 두려워하지 않음이 없었다. 상동

先生常訓子弟曰(선생상훈자제왈) 凡事必須謹愼(범사필수근신) 雖小節(수소절) 不可放心(불가방심) 同上(동상)

선생께서 항상 자제를 가르치며 말씀하시길 '범사에 모름지기 삼가고 조심하라. 비록 작은 부분이라도 마음을 놓아서는 아니 된다'고 하였다. 상동

13. 墓誌石 丁範祖 묘지석(정범조)

贈通政大夫(증통정대부), 承政院左承旨兼經筵參贊官(승정원좌승지겸경연참찬관) 行集慶殿參奉勿巖金先生墓表(행집경전참봉물암김선생묘표) 此文成於元集刊畢後(차문성어원집간필후) 故附于此(고부우차)

통정대부, 승정원좌승지 겸 경연참찬관에 추증되신 집경전참봉 물암 김 선생의 묘표(묘지석). 이 문장은 원집(문집 본문) 간행을 마친 후라서 여기에 붙이는 것임.(본 문집에 추가하여 붙임)

師李先生學者周山南(사이선생학자주산남) 其道德所造(기도덕소조) 非末學所敢測知(비말학소감측지) 大抵多躬行篤實君子(대저다궁행독실군자) 豈非傳授旨訣使然哉(기비전수지결사연재)

(퇴계) 이 선생을 스승으로 모시려고 학자들이 영남으로 모여들었다. 그 도덕이 만들어진 바는 학문이 얕은 사람이 감히 측량하여 알 수 있는 바가 아니다. 대저 스스로 실천하는 독실한 군자라면 어찌 그 뜻과 비결을 전수하지 않았겠는가?

勿巖金公(물암김공) 少嘗事先生(소상사선생) 年四十有六而卒(연사십유육이졸) 蓋其學(개기학) 謂制行原倫常(위제행원륜상) 故事父母孝(고사부모효) 處兄弟友(처형제우) 敦宗族篤朋舊(돈종족독붕구) 島夷搆難(도이구난) 乘輿蒙塵(승여몽진) 則草野悲憤(즉초야비분) 飛檄列郡(비격열군) 抵書方伯(저서방백) 爲忠義倡(위충의창) 謂盡性在窮格(위진성재궁격)

물암 김공은 어려서 일찍이 퇴계 선생을 모셨고 46세에 돌아가셨다. 대개 그 학문은 몸가짐과 인륜의 상도를 말하는 효성으로 부모를 모셨고, 우애로서 형제들을 대했고, 종친들과 도타웠고, 친구들과는 독실하였다. 섬나라 오랑캐가 병란을 일으키니 왕의 수레가 피란을 가자 곧 초야에서 비분강개하여 여러 군에 격문을 돌리고 관찰사에게 편지를 보내 (사람들에게) 충의로 의병을 일으키게 하니 있는 힘을 다하여 격물치지한 것이다.

故進而講質函丈(고진이강질함장) 究極經旨(구극경지) 退而記述文字(퇴이기술문자) 私資省發(사자성발) 有講錄諸書(유강록제서) 凡此可謂知本末該體用(범차가위지본말해체용) 進德有序矣(진덕유서의) 獨恨

其天不假年(독한기천불가년) 不克卒其大業(불극졸기대업) 傳先生嫡統
(전선생적통) 爲世師宗(위세사종) 然顧門路旣(연고문로지) 正規模已立
(정규모이립) 譬如構大廈(비여구대하) 位置間架(입치간가) 望而知爲明
堂制度(망이지위명당제도) 詎不偉歟(거불위여)

예전에 스승에게 나아가 익히고 질문하며 경서의 뜻을 지극히 연구
하였고 물러나서는 문자를 기술하니 스스로 취한 깨달음이 일어났다.
강록 여러 권이 남아 있다. 무릇 이는 본질과 말단을 알고 근본과 작용
이 호응하는 것이고 덕이 향상시키는 질서가 있는 것이라고 할 수 있
다. 유독 한스러운 것은 하늘이 물암공께 시간을 허락하지 않아서 그
대업을 마치고 스승의 적통을 전하고 세상의 큰 스승이 되지 못한 점이
다. 그러나 돌아보면 학문의 길이 이미 끝났으나 바른 규범이 이미 섰
다. 비유하자면 큰 집을 지으면서 뼈대를 보면 좋은 집이 됨을 알 수 있
는 것과 같으니 어찌 위대하지 아니하다 하겠는가?

* 간가(間架) : 뼈대.

公諱隆(공휘륭) 字道盛(자도성) 勿巖其號(물암기호) 生嘉靖己酉(생
가정기유) 卒萬曆甲午(졸만력갑오) 葬在榮川郡杜陵洞負震之原(장재
영천군두릉동부진지원) 前卒一年(전졸일년) 除集慶殿參奉(제집경전참봉)
卒後五十八年(졸후오십팔년) 贈承政院左承旨(증승정원좌승지) 又三年
(우삼년) 配享三峯祠(배향삼봉사)

공의 이름은 륭이고 자는 도성이며 물암은 호이다. 가정 기유년에 태
어났고 만력 갑오년에 돌아가셨으며 무덤은 영천(영주)군 두릉동 동쪽
언덕이다. 돌아가시기 1년 전에 집경전참봉을 제수받았고 돌아가시고
58년 후에 승정원좌승지에 추증되었고 다시 그 3년 후에 삼봉사당에

배향되었다.

咸昌之金(함창지김) 爲世聞閥(위세문벌) 戶曹參判諱爾音(호조참판휘이음) 有孝行旌閭(유효생정려) 公六世祖也(공육세조야) 東萊縣令諱漢珍(동래현령휘한진) 典牲署主簿(전생서주부) 諱諟敬(휘시경) 全州教授(전주교수) 諱龜息(휘구식) 高曾祖三世也(고증조삼세야) 考曰司宰參奉諱應麟(고왈사재참봉휘응린) 妣曰玄風郭氏(비왈현풍곽씨) 參奉子保女(참봉자보녀) 公娶甘泉文氏參奉經濟女(공취감천문씨참봉경제녀) 生起秋(생기추) 早卒(조졸) 起秋生堯弼(기추생요필) 堯翊(요익) 女柳宗之(여유종지) 堯翊生兌輝(요익생태휘), 鼎輝(정휘), 晉輝(진휘), 履輝(이휘)。鼎輝後堯弼(정휘후요필)。曾玄以下不錄(증현이하불록)

함창김씨는 대대로 문벌가문으로 효행으로 정려를 하사받은 호조참판 김이음이 공의 6대조이다. 동래현령 김한진, 전생서주부 김시경, 전주교수 김구식이 고조, 증조, 조부 3대이다. 부친은 사재참봉 김응린, 모친은 현풍곽씨 참봉 곽자보의 딸이다. 공께서는 감천문씨 참봉 문경제의 딸과 혼인하여 아들 김기추를 얻었으나 일찍 죽었다. 아들 김요필, 김요익을 낳았고 딸은 유종지에게 시집갔다. 김요익은 김태휘, 김정휘, 김진휘, 김이휘를 낳았고 김정휘는 김요필의 뒤를 이었다. 증손자 이후는 기록하지 않는다.

公五世孫尙建氏(공오세손상건씨) 囑範祖表公墓(촉범조표공묘) 範祖念公之德行(범조염공지덕행) 李先生爲之獎許(이선생위지장허) 具本集中(구본집중) 權公斗寅(권공두인), 金公應祖爲之狀若誌(김공응조위지장약지) 又有朝家之褒贈(우유조가지포증) 士林之崇祀(사림지숭사) 固無待範祖言而重(고무대범조언이중) 獨撮其爲學次序大概而略有論敍(독촬기위학차서대개이략유논서) 使鑱之石(사참지석) 冀後世識公才中身

歿(기후세식공재중신몰) **而其道體成立已如此**(이기도체성립이여차) **通政大夫前行承政院同副承旨錦城丁範祖**(통정대부전행승정원동부승지금성정범조) **謹撰**(근찬)

공의 5세손 김상건이 나에게 공의 묘표(묘의 표지석 문장)를 부탁하였을 때, 나는 퇴계 선생께서 공의 덕행을 크게 칭찬하셨던 일, 문집 속에 있는 권두인, 김응조의 표지, 또 조정의 포증(褒贈)이 있었던 일, 사림(士林)이 공을 떠받들어 제사를 지내고 있는 점 등을 보고 내가 별도로 말을 보태지 않아도 공은 훌륭한 인물이라는 것을 알 수 있었다. 그리하여 선생의 학문을 순서대로 대강 모아서 견해와 진술을 축약하여 돌에 새기게 하였다. 바라건대 후세인들은 공이 겨우 중년에 돌아가셨으나 도의 본체(道體)는 이미 이와 같이 공에게 완전히 성립되어 있었음을 알기 바란다. 통정대부 전 승정원동부승지 금성 정범조 삼가 쓰다.

14. 跋 丁範祖 발문 정범조

文章(문장) **固有待而後傳**(고유대이후전) **彼焜燿其繪采**(피혼요기회채) **鏗鏘其聲律以爲奇**(갱장기성률이위기) **曼衍滿皇多出而以爲能**(만연휼황다출이이위능) **自古操觚家如此者何限**(자고조고가여차자하한)

문장은 본래 기다림이 있은 후에 후세에 전해진다. (사람들이 문장에) 채색을 화려하게 하고 성률을 쟁쟁하게 꾸미는 것을 좋아하고, 길게 늘이고 장황하게 많이 짓는 것을 뛰어나다고 하니, 옛날부터 이와 같이 글을 짓는 사람이 얼마나 많았던가?

而風火灰颺(이풍화회양) **未見其至今在人眼睫**(미견기지금재인안첩)

無他(무타) 可恃者不存焉爾(가시자부존언이) 夫能有以明倫常述道德
(부능유이명륜상술도덕) 爲世敎輔(위세교보) 則片言之善(즉편언지선) 金
石弊而弗泯(금석폐이불민) 詩書所載(시서소재) 豈盡一人之言哉(기진
일인지언재) 篇雜章裒(편잡장부) 各取其善者焉爾(각취기선자언이)

　그러나 (그렇게 한때 칭찬받던 문장들이) 바람에 날리고 불에 타고 재가
되어 사라져 버리고, 지금 사람들의 눈에 띄지 않는 것은 다름이 아니
라 그 문장 속에 믿을 만한 것(좋은 내용)이 없기 때문이다. 무릇 인륜을
밝히고 도덕을 진술하여 세상을 교화하는 데 보탬이 된다면(문장이 좋은
내용이라면) 곧 한마디의 훌륭한 말도 금석이 닳아 없어지더라도(오랜 세
월이 지난 후라도) 사라지지 않을 것이다. 시경과 서경에 실려 있는 것이
어찌 모두 한 사람의 말이겠는가? 여러 글을 모아서 각각 그 좋은 말을
취한 것이다.

　金斯文尙建氏(김사문상건씨) 以其先祖勿巖公遺集(이기선조물암공유
집) 屬不佞爲跋文(촉불령위발문) 將鋟之梓(장침지재) 不佞謹受而讀之
(불령근수이독지) 大抵皆原古訓而推廣夫吾人性分中事者也(대저개원
고훈이추광부오인성분중사자야) 自唯諾進退愛親敬長童穉之學(자유낙
진퇴애친경장동치지학) 以達夫德性問學廣大精微中庸之道(이달부덕성
문학광대정미중용지도) 而近之爲容貌言動婚姻喪祭之節(이근지위용모
언동혼인상제지절) 遠之爲太極陰陽五行萬物之理(원지위태극음양오행
만물지리) 分毫析縷而欲其疏之也(분호석루이욕기소지야) 探本溯源而
欲其窮之也(탐본소원이욕기궁지야) 入其中而浩洋若充棟宇(입기중이호
양약충동우) 而細檢之則三編文字而已(이세검지즉삼편문자이이)

　선비 김상건 씨가 그 선조 물암 김 공의 유집을 가지고 와서 나에게
발문을 부탁하였다. 간행할 때에 내가 삼가 받아서 읽어 보니, 대체로

모두 옛날의 가르침을 근본으로 하여 우리들의 성품(성질)에 관한 사항들을 미루어 넓힌 것이었다. 부름에 대답하고, 나가고 물러나고, 어버이를 사랑하고, 어른을 공경하는 것 같은 어린아이를 가르치는 학문에서부터 덕성과 문학(問學), 광대하고 정미한 중용의 도에 이르는 내용이었다. 가까이는 용모와 언어, 동작, 혼인과 상제의 절도에서부터 멀리는 태극과 음양오행 및 만물의 이치에 이르기까지 (작은 부분까지) 정밀하게 살피고 분석하여 소통하고자 하였고, 학문의 근본을 찾고 근원까지 거슬러 올라가 끝까지 연구하고자 하였다. 그 문장 안에 들어가 보면 넓고 넓어서 온 집안을 채운 듯하지만, 자세히 살펴보면 단지 세 편의 글에 불과하다.

未嘗有意乎其外之詞藻(미상유의호기외지사조) 而文秖典雅而已(이문지전아이이) 詩秖閒澹而已(시지한담이이) 夫其義正其思遠(부기의정기사원) 故其言淺而深(고기언천이심) 約而博(약이박) 其中之可恃者若是其富(기중지가시자약시기부) 則奚止片言之善而已哉(즉해지편언지선이이재)

일찍이 그 밖의 사조(문장 꾸밈)에 대해서는 뜻을 두지 않았기 때문에, 선생의 문장은 법도에 맞고 단아하였고 시는 여유가 있고 담박하였다. 무릇 의리가 바르고 생각이 원대하였기 때문에 그 말씀이 얕아 보이면서도 깊이가 있고 간략해 보이면서도 넓이가 있다. 그 문장들 속에 믿을 만한 것이 이와 같이 풍부하니 어찌 한마디의 좋은 말에 그친다 하겠는가?

公師退溪李先生而學者也(공사퇴계이선생이학자야) 先生集衆賢而成一家言(선생집중현이성일가언) 故遺集(고유집) 地負海涵(지부해함) 莫測其涯涘(막측기애사) 蓋其言多而不爲費(개기언다이불위비) 公之集則

簡而不爲局(공지집즉간이불위국) 意者淵源授受(의자연원수수) 一致而
同歸歟(일치이동귀여) 先生遺集(선생유집) 當與天地相終始(당여천지상
종시) 則公之集(즉공지집) 其亦傳之也遠可必(기역전지야원가필) 告尙
建氏(고상건씨) 努力鋟之梓(노력침지재) 通政大夫(통정대부) 前行承政
院同副承旨錦城丁範祖(전행승정원동부승지금성정범조) 跋(발)

　공은 퇴계 이황 선생을 스승으로 모시고 배운 사람이다. 이황 선생께
서는 여러 현자들의 말씀을 모아 일가의 학설을 이루셨다. 그래서 남겨
진 (퇴계)문집은 대지가 만물을 짊어지고 바다가 온갖 물을 받아들이는
것처럼 그 끝을 헤아릴 수 없이 넓고 깊다. 대개 (이황 선생은) 그 언설이
많으면서도 군더더기가 없고, 공의 문집 또한 간략하면서도 (작은 데) 국
한되지 않는다. 생각하건대, 같은 연원(淵源, 사물의 근원)을 전수하고 전
수받아 (서로 근본이) 일치하고 함께 공유하였기 때문일 것이다. 퇴계 선
생의 문집이 마땅히 천지와 더불어 오랫동안 남을 것이다. 그렇다면 공
의 문집 또한 반드시 오래도록 먼 후세까지 전해질 것이다. 이에 상건
씨에게 (문집을) 간행하는 데 더 노력하라고 말하고 싶다. 통정대부 전행
승정원동부승지 금성 정범조 발문을 쓰다.

* 지부해함(地負海涵) : 대지가 만물을 그 위에 실어 주듯 바다가 온갖 물줄기를 다 받아들이듯
　넓고 큰 지식을 비유하는 말.
* 정범조(丁範祖). 자 법세(法世), 호 해좌(海左), 시호 문헌(文憲)　1723년(경종 3년)~1801년
　(순조 1년)　본관 나주(羅州)　개성유수, 형조판서, 예문관·홍문관의 제학. 정시한(丁時翰)의 현
　손이며, 정도항(丁道恒)의 증손으로, 할아버지는 정영신(丁永愼)이고, 아버지는 유학 정지령(丁
　志寧)이며, 어머니는 신필양(申弼讓)의 딸이다. 세거지는 원주로 홍이헌(洪而憲)·신성연(申聖
　淵)·유한우(兪漢遇) 등과 친교가 깊었다. 시율과 문장에 뛰어나 사림의 모범으로 명성을 얻었
　고, 또 이로 인해 영조와 정조의 총애를 받았다. 특히, 문체반정(文體反正)에 주력하던 정조에
　의해 당대 문학의 제1인자로 평가되어 70이 넘은 고령에도 불구, 오랫동안 문사의 임무를 맡았
　다. 남인 집안 출신으로서 정치적 자세는 불편부당한 입장을 취하면서도 당시의 탕평책에는 비
　판적이었다. 즉, 탕평책이 외면적이고 형식적인 균용론(均用論)만 취하는 것이어서 사의(私意)
　가 횡행해 효과를 거두지 못한다고 하였다. 대신 붕당을 없애기 위해서는 공정한 인사 관리와
　신의 있는 시책, 분명한 정치적 자세가 필요하다고 하였다. 문집으로 『해좌집』 39권이 있다.